**图书在版编目（CIP）数据**

红色海洋 / 韩松著 . -- 南京 : 江苏凤凰文艺出版社 , 2018.10

ISBN 978-7-5594-2524-9

Ⅰ . ①红… Ⅱ . ①韩… Ⅲ . ①科学幻想小说—中国—当代 Ⅳ . ① I247.5

中国版本图书馆 CIP 数据核字 (2018) 第 152446 号

| | |
|---|---|
| 书　　名 | 红色海洋 |
| 著　　者 | 韩　松 |
| 责任编辑 | 黄孝阳　汪　旭 |
| 出版发行 | 江苏凤凰文艺出版社 |
| 出版社地址 | 南京市中央路 165 号，邮编：210009 |
| 出版社网址 | http: //www.jswenyi.com |
| 印　　刷 | 鸿博昊天科技有限公司 |
| 开　　本 | 880 × 1230 毫米　1/32 |
| 印　　张 | 17.75 |
| 字　　数 | 400 千字 |
| 版　　次 | 2018 年 10 月第 1 版　2018 年 10 月第 1 次印刷 |
| 标准书号 | ISBN 978-7-5594-2524-9 |
| 定　　价 | 78.00 元 |

# 总序：怀着感激地活着并写作

今年是我写作科幻小说三十六年。感谢汉唐阳光、未来事务管理局与江苏凤凰文艺出版社的编辑和工作人员，他们以极大的热情和友情，为我出版这个精选集。它包含长篇小说《红色海洋》及《火星照耀美国》，这两部是再版，因为之前的已经卖完了，有读者希望重印；中短篇小说集《苦难》和《冷战与信使》，前者是新作，大多还没有正式发表过，后者包含了我获中国科幻银河奖、全球华语科幻星云奖、世界华人科幻文艺奖、星空奖、引力奖等的作品；随笔杂文集《我一次次活着是为了什么》和诗选《假漂亮和苍蝇拍手》，这两部是新尝试，收录了一些“另类”之作。

这是我第一次出版“文集”，六个封面都是布兔画的，非常精彩，她也是我的作品《地铁》《高铁》、《火星照耀美国》首版的封面画师。布兔敏感、细腻而神秘，她好像长有另一双眼睛，能见到凡人见不到的世界，她笔下展现出来的艺术魅力，已远远超越科幻。我对她满怀钦佩和感激。

我初中写科幻到现在，一直没有中断。我见证了中国科幻在改革开放后的高潮、跌落与复兴，它是这个国家现代化的晴雨表，也是大国崛起雄心的表达，乃至苦难风暴过后的彩虹映射。大概因为如此，科幻才在今天成了一种火热的社会和文化现象，被许多人讨论。不少人还正在把科幻小说改编拍成电影，以创造一个史无前例的新局面，这里面，就包括我的《红色海洋》《火星照耀美国》和《冷战与信使》。又一次，中国科幻似乎进入了一个繁华喧腾的时期。我恭逢其时，内心弥布纠结的感激。

今年是世界科幻诞生两百周年。这我也赶上了。今年初，我赴瑞士，感谢施建国先生和聂晓阳先生的帮助，我得以来到日内瓦湖畔，谒访了一八一八年玛丽·雪莱女士写作《弗兰肯斯坦》时住过的旧居。湖光山色，宇宙在上，我所看到的万物已存在了一百三十七亿年，人类在这颗星球上也出现了五百万年，我凑巧出生在这段可以用科幻来表达对世界的感触的片刻时光中，参与人类对宇宙的终极思考，怎能不心存感激呢？这似乎专属于西方的科幻，在一百多年前进入中国，如今，中国科幻又反向输入西方。像这部精选集里的一些作品，也被译成外文在国外发表出版。我对译者们致以衷心的谢意，他们证明了科幻是一种世界语言。

也有人担心，科幻在中国的进程，会不会像历史上反复发生的那样，再一次被打断。对此我不能确定，正如难以回答人类未来的命运将会怎样一般。许许多多的科幻已经描述了人类结局的种种可能，有的悲观，有的乐观。不管今后会是怎样，我都要对我现在作为人的活着而拱手称谢，因为我或许本来可能成为一头猪、一只羊的，那样我哪怕对世界有所体悟，也无法用文字表达出来。

这些年里，常常有人问我为什么要写作科幻，怎么坚持下来的，如何跟本职工作协调的。我有时说是因为兴趣和爱好，有时说是由于家人、朋友、同事和领导的鼓励支持，有时说是作为现代人需要有丰富的想象力并关注科技对人性的改变，有时说是我们不应该停留在过去而应该面向未来，有时说是因为要让自己拥有一个跟别人不一样的世界。最近我则是这样觉得的：每个人都有责任，把自己在这个片断宇宙中的经历，尽可能记录下来，留给另一个宇宙中的我看。因此，我要代表那个未知的我，对此刻的我，道一声谢谢。

韩　松

二〇一八年九月二十七日

# 推荐序

## 一

经历了整整两周逐字逐句的阅读，我终于看完了韩松最新创作的长篇科幻小说《红色海洋》。走出门外，夕阳中的布里斯班河水正在宁静地流淌。昆士兰理工大学那些不同肤色、不同国籍、不同职业、不同年龄和性别的学生，24 小时不见间断地在大街上急速地穿行。早已开门营业的酒吧里，电视画面全是雅典奥运会开幕式的实况，那些充满何拉（希腊）色彩的游行让人叹为观止。间或，在运动会和广告的间歇，澳大利亚第 7 频道的新闻栏目一闪即逝，从这个不到 10 秒钟的画面你能知道，即便在奥运盛事期间，联军的坦克也依然没有松懈地在纳杰夫的大街小巷中寻找那些抵抗“民主伊拉克”的武装分子……

我忽然产生了一系列奇异的遐想。

我问自己：如果阿诺德·汤因比仍然活在世上，并且，他可以熟练地阅读中文，那么，在阅读了这本充满历史含义的《红色海洋》手稿之后，是否会在他著名的“压力与反抗”理论之外，找到更新的史学原理呢？

如果米歇尔·福柯没有因为艾滋病去世，在阅读了这部作品之后，又会作何感想？他是否会为自己提出的“权力无处不在”的理论而在坟墓中感到更加放心了呢？

如果爱德华·萨义德也没有因癌症扩散而故去，在阅读了《红色海洋》之后，是否会给自己的《东方学》和《文化帝国主义》理论，增加更多中华文明的佐证呢？

我更在想，如果俄国文学评论家别林斯基或者法国出版家黑泽尔至今还活着，并且还保持着他们那种青春般敏锐的眼光，在读过《红色海洋》之后，是否也会像阅读过陀斯妥耶夫斯基或者凡尔纳的小说那样“彻夜不眠”和“奔走相告”呢？

……

所有这些遐想，将永远没有答案。因为，在过去和未来之间，时间的铅幕阻挡了一切。唯有少数天才的目光，才能穿越时间和历史。

而韩松，恰巧是具有这种穿越历史视觉的人之一。

## 二

韩松，1965年出生于重庆，本科就读于武汉大学外语系，硕士毕业于武汉大学新闻系。1991年，他以优异的成绩参加考试并进入新华社，现任《瞭望东方周刊》杂志常务副总编。在这期间，他撰写了大量报道中国政治和社会动态的新闻和专访，他还参加过中国第一次神农架野人考察。由他参与或单独创作的长篇新闻作品包括政论性报告文学《妖魔化中国的背后》和有关克隆技术进展的报告文学《人造人》。

韩松的科幻文学创作起源于大学时代。早在1991年，他的小说

《宇宙墓碑》就曾经同时在海峡两岸的科幻界引起过广泛的关注。此后，他相继出版了长篇小说《2066 年之西行漫记》（又名《火星照耀美国》）、中短篇小说集《宇宙墓碑》等。

韩松的早期成就，是获得了台湾《幻象》杂志主办的“首届全球华人科幻艺术奖”大奖的《宇宙墓碑》。接下来，他的小说还获得了《科幻世界》“银河奖”等多种科幻奖项。他的作品独树一帜，在读者中产生了广泛的影响。包括郑文光、金涛、刘慈欣、姜云生在内的许多中国著名科幻作家都曾表示，韩松在中国科幻文学中具有不可取代的特殊地位。美国《新闻周刊》、专业科幻评论期刊《轨迹》、英国专业评论期刊《基础》等，都曾有文章谈论过韩松科幻文学的成就，并给予过高度评价。

思考和写作是韩松的最大乐趣。他的创作不局限在新闻报道和科幻小说。比如，他也创作过非常独具特色的诗歌、杂文和无法归类的其他小说。2000 年出版的《想像力宣言》，至今仍然是中国科幻文学领域见解独到的作家独白。

像真正的文学作家一样，韩松从来不在乎作品的发表与否，更不注重什么个人的名望。每日的写作本身，就是他享受的源泉。也正是这种对创作的执着和热情，促成了他对科幻文学文本的多次僭越。而《红色海洋》则是这种文学僭越的最新尝试。

## 三

100 个人阅读《红色海洋》，将会有 100 种不同的看法。我个人认为，《红色海洋》可以定义为一部有关中国的过去、现在和未来的长篇科幻小说。

小说的第一部描述在遥远的未来，人类全面退化并移居“红色”的海洋。这是一个全新的世界，是一个处于恐怖、威胁和压力之下的严酷的世界。在作者的笔下，分散于海洋各地和各个历史时期的种族，在生理构造和文化传统上都显出惊人的差异。就连个体之间，也差别惊人。但生与死、抵抗与逃避、吃人与被人吃则是所有种族都无法逃避的、封闭的生死循环。

像老舍先生的《茶馆》第一幕所得到的评价一样，《红色海洋》的第一部，是中国科幻文学中少有的一个“第一部”。它那种超越万亿年的历史流动、那种覆盖整个地球的宏大场景、那种人与人、人与自然之间的精彩较量，将毫无疑问地被载入中国科幻文学的史册。

当万亿年的时间在作者的笔下匆匆滑过的时候，人们不禁要问，这样严酷的未来史，到底是怎么出现的呢？

小说的第二部和第三部，则重点回答红色海洋世界的由来这个主题。在这两部中，作者着力给第一部的世界提供了多种可能的起源假说，每个假说都具有寓言的性质，每个假说都复杂异常，每个假说都充满了不可能的灵异，但都貌似有着现实的可能性。于是，整个人类的过去被悬疑，被质问，所有行为的起因和结果，都成了某种可能与不可能、是与不是之间的摇摆物。

在这样的“心理双关图”的影响下，小说发展到最后一部。

第四部的标题是“我们的未来”。有趣的是，这一部讲述的都是有关中国过去的“历史故事”。从郦道元开始巡游全国、试图为《水经》作注，到朱熹兴教，再到郑和七下西洋发现欧洲、非洲甚至南北美洲，历史再度从某种不稳定状态回归稳定。如果说小说第一部的宏伟壮丽，犹如一串血色的串珠混杂了中华文明和世界文明，那么第四部则清新优雅，像竹林中的一串清丽水珠，透射出中华文化的所有特殊性。如果说第一部中的血与死是浑浊的，那么这一部中的希望与失落，则显得幽深而隐蔽。唯有不断出现的悬疑，才使我们将四部小说重新结构成一个整体。

从整体上看，《红色海洋》是一部如此优秀的文学作品：看似科幻，实则现实；看似倒序，实则顺序；看似未来，实则历史；看似全球，实则当地；看似断断续续前后不接，实则契合严谨罕有裂隙。它所尝试的颠倒历史、循环历史、多义历史等叙事方式，在当代中国作品中，更显得非常少见。它所描述的有关东西方关系、有关人与自然、有关我们的民族和个体生存的严峻主题，已经大大地超出了当代主流文学的创作视野。

我以为，《红色海洋》不仅达到了当代中国科幻小说的创作高峰，而且也达到了主流文学创作的高峰。在他作品的“能指”和“所指”之间的种种精妙错位、模糊和摇摆以及由此导致的多元解码，已经使整部小说充满了组合着并在不断流动着的多种寓言。

## 四

科幻文学、奇幻文学正在成为主流文学作家和研究者越来越热心的文学门类，这已是一种普遍现象。从美国作家库特·冯尼格、托马斯·品钦到加拿大作家玛格丽特·阿特伍德，主流作家争相创作科幻者大有人在。而大家熟知的后现代文学评论家弗雷德里克·詹姆逊对科幻的分析热情，则更是给这个潮流增加了学术的佐证。最近几年来，有关美国女作家娥苏拉·勒瑰恩可能获得诺贝尔文学奖的消息反复出现，则更是标志着科幻和奇幻文学将夺取主流文学最高奖励的趋势。

我同意詹姆逊等一些评论家的看法，科幻文学成为国外主流作家艳羡的一个领域，并不是因为这个领域中缺乏竞争者，重要的是，它能表达一种现代性甚至后现代性的主题，能试验各种全新的叙事模式。在这个意义上，笔者相信《红色海洋》将不但被列为最近20年内中国最优秀的科幻文学作品之一，也将被列为最近20年最优秀的主流文学作品之一。

是为序。

吴　岩（博士）

于澳大利亚昆士兰理工大学

2004年8月20日

# 目录

## 第三部　我们过去的过去



## 第四部　我们的未来

# 我们的现在

# 第一章　深渊

## 一、母亲

我出生在海底深渊，这里生活着人类的族群。

其时，这水世界已无处不是红色。深深浅浅的水层都一片焰火般亮丽。无计其数的海生细菌、底栖生物、浮游生物和游泳生物，于一夜间获得了发光的本领，而亿万张来历不明的赤色金属碎片，也孢子般闪闪飞舞，使无边无际的汪洋在亘古未有的高温中沸腾。

人们称大海为原汤。此刻，这原汤中的一切事物就这样熊熊燃烧。除了摧毁形体、感官和岁月的大火，便是难以言说的千钧压力。它作用在水栖人柔弱而单薄的身躯上，使我们感知到生存的不易。

我出生后看见的第一样东西，是妈妈年轻而华美的赤裸身体。这使我产生了一种奇怪的印象：海洋本身的性别，其实就是女性。

由于分娩的缘故，妈妈的粉红色皮肤上呈现了大串明亮黑斑，漫渗出一层层浓郁的黄色液体，这样便把多余盐分排到体外。

妈妈在嘘嘘叫唤，把痛苦和喜悦通过低频声波在浩渺大洋中传送。不一会儿，周围有了动静。

游来了几个年老的男人。他们把盖龟般的丑陋头颅探进洞穴，看见是女人在生育，便趣味索然游到远处。妈妈难过地闭上眼睛。

但是，过了一会儿，一个男人又偷偷摸摸折返回来。

他背负一副用温鲸坚韧皮囊制成的口袋。妈妈的眼睛又懒慵睁开，犹豫着放出微弱亮光。男人略显慌张，用海藤把口袋系在女人身旁的礁石上，便害羞地游走了。

妈妈失魂落魄看着他的背影，猜想他就是我的父亲。她记得她和他之间仿佛发生过什么事情。

但是不是确定有过那种事情，她也委实不敢肯定。在深海，因为水压的缘故，大多数人类成员忘性很大，只能记起不久前的事情。

妈妈的存在给男人带来另一种压力。她诱引他们，让他们手足无措，与他们重复同一种行为。因此，说到底，谁是我的父亲都无所谓，也没有意义。

男人们仅在这一段时间待在深渊，做女人的性伴侣和庇护者。不久，他们就会成群结队浮游到另外的海域，去寻找新的食物和别的女人。

在人类生存的这个炽热而闪烁的世界里，一切过程都分外短暂。大概与女性相处就是如此吧。这是我即将面对的现实。

## 二、过路的客人

比较有意义的是食物，连我也直觉到口袋中的东西与自己的未来有着紧要关系，心中洋溢起出生后的第一番喜悦。

那里面盛着沙蚕白皙鲜嫩的肉啊。

几个哥哥姐姐从洞穴深处浮动出来，在一旁贪婪窥视。

这时，又有声音由远而近。是另一群男人在快活游弋。他们不属于我们的族群。

男人发出悦耳的哨声，在水中，很远便能让女人知道他们的来临。

在海洋深处，声波以更快的速度传播。人类的听力也发达起来，能够分辨出数十千米外的动静。

条件反射一般，妇女们匆匆从洞穴中游出来，像一群群饿坏的竹荚鱼。

新来的男人体侧生着宽厚而性感的尖鳍。他们背上的刺梢摇曳如旌旗飘动。妇女们亢奋不已。他族的男人给沉闷的海槽带来了新意。

女人与同群的男人共栖很久了。她们已感到厌倦。她们内心深处早就渴望着新庇护者的现身。

我嫉妒地看见，受本能驱使，刚完成生育的妈妈虽然十分疲惫，却也强打精神挣扎往外游。

一个庞大得令人费解的躯体出现在我家门口。他浑身蒸动着纷乱而好看的银色光晕，使我们这群水栖人相形见绌。银色是他们那一族求偶的信号，而我这个族群的男人则只知道胡乱摆动粗笨多褶的身体。

新来者的体征无疑给妈妈留下了难以磨灭的印象。与我们族群的男人相比，他们更健壮，更漂亮，也更年轻。

是否在他们生活的海域，食物、氧气和矿物质更丰富一些？这是一个意味深长的问题。

“你是从哪里来的？”妈妈喘息着柔声问。

“另外的世界。”

有点不耐烦地，陌生人简单回答了一句。

另外的世界！这出人意料的明畅言语，使我蒙昧之心猛然一懔。

但男人不再多说，便急不可耐与妈妈拥抱在了一起。

这时，我觉察到另外一个男人，也就是我的“父亲”，在一片猩红恶臭的水层中半蜷着注视这一切。他就像一条气急败坏的致尸鱼。

我感到一种危险的征兆正在无形无味降临。

然而，什么事情也没有发生。银色男人允诺以食物作为交换，父亲他们便默默退行到了远处。

在海洋中，更重要的，究竟是女人，还是食物？

这是刚刚出生的我，面对的第一个问题。

让我最终失望的是，新来的男人并不打算多作停留。他们在与女人交配后，便头也不回离去了。水层中残留着渐渐远去的嘟嘟哨声，以及慢慢破碎的银色光影。他们带走了另一个世界。

但是，来自那个世界的陌生信息，已经和着咸咸海水滑入女人们饥渴的身体，也潜进我幼稚单纯的听觉和视野。这会使未来产生什么差别吗？

妈妈仅仅知道这个世界，熟悉这条海槽。不知从何时起，水栖人就不再洄游。

在这里，人类不停生育、死亡。存活的仅是少数。

我们居住在岩礁上的洞穴中。这原来是巨型虾蛄的栖身之地。人类赶走虾蛄，把它们的洞穴改造成简陋居所。

我有五十五个哥哥姐姐。稍大一些的已能在妈妈带领下学习游泳和觅食。

当他们过上独立生活后，其中一些也许要去到另外的世界，加入各种各样的男人部族，留在那里，进化出宽厚的尖鳍，或者银色的皮肤，或者某种特异的本领。

最后，无一例外，在性与食的循环交换之后，大家都将鳃孔发紫、两眼翻白地死去，殒亡在海洋热气弥腾却又冷淡无味的怀抱之中。

这也将是我的宿命。

## 三、婴儿

银色男人消失后，妈妈才像是忽然回到现实，想起来关照我。

她这次分娩产出四个孩子，仅我存活。在妈妈眼中，我是一个小个儿的男婴。我周身发白，没有片鳞。这使人类的孩子与大部分鱼类区别开来。

但等我长大一些，肤色会变成不可思议的粉红色，鳞甲也会在特定部位悄然生出。当我游动时，身躯会奇妙地与散射红光的海水融为一体，以帮助我避开凶猛天敌比如大海鼠和吊睛鲼的袭击。不过，这是我以后才会懂得的事情。

这时，我只是很不安分，着急地在鲸皮袋囊中挣动，大哭大闹。这是因为饥饿，也是由于委屈。内疚的妈妈急忙把我搂抱出来。

在她凉爽的怀中，我挣扎寻找一样东西。

这证明我智力正常。妈妈因而感到宽心。

年轻女人温柔地把身体凑近我的面部，甜美地闭上眼睛。在咸苦辛涩的海水中，我难得地闻到一股让人眩晕的美好气息，它在我体内激起一泼热辣的血潮。我一口咬上妈妈尖细硬朗的奶头，并故意用了很大力气。她疼得一哆嗦，却把那两瓣稚嫩的花朵往我嘴里更深送去。

我吃奶的节奏均匀有致，呼吸也顺畅得体。妈妈想必觉察到了这一点，于是露出幸福的笑意。

她用一只手小心抱紧我，另一只手轻轻揭起我的耳轮，去找后面的一层褐色薄膜。那是鳃。许多新生儿没有鳃。他们生下来便窒息而死。有鳃的事实令妈妈又松了一口气。

我美美吮吸一阵，心情愉快地把奶头吐出来。这时，妈妈把我向前托举出去，忽然松开双手，让我直接掉落在红通通的水里。我扑腾一下。巨大而空虚，是海洋赠予我的有关世界真相的第一件礼物。

人类的孩子在刚出生时都对水充满惧怕，这与其他海洋生物不同。妈妈见状赶忙伸手把我搂起。

但她知道，我很快就会习惯于海洋，依附上海洋。不久，我便会无师自通学会游泳。

这是因为她看到我的手指和脚趾间都长有蹼。有的孩子生下来便没有蹼，他们将夭折。她也看到，我靠近下腹的部位还生有短促的双鳍，虽不如银色男人的那么茁壮有力，却也简捷清丽，不逊色于普通海兽。

水栖人平均每生育三个孩子便有两个是死婴或畸胎。没有人知道这其中的道理。我却幸运地属于那三分之一。

但妈妈仍不敢断定我便能顺利长成。由于疾病和天敌，通常有一半孩子会在童年期死去。

孩子们的优势是发育的速度。深渊中的生物都以极快速率成长，这样可以最大限度避免因幼年期过长而受到伤害。但我们的寿命也因此非常短促。

不过，人类是具备智力的水兽，甚至在整个海洋生物群中，也是智力最发达的一种。没有人知道这是为什么，但这显然是另一个优势。

然而，海洋生态正在发生巨大的变迁，人类总的数量在迅速下降。这是我们自己察觉不到的事情。

进化的大限正在临近。因为大脑的混乱，人类直到灭绝的那一刻，也感知不到任何亡族之征。

“宝贝儿，谁能保证你将来好呢。生下来算是便宜了你。”

这一刻，妈妈就这样慈眉善目凝视我，嘴里嘟嘟囔囔不停。她对每一个孩子都这么絮叨，如同念动咒语。她相信语言的魔力。语言，是人类从陆地继承下来的遗产之一。

因为我吃奶时那股可爱的倔强劲儿，妈妈便给我起名叫“海星”——海洋中一种能够大力吸附在礁盘上的古老棘皮动物。

## 四、大海鼠

吃了甜甜的乳汁，我不饿了，也困乏了。我闭上眼睛准备睡觉。妈妈把我凝视一阵，也开始迷瞪。

人类在海洋中的睡姿，仍然保持着我们祖先多少年前在陆上时的习惯。我们需要倚靠某种实在的物体，比如洞壁或礁石，而我此时是依偎在妈妈怀中。

但是我们再也不会做悠长的美梦。偶尔有梦，也是快速而片断的，没有任何可供回味的连贯情节。我们必须保证一有风吹草动便立即惊醒。

在海洋中，危险比比皆是。

现在，一种危险正在来临。

刚睡一会儿，我和妈妈便被一片响亮的泼泼声惊醒。

妈妈脸上呈现出可怖的神色。那是大海鼠在穿越内波快速游来。妈妈瞪圆眼睛盯住洞口，僵住不能动弹。

但划水声在附近停息了。

传来了女人的惨叫。附近一个洞穴遭到袭击，有孩子被大海鼠叼走。

那个洞穴中乱作一团，惊叫连连。一个可怜的母亲在大声呼叫援兵，而我的妈妈却屏住呼吸，避免发出任何动静。更多的惨叫声传来。一定不止一头大海鼠，不止一个孩子受到伤害。

泼泼声又凶险响起来，这回是向我们的洞穴靠近。

这时，我看见妈妈努起嘴，发出一串低沉而悠长的哨声。这哨声今后将久久回荡在我的脑海中，成为幼年时代少数被保存下来的记忆之一。

妈妈在呼唤电鳐。

说时迟，那时快，洞口露出荧光闪烁的鼠头，一对冷漠的环状眼，对称地嵌在大海鼠的灰色前额上。像人类一样，从陆地重返海洋的鼠类，具有良好的立体视界，这使它们能够在不同水层中灵活搜寻猎物。现在，这双得意扬扬的眼睛正朝妈妈阴险打量。大海鼠是水栖人的天敌。这个游泳能手，体长达五米。

大海鼠很久没有出现了。但现在它们竟然找上门来。

这似乎是海洋生态发生剧变的又一明证，却不能被水栖人认识。

退化的我们只知道应付迫在眼前的危机。

妈妈朝洞穴深处一寸寸退缩。她身后的孩子一片惊叫。大海鼠张了张尖嘴，吐出一根暗红舌头，以及一些人体残渣。一股腥臭的浊浪涌过来，盛放食物和婴儿的囊袋晃动不停。在孩子们的惊呼中，大海鼠一使劲便朝洞里钻入，不料身子被一块岩礁卡住。它一发力，礁石发出不祥的咯吱声，纷坠的碎屑在水中迷乱地漂荡不停。

此时，唯一不惊慌的却是我。我毫不明白眼前的情形意味着什么。我挣动着朝前伸出胖乎乎的小手，要去触摸那肉球般的巨大鼠头，嘴角漾起好奇的笑意。

妈妈吓坏了，急忙一把将我塞进鲸鱼皮囊。

勇敢的妈妈用身体挡住孩子们，无畏地面对狞笑状的鼠脸，发出一阵更急促的呼哨声。大海鼠怔了一怔。

这时，电鳐嘶嘶叫着及时赶到。大海鼠抽搐一下，朝后缩去。洞外波浪翻卷开来。

人类与电鳐结成盟友，有着共生关系。在危急时刻，电鳐前来救助，驱逐海中恶魔。

一群精灵般的电鳐包围了三头大海鼠，发起源源不断的攻击。这些扇形的鱼儿身上长满五彩点状斑纹，头部的一对镰形白色肉突释放出电流。大海鼠被击中后便痛苦地翻滚扭曲。

男人们也姗姗出现，加入战斗，朝大海鼠投出一支支鲸骨磨制的水矛。

那似乎是我父亲的男人也在其中。妈妈感激地看着他，他却没有注意到女人的目光。战斗正酣。

最后，三头大海鼠均受了伤，落荒而逃。

海洋在制造冲突之后，又及时恢复平静。水层中弥布着大海鼠的体臭。男人们把食物投向撒欢的电鳐。

但附近的哭声仍连绵传来，让人心情黯然。隔壁人家有两个孩子被大海鼠咬死。妈妈没有理会这个，因为不是她的孩子。

我的父亲又腼腆游过来。他的腹部有数道新鲜齿痕，想必是大海鼠的杰作。妈妈迎上，仰身在父亲肚皮下方，伸出舌头轻舔那伤口。男人愉快地闭上双眼，发出低低呻吟。

然后，他抚摸妈妈的后背和前胸。两人哆嗦着紧紧抱在一起。

再后来，男人像是得到满足，影子一般从妈妈身上掉下来，又影子一般游到远处。

漠漠红光又笼罩着无际深渊，闪闪的金属碎片重新鬼祟飞舞，熊熊燃烧的水域却是寒霜般沉寂。妈妈用知命的眼神注视不可逆料的海洋，就像打量自己的倒影，长叹一声。

这时，她注意到我圆睁大眼，在朝她静静观察。我投出一道怪异的深邃目光。妈妈没有见过海洋生物的眼神是这样的，这令她惊诧莫名。

## 五、食物

醒了又睡，睡了又醒，如此反复许多次，妈妈才带稍大的孩子出外觅食。仅靠男人们的馈赠已经不够，自己采集食物才能存活下去。

即将过独立生活的孩子们必须学会觅食的本领。

妈妈游出洞口。她忽然感到一阵虚弱，身子往水底一沉。

青春已逝。她这是第一次产生这样惊惧的念头。海洋人类没有时间概念，但体内的生物钟告诉妈妈，衰老正在临近。

短暂的人生犹如白驹过隙，这在宽阔的大海中尤其如此。不知不觉，妈妈又生育了好些个弟妹，包括我出生那天她与银色男人的结晶。

而我也长大了一些。妈妈也开始带我出游。

作为男孩，我过于瘦弱。妈妈心里清楚，这可不是水栖女人喜欢的类型。我的一切显得平常，游速不比别的孩子快，力气也不像真正的海星。我也再没有投射出诞生之际那种深邃的目光，以让人觉得我具备神异。

但妈妈仍然对我倾注希望和爱意。所有的孩子，从理论上讲都拥有远大前程。妈妈一厢情愿以为，年轻的新一代将给衰落的族群吹入复苏的气息。

妈妈通常带领孩子们来到海槽底部。这里延伸着一段平展缓坡，分布着丰富的食物源。海洋呈现出让人欣喜的一面。群集的发光细菌把这儿映照得幽幽发亮，植物便依靠充足的冷光源茁壮成长。在底栖植物的丛林中，我见到了匍匐于海底沙地的各种螺类、海胆和寄居蟹，还有附着于岩礁的珊瑚虫、水螅虫、牡蛎、贻贝和金蛤，以及从地下钻出来的梭子蟹、海蚯蚓和蝉蟹。对虾则神经质地在水层中穿梭，它们的大螯漫无目的噼啪作响。妈妈告诉孩子们，这些都是人类的食物。她教导我们如何捕获它们。

我的个头比同龄孩子要小，但我是最活泼的分子之一。我常常游到队伍外面。这时，妈妈便大叫：

“海星，赶快回来，小心大海鼠吃了你！”

不过，自从那次大海鼠光临之后，我们便再也没有见到这种可怕的动物。

我看见一群电鳐嗖嗖响着正从附近游过，不禁微笑着朝它们招招手。

在海洋动物中，只有人类，才可以生发微笑的表情。

有一段时间，我总跟一个名叫水草的女孩在一起。我们结成对子，一起追逐底栖和浮游的动物。

但是，我仅仅试了试用海衣草编成的网罟捕捉毛虾，便感到厌烦。我觉得，这应该是女孩子干的工作。

“水草，还是你来吧！”我大声招呼。

水草很听我的话，翩翩作态游过来，轻巧地抄起小网，灵活地扑向虾群。

我则呼啦一下潜到海底，寻找海胆的踪迹。我用小水矛刺伤一个海胆，却没有办法把这身长毒棘的家伙捉拿回来。

我于是改变策略，去抓红头线虫和翡翠扇贝。末了，我把几个鲜艳的猎获物当作礼物送给水草。水草高兴地笑了。

“海星，你真好！”

她水晶般的容颜和鱼儿似的声调使我一阵发愣。我说不出话，只顾得上久久凝视水草。她的身体已经呈现少女最为基本的优美曲线，她的脸庞无法遏止地泛溢青春的灿烂光影。水草见我这么看她，便害羞地掉头游到远处。

有时，妈妈会带领孩子们一直往上浮。我们来到水质有所不同的地方，那是明媚的阳光能够抵达之处。阳光是一种陌生事物，与人类相距甚远。我第一次看见阳光，猛然间一阵恍惚，心中充满惧怕，呆滞在了水中。那的确是另一个世界在招手啊！脑海深处有什么东西开始慢慢苏醒，令我喜悦而难过。刹那间，记忆的火花又黯淡下去，我什么也没有回想起来。我在冷漠的阳光中神往了一会儿，才继续向前游去。

忽而我们眼前出现了茂密森林，它们在光合作用的抚爱下成长，与海底依靠热液和冷光而生的植物又有不同。千姿百态的植株迷人缠绕，撩神荡漾，有的体型十分巨大，比十几个孩子连起来还要长。它们是进化中不曾发生剧烈突变的古老植物。五颜六色的珊瑚礁也一朵朵向人类招摇，万紫千红的海葵、海羊齿和金海花在尽情绽放。这是神异的龙宫世界，宝石灿烂，灵光闪烁，动物种群也与深海不同。海洋忽然变得让人憧憬了。

这时，妈妈便教孩子们辨别紫菜、海带、石莼、海草、海萝与红树的差异。她说，其中的大多数，都能为人类所食。

我们兴高采烈，着手采集。植物们随水波晃动，发出悦耳之音，好似仙乐。我听得专心，手舞足蹈。一些孩子撒欢朝森林深处游去。妈妈急忙叫住他们：

“宝贝们，不要着急。我还要告诉你们一些事情呢。”

她说的一番话减弱了我们对海洋刚刚产生的好感：森林中也存在危险，有一些植物是人类的天敌，比如食肉藻和毒苔藓，千万要避开它们。妈妈一边描绘它们的长相，一边招呼自己的孩子：

“石贝，你这个鲭鱼脑袋，别靠近那个发绿光的珊瑚！”

“泡沫，冒失鬼，不要碰那株玉莲草！”

“纤毛和涡涡，互相看着啊，别离群！”

妈妈拥有丰富的海洋生物学知识，这让孩子们佩服得五体投地。只要待在妈妈身边，我们便感到安全。

但，这很快被证明是一种假象。

因为，终于还是有人游散了。这回不是我，而是那个名叫水草的女孩。

“水草，你在哪里？赶快回来啊！”

着急的妈妈带着孩子们大声呼唤，她的脸上浮出不祥的神色。

不远处传来细声细气的尖叫。

水草被缠住了。捕获她的是一簇悄无声息的水笔仔。这种壮实而低矮的岩灰色植物，一直静静盘坐在礁壁上等待猎物。水草没有牢记妈妈的话，自己又不认识路，在青春期好奇心的支使下，冒失游到丛林深处。植物忽然伸出巨舌般的枝条，伞一样把她卷走了。

妈妈明白，发生这种险情，只能听天由命。隔着密林，她一筹莫展看着女儿在水笔仔的掌握中挣扎。外层，是水笔仔的哨兵王海桑。它们与水笔仔形成共生关系，与人类对峙。

植物没有心智，但这种敌对，又似乎是一种心智的表现。天意安排了人类的宿敌，使大家世代为仇。

但为什么偏偏是可爱的女孩被海洋捕获？

大家只能眼睁睁看着。水草纤秀的肢体在植物叶片的大网中痛苦悸动，她每动一下我的心也紧随着猛烈抽搐。

忽然，人群中冲出一个身影。那正是我！我与水草是那么的要好，我决心去解救这可怜的女孩。

“危险！”妈妈歇斯底里大叫，朝我追来。

就在我即将接近植物的刹那，妈妈及时赶到我的身后，用力一把将我拉回。但是，水笔仔和王海桑同时伸过来的舌头还是触到了妈妈。她腿上渗出鲜血。我吓得魂飞魄散。

还好，从妈妈身上流出的血液是殷红的，这表明没有毒素浸入。

这时，水草已不再叫唤和挣扎。她平躺在一堆树枝中，像是安稳睡着了。树叶会分泌出浆液，过不了许久，便会分解她，连骨头都会化掉。

妈妈知道，女儿将成为树的一部分。她的体液将流布于树的全身，变成后者的养分。她的灵魂将聚集在那植物的伞盖顶端，时刻张大眼睛，等待捕猎下一个倒霉鬼。

而水草本人，便是被上一个死去的人捉住的。她只是转换到了另一种生存形式。

不知从什么时候起，海洋中就流布一种传说：吃人的大海鼠、吊睛鲼和食肉植物，都是由死去的人变化而成的。

妈妈自责疏忽。她的确年纪大了。她已救不了自己的儿女。

但她没有太过悲哀，只是怔怔看了一会儿，便带孩子们游走，开始新一轮觅食。

为了安全，妈妈引领我们汇入别的母亲统率的群体。

## 六、我

水草的事件予我以极大刺激。但我还没有死亡的概念。

我问妈妈，水草留在那里做什么。

“她睡去了。”

“那么我也要睡去。我要跟她一道睡。”

“不可以。你在洞穴这里睡。”

“为什么水草要到那里去睡呢？她心底好像并不愿意。”

妈妈不知道该怎么回答。她也不敢告诉我，水草已经变成了伤害生命的海洋精灵。

她只是说："因为她要与植物在一起。她要与植物一起成长。她是植物的一部分。"

这大约便是原始宗教意识的萌芽。而妈妈并不知觉。她只是朦胧感到，水栖人的生命被海洋中一种无形的东西主宰。

所有植物、动物、水流和礁石，都具有某种灵力。人类无法知晓其中奥秘，也从没想到要去了解。

幼小的我不懂得这些。我只是为那天的事情感到恐惧和伤心，并对水笔仔产生了嫉妒和仇恨。我觉得它是我的情敌。我不想水草留在那里。我想要她回来，同我一起嬉戏。

是啊，她怎么可能是植物的一部分呢？孩子们都来自妈妈的身体。难道妈妈曾经也是一株食人植物？她的前生曾靠捕获儿女为生？

第一次，我不禁对妈妈感到疑惧。

我把试图拯救水草的想法向兄弟们讲述。大家却把我嘲笑一通。

"这怎么行呢？你这笨蛋。"

"就是呀，海星，你连帽螺都捕不住。"

"要不是妈妈拉他回来，这家伙早被水笔仔捉去了。"

"我们都不行哟。遇到那种情况，连自己也救不了。"

"或许，作为我们父亲的那些男人才可以吧。"

"至少，得用长长的水矛。"

"那些男人呀……"

我于是回忆起男人们与电鳐一起驱逐大海鼠的惊险场面。大海鼠是十分可怕的动物，比水笔仔要可怕得多。能够驱逐这种恶魔的人们，也一定能够战胜食人的植物，救回被海洋掠走的孩子。

但为什么男人不在我们身边呢？

我展开了对成年男子的幻想。他们劈波斩浪的强劲身躯，扭动着发出礁石般的幽暗光芒。大腿像是粗壮的海藤。他们分泌的体液蒸发出浓烈气味，清楚地标识出本族的领地。他们搅动的水纹会成为奥秘无穷的图画。他们经过时海水便发出震耳爆裂声。他们与深藏在洞穴中的这群妇孺有着如此多的不同。

因此，能够与海洋做斗争并取得胜利的，唯有男人。

我闭上眼睛，想象以男人的姿态游动的便是自己，不禁在虚妄的水体中划动手臂。但眼前出现了水草。她浑身血淋淋，美好的曲线被破坏殆尽，灿烂的面容变得狰狞，破烂不堪的额头上露出亮晶晶的白骨。

这时，我记起她最后对我说的话：

“海星，你真好！”

我恐惧而忧伤，急忙游开。我模糊意识到，自己也将属于男人的群体。我会成为海洋中的强者，救回水草，让她在我身旁永远伴随。

但是，经过了海洋的改造，那还会是原先那个清纯可爱的水草吗？

## 七、男人和女人

逐渐，在我心目中，男人以两种形象出现。

一种是手持尖尖水矛，背负食物袋囊，赳赳武士的模样。

他们是水世界的征服者。我常常幻想自己与这种威武形象融为一体。

另一种是他们与妈妈拥抱在一起的仪态。这时，他们双睛爆裂，嘴喷浊气，变成一种我不熟悉的虚幻生物。

当这种意识浮现时，我很难形容自己的感受。

随着我一天天长大，这样的情绪便越来越经常蹿上心头。我会不由自主仔细观察男人和女人的行为。

我看到，每当男人来临，妈妈便眼神迷乱，噢噢呻吟。有时，她得空会不安侧过头，狠狠瞪我一眼，那是在敦促我离去。

我说不清妈妈此时是美丽，还是丑陋。我便怏怏游开了。

男人中有一个来的次数最多，妈妈对他也特别亲热。这时，妈妈会允许我待在一旁。

“他是谁？”等男人走后，我忐忑问。

“他是你的父亲。”妈妈说。她察觉到小孩心中的醋意，不禁在惘然间喜悦。

“父亲？”

我顿然记起，我以前其实见过此人。他曾给我们送来沙蚕肉。但我觉得这个男人太老了。

男人们临走时总要留下一些食物。这让女人和孩子欢呼。

我对妈妈身边的男人怀着羡慕与仇视交织的情感。它侵蚀着男人在我心目中的第一种形象。

这时，一些哥哥已开始过独立浮游生活。他们偶尔回家，只为着一个目的。他们被妈妈的身体吸引。

当哥哥与妈妈搂抱着相互缠绕一起时，我脑子深处轰地震响。吃惊、委屈和嫉妒在我心底绞织成一团纷乱的潜流，混杂着强烈得难以言说的不安和厌恶，以及无法抑止的莫名兴奋。然而，我今后也会跟妈妈这样吗？

我不敢往下想。

哥哥也为弟妹们留下一些食物，然后，便吃吃笑着游走了。

妈妈用担心而迷恋的眼神目送哥哥。当她发现我正在一边窥看时，便难为情地瞪我一眼。我身上像被电鳐电了一下，火辣辣地转身游开。

我害怕妈妈追来。如果真是这样，我不知道会对她做出什么事情。

我有二十四个姐姐，七个妹妹。偶尔，我会想起正在记忆中褪色的水草。她在幽红深渊中潜影般出没的血糊糊身子，也会成为哥哥们崇拜的偶像么？

我直觉到，与大海融为一体的水草，已经为男人布下一个陷阱。

年龄稍大一些的姐妹们只能在下一个平潮期到来时，独立门户。这时，男人们才被允许来找她们。这是族群的习俗。

但是，我及还在洞中的兄弟，面对姐妹们，正在滋生某种新的情感。我们怀抱了难言的羞赧之心，在见到她们时便急急掉头离开。而实际上，我们对她们的兴趣与日俱增。

她们在表面上也与我们若即若离，但从眼神中可以看出，调皮捣蛋的味道少了，温柔亲切的色彩多了。她们身上的气味，也渐渐与男孩子不同起来，使后者颇有些晕头转向。

我们同时也憧憬着邻居家的女孩子。她们不是我们的姐妹，因而显得更为神秘。我注意到了她们身体的粉红色要更加鲜艳一些，有些人的腹部生出了美丽的虎皮斑纹。她们的身体曲线比妈妈更加好看。

水栖少女的外形变化使我进一步意识到，她们的确是与男孩子很不相同的另类，需要用一种全新态度和方法来对待。但我却没有太多机会与她们相处，也缺乏与她们沟通的技术。以家庭为单位的生产和生活方式正使族群日渐衰落。

我由水草开始，滋生了对女人的最初感觉。她们是深渊中一种矛盾而异样的存在，既使我焦虑惶惑，又让我渴望景仰。我渴望拥抱她们，又想从她们身边远远逃离。这样一来，我也重新开始了对男人和对自己的审视。

对于我和兄弟姐妹们的身心变化，妈妈既兴奋，又不安。

她已经年老了。她最关心的是，在她死去前，这些孩子都必须长大，成为猎手——捕杀海鱼和水藻，也收获女人或男人。

## 八、狩猎

孩子们的数目又减少了。深渊中最近发生瘟疫，大批人死于非命。现在，妈妈身边仅剩下三十一个孩子。

在这种情形下，妈妈便带领我们去观摩狩猎。而我们也多少能够理解她希望孩子们尽快长大的迫切心情。

我们缓慢游动在成年男人的身后，来到一处浅浅的海沟。男人们准备在这里狩猎巨大而阴郁的沙蚕。

妈妈带孩子们离得远远的，躲在礁岩后面等候观看狩猎的壮观场面，也从中学习。

男人们携带着锋利的水矛，小心翼翼潜到明亮的海底，仔细寻找着什么。

沙蚕在锈红色的海底掘出长长的隧道，直接通往它们居住的洞穴。男人们贴近地表，搜索沙蚕留下的痕迹和气味。

狩猎队的成员如今大多是老人了。妈妈模糊回忆着，在她年幼时，似乎不是这样，不禁忧心忡忡。

我看见，父亲也在队伍中。他已经老得快游不动。

男人们发现了沙蚕出没的痕迹，那是一条凹下的半圆形甬道。沙蚕身体直径可达两米，因此甬道也庞大得令人吃惊。

甬道到达一块巨石边，便消失了。沙蚕大概就从这里钻入地下。

以巨石为中心，男人们围成一个圆形阵式。一个男人模仿起沙蚕求偶的声音。

不一会儿，大片软泥和海水开始翻动，一条沙蚕从海底探出它肉瘤似的头颅，泡囊般的眼睛愚笨地朝周围打量。很快，它的整个身体也钻出来。沙蚕长长的躯干五彩斑斓，皮肤上长满无数疣足和刺毛，正在不住颤动。

说时迟，那时快，男人们纷纷投掷出水矛。

沙蚕肥硕而愚笨的身躯被射中，猛烈扭动。它开始缓慢爬行逃窜。身披红光的男人们劈波斩浪，紧紧追赶。不一时，这长虫又中了更多水矛，它们像利刺一样，歪斜插入沙蚕丰满而多节的肉体。

沙蚕痛得大声吼叫，低沉而连绵的声音撼人心腑，一直传到孩子们的藏身之处。我感到了礁岩的颤动。我不禁为沙蚕和男人同时悬起一颗心。

男人们追上去，毫不留情向猎物发起连续攻击，好像那动物不会感受到苦痛。沙蚕虽然体型魁伟，却毕竟是一种以小型浮游生物为食的滤食性底栖动物，在灵活而凶猛的人类面前，没有还手之力。

它渐渐逃不动了，黑血在红海中泛涌。最后，它停下来，卧在海底一阵阵喘息。男人们欢呼着逼近它。

但这时沙蚕的尾巴却猛然摆动，搅起一个巨大的旋涡。海水一片浑浊。几个靠得太近的男人被尾巴扫中，悠悠沉入海底。

只有我的父亲，出人意料攀上沙蚕的背脊，一点点向它头部爬去。他手执水矛，准备去刺沙蚕的眼睛。

但是，从沙蚕头顶一簇粗大而中空的刚毛里面，忽然喷出一股强劲液体，把父亲掀翻到十几米开外。其余男人一声惊呼，四散开来。

很久没有捕猎沙蚕了，记性差的人类忘记了沙蚕具备的危险性。

喷毒液是沙蚕最后的自卫方式。这极大消耗了它体内剩余的能量。

男人们愣了片刻，又一齐掷出水矛。沙蚕终于不动弹了，大家才又游近一些。我的一个哥哥扑上去，把水矛唰地刺入沙蚕的巨眼。沙蚕低吼一声，翻滚起来。一切又看不清了。

其他人冲上去，把更多水矛扎在沙蚕身上。血、水、毒液和泥浆混为一体。四周的鱼虾都惊惶逃走了。

这是身体与身体的对峙，是衰退的人类与强大竞争者的较量。整个过程中，我的心一直在急跳。有时，我被吓得闭上眼，但沸腾的血液直冲入大脑，使我又忍不住张目看去。

我想象自己有一天也会加入这样的战斗。

混战终告结束。体长三十多米的沙蚕静静躺在海底。但它凶狠的长长触须仍在摆动，像是还活着。

男人们这回等了一阵，才小心翼翼围拢，开始用蚌刀和鲨齿锯切割它鲜艳夺目的肥胖肉身。

我也游过去，凑近了看沙蚕，发现它的眼睛有小孩脑袋那么大，里面颤巍巍插着哥哥的水矛。沙蚕的晶体破碎了，珍珠一样闪闪发光，汩汩流淌乳白的黏液和浓黑的血水，无限悲哀地注视我。

这时，我注意到，沙蚕破碎的身体下面溢流出一堆闪光的卵子。原来，它是雌性的！

这个母亲被男人们杀死了。

它的肉将进入到我的胃囊。

我在心惊胆战的同时感到了深深的凄凉。这似乎并不完全是因为沙蚕的死亡，也莫名其妙地很有些是为自己的活着。

在另一侧的海底，一动不动躺着几个男人。他们永远不会醒来了。这仿佛是性与食交换的另一种形式。

死者中有我的父亲。妈妈注视着那七窍流血的尸体，心里默数他身上的道道伤痕，叹息了一声。

我对父亲的死没有什么感觉。只是，男人这样就被雌性的沙蚕杀死了，使我颇感失望。这时我才意识到，水草是永远不可能救回来了。

海洋制造出雌性的沙蚕供人类享用，而它也需要人类中的男人作为祭品。这便是两性战争的另一种意义吧。

父亲的尸体将漂走或沉入海底，被细菌和浮游生物分解。深渊中的人们不懂得埋葬死者。

大海便是坟墓。人类来于此，也归于此。

这时，我忽然看到，红色海洋的最深处，有一双若隐若现的眼睛正在暗中注视我们。我全身一阵发冷。

## 九、成长

孩子们飞快长大。

在成长的过程中，我总是吃不饱。食物供应严重不足，海槽中生物的数量一天天减少。

然而，我更多感到的，还不是饥饿，而是意识的昏噩。

这是我注视深渊时产生的一种奇怪感觉。自水草妹妹离去后，它便经常来袭扰我了。

万丈赤焰笼罩着无比凄凉的海槽，海槽之外是没有尽头的大海，大海破碎而沉重地堆积成一团说不清道不明的庞然大物，形成无边无际的“海幕”。我无法想象那巨幅幕布的后面还遮蔽着什么事物，隐藏着什么欲求。

我也无法明白，海洋中的生物，为什么长得与人类不同。人类有两条腿，而那些生物，却都没有。

人如果像鱼儿那样，生有一条坚实尾巴的话，就会游得更快也更灵活一些，许多人便会及时逃离险境。可是，人类为什么偏要用笨拙的双腿拍击水流呢？

另外，海底火山为何会喷吐不休？红色湾流最后抵达了哪里？大海鼠为什么成了海中霸主？吊睛鲼是何种怪物的后代？变性鱼一生中怎么能数次由雄变雌又由雌变雄？食子鳗怎么可以狠心吞食自己的孩子？

还有，为什么有那么多的动物和植物既能为人类食用，而它们同时又要以人类为食？

人类的族群为什么要生活在如此反复无常、不可捉摸的海洋中呢？是谁安排了这样的归宿？

在水栖人里面，究竟是谁活得更加艰难沉重？男人还是女人？

躲藏在海洋最深处那双窥视着的、让人不安的眼睛又是谁的？

我思考这些不断漫上心头的奇怪问题，在洞口久久发呆和战栗。这时，我看上去便像一根漂浮的腐烂藻鞭。不知道的人，还以为我就要死去。

我无精打采的样子使妈妈很是担心。她想，海星这孩子与常人不太一样，他会不会得了什么怪病。

不过，妈妈的担心显然多余。我仍然在顺利成长。

我此时已克服了与女人相处的心理障碍，开始与一个叫百合的女孩有了较多来往。

百合也是妈妈的孩子，但不知她的父亲是谁。她早我一个冲潮期出生。这女孩发育很好，小小年纪，诱人的乳头颗粒已经在平滑光洁的胸脯上突现。每当看到百合，我就依稀瞅见了水草的影子。水草要活着，差不多也有这么大了。

像对待水草一样，我采摘珊瑚赠予百合，又省下食物给她食用。

“海星，你真好！”

再次听到这样的声音，我心头一阵滚热，又一阵酸楚。我冲动地想把这个纤巧的小姐姐拥在怀里。

而她的眼神表明，她也这样期盼。

但是，我眼前出现了妈妈与哥哥身体绞缠的一幕。一种更为遥远的记忆涌上心头，使我觉得可怖和恶心。我神情古怪起来，黯然转身游走了。

不久，我遭遇了新的麻烦。

一次，我在海底猎获一条红鳍，携它刚要回家，却遭到五个孩子的拦截。打头的是一个体侧有鳍、背部生刺的弟弟，名叫须腕，是妈妈与那银色男人生出的孩子。他长得体魄雄健，连一些更大的孩子都听他指使。

他们凶狠阻住我的去路。

“你们要干什么？”

“把红鳍给我们！”

“这是我捕到的，为什么要给你们？”

“因为我们想吃它。”

“想吃，你们自己捕去呀。”

“我们就要你手中的！”

遇到这样的蛮横无理，我十分吃惊，也大为生气。我坚决地说：

“我不会给你们的！”

这群孩子互相使了一个眼色，齐齐冲上来，把我按到海底。红鳍被抢走了。

“另外，你今后不得与百合说话！”

他们临走时咬牙切齿向我发出警告。

这是我平生第一次遭到来自同类也是同性的攻击。我既感害怕，更觉悲哀。我瘫痪在海底，半天不能动弹。四周的海洋忽然呈现出一种嘲笑的模样。我裸露着竟无法逃脱这没齿难忘的奚落。

过了许久，我才怏怏回家。妈妈见我身上流血，惊问怎么啦。

我说：“礁岩划破的。”

从这时起，我开始思考另外一些问题。

一些人为什么能强迫和指使另外一些人？

银色皮肤的孩子与红色皮肤的孩子难道注定要成为敌人？

最凶狠的动物是什么？是大海鼠，还是人？

女人和男人，究竟谁更危险？

人类到底是一种什么动物？我们是怎么来到这里的？我们今后要到哪里去？

我询问妈妈。妈妈也回答不上，只是为我的问题惊讶。以前没有人提出这样的问题。她深情而忧郁地注视我，不知道该说些什么才能熨平我心中的不安和怀疑。

我从来不曾对妈妈有过如此的失望。她和水草、百合一样，是迟早要离弃我的异种生物。

一切不能长久，这是海洋中的唯一真谛。

百合的确逐渐疏远了我。

当我找到百合，想向她诉说心中的苦闷和委屈时，小姐姐却神色慌张，不敢与我接语。

“百合，你怎么啦？”

“没什么。今后我们不要在一起啦。”

我默然。我知道是须腕在作怪。

不久，我看到须腕和几个哥哥轮番把百合压在身下。他们咯咯笑着。百合也在无耻浪笑。

我周身的血液顿然如同海底火山就要喷发。

一天，我心中燃起一个连自己也不敢置信的念头：杀掉须腕。

这是我平生第一次产生对人类或者说对人类中的同性的复仇之念。这大概是别人不曾有过的想法。它有效转移了我对水笔仔的仇恨。

复仇的冲动越来越强烈，以致我游泳、捕猎和睡觉都在受它煎熬。我有时觉得这是一种与生俱来的意识，很早就像阴险的水母一样潜伏在我体内，只是以前没有诱因使它浮动出来罢。

我决定实施行动。

这天，我埋伏在礁石后面，在须腕游过时，向他投掷出水矛，可惜，由于我过度紧张，水矛偏离了目标。银色男人的孩子一声嘶吼，立即游来几个哥哥，拿着武器，把我围住。

“打死他！”须腕大叫。

哥哥们还在犹豫，须腕夺过一把水矛，向我投来。我一闪身，水矛在礁石上发出闷响。很快，又有一支水矛滑行而至。我又闪过。但第三支擦破我的手臂，鲜血直冒。

这时，妈妈出现了，她愤怒地喝令停止打斗。

银色男人的孩子说：“他先打我！”

我一言不发，眼中的怒火却可怕地喷向对方。须腕也不示弱，恶狠狠瞪着我。

妈妈说：“你们是好兄弟，不要这样。这样不好。”

妈妈先安抚须腕一番，又把我拉到一边，用湿热而丰腴的嘴唇轻柔吮吸我的伤口。我闭上眼，发出呻吟。这时我就在痛楚中感到温暖和爱意，觉出海洋重新变得亲切。它毕竟不会离弃我这个男孩。委屈和嫉妒消减下去。我忍住不让眼泪流出来。

“你不要惹他们。他们会杀死你的。”妈妈却哭了。水栖人会哭泣，这种表达感情的方式，使得我们与别的生物不同。

“你要学会好好活下去。除了你自己，以后没有人能救你。你是最让我放心不下的孩子。”妈妈说罢，又更加投入地吮吸，把我的血液一丝丝吞咽下去。她脸上呈现出迷醉的神情，好像我是她唯一的男人。

妈妈感到自己老了。昏噩的她在我成长的身体上重新体味到了青春魅力。水世界是孩子们的，而他们却过早开始了互相杀伐。这是她那个时代没有过的事情。

但也许红色海洋喜欢的就是这个吧？

我最初的鲜血毕竟已经被它啖去了。

# 十、灾难

海洋越来越陶醉于自己的无常之变，终于影响到了人类生存。

连续一些日子，我感到水温在上升。但是水体却平静得出奇。

我还注意到往常路过洞口的牧蟹，很久没有出现了。

有一次，大群的金枪鱼从附近迁徙而过。它们一眼看不到头的队伍闪闪发光，壮观的景象实属罕见，让孩子们过足眼瘾。然而所有的妈妈面带忧色。

食物更少了。男人们常常空手而归。紫菜不明原因大量死亡，到处漂荡着它们毛茸茸的尸体。

一天，远方忽然传来撼人心腑的声音。那是一种低沉但强劲的轰隆声，犹如连环海雷震怒不已，又像是巍峨海山连续坍塌。跟着出现了无数惊惶逃窜的鱼群。

可怕的声音中途停歇了一会儿，又连绵不绝吼叫起来，最后变成一片浩然的狂啸，像是千万头水怪扯长脖子一齐呼唤。水层中涨满大大小小的泡沫，还有断肢残体的死鱼死虾，海水发出让人头昏脑涨的恶臭，无数的金属碎屑混合着珊瑚残片开始狂舞——这海底的沙尘暴，混沌了人们的视野。

然后，水体汹涌激荡，像一座崩溃的山峰向人们猛地抛来。海啸正把整个海洋从下往上用力搅动。海流浩荡向前，巨藻被狂涛连根拔起，古怪地旋转。甚至连硅贝都被从礁石上撕扯而下，纷乱翻卷。

妈妈和孩子们藏在洞穴中，倾听外面山崩地裂，一言不发。不一会儿，男人们也颤抖着挤进来。大家只觉天旋地转。

不知过了多久，海啸不但没有平息，反而更加猛烈。一股股魔龙般的软泥张牙舞爪沿着斜坡疾速涌来，海底礁石有的被泥流淹没，有的被巨浪掀得狂乱飞奔。

建在岩壁上的洞穴开始摇晃，石头一块块掉落漂走。人们还没有来得及做出反应，顷刻之间，整个岩体坍塌了。

这真是灭顶之灾呀。洞内的人都被掩埋。很快，水流又冲走泥石，幸存者刚刚从石堆中探出头，又被卷入旋涡，闪动一下就消失了。

我紧紧抱住一块大石，随着它翻滚向前。石头被冲到一道礁缝间，恰好被卡住。我不敢松手，牢牢抓紧它。眼前飞快流过几个兄弟姐妹的身体。我看见百合也在其中。我伸出一只手去拉她，但没有够上。百合一声不发便无影无踪了。

几个银色男人的孩子也漂浮过来，他们以为凭借游速的优势便可以逃到安全地带，但水流实在太过迅疾，他们反而更快成了海洋的牺牲品。只有像我这样卡在石头缝中的孩子，才侥幸活下来。

我四顾寻找妈妈，但不见她在哪里。我只看到了须腕。

他被一股大水冲过来。这曾经不可一世的家伙向我露出求救的眼神。我沉浸在对百合的悲戚中，没有理睬。须腕用一种奇怪的姿势挣扎游近，一只手抓住我附身的礁石。“救我！”须腕哀哀大叫。我想也没想，就用力把须腕的手掰开，又顺势狠狠踹他一脚。须腕一下被湍流冲远。我紧张地注视他，见他手脚乱摆一会儿，便不再动弹。须腕很快变成了一个小小黑点。

有生以来，我制造了第一起谋杀。我不安了一小会儿，随后感到浑身上下无比舒坦。

不知过了多久，狂潮落下来，水流变平缓，海底逐渐恢复了宁静，好像一个游戏终于来到了休息间隔，那任性的玩家也累了。人类的残肢断臂与鱼儿的五脏六腑在水层中纷坠，形成一幅超现实的图画。

我终于发现，妈妈也卡在一个石缝中，昏了过去。我正准备游到她那里，忽然被眼前的情形吓坏。一个巨大的浮游型噬人藻正在逼近妈妈。竟不知道噬人藻能到达这么深的海底。这肯定是潮水把它从上层水面带下来的。

这浑身长满茸刺的低级智力植物正向妈妈伸出长长触鞭。它棕色的、长达二十米的绳状茎在兴奋颤动。

我惊叫一声，朝前冲去。噬人藻愣了一下，把触鞭缩回去。我拾起一块石头，砸向敌人。石头飘飘忽忽划向噬人藻软绵绵的身体，被它的叶形气囊一下裹住。

噬人藻掉转身，朝我晃晃悠悠游来。我一个猛子潜入水底。海藻的速度不是太快，方向也控制不好，那怪物很快被我甩在后面，渐渐看不见了。

摆脱了噬人藻的追击，我又游回妈妈身旁。

"谢谢你，海星。谢谢你救了我。"妈妈已经醒来，目睹了儿子奋不顾身把噬人藻引开的过程。在我的记忆中，妈妈还没有用这样郑重其事的口吻对我说过话。

"你是一个男人了。"她说。

"妈妈，我好想你！"

母子相拥而泣，久久不愿分开。这时我想到，就在刚才，我害死了妈妈的一个儿子。

妈妈也受了伤。我想学着妈妈对待父亲和我的样子去吮她的伤口，却被她一把推开。这使我恼羞成怒，却不敢发作。

妈妈带我一起寻找幸存的人们。我们仅找到五十六个孩子，还有四十九个成年男人和三十一个妇女。其余人都被冲走了。我有十三个兄弟姐妹失踪。

过了一些时候，才有人陆续返回。但没有我家的成员，包括百合和须腕。

## 十一、迁徙

那场“游戏”过后，海洋环境愈发恶劣起来。许多动植物莫名其妙死亡，活着的大部分底栖和浮游动物也都搬家去到别处。

剩下的男人已经穷途末路，他们向女人打了一个招呼，便一齐离开了。他们要去新海区，开辟新生活。

男人没有带女人和孩子一起上路。妇孺被抛弃在了深渊。

大家惊恐不宁。留在这里，只有等死。

只有妈妈还算镇静。她说：“我们自己上路吧。谁规定女人就只能死待在一个地方呢？听说，我们的祖先都是洄游的。”

剩下的水栖人里面，妈妈年纪最大，大家都听她的。女人们便带孩子们出发了。

这支妇孺组成的队伍，一路上担心遭遇天敌，因此行得很慢。我和一帮稍大的孩子，也承担了照顾婴儿的任务。

我们游游停停，却发现行进了许久，仍然在这个海区打转。

是什么使我们迷失了方向呢？有一刻，我看到海中冲出一个旋涡，里面隐隐约约回转着一个女孩的彩色尸身。

我们一直是绕着这个旋涡在游行。

我吓得变了脸色。但别人似乎并未察觉。

绝望间，前方出现了一群闪光的身体，一举驱散了阴晦。这正是我出生那天君临的银色男人——须腕父亲的族群。他们离开后，没有忘掉曾经宠幸的女人，也想念着孩子们，返回来找我们了。

这时，那个神秘的死亡旋涡才怯场一般，忽然消失了。

生活于是恢复了常轨。男人与女人又开始亲热。男人为女人提供了并不丰裕但还算过得去的热情和食物。婴儿又不断降生。

但是，这个时期的海洋正在发生剧变。盐度和酸度都在增加，水温不断升高，而氧气含量大幅度减少。微生物、浮游动物和藻类大量死亡，鱼群的数量急剧下降，生命进入了新的灭绝周期。

银色的男人不久后也决定迁徙。

这次，他们决定带上一些女人一道走。

妈妈也被选中。她虽然衰老了，却因为养育了银色男人的后代，而受到了优厚的对待。

对于银色男人，我怀有矛盾的心情。在我看来，他们像是更有智慧的种族。这使我重新感到希望。但我也意识到我与他们有着巨大的不同。一想到正是自己谋杀了他们的孩子，心中不禁泛出一股阴暗的浊流。

不过，这些都来不及多想了。在银色男人的统率下，人类这种尴尬的两足海洋哺乳动物组成了井然有序的队伍，稀稀拉拉沿着一股巨大而炽热的海流往不知名的目的地前行。

这是我平生第一次长途迁徙。一路上，我好奇而震惊。

我看到了更为宽阔壮美的海洋，人类栖身的海槽与之相比，不值一提。千奇百怪的山脉和海沟闯入眼帘，难以计数的海底火山使我感到自己的身体也在炽烈燃烧，更加纷乱稠密的闪光金属残屑不断把我的腹鳍碰击得阵阵作疼，使我觉得在很久以前这海洋中必定曾存在过一个巨大的物质实体，只是它如今已经粉碎瓦解。

我于是明白，我来到了我曾经幻想过的水体“外面”。只是，这“外面”必定还有“外面”。海洋是一个无穷无尽的连续世界。那么，有没有海洋之外的世界呢？

我脑海中回响起我出生那天妈妈与银色男人的对话。

“你是从哪里来的？”妈妈柔声问。

“另外的世界。”陌生人简单答了一句。

那是我第一次知道存在一个另外的世界。我从一开始便认定那是一个无法理喻的所在。四面八方涌来的彤红水体正如一个包容万物的子宫，孕育着人类所能想象及无法想象的一切。阴柔的海洋就这样通过妈妈的身体纽带，让我感受到了存在的不可知。

我想，如果具备足够的体力，一直朝一个方向游下去，会到达什么样的地方，会看到什么样的景致呢？这是无法回答的难题。我想，有机会的话，我会向银色男人求教的。看上去只有他们能够驯服这桀骜的水体。

在迁徙途中，我们也遭遇了其他的水栖人族群。我以前从不知道海洋中竟分布着这么多的人类。他们形貌各不相同，命运也不尽一样，有的族群兴旺发达，有的已濒于灭绝。当然，我见得最多的还是各种各样的非人类生命，大部分我叫不出名字。有的庞大得像一座山峰，有的绵长得一眼看不到头尾，有的细微得肉眼难以辨识。

有一次，妈妈指着一条卧在水底的灰暗大鱼对我说，它已经活了一千岁。一千岁是什么意思？妈妈也难以解释。这是一个流传下来的古老说法。我第一次意识到了时间的存在。这是在不断的游动中才能体会到的一种惊惧感觉。然而，它仅仅加固了我对一切皆短暂的悲戚认识。

一次，我一觉醒来，忽然产生了一个连自己也吃惊的想法：如果有朝一日，让海洋中所有的事物都听命于我，那该是什么情形！

## 十二、传说

在途中的一次休息时，我问妈妈：

“我们这是要去哪里？”

“不知是不是去海底城。”

“海底城？”

“是呀，海底城。那是一个美妙的所在。只能用仙宫来形容。那里的人类并不栖身在容易崩塌的岩石洞穴中，而是居住在用金银打造的球形房子里。那些房子一串串在波涛间屹立不动，就像巨大的珍珠，就像美丽的扇贝。住在这样的房子里，不必畏惧海啸的肆虐，不必担心酷热的煎熬，也不用害怕大海鼠的偷袭。”

我以前从来没有听妈妈讲述这样的事情，不禁满心欢喜和好奇。

“那么，也就不用饿肚子了吧？”

“是啊。听说，海底城中的居民不知用什么办法，让鱼虾都自动到他们那里集合，听从人类的调派。他们饲养它们，以备食物稀缺时之用。这样，便永远不会有挨饿的日子。”

“那多好啊。”我咂咂嘴，“海底城还有什么奇妙？”

“那里的人外出旅行，不需用双腿拍击水流，而是乘坐在一种闪亮而凉爽的大甲壳里面，就像盖龟，但速度快过盖龟，好似海豚。他们周游世界，建立了庞大的王国。”

“什么是王国？”

“怎么说呢，我也不知道。王国就是另外的世界呗。”

啊，另外的世界！我的心旌再次摇动。莫名其妙，泪水似乎也要夺眶而出。

难道，那另外的世界，竟与我未知的命运有着什么神秘关联吗？

“那么，王国里的孩子也打架吗？”

“从不。他们一生下来便友善相处。他们活得也比我们长寿许多，很少生病。”

“妈妈，你是怎么知道这些的？”

“是银色男人最近告诉我的啊。”

原来，妈妈也是才知道的呀。怪不得她以前没有给我讲过。我与妈妈相视而笑。

“银色男人一定是从海底城来的吧。”我又问。

“不是的。这是他们种族的传说。也许他们的祖先与海底城有着某种渊源。”

我感到失望。原来这是一个古老的传说，而不是现实中的事物。“这么说，他们也没有亲眼见过海底城。”

“但他们相信，海底城是存在的。我们也许正是在往那里去。这样，就可以得救了。”

是的，就可以得救了！说到这里，妈妈浑浊的老眼中，重新透射出一抹亮光。她慈爱地拍拍我的背脊。我忆起，在我出生时，年轻性感的妈妈一边把我紧紧抱在怀中，一边用眼角余光搜寻远道而来的陌生男人。我偷看一眼我曾经用力吮吸过的乳头。它们突出在妈妈平坦而稀薄的胸脯上，随着水流无精打采左右晃荡，搭拉着像两只干瘪的无节幼虫。我对自己竟还拥有幼时的记忆而感到惊奇，同时，也更加黯然神伤。

奇怪而遗憾的是，至今，我还没有与妈妈发生过那种关系。我难道真的与别的男孩不同?

妈妈之于我的最大意义，在于她用生命的余力，让我第一次知晓了海洋中还存在一个美妙去处。这使我展开幻想的翅膀，一时忘掉饥饿，游起来也不那么累了。

从此，我便常常在梦中见到，在我前方红通通的圆润水体中，忽然展现了海底城巨大骇人的立体轮廓。它就像大海螺和珊瑚树一样极度真实。附于其上的无数球形房屋，令人心颤地悬浮在斑斓交错的海沟上方，在滚滚波涛间依次明灭，闪耀着让时间也深感敬畏的光芒，把女王一般的宏伟海洋和水栖男孩的稚弱心灵映照得一片透彻雪亮。

## 十三、错误的目的地

然而，我们最终没有抵达光辉灿烂的海底城，而是在另一处燃烧的海槽中停息下来。这便是这次迁徙的目的地。

我未免十分失望。

不过，这里终究强于老家。水质温凉，氧气充足，鱼儿群聚，海底不再一片荒芜。男人们找到新的礁穴，赶走虾蛄，安顿女人和孩子。

新生活就要开始。大家充满希冀。

但是，谁也没有料到，银色男人这回铸下大错，他们把大家带到了一个危险水域。

我们误入了黾人的领地。

黾人是一种特异化的人种，状如海马，生活在八百至一千二百米深度的海水变温层中。他们面色阴晦，孔武有力，以攻击性著称。忽然出现的大队人群，使他们感到了威胁。

为了保卫自己的食物和女人，趁新来的移民立足未稳，黾人发起攻击。

我又一次看到人与人的厮杀。这比起须腕和哥哥们的袭击，可不是一个档次。这一天，我产生了战争的最初概念。

银色男人虽然强悍勇猛，但他们的水矛抵挡不住黾人的海弩，很快便溃不成军。

可耻而出乎意料的是，银色男人最后竟也像我那种族的男人一样，抛下妇女和儿童，遗下一批尸首，仓皇逃窜了。凶狠的黾人却不放过他们，追上去把他们一个个杀死。

我有关男人的幻想破灭了。

但，这便是令海洋得意之事吗？

黾人在杀掉银色男人后，折回来掳走所有的成年妇女，其中也包括我那可怜的妈妈。然而，他们对孩子却不屑一顾。

## 十四、险境

我和几十个孩子挤在一个洞穴中，其中有一些是别的女人生育的。

他们也都失去了妈妈。

但大部分人并没有为眼下的处境和妈妈的被掳而悲伤。他们死到临头，却仍然麻木。这正是人类的天性。

忽然间没有了妈妈，我心里空落落的。男人的幻想既已破灭，而对于女人的梦想，也就彻底失落了。

但首先是食物的问题。

礁洞里还储存着一些鱼肉和蛤肉，暂时还能维持生计。这成了大家不去担忧未来的理由。以前，这是妈妈替大家考虑的。

只是，哺乳期的孩子一直嗷嗷哭叫。但慢慢他们的声音变小了，最后声息俱止，动静全无。

随着时间的流逝，食物在飞快减少。

剩下的不多食物被哥哥们霸占。我和弟妹们只有相对而泣。

这时，我提出：“妈妈不在了，我们必须学会自己救自己。谁愿意跟我出去找食物？”

大家听了，面面相觑。没有妈妈在，怎么能随便行动呢。

说这话的人，真是大胆啊。

没有一个人响应。

最后，我决定单独出外觅食。

我在洞口观察一阵，发现附近有一小片树林，那里丛生着海云笋、海莴苣和红皮藻，还有各种贝类附着于礁石。我没有见到黾人出没。

应该感谢妈妈，是她教会了我觅食的基本方法。我飞快游过去，小心翼翼避开有毒和攻击性的植物，采集了一些海笋和贻贝。这时，我想起往昔妈妈带领孩子们觅食的热闹场面，不禁黯然神伤。

然后，我携食物返回。刚游出不远，忽听见附近传来一片异样水声。我以为是黾人，侧头一看，见是一头巨水蚤跟了上来。

巨水蚤的身体是人的三倍大，动作却异常灵敏，这足以表明它是生命演化的成功者。这灰色的庞然大物夸张地摇动两对触角、五对胸肢和长着刚毛的尾叉，劲头十足地拨拉水流，朝我直扑过来。

这是我出生以来遭遇的最大危险，也是我第一次单独面对强敌！我的脑子刹那间一片空白。

我虽然也捕猎过海胆和红鳍，击退过噬人藻，但披着甲壳的巨水蚤甚至比沙蚕还要厉害。

我扔掉海笋和贻贝，拼尽全力往前游。但这么一来，反而暴露了自己。这是因为巨水蚤是靠头部的震波与机械感受器捕食的。我发出的声音为它指示了目标。我觉得小腿一麻，有什么东西拉扯住了我。

回头看去，见巨水蚤一对粗大的触角正搭在我的两腿上。我不顾一切向前一挣，却感到巨水蚤触角上的刺毛更深嵌入肉里，钻心的疼痛使我差点晕了过去。这时，巨水蚤脊突状的狰狞前额，口器边弯刀一样的侧钩，以及锯齿状的大颚缘齿，都明白无误映现在了我的眼中。

在单纯的身体与身体较量中，巨水蚤的力气是人的十倍，我脱险的可能性微乎其微。动物喷出的臭气直吹在我的耳畔。周围的海水正在冰凉和陷落下来。我大叫："救我！"却无人回应。

此刻，我多么希望妈妈就在身边！我忘记了她的告诫：在海洋中，危险比比皆是。一旦离开妈妈，海洋的肆意凌辱，就变本加厉了。我眼前浮现出水草在水笔仔掌握中挣扎的惨状。不应该离开洞穴啊。但后悔已经太迟。

我闭上眼，绝望地等待被巨水蚤撕碎，一口口嚼烂。

但就在这时，我忽然感到巨水蚤身体一震，抓住我的触角似乎松开了。我睁眼往后看，见巨水蚤第二腹节的要害处扎着一支水矛。跟着第二支水矛又投射过来，捣碎这怪物胸脯上的钙壳，又洞穿它的身体。

一个灵巧的身影正从左下方飞快游近。开始我以为是黾人，但细看不是。这是一个我没有见过的族群的人，年纪跟我相仿。他双吻突出像箭鱼，背上长着一排青色的倒刺，趾间的蹼又宽又大，模样很是丑陋。

“你怎么样？伤得厉害吗？”不速之客关切询问。他说话时，嘴角向两侧裂成一条可怕的巨豁。

“还好，只是擦破了点皮。”我战战兢兢回答。其实我伤得不轻。

“你怎么这么不小心呀。这家伙可不是好惹的。”怪物模样的水栖人满不在乎踹踹正在作最后抽搐的巨水蚤。

“谢谢你救了我。”我余悸未消，“我该怎么报答你？”

“瞧你，别这样说了，都是人类，谁都会有危难的时候。你快回去吧。”

“你是谁？从哪里来的？”

“我浮游路过这里。我要去找我的族群。”

他急急说完，便纵身而去。

我在他身后大叫：“你要小心黾人！”

“知道了！”

我用迷离的眼神，目送这个怪人。

他年纪轻轻，水矛术真厉害。他来自哪里？海底城？另一个世界？

我对他的去向感到神往。

他的言语也给我留下深刻印象。那些说法，像“都是人类，谁都会有危难的时候”，还是第一次听到。不知以后还能不能见着他。

## 十五、离去

我忍住伤痛，把丢失的海笋和贻贝拾起，回到洞穴，第一眼，便见哥哥们正在撕吃一个血肉模糊的躯体。那是一个妹妹。他们先从女孩下手。

还没有被吃到的弟妹，在一旁羡慕注视，像在等待赏赐。所有的食物袋都空了。

从体格上看，吃人的男孩比被吃的女孩强健，这使我体味到了性别的真实含义。

哥哥们漠然瞥我一眼。有人看到我手中的海笋和贻贝，眼睛一亮，稍作停息，却顾不上抢夺，只忙着先吃死人。

看到鲜肉，我也忍不住要流下口水，但我强迫咽了回去。

这时，我忽然意识到，自己再待在这里，会是什么结局。

于是，心中泛涌起一股莫大的悲哀，脑海中浮现那些离我而去的人们，妈妈、百合、水草和父亲。

我产生了一个以前没有过的想法：在这个世界上，活着多没有意义啊。这个念头让我惊诧莫名，倍感凄惶。

但是，心中另一个声音却说：不，不能在这里等死。在这儿，不是饿死，就是被人吃进肚里。

其余人似乎都没有意识到这点。我却可以比别人想得高明和长远。这是一个让我震惊和喜悦的新情况。我甚至觉得，产生这种想法，比拥有一副壮硕而威武的成年男人身体，还要重要得多。

妈妈的话语又在耳边响起：“你要学会好好活下去。除了你自己，以后没有人能救你。”

我便打定主意。我把海笋和贻贝留给嗷嗷待哺的弟妹，便毅然游出洞口。炽热的海水激得我格外清醒。

我面临的，仍然是生死未卜。等待我的，可能是巨水蚤、大海鼠或噬人藻。但我有一种直觉：全新的生活正在向我召唤。那个救我的男孩，使我勇气平添；而有关海底城和另外世界的传说，则使我在红色深渊中看到了另一层亮色。那是我从不曾见过的湿漉漉色彩，仿佛仅存于幽暗的记忆深处。

一双神秘的眼睛，正在海幕尽头等待我。

# 第二章　掠食族

## 一、浮尸之海

礁穴外的海洋中空无一人。

我恍恍惚惚朝那双神秘的眼睛游去，但它很快变得黯淡，最后竟在海幕上全然隐去。

也许，一切不过是我的幻觉。

只剩下空荡荡的世界，在开锅的万丈光焰中涨落，事物像在争相把自己煮熟，然后便约好似的一齐逃遁。数不尽的金属碎片跳着永不停息的环舞，一切缤纷闪烁，好像海水里腾跃着一亿头饱受煎熬、浑身披鳞的堂皇巨鱼。海流时松时紧，挟裹植物的孢子和萼片，迷迷漫漫扑面而来，水底则茂盛挺立出夜行灯一样的复形伞和圆锥叶。就在这些剧毒的植物之间，寥若晨星的鱼儿偶然穿梭。

这是熟悉而陌生的景象，有时使我觉得仿佛重返了妈妈豪华而精致的子宫，回到了出生之前的岁月。

但世界为什么必然是这副模样，而不是另外的形状？这正是宇宙中最为艰深而可怖的问题。

被巨水蚤弄伤的身体仍在隐隐作疼，这使我无心欣赏海洋的多彩多姿。我只顾得上拼力往前游去。

可怕的水怪还会返回么？我担心海兽发起新的偷袭，然而，它们却奇怪地不见踪迹。这反倒使我不安已极。

果然，像是要印证我的不祥预感，海幕微微耸动一下，噗地吐出一团黑气。怪影快速长大，分解出无数斑点。又近了许多，原来，是沙棘虾的旅行大队。

果真是虾群，但统统已经死去！虽然死了，竟保持着整齐划一的队形，正像是一支殉葬军团，被一个无形的元帅统领，活泼泼的尸体朝着一个不知名的确定目标前进！

不知过了多长时间，尸群才忽然消失，就像刹那间被一网打尽。海洋又空荡得成了一只软塌塌的口袋。但一会儿后，前方出现了更大的黑影。

这回是鱼群，死亡的鱼群。一群过去了，又是一群。铺天盖地，烂稀稀的鱼尸纷乱撞在我的额上、肩上和鳍上，如同风暴潮的大爆发，鱼儿却比它们活着时还要灵动精神。

我被击打得头昏脑涨，开始时还挣扎躲避，很快意识到这是徒劳，便任其自然了。

却见各色各样的鱼儿都来了，不少是我从未见过的种属，像在奔赴一场盛大聚会。海洋于是呈现了久违的热闹场面。鱼儿都死不瞑目，其中，不乏百米长的大鱼。鱼群的中间，又夹杂着海藻和珊瑚的残躯。

眨眼工夫，水世界便被浮尸填得密不透气。某个地方一定发生了巨大灾难。但是，是什么样的灾难，才会造成这样的结局？

事情还没有结束。亡鱼们的身后，又紧紧跟来了大海鼠的尸体。成千上万头大海鼠，海洋的霸主，莫名其妙死在了它们的乐园。我从未与如此众多的海兽贴身亲近，看见它们开膛破肚，参差突兀的肋骨间悬垂着破烂零落的心肺，一片片清晰可鉴，明媚照人。

然后，又有吊睛鲼和巨海蚤的尸体，都是人类的天敌，却悉数横死在了大海之中！除了海洋本身，又有谁能将其统统杀死？

最后，就出现了人类的尸体。

昔日的海洋统治者，模样千奇百怪，尸身无边无际，成堆成簇沉默浮来，像在思考，只是忘记了说话；像在睡眠，只是忘记了醒来。有男人，也有女人；有老汉，也有幼婴。有的完整，有的破败。那残缺的，仿佛是遭受了海兽的袭击。细看一遍，却又不像是海兽所为。许多人的面目已经腐烂成了丝状筛网，使人联想起丑陋的短蛸和苔虫。

不过，或许，这才是人的本来面目？

人群的游动寂然无声，他们死后，也是大海中最守秩序的动物。这正是人类不能在海洋中适应并长存的证据。

我看见，尸群中有不少与我一般大的孩子，眼珠脱落的双目空凹打开，似乎在倾诉某种委屈；白骨历历的两臂僵直伸出，如若要抓握什么希望。孩子们像是海底山岭瓦解后的万千残片，他们身上粘满红色发光金属的碎屑，遍体荧火闪耀，充满不可思议的灵动。

尸体的奇异大游行经历了很长时间才终于走净。最后，这巨大的胎体内，又剩下我一人。

我怀疑自己其实早已是一具尸体。

水草妹妹死去后就是这样的吗？

海洋这女巫的性别，在我的心中变得不再明晰。

## 二、时间深谷中的人群

海洋中前所未有的惨象使我信心大减。我在恐惧中昏迷了又醒来，醒来了又昏迷，凭水吹去，任潮拍击，忽然，我感觉到，海洋变得凉爽了；忽然，我看到，海水不是红色的了，而是一种——奇怪的深蓝色！

这忽如其来的异常色调污坏了我的双眼，昏噩了我的神志。等再一次有了视觉的反应，却见周遭海水啪的一声明亮起来。

身旁出现了拼命游动的无数人形，星星点点落满海底的深涧高谷，灿灿然穿越水下的密林巨木。是一眼看不到头的庞大队伍啊，像是亿万只水母听到命令一齐浮出！来历不明的人们一言不发徇徇游动，携着万千具明亮火烛，形成一条闪亮缤纷、夺目耀眼的长龙。

我从未见过的蓝色海洋，就这样被数不清的彤红光焰照亮。世界呈现出不为人知的另一种面目，使我不知如何应对。

仿佛是刚才那些数不清的尸体活过来了。但仔细一看，却分明都是活人！

人群在急切赶路，像是被什么东西催促。他们对我的闯入视若无睹，无暇旁顾。他们的身形与寻常水栖人不大一样。他们一个个面色愁苦。

我惊惧地在这陌生的人群中穿行，忽然，被眼前的一幕吓得肝胆俱裂。

紧随队伍，雷霆万钧的巨浪中，起伏着上千头我从没见过的流线型灰白色大鱼，摇晃尖刀般的吻，摆动飞叉似的尾，圆睁凶残的小眼睛，把掉队的老人、妇女和孩子一口咬成两截。海洋中血肉横飞。

在这食人大鱼的后面，还有一群群体形略小的狗头水兽，在扫荡大鱼吃剩的残尸余肉。在水兽的周围，扑腾着一些长翅膀的动物，发出啾啾鸣叫。我没有见过可以在水中游动捕食的企鹅，不明白这不祥之鸟怎么会出现在深海之中。

我问边上一个人：“你们是谁，要去哪里？”

他诧异地打量一下我，大叫一声：“救我！”便害怕地游开了。

我又问另一人：“是去海底城吗？”

那人恐惧地连说两声：“海难，海难！”

我却听不懂。这不是我知道的水栖人的方言，而是一种失落的话语。

这是何方来的族群？他们遭遇了什么不幸？

我注意到，一些人身上，蒙裹着一层橘红色的平滑皮肤，他们的脸上，戴着透明面罩，背脊上驮着银色的金属罐状物，端口处延伸出胶皮管路，连接着嘴鼻。另一些人赤身裸体，看样子已经死去，由铁索牵成一串，在大水中海藻般晃荡，泡得惨白，紧紧跟随大队，奇怪，他们的手足间都没有长蹼，腹部也没有鳍突。利刃般的水流正在无情剔刮他们的尸骨。

在这异状人群的不远处，几个甲壳状的黑色巨物在隐约浮动，两头缩成尖尖形状，腆突出圆滚滚的肚子，身体两侧分布着黑色而整齐的半球形隆起物，从一排椭圆的窟窿中由里向外燃烧起凶险无比的大火。这巨大的甲壳正在慢慢沉没。

“你们莫不真是来自海底城？那么，救救我啊，让我跟着你们吧！”我发出怪兽般的哀鸣。

话音未落，所有的人影就都消失了，就像他们从来没有存在过。

四周又复是海洋的空腔，连那奇怪的吃人鱼亦杳然无踪。

我惘然不已，忽然觉得，如果这些人真是海底城的居民，也分明是死去很久的人，他们正在朝着自己以前生活的各个阶段洄游，试图找回失落的安稳。是的，不错，这悲壮的行军在悠久的历史中一直就瀑布般持续。在海洋中，我们永远分不清过去和现在，也分不清自己是死是活。

这么想着，忽然，蓝色的海水又恢复了熟悉的艳红，黏稠得像是血浆。刚才的一幕，像是一场梦。

我受了惊吓，又累又饿，不久便沉坠在了海底。

这时，约会一般，水草妹妹绿荧荧的面孔在波澜间浮现了。这诡异无比的女孩子向我温柔而暧昧地招手，她身上腐烂的肌肉一片片倒挂，她满是窟窿的脸蛋上泛出不怀好意的阴险笑容。

刹那间，红色海洋似乎重新确定了自己的性别。

我喜不自禁，正要扑过去拥抱水草和死亡，却看见头顶有另一群闪闪发光的模糊幻影飞速掠过。是鱼群，还是水兽？那熟悉的水纹图画以及震耳欲聋的爆裂声使我忆起一种东西。

水草、死亡和幻影同时争夺我。最后一刻，求生的欲望取得胜利。我用尽全力，从无数生物遗体构成的海底腐积潭中挣出，不舍地告别水草，向上方的幻影游去。

## 三、幻影一族

我用生命的余力跟上那簇幻影。忽然，竟传来人语：

“你这孩子是谁？你干吗总跟着我们？”

“我是海星。我不跟着你们，就要死了啊。”

“咦，连孩子也怕死吗？”

“我怕，我怕入了骨髓！”

“怕死，这正说明你还活着啊。然而，海洋中已没有什么可以怜悯活人了——孩子也好，大人也罢。那么，你且跟着吧，看你的运气了！”

说话的幻影是一个成年男子，长方形的脑袋大出常人一倍，腹部长着龌龊的斑斑盾鳞，额头生出两根漂亮的长长触须，体色红白交错，荧光闪烁。

我不知这怪物来自哪个族群。再看其他幻影，也统统是人，却不知属于什么部落。

垂死的我听到人声，心中涌起久违的感慰。

我便跟随怪人游去。不久，来到一处焕发黯淡红光的海盆。队伍停歇下来。

我才看出，这群人的体形千奇百怪，肤色各不相同，但也有像我的。总共怕是有两三千人吧，是不同族群的成员混合聚集在一起。

他们全都是成年男性！

只有男人，才能在阴柔的大海中描绘出那样神奇的水纹图画，并制造出震耳欲聋的爆裂声音。

我觉察到自己敏感的心灵在迅速绷紧，而我熟悉的海洋则在四周飞快萎缩。世界似乎正发生着新的变化。

难道，冥冥之中，大海已经事先为我安排了一个逃亡的理由？

妈妈、水草和百合的身影，刹那间统统浮现了。

我浑身发热地观察这庞大的人群。

在海盆中央，有一簇簇低矮的圆丘。队伍中打头的一个家伙在圆丘旁急促划水。这人形状丑陋，四肢短小，鳃盖外翻，眼睛小得几乎消失，额头上有密密的脓肿，最引人注目的，是他的颊部表皮上生有两个巨型肉瘤，闪射青光，急促跳动。

只见他夸张地伸长脖子，仿佛是用那肉瘤倾听海中的动静。

不一会儿，他说："没错，就在这里。"

听了这话，其他人便急不可耐，齐刷刷舞动蚌刀、水矛和鲨齿锯，在圆丘上奋力挖掘。很快，掘出了一个个坚固的鲸鱼皮囊袋，从里面取出一块块雪白的大肉！

是沙蚕肉吗？我的肚子不争气地鸣叫起来。

大家美滋滋地把几近腐败的肉块分食。看见我在一边垂涎，那长方形大脑袋的家伙便游过来，怜悯似的扔给我一块。

我急不迭一口吞下，连肉块臭烘烘的异味都来不及仔细品咂。

吃了东西，体力恢复了一些。我怯怯问："你们是人吗？"

大脑袋说："你觉得我们不是人吗？那你呢？"

"我是人。却又不像人。"

"为什么？"

"因为我离开我的族群了。你不知道吗，人原先是扎堆儿生活在一起的。我孑然一身，不像是人了。"我努力装出大人的口气。

大脑袋说："你倒是明白啊。而我们也是扎堆儿生活在一起的，但不是一个族群。这也是人。但我们也不像人了。"

他说出的话，正是成年男人惯用的费解语言，小孩子听了只会似懂非懂，却莫名有些暗自高兴。

这时，人群中一声响亮，一个家伙在水层中高高跃起，弄起一片激越水波和大串旋涡。大家都不作声，敬畏看着他。

这人的体形比其他人要庞然许多，长着一身火红而无杂色的皮肤，尤其与众不同的是，他的脸上挂着一副海兽头骨做的面具，所以，看不出他的真实长相。他以惊人的速度在队伍中穿行，不停低声咆哮，忽然来到我的面前。

“这小家伙是哪里来的？”怪物恶狠狠盯住我问。

大脑袋说：“是自己跟上来的。名叫海星。”

怪物默不作声打量我，嘴巴有节律地一张一合。他的面具散发出一股让人欲呕的强烈恶臭。这面具确切来讲更像是一幅巨大的眼罩，它的下部突露出一道开口，使我能清楚看见这家伙的嘴部，其上下颌生着扁平锐利呈短剑式的牙齿，直立排列，异常强大。就在他的口腔顶部，还平行着几行细长利齿，由韧带附着在腭骨上，一律向食道方向倒卧，齿缝间缠挂着缕缕肉丝。

我感到了平生最大的害怕，比被巨水蚤抓住时还要恐惧。怪物对着我凝视半天，什么也没说，只冷笑两声，唿啦一转身，眨眼间游到十丈之外。

半晌，我才问大脑袋：“他是谁？”

“我们的头领。都叫他尸虺。”

“头领？尸虺？”

“是的。没有头领尸虺，我们一事无成。”

我不太明白。在我原来的族群中，是没有头领的。大家都由妈妈带着，以家庭为单位，分头觅食。那些可怜的男人，则是一盘散沙。现在，水栖人有头领了，这意味着什么？

此时，尸虺已游到队伍的前面。他尖厉鸣叫一声，像是自呼其名，众人便动作齐整地把吃剩的肉块重新掩埋起来。尸虺又高叫一声“尸虺”，四周的水流便群起激荡。队伍很快集合好了，然后，大家一起上浮，朝着一个方向，浩荡游去。

我急忙跟上队伍。我吃惊看见，那个颊部长有肉瘤的家伙，游在最前面的位置，探头探脑悉心侦听，肉瘤一起一伏。大家全副武装，携着水矛、蚌刀、海弩、龟骨叉和鲨齿锯等武器。男人们节律分明地劈波斩浪，拖曳出巨型动物才会鼓荡出的宽厚航迹。

“我们这是要去哪里？”我要使劲才能跟上，一边忐忑问。大脑袋却不回答，只递过来一个神秘眼色。我想问，是去海底城吗？却怕人笑话我，没有再敢出声。

这时，海底响了一声凶凶炸雷，大洋倾斜着摇晃一下，就好像要愤怒地整个翻覆过来，紧绷绷的海幕也有了散架抖落的架势，却最终不能被仿佛由万千蛆虫麇集成的浪头撕破。幻影的队伍海怪般起伏，水底的重重淤泥卷扬上来，连踵的旋涡一串串追逐不停，连同海草、红树和底栖小动物，并及它们的尸体，混合在无数的金属碎片中滚起跟头。我游在这队伍中，感到自己成了真正的男人。

忽然，不远处传来海兽临死前的惨叫。又不知从哪里震出大队鱼群，这或是世上最后的鱼类，属于葵形目的种属，有着苍色斑纹、灰白脑袋和鲜红嘴壳，叫声像是叹气。虚弱不堪的鱼儿神经兮兮，一射一停穿越内波，有的昏头昏脑撞在一起，沉没在水底。但是，这个全由男人组成的水栖人队伍却没有被丝毫冲乱，一直稳健前行。鱼群与人体不时碰击，激射出摇曳的电荷，产生了铿锵的节奏。海洋似乎着急想要打散我们的阵形，却始终无法得逞。

白痴也能确切感觉到，一种不同于以往的新生活就要开始了，它不再为凶悍的海洋而卑躬屈膝。这让我格外兴奋。

“跟紧！”尸鲍低沉的吼声，透过不服气的水波，直接传导入每一个男人的心灵。我看到，一些家伙的生殖器已经充血。

大脑袋把一支水矛递给我。

“你会使么？”

我装出镇定地点点头，两手颤抖着接过水矛。

## 四、围猎

不知游过多少道海岭，越经多少条海沟，打头的丑陋家伙又一次停下来，在水层中凝神倾听。他颊上的肉瘤又复弹跳闪耀。

头领尸鲍也不游动了，他面具上的黑色纹路，像在铮铮搏动。

海水中弥漫着一种就要发生什么大事的紧张气氛。我的脑海中猛然映现出从前人们捕猎沙蚕的情形。我赶忙把水矛捏紧。

队伍仅仅停息片刻，便又重新起动，只是稍稍改变了一下方向。

不一会儿，正前方的红色海幕又吐出一堆乱七八糟的全新幻影。游近了才看清，是又一支数千人的队伍，不知是哪个部落，正在完成大型迁徙，拖着滚滚不绝的航迹——那却是滔滔血迹！

啊，看得更清了，血迹的尾部，一些巨大的魔影正在起伏跃动！

我以为，这正是我不久前遇到的那群身份不明的逃难者——我曾以为他们是在时间长河中亡命的海底城居民。但细看却不是，因为这群人的身体上没有裹着那层奇怪的橘红色皮肤，背上也没有驮着银色的金属器具。他们是跟我一样的普通水栖人。

不同的人类族群都在纷纷离开他们世居的固定地域，向陌生的空间迁徙，这本身的确是不得已。

跟在他们身后的，也不是灰色的奇怪大鱼，而是我熟悉的、永吃不饱的大海鼠。这贪婪的水兽正在逃亡的人群后面紧追不舍，以他们为食。看样子，海中魔鬼已跟随了很远的路途。

此时，听到后面传来新的划水声，上百头大海鼠一齐掉转头，朝我们这一群啮出利齿！

我的心一下跳到嗓子眼，却看到为首的几头大海鼠眼中流露出不安的神情。

只听尸魍一声呼啸，大队人马立时分作三路，利箭一般向前冲去！手执武器的人们根本不去理会大海鼠，在水兽愤怒而困惑的目光前，掠过去追上了那群迁徙的水栖人。

说时迟，那时快，众人发一声喊，把水矛向老人和孩子掷出去！

我大惊失色，却听见，四周水声哗啦大作，哇哇惨叫声此起彼伏。被大海鼠逼入绝境的水栖人遭遇同类的突袭，顿然呆如虾米。

很快，队伍中的成年男子首先反应过来，疾速逃走了，抛下一个个被水矛穿透的老弱妇孺。

我只在黾人与银色男人交战时见过类似场面，而那惨烈的情形又不可与眼前一幕相提并论。

我被吓呆了，却听见大脑袋高声呼喊："喂，怎么还愣着？赶紧用你的水矛，向他们投去！"

"你说什么？"

"快去抢夺自己的一份食物！不然就没有了！"

大脑袋已顾不上我，呜呜叫着冲上前，用蚌刀劈开一个小孩的头颅。

如大洋底部的奇花兀然盛开，血沫和脑浆在眼前滚出一阵涌浪。海洋接近沸腾地再度新鲜起来。这腥恶的景色弥漫着慢慢地就要把我吞噬，我想避开，却被一股无形的力量拽住了无法动弹。

大海鼠也被这突变吓呆，纷纷退却到一边，停滞不前，眼睁睁看着水栖人抢走了它们嘴边的美食。

这时，尸虺的队伍，迅速形成了一个弧形的合围之阵，把来不及逃走的人们牢牢兜住。

忽然，弧形阵列的突出部位射出一支“箭头”，尖梢正是尸虺本人。他亲率五百多名最为强悍的男人，闯入被掠杀人群的纵深。他们经过的地方，迸发出惨叫和黑血。

一具具死尸扭曲着沉入水底，而跟随在突击尖兵后面的支援大队，便灵敏地潜下去把尸体一个不剩捞上来，再用海藤拢到一起，拖离战场，集中一处，严加看守。

遇袭者被逼到末路，才开始垂死的微弱抵抗。他们中的男人也掷出零星的水矛，却已是强弩之末，连对手的毫毛也不能伤及。反抗者眨眼之间便被悉数杀死。

只有一个老年男子成了漏网之鱼，慌不择路逃过来。

我正阻挡在他前行的路上。他一见我，便恐惧地龇牙大叫一声。

但他立即看出我尚未成年，于是凶相毕露。水矛亮晶晶的尖头抖动着对准我的咽喉。

我心底一凉，闭上眼睛。

说时迟，那时快，大脑袋不知从哪里钻出来，斜刺里把那家伙一刀砍作两段。

大脑袋狠狠瞪我一眼。这让我分外惭愧。

是大脑袋救了我，我将牢记这个事实。

## 五、聚餐

这个瞬间就被屠戮得几乎一干二净的倒霉部落，叫白水族。

男人都被杀死，只剩女人幸存。

尸虺指挥大家把尸体和妇女聚拢，用海藤拴成壮观的长串，牵引它们匆匆离开了这片被黑血淤积得密不透气的海域。

此时，一直在做旁观者的大海鼠才轰隆隆冲上来，愤愤不平噬食起海水中漂荡的五花残肉，一边用冷冷的眼角怯怯扫视离去的水栖人背影。

我第一次见到，这海洋刻意施放出来的恶魔，也不过如此！

随后，大团大团的淡黄色海草在小气鳔的浮力支持下运动过来，形成微微耸动、宏伟无比的海上草原，把一切遮掩。

我没有别的选择，跟着队伍来到一处闻不到战场血腥的海沟。大家才歇息下来。这里峭壁高危，如剑如削，奇峰怪石，美不胜收。没有谁有工夫欣赏景致，众人迫不及待群拥而上，解下系着尸体的藻绳，抱着死人张口大啃，海洋中顿时布满唏嘘吭哧的洪亮声音。

“赶快去抢夺自己的一份食物！”大脑袋的话语又在耳边响起。

我吓得闭上双目。正是要逃避哥哥们噬食弟妹的现场，我才逃离了原来的族群，没想到却重入恐怖之境。

我浑身哆嗦，控制着自己不去看他们吃人。但是，在巨雷般传遍海洋的整齐咀嚼声中，肚子却再次不争气咕咕叫唤。经过长途跋涉，在海底圆丘处汲取的能量早已消耗殆尽。

我不由自主睁开眼睛。才发现，噬尸者的模样原来并不如哥哥般凶残、贪婪和笨拙。在漫漫红光映照下，他们把身子顺放在海流中，面容姣好，体态舒展，仔细而耐心地品味佳肴，仿佛这是一道极其讲究而难得的宴席，而他们才是一本正经、斯文到家的食客。

啊，这便是已经完全习惯了摄食同类的生物的平常状态吧！

比较之下，哥哥们真是小巫见大巫——他们只敢吃自家弟妹，所以才让人恶心不安。

这时，大脑袋打着饱嗝朝我慢吞吞游来，忽地扔给我一截小腿。

这的确是新鲜的人腿，榫状的轮廓分明，整体像是一块劈裂的礁石。死人的腿部并没有想象中那么恐怖。褐色的肌群散发出奇妙的诱惑力。

我本能地想躲开，实际行为却是一把接住。

大脑袋会心地朝我点点头。

人腿滑嫩而乖巧地被我攥在手中，好似没有死透的鱼儿，一不留神，便要蹦跳逃走。我心底情不自禁泛涌出一片珍惜。这才意识到，在圆丘那会儿，吃的其实就是人肉哩。

大脑袋说："我们吃人肉。那本是大海鼠的食物。但大海鼠吃得过多，这不公平，所以该轮到我们。广阔无边的海洋中是没有一条规定说不准吃人的。你有力气杀掉他们，便有运气吃掉他们。这唤作道理。"

我首次闻听"道理"，心里不禁一动。后来我才知道，海洋中的道理，已所剩无几。

在不知情中，我已经是吃人者了。

是不是男人做到后来都要这样呢？

我振奋起来，勇气平添。我狠狠地磨磨牙床，把人肉塞入口中。

略带羞涩地吃完小腿，我又向大脑袋索要了一段上臂。

我把骨缝里的肉都舔食干净，又把骨头中的髓吸吮一空。

像大哥哥一般看着我吃完，大脑袋才狠狠盯我一眼。我明白，这个眼神是在说，不劳而获在这里是一种耻辱。海星，你还不算是真正的男人。

我为当初没有进食自己的弟妹，始觉得有些遗憾和后悔。

然而，这回我虽然吃掉不少人肉，却仍感到饥饿。我觉得有一个阴柔无形的软体生物正依附在我身上，把尖尖的嘴巴探进我的胃底，贪心接吃我刚刚吞咽下去的食物。

是水草妹妹被血腥味儿诱来了。

死后第一次，她要主动求靠于我。

这时，大海尽头那双神秘眼睛又浮现出来，静静向我注视。

## 六、女人

男人被吃得一个不剩，女人还有三百多个活着。

她们在一旁安静观看父兄和儿子被一口口吃掉，脸上没有一丝一毫难过与恐惧的神情。在她们昏睡状的头脑中，是记不得刚才的杀伐的。她们很快忘记了亲人们的横死，忘记了苦难深重的往昔。

这正是深渊底部新一代水栖人变异出的全新本性。在巨大水压下，无助的女人心中萌生了异于往昔的世故人情。

像妈妈当初迎奉银色男人一样，她们只是感到由衷喜悦。她们出自本能觉得，不期而遇的这群凶悍男人，是竞争中的胜利者，是更有能耐的海兽，他们取代她们那不中用的父兄，来与她们共生，这才符合常理。亲人们的肉体和灵魂，已通过进食这一圆满程序，化作男人身体的一部分，他们身为女人的保护者，因此必然更加强壮有力。哪里有这样的天赐美事呢？她们终于彻底得救！她们不用再害怕大海鼠的袭击！

于是，她们的心脏咚咚疾跳着，她们的目光热烈期盼着，唇部和鳃部立时涌出许多粒状的突起物，背脊和腹侧的色斑也变得更加鲜艳生动。

觉出了女人们的异样，掠食者像是听到号令，一齐暂停吃食。海洋陡然屏住汐动，瞬间万籁俱寂。

我预感到什么，停下咀嚼，睁大眼睛，惶恐而好奇地观察。

我痴痴注视女人们蠕虫般扭动着彩色裸身，觉得这一幕分外熟悉。我记起来，哦，妈妈生下我后做的第一件事情，不是为柔弱的婴儿哺乳，而是游向不期而至的银色男人。

如初尝人肉滋味，我又一次不由自主哆嗦了。继而我想到水草，想到百合，想到所有死去的姐妹，想到海洋本身。

我看到，被俘获的女人们刻意摆显出各种吸引人的姿势，把自己装扮成海洋中凌乱、诡诞而刺激的一片片幻影。男人们的鳍统统坚硬竖直起来，一只只眼花缭乱来回律动，这在我心底搅起一股茫然而原始的涡流。

说时迟，那时快，尸虺低吼一声，朝女人扑过去！

紧跟在尸虺后面的，是更多的迫不及待的掠食者！

这是多么壮观的场面啊！耀眼的火红深渊中，千百只体色艳丽的动物缠绕在一起，捉对在布满人类肉屑和金属残片的水层中翻跃，发出撕心裂肺的鸣叫，形成堪称海洋绝响的合唱。如果水兽中也有诗人，那么他就会说：这如何不是生命的最强音呢？

他甚至会感慨：多少亿年了，生命便是如此地重复自己。因此，谁又能说人类衰亡了呢？

一个男人交配完了，紧接着便上来另一个，然后，是下一个、再下一个……海洋实在是过于空旷而巨大，人类的数量又在飞快减少，异性相遇的机会真是不多，抓紧时间是水兽们的必然选择。

最后，只剩下尚未成年的我，呆在一旁一动不动。

好心的大脑袋又游过来："海星，你怎么啦？还不赶快，没你份了！"

大脑袋用他那抓食过人肉的手爪来碰触我的下体。这是一种滑腻涩重、飘荡撩心的感觉。我憋足劲从丹田深处沉沉叫唤一声。体内那难以言说的动静便更加澎湃起来。

每一滴水中都布满我不同寻常的变音尖叫，大家片刻之间都愣住了。

## 七、交合

大脑袋捉住我的双腿，用力往前一送，把我推向一个女人。

她年纪不小了，褐色多皱的腹部像长毛海猪一般松弛下坠，从体态上看不出一丝一毫水草和百合的模样，只令我想起老年的妈妈。

女人浑身散发出一股浓烈的异性激素酸味，混合着海水中的死人腥膻气息扑面而来，熏得我脏腑间立即血潮翻滚。这让我忘记她刚刚失去了本族的男人，也失去了自己的儿孙。

这时，我吃惊地发现她与其他女人有所不同：本应是光秃秃的蛋形脑袋上，竟然长满茂密的黑色毛发！

那梦魅般飘舞的到底是什么呢？蚪海象和金环蛟具有体毛，却也不如这样浓烈和幻灭。

而她草丝般的乳头在海水中左右摆曳，她暗礁般的下体正涌出丝丝黑血，她的一部分体色如若珍珠闪闪发亮，她乏力的性器官肿胀得鲜红，她暗郁的腹部突现了橙黄色斑纹，并夹杂着五六条青绿色的细带。

这复杂的体态刺激我张大嘴巴。我也约莫知道，在那女人的眼中，此时的我也一定鳃膜突出，身体显现虹彩般的灿烂金辉，鳍条也镶上橙色边缘。更加炽热的气流像海底火山喷发，毫不保留冲进我的颅区。

怪笑着的大脑袋又一把抓住女人，向我掷来。我猝不及防，脑子轰然一响，已然跌入女人的怀中。

刹那间，我好像回到妈妈的温润怀抱，也仿佛看到姐妹们的婀娜身姿，但这又是多么的不一样哪。哦，这异性海洋生物的一切是柔软至极而无坚不摧的化身，她身上散发出的多个男人气味使我血脉贲张而恶心欲呕，她嘴中喷出的闷热水流要把我燃为一堆灰烬。她就是海洋本身。

这时，我反倒镇静下来，鳍脚与前肢不自觉拗紧女人。而女人则动作急促，肢体趋于主动，湿咸地连声鸣叫，把躯干紧贴在我身体中部，双腿吸盘般绞紧我的后肢，骤然突身把我吸了进去。

啊，这是一种什么样的声音啊，这是一种什么样的压力啊！我听见周围海水嗡嗡乱响，整个世界怯怯拳缩起来，躲到远处。我心中对这女人充满爱慕和仇恨。我想挣脱她却更紧把她搂住。我大哭并失去知觉。我要到很久之后，才会明白水栖人的交配过程其实非常短暂，在那瞬间要完成的复杂行为，连自己也无法掌控。

但我就在这片刻之间仿佛经历了一生一世。这真是奇妙而狼狈的事情。许久以后，我才隐约听到周围人如若来自另一个世界的说笑。传来大脑袋的声音："瞧这新来的家伙，我可没有见过这样的姿势。分明是雏儿。他究竟是哪个部族的？那里的男人没有见过女人吗？"

这时，女人已经把我一把抛开，却在我边上不停吐着臭气，小孩子一般欢快游弋，偶尔用卵石一样的额头，微微拱动我这抽泣的少年人的肩胛，像是试图再次寻欢，却又哪能称作寻欢？她是想证明自己有反复交配的实力，以显示给那些真正的成年男人看。

她骄傲地晃晃脑袋，那一头黑发，轰的一声展开来遮蔽了海幕，也慑住我的双目和魂魄。

所有人惊叫起来。忽然，远处海水闪亮一下，那正是尸虺的骇人面具，仿佛一动不动凝结在水中，转眼间却如同一道弧光飞驰到我面前。

尸虺不说话，把一把蚌刀递给我。

"要做什么？"我看着锐利的刀刃，紧张发问。

尸虺威严地注视我，不著一语。

## 八、仪式

大脑袋在一边讨好地说："我来做个示范。"也取过一把蚌刀，优雅地捅进一个少女的身体。充满青春力量的热血从胸部的齿状缺口激喷而出，直接冲入大脑袋的肮脏双眸，他颤抖着笑出声。其余女人连声惊叫，弓起身子要往一边逃窜，却被男人悉数截住，乱刀砍死。

大脑袋神采飞扬对我说："你都看到了！古言说，女人是祸水。在她们美丽动人的容颜后面，掩饰着她们与海洋正是同类的事实。她们与海洋合谋，害死过多少男人。我们是海中的流浪者，不能带她们走。一旦遇上天敌，那将多么危险！掠食族的规矩便是如此。你这家伙，叫海星是吧，你也是掠食者了。杀掉女人吧，这正是加入掠食族的仪式。"

我害怕地去看尸魈，尸魈却已忘记我，不知游到何处。我又看与我交合过的女人，她却一脸坦然。

大脑袋说："如果你不这么做，那么，死掉的就是你了。掠食族是不会要你这种人的，海洋也是不会要你种人的。"

我嗫嚅："我没有这么做过。我只猎杀过海胆和红鳍。"

但刹那间我回忆起来：不，并不是这样，我曾杀过人——那与我争夺百合姐姐的、银色男人的孩子须腕！

胃中的人肉又开始翻腾鼓噪，激荡起一股舒展通畅的气流，顺着周身血脉快速上升，最后从眼中喷吐而出。那女人被这杀气所袭，才电击般不住战栗，双眼却一眨不眨，死死地似要把我看穿，一边勇敢地朝斜上方挺了挺多皱的肚子。

大家忽然变得面色苍白，阴鸷地再不作声，等着看这场面怎么发展。我微微咬牙，蚌刀轻轻斩断流水，像一个柔曼的信使，划向仿佛是妈妈的女人。但一刀没有致命。大脑袋叫了一声："好！"我沉住气拔出刀，想象面对妈妈与大海鼠交配产下的怪物，劈下第二刀。女人的肚腹龟裂开来，海兽才有的绿色内脏滚流而出。她其实不是人吗？仿佛海幕打开一条缝隙，我的脑海中轰然耸起一个全新的世界。我恍然大悟般"哦"了一声。

但她还没有断气，嘴里喃喃不休，说的不是人话，并把身子复杂地折叠起来，拖着数道血迹，往海底坠去。大脑袋急叫：“快追！”我没有多想，泅游下去。

跟随变化中的女人下落，竟然是漫无尽头。浓烈的红光一直雄浑照耀着我们，并随着水层的加深而演绎出不同调子，促使四周的景物焕发出幻境中才有的光色。这是我从未到过的深海。我犹如坠入迷宫。

不知为什么，眼看着女人在前方优美掉落，可就是追她不上。昏迷不醒的女人似乎获得了某种神奇的帮助和牵引，正在向生命的终点欢畅逃逸，好像通过死亡便可以迈入另一重生命的大门。终于快要接近海底，奇异的女人却瞬间从我的视界中消失得无影无踪。

一堆狰狞的礁石旁边长着成簇的箭形草，橙色的草丛间有一圈悠然晃动的黑血。在宁静地燃放着的血光之侧，海蛇般游移着一缕长长秀发。正是那女人漆黑明亮的发丝，不知什么原因，竟然完整从她薄薄的头皮上脱落下来，恰如蜕掉的海蛇皮。

仪式结束，却留下它的道具。我心念微动，伸手将这奇异之物取过，再低头看去，只见头发恰才浮现之处，水层中幻化出一朵人形水花。这是刚才还没有的。我屏住气息，警惕环顾周围水域，如同当初看见水草被水笔仔夺去生命后那样骇异。

我想，那女人是否采取了奇异的遁身术呢？原海蜥是有这样的本事的。而她究竟是死了，还是依旧活着？

我怅然若失，不舍地绕着人形的水花转起圈子。我没有注意到周遭海水正在微微变蓝，重现了那种罕见色彩。由于某种不清楚的原因，长波光线在这一带被吸收掉了。

过了一会儿，人形水花也轻漫地飘散了。没有找到女人的尸体，我便把女人的头发携带回来，向大脑袋展示。大脑袋诧道：“你这家伙是我见过的最奇怪的水栖人。你将来或会不同呢。”

这时，尸魍顽童般蹿到我面前，伸开大手一把抓走头发，嬉笑着挥动开来，使它在水中狂潮般飘舞，终于荡漾成迷乱的幡幅，最后又拢成一束，密匝圈扎在自己额上。

刹那间尸魍的形象就整个改观了，变得难以言说。大家见状也都变了脸色，却口不由心连声称好。我则一阵狂烈心跳。

我转眼看去，见水层中安静排好了三百多具女人尸体，肤色黯淡无光，血肉凌乱模糊。这些死人刚才还在向男人急切求偶呢。我想，性欲是不是海洋中最致命的冲动呢？

像是为了掩饰恰才潜水时经历的惊骇，我的胃底又泛起了让人欲呕的食欲。

## 九、海荒

死去的女人也一个个被我们吃进腹中，以达成最为充分的物尽其用。吃剩的人肉被大致平分成两部分，装入鲸皮囊袋。一半做上记号埋藏在海底，另一半则作为干粮随身携带。

掠食者又上路了。没有女人和孩子拖累，行程的确轻松愉快。如果遭遇天敌，则可以集中力量，没有后顾之忧地将其击溃。

看上去，虚弱退化的水栖人已然重整旗鼓，并升华成了性喜结队捕猎的吊睛鲼一类的凶猛生物。衰亡的海洋又仿佛回到了强者为王的时代。

“我们还要去哪里？”我心情急迫地问大脑袋。

“寻找新的食物源。”他老练地说。

“还是吃人么？刚开始，我还以为是去捕猎沙蚕。我见过大人们捕猎沙蚕。”

“笨蛋，这世界上哪里还有沙蚕！连鱼虾都快死绝了。”

“你说得一点不错，在遇到你们之前，我曾见过它们群聚在一起、像是死后也不舍分离的万千尸体。”

大脑袋的嘴里冒出一串紫色水泡，嗷嗷说道，这叫海荒，遍及整个水世界，不知自何时开始，亦不知至何时终结。红色海洋正在发生空前剧变，水栖人数量越来越少，不是饿死，就是被吃或被毒死。谁要赶上这事儿真是倒霉，但也不能怨谁怪谁，谁让我们出生在这个时代？因此这不是你的问题，也不是大家的问题。没有办法。照顾好自己吧，逃过海荒，也许还有救。

海荒？有救？我想，妈妈怎么没有告诉我这个呢？那女人只是辛勤地带领孩子们觅食，她讲了不见片影的海底城的美妙，却不曾道出这真正现实之凶厄。妈妈是没有心计的女人，要么就是太有心计。大海中的女人，是不可捉摸的动物。

丑陋的大脑袋第一次告诉了我有关海洋的真相，这让我对他愈发心存好感。

我接着问，海洋中还有多少人？大脑袋说，他也不清楚。也许尸虺知道。总之，是越来越少，因为现在要找到猎物，比以前困难许多。

我说，曾看见大队的奇怪人群在蓝色海水中游动，他们身上蒙裹着橘红色胶状皮肤，手足间没有长蹼。是否可以去吃掉他们？

大脑袋脸色大变，瞪我一眼，说：“你那是幻觉。哪里会有蓝色的大海？那是远古遗留下来的幻影，是早年间死去的人们，变成鬼魅，冤魂不愿散去，就制造出水中蜃景。在海底的重磁区，有着吸像石的存在，无数的幻影就储存在它那结晶构造的深处，饿昏的人去到那儿，幻影就随水波震荡而组合成形，自动显现。濒死的人便会受其诱惑。那是世间最美丽也最可怕的图画，人见了就会着魔发疯。寻常人一生也见不到一次幻影，咦，你怎么就看见了呢？你与传说中的时间鬼魂到底有着什么关系？啊，今后我怕是要离你远一些。”

大脑袋说着，警惕地后退一尺。我不禁后怕不迭。然而，我实在不明白，那些逼真的身形怎么可能是幻影呢？到底是那些怪人是幻影，还是我自己才是幻影？此时的我尚不知道古老的海底存在神秘的时间隧道，连接着过去、现在和未来的世界。我只好把困惑暂时抛在一边。

“尸虺这个名字怎么讲？”我又问。

“就是‘救我’的意思。”大脑袋戒惧地回答。

我又打听那颊上长有肉瘤的家伙。大脑袋说，他被呼作喙怪，是集体自杀的焱黟族中唯一幸存之人。大家都死了，他却没有选择自杀，这事分外奇怪。他有一样本事，就是能听见极遥远水域的动静。有多远呢？“直到海洋那头。”大脑袋说。并且，他还知道是什么东西发出的声音。这全凭他的一对肉瘤。它们由气囊和瓣膜组成，能发射出一种超声信号，遇到目标时形成回波，反射入喙怪隼状结构的脑子。掠食族能在这日渐空旷的海水中捕食到孤孑人群，喙怪居功至伟。

“焱黟族为什么要集体自杀呢？”我想到浮尸之海。

“他们觉得，逃过海荒，也没有意义。活着的目的不过是等着去看世界末日。这让人不知道说什么好的、思维怪异的种族！”

“那么，作为焱黟族的反叛者，喙怪是更不一样的家伙了。”

“你这小东西，不许瞎讲！咦，你是怎么知道的？”

大脑袋又打听我的族群的情况。我都讲了，大脑袋便唏嘘不已，说这正是海荒的结局。连凶猛的海兽也成群死去。它们是被地底溢出的硫化氢和核废料毒死的。我幸亏遇上掠食族，才捡了一条命。

大脑袋说，掠食族的成员，都有着类似我的经历。大家将以无畏的立场，在惨烈和惊悚中坚持到海洋的最后。

“但是，海洋的最后之后呢？”我不解地问，“连女人都统统吃掉了，那么，谁来生育孩子呢？还会有将来么？”

大脑袋对我的问题诧异而警惕起来：“将来？什么叫将来？你这孩子怎么会知道这个？”

“我不明白是什么意思。但是，曾经有一刻，头脑里有了这样的想法。”

我心中骤然布满辛酸。我忆起我第一次产生时间观念的情形，却感到那流逝的感觉实在是无法形容的一种存在。它时而清晰得像一根鱼骨，时而含混得像一团海草。我费力琢磨大脑袋提到的“世界末日”，却只是把自己的脑海弄得越来越糊涂。只有一点可以明白，那就是，阴险的海幕后面必定隐藏着某种根本性的东西，就像它偷偷藏匿了自古以来亿万死者的尸骨。

我忽然心悸地想到，说不定，是海洋在唆使我们吃掉妈妈和姐妹吧。我们的自鸣得意，会不会是中了海洋这充满嫉妒心的妖妇的算计？

“你究竟在想什么？你真的是一个怪人。我没有见过海中有你这样的人。”大脑袋像是有些害怕地又瞥我一眼。

我心中积淀着咸盐似的大片哀苦，不再搭理大脑袋，独自静观前路。到处是艳红大水，却哪里有路？

就在这时，宽大的海幕难以察觉地抖动一下，像是一条充满厌倦情绪的肥胖雌鱼，失望至极地瞥了一眼这群变态男人，便装作不屑地不再理会我们。吃饱肚子的掠食族正情绪高涨，满怀自信，毫不为被海洋抛弃而感到伤心。人类的身体中含有钙活化的发光蛋白，队伍更加熠熠生辉，灿烂夺目。我们不再是单独的个体，而是组装为一头韵律一致的多节动物，好像重新积聚起失落在四面八方的力量，朝着不可一世、心机重重的海幕欣然蠕去，成了大海中独具丰富色感的华丽生机。

这或可称作自作聪明的举动呀！男人们是否常常喜欢这样的自我表现呢？潜意识里面，大概是觉得在夺取异性和食物的竞争中，已然重新成了优势种类，并支配了海洋吧，喜不自禁之中，便不太在乎它的微妙感受，从而低估了它今后报复的可能。

忽然，无数的海沟，一条接一条，从底部闪耀起鬼鬼祟祟的亮光，不知道是什么东西发出来的。柔软而明媚的光线纵贯男人们的身体，使大家看上去剔透晶莹，美不胜收，却有些像是少女的身段了。

水栖人就在这样的迷人蜃象中不断前行，身负微微颤动的鲸鱼皮囊，里面装满吃剩的女人的灰红色尸肉。身为男人，只能由死亡女人质变中的腐败肉块陪伴，在一身轻松中，未免也孕育出事关未来的局促。但自己不说，谁又知晓呢？所以也不怕大海鼠的突袭截掠。然而，这样的行头，却也使掠食者形若身长疣瘤的域外入侵怪物，并使我们错误以为，海荒，已经远离了。但是，少数智者的意识深处，却浮动着那层哀戚：这仅仅是红色海洋张布的诱捕网罟。

# 第三章　新生活

## 一、出击

就这样，我续写出自己的故事。它还没有开始，便已经有了结局。

我跟随这自称掠食族的水栖人混合族群，在汪洋大海中穿梭往来，猎杀同类，吃掉他们的肉，抛弃其骨头。

慢慢地，我忘记了自己还是个孩子。我逐渐学会如何真实地与海洋相处。

我记得最清楚的是，灭绝白水族之后，我们的那次出击。

我之所以记得清楚，是因为这是我作为掠食族正式成员的第一次行动。

那是前往叫作“背女顶”的珊瑚礁盘，攻打女丑人的部落。

喙怪把我们带向目的地。“背女顶”是座巨礁，一眼望不到尽头，五颜六色的珊瑚虫如同鲜花盛开，而这竟然是十二瓣的王冠珊瑚。这构件生物的身体上生长着树皇一般的巨无霸海葵，仿佛奇怪的海底建筑在盘旋上升，每个口盘上的触手有数十万计。在这动物的躯干之间，零星翩飞着发光的水蝴蝶。

但这已不能被称作生命的乐土。雌雄同体的海葵仅仅是这没落世界的孤独统治者，而群落中的大部分生物已然衰败寥落。半鳃蚕不见踪迹，蛇首贝仅余空壳，伪色鱼远走他乡，苔藓虫尽皆消失。在妖娆的色彩下面，隐藏着死神寂寞的影子。

残存的女丑人却似乎不知道正与死神为邻，以海漆和红树为材料，在这珊瑚礁的缝隙中搭建了简陋巢居，徒劳地企图躲过海洋的末日。这一族体形萎缩，肤色昏暗，游速缓慢，营养不良，看起来不等别人来吃掉，也行将自行灭绝。

我们的大队人马侵入女丑人用体息划定的领域，停下来埋伏在一片桐花树后面。一个叫痈疽的家伙朝女丑人游去。痈疽状如海猫，背肌区生有二十二个肌节，这怪物依靠它们的收缩来加快游速。他全身的皮肤像是糜烂了，终年流淌黄黑的脓水，发出的声音像是击鼓，而这却是一个智力超群的异人，属于曾经在海底锰矿区生活的脔变种族。

痈疽与女丑族的男人商定一笔交易：一袋食物交换二十五个女人。

这边，尸虺已指挥众人做好准备。不一会儿，兴高采烈的女丑族男人游了过来，黑压压的共有一千多人。

“全部都来了，谁也不想被落下啊。我们已有很久不曾捕到鲭鱼。凤螺和芋蛤也都莫名其妙死光了。海兽肉在哪里呢？啊，在哪里呢？”长有四个腮裂的异族人急不可耐冲着尸虺尖声嚷嚷。

“都来了？女人呢？”尸虺沉着脸的样子，显现出无可比拟的威严。

“都说好了，就在那边等你们哩。她们不饿。”女丑族男人有点害怕又有点不好意思地看了看尸虺的可怖面具，赶忙一指礁盘深处。

女丑族男人大都老态龙钟，年轻人极少，这意味着该族群正在经受高死亡率的困扰。许多人缺胳膊少腿，那是海兽袭击留下的纪念。

这帮愚蠢的家伙一见发出血腥味的食物袋，就变得格外的动作敏捷，闪电一样把脑袋探进去嗅闻。但实际上他们已经无法辨别出这是什么动物的肉，而我们当然也不会留下时间让他们辨别。

说时迟，那时快，随着尸虺一声低鸣，女丑人的脑袋便深陷袋中出不来了。他们的背脊上扎上了掠食者投出的水矛。猩红的血晕像海底热液一样扩散和萦升，显得比珊瑚礁还要美丽动人。

大脑袋从一具尸首上撕下一块肉皮，放进嘴里夸张大嚼，说："不好吃，太老了。"

一些人留下来守护这一大堆新鲜的陈皮食物，余下的便紧跟尸虺朝女丑人家园游去，发出欢悦的哨音。

## 二、少年的终结

听到哨音，那异族的女人们便从海葵树状的分叉纤毛间游出来，卖力晃动柔软或粗笨的身姿，使劲展现美丽而唬人的体斑。这流畅缤纷的一幕看得人眼花缭乱。在这贫瘠古怪的大海之中，女丑族女人竟然保养得这么好，大大出乎我们的意料，而这肯定不是她们本族男人竭心尽力呵护的结果。年轻的和年老的女人都倾巢出动。她们像蹦水鱼一样群跃争抢潮头，唯恐落于人后。

一个丰腴而疲惫的女人吐着串串水泡向我迎来。这是一个年轻的母亲。看她的样子似乎刚刚完成一次生育。这使我回忆起自己出生时的情形，心中泛起对妈妈的思慕和憎恶。

“你从哪里来？”女人用欣喜而柔和的声音询问。

“另外的世界！”我兀然有些莫名动情，不假思索把这句话脱口说出，心头一颤，却记不起这似曾相闻之语的由来。

是啊，我怎么会说出这样的话语呢？情迷意乱的女人却不知我的复杂心思，她不顾生育后的虚弱和痛楚，急急把身子靠近。在残酷的生存竞争中，女人是多么害怕错失这忽然现身的年轻配偶啊。她狂躁地一把捉住我这少年。我这才醒悟过来，迅速贴在女人结实的腹下。

啊，水草，百合！

啊，大海，妈妈！

不就是这么一回事吗？

女人用乌贼似的绵绵腿足缠紧我的腰部，使我的欲望巨浪一样高高涨起，让我满心满意盼望重温激情。然而，这时我却打了一个哆嗦。我注意到不远处还有一双灼烧的眼睛正在朝我窥视。我大吃一惊，停下了与女人的亲热。我慌张看过去，见那是一个身体发育不良的男孩，年纪与我差不多大，面色晦暗地伏在一片阴森的绛红水层里，不游走也不上前，只是仇恨而忧郁地看着我与女人交媾。

我从他身上看到了自己幼年时的影子，不禁气急败坏。我猜出，他正是那女人的小孩。

紧跟着我看见，这男孩的怀中，抱着他的幼弟——女人刚刚产出的婴儿！

这顿然令我失去了交合的兴致。而那女人却不知觉，仍在我的身体上摩挲拱动。我懊恼地挣脱出一只手来，悄悄解下肋下缠着的刀具。女人还沉浸在茫然兴奋之中，挟裹着一股无明怨忿的蚌刀已经通过下体捅进她的深腹。

与此同时，我朝那男孩投去报复的一瞥。但我要报复什么呢？我却丝毫也不明白，只知道落入了海洋与自己体内神秘力量的合谋。

突发的变故使那男孩惊讶得张大嘴巴，却仿佛是在无声释怀大笑，给人一种瞬间开悟的感觉。

他的妈妈却没有看他一眼，只是抽动着蜷缩一下，像一只镜蛤要退入它的坚壳之中，而后者却背叛了主人，毫不吝惜地弃她而去。她把疑惑不解的目光完全投在我的脸上，大概是实在弄不明白，这个年轻的异性庇护者，为什么刹那间从温柔转向暴怒。

她大失所望松开四肢，两眼慌乱地前后找寻，便看见自己的内脏正通过下体汩汩流进大海，并嗅到一股诱人食欲的腥味钻入鼻腔。她向前倾倾身子，却负痛而无力去进食它们。

但几个饥肠辘辘的掠食者已冲过来争抢这肠子，把它撕扯成数段，急切塞入口中。

我注意到，那失去妈妈的男孩子却没有马上逃离，而是学习某种技艺一般观察这奇妙的进食场面，一只手把怀中的婴儿搂抱得更紧。他就像要掩藏什么秘密似的，拼命用身体遮挡住婴儿的左手。这时，他母亲被掏干内脏的残尸慢慢沉进深渊。掠食者又争先恐后一群群紧追了下去。

我看到，同伴们正在四周的海水中兽群一样蹿动，耳后的鳃膜充气般饱绽开来，体鳍高高地绷紧竖起，正忙碌着杀死刚刚交合完毕的成年女性，不少人还以一种奇异的直角姿势，双手紧搂死者头颅，大口吸食她们的脑髓。弥布的人血和脑汁使海水更加艳丽非凡，人类的情绪陷入极端的亢奋不安。一小队皮包骨头的海貂被血腥味儿吸引过来，却怯怯地不敢上前。

这时，那孤独的男孩才仿佛感知到了空前的危险，于是保护婴儿一言不发游入了海葵的密林，收缩身体迅速钻入珊瑚礁的缝隙。我迟疑一下，跟了过去。

更多的掠食者闯入女丑人的家园，失去母亲保护的孩子们“咦、咦”乱叫，一个个被乱刀劈死。

血光重新点燃我的兴奋，脑子里一片忙乱，只觉得自己正变得疯狂。我看见海葵粗大的纤毛上还挂着零落的食物囊袋，却顾不上攫取它们。我急着要找的是那男孩和他怀中的幼婴。

在被海葵鲜艳的叶状肢体遮掩住的一处礁缝后面，我遭遇了那双忧郁的眼睛，隔了一层朦胧的血水，鱼翅一样晶亮，并无恐惧神情，只是平静得让人不寒而栗。我忍受不了这目光利刃般的逼视，便举起沾染他妈妈血迹的蚌刀。男孩子却不躲不避。我怔住，不能劈杀过去。

“海星，你怎么啦？”大脑袋游过来，也看见了那怪异的孩子，不由分说便要杀人，却被我一把拦住。

“他已经死了。”

男孩已经用一把海草，把自己绑在礁岩上勒死。死人粉白的脸庞变得晶莹透明，我从上面看到另一张紫红乌黑的面孔，那正是我自己，不禁一阵惊惧。我再去找他怀中的婴儿，却发现已然不见。

我急急拉着大脑袋游开，却又有些后怕和悔恨，回头一看，男孩的尸身就像被一只无形之手偷去，也已不见踪影，他恰才栖身的地方，只是一团充满死亡浮游生物和金属碎屑的猩红水影，在摩擦晃动。这真是平生未见之咄咄怪事。

海葵巨伞一般的肉刺阴影下堆放着几百个人类畸胎，皆手足残缺，有的连脑袋也没有，仅从脖颈中伸出一粒黯淡如泡泡球虫的人肉芽苞。我忽然看见，海葵正在纷纷勃起，伸展它们的毒须，疯狂地开始射精。

就在这一瞬间，我对这场杀伐变得兴味索然。这样的心情从此之后便影响着我人生的每一处关键。

这时，尸魋指挥大家搬运尸体到礁石后面，也把活着的女人圈拢到一起。幸存者多是半大女孩，性器还没有完全发育成熟。

接下来，是掠食者们熟悉的程序。女孩子们先是发出欣喜的呼唤，随后换作撕心裂肺的惨叫。

在这动人的声音中，我舐伤一般，体味成熟过程中的优美伤感和茫然冲动。

但为什么是"背女顶"之战，宣告了我少年时代的结束？这是我久思不得其解之谜。从自杀男孩怀中失踪的婴儿，使我想起那个把我从巨水蚤口中救下的怪人。

## 三、蚋遗

饱餐一顿之后，我们便离开生气全无的"背女顶"，又开始深海行军，向下一个猎场长途奔袭。

在游行过程中，我能听见队伍里面，一个名叫蚋遗的水栖人在悄然独白。他说着谁也听不懂的怪话，也就是一些只言片语，比如：

"可不要遭遇水鬼。它会吸食你的脑髓！"

"巨人和沉没的世界，在哪里啊？"

"海中因布满汞砷铜铬，而红艳堵塞，灵魂将无法进入九曲轮回！"

“血光之灾，将如约来临！”

“核火已经熄灭，海火却越燃越烈！”

可以说，在这昏头涨脑的人群之中，唯独蚋遗似还有一些独特想法。但什么是核火？什么是九曲轮回？什么又是沉没的世界？

听起来，真是不知所云，让人头疼！

蚋遗相貌平常得像一片藻叶，看不出他有多大年龄。他的眼睛长得像马鱼耳朵，他的体形仿佛是一只僧帽水母，他的性器已经萎缩消失。奇异的却是他竟是一头喜欢独白的水兽。他的话语总那么艰深难懂，勾引起我格外的好奇。但我的掠食者伙伴似都见惯不惊。

只有大脑袋有一次告诉我，蚋遗来自芳烃海区，在那苯萘高密度聚集的极端环境中，他生下来便喋喋不休着令人惊骇的话语，但谁也不知他曾属于哪个族群。他所有亲人和同伴，据说，早已被污染的海水悉数毒死。蚋遗，是在盾盖鲸的养育下长大的。

每当蚋遗开始独白，大家便不再作声。一些人显露出痴呆表情，一些人嚯嚯吐起水泡。大脑袋对我说，蚋遗是在讲述海洋历史，也是在做出未来预言。但是，这家伙更多的话语，就什么都不是了。有的叙述，蚋遗本人也不懂得。但如果他不这么说出来，自己早就死了。

“为什么自己会死？”

“他憋闷啊。他难受啊。他不想活下去却又不得不活下去。”大脑袋愁苦地说，又加上一句：“这海早不可称作海了。”

水压又袭上我，我感觉到深海中的盐度正在改变。我想，大脑袋心中也一定积聚着沉甸甸的憋闷吧，却不能像蚋遗那样排泄出来。他更可怜哪。是啊，我们都不幸赶上了。但海不能称作海，又能是什么呢？难道它与妈妈的联系，就此被否定了么？它或许什么也不是？什么也不是又是什么呢？这是我至死也无法弄明白的问题。

大脑袋接着说，蚋遗体内蕴藏着远古的神秘能量，若不通过话语释放，就会挤破他的身体，并引起周围海水大爆炸！这吓得我几乎晕过去。蚋遗有一副瘦小而孱弱的身体，那么，能量又是如何积聚起来的呢？难道便是来自水中的剧毒物质吗？而那些物质又是谁制造并遗留下来的呢？为什么唯有蚋遗拥有话语表达的特权？我想，蚋遗是否就能代表所有水栖人？

我不安已极，便去眺望颤巍巍的海幕。蚋遗仿佛是挂在巨幅海幕上的一件小小饰物。而海幕则把藏在它身后的无穷秘密，向蚋遗体内源源注入。昔日的伤感，未来的哀苦，永远使蚋遗身体胀鼓鼓的，又让他陷入无休止的间歇性溢泄和喷发。独独没有欢乐，这使人暂且区别于低智商的海绵和帚虫。

蚋遗不断喁喁独白，有时我怀疑他传递的其实是一无是用的海的箴言。这多少有些让人觉得可笑可叹。只有当尸虺出现在他身旁，他才稍微安静。尸虺把面具遮蔽的脸容小心翼翼凑向蚋遗，蚋遗便露出淡薄而恹恹的浅笑。尸虺不断要求蚋遗对那些话语的含义做出能被理解的阐释，这家伙却只顾装傻。每到这时，尸虺便歪头思量一阵，缓慢游到一旁。尸虺只对蚋遗不敢非礼。

大脑袋似乎旁观者清，他说，蚋遗是用无声之语，在向尸虺预言人类的归宿。

但这是什么样的归宿呢？我对大脑袋的说法颇为不屑。

在我看来，在这血光主宰的深渊之中，就算是说清楚了归宿，其实也没有太大用处。

虽然我的年龄最小，虽然我加入掠食族的时间最短，我却比许多人更加明白：

男人需要的是行动，而不是话语；

男人需要的是吃人，而不是谈心。

这不能不说是一种令我自得的天赋。

我唯一想不透彻的是，海洋中为什么会有蚺遗这种怪物存在。但我有一种直觉：我的命运将与蚺遗发生关系。

## 四、月光下的祈歌

饱餐了人肉，夜晚来临时，尸虺就带领大家往上浮。

以前，妈妈也曾引导孩子们游向海洋上层，但现在的情形却有很大不同。

因为，这是在夜晚，而不是白天。因此一切更不明晰。水栖人也是知道夜晚的。这时，随着太阳辐射能的消减，上层水环境的热量会起微妙变化，浅海处色调会转呈短促的黯淡，水生生物做出浮躁不安的行为，披甲鱼开始装死，珊瑚虫的肉质膜胚层迅速膨胀，蜘蛛贝、蜒管螺、榭虫和海龙的体表则散发出更加强烈的红光，以弥补水层中阳光的不足。生活在深渊中的人类感知到这一切，就明白夜晚来临了，情绪也便进入极不稳定的状态。

大家竭力保持集体缄默，列队穿过以三迭环方式铺积在水中的裸甲藻毯，形体猥琐地接近神秘的海天之际。在让人心悸的真光层中，死亡的浮游植物包括颤藻和夜光藻正在浓烟般纷纷沉落，夹杂在它们中间的还有各种原生、被囊和毛颚动物的残破尸体。此时，我们已顾不得这些，像要追忆某种被遗忘的美妙往昔，水栖人集体大吼一声，一齐翻转身子。

水面聚集着大量有机和无机悬浮物，最多的是密密麻麻的金属碎屑和玻璃纤维。海洋早已无法自净，严重的污染把水质弄得十分浑浊。整个水体中漂满早年遗留的化学和放射性物质，不但使水层发光且变红，还呛得大家不停咳嗽、分泌和吐沫。一层烂晕的光环艰难地自上而下切入，耀得水栖人肚皮泛白，身体绷紧得像一张张弓弩，弯弯曲曲，浮尸般熔融在这光之海的虚幻国土表面。

那水面之外的光芒时而缩拢成一轮，却不知道是什么。它随着波浪起伏而聚合，破碎或断裂，像是一颗苍老的鲸鱼心脏，有气无力缓慢搏动。

只有到了这个时候，掠食族的心中才荡漾起朦胧的美感。这是人类祖先传承下来的一种禀赋，但现在的确已无甚实际用处。

实际上，我们的祖先曾搭乘喷火的飞舟登临那高高在上的光轮。但是，如今，后裔们已不知其详，更不知道，这海洋的深度的变化，正是由于它的存在所导致，它是如此紧密而深刻地事关我们的生存。那曾被唤作月光的东西引发了一种无法溯源的哀思。清冽的光焰直刺水面之下二十余米，如它亿万年前那样，大海却改变了自身。海洋变得不近人情并且仇视生命。原先，它或许曾用少女的爱情为这颗星球孕育出第一线生机，现在，它更像一个不能生育的衰老女人，进入烦怨一切的更年期，连自己的孩子也要吃掉。我不明白的却是，这由盛到衰的轮回，是不是所有过程的常情？

而人类返回了海洋，已经是不逢其时。也许，在刚刚下海时，祖先们还准备好了长期与水世界相与共存，但事态的发展却与他们设计的不同。理想总是不能在结局中找到对应。但为什么每一次都是这样呢？失望终归是我们最忠实的伴侣。

我感觉到一股澎湃的吸力把我的身体往上托，心跳比在海底时快了五倍，恍惚之间，已是丧失了本力和本心。那应该被唤作潮汐的东西，自古以来便周而复始，只是如今来得更加生猛迅捷。

水栖人觉得身体快要胀裂，是深入而内在的痛苦虫噬一般驱使大家拼命往水面浮去，这样，难受的感觉便会从表面上减轻一些。这是无法避免的周期，如果按照远古的记时方法，在我们这个时代，大概是二十六个昼夜。

两个主潮汐之间的难眠时刻，痛苦便在体内层层累积。我们却不知道这到底是因为什么。连本能也已把自己抽空，舍弃了与命运的血脉联系。

还有一些残存的海兽和浮游生物，比如伪鲸、真螅、实螺和假磷虾，也在趁着涨潮往上蹿动，像我们一样，它们也天真以为，由此便能从一个生境扩散到另一个生境。这时，海洋便把积淤的毒气排泄出来。只有在夜晚，垂死的海洋才会如此发作。这样一来，海洋自己也便好受一些。

上层的水温稍微凉爽，这使人类躲过了海底赤焰的煎熬。大家的眼神都像被挖去，呆呆跟随水面的光芒一点点移动。但我们并不敢真的浮出水面，那是一种最为严厉的禁忌，把守在水栖人潜意识的深处。

这时，海洋中响起难得一闻的合唱。是水栖人在无可抑止地高歌。毫无疑问，这的确是我们的歌声，并且可以肯定是祈歌，此起彼伏，苍白悲凉，唱散了海洋的基本构架，似在偿还千万年的债务。

那歌曲是无词的，但大家深谙其意，无师自通皆会唱咏。歌声便暂时性地压倒了蚋遗的独白，使他的重要性降低。这其实是一种极其危险的虚饰。

我不懂得曲调，却也能跟着哼哼唧唧，我不知道，是为自己壮胆，还是在此中真的感受到了“不如在这时死掉”的美丽诱惑。这歌声虽然阴怖，却是我听过的最为自然之声，远胜座头鲸的集体唱咏。大家昂然齐诵，不觉间鳃膜肿大，性器充血。

尸虺以领唱者的身份高歌一阵，到了尽兴处，忽然，情不自禁舞蹈起来。

这家伙戴着黑森森的面具，额头上扎着从我手中抢夺来的、乌黑迷人的女人长发，舞姿轻盈而媚丽，竟也如同一位妙龄少女。那密密青丝受到海流冲击，哗嘣一下发散开来，蓬松而庞大，悠扬洒脱，飞起来包裹了尸虺火红色的巨大身子，就像是游戏中的刺乌贼喷出的一层浓郁墨云。

尸虺于是呈现出了灵活的一面，海鳝一般在发丝间穿进又穿出，仿佛他终于消除了内心的潜在恐惧，获得了梦想中的自由。他只是在接近水面时，才怯怯折返下来。天外传递来的陌生光芒，便在他身上破碎成粒粒星星，又猛烈地一颗不剩飘散而去，不给大海留下分毫纪念。

大家都看呆了。有人带哭音叫：“好！”有人怪声磔笑。兴致高时，尸虺扎了一个猛子，尖着嗓子鸣叫一声，催动一片片鲨鱼似的浪头，大家以为他要玩什么新的花样，都兴奋注目观望。

却见他一头扎下来，冲入人群，张大口咬住一人，一甩坚硬的头颅，竟轻松地把那倒霉的家伙咬成两半！

被尸虺咬死的不幸者名叫多毛，是澹渚族的孩子。在体液般黏稠的晕光中，死人的脑袋似笑非笑甩动不停，像一个球形筛藻。尸虺口衔多毛的半截身子，频率极快地左右扭动脖子，像个孩子拿着玩具一样，得意扬扬晃动残尸。大家看得默然心惊，却不敢游到远处躲避。

歌声这时就停下了。有人嘶吼：“越，越！”整个族群都在喧嚣，便成了凄厉的嗥叫。然后周围响起了泼喇喇的水声。躲在礁石间和洞穴中的水兽，大大小小，被惊吓出来，飞快逃逸——速度最疾者，每小时达八十公里！

忽然，一切又恢复成了让人窒息的静谧。

谁也看不透的海幕就缓缓把自己升挂起来，我发现每一回它都出现得恰到好处。这时，水面上的神奇光芒便悄悄消遁了，它在引诱水栖人犯罪后，便不着痕迹撤离了现场。

在这紧要的当儿，隐约又传来蚺遗的呓语：“我们出生了，我们便死了。”

大家跟着齐声大喝：“我们出生了，我们便死了！”

红色海洋中响起洪亮回声：“我们出生了，我们便死了！”

但在我的耳蜗中，却是蚺遗在低声对我一人说：“你跟他们不一样。你会活下去。”

这种说法并没有令我高兴，却使我大惊失色，并深感惭愧。我恨不能尸虺把我也吃掉，那样或许好受一些。我不安地看了蚺遗一眼，觉得这家伙像一只昏睡亿年的菊石。

这时，尸虺扑哧一声吐掉口中的半截尸首，像从大梦中醒转，看着那血肉模糊的东西嗷嗷地又哭又叫。

## 五、怪物

很快到了天亮时分，红色海洋就呈现了艳丽恶俗的另一种面目，积存了千万年的化学毒素开始加速释放，恨不得把所有生命都毒死。表层的水色过于明亮，则容易使水栖人的视网膜和皮肤受伤。

大家眼里看着这幕，心里明白这些，便匆匆离开水面，失魂落魄穿过变温层，往深处游。炽烈燃烧的海原又把众人紧紧裹缠起来。

在往深渊下坠的过程中，我不合时宜做起梦。海洋人的梦是片断的，我自然也不例外。

我梦见在红焰翻飞的大水云霞之间，自己摇身一变成了水草，以色相引诱尸虺（这真是奇怪）。那怪物受不得刺激，便直扑过来，以他成熟女人般的妖媚舞姿，旋转着海雾一般漫进我的身体，最后，在高潮迭起的瞬间，从里向外咬破我的肚子，涕溜虫般爬出来。

新生的尸虺，不哭不闹，是人类幼婴的模样，左手掌中长着一对闪亮的眼睛，元神出窍地打量凝固的海幕。

这时，我便做起梦中梦。我梦到那个在“背女顶”之战中失踪的婴儿。

他那用海草把自己勒死的哥哥，至死都用身体遮挡着弟弟的左手。

梦境带给我怀想、憧憬和畏惧。我醒来时，浑身因为欲望的充盈，而电击般震颤不停。

这时，我觉察到了周边的异样。

不远处，上千头吊睛鲼和大海鼠正在恶斗。不知道它们怎么成了冤家。它们把海洋弄成血水的大盆。大家看着都害怕得忘了逃逸，连尸虺也怔住一动不动，僵成蛇尾树似的扭曲姿势，仿佛静待死亡的来临。

海兽们的战斗还没分出胜负，却见在战场上方，闪电一样出现了十几道耀眼的亮光。一群见所未见的怪影无所顾忌突入交战的核心区域。

是什么样的生物，竟有这样大的胆子？

仔细看去，是一种扁平的轮盘状家伙，每个的直径都有一人多长，中心有一个光洁的、两面凸起的硬质圆盘，绕着盘沿辐射出三十余条轮轴，撑起一个紧绷绷的外环，锃锃闪亮银光四射，在水流中竟自动旋转，以不可思议的速度飞快前行。

这明晃晃的怪物在冲过来的时候，把遇到的一切障碍撞个稀巴烂，一路畅通无阻，眼中如若无物。礁丛和藻林粉身碎骨，大海鼠和吊睛鲼一头头被腰斩，到处血肉横飞。连续不断的碰撞中发出磨牙般的尖厉声响，听得人心里发怵。

这怪物仿佛全身由坚骨组成，连一块肌肉也没有。大伙从未见过如此厉害的家伙，只害怕它们会朝水栖人冲来，不禁面面相觑。

“那是什么？”

“反正不是鱼。”

“谁知道呢，说不定是妖魔。”

“莫不是将要代替人类接管海洋的新生物？”

人类已经在演替过程中度过了他们的顶极，后续种的入侵必然是要按顺序发生的事情。但怎么来得这么快呢？

然而，“轮盘”并没有找我们的麻烦，它们还有自己的事情要做。水栖人话音未落，这些神秘怪物已经纷纷消失在了深渊之中，仅留下一道道久难平息的银色水纹，以及一段段颤然晃动的水兽残躯。

尸鲍低声下气说：“别想了，让我们把这海赐之食吃掉吧，虽然，它不如人肉鲜嫩。”

大家没有听到过尸鲍用这样毫无自尊感的语调说话，心中升起灾难将要降临的预感。

大海鼠和吊睛鲼的尸体实在难以下咽，众人吃了一半便把它们扔到一边，心意切切向着我们熟悉的目标又开始新一轮行军。“轮盘”很快就被大家抛在脑后，只有我一路上仍念念不忘那奇怪的不速之客。

我想，它们可不像是大海制作的天然之物。它们大概来自另一个世界。但那是什么样的世界呢？它必定不能为水栖人所知悉。我们与它的关系，要用另一只眼睛才能看得清楚。

见到“轮盘”之后，我开始怀疑，尸鲍发明的新生活，大概也不能维持多久。

经行途中，怪异之事不断发生。比如，在马尾藻海，我们遭遇了一股罕有的寒冷海潮，潮流中漂浮着大片的人头！

这些人头一个个皱巴巴的，全部属于年轻女性，有人认得，是掠食族前几次食尸后抛弃的，头盖骨上还留有吸食脑髓时敲开的孔穴。但它们非但没有漂散，反而自动聚集起来，此刻，正展呈出似笑非笑的神情，姐妹情深一般，朝着一个方向有组织地游动。

然而，它们真的是被潮信推动前进的吗？不，仔细一看，在它们后面，匿藏有婴孩一样的动物，是一些白白胖胖的侏儒。没有腿，没有尾，圆滚滚的身子，长着短短的三对触手，无鼻无眼的脸庞上，透露出滑稽的表情。

这些非人属的海洋生物，每个家伙都推动一颗人头。它们是在做着集体的旅行。我从不知大海中有这种生灵的存在。我对它们的目的地感到万分好奇。

掠食族胆战心惊与怪物们擦肩而过，怪物对我们视而不见。它们完全沉浸在了自己的梦境之旅里面，它们是那么的意得志满，胸怀广大。这噩梦般的动物，究竟是什么呢?

蚋遗说，这是刑方，是夸父海沟深处的一种水鬼，平时深藏不露，极难见到。它们的出现，预示海洋的末日就快到了。

我觉得，大海鼠与这弥布诡异气息的家伙相比，已经不是最可怕的了。

但刑方却对我们不屑一顾。

## 六、苦难的缘起

见到水鬼刑方之后，我鬼使神差思念起妈妈来。我已经很久没想过她了。

难道刑方的出现竟是来向我传递妈妈的某种信息?

我已经忘记了妈妈生活在什么时代，那是在过去，还是在未来?我只记得在那个时候，海洋生长着千姿百态的迷人植株，少女一样优雅缠绕，撩人心魄荡漾不停。它们是进化中不曾发生巨大突变的古老生命。五颜六色的珊瑚礁也一朵朵向人类招摇，万紫千红的海葵、海羊齿和海齿花尽情绽放。这便是神异的龙宫世界，宝石灿烂，灵光闪烁。

就在这个一去不复返的动人世界里，妈妈带领孩子们四处寻找食物，教大家辨别有毒和可食的植株，勇敢庇护大家免遭海兽袭击。在我就要落入水笔仔魔爪时，是妈妈挺身而出，不顾危险冲上去救助。

我想，如果妈妈还活着，她是否在构造一个新的世界？她会与夸父海沟中的刑方合作吗？但刑方又是什么样的性别？

我就笑了起来。不，这不可能。如果妈妈还活着，她也早应该被掠食族吃进肚子里，变成了一泡浓血。

我竟然莫名暗暗渴盼这就是事实。或许我也会分到她身体的一部分。妈妈也一定会感到高兴，因为滋养孩子便是她的天性。

我忍不住把这样的心情向大脑袋诉说。此时，我已把大脑袋视为知己。

"想到妈妈，便觉得一切是多么的美好。"我装作自己还是孩子，快速咂舌。

"也许，并不是那样的吧。"大脑袋深谙世故地摇了摇彩色的口须。

"那么，你还记得你妈妈的样子么？"我小心翼翼询问。

"记不太清楚了，但你这么一说，仿佛还是有些印象的。"大脑袋心中仿佛也翻起波澜，"模模糊糊记得，她有一嘴青色的臭烘烘牙齿。在每一个关键时刻，她总要挡在我们这些孩子的面前，不自量力与任何一种水兽搏斗。那牙齿是她最管用的武器。她经常受伤，把自己弄得浑身鲜血淋漓，气味难闻死了。但她也有好看的时候，那是在异族男人来临时，这女人便逆着水流，趴伏在海底软泥层上，朝后撅起屁股，用尽力气向他们展示自己最美丽的一面。哈哈哈。"

他说着便大笑起来，很久不能停抑。

我烦躁不安，却也随着大脑袋莫名笑了，并感受到全身压抑的减轻。我忽然想起我出生后看见的第一样东西，那便是妈妈年轻而华美的赤裸身体。但实际上它可能并不真实。

“你现在还经常想她吗？”我又问，害怕他说“想”。

“嗨，说不上想不想，现在想的是自己哟！偶尔想想，嘿，也是想和她做那种事情。你没有与你妈妈做过吗？当你也看到她的屁股时！”

但我只见过哥哥们与妈妈那样。我自卑地说：“没有。”

“我的第一次是跟妈妈做的。第一次都要妈妈教会。要是你的妈妈不被黾人捕去，你早那样啦。”

“我不知道。”我想，妈妈怎么没有教我呢？她忘记了吗？我不禁有些忌恨起妈妈来。她是自私的女人。她只知道迎合银色男人。

大脑袋又说：“其实，现在的一切，按照蚋遗的说法，都是过去作的孽。妈妈为什么要生下我们呢？我们一出生，我们就死了。当然，到后来，妈妈也死了，这是肯定的。她是被暴鳍鱼咬死的。她太老了，所以就被打败了。就在我的眼前，她被咬成好几段，她的一小截身子在那大鱼口中不停翻来翻去，断气之前，冒着血水的眼睛看都不看我这孩子。这只让我觉得滑稽。你要不提这事，我都忘了。这样一来她就没有了任何用处。妈妈死后，我们兄弟姐妹活不下去了。有几个哥哥带着我和妈妈生育的孩子要吃掉我，我就逃出来。后来我遇到尸虺。尸虺告诉我们不要互食，而是去吃别人。现在，我们再不用妈妈带领着去费力寻找荚叶和石莼了。”

我想，大脑袋的经历，倒与我的颇为相似。

但大脑袋怎么会记得这么多的事情呢？深渊中的水栖人大多记忆短暂，他一定是记不住的。大脑袋的妈妈或许只是一个虚构人物。

“你的妈妈有没有给你说过海底城的事情？”虽然假定大脑袋在造假，我还是忍不住又问。

“海底城？那是什么？”

我便对大脑袋讲起海底城的传说。我说，那是妈妈告诉我的。我对大脑袋描述了那去处的美妙。如果能够到达那里，水栖人就得救了。

大脑袋听了，吃惊地在水层中翻了一个跟头。他说："我不相信。我从来没有听说过什么海底城。哪里会有那种古怪事呢？海洋也要关闭了。这可是海洋啊，连它都要死了！'得救'的说法，好像致尸鱼的哀鸣。"

"在海洋中，任何奇迹都是可能发生的。"我一口咬定。

"你说的是梦幻吧。你必定受了吸像石的欺骗。你的妈妈，怕是你虚构出来的吧。你不可能记得那么多的事情。"大脑袋有些害怕地勉强笑笑。

我的虚构？大脑袋也在想我刚才想过的问题哩！我也暗暗笑了。

我开始怀疑，我是否真的有过妈妈。妈妈恐怕原本就是一个集体编造的谎言，她其实是一切惊惧、迷幻、丑陋与肮脏的化身。她无中生有、毫无节制地孕育出我和一大堆兄弟姐妹，这本身是一场最可怕的灾难。水栖人陷入的一切绝境，都是由这个"妈妈"而生的呢，并不存在却无处不在的妈妈与红色海洋形成了同盟或同谋。

## 七、陆地

红色海洋制造了尸虺这样的怪物，实在是一个奇迹。

尸虺是一个沉默寡言而凶残至极的头领，他敢作敢为，什么都不害怕。他吃掉了许多的男人，征服过无数的女人。对待族内成员，他也冷酷无情。他常常躲在水团后面无声无息瞄着大家，说不定什么时候便会冲过来把某个人的颈项咬断。这是他饱餐人肉后的消遣游戏。大家恐惧尸虺，又与他难舍难分。

每次看到他那青黑色的魔鬼面具从远处浮游而过，我便浑身战栗，觉出死之将临，却又对被尸虺咬死，满怀非同一般的渴慕。

这样的心情，是自从尸虺额上缠绕了那死亡女人的头发之后，便在我的心底潜滋暗长出来的。

没有想到的是，大脑袋把与我有关海底城的谈话，转告了尸虺。

一天，趁人不注意，尸虺静悄悄游到我的身旁。

第一次，他像有许多话要单独对一个成员说。这使我惊恐莫名却又暗自好奇。

“你不寻常。在这一群人中，你是第一个提到海底城的人。嘿嘿，我也知道海底城，可是我就是不说。”

这怪物这样开口，一边温柔地抚摸额上的头发。他大概不会忘记，这其实是我献给他的礼物，因此，才会对我这样特别吧。

此刻的尸虺竟然跟平时的尸虺大不相同。他像是母亲面对自己的孩子，又像是深陷爱欲的女人在喃喃自语。

是大脑袋唤起了尸虺心中最隐秘的记忆吗？尸虺告诉我，他甚至还独自去寻找过海底城。

这让我大吃一惊，感同身受，从这陌生怪物的身上体味到了某种熟悉的东西。我忽然觉出了尸虺内心的孤独和凄凉，从中感到温润和亲切。这时，尸虺如果要张口吃掉我，我必然也会心甘情愿。

但尸虺说，海底城其实只是一道幻影。

“好些个相信这事的，去寻找的，都白白送了命。他们凄惨死在了深海的炽热涡流中，或者在重叠崎岖的海岭中迷路再也游不出来。”

尸虺说，“那是海洋花了亿万年工夫制作出来的幻影，许多人一辈子也见不到一次。它诱惑天真的水兽去送死。我告诉你啊，海洋是一个凶残冷漠的老女人，她嫉妒孩子们长大了。即将死去的海洋要孩子们去做她的陪葬。但她却常常伪装成单纯少女，你这样的人是最容易上当受骗了。哦，这些，都是从蚺遗的只言片语中归纳出来的。我们应该听信蚺遗。”

我想起大脑袋对我说过的有关吸像石的事情，但我说：“可是，妈妈说，海底城是真实存在的。人只有到了那里，才会有希望。”

我的话似乎使尸虺不耐烦起来。他说：“你这小家伙不懂事。海底城要是真的存在，那也是坟墓啊。坟墓是一个古代语汇，我也不十分明白，但蚺遗是知道的。再说，我们生下来，我们便死了，谁在乎找不找得到海底城呢？你难道没有听过蚺遗的独白？他说的都是实情啊。不久就会有最后的血光之灾，死人连尸骨都不会剩下一根。”

尸虺为什么要单独对我说这么多话？他不再像是尸虺，而恍若一个絮叨不休的老女人。他本人会不会就是海洋造出的幻影呢？我觉得，这凶悍的生物其实心中充满阴怨的绝望。他也畏惧着冥冥中的某种东西。

我想，尸虺的妈妈又是怎样的一个人呢？

尸虺又说：“人类其实才是这海洋世界中最可憎的动物。我们最初并不想吃自己，因为我们的肉是酸臭的，比琵琶鱼的肉还要臭。人原本是大海鼠的食物。大海鼠，是海洋为消灭人类而预备的物种。现在，我们却能与大海鼠相敬如宾，互不侵犯，那是因为我们成了掠食族。岁月变更了，我们不去吃别人，别人也要吃我们呀。吃的循环是海洋中唯一的道理。你是一头奇怪的水兽，这我第一眼就看出来了。蚺遗也这么说。所以，我才对你说这些。也许，你可以比我活得更长久，但你首先需要彻底弄清吃的奥秘。这个连我还没有搞明白呢。因此，有一天你或许会替代我的。但千万不要相信海底城。即便如你所说真的存在海底城，我们也是不可以去到那里的，因为我们来自陆地，要归去陆地。”

“陆地？”

这是我第一次听到陆地的说法。到了这时，尸鬼才小心翼翼说出他心中的真正秘密。

尸鬼用低沉的声音给我讲述陆地的故事：

“传说中的陆地是一个完全有别于海洋的地方。谁也没有亲眼见过它的模样。只知道陆地与海洋不同，它比海洋更广阔，海洋只是陆地的零头。陆地是另一个世界，是一个由交错的七彩光束织成的明亮世界。陆地由伟大而挺拔的异种男人统治，而不是发疯的海洋老女人。我们水栖人难以望其项背。人类最早便是从陆地上来的，现在，陆地却是人类和所有海兽活着时可望不可即的地域。人类一念冲动之下选择了大海，陆地也就关闭了，绝情地抛弃了我们，让我们不得不自己吃掉自己。现在，海洋又要关闭。但是，据说死去的人还是可以重新登陆的。陆地上燃烧着十万丈的熊熊大火，却不像海水那样炙热不堪，那是一种冰凉至极的蓝色火炎，把肮脏的肉体和不洁的灵魂从内到外洗个干干净净。那时，我们便终于解决了水压的问题，便一劳永逸好受了。如果有机会，死后就去陆地吧，在那里接受火诫，才是得救啊。为这海洋陪葬，是多么的不值得。我们一代一代都被这红色海洋诱骗了！”

听了这话，我发现尸鬼原来是比较真实可爱的一个人。我对他的好感增加了。我又问：

“可是，我们怎么去呢？”

“老实说，连我也不知道啊。”

“一定要在死后去吗？那真不幸。”说这话时，我心头升起奇怪的感觉，想到夜晚上浮时见到的那轮破碎凋零的光影。

“我是这么猜测的，但恐怕也只有一部分人能去吧。但谁知道是不是你呢？这是不能由自己说了算的事情。”

这是我第一次听人说起人类的归宿。尸魈喁喁絮叨，声音越来越小，语气颇不肯定。他那可怖的面具上沉淀了四分五裂的绿色光环，深嵌悲戚。一时我以为，这面具其实就是尸魈的本脸。

说到这里，尸魈仿佛从梦中惊醒，意识到说了不该说的话，像是怀着沉重的罪感，转身黯然游走了。

这一瞬间，我在强大中看到了虚弱。

假的哦，一切都是假的。

他没有吃掉我，这反使我惴惴不安。

很久以后，我仍然不明白尸魈为什么要对我说这些。

或许，是因为我真的不同于常人？

或许，他是为了解脱缠绕自己的恐怖，才来找我说话的？

或许，是蚺遗让尸魈来告诉我这些的？

或许，其实不是尸魈在对我说话，而是隐藏在他额上黑发中那个死女人的灵魂，在把海洋的秘密向我讲述？

不管怎样，那天，我眼中的尸魈成了一头失去斗志的海兽。我觉得，他是被传说中的陆地给打败了。

## 八、危机

不能去到陆地，也不能前往海底城，更不能被尸虺吃掉，那么，就这样挣扎着凑合过下去吧！此后，尸虺再也没有提起陆地和海底城的事情，也再不来单独与我说话，就像我根本不曾存在过。

不久，喙怪发现了新目标。在一处海盆中，有一个族群，侦察表明，他们储藏有丰富食物，蓄养着大批女人。

尸虺发一声怪啸，大家又杀奔过去。

到达后才知道扑了空。那异族的男人们带着食物、孩子和妇女早已逃去远方，留下的只是一堆畸胎，积放在礁岩的石穴里，探头探脑像在嘲笑这掠食的人们。而看守这些不能成长为人的胎儿的，是一个垂死的老妪。

还没有过掠食失败的先例，大家十分窝火而懊怒，我却有了大难临头的感觉。

大脑袋恶狠狠问老妪："你们的人呢？"

这像是由一堆皱皮堆积而成的秃头生物平静地娓娓道来："知道你们要来，都躲开了。"

"咦，你们怎么知道我们要来？"

"难道海洋中还有谁不知道人鲼的么？"

"你说什么？"

"人鲼啊。水栖人里面的吊睛鲼。"

大脑袋呜呜笑起来。他告诉老妪，我们是吃人肉的，但不吃老妪。痈疽和喙怪在一边也夸张附笑。我却笑不出来。

尸虺这时发问："可是，你们到底是怎么知道我们要来的呢？"这才是他最关心的问题。他一定也感到了不妥。

老妪仿佛害羞一笑，闭上眼睛，不再作声。

尸虺便命令痈疽与她交合。老妪听尸虺这么说，浑身乱抖，显出为难的样子。但等痈疽碰到她的身子，她却变得主动，头皮上凸现红斑，兴奋得像小姑娘，腹下萎缩的鳍也肿大了。这事很快办完了。痈疽还不肯脱离，尸虺便一把捉住痈疽的脖子，把他从老妪身上扔开，自己上前捏住女人的喉管。她那个地方立即咕噜咕噜作响，像是一道海底暗流从地壳下汩汩涌起。她的眼白纷纷往外溢出，身子飞快缩小，小得像一条鱼仔，而神态也像鱼仔了，脸上洋溢出娟秀可爱的神色。她活像就要在尸虺的十指间凭空消失。但她没有死，因为缩小了，灵巧地从尸虺的大手中嗖地蹿出，那股鲜活劲儿，把大家吓了一跳。还是痈疽眼疾手快，掷出一支水矛，把她扑哧一声穿透。但老妪的身体只是头尾折叠一下，便像一个透明物一般忽然不见了，仅剩下一根水矛怯生生空浮在水层中。

“她成精了。”传来蚺遗幸灾乐祸的吟哦，“以前听说过这事，想不到竟亲眼见到了！嘿嘿嘿。”

老妪成精了，而这个族群的成年人统统不见了，他们事先知道一切似的远远逃离，把食物和女人带到掠食族难以找到的他处。蚺遗大概感知到了，我们正受着海洋中无法控制的力量的作弄。

大家怔怔去看不会动弹的畸胎，觉得它们无不制造得精致迷人，如果诞生在另外一个世界，说不定会被视作神童。忽然，尸虺又连声呼唤自己的名字，这的确是海洋中最奇异不过的声音，能使在场的每个人肝胆俱碎。它像水兽临死前的哀鸣，似哭非哭，又像致尸鱼连续呕吐出大堆秽物。在我见过的人里面，只有尸虺能够发出这样的声音。

真的是末日之音么？我忽然觉得，尸虺这时说不定在幻觉中看见了陆地呢。那恐怖万分而令人神往的虚无之所，心情矛盾的水栖人死后将要归去的坟地！

那个老妪是不是通过海洋中的神秘隧道已经前往了呢？

## 九、抵抗

事情的真相是，在这个时候，残存的水栖人已组成联盟，由男人们牵头，发起了针对掠食族的抵抗。

最开始，联盟派出侦察兵，测知掠食族的动向，一旦知道尸虺带队袭来，便闻风而逃，等掠食族的大队人马赶到时，整个族群都远避了。再后来，他们便用武力还击。抗争从最初的零星和被动，逐渐向成规模和主动的方向发展。水栖人之间的混战，是海洋末日到来前的最后插曲，但已是没有耐心的听众了。

很快，掠食族遭遇了挫败。我们太自负，因此对危险缺乏警惕。不少同伴被俘获，被宰杀吃掉。掠食族成了被掠食的对象。

时光如飞，恶战如同睡梦连踵不断，又泡沫般泛起而熄灭，熄灭而泛起。渐渐地，我心中布满绝望，而死神也多番走到我的身旁。

有一次，喙怪发现了猎物，却不知这是联盟的诱饵，尸虺带领的人马陷入埋伏。联盟集中了九个族群的健壮男人，准备一举围歼尸虺，总共几千人从上下四方发射海弩，顿时射死射伤几百个掠食者。

海洋中新崛起的猎人把尸虺团团包围，在我眼中，敌人变成了大海鼠和巨水蚤，就要扑过来把我们生生撕碎，塞入口中。我觉得怕是活不过今日。

但就在最急迫的关头，却听尸虺嗥叫一声，跃出人群，左冲右突，像一头蛟龙，如入无人之境。他看准目标，猛扑过去，对面敌人大惊，发一声喊，朝两边散去。

海弩的发射更加凶狠，却是一阵张皇乱射。尸虺身中数箭，他却伸手一下把箭矢悉数生拔出来。敌人害怕地后退，不敢再射。尸虺的速度前所未见，身体成了一条直线。

我看见，海水中只有一个拖着长长黑发的狰狞面具在闪光前行！

迅雷不及掩耳，尸虺又折回来，手中已是擎着一个翻冒血浆的头颅，正是联盟的首领，露出一口锯齿般白牙，脸上浮现一团困惑不解的表情。尸虺举着人头，狞笑着朝敌阵一阵猛烈晃动，口中大叫“尸虺、尸虺”。围攻者见状发一声喊，便四散而逃。

我默默注视，忘掉了战争和死亡。我从尸虺孤注一掷的行动上面，感受到精神与身体相比时，所能喷发出的更大能量，但这便是长期噬吃人肉的结果吗？抑或是海洋本身具备的一种巨大惯性？

就在这天，我仿佛明白了更多的道理，真正成熟了起来。

敌人逃走了。尸虺忽然全身瘫痪，坠落在滚烫的海底，浑身哆嗦，一句话也说不出来。他伤得很重。

蚋遗自言自语：“等巨人出现时，我们的末日就要来临。”

大家知道，这是蚋遗以前没有做出的预言，都变了脸色。

## 十、异种

蚋遗从不虚言。

有一天，喙怪惊惧地说，在海底发现了庞大的不明之物。好奇的人们便去观看，见那东西的确罕见。

水栖人没有见过人工制品，不知这是金属的鼓具。由于海水腐蚀，它已破朽不堪，沿边铸有一圈扬脖伸腰的水蛇，也面目模糊。用手拍击，隐然有声，竟能使涌浪大作。

随着鼓声轰然骤起，尸虺面具上的光晕便明暗不定。这的确是海洋中消失了很久的幽灵声音。大家心惊肉跳，想随着鼓声起舞，却又不知如何举手投足。蚺遗便急忙唤来喙怪，耳语几句。喙怪听罢便游向远方。一会儿，他慌张回来，带走尸虺和痈疽。又过一阵，折返的是痈疽，他招呼大家皆去。

原来，在曜谷海盆，真的发现了巨人的尸体。巨人的身躯有三个尸虺合起来那么大，是从未见过的深海怪物。巨人身上的肌肉已经被不知名的水兽啃噬得仅剩几缕，他成了一堆半散的骨骼架子。难以想象他活着时是什么样子。那必定是令大海鼠也要退避三舍的猛兽吧？在他尖利如刀刃的肋骨之间，栖息着一只心形的赤色寄居蟹，见到人来，着急逃走。又看到，巨人身前还有一摊普通水栖人的骨头，是嚼碎了的。

巨人也是吃人的人吧？但不知怎么搞的，更加厉害的巨人也死在了深渊。幸亏没有在他们活着时与其遭遇。

尸虺叹道：“竟还有这种怪物存在。我们在海洋中，原来是不值一提的一群。巨人抢走了我们的美食。我们不能有更多的尸体可以享用，所以才有今日的困局。”

痈疽强打精神道：“他再厉害，不也完蛋了么？有什么东西把他给吃掉了。”

“不，他好像是自己老死的。”喙怪不服气地争辩。

“不，不，谁知道深渊中还有什么更可怕的神秘生物呢？”痈疽大概想到了刑方。

大脑袋说："不过，现在还不清楚，他到底是人，还是兽呢？"

嗲怪凑近看看，说："这显然是人。一种怪人。说不定，与我们有着相同的血缘。"

"怎么会有这样巨大而恐怖的人，还跟我们有着一样的血缘？太可怕了。"

蚋遗这时说，所有水栖人都是陆生人的后裔。但陆生人竟留下这么多的异种，是谁也没有料到的。

陆生人，这是我继陆地之后，听到的又一个新奇说法。他们到底是什么样的人呢？就是统治陆地的奇怪男人吗？陆生人为什么不好好在陆地生活，而要在海洋留下异种？我们其实也是异种成员吗？陆生人是一种多么不可理喻的人类啊。但他们还能称作人吗？我出神想着，不寒而栗，也产生了无端的向往和恚恨。

大家围了一圈观看巨人尸骨，发表渺茫无绪的议论。尸虺一副委顿无助的模样，瞬息之间衰变成一个垂亡老人。缠在他额上的女人秀发却精神焕发，自得其乐飘舞不止。随着尸虺走向老死，头发似乎恢复了生命活力，并一步步主宰尸虺的魂魄世界，成了这戴面具尊者身上起着支配作用的主体。对此我十分担心。蚋遗大概心知肚明，不再有任何独白，叹了一口气，缓缓出游到远处。

## 十一、死亡

掠食族衰落之后，大海鼠就重新肆无忌惮起来，它们不再害怕人类，复仇使者般频频向我们发起攻击。掠食者与大海鼠的搏斗，空前惨烈。

在一次袭击中，大海鼠咬死咬伤上百人。伤者中竟有尸廸。他原本已被联盟所伤，所以在与大海鼠的争斗中落了下风。他被咬断左腿。大家不敢相信尸廸竟然会被大海鼠咬坏，但这不幸之事的确发生了。

那段时间，掠食族敛气了，不再主动出击，只沿着熟悉的水道，掘出早先埋藏的腐尸，偷偷噬食。真是苟且偷生。但又出了怪事：大批食物却被不知名的生物盗走。很快，饥馑成了严重的现实。

尸廸伤重，掠食族只好由大脑袋和痈疽带领，偷袭弱小的人类族群，却也无大的收获。不得已，又开始捕鱼采贝。众人不是这方面的行家里手。偶尔弄到的食物都先供奉尸廸，他却只嗷嗷叫着要吃人肉。他伤势不见好转。大家既害怕他，又巴望他快些好起来。离了这恶物，这一群人更是没有指望。

但尸廸终于没能复苏。他死了。

我清楚记得死亡降临尸廸身上时的情形。他仿佛知道到了弥留关头，用最后一丝力气开始舞蹈。他的双臂像锁链一样，抱紧自己的胸脯。他接连不断大叫自己的名字，声音惨烈，闻所未闻。尸廸艰难挣动腐烂断腿，用力一跃冲入一片水团，发威咬断一个人的脖子。束在他额上的女人头发，就自动解开，淫狂飘舞，像一个达到高潮的女人。大家恐惧地发一声喊，却没有散去，而是紧紧追随这末路的头领。尸廸叫：“看见陆地了！”其余人皆懵然望去，却只见一片片疾驶而过的海幕在焚烧着粉碎。

蚺遗又念念有词。随着他的吟诵，海洋又开始新一番悸动。一声响亮，无数道火焰从海底笔直飞腾跃出，千万个浪头闪射肥硕流油的赤光，骑在彼此身体上狞笑疾奔而去。大家再发一声喊，箭头般齐齐上浮。苍白欲滴的滚滚月色之中，尸虺像被钓住似的浮在最前。

“是去水面吗？”有人惊呼。

尸虺只是怪叫：“尸虺，尸虺！”

大家穷追尸虺，他却扭动身子游得愈发快疾，完全不像是一个人。

尸虺究竟是什么呢？

浩大无际的丛丛光焰，预制件一般直投下来，炸得人眼睁不开。尸虺颇为享受地融进这明艳之海，便从头到尾一点一滴消失了。

大家心头浮起一层滑稽和别扭的感觉，也十分害怕，想去看看却不敢再往上游行。水面那边，是什么呢？

只有痈疽大胆跟了上去。他游得是那么无畏。无人知道他是怎么想的。大家都为他担心，怕他被蜕变中的尸虺一口咬掉脑袋。

过了一会儿，真有一个圆滚滚的物体漂落下来。那东西鱼儿一样微翕嘴巴。没有人去接住它，眼见它骨碌碌沉入猩红的深渊。

有人说看清了，那正是一个头颅，却是尸虺的，是尸虺的本脸，分明是一块细小发黑的暗礁，比面具起码小三四倍。眼睛口须紧巴巴缩成一团，难以把各个器官准确归位。这干瘪的像是吸盘的奇怪东西，有一种古老遗物的印迹，给人的感觉是尸虺其实早就死去很长时间了。我们难道竟一直跟随一个死人在大海中游弋、行军和吃人？

那么，是谁割掉了尸虺这具僵尸的首级？是痈疽吗？他的胆子怎么那么大？他到底要做什么？众人面面相觑，无不感到自身难保。

我好奇的是，如此小的脑袋，怎么能与那样庞大的身子相匹配呢？怎么能一口咬断那些倒霉男人的脖子呢？吃人的，难道其实是尸虺的面具？面具却找不到了。

紧接着飘落下来的，是那束女人的头发，它刚巧经过我的身旁。我伸手一把抓去，它却具有意志一般，灵巧地一跃躲过。我又抓第二把，它又逃开。我第三次伸出手才捕住了它，但它却在我手中不老实地海蛇般扭动。

像受到磁力的吸引，所有水栖人都朝我聚拢过来，眼里泛动忧郁不安的光芒。我心念一动，学着尸虺，急忙把头发缠在自己额上，它才慢慢服帖安分下来。

水栖人这才失望停下。大脑袋目不转睛看我的举止，像见到海妖，神情间可疑可怖。蚺遗眼睛啪地一亮，女里女气“咿”了一声。

尸虺死了，痈疽却奇怪地失踪了。

我去看海幕，只见它脸庞清丽，无鼻无眼，像在窃笑。

一个白煞煞的小女孩的身体，脑袋上没有头发，正挂在海幕的前额，随着光影飘来荡去。

在她旁边，隐隐约约还有一个小男孩，正好与她成双成对。但这个捆绑着一把紫色海草的绿灰色躯体不太稳定，有时候，身子便凭空丢掉，只在水雾后面抛下一双深思熟虑、青白欲滴的眸子。

那便是能看清另一个世界的眼睛吗？

# 第四章　新首领

## 一、群龙无首

尸虺死后不久，发生了这样一件事情。

有一天，乌眼纠合三人，杀死并吃掉了最虚弱的白耳和青鳍。

乌眼的行动并没有引发反感与抗争，倒是激起了一片惊诧和羡慕。

自打尸虺死后，掠食族便群龙无首了。没有办法捕食到他族的人类，饥饿便把众人拖到了死亡边缘。

大家暗暗觉得，乌眼这么做真不错呀，只是自己怎么没有早想到呢？

乌眼倒也很会做人，慷慨地把没吃完的人肉分给大家，众人便又对乌眼心存感激。

此时，乌眼竟像是要替代尸虺，成为新首领了。我鄙夷地想，他又哪里能与尸虺相比！这双睛暴突、恃强凌弱的家伙，仅仅是鲛人的后裔。

我开始思量自己的出路。恐怕，是该离开他们了吧。

但是，又怎能真的离开呢？乌眼分来的人肉，也已在我的味蕾中，唤起了久违的冲动。

关键是，无论去到哪儿，也都是红色海洋！到处亦是这样的衰败，衰败得就像一把把腐烂的海草。

不少人暗中巴望也能做乌眼的角色，在自己完蛋之前，先饱餐一顿别人。死活本是次要的事情。

要取乌眼而代之的欲念就这样蔓延。好些人都蠢蠢欲动。

我不安而兴奋地观察族群中的动静。

此时，只有蚺遗不动声色。在这种情形之下，他怎能沉得住气呢？或许是假装出来的吧。

但我心里清楚，哪怕是假装，蚺遗也是水栖人中唯一有分晓的家伙。

我于是游近这奇怪生物，想向他询问怎么办。他却懒散地闭眼躺在水层中，不再叽咕那些谁也听不懂的谵言怪语。

我大胆地试着触碰蚺遗的身体。那是一种硬硬的、礁石一般的感觉。蚺遗像是长眠不醒的海鳄。大概除了尸虺，还没有谁这么去贴近过他吧，这怪物猛地把眼睛睁开了。

“你这看似简单、实则复杂的家伙，也在那样想吧。”蚺遗是在对我说话。

“想什么呀。”我抑制住心脏的狂跳，像被人揭穿秘密似的，害羞地小声说。

“尸虺死了。得有人接替他呀。可那不是乌眼。”

“这与我有什么关系？”我伪装出镇静。

“从一开始就知道你是不同寻常的家伙。只有你，才是真首领的模样！瞧，你头上裹缠着尸虺留下的女人头发哩。”

我记不清从什么时候开始，我就能比一般水栖人想得更长远了。此时，我感到自己的身体中有一大股盐液正在拼命上涨，就要汹涌而出。忽然间，我似乎什么都明白了。

我记起，蚋遗以前就对我说过：“你跟他们不一样。”

然而，为什么要提起那不祥的女人头发呢？我心虚地看了一眼红色海洋。

蚋遗喃喃：“海星啊，魔法的施行者，你才是正宗海洋中的正宗人子啊！你这未来的海洋王，你将行拯救之职。”

仿佛是来自时间中的暗流再一次涌起，过去和未来又搅浑了。海洋王？我记得我曾经这么想过：要是海洋中所有事物都听命于我，那该是什么样呀。

我从来没有像此时这般，对自己感到陌生和害怕。

蚋遗像是能够看穿我的心思，说：“我知道你的梦。”

“那不过是个梦。”

“梦就是现实。你看看海幕吧。”

我便魂不守舍去看海幕，奇怪啊，它原来是由短暂得如同泡沫的赤色梦境组成的，远远近近一闪一眨，像是从地壳中吐出的云霞。然而，在深渊底部，真实的热液和火焰都暂停了喷射，红彤彤的大水中升腾起层层慢悠悠的紫雾，四面八方反射刺目的亮光。一群形状简洁的银色小东西在难辨距离之处隐约游行，转眼又都不见。我觉得那些家伙像是以前出现过的“轮盘”。

我对将要发生在自己身上的行为十分恐惧。我再想跟蚋遗说说话，他却消失了。

我感到少有的困乏，很快睡着了。这时梦又来找我。与惯常不太一样，这一回它却奇怪地有些悠长。梦中的我真的成了统治海洋的王者，却也是整个水世界的仅存之人，我管辖的仅仅是我自己。到处找不到可以用来充饥的蛋白质两足家伙，我饥饿得不行，便把自己的脸皮、胸脯和腹腔撕成一片片塞进嘴中，至于内脏则早就缩水干瘪不可食用。再后来，我整个人变成了一张芘蒈鱼形状的大嘴，与一组缤纷弹射的颅骨、肋骨和腿骨保持了一段距离，跳双人舞一样，在深海里亦步亦趋，摇摇晃晃到处蹿动。

这时，浑身长满绿斑的水草幽幽出现了。她沉浮不定、欲言又止的样子让人颇费猜疑。在她的身后似乎还跟随着一双更神秘的眼睛。

不知道水草妹妹此番现身，是不是受了我的诱引？

## 二、决斗

争夺首领位置的决斗就要在深渊里展开了。

还轮不到我发起挑战，别人早已迫不及待。

掠食族还剩下不到两千人，内波把破碎的能量集聚在水栖人身上，使大家感到异常兴奋。踩踏着红水并不时发出呜咽叫声的人们，正像是一群群水鬼，眨动乌浊的眼睛，期盼即将发生的一切。

乌眼察觉到了什么，看样子有些害怕。他紧张地手执水矛，带着他的那三个喽啰一圈圈游动，前后左右看来看去，提防不测。

袭击首先是由圆口发起的。这是一场水矛对水矛的肉搏。这最原始的战斗，原先是针对别的族群的，现在，却在自己人中间展开。

几个回合下来，不自量力的圆口便被击伤腰部，痛苦而羞惭地躲到礁岩的后面。

在一片呐喊声中，乌眼又迎来烂鳃的挑战。一阵厮杀，力大无比的乌眼刺穿了烂鳃的右肩，再次成了胜者。

也许，是他腹中有更多的人肉在提供能量支持吧。我是这么认为的。

这时，我感到自己的鳍忽然哗哗打起颤来。对要不要加入这场生死之争，我有些犹豫了。

第三个挑战者双髻执着蚌刀上场，他却是乌眼三个喽啰中的一员，此时竟然要反叛乌眼。

双髻的体格看上去并不强壮，不料想缠斗起来却比乌眼更为凶猛，十几个回合后，乌眼一不留神，被蚌刀砍掉一条胳膊，连声惨叫着退到一边！

大家发一声喊。但双髻的地位并没有得到巩固，立即便有不服气的尖脊翻着浊浪冲来，速度之快，使双髻来不及躲闪。尖脊一声怒吼，用水矛挑出了对手的内脏！

双髻那巨大而丑陋的尸体在水层中浮着，散发出隐隐的腥臭气味。那是他本身就具有的体臭，而不是尸体或者他吃掉的人肉的恶臭。观众们“越”地齐叫一声，都想去吞食那堆悠动的肠子，但看看尖脊，又不敢贸然上前。

气氛有些变化了。还没等尖脊吃完双髻的肠子，体格健硕、长着一身黑斑的翼望出场了。这一回，厮杀的双方都格外小心谨慎。

但这仍然是一场并不势均力敌的搏斗。不到三个回合，翼望杀死了尖脊。

真是让人眼花缭乱。谁生谁死，事前根本猜不出来。

已有两具尸首在水中漂荡。大家不敢再大声叫唤，连窃窃私语也停止了。我猜想还会有多少人送命，而我会不会为尸群增加一个数目呢？

翼望以胜利者的姿势，急速绕圈游动，割下死人身上的肉块送进嘴里，夸张而显摆地大嚼，又忽然在水层中挺直身子，大喝一声：

“越！”

看上去，已是头领的架势了。大家面面相觑，却无人再敢发起挑战。

这时，我感到身体被轻轻往前一推。回头看是蚋遗。

蚋遗笑嘻嘻说：“该你了。”

我哆嗦一下。我想对蚋遗说“不”。但一切由不得我了。我感觉到身体深处腾地蹿出一股无明火焰。这是潜烧了几百万年都不曾熄灭的火。其实我与乌眼、双髻和翼望并无不同。不一样的是我心中的这股烈火更加炽热，而我之前却一直不知觉。

所谓宿命就是这样的吧。

蚋遗从我身上到底发现了什么呢？

我看见那个统治海洋的梦幻又重新出现了。我也看到自己变成了一堆跳舞的白骨。身为白骨的人是不必畏惧的。

“等一等！”

我发出一声连自己也颇感惊异和振奋的颤然鸣叫，像一支箭矢冲了出去。

## 三、挑战者

“他是谁？”有人吃惊地问。

“是海星，海星！”大脑袋叫着，“怎么是他？疯了，疯了！”

最年轻的新挑战者以迅雷不及掩耳之势，破开波浪，冲到翼望的面前，以自己也不能把握的准确度，把水矛刺进那张还在“越越”大叫的嘴里。

尖利的武器从尚在不停咀嚼人肉的牙齿间勉强穿入，直接插进咽喉，最后深深捅到胃部。一股黑血从翼望口里喷扬出来，混没于海水。

如同大多数得意忘形的赢家，翼望没有预想还会有人发动奇袭，连还手都没有机会，就注定死去了。只是，尸体还继续保持着优胜者的强大姿势。

我意识到，这是很奇怪的，也是很正常的。

四面八方的海水都因为我的出场而安静了下来。

我装出漫不经心的样子，用水矛拖曳着尸体，感受它不可思议的笨重，心想这就是翼望这样的一个人呀。心头的滚滚灼热，才稍微凉快了一些。一种类似于信心、骄傲或者自矜的简单情愫，不由自主地偷偷浮现出来。

水层中的尸体增加到三具，却似乎是由量上升到质的飞跃。除了依旧不动声色的蚺遗，所有人都怀疑地打量着我。

沉寂好一阵，才有人道：“好！这孩子是新头领了。”

话音未落，却听见一人喊：“凭什么？他怎么会是？掠食族怎么能由一个孩子来率领？”

扭头去看，见是叫厌浊的人。这怪物皮肤多褶，须如长藤，两眼突出且分离得很远。

厌浊放松地怪笑着，手持水矛大大咧咧游过来。

我又感到害怕，转头去看蚺遗。蚺遗却若无其事，朝我点点头。

我于是强迫自己保持镇定。我装腔作势一抖水矛，翼望的尸体便转着圈飞出去，直接冲向厌浊。

厌浊根本不采取规避行动，当面轻轻把浮尸拨开，再顺势猛地一下把水矛刺来。我用尽浑身力气格到一边。对手的水矛却没有见好就收，而是海蛇般缠压住我的矛柄，滑行着继续向我眼前搠来。

我暗叫不好，赶紧侧身闪开这凌厉的攻击。敌人却一鼓作气钻过来，紧接着四五次同样的疾刺，我只顾着躲避，却还不了手。

紧急中我又偷看一眼蚋遗，见他仍是死人一样的面色。这时，四周的呐喊震耳欲聋，那是各怀心思的观众在为我们加油。

这声音让厌浊更加兴奋，他一矛快似一矛，几次都差点把我的武器打落水中。我便一个猛子，扎到翼望的浮尸后面躲避，对手的水矛却紧跟而上，噗的一声戳在尸身上，使劲一挑，把翼望扬到一边，又刺了过来。

我慌张狼狈，仿佛看到水中多了一具死尸。在这无常的世界里，我真的应该相信蚋遗么？

说时迟，那时快，厌浊的水矛已来到眼前，挑动的，却是扎在我额头上的女人发梢，一甩就把它搅开，飘舞在红水中，成了一道疾飞不停的青烟。隔着这片欢快的美丽乌云，我出乎意料看见，敌人迷惑了。

我知道机会来了。我掉头便逃。厌浊在后面笑道："就这人还想当头领！"

我把他放近，却忽然停住，一头秀发顺势再次顿然绽放，成了一个斗篷。厌浊又一次刺过来。人们大喊："刺中了！"

但刺中的却依然是舞动的头发。似有若无的万千青丝，妖惑地阻住了厌浊的致命一击，并像是无数小手，伸出去把那矛尖捉住。

我不及多想，急侧转身，把水矛送到厌浊的胸口。这不存在双视区的家伙没有时间回防，便狠狠挨了一下，水矛穿透了他的颈项！

一股热血喷射出来，厌浊的身子刚才还是平顺着前游的，这时曲坐起来，双手丢弃了被头发缠绕的水矛，痛苦万状地抓紧喉咙上捌着的利器。

我用水矛在他的颈项上来回抽动三下，厌浊被拉得在波浪中一俯一坐，最后嗓子里咯咯响了数声，便一动不动了。

像是忽然明白了什么，四周的呐喊声一下停住。

杀死了敌人，我却并不特别高兴，倒很有些若有所失。拖曳着翼望布满黑斑的尸体，我在众人面前快速游动，尽力让不安的心绪平定。

大家都低埋了头，有人恨恨地偷眼看我，却不敢上前。

这时，蚺遗露出了不像是人类的笑意。

我不敢看蚺遗。我鼓起勇气叫：“还有人来吗？”

喊了一遍，便不敢再出声。然后是久久的沉默。然后才听见有人说：“别人能服气，我怎能服气呢。”

我看去。原来是大脑袋。

## 四、大脑袋

我全身颤抖起来，不禁向后退去。大脑袋迟疑片刻，游出人群，也执一支水矛。

大脑袋说：“海星，你不是在开玩笑吧？”

我说：“我不想跟你打。”

大脑袋怜惜道："我也不想跟你打。你回到大家身边来吧。都不要再比拼了，让我们一道掠食去吧！"

听了这话，我心悠然一动，浑身绷紧的肌肉也松懈了。我正要放下水矛，蚋遗杀人般的目光却及时直射过来，把我从幻想中惊醒。

我仔细去看大脑袋，才发现他眼中透射出一丝难以察觉的阴怨。

——谁都知道，并肩战斗、共同狩猎的生活，自打尸虺死后，便已一去不返了。

除了你死我活，其余的都是天真想法。

我暗叫不好，口中说："我也不想跟你打，但海洋中没有别的可以掠食了。"

大脑袋说："海星，那就怪不得我了，我本不想争这位置的，但既然连你都来争！"说罢，便冲过来。我赶忙招架。

滔滔大海中，友与敌不过是瞬间的转换，如同性与食的轮回，这本寻常。但这场恶战，又与刚才不同。我一上手便完全处于下风，一方面是力气不够，另一方面，心中还念着大脑袋是我的救命恩人，精神上先落败了。

大脑袋是海兽中的真正勇者，反复无尽的征战练就了他一流的杀人技术，这正是我望尘莫及的。

大脑袋招招直指要害。面对强劲攻势，我只是机械格挡，竟无法还手。水波哗啦啦旋转，涌出猩红的大堆泡沫。我们的身影绞缠一起，难分彼此。

大脑袋着急大叫："你打我呀，你怎么不打！"

我哭喊："我不打你。我怎么打你呢？"

大脑袋见我哭泣，知道我已经不行，出手更间不容发。

水波一闪，我的左臂被刺伤。剧痛使我一怔，大脑袋也愣了一愣，暂停攻击，哈哈大笑两声，却不说话，紧跟着又补刺一下，我却闪开了。

这时传来蚋遗低缓的声音："你的弱处在你的心里！"我闻言一震，动作再度犹豫，又被大脑袋刺伤肋部。

大脑袋不安地转头道："原来是蚋遗你这怪物，你为什么要让海星送命呢？"

蚋遗冷冷说："海洋王只能是他。你是不知命的。只有他能救众人。"

大脑袋吃了一惊："命是什么？"攻击顿时少了流畅自若。又刺一下，却没击中要害，仅在我肩头揭去一块表皮。我痛苦地大叫一声，像是专门给蚋遗听的。

大脑袋再击过来，却似乎在思考蚋遗说的话，心存惮畏，留下余地，没再伤人。浪花飞溅，我心中布满恐惧烦躁，只想一切赶快结束吧。

我知道大脑袋最终是要置我于死地的，红色海洋中并没有知己和朋友。但我实在已无还手之力，动作愈加迟缓下来。大脑袋却越来越困惑，像是蚋遗刚才那番话使他吃了迷魂药。他摇动腹鳍，露出不知如何办才好的样子，只是又虚虚刺出一矛。

连我自己也感到诧异的是，不知受着什么力量的驱使，在这关键时刻，我迎面而上，把最要害的头部暴露在了对手面前。

"大脑袋，你是海洋王了。不要忘了我！"我已顾不得蚋遗，绝望嚣叫起来，抱定必死之念。

不料想大脑袋一惊，意外停顿了攻击。我头上缠绕的女人之发像是冥冥中听到命令，再次飞散开来，直扫大脑袋的双眼！

大脑袋一声怪叫，来不及收回水矛，额部已遭了我致命一击！

像是有一只看不见的手在帮忙，我甚至都没有用劲，水矛已经斜送入大脑袋两眼之间，我也吓得松开了手，双掌下意识抱住对手刺到喉前的水矛，一仰身把它从大脑袋手中拖走，抛扔到一边，又抢上去，把我刺入的水矛从大脑袋额头上慢慢拔出来。矛尖滋滋响着带出一股鲜艳喷洒的脑浆。

大脑袋惨叫一声，就在这一瞬间死去了。

他是死不瞑目的。

所有的人都难以置信，在一旁看呆了。

我一动不动，像孩子看到稀奇事物一样，张大嘴巴凝视大脑袋的尸身。他硕大头部的血窟窿使我回忆起被猎杀的沙蚕。但沙蚕要美丽得多。

与翼望一样，大脑袋的身体，竟也是臭烘烘的！

关于大脑袋，我还能记起什么呢？

拼命地想，也想不起太多了。死去的大脑袋，瞬间便要从我的记忆中彻底清除掉。

只勉强记得，这生物幻影一般，游在掠食族大队的末尾，对我说："怕死，这正说明你还活着啊。然而，海洋中已没有什么可以怜悯活人了。那么，你且跟着吧，看你的运气了！"

大脑袋的运气不好。

我开始作呕。

但是，也很想从大脑袋的尸体上，挖下一些肉来塞进嘴里。

打了这么几架，我消耗太大，实在饿坏了。

正这么思量，忽然，身后一股水流乱动。我直觉不妙，又听蚺遗喝叫一声。疾速侧身躲过，一支水矛刺空了。竟是失踪多时的痈疽！

痈疽仅是虚刺一下，立即知趣收起水矛，紧张地看着我额上头发，讨好地笑着对我说："你是我们的新首领了！"

大家也都目不转睛注视我头缠的女人青丝，随声附和：“你是我们的新首领了！”

海洋的回声却是：“死了，死了！”

我很落寞，去看海幕，见它在五具尸首贡品般的点缀下，难得地显现了绝美的一面，竟然是那么的清晰而单纯，如掌中盆景，如心中盛世，肉眼便能看得见千万座乳头状海山，逶迤连绵，略无遗漏。无数骨针似的透明生物犹如天女散花，在不同层次的水域中燃放出一片片淋漓尽致的妖艳。这才是海洋的本相吧。大家从没有见过这样干净光洁、静若处子的海水，皆觉奇怪，“越”了一声，齐齐注目欣赏。

没有比这更危险的了。

这时，痈疽游到我的面前，手持一样东西。那正是尸虺的面具。

痈疽恭敬地把失而复得的面具，小心翼翼戴在我的头上。一股腐臭气味逼得我胸口发闷。我才意识到，痈疽这番回来，是奉送这面具的。他刚才一直在旁边等待决斗的结果。

有人喊叫：“啊，他又活过来了！”

我于是明白，自己在别人眼中，成了尸虺。

我想，原来，乌眼、双髻、尖脊、厌浊、翼望、大脑袋的资格是假的，是他们没有头发、没有面具啊，是他们并非尸虺啊。但我并不想做尸虺。

那么，痈疽为什么要把面具奉献给我，而不自己戴呢？除了看到我杀人的勇力外，还有别的什么考虑吗？我回想痈疽刺我未中的那一矛，心中充满疑虑，不禁一念之下想杀掉痈疽。

现在已经知道，杀掉一个人，与杀掉十个人，是没有区别的。

但是，来不及了，因为，这时海洋又起了变化，透明的假象消失了，如梦的美景隐退了。垃圾山一样的海水抖落出一支支浑浊火焰，无数的金属颗粒混合着珊瑚碎屑、草籽、骨渣及鳞片扑面而来。五具尸首一下便被冲得不见踪影，使得原本想吃掉他们的人追悔莫及。

“哇，哇！”到处回荡着不知名动物的惊恐喊叫。几百只失魂落魄的绿色海樽直立着身子射箭一样游过。跟着又传来一阵撕心裂肺的怪声，像是无数面大鼓在把自己敲破。风暴来临了吗？海震发生了吗？

喙怪大叫一声：“他们！”

痫疽率先弹射到一边，似要躲避看不见的危险。连蚺遗也微微变了脸色。

那怪声越来越大，从鼓点变成雷鸣，并且，散发过来一股大型海洋动物身上才有的浓烈异味。

“是他们！”

“谁啊？”

“联盟！”

## 五、联盟

话音未落，便看见海幕上影影绰绰有了什么东西，黑乎乎地晃来晃去。海底嗖的一声刮起一道狂风，水流的搅动更加紊乱不堪，几十块巨礁砰的一声同时震裂出道道缝隙，从里面钻出一群群底栖生物，转眼间逃得不见踪影。

这时，就看见海幕口吐飞镖一般，哗啦啦送出一匹匹海兽，其名唤作幽蜷，头小颈长，体黑多斑，背脊处生有三个巨大的驼峰，身长二十五米。

幽蜷的驼峰之间，歪歪斜斜坐满体态各异、神情怪诞的水栖人。

海洋内波被幽蜷那不可思议的骇人身体沉重地劈裂开来，先是作大凹面整体沉降下去，立时又猛地向上耸起一道道分岔的巨形水墙，掠食族被这水墙打散，又被旋涡和大浪分割成互不能联系的几个小群。

见此情形，聪明的海兽立即变换队形，分作数拨，看准目标，高速追噬被浪头打昏的猎物。

我躲过一头幽蜷的袭击，在惊涛中连翻几个跟头，心里只有一个意念："完了。"我看见痈疽和嚎怪也在旋涡中滚动。

但隐隐约约，从不知什么地方传来蚋遗昏暗得一塌糊涂的声音：

"海星，全靠你了！"

我吓了一跳，又像是从梦中再次惊醒。

我四处找蚋遗，却见他不着。

我只是看到，大脑袋的尸体忽然就从海底钻了出来，整个神情就像在痴痴微笑。但他还没有游多远，就被一头幽蜷噗地一口咬断，他体内业已冷却的浆液都绿莹莹地喷洒到了滚烫的大海里。

"跟我来！"看到大脑袋的悲惨结局，我大吃一惊，不知哪里来的勇气，从心底吼出这么一声，竟吓得蹿到跟前的一头幽蜷停下。

这怪物使劲摇晃庞然的头颅，昂昂哦哦地乱叫，嘴里喷出大朵水花，露出食肉动物的一口细密利齿。

我吓得闭上眼睛。但奇怪的是，幽蜷并没有吃我，而是一甩脖子转身跑掉了。

这使我想起尸虺不曾吃我的情形。我便高声对众人说："不要乱了！"

这正是很久不曾听闻过的掠食族首领的号令，幸存者怔了一怔，便集中注意力，匆忙间聚拢了队形。

蚺遗的声音又响起来：“幽蜷的眼睛不会往两边看。你带着大家绕圈游！”

蚺遗在关键时刻救了我们。我听从他的指示，带领水栖人在海洋中绕起大圈。我们使尽浑身力气与水花贴得紧紧的，饥饿的身子薄薄的，身影就在若有若无之间飘行，仿佛我们自己便是一滴水，便是海洋本身了。

饿昏的海兽不舍地紧追，眼看就要撵上，我一声大喊，带领队伍猛地拐了一个急弯，笨拙的海兽来不及回转，四只鳍脚乱划几下，便在波浪顶端轰隆隆齐声倾覆了，上面的骑手悉数朝着一个方向整齐地跌出去！

水声哗哗响作一片，耳朵里就像无数鱼骨在猛捣。我往身后看去，见痈疽、喙怪等人都紧跟着，一共还有千把人。在队伍末尾压阵的，竟是蚺遗！但是，刚才被水墙分开到另一边的掠食者，已经被敌人统统杀死。

我来不及查看都有谁命丧黄泉，只是带着幸存的人们狂奔猛逃。好不容易才避开幽蜷的追击，却见又一支联盟的队伍阻住去路。原来，这帮家伙也学会了合围，而那本是掠食族的战术。

攻击者发一声呐喊，海弩便曲曲拐拐飞来，把十好几个人打沉在海底。大家见状又要乱。

我问：“怎么办？”

蚺遗道：“看，左边有道峭壁！”

我便叫：“跟我来！”

峭壁高耸千仞，一侧有大片乳白色雾气蒸腾不休，海水在这里发出格外响亮的喧嚣，流速骤然加快，水温冷热不定。海洋的密度在这里仿佛也变得不均匀了。我知其厉害，带着队伍小心翼翼减速，并悄然隐遁在了岩壁阴影深处。

刚刚藏好，敌人便追了过来。

这是联盟不久前收编的一个衰退部族，共有三千多人，拖带着女人和小孩，因此追击的速度缓慢。

我们的忽然消失，并没有使追击者产生警觉。他们像一群只知埋头洄游的愚笨鲣鱼，不停歇地直接越过了那道峭壁。

他们根本没有意识到危险，便集体坠入一道一千二百米宽的海底瀑布。

这由海水温差造成的深海奇观，总落差达三千六百米，汹涌的水流咆哮着飞泻直下，立即将追击者卷入深渊。

水层中立时惨叫一片，后面的人却不知出了什么事，更加着急地往前赶，结果，三千多人统统被瀑布吞噬得一干二净。

过了好半天，我才默然带领大家小心游出。一边游，一边倾听远去的呼救声和惨叫声，恍惚觉得死去的正是我们。

我想，如果有下辈子，就不要再做人类了。

我们并不走运。刚刚离开峭壁，却又迎头撞上一支队伍，皆是凶悍的壮年男性，不带妇女孩子，仿佛昔日的掠食者复活，正候个正着，见我们出来了，发一声喊："截住了！"

这一回，怎么也逃不掉了。

大家都怔在原地，准备引颈就戮。

蚺遗，你这海洋中的神秘生物，还能救我们一次吗？

我哀伤地去看蚺遗。蚺遗也在看我，朝着我独白一句什么，但海底水声太大，我没有听清这关键之语！

但是，这声音本身的魔力却是屏蔽不掉的，它直接传导入我的心底，像一股尖锐的深海喷泉，激起强烈的求生之欲。

我定定神，看看面前的敌人。他们已经团团围住我们。有的家伙举着刚刚猎到的头颅。血淋淋的脑袋大张着嘴，像是无声呐喊的样子。

我镇静下来，往下拉拉从尸虺那里继承来的面具，让它与我的整张脸亲密贴紧。然后，我低低咆哮一声，忽然冲出人群，端着水矛向敌人大军扑去，正如沙棘虾舍身投入须鲸大口。

痈疽最先醒悟过来，大叫："海星，你要干什么？疯了，疯了！"

我不言语，也不回头。只听见蚺遗在后面咕咕嘟嘟作笑。痈疽和嗓怪一定都吓得闭上了眼睛。

敌人见有人单枪匹马前来送死，便一齐发射海弩。

不断有箭矢击中我，我就让它们钉在身上，太多了，便拔出几支，以不影响游速。我顷刻成了比海水还要彤红的血人。

这时，我看到了尸虺。不，不是幻影，是尸虺真的来到阵前！

敌人有些惊慌，队列出现骚动，阵脚也压不住。我迅疾来到敌阵前沿。

说时迟，那时快，缠在我额上的头发哗啦啦飘散开来，遮蔽了敌人的视线，而我已经感觉不到肉体的存在。在别人看来，我必定是变成了一根拉长的红线吧，这使得所有的矛和箭都再不能轻易击中目标。

这一根红线嗖嗖响着，凌厉地钻入敌阵，如入无人之境。人群齐齐发一声喊，便万籁俱寂了。

转瞬之间，我已经脱离接触，手里执的正是敌方首领的头颅！

我披头散发回到自己人中间，面具被鲜血染得不像面具，口中呓语不停。而敌人正溃不成军，夺路逃窜。我没有叫大家追赶。

喙怪说：“奇怪，我刚才明明看见尸虺冲上去了。”

痈疽惊疑不止。蚋遗只是摇头晃脑，叹息连连：“有一对紧闭双眼的小女孩和小男孩骑在海星的身上。”

我完全记不得刚才做了什么。我仿佛经历了一次时间旅行。我全身无力，恨不得马上死去。这时蚋遗建议我首先应该清点人数。点查的结果是，连我在内，还剩八百余人。大家惊魂未定，却崇拜地看我。

我正要询问众人，我们现在去哪里，话未出口，痈疽却替我说：“我们现在去哪里？”

我其实没有主意，便又去看蚋遗。蚋遗说：“从哪里来，还到哪里去。”

我想了想，觉得这话有道理，便道：“跟我来吧。从哪里来，还到哪里去。”

大家一齐嗥叫：“从哪里来，还到哪里去！”

红色海洋中回声一片：“死去，死去！”

我命令喙怪在前面开路。喙怪忙不迭道：“我听你的。”

残存的掠食族，便离开了这被血光染红的海域，沿来路游回去。

## 六、故园

跟随漫无边际的宿命节拍，我在茫然无知中成了掠食族的新首领，仿佛只是故事大情节中的一个小片段。

有一瞬间，我甚至认为自己其实早已死亡。一切的经历不过是编写这故事时，为了方便起见而做出的虚构。

要说起来，尸虺当初不就是这样吗？我们出生了，我们便死了。

但就算如此，也听之任之好了。活在另一个世界也是活呀。

我便以由死向生的意志，坚定地率领惊恐莫名的人群逃逸。一路上大家默默无言，还沉浸在恰才那场变故的惧骇之中。

只有蚋遗仍在独白。我想，唯有他是知道去处的。

不少人受了重伤，又累又饿。好在，我们遇上一股海流，它友好地推动水栖人前行，这样一来大家才稍得喘息。

然而，很快，我们身后便跟上一群暗影。

它们是吊睛鲼。

这扁扁肉团模样、体长八米的可怖家伙，是远古人类先祖制造的一种转基因生物的变异后裔，体表覆盖着矿化程度甚高的厚壳，壳上长满浅色的阴阳鱼花纹，四只生长在触手上的眼睛如同灯笼，宽大的吻部突出一根粗长刺管。这恶魔以吸食猎物体内的组织液为能事。

吊睛鲼早看准了我们这群衰弱无力的水栖人，紧紧尾随而来。

连喙怪也没有察觉到这样的危险，他的特异功能好像暂时失灵了。

蚋遗也看到了海兽。他竟对我笑着扮个鬼脸。我不知道他这是什么意思。大概是“不过如此”吧。

除了拼命加快游速，似乎无路可逃。

人们累得连惊叫都发不出来。

有人勉强地打响呼哨，试图呼唤电鳐。它们零零星星出现了，周身闪射光芒，却待在远方，不敢上前。

连多年相处的动物盟友，也厌弃水栖人了。

就在紧迫之际，我忽然感到水温急骤下降，低头扫视一下海沟，看见一个灰黑色的物体正从深处往上浮游。

这是一个我从未见过的怪物，体形庞大，略呈扇形，像一块光滑的大木板，看不见身体的其他器官。怪物缓缓上浮，似乎整个身体都在轻轻抖动，却又没有发出任何声音。

我怕得不敢动弹，心想："这回才是真的完了。"却发现吊睛鲼不知何故也停止不动，像是被新出现的生物吓呆。

不一会儿，那深海怪物靠近了一头吊睛鲼，似乎只在它的身体上轻轻碰触一下，吊睛鲼便立即抽搐不止，随即便被那怪物莫名其妙吞食了，一点痕迹也没有留下。其余的吊睛鲼见状都逃得无影无踪。

而后，怪物又抖动不可思议的身躯，逐渐沉入海底，水温随着它的消失，才又慢慢恢复了正常。

海水发着无情、惨烈而深奥的光芒。我和众人恐惧不已，战栗着赶忙离开了这片阴森的海域。

在海洋中，你永远不知道更厉害的是谁——这是我弄明白的又一个道理。

不知过了多久，我们趁着海潮来到深渊。这其实是海洋中的磁性与水温在暗中指引我们的方向。我却不知其玄妙。

这是我昔日的故园。山还是那山，水还是那水，但又不是那山那水了。自从我那可怜的族群迁徙后，这里便荒废了。洞穴悉数塌陷，一片狼藉。

我看着便欲放声大哭。这时，水中出现了妈妈的幻象，她裸露着皮包骨头的瘦弱身子，粉红着一张皱巴巴的小脸，慢吞吞游了过来。她在我面前可怜兮兮停住，一动不动直盯着，却认不出自己的孩子。

我正犹豫是搂抱住她还是驱赶她走，她却转眼间消失了。

大家都担心地看着我。我想到自己的头领身份，便镇定一下，说："不必再行。我们可以就此停留下来。"

"这是什么地方呀？"

"这是我们的家园。"

家园？家园是什么意思呢？众人没有闻听过这样的语汇，或是早已忘记了，这时便像忽然遭遇可怕怪物一样尽皆变了脸色。他们惊讶无比地打量这荒凉的海槽，心头布满隔膜和凄惶。

让人略感欣慰的是，深渊中的生态较之我离开时，已有所恢复。海荒虽然仍在蔓延，但我看到了一群风旗鱼摇摆前鳍从眼前游过，一队网面虫颤动尾须在海底爬行，一簇海黾草伸展茎叶在泥中轻舞。这证明食物链尚没有断掉。

我对大家说："我们将在这里隐姓埋名，过一种新的生活，这样才能获救。"

经历了空前大难，大家都同意地点点头。痈疽和喙怪说："我们听你的。"

我说："掠食者的生活，是不能再过了。吃人，是我们这一族灾难的起源。"

我说这话时，自己也将信将疑。众人围了一圈，听天书一样看我。蚋遗轻轻摇头。

大家来到那些塌陷或半坍的洞穴旁，在我的指导下，把它们掘开。在钙质软泥和石灰岩层之下，掩埋着朽烂的尸骨。

我吃力想了一阵，才回忆起来。我说："那是我早年的兄弟姐妹，死于海啸，也死于互食。"

我又说："我那一族已经灭亡。我们如果不好自为之，将必若他们。"

尸骨从泥层中起出，立时在小尺度湍流中自动瓦解成了齑粉。我心下大惊，啊呀，死人连自己的尸骨都丢得精光了！我痴痴目送它们洋洋洒洒漂进深渊，竟像是送走生命中最值得珍惜的物件。

让我尴尬的是，它们勾引出了我的食欲！

我强忍住吃人的冲动。这时，我听到深海中雷霆震怒。

我决定不理会隆隆雷声。我率领大家重拓洞穴，再建居所。

另样的生活开始了。族群中的人大多自小便加入掠食族之列，踏上无休止的流浪捕猎旅途，对这定居生活，皆感新奇而陌生。

我努力使大家习惯起来。首先是要解决食物问题。

没有人肉可吃了，也绝不能重新互食。我们便开始笨拙地围捕过路的鲽鱼和海狮，猎杀偶现的蠕虫和纹螺，也采集零落的衣藻和伞桑。依靠海底热液和海洋动物泛光而生存的底栖植物已经不多，我们便小心翼翼往上层水域游去，到达阳光可以照射到的地方，竟然又发现了更多的残存植物。我教大家采集，教大家辨认哪些有毒，哪些无毒。所有人都异常兴奋和好奇。这时我又想起妈妈。

我忽然停住。我看见了岩壁上的水笔仔。海的景观都改变了，唯有它还在那里，一眼就可以认出。水笔仔已经长大，婀娜多姿，妩媚动人，在水中轻柔招摇。这植物由于吃掉了多个水栖人，因而滋生出灵性，并且它还是有记忆的，也认出了回归的我。

这时，我头上缠绕的黑发抖擞着松动一下，呼啦一声展开来，向水笔仔那里飙去，竟把我的身体也拉扯过去。我恐惧大叫："蚋遗！"

值此要命时刻，蚋遗却不在身旁。喙怪却不知从哪里钻出来，一把拽住我的双腿，把我拉扯回安全地带。

着了魔的黑发又自动盘卷回来，牢牢粘贴在额上，受了惊吓一般，兀自哆嗦不停。一只胳膊已被水笔仔划出血痕。这使我想到妈妈的体液。

睁眼看去，只见妖妇般的水草正端坐在水笔仔的叶梢上昏晦谵笑。她也长大了，模样变得我都有些不认识，扁平苍白的容颜惨不忍睹，额头上流淌下一道浓浓的、清冷的黑光。

终于，在巨变之后，我迎来了这一刻，与女人单独面对。

这时，周围的海水像是受着一只淫乱大手的搅动，纷纷激荡起来，仿佛被注入一股久酿的情欲。

水草妹妹，你，是想与我做爱吗？

或者，直截了当一些，是要吃掉我吗？

重逢的仪式，便是这样的精彩而戏剧。

那个属于死神的阴性世界，看起来更有魅力呀。

但我最后还是忍住了。我略微难过地游开，心说：“喂，有空再来看你吧。”

从此，男人们便在深渊中苟且偷生，终于躲开了联盟的追捕猎杀。

我们从头再来，慢慢成了差强人意的渔夫和采集者。在外界看来，水世界中横行一时的掠食族，已然全体灭亡了。

# 第五章　文明

## 一、悲剧

所谓春秋递嬗、斗转星移，这宇宙中时光飞逝的普遍感受，在海洋深处竟无人能知。

由于无法觉察出时间的往来穿梭，我的故事也就失去了进化的目的和动力。

无法讲述下去的时候，就只能重复唠叨昔日（也有可能是未来），在尸虺的引领下，无趣的男人们一群群上浮，徒劳无益地以头冲击薄如女人肌肤的烂糊状海面，翻转肚皮，浸润在一团肮脏光晕的照射之下，含含混混唱着谁也不能明白的祈歌。然而，那捉弄人的亮光已经多少次疲惫地照射过这个世界了呢？

事实上，在我的故事中，这了无新意的海洋已经生而复死、死而复生无数次，而我只能短暂活一回。

大海正是一个女人，确切来讲，是女人的子宫，它不假思索地定时收缩，不间断排泄出许多人来，但对于被吐出的每一个个体而言，命运却不存在多重。

这仅有的一回里面，究竟能做些什么事情，都不由自己说了算。而有这一回，与没有这一回，又有多少区别呢？

生出来后，才知道做什么都太晚了。于是，无谓的哀怨由衷滋生。至少，我深深体会到了这样的哀怨。我相信蚺遗也会，其余的人，我则不知。

这都是因为我们有了头脑。在这红色海洋中拥有意识，本身算得上是一个悲剧。

为什么是妈妈选择了我的身体，而不是我选择了妈妈的子宫？这是一个永无答案的命题。

实在没有办法啊。

那么权且如此吧！

值得庆幸的是，仿佛是幸运地延续着的定居生活如同一把利刃，把那饥肠辘辘的自相残杀，以及蒙罩着妈妈和水草阴影的灾难本身，暂时挑得不见踪影。我的故事也就可有可无地继续了下去。

但，说的也便是暂时。因为有了以上哀怨，心里清楚，难熬的日子并没有真的离去。

平时，只是刻意掩饰着、抑制着，努力不去讲给人听。

但，并不是说这样一来，灭亡便会真的远离我们而去。

灾厄来得总是比人设计的更真实一些，并打断故事的正常进程。

## 二、能量

一天，我带领众人采集完植物，回到洞穴，自己也取了鱼腥萝啖吃，忽然，从心底喷发出一股强劲反呕。

好不容易弄来的食物，全部经由狭窄食道，滚涌进无际的大海，仿佛是幻觉中纤细的陌生生命，具有灵力一般呈游丝状颤然浮动，依恋着一时竟舍不得离去。

我恐惧地盯住它们看了半天，明白这种情况，最近其实已经反复多次。

由于很久没有尝到人肉的滋味，肠胃在向大脑提出物理意义上的抗议。

像拒绝毒物一般，我厌恶地扔掉没吃完的鱼腥萝，惊惧地看着它们在水层中如烟云飘散。这曾经养育了无数人类的维管束植株，现在，也与海洋中其他恶意存在一起，成了一种与人为敌的东西。

没有比这更致命的。体内潜伏的恶魔，经短暂休眠后，正在苏醒。

洞口探入一个脑袋。那是蛩蛩，怯怯地要求进来。

蛩蛩讨好地冲我绽开一个笑容，把一块白花花、软绵绵的东西递过来。

蛩蛩不说话，只是保持住怪异的微笑。

一眼就看出来，蛩蛩手中的，是从人的大腿上剜下的一块上等好肉。

无法抑制地，我的口角流出咸涎。多么地有失体面呀。我用水矛一下把人肉打落水中。蛩蛩吓坏了。

“哪里来的？”我厉声问，心里布满绝望。

“我们杀掉了黑齿。”

我拉着蛩蛩游出洞穴，果然看见十几个家伙围在海底沙砾层上，正在吭哧撕吃一个血肉模糊的动物。

痈疽抬起头，直直看着我：“实在忍不住了。”

我大难临头一般，悲戚地说：“痈疽，是你带头干的么？你们怎么不记得我定下的规矩？你把他吃了，把别人吃了，最后会不会连我也吃掉呢？”

“不，你千万别这么想啊，如果有那么一天，我会先把自己杀死了送给你吃的……”这家伙竟然也像蛩蛩一样嬉皮笑脸对我说。

“胡说！你们，要想活得久一些，就不要去吃人！”

听见我这么说，大家吧嗒咂着嘴，不甘心地四散而去。那具尸身被吃得仅剩一把骨架，就这样孤零零躺在海底，被水流一阵阵掀动，鬼鬼祟祟地探头探脑，引来一群腐食虾贪婪的窥视。

我惊惧地回到洞穴，心里却老想着躺在海底的黑齿，以及黑齿身上散发的味儿。

蛩蛩送来的人肉没有被水流冲走，安静地在一旁期待着什么。

人肉呈棒状，深褐色，截面处突出两股大筋，张牙舞爪，完全是挑衅的模样。人只有死去了，才会面对首领也这样的无所顾忌。

虽然猜测不出当初镶嵌在原来体位的正常形状，但黑齿的确曾靠它牵引让人羡慕的双腿，就那么镇定而韧性地扑向他要吃掉的男人，以及要交欢然后再吃掉的女人。

而现在，这东西自己却变成了一堆可食的静物。肌肉里蕴藏的能量，虽不能称作滔滔不绝，却也可以在同类的身体里流转不休。

这的确是坚硕、耐嚼的男性肌肉，现在任由充满情欲的阴柔海水抚摸和宠爱，最后才被抛弃。意识到这个，就不由得热血沸腾。

但是，渴望立即吃掉这肉棒的欲念，却不仅仅是饥饿所致，而是比饥饿感还要强烈的另一种奇异感觉。

说到底，并不是肠胃蠕动出的简单欲求。

但至于它究竟是什么，已经没有耐心琢磨了。

我扑过去。

顷刻，口腔就被食物填充得一点空余也没有了，如此，咀嚼肌反而动弹不得，各组神经的配合也都丧失了应有的默契。

死去的水栖人在嘴中迅速复活。肉块的冲击力太大，使食者差点昏厥过去。

## 三、特殊的欲求

吃人就这样不以人的意志为转移地重新开始了。

不知从什么时候起，我便比一般的水栖人料想得长远一些。我用大概可以称作初步的逻辑推理能力感知到，族群内疯狂的互食，很快便会把自己吃光，结果是大家一起完蛋。

这，也许便是少有的所谓“对未来的洞察”吧?

只是，在如今的红色海洋中，这种想法已然行不通。

因为，从实际的角度进行观察，没有人吃，却也同样不能自救。归根到底，所谓吃人，是一种独立于饥饿的别样欲求在发生作用。

体现在现实效应上，则是如果不吃人，就会由于那种特殊欲求的消失，而悉数发疯。这样一来，完蛋的那一天，就会到得更早。

强迫驱动衰弱的身躯，去开辟新的食物源，胡乱吃点硅藻、鳃蚓或轮虫什么的，那不过是最低级的活法，再愚蠢不过，不用说，就是导致原先我那个族群灭绝的原因。

不去考虑那种比饥饿感更强烈的特殊欲求，就意味着，我们与笨拙的长角螺也没有什么两样。

究竟为什么会如此，没有人知道。我们曾经以为自己是一种广食性生物，但现在看来，这终究是一个误会。我只能想象这是由于红色海洋的存在，它以魔力无边的手段迅速改变了人类生态幅的宽度。

喙怪好不容易找到了一处丰盈的藻场，原本以为就能避开人肉的诱惑，但一俟昼夜交替之际，大家按捺不住心头烦恶，便又相约一起出动，魔鬼似的袭击并宰杀同类。

身体最虚弱的一些家伙，首先被吃掉了。

很快，二十几个人就这么无声无息葬入了伙伴腹中，这里面，包括最早给我送来人肉的蛩蛩——他是被我吃掉的。

奇怪的是，大家直到此刻才仿佛深深体会到了吃人的绝顶妙处。甚至在做掠食者的那会儿，也不曾产生过这般感觉——因为，其时人肉相对充足，谁也不太在乎。

“人的哪个部位最好吃呢？”我与痈疽展开讨论。

“当然，首先是脑髓，那白花花而黏稠的流质，由于其滑润度，而有着完美的口感！其次是大腿根部紧凑致密的肌腱群，喏，也就是接近会阴部的，十分耐嚼。再就是肝脏和眼珠——想想你用湿润的舌头把它们轻舐吧。只有鳍是要扔掉的。”痈疽说得兴致勃勃。

“不过，还是有些家伙，连鳍也拿去吸吮呢。”

“真是可怜鬼。”

“不，那也是很愉快的一件事呀。开辟了新的吃法。我们不妨也试一试！”

说着，我便忘掉了自己身为首领的身份，贪婪地打量起痈疽来，仿佛透过他糜烂的鲑鱼样肌肤，看清楚了皮层下厚薄不均的脂肪，也嗅到了稀松肉质间散发出来的淡淡腥气。

我情不自禁舔了舔嘴角。

大概，看到我的眼光越来越不对劲，痈疽吓得转身游到了远处。

痈疽一定在这么想：海星这戴面具的家伙，是红色海洋中最危险的动物，不可以与之久相处啊。

预感中，这必是今后灾难的伏笔。

痈疽才是需要提防的人。

伴随肉食习性的恢复，也就逐渐清晰认识到了那种特殊欲求。人肉在穿越肚肠时产生的一阵阵蠕动，通常会激发具有旋转意味的亢奋与眩晕，那是理所当然的，或可理解为固定的行为模式导致的条件反射。

——吃人并与女人交合，这本是平行作业，在这个世界上，少了一件也不成。但现在，却没有后者佐食，这样的煎熬才真正让人无法逃避。

那正是隐蔽在心灵最深处的无法产生后代的痛苦呀，而这却被我们有意无意忽视，如此才诱导出吃人的行为吧，那其实是下意识中企图转移对于出生与死亡的注意力。

这才认识到，匿藏于深渊中的这群家伙，竟毫无分别全是男人。这种身份，在掠食时有它的特殊意义，但到了现在，就令人惶惶不可终日了。

吃掉性别相同的伴侣，也就是在耐性限度下降的情形下，为了减少群体密度并摆脱潜在竞争威胁，而做出的自然选择吧。

当然也有人觊觎起同伴的身体，考虑的是先奸后食。族群数量下降后，与雌性儒艮交媾寻欢的事情，也已经在眼皮底下发生了多起，而连这也要厮斗争夺。

在被欲火炙烤得受不了时，我便来到水笔仔栖身处，企图通过接近某种我所不能把握的存在，来缓解周身的紧张和压抑。

我钝痛地久久注视这岩灰色的家伙，恼恨地想它怎么可以置身事外。我期待额上的秀发拉扯起身体，去裹缠这吃人植物，从而与它融为一体。但那死亡女人的发梢却像是由于最近以来人肉滋养不足，而丧失了生命的元气，就是一动不动。

水笔仔于是就这样包孕着虚假的宽容，安坐在岩壁，故意显露出一副对颓废焦躁的水栖人毫无兴趣的样子。这真让人失望。

期待中的水草妹妹，因此就再也没有出现。那正是妖一般的水草。我梦想着与水草的合二为一，进入她的身体，礁蟾般潜伏在她软泥似的子宫底部。这样，便可以不费力气地等待着倒霉的男人自投罗网，被水草慢吞吞消化成看不出具体形状的营养物质，一挂挂直接滑落入我的口里了。

## 四、人肉会有的

每个人都知道自己会被吃掉，但是，却没有一个人因为害怕而逃走。总体来讲，弥布于深渊中的，完全是极度兴奋的氛围。

只有我感到担心。人群的数量在一天天减少，等到人都吃光了，那该如何是好？

这样的恐慌，也许，还是只能跟蚺遗说说吧。

来到深渊后，蚺遗一天天飞快变老，最后连双目也瞎掉了。但还没有人胆敢吃掉蚺遗。

“这样的情景，也许就是所谓的未来吧。”我不安地对蚺遗说。

“我明白你的意思。当别的人都被吃光后，便仅剩下我们两个了。”蚺遗吃吃笑道。

“还笑哪。不知道到了那时该怎么办。”

“那就请你把我吃掉吧。”蚺遗倒是镇定。

“不、不要。”我吓坏了。

“怎么不要呢？理由是你比我年轻强壮——你拥有和女人交合的力量哪。而且你别忘了，蚺遗我是能够预知生死的。”

“尸虺的死，当初你也早知道吗？你这家伙竟没有事先说出！害得我们这样。”

“我当然知道。但是，天机不可泄漏。”

“那么，我的死呢？说说可以吗？”

蚺遗用深不可测的盲眼颇可玩味地照了照我，才慢吞吞说：

“你想到了死。”

“是的。最近，想得多了。”

“能想到自己死之将至的水栖人，真是了不起，我很少遇见呢。是海洋中生的希望。”

我明白蚺遗在说“由死而生”的命题。老态龙钟的蚺遗仿佛产生了年轻人一般的亢奋，像在为我感到高兴。但这只能让我更加害怕。

这时，我的眼前爆发出一片巨大光熠。那正是我初次离群时，遭遇的滔滔不绝的浮尸之海。现在可以猜测，集群死去的人和海兽大概也都是互食的结果吧。但那个携着明亮火烛游行的人类队伍，是怎么逃脱的呢？

“哦哦，不要担心，人肉会有的。”蚺遗自言自语似的叽咕一句。

“怎样才会有呢？”

“被称作海洋的这种东西，其实就是为着出产人肉而波涛翻滚着的啊。”

“然而，能够不吃人么？”

“现在，是办不到的。”

“那么，要到何时才能办到？”

“要等到神的出现啊。哦，神……这一辈子怕是见不着了。”

蚺遗真的老了，他更加诡异。他的瞎眼中渗出一股股草绿色的阴森亮光，竟把海水的汹汹红势逼退不少。这老者紧接着缩回一种遐思般的境界。

这是我第一次听到“神”的说法，心头不禁咯噔一下。直觉中，那是一种无食无性、寡然无味的东西，却能让人从两难中解脱。但这似乎是一个比海底城、陆地和巨人一类的存在，还要艰深得多的问题。我毕生也无法弄明白。

蚺遗像是对我比较失望，费力吐出一口水泡，说：“既然如此，就只有不断吃人了。”

他又补充：“要让这‘不断’维持下去，就只有先设法创造文明了。虽然是没有神的俗世，但那是比身体、智慧和精神加在一起还要强大的支撑啊。”

再一次，蚺遗的瞎眼中渗出了直指未来的无光之光。

“文明”，这是一个新的说法。

对此我闻所未闻，完全不懂。

只好知趣地不再言语，独自体味内心涌出的惊恐。

“要活下去，你首先需要找到赤瘿。”蚺遗像是察觉了我的不安，复打起精神说，“赤瘿的回忆本领强大。唯有回忆过去，未来才有希望呀。我老了，眼睛看不见了，今后，我不能多作喻示了。你这未来海洋的王者，请去找赤瘿吧，向他请教文明的要旨，把我与你的契约，践行到最后一刻吧。”

## 五、赤瘿

蚺遗不中用了，但他向我推荐了能够作为替代者的赤瘿。

根据蚺遗的暗示，记忆，对于人类族群来讲，是比预言更有意义的事情。

赤瘿是一种由古时生化人类的后代进化而来的海洋生物，居住在六千米的深渊，熬度着这苦海的最后时日。

这个赤红色的半球形海绵体怪物，手足已全都异化，成了四只肉锚，把自己固定在百万年的岩礁上，与一种名叫苍术的植物和一种唤作蠃鱼的动物伴生。真是难以想象，赤瘿那不可溯源的远祖，竟也是人类的一支。

我找到赤瘿，才知道他跟人类大不相同。赤瘿不再需要进食，而仅仅依靠皮肤呼吸，并从海底矿床吸取元素，在体内合成所需的能量。

那么，从逻辑上讲，赤瘿是不吃人肉的了。想到这一点，我竟有些凄凉。

是否只有不吃人的人，才能保持住牢靠的记忆呢？

在肃杀而刺目的海底，赤瘿孤独、孑立而异类。不过赤瘿也有一样自娱般的消遣，那便是不分昼夜利用海水中的活性离子，在附近一带海域催化出奇异的化学反应。很久以后我才知道，赤瘿是在借此研究一种失传的深奥学问。但我并不明白这有什么实际用处。

“赤瘿，我需要你的帮助。是蚋遗叫我来的。”

“蚋遗啊。我知道他还活着，但也没有多少时日了。”

赤瘿的话音，是无数个双轴骨针与片状翅共振发出的合成声。赤瘿可以模仿许多种海洋生物的声音，包括人类天敌的语言，从而与它们沟通，消解误会，免遭杀身之祸。这是进化中偶然误入他途的奇异生物才能掌握的生存秘诀。

赤瘿没有五官，但我察觉到了某种极似人类的表情正从他软软的体壁上渗溢而出，弥漫在水体中，形成对来访者的强大压迫。我感知到，赤瘿是在对残存水栖人的处境生出悲悯。

“蚋遗说了，必须找到你。没有办法，族群要灭绝了。”

赤瘿的身子在停滞的腐水中缓缓转动，锚爪与苍术退化的根部搅缠一起，把礁石磨得吱吱作响。赤瘿依靠苍术庞大的根系从海底获取用作化学反应的矿物质。赤瘿静静听着我，一言不发。

“赤瘿，你能离开这里，去帮助我们吗？”我哀求，“蚋遗救助了我们，但他现在不行了，他的眼睛瞎掉了。”

这时，赤瘿的身体闪射出一道黯淡的黄色光芒，海水中的红焰好像暂时褪色了。过了一会儿，赤瘿幽幽道：“这跟眼睛瞎不瞎又有什么关系？比如我，可以让这一带的海水变成另一种形式，但是，还缺少关键的一些元素，才能配平那个救赎的方程式。科学真的是失传了。我无法帮助你。”

科学？在赤瓔面前，我更加觉出自己的无知。我乞告：“那么文明呢？蚺遗说了，出路在于文明。究竟什么是文明？”

“蚺遗，连他也不知命啊。”

这时，那叫苍术的底栖植物忽然摇晃起来，两条像是人肠的青色鱼儿从树丛中掉落在赤瓔的身上，用它们头上的肉柄小嘴，开始替这深海怪物清理体壁上的寄生虫。赤瓔舒服地微微转动身子。

鱼儿清理完赤瓔身上的寄生虫后，便游进了苍术的枝叶里。苍术蜷缩起来，紧紧藏裹住羸鱼。赤瓔的身子闪亮一下，四只锚足抖动不停。

“好吧，海星，且让我试一试吧。”赤瓔的心情这时仿佛好了起来，于是答应了我的请求。

又一个化学反应生成。一团海水变得绿莹莹的十分刺目，散发出强烈腐酸臭味。怪味径直向我飘来，钻入了我的鳃裂，使囊泡充气，脑袋也晕乎乎的，像是就要爆炸。

但逐渐地，大脑底部有什么东西开始沸水一样翻腾。起初，有些刺疼，但逐渐地，变成舒服的熨慰。那大概是一些不寻常的物质正在重新整合，使颅内神经产生了奇异的连接。赤瓔创制的化学反应风暴在我的大脑皮层上激荡，一种从未有过的感应随之在心底悄然滋生。

随着反应向高潮推进，缺失掉的记忆片断开始慢慢恢复和拼合。脑干深处原来竟然浓缩着人类进化史的线索，此刻，都伴随轴突和树突的受激扩展，开始一一清晰呈现。

## 六、文明的记忆

像那些海底深谷中的异人一样，我也开始在时间的长河中回溯。

我首先看到了尸虺。尸虺没有死去，大家仍在一起快活掠食，在血染的海水中兴奋捕猎肉乎乎的同类。但很快，这一幕消失了。这时，我已然回到从前的族群，看到兄弟姐妹相嬉，目睹发生在水草和百合身上的变故。我回归深渊，与妈妈重逢！妈妈带领孩子们一刻不停地采集植物。那时的食物来源是多么丰富呀。的确，我们原本是不必互食的。

但是，这里面隐约有一层极大的不真实。我需要继续走向记忆深处。这么想着，妈妈的形象化成一团水雾，迅速消失了。

这时，从赤瘿身上激射过来的黄色光芒变深了，腐酸的臭气也更为浓重。刹那间，我不可思议地看到了我出生时的情形。我来到这个到处是水的世界上，第一眼所见，是妈妈年轻而华美的赤裸身体。这使我产生了一种奇怪印象：海洋本身的性别，其实就是女性。由于分娩的缘故，妈妈粉红色的皮肤上呈现了大串明亮的黑斑，漫渗出一层层浓郁的黄色液体，这样便把多余盐分排到体外。妈妈在嘘嘘叫唤，把痛苦和喜悦通过低频声波在浩渺的大洋中传送。不一会儿，周围有了动静。游来了几个年老的男人……

但这个场景也很快淡去。我的意识变得模糊。在一个闪光的隧道中，我坠入久久渴慕着的妈妈的子宫，潜回了出生之前的黑暗与潮湿。无数悠久的往事，暗流般涌动起来。这些像是汇集了亿万个死亡大脑的意识，被赤瘿的魔法激活，从各个方向齐聚在一起，纷纷攘攘地升腾膨胀。

我于是记起来，在那个不知名的年代，人类并不是水栖的生物。传说中的陆地和陆生人的确是存在过的。他们便是水栖人的先祖。在他们生存的环境中，一切十分的干燥，连空气也透出凉爽。那世界气候宜人，四季分明。人类占有丰沛的食物源，但他们并不是被动或天然地占据，而是用巧夺天工的方式，施行奇妙的种植和养蓄。我看到了一畦畦田地，一方方牧场，还有一幢幢厂房，在那里面，新型食物的品种源源不断涌流而出。由此人类垄断了星球上所有资源体系，并创造了无尽的享乐方式。他们掌控了烈火和金属，繁殖出宗教和艺术。人类已经学会飞翔，高高地离开地面，翱翔在无依的空气中，去到我无法理喻的遥远星系。人类不但懂得了改造自然，还学会了重塑自己，惊人地缩微身躯，融入最细小的物质层面。他们已能控制性别，再造生命，包括根据自己的形象，创作出水栖人的族群。他们使用巧妙的手段，大大延长了寿命，活着便能看到纪元的不尽更替。他们制造出来的奇迹世界，是所有水栖人的脑子加在一起，也想象不到万分之一的。

就在这一瞬间，我明白了这就是文明。

我们今天之所以要挣扎活下去，就是为了今后有一天要重建这一切。但是，怎样才办得到呢？

## 七、文明的本意

这时，传来了赤瘿的话语：

“看到了吧。”

“看到了。”

“你看到了什么呢？”

“我看到了文明。”

“那么，我就要向你讲述文明的本意了。”

赤瓔想说的是，历史是不能忘记的。

以下便是赤瓔通过化学反应方式记住的远古事实，也就是所谓的文明的本意。虽然，有很多东西需要记住，但赤瓔记得最牢靠的，不知怎么的，还是这方面的情形。

赤瓔对我说，文明的本意便是吃人。在陆生人的时代，人类和他们的动物祖先相揖别已是几百万年前的事情。但太古之民仍是半人半兽，为了生存而吃人，属于正常现象。而伟大的陆地王们，不同时期文明的领袖，也继承了吃人的习俗。

这时，赤瓔的身体闪射出更加明亮的光色，他歌咏一般唱念起来，像鬼巫似的尸虺一样，背诵出以下的有关陆地和陆生人的明晰记忆：

“炎帝黄帝呀，率熊罴虎貅之军，吃人无数；殷纣王呀，杀死姬昌长子伯邑考，做成肉羹，送给姬昌吃；春秋霸主齐桓公呀，吃掉易牙献上的儿子，而那弄臣只是为表忠心；晋国公子重耳呀，流浪十七年，介子推割下腿肉做汤给他吃；楚庄王呀，围睢阳城九月，城中人民交换孩子互食；齐王呀，烹食郦食其；汉王呀，欲分食己父之肉羹；王莽呀，身死遭脔，舌头被人生吞；刘备呀，兵败小沛，吃掉农人刘安的妻子；东晋赵国王室呀，以美女人头伴马牛羊头为美肴；秦王苻生呀，剥人脸皮为食；南北朝呀，荥阳之战，三十七名守城将士心脏被吃；东魏侯景呀，率军掠人为食，自己死后亦被脔食，五个儿子被烹食；北齐皇帝高洋呀，他的赏赐是烤人肉片；隋朝将军麻祜呀，专门蒸吃小孩；隋末诸葛昂与高瓒呀，比赛谁家东西好，便把各自的家奴和小妾宰杀了蒸熟后给客人吃；隋末唐初朱粲呀，烹煮妇婴做军粮；安史之乱呀，睢阳守将张巡、许远杀妾奴供士兵充饥；唐末黄巢呀，杀死平民，用磨磨碎作军粮；契丹国石敬唐呀，把人烤炙蒸烹而食；宋将李处耘呀，让部下吃掉肥胖俘虏；辽主耶律璟呀，为求长寿，杀人取胆汁和药吃；宋将王剑儿呀，性喜生吃人耳佐酒；宋朝开国老将王继勋呀，杀死吃掉一百多民女，和尚、尼姑也参与其中；宋朝侠士柳开呀，嗜吃人肝；明成祖朱棣呀，把敌人耳鼻割下，烧熟后塞入对方口中；明末张献忠呀，捉住妇女，奸淫后洗剥干净，杀来吃掉，掠获小儿，就蒸煮当肉汤吃；明末李自成呀，杀死福王朱常洵，做成肉酱，拌以鹿肉令将士品尝，缺粮时则杀平民充饥，喂马也用人肉；明朝李时珍呀，在《本草纲目》里开出人肉、人胆、人势（阴茎）、人骨、阴毛等多种疗方，食之能治愈诸多顽疾；清兵入关呀，嘉定三屠，扬州十日，士兵吃活人心肝；辛亥革命呀，革命党人心肝被挖出吃掉；民国十八年大旱呀，舅舅锅里煮外甥，女人锅里煮女婿……”

我听得云山雾海，却又在震颤中陷入痴迷。我怀疑赤瘿并不明白他所言，他只是在机械背诵由某种力量注入他内心的一个久远秘密。关于这个秘密，早年间，海洋中必定有一个四方流传的原始版本，仅传授给了少数人，赤瘿便是其中之一。但这歌词字面之后的意思又是什么呢？谁也不懂得。赤瘿其实已经癫狂了。

赤瘿见我被奇怪的语言攫住，便又深沉地继续唱道：

“文明呀，如此便代代相承，而没有灭绝。”

听到这里，我心头灵光一闪，久久负担的重压，仿佛一下卸除了。

我明白了，我就是那个将要超越尸虺的人。

这时，赤瘿便终止了化学反应的进程。

“你既已懂得了文明的本意，信心也便自然能够坚定。你可以回去了。很快会有人来帮助你的，也就是说，他将提供建设文明的具体方法。”他安详地对我说。

## 八、帮助者

从赤瘿那里回来后，我的心态变得平定了。我静待赤瘿的预言成为现实。

一天，喙怪报告说，有一支队伍正朝深渊疾行而来。

他们是黾人，如今，也是部落联盟的一员。黾人是海洋中强悍凶恶的族群。早些时候，他们甚至打败了银色人种。

还没有迎来赤瘿预言中的帮助者，却等来了黾人，这让我震惊而不安。妈妈正是被黾人掠去的。这真是冤家路窄。

但由于受到了文明将要到来的信念的鼓舞，我决定与黾人以死相拼。

大家一听说要打仗，都十分害怕。我便激励众人：“看看，我们自己中间，剩不下几个人能够吃了。黾人可是海洋中最美味的人种哪。杀掉他们，便会有一顿大餐。”

吃红了眼的痈疽、喙怪等人也在一旁附和，说反正是死，拼一拼也无所谓。大家才勉力打起精神。

我带领残存的掠食族成员总共八百人前去迎战黾人。

也许是一场一去不复返之战。如果死亡必然来临，文明终将弃我，那必是连赤瓔也无力左右的海洋的意志。

稀稀拉拉的队伍从水笔仔不远处经过。一股水流冲来，水笔仔像人一样摇了摇身子。水草的身影猛地飘荡出来，全身浮肿，好像她刚刚死去不久。

我停止游动。

水草不说话，文静安详地打量着我。我注意到水草的左脚腕上，不知什么时候戴上了一圈紫菜花环。原来，她是来为我送别的。

“水草妹妹呀，请你保佑我吧。让我们的族群尽快过上文明的生活！”我在心里说。然后，便奋力游走了。

或许是水草显灵，胜利竟然向我们招手了。

出人意料的是，黾人已没有了记忆中的强大，他们已极度衰弱了。其族群仅剩两千多人，并正被另一队来历不明的人马追杀。

原来，黾人也是前往深渊避难的。

我遂将部下一分为二,一队交予痈疽，一队由我亲自率领，怀抱复仇之念，利箭一般向敌人偷袭，把那蠕动着的黾人长蛇阵切割成三段。

没料到掠食族竟会卷土重来，黾人一下大乱。我故技重施，单身直入黾人族群的中心，斩下其首领的头颅！

杀伐引发的久违畅快，重新在我的血液中沸腾。而痈疽率领的人马，也恢复了掠食者的凶残本性，大开杀戒。

看到这样的情形，其余的黾人，竟刹那间在水层中怔住，失去了抵抗的能力，这与他们的前辈，是大相径庭啊。他们都成了我的俘虏。

胜利来得如此容易，就像是海洋玩的一个游戏。

然而，就在这时，那支追杀黾人的队伍也到达了。有一个狰狞的身影游在最前面，恍惚间竟若尸虺。

这家伙直冲我来！

说时迟，那时快，一支水矛刺到眼前，我猝不及防，躲避不及。但就在生死之间，对方却迅疾收了手。

“是你呀。”

我看过去，见那人年纪与我相仿，双吻突出像箭鱼，背上长着一排青色倒刺，趾间的蹼又宽又大，模样很是丑陋。

这形象我肯定在哪里见过。脑子里火光闪现，才记起正是很久以前，那曾经把我从巨水蚤口中救下的怪人！

“你怎么会在这里？”我惊喜地问。

“我是追杀黾人来的。那些无耻的家伙夺走了我的女人。”

“想不到又见面了。”

“我也时常想念你哩。还好，最后一刹那，我从身形上认出了你。”

原来，这人大名叫作危虫，在离开我后，便找到了自己的族群。后来，又独立门户，最终，成为新一代海洋漫游者。值得庆幸的是，水压没有剥夺他的记忆。这样的水栖人已是寥寥无几。

“你的面具，很是不同寻常、不同寻常！那是海洋王者的标志啊。这大海中所有的生物见到了，咦，是要敬畏的。”

危虫吃惊地看着我头戴的海兽骨面具和额缠的死女人头发，不再有傲气和骄奢。这却使我感到意外。我完全没有想到，尸虺遗下的面具竟然有着如此魔力。

“既然如此，干脆，你也加入我们吧。”我心念一动，果断提议。

危虫以前便知道尸虺的大名，现在看到我代替了尸虺，成了掠食族的首领，心下既惊且喜，便一口答应与我结盟。毕竟，在海洋目前的状况下，还是结伙抱团更为安全。

危虫带来了一千多人。他也从黾人手中夺回了他的女人，那是他的同母异父妹妹兼配偶，名叫妨姹。

妨姹是一头流线型的年轻海兽，丰腴而轻盈，身体仿佛是薄薄透明的，布满像要融化开来的青色斑纹；乳头圆润饱满，似乎经常承受爱抚和吮吸；小巧的背脊上倒插着含羞鱼似的双飞小鳍。

妨姹的出现，在我心里触发了重生般的春潮悸动。在这非均质的水世界里，我的确已经有很久不曾见过女人了。而“配偶”又是什么？这个第一次听到的说法，更使我惊诧莫名。一刹那，仿佛燥热的海洋中盛开了阴凉的花蕾。我又仿佛看到了水草惨白脚脖上套着的绿色植物饰环，洋溢出一片清爽的温馨。

危虫是为了救回自己的女人，最终才与我重逢的。这竟让我莫名自卑。

## 九、新音

一场战斗俘虏了将近两千名黾人，有男有女，而且，还增加了危虫这支有生力量，可以说是收获丰厚。

大概，文明已经在向我发出邀请了。

我心中浮动着说不出的愉快。危虫便是赤瘿预言中的帮助者么？我还不敢十分肯定。

令我伤感的是，我没有在黾人族群中找到妈妈，也没有找到失落的姐妹。我向一名黾人老者询问。老者却不记得与我妈妈有关的任何事情。

我提醒他："那银色的男人，你总见过吧。你当初必定是杀掠者中的一员。"

老者昏噩地说："银色的男人？那是什么啊？我不懂得。"

"你们是不行了，海洋真是此一时彼一时啊。"我叹道。此时，对黾人的憎恨竟也消减了不少。

"我们是不行了。"那老人沉痛地说，"没有永恒的强大啊。你让我死去吧。"

我想，妈妈可能已经不在人世了。

我伤心了一小会儿，便被另一种喜悦吞没。

俘虏们带来了最好的礼物——人肉。"被称作海洋的这种东西，其实就是为着出产人肉而波涛翻滚着的啊。"蚺遗的判断是多么的准确。

我心存感激，便把水矛捅进黾人老者海马状的身体。我双手掏出死者热乎乎的肝脏，飞快送入口中。见我开了个头，大家才恍然大悟般想起这番厮杀的目的，一拥而上开始热烈噬食。

我又一次看到了久违的生活场景！

还没轮上被吃的黾人见状大乱，正欲逃走，却被凶狠的危虫带人悉数阻回。大家先从老人和小孩开始，吃掉他们后，便把目光投向女人。

虽然，她们是与掠食族在形态上很不相同的人种，然而，那方面的事情，在水栖人中，却都可以通行。何况，在性急时不是也与儒艮和男人交配过么？

我率先与一个海马状的女人缠绕在一起。她的尖叫使很久不碰女人的我几乎昏死过去。但就在这时，我心头莫名一颤。我看到了妨姹。

仿佛是海幕吐出的一颗小小珍珠，妨姹正在不远处的水层中静静注视着我与黾人交配的全部细节，可爱的脸庞上回转着难以捉摸的笑意。这让我感到罕有的羞惭。那种不同于任何一种水栖女人的宁静眼光使我极为尴尬，却又深感振奋。妨姹仿佛对海洋里司空见惯的这一幕熟视无睹，只是，对我——或者，对我的面具和头发，似乎怀有特殊兴趣。

我同时看到，危虫那虬曲的树状手爪正在妨姹周身抚摸，又深深探入他妹妹的生殖孔。我的情绪骤然低落。我对缠绕在自己身上的黾人女子，产生了说不出的厌恶。我有一种预感：自己有关女人的所有概念，恐怕要发生某种逆转。而这与妨姹的来到，有着重大关系。

"配偶！"我在心里颤叫了一声这个新从危虫那里学来的词汇。无疑，危虫和妨姹演绎着一种我从未听说过的生活模式，那么，这与文明有关么?

交合完毕，照例是杀掉女人，并吃掉她们。

但就在这时，危虫游到我的身边，提出了那个事关我们今后命运的重要建议：

"我们为何不把她们饲养起来慢慢吃掉呢？"

危虫狡猾地笑着。他好像就是为了对我说出这句话，才从遥远的海区回到我的身边。

我业已被赤瘿唤醒的心灵，便完全透明了起来。

我以不用再加解释的目光扫视混沌一片的海洋，发现了其中奥妙。在一片吱吱乱响的吃人之声中，我信心十足地呼喊：

"你们都给我停下，不要再吃了！"

众人都停止食尸，困惑地看着他们的首领。

在他们听来，这的确是红色海洋中振聋发聩的新音。

## 十、次级生产者

危虫是继蚺遗之后，海洋赠予水栖人的另一件礼物。

他就是赤瓔预言的帮助者啊。

他的到来使族群迎来了期待中的变化。我这才真正懂得了，我们的确可以过上一种不同于尸虺设计的生活。

危虫使我了悟，没有必要把俘虏一下都杀掉吃光，而是可以蓄养起来，连续不断生产可供长期享用的食物，以保证族群中重要成员的生存。

具体做法便是，把残存的黾人女性悉数关进深深的海底洞穴，并用海藤捆绑成栅栏，整个圈围起来。她们大有用处，不再是杀死和吃掉，而是用来繁殖。

作为注定要与海洋恶劣环境做斗争的人工改造生物，作为重金属与同位素污染的结果，水栖人的人口从祖先时代开始便具有了极高增长率。女人一胎最多可以生育七八个孩子，而她们的世代，也是极为短暂的。她们寿数不长，却可以在各个潮间段连续生育。

在海洋目前的形势下，作为个体较大的游泳生物，人类却似乎遵循了小型生物的生态对策。我们的族群密度很不稳定，具有高出生率，却寿命短暂，常常缺乏保护后代的机制，子孙死亡率很高。我们或许具有较大的扩散能力，适应多变的栖息环境，却已经不再能以质取胜，而最终只好转向量的选择。

既然，大多数孩子要在成长过程中夭折，很难进入性成熟的阶段，那么，就干脆让新生的婴儿作为成人的食物吧，而成年的雌体则让她们好好活着，施行反复的繁殖。如此一来，在常规的、基本的海洋生物之外，便总是有人肉的供应了。哪怕不能保证每一顿都能吃上，通过间歇性吃人，也就能缓解那每过一段时间便要蒸腾上心间的自杀性焦渴，同时为体内某种特殊酶的合成提供必需的催化元素。

当想到这是通过女人娇嫩的胴体出产的人肉时，心中的烦躁便顿然平息。海洋给我们带来巨大的灾难，男人的心理创伤需要女人的身体来治疗。

吃掉孩子的另一个好处是，族群的数量将因此而减少，从而适应食物的稀缺，以利于应对海荒。

计算的结果是：一共还剩六百多名黾人女人，而危虫带来的女人，则有七百余名。加在一起，共有一千三百人。按照她们的平均生育速率，每个平潮期，包括死婴和畸胎在内，可以产生四五千个孩子。满足基本需要绰绰有余。

多么奇妙呀，在生态链中处于低端的女人竟然拥有反复性交和生育的本领！这正是海洋赐予我们的厚礼，但以前怎么没有注意到这样的实用价值呢？至此我才恍然领悟了世界创造女人的本意，心中不禁交杂泛涌起对她们的尊敬和蔑视。这样，食物便可以不断制造出来，从此再也不用人人自危，担心与同样是男人的伙伴相残而死，也便自然消灭了一份食物的来源和竞争的基因。

而作为次级生产者的女人，则可以用男人不爱吃的海生植物和浮游动物来饲养，以确保她们健康存活，为位居食物链顶端的男人提供高质量产品。

我兴奋不已，把这个长久之计告诉所有部族成员。众人一片欢呼，赞颂我的英明，却不知道，这其实是危虫的主意。

我又对危虫说："我想请你率领男人们开始新的征战，帮助我捕获更多的能够连续生育婴儿的健康母亲。你是我的救命恩人，也是这海洋中最善战、最智慧的勇士。水栖人的未来要靠你了。"

自从对妨姹产生了一种异样感觉后，潜意识中，我便时刻想着把危虫支走。

"水栖人应该互相帮助。"危虫说这话时，依旧像当初救我那样面无表情。他永远不会受宠若惊。

我呆呆注视危虫丑陋的容貌，害怕他窥视出我的微妙心情。

这时，传来了蚋遗若有若无的声音："文明产生了。"

"一种不同以往的循环开始了，但这就是赤瓔让我看到的那个结果吗？"我问。

"不，这还是初级的，还太简单。"

我正要向蚋遗问个明白，忽然，妨姹游了过来。

我和她的目光鬼使神差碰到一些。她久久凝视我的头发和面具。

所有女人都成了"食物制造机"，只有妨姹除外。因为，她是危虫的"配偶"和妹妹。

妨姹飞快在我心目中占据了不可替代的特殊位置。在习惯群交的水栖人中间，妨姹是唯一的，因而是珍贵的。

而最让我焦躁和好奇的，还是她喻示的新生活模式。我隐约直觉到，这与即将展开的文明是匹配的。

## 十一、新的周期

文明就这样开始了，族群逐渐恢复了活力，海洋也呈现出新的希望。

而文明要延续下去，便迫切需要增加它的人口——它自身的生产力。

危虫的加盟，使这样的可能有了现实基础。

危虫原先的族群蹑空族，与黾人一样，是善于征战的，后来却衰败了，散失在海洋各处，逐渐走向灭绝。危虫带领的一个旁支却幸存下来，并保留了这一族高超的搏杀技艺。在我看来，这似乎是专为文明而做好的预备。

我相信危虫的使命便是前来协助我挽救水栖人的。他加盟之后，大家果然有了新的集体活动。这便是习练水矛术和战阵术。危虫在这方面的擅长，令所有人慑服，衰败的精神也渐渐振作起来。

危虫又教授了石捕机的制作方法，以在海底腐泥潭中和巨藻林间捉拿大型海兽。

最让我感兴趣的还是，危虫带来了有关海洋世界的最新信息。

根据危虫掌握的情报，在海洋中，全体人类共有五万多人。联盟分裂成二十几个集群，正在互相掠食。各个群体不断削弱，人口正一天天稀少下去。

“我们要抓紧时间。”危虫深怀危机感地对我说，“如果不能补充更多水栖人，支撑文明的基础就会一天天削弱，能量收支将失去平衡。文明终将因为后继乏人而无法释放出新的生产力，从而迎来昙花一现的可悲结局。”

我认为危虫所言极是。我便命令他着手训练残存黾人中的年轻男性俘虏，恢复他们嗜杀的天性和勇力。

对于这些黾人，危虫既让他们吃海兽肉，也偶尔赏赐少许人肉。为得到这一点点人肉，黾人们无不俯首听命。这正是水栖人的难移本性。

不久后，掠食族、蹑空族和黾人组成了新的战斗聚落，成群结队的勇士们高唱雄浑的祈歌离开深渊，开始新一轮征伐。

勇猛而凶悍的危虫是这支部队的元帅。队伍的主力除了蹑空族战士外，便是恢复了残忍本性的黾人。

危虫对联盟的内情十分了解，他选定的首个攻击目标是羸人和瘘人。

这两个部族正为争夺一处食物源而厮杀不休，当他们斗得两败俱伤、疲惫不堪时，危虫率领奇兵出现了。

一场恶仗下来，危虫大获全胜，俘获对方三千人。这本在他意料之中。

天平又倾斜到我们这边来了。

海洋的轮回重新开始，却是全新意义的周期。

这次对待俘虏，就要周详得多。我下令，只准吃掉老人、孩子和病残者，健康的女人则保留下来做“食物制造机”，年轻的男人统统补充进战斗队伍。

随后，危虫又带领蹑空人、黾人、羸人和瘘人的联合部队攻击别的部落。逐渐，族群中有了更多男人和女人，文明呈现了良性运转的秩序。

这时，我感到，才算是真正摆脱了尸虺的阴影，我大概有资格索取“海洋王”的身份了。

## 十二、收获季节

收获孩子的季节来到了！这是最让人憧憬和感动的时刻。

痈疽负责了到海底洞穴取走孩子的工作。他带领八百名成年男子，像捕鱼和采集一样，把那些天真可爱、嗷嗷待哺的小家伙装入海衣草网罟。收获期常常要持续一个平潮期，他们忙得连片刻歇息的工夫都没有。

这时，心情愉快的痈疽便要深潜到明媚的海底。他喜不自禁看到这里广布着女人们栖居的洞穴，周围密集着一丛丛从地幔中喷涌出的热泉，形成撩人心旌的深海绿洲。

除了由发光生物提供能量而成长的银玉草和白骨榄等深海植株，这热气腾腾的绿洲还滋养着丰富的硫化细菌，它们直接利用大量的溶解有机物。细菌们又被无所不在的微摄食者如七眼虫和多毛虫吞食。后者育活着众多的钙壤蟹、管水母、铠甲虾和赤灯鱼。它们最后统统成了母亲们的美食。

而在痈疽看来，硫化细菌也好，赤灯鱼也好，母亲们也好，不过都是水体中无分别的“颗粒”，它们构成微妙的产量关系。

在热泉活动的间歇期，在生物群落向新的熔浆喷口转移而造成食物短缺时，痈疽也会带领男人们从别的海区采集来海莲和紫槿，捕捞来帘蛤和昆虫，供给女人食用。

这是一幅多么有条不紊、生机盎然的人类生活图景呀。海洋又重现了丰饶慷慨的一面。这令凶残粗暴的痈疽也在心驰神往中变得温柔细致。

在痈疽取走孩子时，女人们一开始也显示了母亲的些许天性，流露出依依不舍的情愫，但是，很快她们便麻木不仁、习以为常了。

女人们在看到痈疽递来的食物囊袋时，眼中会闪射出惊喜的火花，而忘记了对孩子的照拂和看顾。痈疽便趁她们埋头进食时，把孩子取走了。

世道已然不同，海洋发生剧变，年轻一代女人是否还具有真挚母爱，已很难说，而取走孩子的，是同群中相伴而生的男人。女人们并不会亲眼看到，自己的孩子是如何进入男性庇护者的腹中。就算瞅见了，她们也不会大惊小怪。她们比任何时候的任何人都要自私。这其实就是女人的禀性，也是红色海洋的本质。

一俟收获结束，痈疽便立即开始下一项重要工作。他率领手下的男人与“食物制造机”进行交配，以准备下一代食物。而这正是女人在吃饱肚子后渴望着的报偿。她们有着依附和讨好于男人的天然习性，也有着一辈子也使用不尽的性欲。经常地，危虫手下那些打仗归来的战士也会加入这场狂欢，并把它当作对胜利者的当然奖励。盛大的节日气氛使冷清的海底世界又一度喧嚣热闹起来，却与尸虺时代的疯狂血腥不同，所谓的理性或目的性，便是贯穿于此中的主线吧。

每当交合完毕，确定业已在女人身体中播下了“食物种子”，痈疽便满怀完成任务的喜悦，引领收获到手的新一批“食物”，向远方的海域游去，那是女人们不会去到也不会想到的地方。那里的海沟中积满人类的细小骨殖，是令人心醉的盛宴举行的固定场所。当搬运开始时，小一些的孩子会被装入网罟，大一些的则在后面笨手笨脚跟游，几千人乃至上万人的队伍形成极其壮观的场面，如同当年的水栖人大迁徙。

收获季节，交配季节，进食季节……这美妙的生态循环周而复始，令我深深陶醉，感到人生比想象中更加具有变化的复杂机巧。我不禁想到，如果妈妈还活着，我一定要让她去做一台“食物制造机”。她必定会因此感到幸福满足，她就不用带领我们冒险面对大海鼠或有毒植物了，自然，她也就再不用为孩子们的成长而忧心忡忡。那已不是她操心的事情。

就这样，人类吃掉自己的后代，这中间，连我也会不明不白吞食自己的亲生骨肉。

只是到了某一天，我才忽然觉得仍有什么地方不妥。这时，危虫再一次及时来到我的身边，提出另一个重要建议。

危虫忧心忡忡说：“世上的人类仅有五万了。即便我们把所有女人都饲养起来，大约也仅有两万多。女人们寿数不长，终是要老死的。她们统统死去后，就无法继续这生态循环了。那时候，我们吃什么呢？”

对呀，我怎么没有想到呢。孩子都吃掉了，就只剩下老人。等我们死去后，谁来播撒食物种子呢？

一经危虫提醒，我才意识到，最近以来或许是太过得意扬扬，自己也就在不知不觉间放弃了对未来的考量。这是否是老之将至的征兆呢？

“但是，人类文明还要长久存在下去啊，这难道不是你当初从赤瘿那里获得的记忆吗？”危虫忧虑地说。

是啊。蚋遗也是这么说的。我的脑海中，呈现了赤瘿传输给我的那幅更加宏伟壮观的文明略图。

危虫敏锐地一眼看到了文明的缺陷。他指出，为了保证族群的世代重叠，以及人口的稳定振荡，就不能把所有孩子都吃掉。应该增加幼体的比例，使族群朝增长型和稳定型的方向发展，避免死亡率大于出生率的下降趋势。因此，有的孩子，是要让他们长大的。如果是健康的女孩，则将代替她们的妈妈，继续完成制造食物的使命；如果是强壮男孩，则要加以精心养育，补充进战士的队伍，同时成为配种的工具。而他们中个别的特别杰出者，还将是族群未来的首领候选人。

我赞同危虫的意见。我们便开始了推进文明的新尝试。

我们遵循的，本是一种自然而和谐的秩序，具有黄金分割般的美丽，也犹如赤瓔在海底建立的完美化学反应方程式。

## 十三、配偶

文明的进步或许必然伴随族群内性行为方式的改变，这同样是一件十分神秘而不能由人类来把握的事情。

在早年间妈妈的那个族群中，一雌多雄是固定的模式，这使得成员们通常不太知道自己的父亲是谁。但当生存方式演进到掠食族的形态时，旧的制度就被抛弃了，一雄多雌或一雌多雄便成了常规。

然而，如今，新变化显露了兆头。我分明感到自己渐渐在失去与女人群交的兴趣。我的目光越来越多投向了一个固定对象。

聪明的危虫留意到了我神情间的变化，不禁心有所动。这家伙，看来是不想再摄食自己的亲生骨肉啦——危虫一定凄凉而欣慰地这么想，进化也终于莅临在戴面具者的身上。

危虫便以一种从长计议的口吻对我说：“妨姹其实不应该长久与我在一起。她本是我的妹妹。我们也有过孩子，但每次一出生，便死掉了。对于文明来说，这正是灾厄之象。我想把她送给你做配偶，请你接受吧！”

我闻言喜上心头，不假思索便回答危虫：“太好啦。从看到她的第一眼起，我便像被电鳐击中。你提出这样的建议，十分符合我的心意。我还没有尝试过配偶是什么滋味呢。”

危虫不安地注视我脸上黑气腾腾的面具，语气也变得小心翼翼：“你我是患难之交，为了文明的前途，我才做出了这样的决定。海洋中早有传说，在远古的文明社会，做首领的男人，是要有固定配偶的，这样，才能稳定住下一代王者的质量，从而保障文明的顺利延续。后裔必须是纯种而健康的。你不应该跟那些奇奇怪怪的海马状女人混在一起。而我，从今以后，便可以专心去杀伐了。”

我满意地大笑，却没有察觉到危虫强抑下的痛苦。我不知道，这一切全是我的面具制造的效果。

也许，在危虫看来，这面具上真的附有控制一切的心魔，再强悍凶猛的水栖人也要对它俯首帖耳？

那么，如果有一天没有了面具，我是否还能维持住族群内的等级秩序呢？

危虫率领战士们离开后，我便来到妨姹身边。我放肆地端详我曾远远打量了不知多少回的美妙身体，狂乱而失态。她肥白而优雅，浑身散发出让人亢奋的水腥味，体表的蓝色斑纹纷乱欲飞，耀眼得要把男人遍体的骨架剔落。我想到了妈妈、水草和百合，还有无数的被我杀死在各个年龄段的女人。她们充盈着饱满液汁和丰厚脂肪的肉身在一起掺和，一堆堆再难分出彼此。这时，我额上头发飘飞开来，把我的身体紧紧缠住。这东西正像一条嫉妒的海蛇。

我恐惧不已，用尽全身力气才从中挣出。我烦躁地一把摘掉面具。头发这才不舍地放掉了我，却又魔爪般转身裹挟住妨姹。女人在亿万根黑发疯狂的掌握中透不过气，面色刹那间变为青紫，我吓坏了。但她却因此性意高涨，连声呼叫要我快些。我想，她莫不真是与危虫久在一起而有了倦怠？她一定早就暗中属意着自己真正的憧憬，那潮水般不断上涨的青丝和妖魔般美丽的面具呀。

我们在死亡女人的黑发覆盖下行事，一切行为都不由自主。与任何一个女人交合都不会产生这样的快乐感觉。

但就在这时，我感到了身边的一丝动静。那是痈疽在不远处游行。这热衷于收捕小孩的丑陋家伙，正用一道阴骛的目光，兴趣盎然注视着漂浮在水波中的海兽骨面具。

## 十四、统一

当雌体的饲养规模进一步扩大时，当族群的密度平滑趋于平衡点时，危虫便悄悄离开了。他怀着寥然心意去到了遥远海域，继续导演他擅长的战争，并把捷报不断传回。大队的俘虏被押解而归，我治下的人口不断增长。

当文明社会的人口达到两万五千时，水栖人的小部族已被危虫消灭殆尽。

掠食族的复出，引起了海洋的震动。分崩离析的联盟又重新统一起来，信誓旦旦要击败我和危虫。

然而，这次他们失算了。他们不曾想到我率领的族群已跃入文明的时代，我掌握的资源和能量，已经远远超过他们，而他们正因为内部互食而缺乏能量补充，导致了食物网的破坏，陷入衰败的绝境。

生态群落中的优势种族一旦建立，它便要朝着抽彩式竞争的最终胜利迈进。

最后的歼灭战开始。危虫采取离间计，使角人的族群倒戈。随后，他又与角人联合攻击牢人。危虫采取前后围截的战术，使牢人首尾不能相顾。战斗进行了一昼夜，海洋中残存的最大族群就被打败了。

接下来，是围歼复人。这是海洋中最不妥协的抵抗力量。战斗在三条海沟中同时展开。双方战士死伤累累，直杀得海岭失色，波涛无语。最后，复人的残部悉数被危虫诱引入茂密的藻林，被网罗般的绳状茎缠裹住不能动弹。复人被打败了。至此时，剩余的五个族群放弃抵抗，一齐向危虫投降。联盟崩溃于一旦。

随后，危虫便回过头来对付最先倒戈的角人。他们的头领自恃有功，要求与我和危虫平起平坐。

“我也是食人肉族群的上级成员！”这什么也不懂得的家伙竟这样要求。

危虫假装答应，并与那头领共食人肉，却在食物中注入鸳鸯鱼的毒液。那愚蠢而可怜的头领就这样被毒死了。余下的人都服帖了。到这时，危虫才返回深渊。

见到久未谋面的故人，我很是高兴，问危虫：“海洋中还有人类吗？”

“没有了。”得胜的危虫竟然语调凄凉。

我觉得应该还有人的。我想到巨人。危虫说，曾在哈瓦海盆发现过巨人的足迹，但谁也没有亲眼见到巨人。我便派喙怪去侦察，却一无所获。大概，在接连不断的生态变迁中，连巨人也自行灭种了。

我这才放下心来，让痈疽清点文明的人口总数。

点了三天三夜才点完。加上女人们制造的“食物”，总共有五万四千八百七十一人。

“一个不剩哪，这便是大千世界全部的人类了。海洋中最高等的动物，现在只听你一人的调遣哩。”痈疽凑上来谄媚地对我说。不知何时，他学会了这种让人不安的女人腔调。这家伙如今也有了自己的固定配偶。

“海洋统一了。你是海洋王了。”远远传来了危虫的声音，他却没有游过来当面祝贺。我听出了危虫心底的落寞。

失去配偶的勇士，也再没有了敌手。

但危虫却拒绝与别的女人交配。难道他仅在心底默默自啖饥渴？这真是一头怪异水兽。

我心情骤然低落，便离开大家，去到水笔仔那里，却看到了水笔仔边上游动着一只灿烂的“轮盘”。它以光滑而漂亮的身躯，温柔地抚爱苗条的水笔仔，流露出不加掩饰的情欲。“轮盘”难道也是具有意志的海洋生物吗？

我吃惊地久久看着，不敢近前。

我嫉妒地觉得，水草妹妹正在勾引新的情人。这是对我与妨姹在一起的报复。

## 十五、继承者

一天，妨姹对我说：“怀有孩子了。”

“谁的？危虫的，还是我的？”

“怎么会是危虫的呢，我已是你的人了。我以前与他生育过孩子，但不是死了，便是畸胎。”

“不管是谁的，我都不会介意。没有危虫，便没有我的今日。”

我这样说着，心底却浮起一层酸酸的感觉。这是以前不曾有过的心境。

怎么会说出“不管是谁的”这样的话呢？妨姹早已不与危虫在一起了。

我有些害怕地轻轻拥住自己的女人，倾听她微弱的心声，觉得像是一块鲸骨在有气无力敲击海幕。我担心这声音会忽然中断。

“我们的孩子，会成为海洋王吧？”女人忽然仰头，用一种希冀而哭丧的腔调说。

“他必定会的。我要以此作为文明的惯例。海洋王，一代一代继承下去，直到千秋万世。”

“但是，你还会保护我么？”此时的她仿佛感到极不安全。

“当然！”

“也会保护我们的孩子么？”

“你胡说些什么呀！”

“我很害怕。”

“你怕什么？”

“我跟那些女人不一样。她们不明白，我却明白，这是一个专吃孩子的族群。”

“难道，这不正是文明么？”

“文明开始了，危虫却无事可做了。”

“怎么又想到他了呢？”我满脸不悦。

“不说他了。”妨姹畏惧地看看我，“但我还是怕你有一天会吃掉我，也吃掉我们的孩子呢。”

听罢此言，我在妨姹面前意兴低落，一时说不出话，赶紧转身离开。

不久，到了分娩的日子。

我紧张守候在妨姹身边，老是觉得会有人来侵袭。我的忐忑不安，被痈疽看在眼里。

“是值得高兴的事呢。”痈疽不阴不阳说。

“为什么？”

“因为，以前的水栖男人都不知道谁是自己的孩子，孩子也不知道谁是自己的父亲。现在不一样了。”

“可是，为什么我会如此心绪不宁呢？”

“因为，在你内心深处，你仍然拿不准，这究竟是谁的孩子。你防备会有人来抢夺他。海洋统一后，你和危虫，是难以共处的。”

痈疽说完，意味深长看我一眼，便大摇大摆游走了。

看着他的背影，我不禁想到，这家伙才是最危险的。

不祥的气氛在身边聚集。我警惕地环顾四周。海水又升温了。海洋从来没有这样燥热。我想找蚋遗，但他已不见踪影。我没有看到危虫。危虫在哪里呢？危虫应该在附近才对。我想跟危虫说说心里话。我派人找他，却怎么也找不到。

忽然，妨姹“越越”尖叫起来，从她下身流出的鲜血欢快地渗入海水。海洋贪婪地把这营养物质一口吸吞了。

孩子出来了。没有死胎相伴，是一个鲜活的男婴。我的第一念头便是把这稚嫩的婴儿一口吃掉。但我忍住了。

就在这一刻，我看到了另一种新生活的端倪。这个婴儿将存活下去，不用担心被人吃掉。他注定是要为噬吃别人而健康强大地存在着的。

孩子的妈妈疼爱地抚弄着婴儿，像任何一个水族母亲一样，先去看他的手足。

孩子有蹼和鳍。她松开手，小家伙便在水中起劲扑腾开来。看样子将会是一个捕猎的好手啊。

我模糊记起自己出生时的情形，记起我曾有过的“父亲”，心中流露出一股爱怜、温存和悲戚的情意。

这时，出现了奇怪事情，许多的发光细菌和浮游生物，都自动朝着这婴儿聚拢过来。

我看到，婴儿的左手掌中，竟长有两只眼睛，灵活得不可思议，充满无畏的气概，眨巴眨巴朝我乱看。

我吓了一跳，不敢对视，忙掉转头去看海幕。

这时我忽然想起在“背女顶”之战中，从那个自杀男孩怀中失踪的婴儿。

是的，我的孩子，连神态都颇似那个婴儿。

终于，蚺遗久已不闻的声音传来：

“我们有海洋王二代了。”

“但我比以前更不安了。”我说。

“我明白……现在，你该去思考神的问题了。”

“神？”我隐约记得，蚺遗以前提起过此事。

“你有多久没去找赤瘿了呢？还是去见见他吧。这回，你一定要请求他告诉你有关神的事情。”

蚋遗着急说着，好像这是头等大事。他的鳃几乎不能用了，这使他的呼吸难以为继。他已来到死亡的前夕。

我忆起那位曾给予我文明信念的先知，便去到赤瘿寄居的深渊，却发现那里什么生物都没有了。在最高的海岭周围，地壳大片下陷，山脊迅速消失，大洋板块彼此碰撞，破裂着纷纷解体。岩层绽开了可怕的隙口，地幔中涌升出滚滚热液，海水被烧得一片白炽，巨大的熔火溢流在斜坡上，哗啦啦冲毁岩席和岩枕。条状的磁极在蚀变中变异，使我头昏脑涨。通过深深的海底裂谷，成千上万吨海水正疯狂旋转着被吸进。地狱被剥掉皮肤，赤裸裸展现在我面前。

这正是海洋关闭之门，此刻，被我偶然发现了。恐惧之余，竟又焕发出一阵惊喜。这生我养我让人诅咒的红色海洋终于要死了！

不能行动的赤瘿，连同与他伴生的苍术和羸鱼，大概都被这突生的大地裂缝吸入地心去了吧。这地下隧道的另一头，是否连通着那想也不敢去想的陆地呢？不知那究竟是有情还是无情的世间。

我六神无主倾听海洋的痛苦喘息，明白过来，这正是连赤瘿也不能逃脱的世界末日。

“神”又在哪里呢？该不是赤瘿通过化学反应制造出来的吧？赤瘿知道自己逃不过末日之灾，才造出“神”来。

## 十六、昔日之梦

不顾外在的危险，文明却在自己的小环境中顺利生长。

婴儿饲育的规模越来越大。不久，我们发现了几处光照明亮、细菌和浮游生物密集的海区，又在那里开发了碳茎草、长叶藻、缢蛏和贻贝的养殖场，并放养草食性鱼类。受文明的启发，我们依靠人工力量建立起自足的能量锥，基本食物链有了充分保障，我们才第一次敢说，有信心度过海荒。

然而，就在目击海洋关闭大门后不久，海底城的梦幻出现了。这梦跟以前的完全一样，因此让人不由得对它的内容深信不疑。

在前方红通通的圆润水体中，忽然展现了海底城巨大骇人的立体轮廓。它就像大海螺和珊瑚树一样毫不虚假。附于其上的无数球形房屋，令人心颤地悬浮在斑斓交错的海沟上方，在滚滚波涛间依次明灭，闪耀着让时间也深感敬畏的光芒，把女王一般的宏伟海洋和水栖男孩的稚弱心灵映照得一片雪亮透彻。

大吃一惊的是，我在海底城的边缘处看见了妈妈。自从有了妨姹，我已经很久没有去想这女人了。妈妈赤裸着苍翠的身子，流露出温淑而挑逗的眼神，在无数的闪光圆球间浮游，并用诱惑男人发情的低频声音呼唤她的儿子。我醒来后便体察到了自己厌倦心与向往心的交织。

海底城为什么会在这个时候重现？

垂死的蚺遗还有什么话没有说出？

我对时下的生活产生了疑虑。海底城，或许才是我们未来的归宿。尸虺的话，是不可以当真的。

我便叫来痈疽，要他帮忙做一个安排。

——那是我正式成为海洋王的仪式。

## 十七、海洋王

这一刻来到了。所有能够行动的人们，身体都披挂上蚌壳和海草，这盛装的阵列，在无根无据的海洋中密密排成堪称基本有序的队形。

人类的全体成员，在饱餐同类的肉体后，兴高采烈聚集在有限而无边的水层中，头尾紧紧相连，依靠最后的残存直觉，丑陋或美丽，壮严地面朝着远古时代曾被称作“东方”的莫名方位，浑然一体微微起伏，自慰似的组合成海洋中一种局部的壮观，仿佛是用尽手段才装配出来的非真实幻影巨兽，吓唬自己也吓唬别人。深渊里的其他生物，除了一群同样怀有兴致的电鳐，都知趣地远避三舍。

背鳍如数不清的旌旆摇曳，本身亦像是波涛躁动；无数重叠的混浊眼球反射性乱后的寂寞红光，而万千心跳迅速归于一致，节律逐渐重合在一起，使水波也亢奋共振，那啮噬一切的错综复杂的巨大轰鸣，是海洋中的第一次。连海幕也诧然远遁，暂且收了它的网罗。大家兴奋不已，像是在挑战自然以及消解自身愚顽的战争中，取得了永恒胜利。忘却的力量却在低声咆哮。只有我知道，我们不过是从妈妈不洁的身体中排泄出的垃圾。但要把真相说出来，谁又会相信呢？

因此，只能是佩戴海兽骨面具，并束缚死女人黑发，貌似威风八面的我，携着妨姹和她怀中的婴儿，装模作样在每一个队列前遂行检阅。

我没有看到蚋遗。

我悲伤地认定，蚋遗已经躲在一个人所不知的角落，悄然独自死去了。他是不会让任何人看到他作为昔日智者的下场的。

我也没有看到危虫。

一夜之间，危虫已然不再是以前的危虫。不，或许不再是我自认为能够理喻的危虫吧。他本是海洋中的特立独行者。他的使命已告完成。

忽然我便感到有些滑稽，心想，人类竟然是由我统领的。

然而，为什么应该由我统领呢？我太累了。我是一个连自己的性别也无法选择的多余家伙。

这时，我感觉到，海洋中还应该存在另一种“超级构思”。

“神”啊，你是男的，还是女的？

“神”啊，你也要吃人吗，还是，你以其他“神”为食？

# 第六章　海底城

## 一、轮回

红色海洋中的变化再次到来，已是许多年以后的事情。

此时，我已经垂垂老去，形同当年临死的蚺遗。我早已淡忘了海底城，也不再思虑海洋关闭在即，至于蚺遗提起的“神”的问题，更是抛在了脑后。

直到有一天，“轮盘”现身在水层之中。

红色海洋中忽然涌出亿万个银色泡沫，好像繁盛时代的花蕾一齐怒放。从充满放射性的溃烂深海里面，一只只闪闪发光的“轮盘”幽灵一样悄无声息钻出，受着程序指引一般，直接扑向目瞪口呆的水栖人。

它们的目的似乎十分明确，只是欢天喜地围绕我们的婴孩盘旋，在发出悦耳哨声的同时，兴致勃勃跳成连贯的环舞。

这真是骷髅般华丽的舞蹈啊，“轮盘”在转上几千圈后又兀然停顿，形体冻结似的痴痴凝住，却从内向外整体微微颤抖，随即又受着灵魂支配般地猛烈起动，转速骤然加速至不可思议。这时，周围的红色海洋就有节律地散发出宝石蓝的稀罕光色。

大洋中很快聚集了成千上万只“轮盘”，像在举行狂欢，每一只都使出浑身解数，兴波作浪，闪亮缤纷，恐怕是自有大海以来亘古未见的盛景，如若闭门远行的妖精重返人间，前来向水栖人的继承者诉说大海最后的秘密。

我久久凝视，仿佛从这空前景象上看出不寻常的征兆，不禁深深陶醉而难以自抑，便不顾自己年老体弱，更忘了“轮盘”本身具备的危险性质，纵身游入灵舞的阵营。

像一个顽皮的孩子，我忘情伸手捕捉“轮盘”，但它们总是不让我得逞，在我即将触及的刹那，灵巧地纵身跃开，却又逃不多远，便对准我返回来，以我为中心，围成无数个连环同心圆圈，起伏跌宕，翩跹回转，尽其所能挑逗海洋中的戴面具尊者。

我神情恍惚地对众人说：“瞧，这就是红色海洋！它与我们在一起，不曾抛弃我们！”在旁人听来，这正是一种吃了迷魂药般的口吻。

昼去夜来，过了许多个时日，“轮盘”似乎嬉戏累了，又一只只遁去，成群结队消失在红色波涛的深处。

海洋又一次空寂下来。我若有所失，久久瞻望“轮盘”消失的方向，感到周身焚烧着无处发泄的焦渴。

这时，我在朦胧中看到一样东西。

在前方红通通的圆润水体中，忽然展现了海底城巨大骇人的立体轮廓。

我眨眨眼，海底城却消失了。

但是，一层强劲而久远的记忆从心底浮了上来，却也是一个来自未来的召唤。

——深渊虽好，却非久留之地，该是迁徙的时候了。

忽然觉得，人肉食物链、初级生产者以及海洋生物养殖场什么的，都没有了意义。我才记起，还有一件未竟的重要事情要做。

“轮盘”必然是来自海底城，是妈妈派它们来接孩子们回去的。由生而死，由死而生，她要让命运开始新的循环和轮回。

“不必畏惧海啸的肆虐，不必担心酷热的煎熬，也不用害怕大海鼠的偷袭。”不可名状的妈妈曾这么对我说。

## 二、犹如螃蟹的宿命

我把离开深渊的想法告诉大家，想取得众人的支持，却没有料到，遭到纷纷反对。

“这样的决定太突兀了。毕竟，我们已经能够批量生产人肉和植物，我们拥有了源源不断的美食，我们没有了竞争对手，我们的生活已然非常安定，为何一定要迁徙到陌生的地方呢？”危虫俨然成了反对者的核心。

“食物仅仅是一方面的问题。氢浓度、污染物和疾病也会致我们于死地。最可怕的是，我曾亲眼见到海洋就要关闭，这使得我们的文明实际上脆弱得不堪一击！”我心烦意乱看着危虫。

“哼，恐怕是吸像石导致的幻觉呢。”他忽然竟说起尸虺似的言语。

听了这话，我警惕地往下拉拉面具，让它与我的面皮贴得更紧一些。

我感到一种莫名的威胁正在逼近。我便匆匆离开危虫，去到妨姹那里，就迁徙的事情征求她的意见。

此时，我脑子里充满一种妄念，那就是，妨姹其实仍然是危虫的女人，我并不曾占有过她一刻。只要待在深渊，就难以摆脱这样的噩梦。这才是寻求离开的真正原因吗？

没有想到，妨姹对我的决定，竟一口赞成：

“应该去一个新地方。在这深渊中，虽然不再愁吃的，却不知道为什么，每一天都提心吊胆，开心不起来。”

“那么，让我来使你开心吧。”

这样把话说出来，心头的悬念才放下一般。妨姹是一切的关键。

去海底城的理由也许并没有那么复杂，所谓的救赎不过是要使迁徙冠冕堂皇一些，其实不过就是要使配偶开心。

妨姹却又叹一口气，说：“不，不是为了使我开心，而是为了我们的孩子。”

我们那生相奇异的孩子，名叫蚼蝬，已经成长起来。妨姹说，她做了一个梦，蚼蝬将在一个新环境中，得到前人没有过的一切。

“他左手上还有一对眼睛。他将比我们看清更多的东西。”

吃惊地聆听妨姹这么说，我的脑子像在哗哗分解。

“你是担心具有神奇力量的蚼蝬会被谁吃掉吗？不，不会的。他是我的儿子呀。”我惊恐地对自己的女人说。

配偶却充满异样感地露出莫测微笑，脸膛和脖子环绕着一圈紫色光晕，像看陌生人一样凝视我。我感到水压从四周袭来，忍受不了，赶紧战栗着抱住女人。她嗷嗷呻吟，声若水兽。我们情不自禁开始交合。

但就在这时，我看到了水笔仔。

水草的身体正从植物的枝叶间飘行出来。水草黑光笼罩的赤裸尸体辉映着妨姹洁白透明的活力身躯，两个女人海蛇般紧紧盘绕在一起，难分彼此，正在交换海洋物质间的至阴之气。瞬间我觉得自己身上也洋溢开了腐烂与死亡的光环，仿佛是水草前来附体。我与妨姹交合，不过是两个相同性别的生物在发泄情欲。

在水笔仔的身旁，王海桑枝叶的一侧，一动不动伏着一只青色的鲎蛛。这海洋中难得一见的动物垂着长满针刺的长长尾巴，头部正中那合二为一的褐色眼睛暗孕阴谋，使我想到蚼蝬手上的妖瞳。

进化了四亿多年，鲎蛛已经产生了初级智力，此刻正做出沉思状，好奇地默默打量我。鲎蛛的出现使我觉得不同寻常，心底涌出一股化不开的悲伤。

水笔仔不可理喻地晃动起来。这时，鲎蛛忽然游走了。水笔仔的叶梢放射出一片梦莲般的黛蓝色光彩。我从中看到一只若隐若现的眼睛。那却不是水草或蚼蝬的眼睛，也不是人类或其他任何一种海洋生物的眼睛。我从未见过这个，顿时魂飞魄散。

我感到缠在额上的死女人妖发又开始随潮水而挣动欲飞。四周的海水惊悸战栗起来，我转头看去，见是数不清的大大小小的招潮蟹正在海底爬动，好像地壳中喷涌出的乌云席卷而过。我从未见过这么多的螃蟹。这些十足目的褐色家伙挤在一起，络绎不绝，匆忙赶路，要去到不知名的目的地。这是一次真正的海洋生物大迁徙！我从这低等生物的身上看到了自己的命运投影。

察觉到了自身的尴尬，我便无法与妨姹交合下去，赶紧抽身逃掉了。

自此后我再也没有与这女人发生肉体关系，由此形成人生的极大困惑。海洋啊，为什么要如此惩罚我呢？

第二天，我便不顾众人阻止，强硬下达了出发的命令。这时候，对于我来说，此次迁徙，究竟是为了妨姹和蚼蝼，抑或为了妈妈和水草，还是为着危虫或我自己，已是无关紧要了。

迁徙仅仅是迁徙，被不明原因的压力逼迫着从一个地方不停流转到另一个地方，为了逃避内心的怯弱和惭愧而从一种形态转变为另一种形态，这本是世界万物犹如螃蟹一般的宿命。

## 三、最后的迁徙

走出深渊的迁徙开始了。这的确是一念之下的匆匆之行，是听从了海洋深处的神秘召唤。它将不会被载于任何史册——如果蚼蝼或者蚼蝼以后的人类还会创造出某种史册来的话。

这是自陆生人下海以来，最为宏伟的一次全人类大迁徙。而由陆地到海洋的那次，场面想必更加壮观，但其具体的情况，却永不能知晓了。据说，在人类刚刚下海那会儿，水栖人还保持着洄游的习性，那长途跋涉之起因，似与摄食、繁殖和越季无关，但到底是为了什么，如今也实在弄不明白。

这一切，对于我们来说都是谜团，幸好，或者说遗憾的是，已经不会带来任何影响。现在，我们拍击水流的节奏，仅仅是为渐渐复苏的自救本能所驱使。而由于海底板块的移动，以及磁力线的改变，我们再也无法按照松果体中的分子地图辨识方向，只得被动听从“轮盘”

的指引。

总之，我们踏上了神秘至极的回归之程，哪怕这是一个陷阱也在所不惜。我虽不能把个中奥秘猜透，却尽量把族内之事安排妥帖。这是我在自己命定的确切范围内，所能做到的事情。

我把全人类划分成十支大队。大人在外围，小孩子和女人在中间。每一队按照主带食物、主携女人或主要负责警戒保卫的功能等以区分职责。而喙怪照例游在最前面，承担打探“轮盘”去向、预报敌害侵袭和发现海底城的重任。

危虫也率领一队，负责沿途驱散天敌。他在受命时，用微带嘲讽的目光扫射我一眼，使我一刹那竟然慌乱怯场。但危虫看了看我的面具和头发，便什么话也没有说，领命而去了，并忠实执行。这却是他的本色一面。

此行关系全人类的生死存亡，所以一切要格外小心。交配和生育需要暂时中止，不到万不得已，也不去打猎，以免招惹是非麻烦。宝贵的时间不能过多耗费在途中。

苦心经营的养殖场被依依不舍地放弃了。食物则要带足，海兽肉、鱼肉、贻贝和水栖植物，以及作为食物的孩子。孩子们是不知命的，只因为要去新地方，而欢悦跟随。

我游在大队伍的中部，身旁紧跟妨姹和蚼蝼。一眼望不到头的浩荡人流刺激着我的神经，许多往事浮上心头。

算起来，这已是我经历的第三次迁徙了。

第一次，是跟随银色男人，和妈妈一起，完成长途旅行，最后却因为误闯黾人领地而惨烈结束；第二次，是跟随尸虺，啖着海洋的血腥一路而去，而这样的征旅在喧嚣一时之后也归于失败，致使我莫名其妙成了衰落时代的所谓首领。

如今，是第三次，全人类一共五万余人，却要放弃辛苦经营的文明，去到不可测度的海底城。这究竟是为了什么？结果又会如何？谁也不得而知。

刹那间，我对眼下的行动产生了怀疑。我忽然忆起浮尸之海。那正是我当初离开族群、就要死亡时看到的奇异海相。鱼群、海兽和人类的尸体，像是潮信轰然爆发，哭喊着扑面而来，这是否便是此次迁徙的结局之预示？

我强迫自己打消疑虑。我看到“轮盘”就在前方。它们没有远遁，紧一阵慢一阵，逗引一般，意图明显地引领我们。除了人类，又有哪种海兽能够享受这样的待遇呢？

我便收起恐惧，像当年的尸虺那样大叫：“跟上！”话音传入众人心底，队伍便大海蛇一样滚滚浮游前去。

我们这无比壮观的集群，给海洋带来了久已未有的巨大动静。我们用自己的身体为前路照明，气宇轩昂越过阳谷海沟、昆吾海岭、盎盂火山……这些，都是以前某个族群曾经栖息的水域，如今早已死寂无人，连鱼虾都远走他乡。原先繁荣的海底世界归于荒芜。随后我们进入了不知名的海区，连见多识广的掠食者也不曾到过。陌生的景观使大家暗自心惊，默默无语。

在无边无际的海底，人类的残余在阴郁游移，以每昼夜二百一十公里的速度前行。有时，强大的上升海流把我们冲散，而热盐辐射又使我们重聚。每经过三个平潮期，人类便停下来吃掉一些孩子，并把他们的骨头抛弃。有一段时间，我们一直沿着一道宽阔浑厚的海流前行，这潮水的颜色比四周的海水略浅，温度也低得多，它似乎横贯了整个有限无边之海。我们像是融入一条了无尽头的大河，也如同在深不见底的时间隧道中行军。这令我想起早年间遭遇的那队身携金属筒的怪人，此刻，他们已经抵达何处？我满心充斥着与他们在海底城中不期而遇的憧憬。

在这样的艰难行程中，人类的三分之一被当作食物吃掉，或掉队，或饿死、病死、累死，或在海兽的偷袭中丧生。我们的体力消耗极大，刚刚离开深渊时，肌肉还结实发红，皮下组织中沉积有丰富脂肪，到后来，脂肪基本耗尽，肌肉变得松弛，体色也失去往日的光彩，变得昏暗发灰。许多人用光体力，抵挡不住激流的冲击，身体多处严重受伤，寄生在创口处的致命菌类便吞噬着垂死的生命。

不知游了多久，侥幸活下来的水栖人终于来到了海底城——我们祖先居住过的地方。

幻景般的建筑物忽然呈现在眼前，就像是万分之一的可能性成了真，让人怎么也难以置信。

这时，我又一次想到蚋遗提起过的有关“神”的问题。引路的“轮盘”是否便是“神”的使者？

## 四、死城

第一眼见到那巨型城堡，真的很难相信它便是人类祖先的遗作。它忽然从浑浊的海水中苍凉浮现，阻住一切通途，在宽广海原上，像是硕大而古老的龟壳，又仿佛是某个妖怪无意中失落在海底的坚盾。

细看之下，这“龟壳”表面又有更细微的结构，由亿万片大小不一的银色六角形坚甲拼成。这正像是海洋中纷飞的无数金属碎片通过时间的反演而聚合起来，在浩茫红色大水中，闪射超然无际的磅礴光辉。那么，水域中无处不在的发光金属碎屑，是否便是其他海底城瓦解后的残骸呢？正是这些四散飘零的尸骨照亮了原本黑暗的深渊。

与梦中的一样，组成海底城的单元其实是成千上万个巨型金属圆球，球与球之间由许多柱状管道连接成网络，在海底铺下自成一体的、宏伟宽厚得难以思议的迷宫阵势。不知这城池用什么特殊材料建成，漫漫岁月中，大部分竟然没有受到海水腐蚀。

球体外面的硅钙沉积层上，矗立着粗细不等的亮灰色金属圆柱，向海水的上层挺刺而出，如同无计其数的枯萎树干，却看不到高高在上的顶端。不知道建设者当初竖立起它们有何用意。金属圆球和圆柱的奇异组合，透露出威武男性的气概，仿佛海底城是为着抗拒海洋的征服而孤傲存在着的。

就在这些鬼魅人工制品旁边的海底地壳上，凸出了千姿百态的暗黑石塔，其中一些正在喷吐浓烟和火舌。这是走向炽热地幔的通径。海底城岌岌可危，伫立在死亡的边缘。

庞大的海底城没有我梦幻中的灯火辉煌，热气腾腾。它死气沉沉蜷伏在海底，如果说它曾是有力的男人，此时也已在长眠中委顿瘫痪。从外观上看，海底城虽然依旧博大伟岸，但它那精致周密的内部结构显然早已朽坏，残缺并崩溃，不再能使人产生来世重生的激情。

然而，若说完全没有生气却也不对，在海底城的壳层和周边，有各种各样的甲壳类、双壳类、蠕虫和软体动物群聚，有的一团团面条似的绞缠一起，有的如若地火，点点滴滴朝四周放射出强烈光色，使大型水兽也恐惧着规避。围绕城池，则长满五颜六色的底生周丛植物，与动物一样，依靠高温的海底热液和生化细菌发出的强光生存，包括细辛、白珉、荥苔和蓁荪，葳蕤而茂盛，把海底城的局部细节密密遮覆。

栖息在植物之间的大型动物，有罕见的珠子鱼，它的形状像一片肺叶，四只眼睛，六只足，从足里吐出青碧色珠子，那其实是它产出的卵。它同样拥有能够分泌发光物质的腺体。另外还有淡金色的管状蠕虫，体长百米，无眼无足，依靠刚毛紧紧缠绕或悬垂在超大型海云掌的植株上，它的细胞受激时便闪射出红色闪光。还有会变颜色的叶海龙和独须鱼，隐身于杀机四伏的茂密白色水草丛中，难辨真实面目。

生命仅在这里再现了繁盛，却不知道它们是否也是被“轮盘”诱引来的。唯一不见的是海底城的原住民，那些过着真正无忧和高级生活的异类水栖人。这未免使远道而来的我们失望生疑。

进一步观察，便看见离我们最近的几个海底城圆球外壳上，有一些黑黝黝的栅形门洞，沿边爬满齿裂虫和柱头虫。我暗自呼其为“海闸”。此时，“轮盘”像是在完成最后一项引导使命，一只只轻快通过这闸门，游进深不可测的巨城腹中。

我派嚎怪进到“海闸”打探。不一时，他平安返回。待他报告没有危险，我才带着大队人马钻入“海闸”，游进了那金属球体中的一个。

这是一处充满海水的宽敞空腔，圆球内部的高旷，竟能容纳数万之众，现在成了各种底栖和浮游生物的乐土。这里的生物也都闪闪发光，像是一只巨杯盛满无数星星。

在球体的穹壁上，阶梯状分布着数不过来的蜂窝状凹坑，正像一间间规格统一的向内收缩的穴居，穴旁有一块块向外伸出的短吻平台，不知有什么功用。在宏大的空间里面，数千条纵横交错的天桥式管道，在众人头顶上方凌空飞越，形成交错重叠、密密麻麻的金属网络。除此之外，圆球内并无他物。

我回忆妈妈形容的海底城的情形，却不得要领，难以印证。

我于是对大家说："既来之，则安之。这里便是我们的新家园。这海底城的居民，其实正是我们。"

大家早累得不行了，赶快就地安顿下来。我们很自然地把新家置于壁上的穴居。这居所为金属铸就，空无一物，却像是很早以前便为我们的到来所预留。以此为室，比藏身于裸露在海洋中的岩礁洞穴中要安全得多。

我们迅速适应全新的环境。很快，一切又恢复到深渊中的常态：吃人和生育。由于有了金属圆球的庇护，一切更加安然而和谐。但这就是海底城要带来的一切吗？总觉得少了点什么。

唯有危虫冷冷观察，像是看破事情实质，露出忧虑神色。

"这是个圈套呢。"他说。

我虽也对海底城有些失望，却出于自尊，不愿与他理论。

随后一段时间里，我时常带着蚼蝼，在海底城中好奇地四处周游。

我直觉到，这城池虽是空壳，却仍然藏有待揭之谜，关系到我们在海洋关闭之前，如何度过世界末日的根本问题。"轮盘"引领水栖人来到这里，一定有着特殊用意。作为全人类的首领，我的使命便是去探究这世界的谜底，找出海底城之于水栖人的真正意义。我的任何一个发现，都将在蚼蝼身上体现出它的价值。

蚼蝼又长大了一些。他将是未来的海洋王。

我固执认为，海底城，假如不是我们这代人的归宿，却一定是为着蚼蝼而预留的。

这也便是妨姹预感到的么?

## 五、谁的居所

我决心要使蚼蝼尽快熟悉海底城的每一个细节，因为我确信这是他未来的王宫，是人类重新统驭海洋的出发点。左手上长着一双眼睛的蚼蝼将是实现救赎的关键人物。

我们据为新巢的球体其实位于海底城的边缘一角。从这里望出去，组合成庞大海底城的无数圆球层层叠叠排列着矩阵，一直延伸到海幕那遥不可及的脚下。球体之间每隔一段距离，便伫立起一个醒目的标志性建筑，大部分表现为一种高大的菱形塔式结构，闪射出暗红色的微微冷光。

所有球体和菱形巨塔之间都由金属的圆形管道相连。这管道外观设计得十分简洁，内部却极为宽敞，可以容纳很多人和物体同时通过。我和蚼蝼游入后，宛如置身巨鲸腹中。

管道中铺有废弃的金属长轨。管壁有一些部位是用特殊的透明质材建造的，但其余部分并不透明。有的地方已经朽坏破损，通过裂口，大量海水涌了进来。

那么，这球体与管道，以前是不是与海水隔绝的呢？这是我的猜想。经年生存于水体中的水栖人，对于任何中空而干燥的世界，并没有感性认识。

我和蚼蝼沿着管道，向最近的一座菱形塔游去。

管道中有不少底栖动物安家落户，藤壶和贻贝爬满内壁，船蛆、海笋、跳虫和石蛭等钻孔生物把城体打得千疮百孔。另外还有海绵、水螅、涡虫和实螺，不知什么原因，其形状与海底城外的不同，主要特征是庞大得惊人，一条才女虫便相当于两个水栖人的身躯，因此常常会造成交通阻塞。我不得不大力驱逐这些拦路者，有时，也将之杀死。蚼蝼则对这艰难危险的探索似感勉强，满脸愁苦。

行进中，偶尔，可见孤单的“轮盘”飘然而至，划过我们身旁，径直去到远处。这东西此时似已成为人类的陌路人。

忽然，管道变得更加开阔，如同本身成了一处绽放的海湾。管壁上生出一个接一个的巨型疣瘤状物体，向外海突出。我带着蚼蝼钻入一个，发现里面竟然是明亮空敞的广场。

广场上堆积着垃圾废料和有机碎屑，水丘一般耸起，上面聚集着密密麻麻的海洋生物，大部分是一种胶冻状的白色虫子，以及腐烂皮肤般的淡绿色菌席，拥挤得不留一点空隙，人看了便心里发怵。那白色虫子是一种蠕形动物，体表长满细密的横环，以体内的液压来进行蠕动，平时潜居于海底，以软泥和腐物为生。

在垃圾和虫子中间，我们发现了零零散散的骨头，不知是何种动物所遗。有断裂的肢骨和股骨，也有破碎的头骨和面骨，其模样倒有些像是人类，但没有一具完整成形的骷髅。在这些零乱的骨殖旁边，还躺着一些四分五裂的金属物体，有的像是八足的海蜘蛛，有的如同披甲的斧釜龟。

离开广场，我们又钻进另一个瘤状物，在这里我们看到了近似海盘车形的异状空间，地面层层叠叠堆垒着成千上万座灰白色的半球形金属小丘，体积比人体略大，每个小丘前竖有一座三角形金属碑，有的已经倒塌或断裂。贝类覆盖的碑体上，隐约攀爬着奇奇怪怪的断续纹路。

我们不知道这便是文字，也不晓得这便是海底坟区，默默观看一阵，便索然无味离去。其实，坟墓的事情，尸虺当初是提起过的。

在另一个巨型瘤体中，我们发现了金属的复杂网状结构，曲曲拐拐，回转无穷，脐带一般，连接着大大小小的残破器皿，几乎都是不规则形的。金属、玻璃和玻璃纤维的碎片随着涌潮而荡漾不休，却被封闭在了这个腔子里，无法与外海交流。气氛因此是窒息的。地面散落着许多长方形合金盒子，以及一些像是面罩、导管和浮筒的东西，已经高度腐蚀。

在这里，我们又看到了尸骨。这些骷髅，不像是正常的人类，而更若一些不成功的实验品。有的，两个头颅粘连在一起；有的，双手长出二三十个指头；有的，身躯庞大得不可思议，使我联想到神秘的海底巨人。

我们看得害怕，便离开瘤体，惊疑着继续前行。不久，来到那座高耸的菱形巨塔中。此处的空间更加宏大，约莫能让数十万人置身其间，举行盛大集会。这里弥漫着朦胧而阴晦的光色，散发出淡淡的腥臭味。巨塔也多处破损，从诸多龇牙咧嘴的罅口处，海洋的红光凶险溢入。

在巨塔顶端，嵌有数万个整齐的蜂窝状结构，中央附着一个椭圆形金属盘，盘面上钟乳般嶙峋垂下数百个红色巨型金属立方体，光溜溜的表面上没有任何生物依附。每一个立方体的底部逐渐收缩为纺锤形，从其尖端又分岔出上千个锈迹斑斑的条状支架，瘦瘦地呈放射状向四周伸展。每一支架上，又嵌有边条或桅杆似的物体。就在这些边条和桅杆上，零零星星树叶一般悬挂着一些“轮盘”。

这金属的柱体仿佛正在害着一场大病，间断地嗡嗡作响着呻吟，一些部位偶尔闪射出黯淡红光，一副垂死者的模样。随着光焰耀动，就有强烈的电击感袭向我和蛔蠖，仿佛是万千条电鳗在一起释放能量。我们头昏脑涨，恶心欲呕，却产生了类似于飞翔的冲动。

不时，有“轮盘”从支架上脱落，在水中痴痴静待一小会儿，便缓缓起动，然后飞快沿着管道逸去。这时，又有“轮盘”从远方来到，减速后便附着在支架上，像是远行的游子回家休息。

我和蛔蠖迷惑不已。从破损的缺口处看出去，见菱形巨塔也不是海底城的中心。远远近近，还有许许多多的球形物和菱形塔，以及密密麻麻的不规则树状金属突起，形成无边无际的海底森林。海底城大概是没有中心的。

“这莫名其妙的海底城是谁建造的呢？”蛔蠖冷冷发问。

“大概，是那些最先下海的陆生人吧。”我惶然回答。

“为什么要建造这样的古怪东西呢？似乎多此一举。”

“怎么多此一举呢？这样就更安全。至少，不用担心大海鼠的袭击。”

“大海鼠的袭击？面临更大的灾难，你还在想这种事情，真是可笑。”

“是的。”我干巴巴应声，感到浑身的水分正在丧失。

“可是，你说的那些最先下海的陆生人，最后也都死了吧。不管怎么说，这神奇的海底城也不能保护他们。”蛔蠖奇怪地一脸幸灾乐祸。

“不要乱说啊。也许，他们还活着呢。谁也不知道他们到哪里去了。”我的身体开始发抖。我又想到那些携着明亮火烛、穿行时间深谷的怪人。

这时，我忽然觉得，有亿万双眼睛正在海底城外的波涛间明灭不定，朝着我和蚼蝼好奇窥视。

“总之，仍然搞不清楚，到底谁才是这里的真资格居民。”蚼蝼淡淡道。他似乎没有发现那些眼睛。

我着急地想回答：其实就是我们呀，更确切来说，其实就是你呀！却见蚼蝼脸上一块肌肉海蚯蚓般跳动一下，以乎他心里正在起着某个不想让外人知道的念头。我话到嘴边，便裹住无法说出。

蚼蝼这时缓缓把左手举到自己的脸前，手上的眼与额上的眼对视起来。

蚼蝼满脸阴霭密布。他像一个妖怪一样看着自己。

父子俩陷入恒久的沉默。

“轮盘”就在身边缤纷来去。对于它们是否真的代替了赤瘿和蚺遗，成了命运的新指示者，我开始感到怀疑。

它们的这个关子，似乎卖得大了一些。它们至今没有给出关于这个世界的任何有意义解释。就算是“神”的使者，也故弄玄虚了吧。

或许，“轮盘”并无灵异，它们自身也陷入命运的迷局。这些像是上好发条的机械家伙，只是按照早年制定的程序有规律返回故园，补充能量，然后周游于汪洋大海，寻找幸存的水栖人，再把迷失方向的人类带回海底城。“轮盘”并不知道这世界早已死了，还在忠实执行主人交付的使命。

然而，如果说，召唤我们来这里，竟是“轮盘”的一项任务，那么，是否可以认为，那些海底城中的原住民，早就盘算好了今天的这一切呢？

如此，海底城就在另一层意义上仍然活着。或者说，海底城死了，但它的灵魂，已然附体在了我们这群水栖人的身上。我们正是海底城旧时主人的嫡传后裔呀。

也许是感知到了我的思绪，城外水域中的那些眼睛哗的一声如海蝴蝶散去了。

## 六、十字架与“明天”

菱形巨塔的边壁上也有瘤状物突出。我与蚼蝼钻进去，发现仍是空荡的穹形腔体，围住下方的“海湾”——中央广场，却要比管道瘤体中的广场小些。

广场本身即为宽阔的平原，上面分布着几百个锈蚀的金属环形山口，中央最大的山口底部升起一个圆锥状的巨型突起物，状若深渊中的超级蘑菇。我带着蚼蝼好奇游近，便感受到它辐射出一股阴森寒气。海洋的炽热在这里不复存在。我们游入环形山口的碗状腹底，从下往上观察，就能看到，在拢簇上升的开阔金属壁面上，以圆锥物为中心，爬满密密麻麻镂刻的阴阳纹饰，这图形似乎是与那金属的山体一并铸就。

壮观的画面当初也许是被保护于与海洋隔绝开来的纯净空气中的，但到后来，海底城破裂了，一切就都受到水流侵蚀，不过，大概因为使用了特殊的制作材料，腐蚀程度并不太严重。此时，金属壁面爬满茂密的深海植物，主要是一种叫作嘉荣的巨型海草，花团锦簇，艳丽似火。透过植物的缝隙，能够看出画面大致的轮廓。

不知名的画师没有描绘出任何一种能与海底城相印证的建筑，金属圆球啊、管道啊、巨塔啊，俱在画面上找不到形迹。

完全是另一个世界的情形。

那是我此生无法企及的陌生失落世界。

画面上有许多直立的奇异人形动物。这些被永远凝固在坚壁上的人类长得与我们有诸多不同。他们是没有鳍和蹼的——这正如同我曾经遭遇过的深海幻影，那在时间深谷中逃难的人群。他们的两腿仿佛不是用来划水和摆舵的，而是笔直支撑其身躯伫立在平展无波的地面上。

这是否便是水栖人演化之前的祖先——陆生人呢？他们便是这城池的实际建造者吧？

画面本身无法让人感受到大海的波涛起伏。奇异的平展地面因此颇值得怀疑和想象。它使我想起赤瘿让我回忆起的奇异世界，以及尸魍曾经述说过的陆地景观。

画面上的怪人与裸体的水栖人相比还有一样不同，就是他们全都身披一层五彩轻柔的异样表皮。

保存得最完好的，是画面左部簇拥着的一群表情丰富的人类，其前方站立一个高大丰满的女人，右手挥舞一面旗帜，左手持一把水矛似的东西，微微向右侧转头呼唤什么。而在她的左边，站着一个男人，左右手舞动短促的金属器物，凶神恶煞也似在呐喊。女人右边也有两个男人，头戴冠状物，手持冒烟的金属杆棒，双目铮铮发亮，显露出大海鼠一般的凶悍神情。

女人足下一左一右躺倒两个男子，看模样已经死去。他们身上的柔软表皮剥开来，露出肌肉和内脏，就像在等待被人进食。看着这尸体，我不禁流出口水。

赤瘿果然是对的。早先，人类的确是互食的。我便在心底称这画幅为“美食引导人类”。

而处于真正中心位置的，正是那个女人。这么一想，我便产生了强烈的嫉妒之心，也对未来满怀无限恐惧。

进一步观察，发现图画上还有着更为复杂的内容。就在左右两厢的角落，作为背景的装饰，描绘有烟云笼罩的庞大城池，却与海底城的形状迥异。我急忙带着蚼蝼游开，浮上金属圆锥物的顶部，从高处审视这画幅的全景，才知它端的惊人。

画面上的巍峨巨城是由一道长长围墙环绕起来的，那城墙每隔一段，便从墙顶上升起一座驼峰般塔楼，如若沙蚕身上的疣瘤。城池中伫立着无数高耸入云的建筑，密密匝匝皆为灰色立方体，在一些建筑物的顶部，覆有黄色琉璃瓦，如海底森林般闪耀纷呈。

画师也留下了一些旷然地方，直觉之中，那便是传说中的天空吧？只见空中和地面，布满奇形怪状的小小金属甲壳，长着尖锐的脑袋，具备流线型的身段，在巨碑般的建筑物之间穿梭游动。

建筑物的后面，云蒸霞蔚的，是各种植物和动物，我从未见过。城池、长城、高楼和生灵，都果点般盛放在一个巨大的圆形凹陷体内，仿佛正在痛苦挣扎，有的则透过一条隧道往外窥探。

对于这巨大的圆形凹陷体，我无法为之命名。

在这一切壮观景象的上方，飞行着无数金光闪烁的滴溜溜圆球。

位于世界中央的，是两个翱翔的、手持号角的有翼生物，在他们身旁，一群长着茂密胡须的像是人类的家伙，手举宽阔的绿色树叶，仿佛已经冉冉升入高空。一望无际的地面上，像是殉难者的一支大队伍正在缓缓蠕动——这使我想到水栖人的迁徙。

就在这来历不明的队伍的脚下，完全是一片狼藉，四处扔弃着破碎的王冠和断裂的纹章，方块字和线装书也失落一地，乱七八糟躺倒许多尸体……队伍中贯穿着一条长长的、不知用何材料做成的紫色带子，人群中飘扬起无数面海水般红艳的旗帜，旗上统统绣着一种张牙舞爪的海蛇状动物。在这群人的头顶上方，悬垂了一个巨大得不可思议的十字架，正在闪闪发光。这光芒是地面死尸的鲜血映射出来的。十字架慢慢浮动，贪婪舔食这甘甜的液体。

这陌生的十字架深深吸引了我的目光。我想起蚺遗在世时说过的一些话语，仿佛与眼前这一幕相互印证了。这在我心头激起平生所不曾有过的兴奋，连初次性交和吃人也不能与之相比。我顿然觉得，自己的一生以及所做的一切，早先都偏离了最紧要的方向。

但这图画就是为了今天我的到来而预置的么？

我不禁转眼去看蚼蝼。蚼蝼把左手举起，正用掌中的眼睛一动不动观察血淋淋的十字架。

不，确切来说，是在看那个高大丰满的女人，以及她足下躺倒的死亡男人。

蚼蝼的痴迷似有自怜之嫌，他阴晴不定的脸色被朦胧迷幻的水晕笼罩，好像置身于超现实的世界。他成了这图画的一部分。

“喂，你用那多余的玩意儿到底看到了什么呢？”我忽然觉得蚼蝼的存在是对我的极大挑战，遂心怯而不服地向他大声喝问。

“我看到了我们的明天。”海洋王的儿子冷静地说。

“怎么能这么说呢？那其实是我们的昨天啊。”

“不，是明天呢。”蚼蝬戏谑地看着我，又一次朝前扬起左手。掌中的眼睛闪射出一道轻微而锐利的寒光，在我心头搁下一片森然凉意。海洋的灼热顿时消减了。

“喂，你真能看到明天？水栖人还不曾有过能看到明天的呢。”面对自己的孩子，我强作镇定。

蚼蝬便收回闪烁不定的手掌，把它置于身后，咬紧牙关不再说话。

## 七、蚼蝬

这时，海底地壳中忽然爆发出一阵尖锐震响，我心知那是海洋关闭前的又一轮躁动。这暴怒的海雷滚滚不休钻入水栖人的骨髓，像要把我们从分子结构的水平上碾磨粉碎。古老的建筑物摇晃着似要倾覆。所有“轮盘”都从支架上纷纷脱落，疾疾从破口和“海闸”处钻入大海，落荒而去。

我心惊胆战，蚼蝬却如痴如醉。图画上的女人仿佛咯咯作笑。

“快走！”我急忙拉住孩子，匆匆离开这险绝之地，回到我们据为家居的圆球。

这次旅行使我们心灵受到的激荡，很久都不能归于平息。

好在，生活又平稳继续了下去。人口不断增加。一个地方住不下，我便引导水栖人进入更多的空置圆球。然而，我却不敢把人带到那座装饰着神秘图画的菱形巨塔。

文明的延续无法驱逐心中忧虑。海底城没有让我快乐起来。每一天，我都惦着那透过腐朽时光的黯淡重幕发出异彩的十字架。

从菱形巨塔那里归来后的最大变化，发生在蚼蝬身上。

他一天之内变成了沉默不语之人。连我向他问话，也不作回答。

我觉得，自己与妨姹生育的孩子，正在蜕变为一种陌生的海底生物。有点像是神秘的海豆芽，虽无力与凶猛的海兽抗争，身体中却蕴含了数亿年生存积累的奇异智慧，此刻，这智慧正在一点点苏醒和释放。蚼蝬是受了菱形巨塔中立方体红光辐射的蛊惑，还是被那含意诡秘的图画尤其是那十字架般的女人或者女人般的十字架迷住了心窍？

这倒有些像小时候的我。但是，仍有许多不同。总体来讲，蚼蝬的觉醒似乎更具有明确的指向性。

他再也不去找同龄的女孩子嬉戏。他对族群中的女人一天天丧失着兴趣，甚至与他母亲的关系也日渐疏远——与发育中的寻常水栖孩子不同，蚼蝬似乎从来就没有对妨姹有过企图。

但他与危虫倒是愈发亲热起来。蚼蝬会花上很多时间，去到危虫那里玩耍。危虫教他擒捕鱼虾，教他捉拿海兽，教他水矛格斗术。那孩子聪明过人，一点拨便什么都会。

危虫好像已经忘记了我的存在，也忘记了这水栖人族群的存在，只是尽着自己的最大努力，全心全意育化着蚼蝬，仿佛要完成他毕生的真正使命。

总之，就是这样的尴尬情形。虽然是海洋王，虽然是孩子的父亲，对于蚼蝬的成长我却一点也插不上手，这让我气急败坏，却又没有办法。

逐渐地，蚼蝬的行为更加离谱，比如，他很喜欢与那些注定短命的“食物”打堆厮混。那是比他还小的孩子呀，他们亲密无间，友爱有加。常常因为与孩子们游戏在一起，蚼蝬甚至也几乎被误认为“食物”，在收获季节差点遭到捕杀，最后，还是他那手上的眼睛提醒了痈疽，这是谁的孩子！

不知不觉间，蚼蝼的食道仿佛发生了奇异的病变，他自称对吞咽肉类产生困难，而只能进食柔软的植物。这影响到了他身体正常发育。他的体形比起同龄孩子来，要瘦小许多，看上去简直可以说是猥琐，哪里像是海洋王的后代！

不食人肉的水栖人，才是可怕的异种。

令我恐惧的是，人类的禀性，或将在下一代身上消失。文明将无法传承。

这或许也是那菱形巨塔导致的后遗症吧。那里面一定隐藏着奇异的辐射能量。但为什么仅仅对孩子产生影响呢？

妨姹却镇定自若，不当回事。

“没什么啊。蚼蝼这孩子，他大概是新人类吧。他要得到的，与我们希望他获取的，总之是不一样的吧。”她说。

“可是，太让人不安了。”

“这是海底城注定要带来的变化。你不是希望看到变化吗？”

“毕竟有什么地方不对头呀。”

“我的海洋王啊，你要冷静一些。这世界已与昨日不同了。”

“既然它已变化，我又怎么能冷静得下来呢？！”

“因为它的变化是我们这些人无法想象的，我们年纪大了，想去适应也适应不了。但孩子们却可以。”

海底城的生活也在不知不觉中改变着妨姹。我看着这个越来越陌生的女人，心想，如此下去，她大概是要成为海仙的吧。

这时，耳畔忽然响起一串幽灵般的人语：

“可不要遭遇水鬼。它会吸食你的脑髓！”

“巨人和沉没的世界，在哪里啊？”

“海中因布满汞砷铜铬，而红艳堵塞，灵魂将无法进入九曲轮回！”

“血光之灾，将如约来临！”

“核火已经熄灭了，海火却越燃越烈！”

这声音来自深海。我惊惧看去，却没有见到蚺遗。我只看到了一只巨大的分节谜虫，摇晃着从口畔伸出一对末端长有很多短刺的长管，摆动附有宽圆形甲胄的桨状尾板，从海底城的裂缝处一闪而过。

## 八、回光返照

又过了一些时候，水世界出现了更多变化。海洋关闭的迹象愈发彰显了。

尽管隔了金属的屏障，居住在海底城废墟中的人们也经常听到远处传来奇异动物的鸣叫，那声音竟是“尸虺、尸虺”。嚎怪去看个究竟，见是一种叫作朝歌的深海怪物。这东西一只眼睛，一个脑袋，而有三条身子，躯干由五十五个背甲组成，体下长有十二只又大又肥的肉足，头部有六对附肢，腹部平坦，雌雄同体，善于海底行走。它每次叫唤后，海洋中便定有巨灾发生。

不久后，大家便看到，远远的海幕上扯动起一层毛茸茸白光，入眼便心里烦恶。白光很快以人一样的站立姿势飘摇到海底城，在一个个球体间若有所思地慢腾腾绕行。

那是裹挟着无数生物残片和金属碎屑的浆状海流，又黏又稠，不少水栖人被它扫击，大口呕吐起来。

这时，圆润的水体便开始发疯般旋转，水层中出现了一个自上而下的巨大空洞，直径达数百海里。

空洞中，刮起直上直下的大旋风。来不及逃回圆球躲避的人们，一个个被吸走了。

在海水的密度跃层中，骤然掀起振幅达一千公尺的连续大浪。海底骇人地摇撼起来，地壳似要被整块揭去。

好在，金属圆球以其坚韧之躯，阻挡了水波的狂烈冲击。

忽然，“轮盘”又纷纷从城中冲出，还有更多的“轮盘”正从深海中往上浮，成千上万，围着那大旋风，舞成一个圈阵。

其中几队“轮盘”又很快离开，驰骋到居住着人类的几个球体周围，像是卫兵般依依环绕，颤动着嗡嗡作响，周身发出有节律的红色强光。

说也奇怪，在这光芒的机械映射下，风浪慢慢减弱了，人们不安的心情也逐渐平定。在天翻地覆的过程中，唯有海底城仿佛被一个防护场遮蔽，成了唯一安全之地。

不知过了多久，当海底飓风平息之后，人们战战兢兢出去观看，只见在目所能及的区域内，偌大海底难看地四分五裂，缕缕热液和岩浆滚滚上涌。纷纷扬扬，点点滴滴，被煮熟的都是鱼虾和人类的断肢，其间竟也有一些“轮盘”的残骸。

我大惧，也对海底城和“轮盘”心存感激。我想起电鳐对人类的护卫。

我情不自禁去找到危虫，对他说：“看到了吧，我的决定，是正确的。只有海底城才能救赎我们。”

危虫仍然用冷冰冰的口气说：“不过是人死前的回光返照。”

“不，我的儿子不会死。他看到了明天。他能挽救这世界。”

“蚼蝬呀……”危虫大笑。

我努力累积起来的一点自信心全被笑没了。我想，海底城难道真如尸腮所言，会是人类最后的坟墓吗？另外，让我难过的是，我与危虫越来越隔膜了。海洋的目的便是要让所有人到最后都彼此为敌吗？

痈疽有一次悄悄对我说：“危虫其实一直在忌恨你。他原本是要做王的。他后悔把妨姹让予了你。”

我以前不知道危虫有这样的想法，听后默默半晌。但痈疽所言又真的是实情吗？

对于痈疽的反感和警觉，又一次不可抑止浮上心头。

## 九、异端

海变过去后，一切仿佛又恢复了常态，但不久后，出现了新的异端。

是在那一次，痈疽去收获人类的食物——婴儿时，他刚进入平台上的穴居，便产生了一阵从不曾有过的心悸。

他接触到一种看穿内心的目光，是婴儿中的一个，用大人般的神情盯着痈疽赏玩，使他感到透骨的惧意。

“你、你要做什么？”他退后一些距离，警惕地审视那不同寻常的孩子。不知怎么回事，这小家伙的个头比同龄孩子大许多。

婴儿不回答，只死死盯着大人。

这是比大海鼠还要骇人的目光。

痈疽便在这奇怪的注视下，指挥手下搬运“食物”。

婴儿们都乖乖游入网罟。末了，仅剩那异状的孩子，死活不肯就范，最后竟噘嘴低声号叫：

“尸虺，尸虺！”

痈疽预感到，将有不寻常的事情发生，心下大恐，便伸手去捉那孩子，没有想到，小家伙竟从身边摸出一把蚌刀，刺向痈疽。

毫无防备的痈疽被刺中胸部。好在，孩子力气不大，未造成致命伤害。

痈疽没有想到，竟会被一名孩子所袭，战栗着大吼一声，用水矛把这孩子捅死了。

仅仅具有充饥功能的“食物”，怎么也会反抗呢？而他的叫声，又为何是那么的怪异惊悚，似曾相闻？

死去的孩子在浅浅微笑。

痈疽透过一层薄水看到，在红色海洋的覆盖下，孩子的细小尸体上，浮出一道淡淡的影子。那正是痈疽本人的形象。

而孩子的母亲，此时也显露出悲恸神情。难道说，连女人也恢复了昔日的母爱吗？

痈疽吓得哇一声哭了。

我听说了这异端，却并不感到太惊诧。变化正在来临。我再次意识到自己在老去。族群显现出脱离海洋王控制的征兆。

由于某种不明的原因，我们的后代要与我们不一样呢。

## 十、失踪

不久后，发生了另一件事情。

蚼蝬失踪了。

这通灵的孩子不辞而别，离开了父母，离开了人类，离开了将属于他的海底城。就如我当年一样，他孤身一人，游入了茫茫大海。

难道，他也像我，是惧恶于同类的互食？他害怕有一天自己也会被吃掉？

这可笑的孩子。他难道不知道时代已经不同了吗？他是未来的海洋王呀。

我强抑惊惧，急忙组织人马，四方搜寻。

但是，喙怪伸着脖子聆听半天，也弄不清蚼蝬所去何方。一夜之间，喙怪似乎失去了应有的灵异。

海洋真正的巨变，就要来到了。

在寻找失踪的下一代海洋王的过程中，唯有危虫一点也不着急。我不禁猜想，大概，危虫是知道蚼蝬去向的吧。这里面或有一个密谋。这正如我当年与蚋遗的约定。

因此，蚼蝬的离去大概别有深意？

三个丰潮期过去了，寻找也没有结果。蚼蝬已经被海兽吃掉了吗？这一点，谁也不愿意相信。

妨姹绽出诡黠笑意。她说：“他去到了新环境！”我向她询问，她却不著一语。

背叛正在广泛发生。我心意寥落，独自沿管道前行，复来到了菱形巨塔之中。

古老的画幅仍然在，但疯长的周丛植物即将把它整个遮满。

就算这样，那上面的奇怪人类，尤其是那高大丰满的女人，仍然固执地凝滞不动——而我还以为她已成了精怪，趁我不在，走出了画面。

完美的陆生女人从红艳得让人发狂的嘉荣丛中流淌出晦涩的眼神，那接近熄灭的勾魂目光在赤色浪涛间以波粒性状断续飘零，使我感受到追求终极的虚妄。忽然，那女人又幻化成我的妈妈。她像个小姑娘似的痴笑着，在过去、现在和未来之间卖力充当四处讨好的中间人。但十字架闪射了，妈妈眼中燃起我从未见过的欲望光焰，她身体颤抖着离开水面，向那十字架冉冉升去。

坚硬的十字架就这样进入妈妈柔软的身体，与她合为一体。妈妈的整个躯干都在电击一般颤抖。妈妈在享受着快乐。十字架就这样吃掉了妈妈。

我对那十字架的性别产生了好奇，却又直觉到，它的性别并不与我一样。这尤其不可思议。

这时，水流意外地送来有关蚼蝼的信息。是这孩子身上的一个蚌饰。我才注意到，这饰物竟是十字形的！竟不知海底的蚌类何时进化出了这样的形状。我十分恐惧。

如果我早一些留意到，蚼蝼也许就不会离去了吧。

我疑虑重重将它拾起。

忽然，“轮盘”的光焰在不远处燃烧起来。我急急看去，它们却一眨眼不见了踪影。

我怀疑，是“轮盘”诱走了蚼蝼，正如它们当初诱引我来到海底城。

这时，妈妈已从十字架上飘荡出来。那锐利的器物沾满妈妈的污血。

仿佛经历了重生的妈妈代替了画中女人，她不再赤身裸体，而是全身蒙裹着一层透明洁白的“表皮”。她仿佛回到少女时代，体态婀娜，飘飘欲仙，头部环绕着一圈蓝色光环。妈妈面带圣洁的微笑，轻快飞离画面，钻进茫茫大海。那素净的皮肤使得猩红的海洋收敛了它的嚣张，立时，无数鱼虾朝女人聚拢。妈妈赤脚站在波涛中，对着海洋生物喃喃絮语，像在低声劝诫，要它们皈依。然而我此时只是被妈妈性感的躯体吸引，目不转睛试图看清她若隐若现的生殖孔。这正是被十字架诱惑过的地方啊。它使我浑身充满渎神的亢奋。我冲动地正要游过去，妈妈却愤怒而失望地狠狠瞪我一眼，刹那间变成了白骨狰狞的水草，而在她的身边，浮出了一具男孩子的绿色尸体，睁着大大的、困惑的无珠眼睛。看上去，正像是我的儿子呀。

蚼蝼，大概是被他的祖母勾引去了。

这使我心中充满嫉妒。

## 十一、颠覆

婴儿的发育速度越来越快，这是水栖人定居于金属球体后出现的奇异情形。

在蚼蝼失踪的那会儿，这速度竟达到惊人地步。新生的孩子，几个时段后再去检视，已经会学会游动和言语。

仿佛，他们拼命想早一天长大成人。

刚开始，大家都感到高兴，因为，就增加食物的数量和质量而言，这难道不是一件好事吗？

但是，这里面暗藏的变数，却让人暗暗惊恐。

刺杀痈疽的惊骇之举，已经是不祥征兆。

但痈疽仍然按部就班将孩子们收获入网罟，带去宰杀。这时，他们也都乖乖的十分听话，面对死亡，没有一人抗拒。

只是，俯首就死前，神情是那么的悲恸，像是明白了正在发生的，对自己意味着什么。这看得连痈疽也心生恻隐了。

再后来，便发现，存活下来的一些孩子，眼神正变得诡异凶残，正如同他们的掠食族长辈。

但暂时地，孩子们还按兵不动，仿佛在等待时机。

透过散射层，又传来朝歌的鸣叫，声音是出奇的哀怨。这不停的叫唤引起众多海洋动物的应和，深海中充满鱼虾的振动、摩擦、弹射和呼哨的声音，形成惶惑不安的大合唱，使我产生大难临头的预感。而在我片断的梦境中，最近，更多出现了尸虺的绰绰鬼影。

终于，有一次，痈疽去收获食物时，发现窟穴前的海水变得更加红艳，臭味飘散得也分外的浓腥。

他情知不妙，急忙游入穴居，便看见了女人们零乱漂浮的尸体，其中也有他的配偶。从现场情况看，母亲们是被谋杀致死的，并遭到了完善而细致的肢解。制造美食的机器整个被破坏了。孩子们不见踪迹。

痈疽几乎要疯掉，他又急忙去到其他几个居住点，见到也是同样情形。看样子，是“食物”在残忍杀死母体后，集体逃亡了。

直观的感觉便是，孩子们对把他们送到这世界来的女人，怀有刻骨恚恨。不过，根据常理想来，这样的复仇，不也在逻辑中吗？

妈妈死了，孩子走了。文明面临颠覆的危险。

细查之下，有五千名孩子不辞而别。我联系起蚼蝬的离去，已知是命运的报应。

我这时才明白，这与海底城是有关系的。危虫当初坚持不来海底城，或许是他通过直觉感知到了什么吧，我却放弃了与这位帮助者的合作。

海底城并没有真的死去，它留下了机关，用看不见的力量，引导水栖人发生变异。

对于这场动荡的用意和目的，我却一点也不清楚。

我只好无奈地再次命令嗉怪侦听孩子们的去向，却不抱太大希望。

嗉怪的鼓包闪动一阵，他这回却笃定地说："知道了！孩子们正结伴往海底城深处游去了。那样的急迫，不知道要去做什么！"

我急忙派人去叫危虫，却怎么也找不到他。我等不及，便亲率黾人，沿管道追去。

## 十二、孩子

行军途中，我们遇到了一股强大的奇怪潮水，我的面具和黑发竟被冲落，循着海底城的裂口飘进大海深处。我大惊失色，却仿佛明白这一刻迟早要来，已是无心拾回它们。

仅仅愣了片刻，我便率部继续前行。

此刻占据我心的，是孩子们的身影。

这是一场旷日持久的追击，感觉上却是又一次迁徙或者洄游。我这才发现海底城居然大无边际，孩子们竟然也具有极高的游速！

逃亡者对海洋和海底城都不熟悉，又怎能逃得如此之快如此之远呢？我愈发觉察出海底城的不寻常意味。

好在，孩子毕竟年幼力弱，经过五个平潮期，终于被大人们——

他们所养育着的食人动物——追上了。

我看到，逃亡者聚在一个金属瘤体中，队列有序，不知要干什么。

那真是让人惊骇的情形。密密麻麻的一大片孩子，层层叠叠浮在水中，一万只平静的眼睛一眨不眨，目光整整齐齐投射于我，似乎要在海洋王的躯体上打出无数窟窿。

孩子们神情疲惫，身体虚弱，明明见到追捕者迫近，却一动不动。

忽然，我眼热了。

因为，在逃亡者中间，我看见了蚼蝼。

他俨然是逃亡者的头领了，正高举银光闪射的左手——那仿佛是一面旗帜，指挥这些曾经的“食物”，列成准备做最后一战的队形。这战阵的排列组合，显然是危虫教会他们的。

孩子们齐声大叫：“尸魍，尸魍！”声音犹如炸雷，若要吓退天敌。我不禁想到，自己年幼时，族群集体迎战大海鼠的情形。

强烈的死亡预感顷刻流布全身。我对着蚼蝼大叫：“你快过来！这么些时候，你到哪里去了？让人急死。”

蚼蝼却毫无动静，看陌生人一样看我。

我又道：“快回来吧！你母亲说了，你是要得到我们不曾拥有过的一切的！”

蚼蝼手上的眼睛，流露出的却是一股寂寞神情。仔细看看，这其实是一种非人表情。

见此情形，我心头反倒溢出一片痛惜的父爱。我不顾一切，冲出队伍，朝蚼蝼游去。

我是要把那拾得的十字形蚌饰交还他的。

而他微微展露出笑容，期待地等我过去。

在这未成年人接过蚌饰的瞬间，我似乎感受到了不同代人的重新融合。但我的孩子却一言不发，如同面对情敌，把那饰物忽然刺进海洋王的腹部。

我忍住剧痛，吃惊地瞥了一眼融入海洋的血迹，不出声又去看蛔蝬。他正在诡笑。我把沾满鲜血的十字架慢慢拔出。

黾人们齐齐发一声喊，朝前冲去，而孩子们也毫不畏惧迎上来。这场恶斗充盈闪闪发光的惨烈。我痛彻心腑而满怀欣慰看到，蛔蝬的勇猛超乎常人，他眼也不眨便用水矛把几个黾人捅死。这中间，透露出连我也自叹不如的残忍。我自豪而辛酸地想，不吃人肉的蛔蝬，也是称职的海洋王哪！

但渐渐地，孩子们就不行了，海水中布满四分五裂的“食物”。

这时，几个最为凶狠好斗的黾人朝蛔蝬游去。

我来不及阻止，一声叹息，闭上眼睛。

传来了惨叫。我睁开眼，却见是两名黾人被一根水矛穿透。

我看到了危虫！

危虫率领一支百余人的队伍忽然出现，以不可形容的狰狞和凶悍，接二连三刺杀黾人，掩护孩子完身而退。我不禁忆起当初危虫从巨水蚤嘴边解救我的一幕。

“你这是为什么？”我大叫。

“他其实是我的儿子！”危虫朝我可怕地呲呲獠牙。

“你说什么？”

“你不要阻挡我。我在为我的儿子高兴呢！”

海底的潜流因这出人意料的言语而又涌动，水层中噪声响作一片，危虫的话语已听不清楚。我心头慌乱不行，却对危虫半信半疑。

我满脑子都是妨姹的身影。

危虫来得恰是时候。在这大力神人的救助下，蚼蝬和幸存的孩子得以夺路而逃。这时，不远处又有“轮盘”在影影绰绰闪动。孩子们像听到号令，急急朝那里游去，悠悠化入惨白的光焰，最后连身形都解构了。这时，远远地，又传来海底雷霆沉郁悠长的轰鸣。

拼命掩护的危虫渐渐气力不济，口中吐出白沫，鳃部也一片紫绀。

更多黾人拥上来，把危虫刺中，使他翻滚着陨沉水底。

一场恶战终于结束，好像一个时代也走到尽头。

危虫那不像是人类的骇人躯体轻飘飘下坠，血液从七窍冒出，竟是灰白色的，如同水笔仔的肤色。他周遭的鲜红海水愈发艳俗滞重，他的身体便更加白皙单薄，渐渐看不出他的本相。

我想起尸虺死时的情形。

我追过去，急急询问这似乎马上就要溶解在水中的怪形男人：

“孩子们到底要去哪里？”

“陆地……”

危虫咕哝了一个含混而沉闷的音节。我心下大恐，顾不上追问蚼蝬究竟是谁的孩子，倏然把水矛捣进危虫的胸口，感觉像是刺入一泓深不见底的胶质液。

他说的真的是陆地么？活着也能去到陆地？而这只有孩子们能够办到？我想，危虫的话语总是不可以确定的。蚼蝬的去向仍然不明，这是海洋中最让人不安的事情——也是最大的危机。

这时，我从危虫发青的背部，看到一个女人的拓影若隐若现，像吸盘鱼一样紧紧攫着他，却不知是谁。难道，蚼蝬真的是危虫与妨姹，或者，与妨姹之外某个神秘女人的结晶？而我则被瞒过。

## 十三、结局

我带领黾人，游出海底城，在茫茫大海中又搜寻一阵，却再没有了蚼蝼的踪迹。他和残存的孩子像是已从大海中蒸发殆尽。而“轮盘”也是一只亦无。

喙怪说：“我已用尽本事，帮你便帮到此了。咱们回去吧。也许海洋要的就是这个结局。”

“你说是海的本意？”

“是的。它已安排妥当，你拗不过它的。”

喙怪的话使我十分泄气，并感到毛骨悚然。我意识到海不过是在重复。我当初曾被所谓的新生活吸引，而离开族群。现在轮到蚼蝼和孩子们叛逆了。

那么，海洋真是一个捉摸不透、变化多端的女人吗？她无逻辑的行事永远打乱男人的计划，扰乱他们的目标！

我怏怏地叫人收拾好危虫的尸体，拖曳着往回游。

我急切想见到妨姹，在把尸体向她无保留展示的同时，也要把一切问个明白。

一路上，我不断被危虫尸体的形状深深吸引。它活物一般，新鲜柔美地不停摆动。仿佛危虫并没有真的死去。他身体的各个部位——从骨关节到生殖器，都细致入微地愈发像是尸虺了，而那不知名女人的拓影，依然产卵般蜷伏在危虫的背脊上，坚守不去，看上去很有几分熟悉，像是好几个女人形象的综合呢，却又以一人为主体。我心下明白，在水栖人之间的战斗结束后，危虫的行为发生了变异，那其实是海洋的幽魂附身。

想到这里，我很害怕，便让嚎怪把危虫抛入海底的热液喷口。危虫“噗”的一声就没有了形迹。

这时，我朝前看去，见到海底城巍然耸峙的球形轮廓，竟真的是一座苍苍大坟！却不能不归去。我叹了一声，带领众人进入海底城，沿着金属管道往回游。忽然，嚎怪叫一声：“有危险！”

他脸色大变，拉着我急急避向一侧。

一支海弩射出，慢吞吞划过我们身边。紧跟着又是一支。

在管道的岔路处，浮现出了十几个鬼鬼祟祟的身影。

黾人猛扑过去，予以回击。水矛刺向敌人。刺客们惨叫着死去。

一个活口也没有留下。但看出来了，他们是留在海底城中的角人。

这忽如其来的偷袭，使我心惊。莫测的海洋中又发生了什么变故呢？

我们加快回游的速度。嚎怪不时停下倾听，神情愈发紧张。

“我有一种不祥预感。”他说，“我建议，还是离开这管道，赶快到原生海中去！那里虽有凶兽，也比待在人类占据的城池中安全。”

我惊惧地看他一眼，便迟疑着同意了。我们便从一处缺口游了出去。大海宽厚的表象使人稍安。

不知过了多久，远远地，海底城的圆球又出现在视界中，像一群正在养精蓄锐的肥胖妖魔。若被异力吸引，我们又莫名其妙游了回来。有一种东西我们就是摆脱不了。

海底城四周已没有了护卫的“轮盘”，建筑物阴影般的轮廓犹如层垒的白骨，却又展露出仅存于想象的华美、威严与精致，那岂非正是一座非世间的庙堂，又哪里有坟墓的丝毫特征！

在这人类先祖的遗作面前，我又一次震颤。

嚎怪再度侧身倾听，恐惧地拉住我：“不要过去！”

我也嗅到危险，却执意要去。我让黾人们留下，与喙怪一起游向圆球。

怀着沮丧的心情，我接近了曾经梦一般到来、此时又梦一般逝去的海底城。从一道罅隙往里看，我目睹了难以置信的场面。

圆球里面，正在举行盛大仪式。各部族的人们排列成齐整队形，朝一个头戴面具、额缠黑发的人膜拜。这一幕正如当初我宣告自己为海洋王时的情形。那受膜拜的人十分眼熟，却一下看不出来。

但他很快说话了："海星已经死去，现在，我是你们的王！"

是痈疽的声音！

痈疽戴着我遗失的面具，额缠那束辗转了多个不祥生命的死女人黑发。他的样子，像是尸虺，也像是我，甚至有几分危虫的影子。亲热地紧紧依偎在他身边的，竟是妨姹这性情多变的女人。

激愤中，我弄出响声。仪式暂停。痈疽朝缺口处慢慢转过身。

"是谁？"

"是我！"

我再也忍不住，悲怒地大呼一声，游入城池，手擎水矛朝痈疽扑去。

痈疽镇静地吐出一句："杀了他。"

一群角人向我冲来。

妨姹惊叫着闭上眼。

我掀翻追近的几个家伙，但更多人围上来。喙怪对我说："你快走！"他勇敢地游上前，阻挡住痈疽的武士。

我又杀掉数人，便朝城外逃去。

身后传来了喙怪的惨叫。追兵把他砍成几段，又冲出海底城，朝我追来。

所幸，藏在水层中的黾人候个正着，一拥而上，展开搏斗。浊浪翻卷，水声盈天，血沫把一切都模糊了。杀到后来，我的人马落败了。

我与剩余的黾人急急逃窜。追兵越来越近。

痈疽狂呼："杀死他们，海洋就有指望了！我已找到了救赎的唯一办法！"

我听到这失常而不像是人类的语音，不觉好奇地减慢游速，想听个明白。痈疽找到的救赎办法又是什么呢？但就在这时，我看到真正的崩溃和毁灭正拖着一道粉红色的椭圆形光焰，如同来自海面之上的金属盘一样翩翩降临。我心中不禁一阵冷笑。

我干脆停下不游了。这时看见，海底城通体散射出微微红光，庞大的城池开始整个退行，渐渐隐没入一种不可思议的瞬间永恒之中。刹那间，海水仿佛全部消失了，大洋变成了一个无底大洞，里面弥布的都是真空。它先是混沌一团，转瞬一道闪光发出，忽然就有无数的爆炸在洞底绽放，盛开成无边无际的蓝白色云彩，气泡一般飞速膨胀而扩散，在物质密集缠绕的地方，亿万束赤橙的光芒盘旋着凝结，无以称谓的各色泡沫不断诞生而毁灭。我看呆了，对于刺到跟前的水矛，视而不见。

就在这时，海底的腐泥中响起一阵雷鸣般的声音。

这声音似曾相闻。我心颤着转眼看去，见是一些个赤色的庞大身影，在红彤彤的海水中一起一伏。

我心知，这是巨人。巨人并没有灭种，而是久久隐藏着。现在，终于现身了。

他们为何要在此时出现呢？也许，就是在等待这一刻吧。

巨人哧哧笑着，令人惊骇的身体四周喷涌出巨大的深色旋涡。巨人把追上来的痈疽一把撕成碎片，塞进大嘴。

巨人与海底城残存的人类展开一场混战。顷刻之间，痈疽的武士们便溃不成军，落荒而逃。巨人们发出震天动地的声响，口中哦哦有声，做游戏一般紧追而去。

他们是要去做海底城的新主人吗？他们中将诞生新的海洋王吗？未来的海洋将是巨人们的天下吗？

海洋的颜色将会改变吗？

对红色海洋中将要发生的任何事情，我都不再感到惊奇。我最后想到的，是留在城中的妨姹。

这女人是水世界最后的一个谜。

## 十四、灵光

不久，一切又都平息下来。茫茫大洋中只剩下我一人。我奋力朝海底城游去，却再也没有游到那里。海底城整个从大洋中消失了，或者，根本就没有存在过。

我愁苦万状地呼唤再不露面的妨姹，但连这种悲戚的情愫在我的感知中也仿佛是梦中的反刍。

我的女人是否已成了巨人的怀中之物，而要与他们生育出手上长有更多眼睛的孩子？

她是否自己做起海洋王了？

被危虫救下的蚼蝼，是否已与他的母亲完成了交合？

这一切，还能与我有什么关系？

一股海流把我带向远方。海幕从身边疾驶而过，像死人扬起它的美妙风帆——亦即直立着摆动不休的鳍。但与时空有关的幻影却不再出现。

这是残忍和无聊的时刻。海底的雷声偃旗息鼓，鱼虾和海兽踪迹全无。连朝歌的鸣叫也听不到了。在马尾藻海，我没有见着水鬼刑方。

似乎，正应验了尸虺的预言：所有的灵魂都离开濒死的海洋，径去陆地禀受炼火的洗浴。

独独抛下了衰老的海洋王，统领着一无所有的宽厚水域。

不知游了多久，我忽然停下来。

我又看到了熟悉的海底世界。

是生我育我的深渊。

而它已经彻底死寂。

不久我见着了水笔仔。它大概是大洋中除我之外唯一尚存的生灵，依然飘摇不止，但枝叶已经凋落。而它忠实的哨兵王海桑，则连影子也不见了。

那么水草妹妹呢？我企盼在水笔仔的枝叶中找到她魂灵的真迹，但这被证明只是一场做倦的幻梦。我想她一定是怨恨我此时才回来——但也难说，因为她从来就没有对我寄予过期望。我忏悔地闭上眼睛，满怀希冀等待想象中的至爱亲人把我一口吃掉。但水笔仔恹恹地再也不伸出捕食的手来。

我不甘心，又游近一些，径直挨到它毛茸茸的身体。植物却仍然不理不睬，仿佛它才是比人类更加高贵的生物。我下意识摸摸额头，才明白女人妖发已经离我而去。

水草妹妹拒绝与我融为一体。我成为大洋精灵的企图，由此完全落空。

形势已然分明。连海洋也不要老去的海洋王了。

明白了自己终于被海洋拒绝，我伤心地嗷嗷哭起来。这是一个失恋男人的恸哭。

这时，我看到水笔仔的身后，有一星蔚蓝的光芒闪动，在红色海洋之中，奇异无比而扣人心弦。

那不是“轮盘”的泛光，也不是金属碎屑的反射，却是我从不曾见过的色彩，仿佛是由破败的记忆费力制造出来并投放到水中的。

它只有一岁孩子的眼睛那么大一点，却敏锐得仿佛可以穿透整个海洋。

水草妹妹是不会具备这般神异的。我以为是妈妈的灵光，便止住哭泣，朝它游去。

但我很快就失望觉察出，它并没有妈妈身上的丝毫气息。简单来说，它甚至没有性别。

这时，海洋中一只眼睛眨了一眨，悬挂了亿万年的水幕轰然滑落，弥漫在整个大海中的红光像被一只巨手抹了个干干净净。我一仰头看见了海外之海，那是另一面火焰在恬然耀动。这无所不在的水世界原本竟是宏大的火场。但这却是冷艳无比的纯蓝火苗，由无数沾满鲜血的十字形微观结构细致组成。这机器般精密的非凡之火烧掉了我的鳃，烧掉了我的舌，烧掉了我的百味，也烧掉了我所有的官感和思想。

我以前从不知道这个，现在也丝毫不能明白。

我竟是无一刻不在它的怀中，却又永远在它之外。

# 我们的过去

# 第一章　神话诸种

## 一、神话之一

海底世界崩溃很久以后，人类的两个部族发展出了各自的神话，讲的都是关于海洋颜色的意义。

先来说说第一个部族。

在很久很久以前，他们那叫浆木的祖先，勤劳而勇敢。神话表明，浆木生存的海洋是蓝色的。

蓝色的海洋？是的。那是一种我们从未见过的颜色，如今仅留存于传说。

且说在浆木的时代，没有海荒，海洋也没有关闭的迹象，一切平静而周详。

然而，先知先觉的浆木有一天忽然预感到，世界末日将要降临。

他便把妻子和孩子转移到安全的深渊，并嘱咐他们，没有接到他的通知，不得擅自出来。

浆木一个人待在海底城中，静待劫难到来。

但劫难并没有如期而至。来的却是一个女人，自称是海仙的后裔。她是那么的美丽，姿色超过浆木的妻子和女儿。

“你一个人？”

“是的。”浆木心跳着回答。

“你是一个很好看的人。”那女子吃吃笑着说，“既然你一个人，让我来陪伴你吧。”

“可是我不需要。我已有家室。”

“那你究竟需要什么呢？”

“我什么也不需要。世界末日就要来了。你走吧。”

“但你不问问我需要什么吗？”

“你需要什么？呵呵，我不想知道。”

“我需要孩子。”那女人说，“我一个人，在大海中生活累了。我是女人，你知道吗，女人哟！先知对我说，你要与你遇见的第一个凡间男子婚配，生育出属于你的孩子。你是我第一个遇上的男人，因此，我要跟你在一起。”

“先知？先知怎么会说这些？”浆木苦涩笑了，心里却很害怕。

他意识到这是一个计谋。他知道自己遇上了什么。她并不是海仙，而是一种进化出智慧的深海螯虾，并能变化出人形。她需要与下到海洋的人类婚配，这样，她的后代才能增加基因的变异度，成为大洋中的优势种族，以在自然选择和生存竞争中存活下去，逃过世界末日。

浆木明白自己摆脱不了这女人。深海螯虾是一种极可怕的生物，一旦它们失望了，便会从海底群浮而出，用剧毒的喷液毁灭一切。

他害怕它去袭击自己的妻子和子女，便答应了这妇人。

就这样，为了拯救自己的族群，浆木便与居心不良的鳌虾生活在了一起。然而，没有想到的是，她其实很温柔体贴。

浆木慢慢习惯了。他们便一起过了很久。奇怪的是，预想中的世界末日并没有来临。

他们生育出孩子。这果然是一种新物种，既非鳌虾，也非人类，仅从形态上，便能看得出来。

但是，浆木只是短暂兴奋了一阵，便郁郁不乐起来。由这孩子的身上，他忆起自己的妻子及儿女，那人类的正宗继承者。

“你为什么不高兴呢？”有一天，鳌虾终于郁闷地发问。

“你不会懂得的。”

“是因为我破坏了你们人类的纯洁性吗？哼，谁都知道呀，你们其实早就不纯洁了。你们仅剩的一丁点儿纯洁，也是伪装出来的。浆木，我其实是神派来拯救你的呀。”

这匪夷所思的话语使浆木的脑子一阵绞痛。他终于下定决心。

在一次交媾时，他用祖先传袭给他的心灵能力点燃了体内的化学反应。浆木自焚了，身体变成一座熊熊喷发的海底火山，把自己和女人活活烧死了。

他和女人流出的血，染红了海洋，掩盖了宇宙中不同物种间交往的秘密。

他的妻子儿女，则得救了。他们繁衍下来，就成了我们。

火山的喷发至今停不下来，并将导致海洋的关闭。这正是我们劫难的起因。

## 二、神话之二

另一部族的神话则不一样。

确切来讲，是不太一样，因为，前半段是完全相同的。

也是那个自称海仙的生物来找浆木，要做他的女人。

浆木知道她是可怕的深海螯虾，但他从来没有见过如此美丽的女人，便被迷住了心窍。因为，浆木继承了陆生人的本性，是极其好色的水栖男人。他早已厌倦了自己的元配妻子。

他说，那么，好吧。

这花心男子便以世界末日将临这个严肃的理由为借口，打发走妻子和孩子，从而与螯虾生活在一起。他疯狂投入了毕生最大的热情。

后来，他们生育出孩子，活泼可爱。浆木高兴坏了，觉得自己的后半生才称得上真正生活了一回。

当然了，偶尔，他也会记起被打入深渊的妻子儿女，但是，新欢的美魅，却使他难以更多念想他们。他仅有的一丝负疚，最后被抛在脑后。

终于，有一天，他那藏身于深渊中的可怜妻子，实在耐不住寂寞，便派了一个孩子前来打探。

“他是谁？”那螯虾紧张地问。

“我的一个儿子。”

“你的儿子？你不是已经不要他们了吗？”

“是的，但是……”

浆木感到烦躁。他对儿子说：“不是说，没有我的话，不要出来吗？这样会毁了人类！”

儿子对父亲的训斥不以为然，他也不想回到母亲那里去，深渊中的水压和单调使新一代忍受不了。他看到浆木与鳌虾生育的孩子是那么的健康无忧，便留下来与他们一起嬉戏玩乐。他在乏味的深渊中憋坏了。

浆木讨好地对鳌虾说：“瞧，他们挺合得来呢。”

鳌虾却郁郁不乐：“我们的后代，只能存活一方。他们长大后，是注定要为敌的。”

“你为什么这样想呢？你看，他们不是很要好么？”

“不。过一段时间，他们便不会这样了。他们的基因已然不同。他们是在不同的环境中成长起来的。他们将在海荒到来时争夺食物。你知道海荒是注定要来临的。由于他们的争夺，海洋将提前关闭。到时候，没有人能救赎他们。”

“你要我怎么做？”

“你知道怎么做。”

浆木犹豫了。但他最后还是按照女人说的去做了。他杀死了自己与元配妻子生育的儿子。

他的妻子在深渊中得知这个消息后，便带着其余孩子，哭哭啼啼来找他。

这时，鳌虾便设计了圈套。她假装让浆木与妻子团圆，在他们交媾时，现出原形，喷出毒液，把两人杀死了。随后，又毒死了浆木与他的元配妻子生育的所有孩子。

死人的血，染红了海洋。

鳌虾笑了。

她的计谋实现了。

她对自己的孩子说："再没有竞争对手了。你们终于能在这海洋中存活下去了。"

螯虾与人类交配生育出的孩子，便成为了我们的祖先。我们被唤作人，其实本是异类。

## 三、黑石

两个部族的神话是如此的不同，他们便纷纷采取行动证明自己的正统。到后来，终于导致了战争。

海洋因此被鲜血染得更加红艳亮丽。恶仗打到后来，双方元气大伤，都感到这样下去不是个事儿，便去找先知阿苏裁决。

阿苏像海狸一样，在海底构筑了复杂的迷宫式建筑，藏身其中。

阿苏并没有立即做出裁决，而是拿出黑石。据说这是人类初下海时从陆上带来的信物。

鲜红的海洋中忽然出现了漆黑的石头，使两个部族的首领感到诧异。

这黑石凉冰冰的，冷清清的，有一种异样的感觉。

两个部族的首领把黑石看了半天，于是醒悟到，红色海洋中是可以有别样颜色存在的。原先之所以打仗，大概，是受到了单一红色的刺激吧。红色，那究竟是一种什么样的色彩啊。

因此，战争到了这一天，再打下去便没有了实际意义。因为部族中的年轻人，都被黑石吸引了。这黑石中蕴藏着一种称作"尸虺"的矿物元素，其实是某种不明动物的骨骼化石，翻译成人类的语言，便是“救我”。

水栖人觉得，海洋，本身是由多样颜色构成的。而究其本质，还在于他们原来都是些说一不二的逐色者。他们自以为看到了真理，而真理竟然可以存在于孤独而冷寂的黑色石头之中，而不是无处不在的红色海洋里。他们便和解了。

后来，就出现了拜大陆教——海洋中的第一个宗教。

## 四、结局

海洋王说完这个故事，大家沉默了。

“尊敬的王者，您是怎么知道那些传说的呢？”过了一会儿，水栖人中有个家伙小心地发问。

“海底城的壁画上记录着哪。”

“这么多年了，壁画难道没有因为海水的侵蚀而腐坏么？”

“我也很纳闷，但实际情况是，就是没有哩。它们受到了朝歌的保护。每过一个平潮期，朝歌便在它们的表面喷吐上一层高分子唾沫。”

“那两个部族现今在哪里呢？”

“现今？它们早已灭亡了。不是死于互戮，而是死于自杀。用海草勒住脖子，兴奋地又叫又喊，就这么自杀了。”这时，海洋王压低声音，悄悄说：“嘘，告诉你们一个秘密。据说，找到真理的人，最后的结局都是这种样子。黑石救不了他们，他们也救不了自己。孩子们，我要告诉你们的是，这便是海洋。在这里不要讨论神的问题。”

“这个悲惨的结果，不会是阿苏使坏吧？”早熟的孩子们的脸上露出怀疑一切的神色。

“阿苏是海洋的化身。他庇护我们，怎么会使坏呢。”

“想来倒也如此。可是，阿苏难道就真的希望看到上述情况的发生么？他难道会因此而得意扬扬么？”

“孩子们，你们不可以亵渎先知！”

“那么，尊敬的王者，您相信哪个神话呢？”

“孩子们啊，我也不知道呢。”

海洋王心想，也许，应该有第三个神话了。

## 五、神话之三

鳌虾在杀掉浆木和浆木的妻子孩子时，未料想有一对兄妹逃掉了。

过了很长时间，他们长大了，便来找这赝品海仙复仇。

那哥哥伪装成一个美男子勾引鳌虾。鳌虾其时已经是一个人形化的老太婆，她再也看不清真相，也识不出骗局。

鳌虾迷上了年轻健康的男子，浆木的后代。他们成婚了。

男人劝说自己的妻子：“要活得长久，永远保持住人形，就得吃自己孩子的肉。据说，这是陆生人在下海前发明的一种方法。他们以此颐养，长生不老。”

也许，是浆木那死不甘心的魂灵附体，致使鳌虾神志昏乱，她受不得这样的蛊惑，便开始如此做了。

其时，她已生育了大群孩子。她便逐一杀死他们，吃掉他们的肉。

孩子们的鲜血，把鳌虾的嘴唇染红，也把海洋染红。

待她把最后一个孩子吃掉后，兄妹俩便合伙把这老太婆杀死了。

这对兄妹后来组成家庭，生活在了一起。

他们成了人类的祖先。

他们拯救了世界。

但他们生育的孩子，三个中便有两个是残疾。

## 六、血的海

众人在听了海洋王的最后一个故事后，抑制不住激动的心情，转眼痴痴去看那海洋，觉得它猩红的颜色，的确有几分可疑。

“孩子们的血，大人们的血，这么多年，混在一起，分不出来啦。”海洋王重重叹息。

“啊呀，可不是这样的嘛！”大家齐声尖叫。这时四面八方又响起朝歌的喧嚣。不知道这怪物为什么也来凑热闹。

“就是啊。怎么说呢？这是年轻的海洋，又是年老的海洋，而不是人们早已习惯的那个古老得像个慈祥婆婆的海洋。它靠上一代人的鲜血来维持，靠下一代人的鲜血来滋养。它怎么会轻易关闭呢。”海洋王只好这样安慰大家。他是一个很懂心理疗法的水栖人。

那些听海洋王讲故事的孩子，此时的面部表情活像大人。海洋王从他们的脸上，感觉到未来像一把海草。

他心头一懔，便转身游开了。

# 第二章　一二的海洋

## 一、蓝色的向往

这衰落的水栖人族群中的一个人，不相信海洋将要关闭的先知预言，他以为，有着另外一个海洋，那里的水是蓝色的，而不是红色；在那个海洋中，没有海荒发生，食物要多少有多少；在那个海洋中，居住着亿万人类，人丁兴旺，繁荣昌盛，长命百岁。

他为自己的想法激动不已。他对周围的人说，必须去寻找那个海洋，这样，水栖人才能得到救赎。

他的话引来哄堂大笑，把死寂的海水笑得跌宕开去。

“疯子，哪里有什么蓝色的海洋呢！”

“这家伙，本来就是个古怪的人哪。”

“异想天开的傻瓜。”

“吸像石导致的幻觉！”

“还救赎呢！还是先救救你自己吧。”

说有蓝色海洋的这人不服气，便与族群的伙伴争执，吵得不可开交之际，便发展成斗殴。他势单力薄，被打得鳞脱甲落，鳍残鳃破。

此时，姗姗游来一个身体轻巧的人，是海洋王的一位心腹，见此情形，心中不禁滋生出警觉，便让手下把打架的人抓起来。

经过一番询问，他便把别的人放走，仅留下宣说有蓝色海洋的那家伙。

“你叫什么名字？”

“一二。”

“一二，告诉我，你是怎么有这种想法的？”

“我的大脑，是大脑这样告诉我的。”

“你的大脑？你有大脑？”

“是的。有一天，我发现了一种美丽的海藻，它发出诱人的气味。我高兴极了，便把它一口口吃掉。这时，不知道为什么，我昏噩了一辈子的脑袋忽然前后摇摆起来，一层遥远而新奇的感觉电流一般传遍全身，我的脑海中顿时产生了一种顿悟般的清醒，我的眼前出现了一片蔚蓝色的美妙波动。那真是世上最最不可思议的景致啊。我忽然明白我看到了什么，也弄懂了此生我要做什么。”

“那不过是你的幻觉。可怜的一二哪，你大概误食了一种毒藻。”

“我觉得，那不像是幻觉。”

“你睁大眼睛看看四周，那都是什么啊？”

一二闻言，便回转目光，朝周围看去。他看见了满目的红色海洋，闪烁着热腾腾的万丈赤焰，正是他们这一族自古依存的连续时空。他一阵极度心伤。但他摇摇头，固执地说：

“不，在这个海洋之外，还有一个蓝色的海洋。如果我们找到了那蓝色的海洋，我们的族类将得到拯救。”

“万分可怕的想法。谁告诉你我们需要拯救的？”

这起事件，很快报告给了海洋王。他十分吃惊。唯有他是清楚水栖人的真实命运的，但他并不希望别的人知悉。

“这事你怎么看？”他不安地问那心腹。

“当然是幻觉哪。但是，这情况很不寻常呀，说不定会引发连锁效应。如果大家都产生了幻觉怎么办？因此这可能是反叛的前兆。嘿，他说那幻觉是来自他的大脑哩。”

“他的大脑！这多么危险啊。”

“不就是脑袋的事么。砍掉它，很简单的事情。”

“不行，那样的话，人们就该在背后对我议论纷纷了。我，作为海洋王，不愿意背上暴君的骂名。”

“真的是圣主啊。那就设法让他转变看法吧。”

在海底，让一个人转变看法的办法无非是让他脱水。然而，叛逆者一二的意志，反而因此愈加坚强。他被折磨得浑身青紫，却在死亡的威胁面前，也坚持说有蓝色的海洋，称那是水栖人生存的唯一希望。

折磨他的人也累了。

一些人甚至开始同情起一二来。

末了，连海洋王也惧怕了。

“也许，这样下去，的确会有更多人向他学习的。”他说，使劲嗅了嗅红色海洋中发出的腐气。他早已经习惯这样的气息。

但他仍不愿处死一二。那样太便宜他了。

他决定把他放逐，让他通过艰苦的劳作好好思过。心灵的惩罚才是真正的惩罚。

他发出指令，把一二放逐到一个遥远的海沟中，让他去做“补天”的工作。那里集合了许多像一二这样的脑子有问题的人。

“我永远不想再看到这讨厌的家伙。不准他再说蓝色海洋的事情。如果他还要这样讲，我也就不能为他的脑袋做担保了。我一定说到做到。”海洋王恶狠狠地说，却不知道为什么，自己是如此的闷闷不乐。

## 二、冷酷的东方之海

一二来到遥远的海沟，那是一个明亮得让眼睛都要瞎掉的地方。海洋中哪里有“天”呢？所谓“补天”，不过就是用鱼虾和人类的尸体填充海沟，据说，等到填满，便可以阻止海洋关闭。但为什么要叫“补天”呢？谁发明了这样的说法？这里的玄妙却是寻常水栖人不懂得的，也许，只有海洋王才能明白。

因此，他们只是不断填下去，但那些尸体马上便被致尸鱼吃掉了。他们又西西弗斯一般卖力地重新填入。海沟永远也填不满，但总有东西可供填充，尤其是死人，最近简直太多了。

一二干了两个平潮期，看透了这里的荒谬，便逃跑了。

他能够逃掉，在于海沟中是不设看守的，全靠大家自觉，而海洋王也自信他的囚犯都能做到自觉。的确，大家“补天”的时候也真的十分自觉，并无别的想法。一二是第一个逃跑的。

他这样做并不是为了保全一己之命，而是为着他的理想，为了救赎人类。怎么，有些可笑？不，一切正因为他脑子里蓝色的海洋在筛子般哗哗作响。

觉醒的一二孤独地开始了寻找蓝色海洋的征程。

的确可能是，他的某个记忆模块被偶然打开了，远古遗留下来的禁忌密码一下子被破解了。他是水栖人，与古老的陆生人有着进化谱系上的联系。他仿佛看到，奇形怪状的祖先们带着一家老小，正在蔚蓝色的大洋边嬉戏，海浪，沙滩，仙人掌，多么的美丽！这使他既喜且悲。他试图回忆更详尽的细节，却不行了。

他只好凭自己那一分微弱的感觉去寻找。

他先往东方寻了过去。

东方的海洋，是一片冷酷的鲜红色。那里的海荒，也是最严重的。海幕在彼处，显得格外的孤傲，严峻地封锁一切。而海洋却僵硬板结，看不出流动的迹象。

一二在这死气沉沉的水里游了很久，才来到东方之海的边缘，看到了残存的人类。那是形体萎缩得要努力辨认才看得出人形的老年人，当年海底种植族的后裔，仅剩两千多人，如今什么事也干不了，正在海底坐等死亡的来临。

“听说过蓝色的海洋吗？”一二急切询问。

种植族的后裔们看着这个远道而来的年轻人，一个个露出麻木呆滞的神情。他们不久前还在播种植物。但具体种的是什么，嘉荣还是木莘，海桑还是红树，现在，连他们自己也忘得一干二净了。

一二连问三遍，才有一个人抽动背鳍缓缓说：

“你说什么？蓝色的什么？”

“蓝色的海洋！”

“什么的海洋？”

“蓝色的，蓝色的海洋！”

“啊呀，瞧你说的呀。你这么年轻，怎么竟糊涂了。这个我们其实都知道呀，海洋自古是红色的嘛。我们这些人，都在这红色的海洋中度过了一生。”

“不，存在着蓝色的海洋呢！”一二朝凑近他的耳边大嚷。

“怎么可能呢。”

“是啊，我当初也说：怎么可能呢？但是，世上没有不可能的事情。明白了这个，就知道自己要做什么了。”

那人听了一二的话，吓得脸色变了，忙掉转头，与其他老人叽叽咕咕一阵。末了，另一个更老的家伙对一二说：

“可是，即便是蓝色的，又能怎么样呢？”

这句话问得一二傻眼了，半天不能言语。

老人说完，便耷拉下脖子不再理会蓝色海洋的寻找者。一二连问几遍，再也没有一个人有兴趣和精力回答。

一二知道无望，便把航向折了九十度，往北方游去。

## 三、在北方找不到答案

北方的海洋也是红色的，但那是一片正在褪去的淤红色，是曾经辉煌过，却最终沉沦而不能够复兴的典型色调。赤焰中隐约闪射着白色的不连贯线条，像病痨鱼吐出的泡沫，很是酸臭，那同样是衰老死亡的前兆。

一二在北方海洋的尽头遇到一个人类的部落，叫作涡族。他来到时，涡族的人们正在为争抢最后一点食物和地盘，打得头破血流。

觉醒者问他们："你们知道蓝色的海洋吗？"

人们不理睬一二，仍然只顾抢夺食物和地盘。只有一个中年男子微微侧过卵石般的脑袋，说：

"你是在说蓝色的海洋吗？"

"你知道吗？"一二大喜。

"哼，我不知道。"

"那么，到底有谁知道呢？这事，一定是有人知道的。不会仅有我一人顿悟到了。"

中年男人身旁的一个年轻女人这时虚弱地伸了伸枯瘦的脖子，说："也许封艮知道吧。它居住在离这里不远的地方。你快去找它吧，不要打搅我们做正经事了。"

蓝色海洋的寻找者瞧瞧这年轻女人，知道她不久后也要死去，心中不禁充满感佩和同情。其实他也听说过封艮。那是一个孤僻的老者，是海底植物与人类的杂交体，被称作"人植体"，是赤瘿的远亲。封艮挖掘了深深的洞穴，把根扎在地壳最单薄的部位，吸取地心的热能，在海底生存。这生物有一千多岁了。

一二找到封艮。他言简意赅说明了他正在做的事情。

"年轻人，真不容易呀。"封艮用传心术对一二说，"你说的哪，我听说过啊。呵呵，蓝色的海洋！"

封艮说，它有很久没见到人类了，因此很高兴。而一二也喜不自禁。看样子，封艮真的知道蓝色的海洋。

"它在哪里呢？"一二急切问。

封艮却不忙回答，只是用无眼之眼目不转睛瞅着一二，笑嘻嘻说：

“看见了你，我就知道人类还没有死光。这倒是一件奇异的事情，比蓝色海洋的存在还奇异哪。”

“水栖人正在死亡之中。我们是最后几族了。所以，一定要去寻找蓝色的海洋，那是我们得救的唯一希望。”

“为什么不死光呢？或者像我这样，也就没有什么可以留恋了。世界已经演化到了它的尽头，谁也救不了的。”

“不，这可不行哪！”一二急了，“世界演化到了尽头，而人类还要生存下去。并不是所有人都愿意与世界共同毁灭的，哪怕这世界已的确不值得去爱惜。你知道什么叫作知其不可为而为之吗？”

看着封艮的怪模样，一二有些害怕起来。

听了一二最后那句话，封艮像是陷入认真的沉思。过了一会儿，这异状的海底生物才缓慢地说：

“既然如此，那我就告诉你吧。从这里再往北，有一道海底山脉，很早就传说，山脉中间有一道隐秘的峡谷，通向一个神奇的世界。顺着那峡谷游过去，那边海水的颜色便逐渐不同起来。是另一个天地啊。也许，便是你要找的蓝色海洋吧。”

“这终于证明我看到的不是幻觉了！封艮，谢谢你！你也一道去吧？海洋就要关闭了。灾难即将来临！”

“可是，我已经活够了，逃命，那是年轻人的想法。不管这红色海洋有多么不好，我已是它的一部分了，我是要随它去的。这是我们这些老家伙的宿命。你年轻，还是自己去找吧。祝你好运！”封艮用无形的目光忧虑而期待地注视一二。

一二无法说服封艮，便告别这异类生命，重新上路。他果真找到了那条海岭，真是一道巨大无比的山脉啊，长不见头，高不见顶，在海流中岿然不动，鱼儿也游不过去，似乎并不是大自然的造作。但是，却没有看到峡口在哪里。他顺着山脉底部游行，仔细观察每一道裂隙，希望发现通道。但这山脉如若铜墙铁壁，委实没有办法穿越。

封艮记得的，也许是一千年前的往事。可是，海洋关闭的速度实在太快，快过了封艮的记忆和生长。一切已发生了变化。一二凄凉想到，那通往新世界的峡谷，或许已经塌陷堵死了。

三天三夜过去，一二没有任何收获。他只好回去找封艮，却见它的树状身体正被一群致尸鱼啃噬。在海底生活了一千年，封艮此刻正缓慢地一点一点死去，但还没有咽最后一口气，它朝一二可怜巴巴绽出一个奇怪笑容。一二大惊，急忙驱散鱼群。封艮艰难地一字一顿说：

“你找到了那山脉吗？”

“找到了，但没有发现那条通道。”

“我忘了告诉你，通道是要用心去找的啊。”

“我是用了心的呀。”

“是要用全心的哟。”

“难道，我的心已经缺失了？”

“或许你可以先找回心的。这个世界上，人们失掉了心，所以救不了自己。”封艮说，“以后的路上，你可以带上我下部的茎块，那是充饥的好东西。要找到心，首先要有体力。”

说罢，封艮全身的颜色便哗的一声变灰，整个躯体耷拉下来。

一二埋葬了封艮人体的那部分，带上它植物部分的茎，朝南方游去。

## 四、南方也没有出路

南方的海洋同样是红色的，那是一种透亮有劲的红色，燃烧着无穷的情欲，温度也比东方和北方的海水高出许多，可以说是接近沸腾，这使一二体内热流奔涌，却无处宣泄。南方的海洋中盛开着千万种鲜艳诱人的有毒植物，大红大紫，形成极其茂密的海底森林，或张牙舞爪，或富贵华丽。虚张声势、咄咄逼人的植物已经驱逐了人类，俨然成了大海的主人。

一二小心翼翼避开这些毛茸茸的新生势力。他在这片海域没有遇到一个人，海底淤泥中连人类的骨殖也没有。灭绝来得是如此干净彻底。为何南方之海会是这样的呢？这跟南方曾是人类极尽享乐的丰饶之海的传说完全不同。海底森林倒是一望无尽，但它越是茂密，死亡气息便越是浓重。

一二茫然游着，满心恐栗。他饥饿了，却不敢吃海底植物，只是食封艮的茎。这东西略带甜味，果然是提升体力的好东西。一二想，那老家伙活了一千年，多么不容易呀，竟这么死了——死在他依存一生的红色海洋中。一二不禁想，封艮的死，跟自己的到来有什么关系？他一二可以称作新人类的代表吗？又去想，自己死时会是什么样子？也许，到了那时，他还没有找到连接蓝色海洋的通道，死得比封艮还委屈和尴尬。封艮的年轻时代，毕竟为这红色海洋而激奋过，而他呢？这么想着，一二便觉得很凄凉。

他就这样孤独游了许久，忽然撞着一样东西。他被撞昏过去。醒来后，看见面前无边无际是一片结晶体。海水在这里凝固了。

真是不可理喻啊，完全跟冰一样。他再不能往前游了。

他仔细看这庞大的晶体，见它坚固异常，是矿山一样的块状连续体，形成一个完整的半透明世界，真正是一道厚不见底的大墙。但它不是冰。这沸腾的世界上早已不会有冰。

这时，一二忽然浑身颤动起来，因为，他发现，在这结晶体的某些局部的深处，透过那红色的表层，内里竟有隐约的淡蓝色光焰闪烁！这使无边无际涌在身边的红色海水，一下安静下来，不再跳跃和霸道。

远古的记忆又喧嚣不休。一二试图用心疯狂捕捉那结晶水层深处不可触及的灵光。

然而，一股强烈的不安却在心底泛起。

这蓝色怎么不流动呢？它怎么是被幽闭在其中的呢？它又怎么是分割零散而连不成片的呢？

因此，这还是那片被渴望着的水域吗？

一二觉得，他朝思暮想的蓝色海洋，也许的确存在过，但可能早已死去了。这是一种类似于轮奸之后的灭亡。

他被自己的猜想吓坏。浑身冰凉地待了一段时间，他试图越过那晶体，到另一边去看看。但是，他很快发觉这晶体是无法逾越的。它漠然不动，没有生气，却又如同它便是世界的真实本体。一二从海底沙层上拾了几块砾石，使劲凿那晶体，想把淡蓝色的光焰释放出来，却发现根本办不到。

他哭泣起来，感到前所未有的无助。甚至在脱水和“补天”时，他都没有感受过这样的绝望。最后，他不舍地看了一眼深囚在结晶体中的蓝色，黯然掉头而去。

## 五、西方的启示

这次他去了西方。西方的海洋也同样是红色，是一种富含挑逗意味的活泼桃红色，也显得要有生机一些。但一二因为屡遭失败，心里已不再翻起激情的波澜。他游水的动作，已然呆板机械。他精疲力竭。他甚至开始怀念族群中那糜烂的生活。在那儿，对未来没有想法，毕竟不用活得如此之累。只是，他已被驱逐出部族，是无法回去的。他只有一条路走到底。他觉得，自己现在的努力，或许是为着可怜的面子。

在西方，他遇上人类的几个族群。他们的生活，比其他海域的人们略好一些。一二重新鼓起勇气，向他们打听蓝色海洋的事情，不出所料，他们都回答说不知道。他们反倒向一二问起他那一族的情形。他只好打起精神一一告诉他们。

这时他已吃光了封艮的身体，来到了西方海洋的边缘。在这里他又遇上一个部族。这是一些奇怪的人类，男人身上不断分泌淡绿色的黏液泡沫，而他们瘦骨嶙峋的女人便凑上来着迷舔食。在把男人的裸体舔得干干净净后，他们便开始一遍一遍群交，并在极短的时间里分娩出大批孩子。这些孩子中二十人才能存活一个。他们居住在三千米深的海底。他们的整个生活似乎便是以交配和繁殖为中心。对于他们，一二似曾相识，却又十分陌生。

他又把那个问题提了出来：

“你们中有谁知道，在我们的海洋之外，还有另一个海洋的存在吗？如果有的话，它在哪里呢？”

他打定主意，这是最后一次询问。如果再没有答案，他将自杀。看着这群人颓废堕落而又自鸣得意的样子，一二对获得答案一点也没有信心。

不曾想，那些人闻语大惊，纷纷停下交配，抢着告诉他：的确有第二个海洋存在。他们的祖先便是从那个海洋来的。但作为后裔，他们忘记了归去的路途，因而滞留此地。每个应潮期，他们都要派人去寻找那个海洋，以恢复与旧世界的联系。

“这正如这位兄弟你做的一样。”他们嚷个不停，十分兴奋，在波涛间跳起环舞。

他们称他为兄弟！一二激动得几乎晕厥过去，他的皮肤上渗出许多咸咸的液体。所有的委屈和痛苦，都在瞬间通过盐导管散入了海水。

“是那个居住着很多很多人的海洋吗？”他忙不迭问。

“正是。我们的兄弟姐妹，还在那里。”

“是那个有着很多食物、永远也不会关闭的海洋吗？”

“正是。那里有着永恒的和平，公正和繁荣是那里的主题。”

“你们寻找它，不怕别人嘲笑吗？”

“嘲笑？哦，刚开始有人嘲笑，但一旦他们了解到这其中的伟大意义，便也加入了寻找的行列。”

“没有人给你们脱水吗？没有人让你们补天吗？”

“你说的事情好奇怪哟。”

“太不可思议了。”

“寻找那神奇的海洋，是我们这一族存在的理由，是我们唯一的使命哩。我们每个人都持同样的想法。”

这第一眼倒看不出。这时，一二忐忑地提出那个在心底徘徊很久的问题：

“你们……找到了吗？”

“遗憾的是，目前还没有。”

一二很失望，却也松了口气。

那些人对他说：“蓝色的海洋是很难找到的，传说，有一条时间的隧道通向那里。你听说过多维空间吗？”

一二摇头，又问：“那么，你们还在找吗？”

“正是。这不，就在你来之前，我们还派出了一名新的使者。我们希望这次能够一举成功。”

“你们派出的人在哪里？”

“刚走不久，就在前面。你马上追去还赶得上他，这样，便有伴了。本来，寻找一样珍贵的东西，有伴才是最好的。”

“他叫什么名字？”

“贱人。”

西方人指了一个方向，神情间满是喜悦。这是他们遇到的第一个寻找第二海洋的外乡水栖人。他们还以为海洋中没有这样的人了呢。

然而，他们指示的方向，在一二的感觉中，既不是东西南北，更不分上下左右。他忽然觉得有哪儿不对头，一阵眩晕。他回头一看，那群怪异的人已经不见，四面八方仅是空无一物的红色海水，静得让人心里发虚。

他想到怪人们所说的时间隧道和多维空间。他刹那间悟到了那个神奇方向的意味，心下“哦”了一声，仿佛困扰此生的所有魔障尽皆解除。

一二便加速纵身游去。

## 六、拯救与湮灭

他游着，奇怪的是，体力倍增，再不觉饿。

一路上，他还在想着那群似曾相识却又分外陌生的生物，又想，贱人是一个什么样的人呢？

一二使劲游着，这时候，水似乎也不存在了。或者说，他来到了似水非水的世界。此时的海洋，既非红，也非蓝，而是一片澄明透彻，若晴空万里，没有质量，没有内容。一二便在这奇妙世界中毫无阻力游着，猛然觉得，人类居住的世界，其实是多么滞重困顿呀。

不知过了多久，他看见前方有一道光影。他加快游动，便发现那的确是一个人。

“你是贱人吗？”他急不可耐问。

“我是。你是一二吗？”

“咦，你怎么知道我的名字？”

“我刚才遇上一个水栖人的族群，那些人的形状与你一模一样。我向他们打听另一个海洋的事情。开始他们都默不作声，过了一会儿，才有一个叫什么‘海洋王’的家伙不耐烦地对我嚷嚷，说一个叫一二的人已经离群出走，寻找另一个海洋去了。没想到竟在这里遇上你。你真的是一二么？”

“啊，正是。我也没想到啊。”一二喜极而泣，“我刚才也遇到了你的部族，他们说你正在进行这项伟大的工作。喂，你找到了吗？”

“就在刚才，我似乎看见它了。但光芒一闪，又错失了。”贱人激动而悔惭。

“你说你刚才看见了那蓝色的海洋？”

“蓝色的海洋？”

“正是！”

“我要找的却是红色的海洋啊！”

一二怔住。他心底泛出从未有过的惧意。他仔细端详面前这人，见他的身影在无水之水里翩翩摆动，周身闪烁非光之光。他忽然发现，他竟长得跟他一模一样。

“你在说什么？我有些听不懂啊。”一二惊愕地朝后倒游几米。

“我在说寻找红色海洋的事情啊。这是我的部族唯一的使命。我们将因此得到拯救。”

“我们寻找的似乎不是同一个海洋。”一二喃喃。

“你在说什么？”轮到贱人吃惊了。

“我在说什么？啊，我在说什么呢？”

一二痛苦呻吟。贱人也迟疑了。他又看了一二一眼，大叫：

“咦，奇怪，你我长得怎么如此相像？”

“也许，我们正是失落在不同海洋中的兄弟吧。”

他们彼此默默打量，像在欣赏自己的镜像，重新感到亲切和宽慰，内心的恐惧顿然消除。这时，海洋便从四面八方玄妙莫测地笼罩过来。不，那又不像是海洋，每一滴水中闪耀着无数星光！

不知过了多久，还是贱人先说：

“那么，这一定是先知的旨意。又有什么不好呢？这便是顺理成章的事情。兄弟，我们正可以携手，一起去找回那个梦想。让红色和蓝色归于一体吧。”

说着，贱人热情地伸出手。一二也把手伸过去。一种古老的礼节，竟奇怪地通过他们的行为得到恢复。但就在这时，一二发现贱人手上没有蹼，这跟所有的水栖人不一样。他急忙缩手，并掉转身体。但是，来不及了。

就在他们接触的一刹那，正反物质发生了湮灭。在前所未有的大爆炸中，红色海洋也好，蓝色海洋也罢，整个消失了。之后，宇宙才创生出来，并朝着连它自己也不知道的目的开始演化。

# 第三章　城堡

## 一、城堡

一天，水栖人发现了一座海底城堡。在城堡门口，有一个陌生人向他们发出热烈邀请：

“请到这里来做客吧！”

水栖人曾经多次路过这片水域，但从不曾见到有建筑和人类。怎么竟会一下有了呢？

他们朝那人打量，见他用芊芸草一般的姿势，赤着一双桃红色的平足，若隐若现伫立在海底。他身上火绸一样的皮肤随波飘舞，他的足上和手上，都没有蹼。

这见所未见的情形使水栖人神魂颠倒，他们便迟疑着答应了对方的请求。

这时，大家才仔细观察面前的这座城堡。哦，平生还没有见过如此宏伟的建筑。它是一片连绵而嵯峨的石质宫殿，门前有昂然傲立的石雕，屋脊上蹲着精美的石兽。在相当于城堡的心脏部位，依稀燃烧着一朵永不熄灭的熊熊火焰。在滔滔大海中，它光映千秋。水栖人已是看得目瞪口呆。

“这便是传说中的海底城吗？”他们兴奋而忐忑地问。

“海底城？我这里是陆地王的宫殿啊。”

“陆地王的宫殿！没有听说过啊。”

“我现在告诉你们了！”

“看你站着，不累吗？难道，你不会游水吗？”

“啊，我们都惯于行走。这宽阔的陆地，它如此的坚实，哪里来的水呢？咦，你们怎么能浮行在空气中呢？”轮到城堡的主人诧异了。

“可是，这的确是在水中啊。”

“明明是陆地啊。”那人蹲下身子，撮起一捧泥土，挥手撒去，它们飘在水中，竟然若舞若蹈，不倦的水流仿佛化作了轻畅和风，吹送起世间的微尘。待这土埃飞散，城的一角又隐现出另一种飘扬的金色之物。

“那又是什么？”水栖人惊问。

“旗帜！”

众人没有见过旗帜，不禁着迷。那些旗帜，在水中舞动得哗哗作响，如若滚雷。可是，这究竟是旗帜呢，还是水波本身？

“天真蓝呀，云彩的悠游多么美丽呀。”那人叹道。

“海真红啊，鱼群的嬉戏多么动人啊。”水栖人说。

“它们是云彩啊。”

“不，是鱼群！”

“不管怎么着，到底是什么，都没有关系。你们从空中远道而来，一定是仙界的居民了，我真的十分高兴。”最后，还是那人率先放弃了永远不会有结果的争论。

他对水栖人身上的蹼和鳍，很感到好奇，也对他们手执的水矛，产生了兴趣。他说，这与城堡居民使用的武器，竟很相像，但你们的，也许才具备神异吧？水栖人愈发惊异。他们便问他是哪个部族的？为什么只有他一人在这里？

他回答说：“仙人们啊，我们被称作唐人之后。全国的军民都由伟大的国王统率，出城征伐去了。国难当头啊，北部边境正在遭受蛮族的侵袭！我是王朝的忠贞大臣，奉命留守在这城堡中，等待国王的班师回朝，为他祝捷和洗尘。”

水栖人对唐人闻所未闻。他们只听说过角人、鲛人、澹渚人，大海中何曾有过唐人这个族群？却也不知，北方还有什么蛮族。

那自称大臣的人便带领水栖人参观一间间的宫殿。那真是无比金碧辉煌的所在，宽敞的房间中摆放着千奇百怪的珠宝器皿，上面纹画着谁也没有见过的兽类和植物。不一时，水栖人又看见有窈窕的身影在回廊深处闪耀。那是年轻貌美的宫娥在款款而行。他们不禁看呆。但竟没有见着第二个男人。那大臣，便神秘而满足地微笑了。众人又随他来到城堡的高处，见整个宫殿群，浩茫广连，被一堵绵亘的高大石墙团团围住。是用来防御波浪的吗？水栖人已觉出某种荒谬，却无法一语道破。他们随即又看见，高墙之外，种植着碧绿的植物，在波浪中招摇。植物被分割成整齐的一畦畦方块，那大臣称其为田野阡陌。那些植物，不似海藻。田野之间，又有明亮刺目的水渠在海底穿梭成蛛网。在远方，隐约起伏一条大河。它整个是黄褐色的，因此，与红色海洋相映衬，呈现出反差浓郁的梦魅意境，然而，两者又是无间融合在了一起。它们的存在，介于虚假与真实之间，形成极至的和谐。这个时候，水中的漫漫泛光，便似乎更加强烈起来。水栖人惊诧地抬头看去，见有一个明晃晃的圆盘，悠然摇动着，时而又被海水撕扯成虫啊、蛇啦各种形状。当那圆盘升上中天，大臣便留下来客，大家开始在城堡中宴饮。

“明月几时有，把酒问青天。”那男人捋着胡须摇头晃脑吟哦。水栖人自然听不懂，却也被这诗画般的意境感染。他们禁不住浮想联翩：今昔是何年？

“你们感觉到了春风否？它正拂面而来。”大臣又道。此时的他，似乎已经完全忘记了，惨烈的战争正在把国家的基石撼摇。

众水栖人摇头哂笑。海浪又一阵袭来，使大家骨头酥痒。这是最温柔的涌浪，很久没有遇到了。那大臣在和煦的浪峰间，稳坐如山，一动不动。

这时，美人鱼一样的宫娥呈上佳肴，美食皆盛在闪闪发光、铮铮作声的金银盘子里面——而不是温鲸乌黑发臭的皮囊口袋之中，这使水栖人分外好奇。宴席极其丰盛，食物格外鲜美，是水栖人从未享用过的熟食。他们犹豫一阵，才怯怯取用，立即赞不绝口。除了食物，还有一种用高足银杯盛装的玉液。水栖人从没有过饮用的经验，迟疑一会儿，才送至口边，却见那琼浆并不融入海水。他们吸吮后，才知味美甘甜。不一时，都脸红了，头晕了。而大臣却一杯接着一杯自酌，并不断劝饮。至酣处，宫女们舞蹈起来，宽袖翩翩，长裙跹跹，混同于祥云般的五彩鱼群。大臣拊掌大笑。在水栖人眼中，面前的舞者，有时是鱼儿，有时是女子，分不出彼此。他们也情不自禁手舞足蹈，兵器都放下了。

这时，谁也没有注意到，大臣长叹一声："其实，在这城堡中，曾经有过许多离奇的故事……"

"啊。"

"要不要听？"

水栖人眼睛都已喝红，看不清面前的事物，大家吃了迷魂药似的胡乱点点头。那人便娓娓讲了起来。说到心旌摇曳之处，泪光闪闪，城中的灯火骤然熄灭。水栖人一阵慌张，却找不到宫殿、大臣和美女了。宴席哪里还有？四面八方都是红澄澄的大海水，沉重压榨过来。深渊中似有无数厉鬼在呜呜号哭，却不似朝歌那熟悉的声音。他们恍惚记得来路，便匆匆离去。一路上，众人不断咂嘴，他们吃了那么多的好东西，却仍感饥饿。然而，唇齿间尚余有那饮料的甘甜，脑袋中的晕乎劲也没有散去。

他们把此事报告海洋王。后者认定，这正是传说中的海底城，便亲率人马，前往看个究竟。

## 二、昔日重现

水栖人返回到那奇异的处所，可是，却不见了城堡。

海洋王便起了疑心，以为是手下人耍弄他，正要施行惩罚，却听有人惊叫："看，那是什么？"

他们放眼看去，便见一片明艳的海底，巍然耸立着几十根巨大的石柱，每根都要三五人合抱，往上则有十几人高。这石柱是从未见过的，虽然残破萎败，却也堂皇庄严。鱼虾在其间穿行，皆若空游无所依，柱础上堆满五彩贝类。

“这就是你们说的……海底城么？”海洋王迷惑地问。

“当时的确是在这里看到的。但跟这不一样呢。咦，宫殿在哪里？”

“是呀，还有大臣呢？美女呢？”

“还有黄色的河流！”

“绿色的田野！”

“金色的旗帜！”

“这事真是奇怪了。”

“还说过陆地什么的……”

“是的。千真万确。连我们当时都不敢相信。”

“这只是一个说法而已。”海洋王叹道，“他们一定是另一个族群，与我们生活在同一个海洋。否则，这一切怎么解释？不同的是，他们会使障眼法哩。你们大概遇上海妖了。”

海妖的说法，使大家一阵惊悚。但海洋王自己其实并不相信这样的解释。他意兴阑珊游过去，用脚蹼触那石柱，感觉到一片穿透时空的刺骨凉意。他于是又叹口气。这时，他发现柱体上隐约嵌有复杂的斑驳纹饰，已被水流磨蚀得几乎看不出来。随即他眼中又映现了累累叠叠的台阶，浸没在密密匝匝的底栖生物层中。他仿佛在一道台阶的上面看到一只人类的脚印，但它只呈现了一刹那，便又幻影般烟消云散。

忽然，一股汹涌的浊流袭来，搅起海底的软泥，鱼虾惊慌地四处逃窜，一切都看不清了。等到水流散去，众人才看见海底岩席已被揭起一层表皮。啊，那下面是什么呀。

凌乱散落着的，是金子做的杯盏，银子打的碗盘，还有珠宝玉器，以及剑戟戈矛。它们都原模原样出现，大大方方展露，然而，有的锈蚀不堪，有的昏暗无光。但这正是千古江山社稷曾经辉煌过的真实写照啊。

那曾经去到海底城堡的水栖人中的一个，游过去颤抖着拾起一件，上前来激动地对海洋王连声诉说什么，已是词不达意。他在说："一定定定是北方来的蛮蛮蛮族，把把把唐人的后后后代给灭灭灭掉了！"海洋王没有听说过蛮族和唐人，脸上泛起惧色。他没有多看那物件，他的目光被另一样东西吸引，那是海底吐出的一具尸骨。骨架已是一片破碎凋零，但头颅还算完整，悠然晃动，长眼睛的地方，是两个深不见底的黑洞，那嘴是咧开的，挂着一缕永恒的微笑，带着几分自嘲的味道，又像是沉浸在对绵绵往事的无尽回忆之中。

"另一个世界。"海洋王心里念叨着这似曾相闻的语句。

那家伙是城堡的看守者么？这么多年，他不舍离去。他是海洋中百代的过客。

然而那陌生又熟悉的世界仅显露片刻，浊流又回来了，软泥把一切再度掩埋，只剩下笔立的柱群，保持着它们沉没前的倨傲姿仪，像是逝去的文字时代一个个巨大的惊叹号。

水栖人悄然离开，再没有回头看一眼。

## 三、暴乱

他们返回居住的礁窟，海洋王叮嘱不许再谈论此事。他们恢复了捕鱼和采集。然而过了不久，群落中却发生了变异。

那最先发现海底城堡的一群家伙，渐渐地行为紊乱起来。

他们胡言乱语。他们见到别人，便喋喋不休着他们看到的奇景，以及遇见的异人和美女，还有吃到的天赐美食。

开始，大家还好奇而耐心地听他们讲述，但很快烦了，露出不屑和鄙夷的神色。

又一次，有人发现，这些家伙用石头打制成杯盏，齐聚在海底，举行虚拟宴会。

然后，便发现了被肢解的女人。

有人看见，正是他们这一伙，在悄悄诱拐女人，与她们做爱，然后把她们杀死。这正是当初掠食者的做法。不同的是，他们在杀死女人后，便用海草装饰她们的美丽尸体，称之是“花蕾盛开的宫娥”。

当发现有人注意到他们的反常举动时，这群人便展开攻击，把目击者杀死。

海洋王很快获悉了此事，他知道，这是怨鬼幽魂附体。他预感到还要出什么事，便暗暗做好准备——更多的，是心理上的准备。

终于有一天，群落中的暴乱开始。曾经到过海底城堡的水栖人，一个个举起兵器，逢人便斫。他们齐声大喊：

“我们要到陆地上去，那里是我们的乐土！”

“海洋就要关闭了，待在深渊中迟早是死！”

“唐人的后代啊，我们终于找到了救赎的道途！”

“灿烂的昔日啊，让我们回去吧，与你在一起！”

这乐曲般的宏丽之声震撼了暮气沉沉的海洋。部族中更多人投靠了他们。但海洋王却不动声色。他知道连这些人亦是幻影，他们很快便会自动消失的。

这样的事情，没过多久，果然发生了。声音和人影都倏然无迹，余下来的是红光万丈的大海。

海洋王却没有因此而感到丝毫欣喜，只是陷入更加深幽的凄凉孤寂。

## 四、连环梦

所有的水栖人其实早死光了，所谓的海洋王，不过是一个人，在度他的余日。

他不断做着连环梦，永不能醒。在他的梦中，人类来了又去，生而复死。

这天，他又去到那城堡处。但哪里还有石柱？只是一簇簇海蛇在烟云般升腾盘旋。

他也想再看一眼那如花的尸骸，那时光中的孤独旅行者，因为，那种亲近感，在他此生中，尚不曾有过。他与他，仿佛便是同胞兄弟。

但海底的软泥覆盖了一切。

有时，他又羡慕起那些幻影来。幻影已从另一个自洽的世界得到满足。那便是他们津津乐道的救赎吧？

但是，翻动时间的浊流再也不会来了。

只有红色的海洋，坟墓一般压下来、压下来、压下来……

# 第四章　海陆明灭间

## 一、“日落”

彤红得像枚海桃的日头溅落到礁石上，顽童般不稳地左右跳了跳，便唰地一头钻入水中，激起一道滋滋的白烟。

“呀！”大家惋惜地叫出声来。

在观看落日美景的人群中，仪儿眯缝着眼，鱼儿一般微翕着嘴，像要把热气腾腾的太阳吸入内心深处，让它驻在腑脏间永远温暖着她。

“不要伤心了，它明朝还会升起来的。”陪同她一起来的女友宛儿说。

明朝？仪儿忖到，这是一个多么令人感伤怀旧的新造词！时间在茫茫深海中本无意义。

明晰的山谷安静下来。峰峦和森林蒸发出茸毛似的光晕。遍地响起不知名动物的鸣叫，声音清越而壮阔得让人不安已极。仪儿不禁把稚弱的身子贴紧宛儿。

最后一抹霞光消逝了。人们正以为一切要宣告结束，身后一座山头上却又腾的一声吐出一道全新的色调。大家惊得回头去看，见一轮澄明的圆盘升出来。那便是“月亮”么？人群中一阵欢呼。传说中的月亮以快得不可思议的速度径直跃入中天。

仪儿口中念念有词，柔嫩而多节的胸腹急促起伏，灵性而透明的背鳍也微微颤动。宛儿紧张注视着她。

玩偶般的月亮近在咫尺，却又不可伸手捕捉。

这时，仪儿和宛儿都感觉到了幻灭的强大和压抑。

她们这么想着，水波便涌动起来。头顶的影像摇晃不休，月亮从东部的边缘开始，被流水一寸寸抹去。海底的月食开始了。滔滔大海转瞬间浸润全身，哗然布满周天。清丽的山谷被无声淹没。

“时间到了。”宛儿说，“什么都有个尽头。我们离去吧。”

日落、月出，以及树木、山石和动物鸣叫，本是一簇簇氢电析蜃景。这水栖人独出心裁的技术，把一个并不存在的陆地仿制得无比真实。但是，谁又见过真的“真实”呢？

“那，我们离去吧。”仪儿哽咽。

她不舍地解掉氧析头盔、视频镜和气密服，裸露出柔软多彩的纺锤形身体。这时，人造陆地引发的震撼，她已经完全感受不到了。仪儿让自己浸透在猩红的重压海水中，敏感的小小乳头这才亲密吻上了世界的真实。她仿佛很痛苦地熟悉了一下陌生的环境，才和宛儿缓慢游到体验区的外面。

红色海洋仍然无边无际存在着。两个水栖少女的身前身后浮动出一座座灯火绚烂的海底城。她们沿着从海底纤维脉管中喷出的两道高速助行潮，朝前游去，翩然若鱼。刚才的人造大陆之夜，梦幻一样消失于无间。

一刻前，她们还在郊外。现在，她们接近了最近的城池。巨城的球形钛结构外壳上，涂着花花绿绿的陆生动物图案。这些都是像仪儿和宛儿这样的陆地体验者的一时兴起之作。

## 二、仪儿和小缘

在津轻渡口，仪儿看到了在等她的小缘。这时，宛儿冲小缘和仪儿眨眨眼，与他们分手了。

仪儿与小缘离开助行潮的定轨，换乘无人驾驶海底磁道列车，回到他们共同居住的城市玖江。玖江的城标是虎。这同样是一种传说中的陆生动物。

一路上，他们话语很少，仿佛都有着重重心事。

他们并肩游入一个仿大陆式的小饭馆。为了讨得客人们的欢心，海水在这个狭小的气泡凹室里是被抽净了的。室内安排了假山和盆景，乃至布置了特殊的座椅，设计成刚好能让水栖人的两条异化的大腿蜷曲在转轴钢筒里。传说，陆生人不就是坐着进食么？连仪儿也觉得唯有这样才能身心俱安。饭馆的不透明屏水高钼合金壁上陈列着一些或可称作文物的东西，文字说明写道，这些都是陆生人曾经使用过的器具。大部分是从海底发掘出来的，也有的据说是从陆上带来的，但仪儿难辨真伪。

他们又钻入随身携带的气密服。这是青年人中流行的奢侈品。像往常一样，小缘的脖子上佩着一个高压钴环。这衬得他清秀而健康，使仪儿甚为着迷。

但是，今晚，男孩子看上去有些神思恍惚。

“听说，你又在偷偷发展体验者？”他问话的语调，像是漫不经心。

“是的，又发展了五名。宛儿是最新的一位。”仪儿自豪地说。

“宛儿？你说宛儿？”他不可思议地笑了，“可你自己看上去才像个新入道的呀。”

“宛儿也这么说。在体验区，我总是难以自抑。一看到陆地，我就忍不住要那个——陆生人叫作哭泣，对不对？”

她这么说时，又不禁伤感想到，陆生人的人口曾经达到一百亿，但他们在一夜间就全部灭绝了。他们无家可归的幽灵，到底在哪里游荡呢？她想做他们的知音。她要用女儿家温柔如水的一生去慰藉那些干燥的孤魂。

“你其实是可以控制住自己的情感的嘛。毕竟那是假的。”小缘淡淡道。

“好不容易有了情感，干吗要控制它呢？”

“担心物极必反啊。我们已不再是孩子。”

“小缘，你对陆地的热情，像是越来越冷淡了。”

他抬头看看她，若有所思。

不知为什么，在这样的眼光下，她有些紧张，忙道：“还是不说这个了。‘大日子’快到了。小缘，咱们一块儿去吧，啊？我还没有去过哩。”

他仍然没有反应，神色颇是倦怠，这是她不熟悉的表情。此时，侍者以一种滑稽姿势，努力直立行走着，把汐蓼荚和火烈鲥送上来。年轻人最近都在海底学着走路。这是一种时尚。

“你怎么啦？”仪儿的语调中已积聚着渐然的不满。

是啊，小缘最近的行为真的十分古怪。但今夜他们仍睡在一起。他们的身躯垂挂在悬附于钛城三千公尺高的曲面内壁的静水巢中。这样的静水巢在一面墙上便附有十五万个，像是金海蚕织出的茧，每个里面都栖息着水栖人类的个体。海水在四面八方奏响弦乐，一片聒噪，却又隐含深入骨髓的苦静。

当深渊中一群雪花鱼缤纷游过时，仪儿忽然醒来。她看见不远处有亮光闪动一下。那是又一个人造落日仪式吗？这样的仪式，此时，也许有一百个、一千个、一万个，在海底举行。它们把深海轰轰烈烈点燃了。这使得时间在心和水的分岔流向之间，呈现出时而绽放、时而收缩的征状。甚至，连时间也是可以用任何一种手段来修饰的。

但在大洋深处，所有的悸魂之事却又分明仅仅是生命中的刹那。真实的海洋永远是异常明亮的，却有着略微过度的压抑，为单调的红色所浸泡得发闷发慌，与那陆地之夜五光十色的玄妙盛开，竟有着根本的不同。

仪儿总把这真实当作虚像，而把那虚像当作真实。镜花水月的感伤时常袭上脆弱的心灵，却被她暗下狠心偷偷化解。对于原本心无杂尘的海洋少女来说，这真是难为她了。

此刻，她和小缘赤身裸体。而所有的水栖人无不如此。他们就是这样的海洋生物。女孩睡不着，近在咫尺地静静观察小缘海豚似的柔和身体，不禁伸出手蹼轻轻触碰他年轻得让人心颤的结实腹肌。她回忆他们初识的时刻。那时，人们去体验区，还是偷偷摸摸的。她和一群同样是叛逆者的女孩子去看陆地造影。路上，她们遇上一群忆陆会的男孩子，中间便有小缘。他对陆地的那份狂热传染了她。

现在，却是要以她的热情，来召唤似已寡味的他。这种转换，使她感到无法理喻。海洋中要发生什么事呢？在今天，这种不安的预感是愈发强烈了。

仪儿在海洋的深处，担心着从不曾谋面的陆地的失去，这是一种近于变态的心理。

## 三、海兴社

不久后他们果然爆发了争吵。小缘提出，不要赴今年的“大日子”了。他说，他听到一个消息，说这次是有危险的。海兴社的残余者要来捣乱。

海兴社是崩溃的海底政府常务机构的孑遗。无政府的海洋如今正在持续。若说海洋尚没有混乱，还保留着一些秩序，倒是因为忆陆会的出现，用仪式约束了人们。但这种以信仰和程式为基础的机制一旦定型，却也转换为了反叛自己的势力，这实在是因为，正如海兴社那帮怪异的家伙所宣称，陆地不过是一种思想虚妄的寄托。传言中的陆地在哪里，是谁也说不清、道不明的，而大海的真实性，却在梦里梦外的空隙间顽强地一分分渗入。重建海底政府的努力，或者说重建海洋信念的努力，因此也正在潜滋暗长。

总之，海兴社的后裔，正隐藏在平常的人类中间，伺机而动。连仪儿这样的女孩子也被反复告知，那些是阴险的人类。他们代表着海洋中凶险的红色一面，而不是象征着宽阔大陆的绿色和平。

但仪儿从未见过海兴社的人，听说，他们长得跟常人不太一样，是水栖人与海兽杂交的品种。但既然他们在到处活动，又如何看不到一个呢？

因此，海兴社的存在，就愈发神秘阴怖起来。而陆地与海洋之间，出现了巨大裂隙，并慢慢剑拔弩张。

不过，正如同所有的水栖女人，仪儿更加痴迷的还是陆地滋生的感性，而不是复杂纷纭的海陆政争，那让人头疼欲裂、过分实际也过分缥缈的“男人式”主题。所以，她对小缘在“大日子”上所持的态度，是以情感做反应的：

“胆小鬼。”

“不是胆小不胆小的问题。”他说，“的确有危险。这是为了你好。”

他以前一直对她言听计从，但这回竟固执如此，毫无通融余地，这大出她的意料。她不禁伤心想到，他或有什么事瞒着她哩。海兴社只是一个借口。出事的预感又一次浮上心头。她对自己与小缘的关系产生了悲观情绪。

“这样说，到底是什么意思呢？”她沉下脸。

“并没有别的意思。”

“你不爱我了吗？”

小缘的面孔上这时便显露了痛楚和悲悯的表情。但这哀怨却看不出来是为着自己，还是为了仪儿。他一字一句道：

“我爱你，所以我不想让你去。”

“我看，咱们还是分开吧。”

仪儿忽然说出这样狠心的话语，把小缘吓了一大跳。

## 四、“大日子”

他们果真分开了。但小缘只是离开了一段时间，便又来找仪儿。其实，小缘一走，仪儿也便心里难受起来，因此见他回来，喜出望外，也便立时忘记了他们之间的不快。小缘不再说不去“大日子”，并且更加细心周到地呵护仪儿，倒像是仿佛明天就要失去她。一切又回到了从前的正常，但又有某种让仪儿觉着不踏实的地方。

“大日子”快到了。他们租了一艘楔式喷水艇前往。这快艇模仿了乌贼推进的原理，具有时尚的“锋”型制，深得年轻忆陆会会员的喜爱。

一路上，他们看到成千上万的喷水艇，都朝一个方向蹿动前进，一眼望不到头。那是陆地体验者壮观的旅行大军，在海流中蹦蹦跳跳，闪闪发光，好似鲔鱼群的洄游。艇上都镌着流行的陆生动植物图腾。仪儿没有想到，竟有这么多人赴“大日子”，不禁兴奋异常。

小缘驾着艇，话语很少，却是平静的样子。她仿佛又不认识起他来。她想问他，为什么又回心转意带她去？那段时间他去了哪里，干了什么？末了却没有问。

她只能往好的方面去想。她猜，他是想向她证明，自己不是胆小鬼。他毕竟是勇敢的第一批陆地体验者。那天，他只是忽然有些作怪起来。

“大日子”举行的地方，在那座叫汉都的大城市郊外，距离玖江一千二百“切差”。他们看到，各种肤色和形态的水栖人都来了。

人类刚下海时，海底城还分得出国别，人群中时时发生争斗，但到了现在，大家都因为对陆地的共同怀念和体验，不分彼此，聚在一起。

今年来的人是那么多，汉都城中大大小小的静水巢都被预订一空。

仪儿和小缘对这种情况有所预知，自带了抗压折叠箱——以区分自己的领域并防止海兽的侵袭，而它是可以用锚爪固定在城外海底的。许多人也这样做，使得这一片海域如同灿烂的珊瑚盛开，恋人们醉迷不已。

要说起来，其实，这也是一种仿陆生体验。有人考证，在大陆的旧日子里，旅行的人们管这自带的休憩物叫作“帐篷”。

“大日子”的前一天，他们听到一些人在“帐篷”外面议论纷纷。

“听说，城中混进了海兴社的人。”

“他们要破坏集会。”

“以前没有这种事啊。”

小缘听着，脸色微变，一言不发。仪儿不安地看了看男友。

在红光四溢的深海中，小缘的眼睑中滚涌出一股伏流暗光，又像一簇灰烬在滔滔飞扬。仪儿没有见过如此空洞沉沦的神色。然而，那目光中却又存有一种看穿一切的沉着和悲壮。

她从中看到了死亡的火焰，不禁心悸。

“你怎么样啊？”她关爱而担心地问。

“挺好的啊。”他嘴角绽露出一丝不易察觉的凄楚笑意。

那一天他说不去“大日子”，与今天带她来，便具有了同样的让人战栗之处。仪儿一下子觉得自己实在是被这个鱼形的男人掌握住了，而并非她一直以为的，是她在左右他。因为，他行为和思想中正暴露出的深刻矛盾，已是她不了解的。她感到，在两人的关系中，她正在成为输家。她对这趟旅行蕴含的阴谋意味，也越来越担忧起来。

## 五、“驻留”

“大日子”来临了。它发生在一个占地一眼看不到边的透明球形抗压罩里，体验者们叫作“驻留”。海水从中抽干，为了造成逼真的效果，“驻留”中按比例填充了昂贵的氧气、二氧化碳、氮气和其他据说曾弥漫于陆上的气体。“驻留”的一切布置得像真正的陆地。有鲜花、山石、溪流和山岭，中央辟出一个五角形的巨大不锈钢广场，可以同时容纳一百万名体验者，以使他们能共同祈福。

体验者换上了专门设计的陆生人着装。据考证，陆生人是穿华丽衣裳的，这使水栖人自卑。另外，因为害怕氧气的毒害，体验者们也不得不戴上气密头盔。人真的太多了，“海闸”入口处水泄不通。仪式快开始前，仪儿和小缘还在排队，他们十分着急。

这时，仪儿看见一些形迹可疑的人也在门口徘徊。难道海兴社真的要来捣乱吗？但那些人的长相并不与普通人有异。这时，小缘找到一位熟人，才带着两人来到闸口，插了队，进入“驻留”。仪儿忽然感觉到，那带路者有什么地方不对劲。他的手上似乎没有蹼。她转头想看个清楚，却找不到那人了。

仪儿还是第一次来到“驻留”，为这里壮观的景象而惊叹。难以思议的干燥使她有些不舒服，但又带来亢奋和刺激。正前方的氢电析造影山峰上悬垂着一个人工太阳，虚拟地面被照得白花花的。这是一种在深海中难得一见的色彩。广场上有许多细小喷口，人造的强烈陆风滚涌出来，吹拂着拟真衣服上的藻丝。一百万人都用双腿站立，勉为其难保持着这种奇怪姿势，正在一遍遍呼喊一个词：“陆地！陆地！”仪儿情不自禁也跟着嘶叫。

以前，她仅去过城市附近的体验区。那不过是很小气的地方啊，人都聚满了，也仅有不到一千名。所以，这个时候，她热血沸腾。

仪儿和小缘站在广场边缘。她觉得距中心太远，看不清楚，便试图往前移动身子，却被小缘叫住：

“咱们就待在这里好了，用不着到前面去。你看住喷水艇嘛。”

在“驻留”中，人造天空的体积是有限的，但给人的感觉却正是无底深渊，大家习惯了的海洋世界与此一比，似乎根本就是小玩闹。此时，天空中响起一声隐雷，一直停滞着的太阳猛然起动，像个球猬鱼开始在阴郁的天幕上缓缓移行。死去已久的古老世界复活了，这正象征着万事万物那无与伦比而震撼人心的真实一面。人们又齐齐低吼一声。一百万水栖人充满激情地期待着。

仪儿在人群中仿佛看到宛儿。她大声叫她，她却像是装作没有听见，如同一片莨荇似的漂荡走了。仪儿心中一时有些空落。

到了“午时”，被手术改造成传说中陆生人形象的新型海洋生物现身了。这是一个身材高大的青年，披着刺目的草绿色藻大衣，海底岩浆一般席卷而来。青年面无表情，后面跟着一群同样的重组人。他们的身体已然无鳞无鳍，他们用修长的两腿在地面快捷行走的样子，使大家羡慕无比，虽然，那姿势仍然带有一些不自然的余迹。

仪儿有些想笑，却不敢笑，只是要求自己肃穆。看着看着，她不禁觉得，自己也可以用双腿长久站立，日久生厌的蹼和鳍都消失了。她就要成为挣脱牢狱般海底生活的陆生人。是的，她一定要做这样的人，像别的体验者那样改造身体。

小缘告诉她，那青年便是陆地体验运动的发起者微朝。仪儿想，有一天，他或许会成为“海洋王”吧？很久没有听人说起过这个闪光而伟大的词汇了。

微朝缓步登上广场上最高的平台，以智慧而深沉的目光，俯视身穿藻衣甲胄后像是怪兽的万众，一时，场面静谧下来。人造阳光鱼鳞般一片片不间断洒落。“驻留”外海水的咆哮已然远去，幻觉感达到了最强烈的极点。微朝一字一顿说：

“不分贵贱尊卑，我们皆来自陆地。”

这洪亮的声音立时传遍整个“驻留”。人们又齐声呼喊，“驻留”的壁壳似也在微颤。过了一阵，待这声浪平息，微朝抬起双手，微闭两眼，又道：

“陆地，是一个庄严的名字，是我们心灵的命君。它就在我们前面，我们只要想见，便立时能够见到。我们若想投入它的怀抱，便立时可以投入。不要再欺骗自己了。水栖人要想得到拯救，便只有求祈于陆地啊！”

又是一阵火山爆发般的呼啸。人们大叫：“微朝，你这海洋的王者，水栖人的引路人啊！”

随后，微朝用尖细的声调，开始了冗长而凝重的宣讲。他从五十亿年前的陆地史说起，讲述生命如何在大树上诞生——如同花蕾与果实，又回顾人类的先祖如何从泥地里孕出，他们的后代又如何来到草原和江河边生息，学会用火与耕织。陆地是人类的本源。陆地是人类幼年的乐园。但他们却因为原罪，被创造者发配到海底，接受这无尽头的惩罚。

但是，脱离苦海的日子就要来到。这是因为黑石在海底的重新被发现。

体验者们虔诚聆听着，好像真的回到那失去已久的陆地天堂，一些人不断俯身亲吻广场上晾干的砂土。

宣讲进行了三个时辰才结束，然后，大家排好队，开始对黑石觐拜。这块六角形的灰黑晶石，据说是当年陆生人被流放入海时带来的圣物，它里面藏蕴有名叫“尸虺”的奇异矿物质。一段时间以来，它遗失了，直到最近才因为海震而重新从海底显露。而它本身，据考证则来自宇宙深处。宇宙，那是一个比陆地更加深奥难懂的词汇，曾经只有陆生人知晓，现在，唯有微朝才偶尔以敬畏的口吻提到。但那到底是什么东西，却没有人能够真的了解。只要水栖人还待在海洋深处，那似乎的确是一个永远也无法弄明白的存在。

在大家都参拜完黑石之后，微朝宣布，在下一个应潮期来临时，将组织全体海洋人类的洄游——目的地是陆地。

这是期待已久的出征令啊。

“洄游！洄游！”

全场跟随他山呼海啸。“大日子”渐入高潮。

仪儿也呼喊着，却感到有些不妥。陆地究竟在何方呢？微朝却一直闭口不提。她喊了一阵，觉得有些累，一侧头，发现小缘不见了。只有喷水艇还老实地停在身旁。

## 六、破坏

这时，人群中出现一阵骚动，许多人朝上张望。仪儿感到奇怪，也仰头看去，只见有一个小小的黑影倒挂在“驻留”棚顶，那是一个人，一手举着一个电音话筒。

这身影是仪儿熟悉的。她顿时两眼一黑。

那人把话筒凑到头盔边，大声叫嚷：

“不存在陆地，不存在陆地！人类是诞生于海洋的！”

小缘是怎么爬上顶棚的，这没有人注意到。但他这么一喊，立时，下面便有了一些嘈杂的呼应：

“不存在陆地，不存在陆地！只有海洋才能拯救人类！”

这声音在某一瞬间竟压过了微朝的宣讲。果真，混进了捣乱分子。但是，小缘怎么会是其中一员呢？仪儿十分震惊而难过。这时，她看到，小缘和那些呼应的人们，并没有如同传说中的与普通人有异。他们与水兽杂交的痕迹，又在哪里呢？仪儿久久与小缘相处，对他身体的每一个细节十分熟悉。

刚才还威仪赫赫的微朝一时间张皇失措，他身边的护卫朝小缘大叫：“住嘴，下来！”

但是，神情坚毅的小缘却仿佛取代了微朝的位置，正两眼发直、不顾一切说着：

“真实的情况是，我们脚下这块大洋地壳，仅有两亿年历史。因此，怎么会有五十亿年的陆地呢？那完全是一个骗局，是有人为了不可告人的目的，编造出的最大最拙劣的谎言。我们从一生下来便没有毛发，但我们有鳃，有蹼，还有鳍，这跟鱼类和水兽一模一样。你们谁见过陆生人呢？若说他们是人，却连他们的骨头也没有拾得一片！若说他们是鬼，却连他们的影子也未曾见到一个！他们从来就没有存在过，更不可能创造和拯救我们！我们诞生于海洋，生存于海洋，海洋是我们过去、现在和未来的家园。只有海洋才是我们力量的源泉，是我们救赎的希望所在。让我们与之同在、与之偕老吧。”

仪儿听见身边有人说："他一定是海兴社的。捣乱的事儿竟是真的。"

又有人说："他讲得有几分道理。"

仪儿不敢吱声，心脏紧缩成了一个鱼泡般的小丸。

这时，就看见几个人沿着支撑"驻留"的不锈钢合金椽柱往上爬，去捉拿小缘。

广场上则已经爆场。忆陆会的人们和混进来的海兴社分子开始厮打。有人被打掉面罩，在浓烈的氧气中，鳃膜一张一合抽动。他们痛苦地撕扯胸口，几分钟后便死去。微朝在保镖的簇拥下，一跳一跳逃离了现场。

这一边，捉拿小缘的人已经接近他了。小缘却像一头水猴，在"驻留"顶上灵活地攀援跳跃，躲避追击者。太阳与海水的光焰，同时在他难辨男女的身体上闪耀，使他显现出不可思议而充满矛盾的美丽，如同一位刚刚诞生的神祇。仪儿看呆了。但陆地体验者最后还是把他四面围住了。小缘这时就停下不逃了，朝下急促张望。仪儿觉得，他是在找她，要跟她诀别。她身中的盐腺仿佛一下被堵住。她头脑一片空白地怔怔看他。小缘举着话筒，似在喃喃而语，却最终没能呼唤出仪儿的名字。小缘眼中，流露出彻底绝望的神色。

就在体验者要捉住小缘的刹那，仪儿看见，小缘身上闪射出一道耀眼的光焰，他立时变成了一朵火红的花蕾。他秀美而灿烂的躯体从胸脯的部位静静爆破开来，一条分裂出去的胳膊划着奇异的圈圈向下面的人群砸去。巨响之后，小缘不见了，而他恰才附身的"驻留"天顶，崩出一道怪怪的口子。仪儿"啊呀"一声，闭紧眼睛。

梦境一般，沿着"驻留"被自杀者炸开的裂罅，一股鲜红的海水倒灌而入，并且马上就把缺口撕大。粗厚的水柱惊天动地吼叫，像无数头大鲸冲来，狠狠砸落在海底，所谓的陆地，便变得不堪一击。山谷、树林和广场，摇一摇就都可笑地破碎了。一百万人来不及卸掉面罩和衣装，惊呼着向四面八方逃窜，却互相堵塞着不能及时离去。这时，“驻留”的顶盖已在千钧水压下全然坍溃，作为整体的海洋端端正正压将下来，大浪和旋涡联合着像饿极的鲨群，到处吞噬人身，人造的日头晃了晃，便哗的一声熄灭了，这最后的一道美丽闪光，映射出数不清的薄薄人影，像和风一样吹袭而过，却又使一些人发出最后的由衷赞叹。那么多的陆地体验者和海兴社分子立即被击倒和卷走了。成千上万的人们和着“驻留”的碎片，顷刻间无影无踪，这场面简直让人难以置信。

仪儿在被洪水袭击的刹那，脑子尚是清醒的，她还来得及反应过来，看到喷水艇就倚在身边，便飞速钻了进去。这时，她听见有人在兴奋叫嚷：“这证明我们的确属于海洋！”那个人这么喊了一句，也被卷走了。一个浪头打过来，把仪儿的喷水艇冲远。

## 七、宛儿

仪儿醒来时，已是在忆陆会的海底救难所里。周围有不少神情黯然的救生者，魔术师般游来游去。这时，仪儿看见不少装尸体的袋子，拴在四角的锚链上，在水流中肥藻般悠荡不停。还有一些受伤的人在呻吟。

醒来后，她首先想到小缘，心头滚热而酸楚。她为他的勇敢和壮烈而感动，又想，他难道不也很残酷么？他不就是为了让她亲眼看到这一幕，才那么做的么？小缘早就预知到了他们分手的必然，所以最终制造出这极端的悲壮场面，以给她留下永生难忘的记忆，这正是他的个性使然，也是海陆矛盾终究不可调和的结果。然而，又有什么不能事先对她说清楚的呢？因此，不，大概，这并不是为了她吧。小缘是自私的。他这么做都是为了自己所谓的理想。想到对男友的真实思想，这么久竟一无所知，仪儿胸口一阵剧痛。

然而，这都无所谓了。真正让人大彻大悟的，还是“驻留”最后崩塌的那一刻，爆发出的海陆幻灭感。就在大水自天而降的刹那，世界呈现了仪儿从未见过的另一面。她从中感受到一切过程的短暂，认识到人生的不足惜，更体会到爱情的虚无。小缘用他的短暂生命，证明着另一种最为彻底的真实。

生不如死的仪儿正在一个人悄悄难受，这时，一艘快艇嘟嘟驶来，从阈口发射出一个中年男子的身影，他是径直来找仪儿的。

忆陆会派他来调查仪儿与小缘的关系。

他告诉仪儿，小缘的名字早被列入一份名单。他的确是海兴社的中坚分子。他是什么时候加入海兴社的？这一点，仪儿的确不知道。

他一直瞒着她，这是对她最大的伤害，还是爱护呢？

中年男人说：“他受了欺骗。他那么年轻，可惜了。我们没有来得及挽救他。”

挽救？仪儿感到可笑而无奈。她于是喃喃回述他们从认识到相爱的全过程。她坦陈他们在海陆问题上有分歧与争执，虽然，这仅是他们关系中的小插曲。她毫无隐瞒，什么都说了。她特别申明，她的确不知道他与海兴社的关系。那个男人默默听着，偶尔同情地点点头。

他说：“我们应该坚信陆地。你是一位可爱的姑娘，你要好自为之。”

仪儿想，如果没有这海陆的分离，他和小缘的悲剧，难道是可以避免的么？不，这恐怕与缥缈的陆地毫无关系，而皆是这红色海洋本身那不可动摇的连续存在所致。啊，连她也开始怀疑了。

那男人得到想要的供词，便满意地离开了。

海底的人造夜晚又一次来临。仪儿被送回静水巢。这个“夜晚”，仪儿第一次没有去观看“日落”。

林木肃然，鱼虾躲进沙层和礁缝。远处响起值更机器人悠悠的唱声：“防备偷袭哟。”这声音传出去，更远处的另一个机器人便应和：“防备偷袭哟。”声音空洞而没有魂魄，山林的啸声则更显得虚妄。

仪儿独自悬挂在静水巢中，身边少了一人，她一时十分不习惯，又伤心起来。这时，她看见不远处喷水艇的尾喷口一闪。

不一会儿，眼前出现一个游动的窈窕身影。

是宛儿。

两个美丽的海洋少女隔着透明的静水巢默默对视，共同回忆令她们难忘的人和事。过了一阵，仪儿问：

“你来做什么？”

“小缘交代了，海洋的动荡就要来临。他要我来接你走，让我来救你哩。”

“小缘！他还活着吗？他在哪里？”

“他死了。”

“啊，是的，他死了。我都看见了。为什么会这样？”

“为什么会这样？啊，我也在不断问自己。但没有答案。小缘这个人很了不起。我与小缘相处的时间，老实说，比你长多了。可我也是直到那天才看到他竟然那样壮烈。”

“你认识他比我还早？”仪儿惊讶地看着这个她前不久才发展的忆陆会会员。

“不，你别误会，他也是最近才告诉我他是海兴社的骨干。”

“海兴社……为什么要告诉你，而不告诉我呢？”

“也许是太爱你了吧，”小宛冷冷的话音中，听不出任何情绪的流露，“海陆分裂把男人的心灵掰成了两半，这种痛苦，是我们做女人的，难以体会的。忘掉小缘吧，那只是一场梦。”

“你叫我怎么相信你说的？你这陆地的背叛者。”

仪儿恨恨地看着面前这个女人，仿佛是她夺走了小缘。

“小缘说得对，根本不存在陆地。陆地仅仅是心造。然而另一方面，对我们现在依身的海洋，大家又很是感到不踏实，小缘说，这才使我们选择本来了无一物的东西作为精神上的依托。”小宛说。她停顿一下，又接着说下去：“你内心其实也很明白。所以，你每次做仪式时的反应才那么剧烈，连我看来都太过分，很替你担心。而你却不能正视，也不体谅大家的心情啊。小缘早就看出来了，你其实与海洋有着特别的缘分。他让我来接你，让我们一起去拯救这行将瓦解的海洋吧，也以此救赎他埋葬在深水中的灵魂。”

仪儿明白了，宛儿竟也是海兴社的，听着听着便哭了起来。

“干吗要说破呢？连我自己也不敢去面对这种情愫。”她说，“我恨小缘，他摧毁了我们生命中最宝贵的东西——幻想。”

镜花水月感又一次从四面八方包围过来。这时，仪儿猜出了它真正的来源。她觉得世间的一切，都丧失了意义。但这中间又蕴含有无限凄美，使不谙世事的年轻女人痴迷得难以自拔。

“跟我走吧。让我们在海洋中，重新亲近海洋。”宛儿柔声说。

一瞬间，仪儿被这妖惑的声音感动，几乎要离开静水巢。但她忽然说：

“万一你错了呢？万一小缘错了呢？”

宛儿正要回答，周围的水层中泛出亮光和人声。

愤怒的陆地体验者围上来。他们发现了非法闯入者。

“你快走吧！”仪儿一推宛儿。

听见说话声，陆地体验者们把怀疑的目光投向仪儿。

仪儿本能地举起波导枪，却发现枪口竟是指向宛儿。这个动作，是她下意识做出来的，这也许是她还暗暗忌恨着宛儿与她争夺小缘吧，却一时疏忽了小缘魂灵的召唤。这把体验者的注意力引向了宛儿。宛儿没有料到仪儿竟会这样，脸色大变，动作走形地向不远处的喷水艇拼命游去，却被体验者们截住。

五六支水矛同时插进宛儿赤裸而平坦的腹部。她惨叫两声，螯虾般剧烈抽搐几下，便在猩红的海水里一动不动了。她身体中流出的肠子像绞缠的海蛇一样，一团团阴暗地在内波中有力挣动，仿佛携带着小宛的灵魂，还渴望着努力活下去。宛儿，她的原型或本相，莫非正是螯虾或海蛇吧？

仪儿闭上眼睛，在心底呼喊一声：“小缘！”

## 八、危机与演化

在那个人造夜晚，五万四千名海兴社后裔前来接走他们认定的同情者。

但仅有一千九百人跟随他们离开静水巢，离开城池。

海兴社还向一些造陆仪式的场所发动了袭击。

但是，因为陆地体验者早有准备，许多海兴社成员和他们的同情者都被当场打死。

海洋因为这些人流出的血，愈发红艳了。

看起来，预言家所说的海和陆的双重危机来到了。

然而，最后，还是陆地的幻影占据了上风。因为，它毕竟存在于极致而精妙的想象之中，而幻觉一旦越过尽头，便注定要向它的反面演化，结果便产生了最难以反驳的现实感——并真的成了现实。

这便是存在于深渊中的忆陆会经历的第一次灾难性事件，却使它壮大起来，最后发展为拜大陆教。拜大陆教代替海兴社统治海洋，长达九百四十一年，直到从这个梦境的内部又孕育出颠覆自己的危机；而个体的水栖人，在这漫长的更替中，却永远是不足言的道具。

# 第五章　受控环

## 一、控制论专家

在蹦水鱼开始群跃发情的季节，自称为世间仅存的控制论专家的人被带到海洋王的面前。那正是王国暴涨期即将结束，收缩期开始的前夕。海洋王昏昏欲睡，却掩饰不住恬静的表情。他的脸膛焕发出婴孩一般使人难以置信的洁净光芒。专家从未见过这样一种非人世的神情。

海洋王用奄奄一息的语调问："巫师，你来自何处？"

"磕碎国。"专家对海洋王称他为巫师感到生气和好笑，却没有立即反驳。

"传说，那是一个仅有暴涨传统的国度。它与人所不知的陆地存在神秘的联系。是这么回事吗？"

"正是。传言往往不虚。"

海洋王得意地笑起来："但是，这对于此刻的我来说，又有什么意义呢？你来自十米以外，也即是来自万里之遥；暴涨的国度，与收缩的国度，又有何不同？”

专家对此种极富创见的设问闻所未闻，毫无思想准备，不免感到难以自持的眩晕。他的身体释放出一些多余的电荷，海水剧烈晃动和闪耀起来。虽然，他已事先学习了这个国家的奇风异俗，此时仍然大为震动。

“我们现在这样，才是最无忧无虑的。但是，将来呢？还是不要管它吧。”海洋王喃喃自语，身子在海水中像个帽螺似的绕着自己的垂尾美妙回转了三百六十度。不理朝政的他，刚从自得其乐的远游中归来。

“巫师，听说你还掌握着陆生人失传的技艺呢，嗯？”海洋王像珊瑚一样歪斜着蓬松的巨型身子，用趣味盎然的眼光打量客人。

“是这样的。不过，有件事我要做一些解释。我不是巫师，而是一名自然科学家，确切一些，用陆生人的话来讲，是一名控制论专家。我了解到贵国的奇妙之处，便前来看个究竟，因为这涉及我的专业兴趣。再说得确切一点，我是来拯救你的国家的。”

“你看到的，将与你想象的不同。另外，我的国家，不需要任何人来拯救，我亲爱的巫师。”听了专家的话，海洋王感到实在可笑。

“你那么肯定？据我所知，这里的一切并不是想象出来的。”

“想象？你须知晓，你所谓的科学，本身便是一种想象。它曾经是一样最有用的东西——那些死无葬身之地的陆生人遗留下来的迂腐之物，正因为如此，它也便成了最无用的东西。我这样说你可明白？不明白也没有关系。包括我在内，许多人也都弄不明白，但这毫不影响我们的生存。简而言之，这个世界就要发生一场变化了。我们都是观察者，也是体验者。”

海洋王说完，便摆动尾鳍游入他的岩宫。他的皇后和妃子们，也欢天喜地前后振动着，蝴蝶鱼般随他而去。

## 二、机器的政变

朝廷只是名义上的，其实是无政府。海洋王也仅是一个方便的称谓。他在无为中统治着并不需要他去统治的海底世界。

接下来的欢迎宴会在人造座礁上举行。球形合金城堡中的设施和装饰，多少沿袭并象征了陆地的古典礼仪，这是待客时才有的最高规格。在欢声笑语中，碹砗国的专家发现海洋王心神恍惚。他选择这个不同寻常的时候前来，就是为了见证这些。他只是尚难全部证实他的猜测。

“你是我国的贵宾，让我们忘掉一切吧——忘掉尘世，忘掉你正在吃的食物，还有她们。”海洋王指了指美人鱼宫女，“进入美梦之中。”

海洋王啜吸着黄色海麻，发出滋溜溜的庄严声音。群臣肆意欢笑。来客心想，这里似乎没有等级和尊卑。

这使他不太习惯。暴涨，在滔滔大海中，如何竟是有限度的呢？这时，他听见，在金属幕墙后面的水域，响起了一种金属咔嚓声。那是凶险的声音。他的专业神经被猛烈触动，正要听个仔细，那怪声又忽然消失得一干二净。

宴会后，他被安排到一个幽静的水压间歇息。在被带走之前，他又一次与海洋王不期而遇。后者正在一大片橘红色的旷水中不安地缓缓游动。他的脸色已经变得紫黑，透出铮铮亮光。他身后不远处，跟随着同样沉默的大臣和后妃，皆恍若异人。而他们也看见了他，完全如遇陌路人。剧变前夕，他们已经顾不上理会来自碹砗国的“巫师”。

控制论专家虽然知道这个国家的人们在几个时辰后都要转化为机器的形态，却仍然对即将发生的奇异事情感到紧张无比。

但是，陆地生物基因的远古惯性，使他在一阵不期而至的麻木中睡去，哪怕，海洋中并没有昼夜之分。

不久，他被巨大的声响惊醒。他看见，成百上千的蓝色明亮气球正在红色海水中翻滚不停。在一人大小的空间内，海水被瞬时排干，中央部分形成一个炽热的真空囊包。这些亮晶晶的火球遇到建筑和人类，便将之悉数焚毁。海水因此沸腾，鱼虾皆被煮熟。

在自动潮道上，他看到了面熟的海洋王的卫士，但昨日的血肉之躯，现在分明已是一组组吱吱作响的钛合金。

机器人战士举着波导枪梦游般行动，高呼：“敌人正在进攻，快去保护海洋王！”这让专家看得入迷，大声喝彩，忘了危险。怎么能不激动呢？他又见到了久违的机器，机器，才是令控制论专家心旷神怡的玩具。

他痴痴然径去王宫。还没有抵达，便听说那里已被叛军占领，王国被推翻，海洋王失踪了。

他被叛军的机器人士兵捉住，带去见篡位的新海洋王。

他惊讶至极。新海洋王长得跟旧海洋王一模一样——除了眼睛是光电元件，头颅是钛合金。海洋王用沙哑的金属嗓音对他说：

“巫师，你来自何处？”

“碹砗国。”

“我听说，那是一个仅有收缩传统的国度。似乎，与缥缈的陆地有着神秘的关系。”

“暴涨与收缩，陆地与海洋，此时又有什么分别呢？”这回，是专家陷入了山重水复的迷惑。他不安地看着机器大王。

“有分别。这决定了你只可能是奸细。”海洋王叽叽的嘲笑声像是一段录音的释放。

未经审判，专家便被投入海底牢狱，由专人严密看押。

## 三、囚禁

变化确已降临，不妙的是它直接威胁到磕碎国来客的命运。他的科学研究之初衷，已如上一代海洋王所言，成了毫无意义的东西。看管他的狱卒是一位老人，也是一个机器人。这机器人的知识范围有限，因此他与专家并无共同语言。后者被磁力线禁闭，所以也无法用控制论原理对那家伙做出解析。

有一天，机器人对专家说：“你是我的第一百零八名犯人。前面的一百零七人，都被斩首了。同你一样，他们是上一个暴涨周期中幸存下来的人，嗬，都想探究这奇异海底世界的谜底。”

专家说：“不，并不完全是探究。基础研究本身仅仅是一种有限度的游戏。你们的海洋王搞错了。作为一名科学家，确切来讲作为一名控制论专家，我来自另外的世界，我更重要的使命是来帮助你们逃脱灾厄，使你们度过世界末日。你们已陷入可怕的万劫不复。”

“万劫不复？控制论？那是什么东西？”

“是科学啊。只有它无所不能。”专家忽然感到厌烦。在他的国度，或者，在传说中的陆地，这是身为机器人所应具备的最起码常识。

“我们这种俗物是不太懂得的。”机器人像是隐约产生了一丝本能的自卑。

“但机器人啊，你们却是控制论的产物，这世界的灵种。只是，你们与刚刚灭掉的那个国家，在承袭上，到底有什么关系？这使我迷惑。”

“我们之间的关系？你是说肉体还是精神？”

肉体还是精神？这俗气得不能再俗气的问题！也许，这家伙分明是在装聋作哑？专家暗忖。然而，在机器人故作天真的后面，却显示出他对这番话语真正抱有兴趣。这仍然是他的机器身份决定的，他的电子基因使他难以忘记自己的本源。机器人，大概是最初下到海中生活的那批陆生人类，所制造出来在海底城中从事劳役的工具吧。换言之，那被篡权的肉身海洋王才是他们的逻辑主人。只是，现在一切乱套了，每个人都丧失了记忆，连狱卒亦不能自觉意识到他被控的本质。专家实在忍不住要去回想不久前刚被推翻的那个王国。这机器人一定是那里的人类按照他们自己的形象制造的，然而，让人费解的是，那海洋王却不曾谈到对控制论的兴趣。那里也没有发现制造机器人的迹象。这是一个矛盾和谜。看起来，人们在丧失记忆后，疏离了真实的自己。

自然，在囚禁中是无法找到答案的，专家只好放弃努力。这狱卒说到底，仅是个低级的机器工具，不了解生命和意识的复杂性。专家叹了一口气，有些后悔来到这个莫名其妙的世界，去做一件知其不可为而为之的蠢事，遂准备引颈受戮。然而，他没有被立即处决。机器狱卒按时送来食物，却不是机油，而是海洋人类爱吃的美味：涧蚌和礁蜇。

这使控制论专家又看到了希望。而在磁力禁闭之外，海洋中的战争仍在继续。新兴的机器王国陆续灭绝着一个个的人类王国。巨大的爆炸声不绝于耳。超声波和次声波使专家一会儿消沉，一会儿亢奋。在消沉和亢奋中，他感到了生命的真实和虚无。

有一天，他终于忍不住，试探着问狱卒：

“都过去这么久了，是不是不杀我了呢？”

“你问得好，这么久了。我要回答的与你询问的一样：这只是时间问题。”

专家大失所望，却又似有所悟。不过，在漫长的等待中，他却与狱卒成了朋友。他又换了一个方式，把那个问题提出：“从人的形态转换成机器人的形态，有什么目的吗？”

“我其实不知道这个问题的确切答案。我只晓得，这样一种人与机器间的自然转换，很早便开始了。当然，不会有你想象中的目的。”

狱卒笑起来。那的确是机器人才有的蠢笑。这一幕专家也久违了，因此在畏惧中感到亲切。

在信任感建立起来之后，有一次，机器人开恩暂时消除了专家的磁力禁闭，带他去到海底平顶山中。这竟是一座座钛合金的山丘。山峰是编了号的，坡壁上镌有一个接一个的椭圆形舱盖。海水像纱巾一样浸润它们。机器人打开其中一个舱盖，那后面露出一个洞穴，其间藏着一具抗压玻璃容器。循着滑轨拉出来，里面竟躺着栩栩如生的人体。那正是狱卒本人。但是，那是他前世的肉身。

“在零下一百三十七摄氏度的溶液中，他长睡着。他多么安怡呀。”狱卒冷冷瞧着自己的另一个生命。

“生命与机器毕竟不同。”专家叹道。

“不，生命就是机器。我亲爱的巫师。”

## 四、逍遥游

蹦水鱼又一次群跃产仔了。狱卒告诉专家，就要把他处死了。

“征服世界的战争即将结束，机器人王国就要完成它的使命，之后，它将变得一无是用。因此，在这件大事发生之前，你作为俘虏要被处死。”狱卒说，“我将亲手砍下你的头颅。”

机器人王国也将变得无用吗，就像科学一样无用吗？专家绝望地想。

但是，他发现，机器人在说这番话时，已经神态迟钝，行为缓慢。他预感到，变化又将发生，心中不禁窃喜。但他还能看到结局吗？

机器人醉汉般游走了，他是取凶器去了吗？但他再没有回来。专家意识到，在最后的瞬间，狱卒如同遗忘了自己的本质一样，也有可能把杀人的使命给忘记了。

他兴奋不已，饱餐一顿，美美睡去。醒来后，感到身上的磁力锁已经自动解除。海洋中再没有滚动的蓝火球。

这获释的人愣了片刻，便欣然游向远方。海洋还是海洋。这是红灿灿充满发光细菌的大洋。蹦水鱼产完仔后，欢跃歌唱，然后一头头互相咬噬着死去。它们的残尸呈现出美丽的弧形，把海水分割成破碎的幻彩。

专家四处也找不到狱卒。他还依稀记得王宫的路径，便朝那里奋力游去。有几段自动潮道已恢复运行，新搭建的礁座上又闪耀起霓虹。

一路上，他又看到水色迷蒙的轻歌曼舞。俊俏的美人鱼宫女和庄重的蟹形臣仆皆悠游不停，展示各自苗条或粗茁的身段。他明确无误地发现，他们都是肉身。新的暴涨王国在瞬间又建立起来。他竟以为来到一处伟大的神话之境。他觉得自己是在仙游。

他见到了新继位的海洋王，跟机器人海洋王长得一模一样，只是，周身并无坚韧金属的锃锃泛光，有的只是凡人吹弹即破的肌肤。

“你我又见面了，亲爱的巫师。你看到了，一切并没有变化嘛。”人类的海洋王说。

“变与不变在这里已经得到统一。”

“你还看到了，生命与机器的差异与相同。”

“是的，我看到了。但我似乎又什么都没有看到。”

“亲爱的巫师，如果你把你看到的一切当作幻影，那么，你的确是什么也没有看到。”

专家又成了王国的尊贵客人，他与海洋王宴饮，谈起奇妙的玄学而不再是枯燥的控制论。这竟使他头一回感到身心放松，并对自己在硿砵国的身世与作为第一次产生怀疑。

“我竟对存在的本质糊涂了起来。”有一次，他对海洋王抱怨。

“正好，全国范围内的逍遥游就要开始，我建议，你也到海洋中悠游一番吧，这样，你的疑惑就会冰释。”

海洋王安排专家去旅行，并派得力属下陪同。他吃惊地发现，正是那狱卒，但在新生的国家中，却是管理文化事务的大臣。大臣神秘地对他笑笑，带他乘上水云车，开始周游。这一游便是七个应潮期，他们沉浸在忘我之中。这海底的居民真是其乐融融，丝毫不记得刚刚过去的战争，也不想去知道。他们的生活简单明了，便捷朴实。早年间由陆地传来的复杂技术，早已被抛弃（专家想，机器人又是怎么诞生在这个世界上的呢）。他们结茅网捕鲸鱼，执水矛杀海鼠。若没有捕杀到，也无所谓。那不过是一场场有限度的游戏。他们采集莨藻而食，以种植嘉荣为娱。他们中有一种人叫作哲学家，讲习着静养和无为的一切妙处。而他们中的确是没有科学家的。他们中还有一些人，一俟成长到八岁，便学习墨水龟，把头颅埋于海底沙层中，再不干别的事，让新陈代谢趋于缓慢甚至停止。他们的寿期，看上去似乎具有无限的可能。

"我有一事不明，那些机器人呢？"一天，专家终于把心中疑问提了出来。

"他们与世界的缘分已尽，便自我解构了。"

说完这话，文化大臣便带他来到海底平顶山，以证明所言不虚。这是一座座的金属山峰。但它们已经崩溃成了可怕的碎片。山峰由成千上万、破破烂烂的零件堆积而成。专家明白，这些都是机器人尸体的垃圾。

他于是问："下一个周期何时开始？"

文化大臣笑道："你又谈到时间了。这是你残存陆生基因过强的显示。这不好。还是让我们忘了时间吧。生命如水之循环，世界本是幻影。"

## 五、受控的本源

他们后来的确不再记得时间。不知过了多少个应潮期，他们仍在周游。专家淡忘了来这里的目的，直到他又见新一批蹦水鱼开始跳跃。

这才使他惊醒。他复记起自己的救赎使命。他看到，游手好闲的王国居民投入紧张工作。每个人的神情都变得庄严。原始的技术呈现出向复杂化跃升的迹象。文明在一个时辰中完成了几千年的进化。王国中出现了工厂，先是手工作坊，随后又有了流水线和自动装配车间，在大规模生产的现场，活跃着制造业专家和产业工人的身影。海底充满金属的咔嚓声。官员们的脸色正在变得紫黑。文化大臣的身份即将向狱卒转换。

他预感到不妙，虽没有弄清这里的古怪，却急急要求回去，他要向海洋王告辞，并逃避危险。但大臣/狱卒却故意带他走错方向，等他们磨磨蹭蹭赶回京城时，什么都晚了。

战争又一次爆发。人们又摇身一变成了机器人。他又被当作奸细，被带去见新的海洋王。

"亲爱的巫师，据说你自称是控制论专家？"

"正是。"

"但你分明是个奸细。"

"我有口难辩，在你们这古怪的风俗面前。"他感到十分委屈。作为唯一的清醒者，他怎么就不能阻止这一切的发生呢？

"你好像不太习惯这个世界，这不是我们的错。"机器人海洋王眉头紧锁。

"在你们此前的那个周期，我曾拥有一段无上的愉悦。在你忙着准备灭绝别的国家时，我却在周游世界。但现在我发现一切是梦幻。"

"这都是因为你那可悲的肉体形态的存在。"

"到底哪个才是你们的本质呢？"

"难道会有什么本质吗？这真是人类才会提出的愚蠢问题，我亲爱的巫师。”

这把他说得哑口无言。他们是超常的机器。但是，与上一次见到的相比，又看不出进化的痕迹。只是一次完美的复制。

他再次被投入牢狱。还是那个狱卒，他自豪地说，之前他已杀了一百零八人。他不记得他曾做过文化大臣。

但专家已有了经验，不再为死亡所惧。既来之，则安之。他发现，这正是他在上一个单元里习到的经验。他具备了承受变化或者说不变的能力。

他在心里默默念叨，一切会过去的。不必害怕。这也不过是一场梦。

果然，一切周而复始，不知过了多久，他又看到了返回的蹦水鱼。他再次被免于极刑。他复见到新登基的肉身海洋王，也即是从冰冻溶液中唤醒的千年不变的海洋王。每一名旧臣都不曾老去，脸上挂着处变不惊的微笑。他向海洋王诉说了他的遭遇，告诉他海底还存在一个机器人的王国。海洋王仿佛第一次听说此事，却毫不诧异，只是淡淡说：

“我同情你的遭遇。但我不关心你提起的话题。”

“这里面的关系可是太大！”

“有什么关系？”

“你们随时间而变化，却不能随时间而进化。”

“时间？海洋中是没有时间的。”海洋王哈哈大笑。

专家感到震惊和绝望。但他忽然想到狱卒在听到控制论时，隐约露出的潜在兴趣。或许，只有在机器而非人类的国度，才能实现救赎？机器人暂时忘记了自己受控的本源，但从逻辑上讲，他们才是陆生人科学道统的最后传承者。

## 六、魔障的解除与非解

因此，他便做起准备。当下一群蹦水鱼开始跃出内波，当人们又一次着手在海岭下兴建新的厂房，他潜入了制造者中间，谢天谢地，他还记得早年学到的知识，遂向即将完工的机器人大脑中，偷偷输入了临时编制的指令。

天翻地覆之后，他又见到新的海洋王，结果是，他又被投入监狱。这一回，他却买通了他的老朋友狱卒。他获得了在磁力收缩允许的范围之内自由游动的权利。凭借回波定位，他只用了不长的时间，便找到了那些接受过他指令的机器人。他们人数不多，却都听从他的差遣。

他把他们招呼到一起，发出新的指令。

“我要中止这场连环游戏。”

“是，遵命。”

很久没有听到这样的回答了，他不由得记起什么，一阵心潮汹涌。

受反叛程序控制的机器人组成一支敢死队，潜入王宫，捕捉了毫无防备的机器人海洋王，一下子颠覆了王国。周期提前终止。这里面隐含重大的意义。

“啊，亲爱的巫师，你也在他们中间。你这是要干什么呀？”被缚住的机器人海洋王惊恐地问。

“我要改变这个国家的命运。”控制论专家说，“我要拯救它。这是我的使命。”

“国家的命运一经确定，便无法更改。你既是这周期中的一员，当知道这是宿命。”

海洋王还把他当作治下之人。但他的确来自外部世界，那里运行着不一样的规律。

专家便冷冷道：“不，我亲爱的海洋王，我不是巫师。我已看清，是有人玩了把戏，让你们在一个周期的两端来回折腾。当到达一个端点时，干扰便会出现并被放大，负反馈便也产生了，这使你们的文明荡了回去。然后，又是新的干扰，又是新的信息积累，又是另一番放大，又通过负反馈，回到原来的端点。收缩与暴涨，战争与和平，专制与自由，肉身态与机器态，来回的奔波与选择，却都不能解决你们的难题。时间和文明成了在一个泥坑中打旋的腐水。”

“我第一次听说这个。谁这么可笑，竟玩这种把戏？”

“可笑？是可怕。那一定是你们的宿敌干的。”

“我们的宿敌，不就是分布在海洋中的那些邪恶轴心国家吗？你没有看见么，我正在用蓝火球逐个灭掉它们。”

“不，制造这麻烦的人，是生活在这段封闭的历史产生之前——更准确来说是之外——的神秘族群。在你们的最古老和最边缘的档案中，对此一定有着详尽的记录。”

“档案早已毁于战火。”

“不，它残留的关键部分，还存储在你的大脑里！”

专家以迅雷不及掩耳之势，指挥叛军劈开了机器人海洋王的正电子大脑，从中取出一个金属环。这是以铍材料为基质的集成量子板阵，控制着一个功率强大的磁－生物场发生器。它在运作时能产生反物质流，使时间的投影不能落到光锥的焦点上，遂制造出一个对轴图形的全封闭周期或者虚假历史。

这就证实了专家的猜测：从正常的逻辑上讲，这受控环一定不可能保存于肉身人的王国，而只能系留于机器人的世界。他又心忖，或许，这两极文明的本质其实更趋向于机器？但是，是谁埋设下这环的呢？生活在这段历史之前或者之外的那些神秘生命，到底是一种什么样的存在呢？这却是渺小的控制论专家解释不了的问题。

他只能做他专业范围内的事情。随后要干的就很简单了，他在线路中加入单向逻辑时间概念。他增加了一个放大器，以对付原始干扰。他还施放出一个奇异子，并使它能预防事件在荡点处的忽然停顿与回返。环的魔法被解除了。就像磕碎国的情形一样，事件将坚定地荡向一个端点，而绝不回坠，并越过巅峰，永远逃离周期，奔向自由。世界，得救了。

至此，专家才松了一口气。这时，他已成了事实上的海洋王，大权独揽，顺我者昌，逆我者亡。随后，他继续把这拯救行动推向彻底。他要求国民选择一种生存状态：机器，或是人，但只能是一种，一旦选定，将永不堕入另一界。

与他料想的不太一样，他们选择了做人。

只有那狱卒说："不，我不做人。"

这使专家忽然心意寥落，感到胜利来得毫无意义。

狱卒要跟他离开，去真正意义上的国家：磕碎国。

在离去前，专家发出最后的指令。全国的机器人开始了自我拆解，冰冻在海底的人类被提前唤醒。新的王国又建立了。这回，却要永远存在。这次，他没有再去面见海洋王——或者，他的那个傀儡，而是悄悄离开了。狱卒陪着他，成了他余生中忠心耿耿的机器仆人。

或许是由于环境的改变，蹦水鱼一条也见不着了。这使专家陷入久久的悲哀。很长时间后，他都没有回访他唤醒的王国。但在一次长睡之后，却忽然想到该去看看，他要去观察他做出的实验结果。他便与机器仆人同去，但他们仅仅看到了一片废墟。那个要永远存在下去的国家没有了。海底淤泥掩埋着无数死人骨头和殉葬品。人类灭绝了。

“怎么会是这样？”他感到一阵天旋地转。

他的机器仆人却用专家从未见过的智慧目光扫视这一切，说：

“我明白这是怎么一回事。他们习惯了受控。你解除了那周期，让他们快活地做人，却也剥夺了他们的本质，也即夺走了他们的生存能力。”

“是这样么？我救了他们，反倒害了他们？你这可怕的机器，你当时便预知到了吗？所以你不愿做人。但你怎么不对我说呢？”

“因为我那时有些怀疑起你的真实身份了。你到底是机器，还是人？”

闻此言，专家感到空前的惊恐，便把求救的目光投向这深藏不露的机器人。这时，他察觉到这里面的悖论：这家伙没有选择做人，那么，他实际上便选择了做机器人。那些选择做人的人死了，而选择做机器的人却存活下来。同样是选择，在物理逻辑上并无不对称处，但结果却如此不同，这里面隐含着极大的危机。

他不敢再想，也不敢再问，仿佛追究下去，他作为创造者所依存的那个奇妙世界也要在瞬间崩溃。

机器人眼神迷离，用女人般的声调说：“我听说，早在几万年前，不光陆地上，而且海洋中的人类早已死光了，怎么就你存在下来了呢？你或许是仅存的最后一个人，来圆你们族的梦；你也或许跟我一样其实是机器替身，受控于人类程序的指使，来重建一个梦；或许，你就是‘神’本人？可惜你的成果已无人享用。”

“那么，你又是谁呢？”

“我吗？这也是我一直在思考着的问题。”

机器人的眉宇间浮上一层愁云。这时，他想到了性别的问题。

这两个家伙看看对方，像看两具幻影，又掉头迷惘地去看海水。红色海洋从四面八方围拢过来，发出哗哗的笑声。

“我们还能造人吗？”其中一人说。

“或是机器人？”另一个说，“我们来赌一把吧。”

# 第六章　海底的太空英雄

## 一、骷髅守看的世界

那时候，海是适宜人生之海。海澹而静，漠而清，渊渊巍巍，似是合乎人的本性的。那时候，是没有国家的，也就没有海洋王，有的只是先知。这也与海的本性相符。因为，海是连续的，均匀的，不若大陆的崎岖坎坷。地势的凶险不平曾导致了人间的凶险不平，但这在益之而不加益、损之而不加损的水世界中不复存在。而海又是宽厚的，混沌的，已然浩瀚周遍，兼蓄包藏，空虚而充实，无处不终结，无处不开始。这使人的心胸也宽厚混沌并没有阻隔起来。海底的居民们，性情淳然如水，随和如水，无争而无不谐，无欲则毫不贪。他们不知道这水的圈层外面还有何物，是水还是陆，是天还是地，也从不想知道。他们永不会去向往海洋之外的世界，便没有了私欲，没有了野心。这些都是海的种种好处。

那时候，人类的亿万后裔就生活在这样的海洋中，他们以为这便是本初之海、永恒之海。密集的红色发光细菌使海成了艳丽明亮之广域，哪怕是深不见底的海沟渊谷，也如万里晴空一般爽朗怡情。千万个钛球城市都由差转隧道连通着，核火的力量把氢聚变为氦，使城市闪光并运转，这外表柔和而实质暴烈之力是先人传袭下来的，后人却不知其详，因他们已忘了历史，只懂得坐享其成，只知其美而不知其恶，并对一切需要用力的场合避而远之。防护城市的是巨大而无形的磁栅，阻止潮暴和水怪的进犯。人便生活在水的圈层之中。这是富足而丰饶之海。所有的，都从圈层中制造出来，取之不尽，用之不竭。其时的人类不知劳累身形，这或可称作至乐。

但是，世上总是有意外发生。这一次，是一对兄妹，他们忽然为这海中的生活感到无比的喜悦，便兴致勃勃一起远游，企望阅尽天下之美。他们游着，无所用心地观赏和体味海的种种圆满，觉得有一天死在其中，也知足了。然而，就在这时，他们离开城市太远，脱离了前辈庇护者设下的防卫屏障，遭遇了海底乱流的袭击。飞石击中他们，把他们打昏；旋涡又吸走他们，把他们送远。过了许久，他们醒来后，第一眼便看到了不同寻常的海。这仍然是海，却是冷淡凌厉之海，虽也是红色的，亮度却比他们生存的有效水圈黯淡了许多，仿佛比一切海都更加古老，虽曾孕育了一段秘史，而这里已没有了任何活的生物。他们顿然生出惧怕之心。而以前，他们还不知道什么叫作害怕。他们勉力继续游了一阵，便看到了废墟。

这是一处谁也没有来过的深深海沟。废墟是此地绵延着的破败城池。它狰狞着，一段连一段，一段又不连一段，形象模糊地困顿在海底，是一具蜷曲的巨大尸骨。看得出来，废墟也是金属的，如同他们自己的城池。但是，却没有人烟，没有光焰。这死城的真相被海底的淤泥覆盖了许久，因为海震，而显露出来，展示出海的另一面。

他们没有想到，海洋中竟还有这样的可怖存在，妹妹吓坏了，想立即游出这幅地狱图画，做哥哥的却平生第一次感到忧患。这是怎么一回事啊。因这忽如其来的忧患，他觉得早已安排好的人生之中，竟有种种的不妥当，竟有种种的不周详，便想探看一个究竟。

这时，他们已完全在废墟中迷了路。他们胡乱游着，经过一个像是广场的地方，来到一座爬满周丛植物和底栖动物的古堡前，它似在废墟的中心区，实是一个半球，或者说一个过分隆起的龟背，比起那些残破的建筑，它还保持着相对完整。最奇怪的是，它的穹形屋顶上高耸着一根粗大的金属圆柱，向着上方的水体延伸出去，一眼看不到头。这是这建筑与众不同之处。

有一道残破之门通入半球状建筑。兄妹俩迟疑一下，便游进去，见这古堡的内壁也是金属的墙，有许多坚硬的突起和凹进，又看到骷髅，完完整整的一个人，坐在金属的椅上。那是个无鳍骨的人，指骨接缝处也没有连接软骨。他生前可能没有蹼。他的头和身均比兄妹俩小一号。在他洞开的嘴中，彩色的鱼儿进进出出；在他的骨盆处，独步蟹搭起房屋。死人的面部朝向一个与屋顶立柱相连的金属圆筒，黑洞洞的眼眶注视那里。

这引起哥哥的好奇。他把髅骷移开一些，自己凑到那圆筒边去看，吓了一跳。他看到，圆筒底部有一个孔洞，嵌着一块玻璃，其后显示出一幅景象，是一片仿佛十分遥远的蓝白色光，又若有气流隐隐紊动，有絮状的柔物翻滚，却没有海水的波诡。他便颤抖着捉住妹妹的手，让她也去看。她惊叫起来：

“这骷髅守看的世界，是什么呢？”

是呀，透过孔洞映射出来的究竟是什么呢？他们生活在海底，习惯了这红色的水，因此，其他任何色彩的出现，都是一种冲击。他们震颤不已，整个吓坏了，便赶快游出古堡。回头再看，那金属的柱子仍然笔立，在波涛间阴森冷峻，巍然不倒，是海里的真正怪物。他们刚才从孔洞里看到的成像，大约正是这立柱存在的直接结果，是这管道导引来的世界另一端的景致。想到骷髅也这么痴痴看了许久，他们觉得自己快不行了。这时，搜寻他们的救生船来了。他们看着这熟悉的船儿，像是见到陌生的丑物。哥哥竟然昏死过去。

## 二、混乱的前夕

他们获救后，便把遇到的这事向别人述说。大家难以相信这是真的。尤其是，废墟，古堡，立柱，奇怪的尸骨，还有圆筒中的世界，这一切怎么可能存在！他们还说看到了一处没有水的天地，白茫茫，蓝兮兮，恐怕是从那立柱中透下来的光影，来自不可知的远处，由圆筒来接收。别人一说不信，他们便不服气地要带人去看。但是，人家都说那是幻觉。他们有时也便想这大概真是幻觉。只是，静下来时，却为那发射蓝白光的世界而怦怦心跳，这时，再去看海，海已不是海了。

哥哥很想再赴古堡一趟，妹妹却害怕去。她有一种预感，就是他们看到了不该看的东西，那是不祥的。大难就要来临。哥哥却为了挽回自尊，想证明不是幻觉，一定要去。他便带着一个名叫“闲者”的朋友去了。这回他们坐着喷水艇去，是瞒着众人偷偷去的。他们自己也心惊胆战，觉着这样做违反了海洋里的不成文规则，心中便充满就要告别既定生活似的深刻惧怕。

死城当然还在那里，像是无限光明之海中的一个毒瘤，只是以前被大海私下偷偷藏匿和掩饰了。他们又想细看，又怕细看，驾着喷水艇，环绕废墟游了两周，这回看清了它的规模，那是极大的。于是，心中满是凄凉，也感悟到他们无欲无争生活之虚假，觉得这才是一切繁华梦的真正结局。随后，他们便进入古堡。那具骷髅仍在，仿佛笑眯眯的，欢迎不速之客。

他们心悸着把眼睛凑上嵌有玻璃的圆筒，又看见了海外之世界。

这一次，他们来得是个时候，那世界出现了改变，不再是蓝白色的，而是玄黑的背景上缀有无数闪耀的小小亮点，珍珠一般，其间又衬有一道银光闪闪的柔曼大道。这又是海底世界不可能得见的惊惧景象。此时，闲者无意中转动圆筒边上的一个金属手轮，却见珍珠被放大，是一个个散射不同光色的小圆球，有的幻化成珊瑚似的花蕾，有的耀动着奇形的云霞，那闪射银光的大道，竟也是由无数小亮点组成的。此前，他们仅仅熟悉红色的单调水世界，却没有见过这非人间的五彩缤纷，顿然惊呆。

之后，他便和闲者常去。他们被那世界迷住，乱了水栖人的本性。

圆筒中的世界确在时时变化，其情其形总是出人意料。一忽儿，白色又出现了，但更多时候是以蓝色为主调的空旷。有时，则是一片灰蒙蒙，什么也看不清。某一刻是霞光万道，另一刻是雷电齐鸣。有一次，出现了七彩的一道弧弓。另一次竟跳出一个火光四射的圆盘，刺得海底人的眼睛一下疼了、黑了，好在闪躲得快，如此也要半天才能恢复过来。他们以后总是小心避开那亮物。有时，也有另一圆盘，是黄色的，能够肉眼直视，上面堆积着密密的阴影。但这东西也会变成弯弯的，最后就消失了，但消失之后，过一段时间又会重现。他们还曾见一个红色的球体和一个套着光环的圆物，在漆黑的背景上孤独浮动。还有拖着庞大光鲜尾巴的客人，从圆筒的视界中一掠而过。

对于习惯在深海中安安静静度过一生的生物来说，这些，是不同寻常的。闲者把事情传开了。这样就慢慢引起了严肃的对待。

很快，便有别的人来了。他们先是远远躲在废墟外面偷窥，害怕进入，而后，壮着胆子游入城中，进到古堡。他们只要凑在圆筒上看上一眼，便会浑身一颤，被电鳗击中似的，露出可怜的表情。来看的人越来越多，看后都变了脸色，默默离去。只有先知，叹息着发表了一句话的议论：

"天下将不安定了。"

听了这话，滑稽，也就是第一个发现古堡的男人，悲戚地一指废墟，反问先知：

"那么，天下本来是安定的么？"

他提的问题在海底世界中前所未闻，连先知也害怕了。人们在看过那落入古堡的异域光影后，看过这惨淡荒凉的死城后，沉着一颗心，通通退行回了原先的海洋中，藏身于他们的古老圈层，躲入他们习以为常的小宇宙，才安心一些。这就像婴儿出生之后，又缩回子宫。他们也都觉得这海洋里要出点什么反常事，忐忑不安。

但滑稽心中却有一样感觉在苏醒：人最终是要往那里去的。他已被那孔洞中的异世界吸引，恰如服食了毒藻一般。或者，这让人亢奋的毒素本来就是体内固有的。

而他的妹妹只是冷笑。女人的直觉，使她看透了一切。女人的实际，使她准备好了应对一切。哥哥感到，妹妹心中似也有一种东西在醒来，让人不寒而栗。

## 三、喋血海洋

争论开始了。海洋中还从来没有过争论，但现在，争论却产生了，是非也出现了。先知们希望能为那圆筒中的奇怪景象提供一个解释，但所有说法却都注定不会得出确切的答案。

一个先知说："这是凶兆。这是超出本体的多余，扰乱了我们对世界的正确看法。五色使我们昏聩，争论产生了，战争将爆发，海洋要流血。"

另一个先知说："不，这是吉兆。它使我们可以真正认识世界了。"

又有一人说："笑话。千里的遥远，不足以称述海洋的大；千仞的高旷，不足以探究海洋的深。它不因为时间的短长而有所改变，不因为潮水的多少而有所增减。海洋便已是世界的极致了。为什么要通过一根管子去窥视那幻觉般的存在呢？"

马上便有一人反对："说什么幻觉，那恐怕是比海更加幽深玄妙之境、广阔贯通之域呀。"

众人说："你们说得都不错，但是，我们到底该怎么办呢？"

水栖人的确是第一次感到不安，那种感觉便仿佛是一个大同时代忽然就要失去，一种大智慧顷刻就要湮灭，一样浑朴而精纯的状态瞬间就要沉沦，一段平常心立即就要遗落。这种可怕的不安蔓延着、积聚着，终于有一天，到了爆发点，大家产生了对生活的厌倦，觉得先知的存在，在这种情况下，是一种可笑，是一种嘈杂，是一种多余，便把先知统统杀死了。

这是海底世界中的第一次谋杀。人们目睹了事件的过程，却难以置信它竟会发生。他们怎么会是做这种事的人呢？先知做错了什么呢？他们似乎是在半梦半醒间杀的人。他们搞不清楚出了什么事，就好像是他们远古陆上的先祖在睡梦中饮酒作乐，醒来后便要心碎欲裂；又如同醒来后逐围打猎，在睡梦中却痛哭饮泣。

这恰好印证了先知的预言。因为看到鲜血，滑稽受了刺激，心中升腾起从未有过的亢奋。他看妹妹的眼光，也开始迷乱。他感到对那古堡需要更加认真。而他的朋友闲者则感到愧怍，认为杀人是因自己而起的，因此，有责任对海底世界做出一个交代。

没有了先知，海洋显现了最初的混乱。这时，水圈中忽然出现了许多自称为哲学家的怪人，夸口说要来拯救世界。他们不知道从哪里冒出来的，也不明白为什么要叫哲学家，而世界为什么又需要拯救呢？闲者便找到哲学家，希望他们能够对奇异现象给予解释。

“那到底是什么呢？”他问。

“是另一个世界。”哲学家平静回答。

“另一个世界？”

“是与我们的海洋世界平行着的世界，简单来说，是另一个海。你看见了吗，那里也有珍珠在闪光，也有珊瑚在生长，也有鱼群在死亡。一切犹如我们海洋中的生死荣枯。唯一不同的只是颜色。白光与蓝光的交替来临，把一切淹没，犹如统一的红色将我们的海洋吞噬。”

“但它毕竟与我们的海洋有着那么多的不同。会有与海洋不同的海洋吗？海洋难道不是仅此唯一的存在么？”

“不，有无数的大千世界，无数的海。”

“你是怎么知道的？”

“是来自陆地的古人流传下来的说法。”

想到浑然一体的世界已经消亡，而分别出现了，闲者陷入哀伤。

“这世道忽然叫人不明白了……那么，我会是那新世界的主宰么？”这话一出口，闲者也很吃惊。他以前从来没有想过要去做什么的主宰。但自从看到那圆筒中的世界后，他脑海中产生了连自己也难以理喻的想法。

哲学家犹豫了。他观察一下闲者的脸色，最后下定决心说：“不能。因为那世界是我们永远无法理解的。”

闲者不满意这样的解释，便拔出剑，把哲学家杀死了。他杀了人，仍然不敢相信自己做了这件事。他是来寻求答案的，却怎么会把提供答案的人给杀死呢？但哲学家流出的血，分明把海水染得更红了。先知的预言再次得到应验。

随后，科学家被请来了。科学家是海洋发生混乱之后，出现的另一种新人类。来之前，科学家已听说了哲学家的悲惨结局。他心里清楚，对待闲者的提问，一定要小心谨慎。

“那并非是另外的世界。哪里会有另外的世界呢？世界只有一个，那便是我们身处的海洋啊。”科学家讨好地说。

“可是，你怎么解释我们从圆筒中看到的呢？”

“那是‘道’。”

“‘道’？”

“是的，在我们的海洋中，你可以看到，当那光芒变幻时，鱼群会开始迁移；当那珍珠移行时，水面会冷暖交替；当那圆盘盛衰时，潮水会澎湃不休，此时，男人体内的神秘的腺体将分泌出异味。‘道’

就是支配这一切变化的根本。”

“那么，我们对此能做什么呢？”

“观察。”

“你这是什么意思呢？”

“那圆筒，那立柱，便是先古的圣人——第一批下到海底的人类，用来观察‘道’之运行的工具啊。我们当仿效前贤。”

“观察之后又做什么呢？”

观察之后？科学家紧张起来。他没有想到闲者会这么发问。在这个世界上，难道，除了观察，还会有更多的事可做？科学家从来没有这么思虑过。但他看到闲者的眼睛发红了，便畏惧地说：

“也许，还会有更多的事可做？这只是我们以前没有好好思考过罢。让我想想。是的，当那光芒变幻时，鱼群会开始迁移，我们就会知道去哪里捕捉；当那珍珠移行时，水面会冷暖交替，我们就会随之上浮或下潜；当那圆盘盛衰时，潮水会澎湃不休，男人体内的神秘腺体将分泌出异味，我们便会及时调整情绪，小心应对女人。这些，都是古人做过的啊。或许，他们不仅观察到了‘道’，还掌握了‘道’？而我们如今只能看见‘道’。果真如此的话，那大概便可称为不幸——或者，不幸中的万幸。”

“我们也能掌握‘道’么？”

“让我再想想。”科学家提心吊胆又看了看闲者那空茫的眼神，“噢，会的。那样，我们便能成为海洋的真正主宰，这不幸的世界也就可以被拯救了。”

“那要等多久呢？”

“三百代人。”科学家心算一下，如实回答。

这个回答引起闲者极大的不满。科学家又被杀掉。

下一位被请来的是巫师，海洋中新兴的活跃分子。

他告诉闲者:“透过圆筒，大家看见的是时间哪。”

“时间？时间是什么？”

“时间，就是与我们的命运融为一体的东西，在不知生死的无为之海中，时间在以前并不曾存在，但是，瞧，它现在终于产生了。时间一旦产生，便要代表一种流逝。它十分遥远，又近在咫尺，看不见，摸不着，在海洋之中，又在海洋之外。我们看到的圆筒世界中的每一处闪亮，每一处变幻，都代表着不同的时间。是陈旧腐烂的过去，是难以掌握的现在，也是未来的神秘宿命。”

在海底，一切处于无动静的状态，因此没有时间的概念，所以，巫师的这种说法，愈加使人心慌。第一次得知自己的生命竟然存在于时间的流逝之中，闲者感到巨大的恐惧。

“那么，我能主宰时间么？”他急切问。

“你能的。”巫师说。

“如何才能？”

“如果你能进入那世界。”

“你明明知道那是不可能的。我的身段这么肥，根本钻不进那个圆筒中去。呔，你这是在取笑我吗？”

闲者已经陷于疯狂。他又杀死了巫师。而滑稽一直在旁边仔细聆听哲学家、科学家和巫师宣讲，牢记了他们所言。

滑稽的妹妹则只是冷冷看视这场面，觉出这世界忽然变得有趣了。海底要大乱了，这才好呢。而闲者浑身沾染鲜血的形象，则使她兴奋。比较起来，哥哥缺乏男人气概。

闲者自言自语："这新的发现使我从漫长的梦境中醒来，使我获得新生，但我却不知道要做什么，因为世界并没有向我展示新的道路。"

他对身处的不变海洋，感到十分的厌烦。奇思异想捉住了他。他目光如炬地直视滑稽的妹妹，浑身鳗鱼一样乱抖。

这时，滑稽预感到危险，便悄悄离开闲者和妹妹，藏身在了深渊。

闲者带着滑稽的妹妹来到那古堡中。

他指着金属圆筒上的孔洞对女人说：

"你从中看见了什么新东西吗？"

"我……什么新东西也没看到。"

"你再仔细看看！"

她哆嗦着凑上去看，脸色变了。

"说话呀，你看见了什么？"

她不敢言语，因为除了那个遥远的陌生世界，她的确什么也没有看见。

闲者说："笨蛋。连我都看见了。那里面是我呀。是我的脸，我的嘴巴、鼻子和眼睛，不是很清楚么？"

女人重新认真打量这个男人，看到他的脸庞扭曲，泛着迥异于普通水栖人的可怕紫光。

闲者大叫："我要做海洋王了。喂，美丽的姑娘，请嫁给我吧，做我的王后！"

她感动了，一个埋藏千年的意识也在苏醒，便朗声答应了他。

这个消息，很快传遍海底世界。

自封的海洋王说："我要让所有人都来古堡中看看！那圆筒中的景象其实便是我的化身呀——凶兆与吉兆均不能奈何的人，亦是海洋的支配者和世界的拯救者，以及悠悠时间的主宰！”

刚刚诞生的王后这时怯怯劝道：“我的大王，这样不好。也许，不同的人，会看到不同的物象呢。”

“不会的。他们从此将服从于我，听命于我，我问什么他们便答什么，再不敢像那三个家伙一样欺骗我了。”

于是，古堡向整个海洋开放。人们被勒令前来接受热爱海洋王的教育。但大家来是来了，却怀着各异的心情和目的，而海洋王对此浑然不觉，只是沉浸在了狂妄的自得之中。

不久，暴动便在海洋各处发生。这是最自然不过的事情。既已参观了古堡，观望了圆筒，人人觉得自己才应该是海洋王。

叛军打入宫廷，杀死海洋王。王后却失踪了。胜利者成群结队游进古堡，都想在那圆筒中一睹自己的脸，却谁也没有看到。他们互不服气，又打起来。他们先在古堡中打，但很快觉得那地方太小，便来到城外。

战争在海岭下爆发，在海沟中展开，在大陆架上延伸。水栖人把整个水圈打得稀烂，打成废墟，打得尸骨遍地。不久，战场又转移到更为遥远的海底世界。他们这时反而把古堡忘记了。

## 四、滑稽的死亡旅行

滑稽躲了起来，但他不是孑然一身。他的身边还跟随着一群人。他们都同样对那新世界着迷，而对战争不感兴趣。严格说起来，较之争夺王位的人，他们才是海洋中真正的疯子。他们渴求探索新世界的真相，以为那才是一切的真实，是救赎的道途。滑稽，作为古堡的发现者，便自然成了这群人的精神领袖。

滑稽对时间的说法尤其感兴趣，并且，相信如同巫师所言，人是可以攀升到那世界中去的，成为时间的主宰。但这并不一定要通过钻入圆筒才能办到。人要做的，便是循着那金属的柱子往上爬。当然不是真的爬，因为水栖人的手足不适宜攀援，而是朝上方游去，便可以到达那个奇异的世界。

这样的事情他们以前还没有做过，因为水栖人的固定生活区域便是海底。这的的确确是一桩冒险。因此，滑稽首先要丈量那立柱究竟有多高，以确定能否在此生结束之前游到尽头。他的做法是把一条蹦水鱼捉住，用绳索系在它的身子上，然后拍击它头颅两侧的阴阳泡，蹦水鱼吱的一声，便循着立柱唰地朝上方箭一般蹿出，绳索也紧跟着它而去。过了许久，绳索终于走不动了。根据绳索延伸出去的长度，滑稽确定，从海底到达立柱的顶端，也就是那新世界的基部，至少有三千个水栖人叠起来那么高。这样的距离，虽然也挺远，却是不需要用一生去丈量的。这有些出乎他们的意料。他们与圆筒中展示出来的那个世界竟是近邻呢，这在以前，竟不知道，想起来有些后怕。

他们十分高兴，便整队出发。他们远离了争夺王位的炮火。但他们注定游不到头，因为他们在做一件全新的事情时，把一些危险低估了。他们是长年习惯海底高压的，他们的身体也被设计得仅仅适宜在海底生存。越往上游，便越感到气息的憋闷。渐渐有人掉队了，昏迷了，死掉了。一些人受疯狂的心态指使，挣扎着进入浅层海水，而这时那柱子还没有到头呢。真正游起来竟是如此的遥远！此时的浅层海水中还充满辐射，因为陆地上的战争结束不过十个世纪，时间不足以使有害物质消散。这些水栖人感受到痛苦的灼烧，不由自主便要转身返回深海。总之，没有一个人能够浮到水面。而即使浮出水面又能怎么样呢？他们距离在水下看见的那个世界还远着呢。他们根本不知道这其中的道理。

滑稽的体格比常人强健，他游的距离也最远，但在几乎就要接近两个世界的交界面时，他也昏迷了，滞重地沉落下去。他悠悠掉在了古堡边上，活像一条半死的鱼儿。他醒来后，发现出征者中的大多数人都已死去。但死前他们梦到了那些闪光的亮点，梦到自己去到了那上面。这样，他们便成了由海底出发的第一批太空旅行者。

滑稽在半梦半醒之间，又一次游入古堡。他对那具骷髅说："你是因为到达不了那世界，才羞愧而死成这种鬼样子的吗？还是因为别人不让你去，把你杀死的呢？"

"瞧你说的这些话啊，全属于活人的拘累，人死了，哪里会有这样的患得患失呀。"骷髅一脸不屑。

"也许，对一了百了的死人是无所谓的，但是，那却是大梦初醒的活人一心向往着的世界啊。它出现后，海洋中的至乐便显现了它虚假的一面。这证明真正的快乐一定在那个新的世界中。"

"你怎么知道那里就必定有快乐呢？你怎么知道你不是依旧在做梦呢？你想听一听什么是真正的快乐吗？喏，就像我一样，没有那追求得不到的东西的苦痛，从容安逸地把海底的长久看作是时令的流逝，即便南面为王，也不可能有这样的快乐呀。"

"这种快乐，我们这些活人也曾经历过，但一朝醒转来，却是万分的不安。你身处这废墟之中，难道不知道繁华梦的破灭是多么快捷吗？这正是我们现在的状况呀。看看那些鲜血，那些战争，那些死人，便知道我们这不是在梦中呀。可怜的骷髅啊，我要让主管生命的神来恢复你的形体，为你重新长出骨肉肌肤，使你能与我们一起去寻找那五彩的世界，你希望这样做吗？”

骷髅皱眉蹙额，忧虑地说：“我怎么能够抛弃南面称王的快乐而再次经历人世的劳苦呢？”

他嘲笑滑稽的愚蠢，称他这是放弃了眼前的美好，却去追求得不到的虚妄。但滑稽已是不能自拔。他觉得骷髅是因为嫉妒他，才故意这么说的。骷髅端坐在圆筒前，神态若梦若幻，分明在诉说，他苦苦寻求了那世界一生，也没有达到目的，才终于困在海底，含恨死去。但他在死亡之后却说出那一番话，这有些奇异。活着时便不能如此说话么？至少，滑稽现在是说不出来的。

## 五、滑稽的连环梦

滑稽黯然离开古堡，心里念想着那世界，便周游海底，去寻找满足自己心愿的办法。五个冲潮期后，他又回来了，这次带回一个合金的全封闭浮体，那是用战船上的逃逸舱改造的，人藏身于其中，就不会受到辐射和水压的影响。他以为这回笃定能行。

这时，更多的人厌倦了战争，厌倦了海洋，厌倦了不变的人生，前来投奔滑稽。于是，他又带着大家上浮。他们一定要在此生中去到那个神奇的新世界。

银光闪闪的浮体像个球状水母，静悄悄穿越不同的水层。滑稽坐在里面，看到每个水层中，都有军队在激烈交战，争夺海洋的统治权。

这令他心惊肉跳。

他发现妹妹也成了一支军队的首领。她看见有奇怪的浮体漂行过来，便把它俘获。她吃惊地见到了久不谋面的哥哥。她还以为他早死于兵荒马乱了呢。她便要他助她一臂之力，夺取“天下”。但他一口拒绝。在水世界中性情最不可捉摸的便是女人，她于是由爱转恨。

“你这没有男人味道的懦夫。”她骂道，“我权当没有你这个哥哥。”

不，我在做英雄呢，现在虽是无名的，但总有一天人们会颂扬我，而你也会崇拜我——滑稽这么想着，不去与妹妹计较。他劝她放弃这争战，因为到头来也挽救不了行将崩溃的海底世界。他说：“你现在是躲在海洋中，而海洋其实不过如同海底山脉上的小缝隙呀。一个巨人扛着山峰走了，便也把海洋扛走了。我们必须到那大山外面去，才能看到世界的真相与全貌。”

她报以叱骂和嘲笑。她截留下他的跟随者，把他们统统充了军，只放他走。滑稽伤心欲绝，只好一人驾驶金属浮体，继续上行。再往上就没有人了，也看不到多少别的生物。忽然他想到，他这么做，与妹妹又有什么不一样呢？他们都是心性迷乱，对一件自己还不太清楚的事情产生了执念，进而痴迷于烦琐而具体的技术细节。这其实已远离大海的本性。

但他是不能走回头路的了，因为海洋已无容他之地。上浮很久，通过观察的窗口，他看到前方的水色渐渐明亮，他接近了那个神秘界面，再往外，便是那奇异的新世界么？他的心扑通急跳不停。他已走到头。但到了这最后时刻，他却犹豫紧张起来，不敢一头直扎过去。怕什么呢？这时，他看见那明亮的黄色圆盘，只是碎成一大片，在头顶不远处金光耀闪。

他这么迟疑着，浮体却不由他，趁着惯性咕咚一声浮出去，却左右摇晃着不再前进。

一切的波动消失，水的屏障也退去，但黑色背景上的闪光珍珠仍然无限遥远，与在海底看到的一模一样。他走了这半天，却分明没有走到。哦，哪里是没有走到，是连家门也还没有迈出。构成每一个世界的基本形态似乎是不同的。这船就在两个世界的交界面上停住，死活也不动弹。这就好像梦醒了，却发现又进入一个连环梦。滑稽感到十分的失望。

## 六、滑稽的冲刺

滑稽失魂落魄，重新回到海底，调整心态。这时战争更激烈了，整个海水被炮火煮沸。这其实都是因为那异状世界的被发现，而没有它的出现，一切还好好的。但那好好的一切，如今是找不回了。滑稽因此便愈发打定主意，哪怕经历千万次失败，也一定要离开海洋，挣脱宿命的枷锁。

他很快振作起来，重新招募了一批逃兵，还特别邀请了幸存的先知、哲学家、科学家和巫师，一伙人窝在古堡中，利用集体的智慧反复琢磨。他们想如何才能在到达海洋界面后继续前进呢？滑稽是在最后一刻被讨厌的海水给滞住的。浮体自身的力量远远不能够挣脱这束缚。这时他们想到了圆筒中出现的那差点致人失明的巨大闪光圆盘。他们进而思忖，它与原本支配海底城运转的核火，或有某种共通。但是，怎么能将它运用得恰到好处呢？

这需要试验。当那圆盘再度出现时，他们中的一位科学家便试着转动金属手轮，竟发现旋转至某个位置时，圆筒的孔洞中会聚焦出一束强烈光线，落在确定的一点上，便将海水灼烧至沸腾。而这光束一不注意射到某个巫师的身上，竟使那人顿时化为灰烬！见此情形，滑稽心有所悟，便带着大家离开古堡，在废墟中四处寻游，终于找到了城中的图书馆。他们发现了一些有关这个世界的说明和解释，均储存在六角路径的磁道里，可以在平行机上译读。然后他又带着众人深入城池的中心，发现建筑物虽已被最近的战争夷为平地，但核火的余烬尚存，旧时代的机关仍在运行，从中尚可窥见先人的机智。滑稽和他的智囊团花了数年时间钻研秘密，渐渐弄懂了其中的关键，并产生了新的开悟。有一次，他忽然感激地觉出，这说不定正是那古堡中的骷髅在冥冥中指引吧。

经过艰难的探索，能量收集板制成了，将利用海洋中无处不在的氢。这氢能的激活，又要用到那金属圆筒。科学家调节焦距，把奇异世界传来的光焰储存在一个魔瓶中。反射系统也装配好了，那是无数个镜面，通过对宇宙之火反复聚焦，使光焰的温度上升到极大，集束为一道直线，投射到储能器的端部接收器。最后做出来的是聚变装置，环绕着从旧城中拆下的长长线圈，安装在新的浮体上，不，这回不再是无动力的浮体，而是一种可以猛烈喷射着前进的超级大船，它的尾部直接对准反射装置。这时，滑稽觉得自己控制了那叫力的东西。但他并没有为此感到多么的喜悦，而是久久地怅然若失起来。他又想到那骷髅。

但他已是无法停下。他把一切安排好后，就准备离开海洋了。这回他真的陷入伤感，因为，这次可能是一去不复返。而他毕竟是水栖人呀。他从小就没有离开过大海！这件事究竟是不是荒唐呢？万一那新世界里也没有快乐呢？这时他思念起妹妹，想到她还沉沦在迷惘混乱之中，便有心去救她，却一回头看到那骷髅又在讪讪笑着，便心虚了。他猛然觉得，那骷髅怕是去过那世界的，他曾在那闪光的球体上漫步，在那银色的长河中跋涉，后来不知为什么不能去了，才委屈地隐身在这海底，日复一日观望和回忆自己曾流连忘返的桃花源。滑稽本人最后会不会也这样呢？

但他顾不得这么多了。他咬咬牙，与先知、哲学家、科学家及巫师们挤进自行设计的简陋飞船。他不知道能不能成功，而那梦一般的世界到头来是否如看到的一般真实。他只是要一条路走到底。但他尚不知，这时，有一支军队正朝这里急速行来。

那军队恰是由他妹妹率领的。经过多年的征战，妹妹击败了所有对手，终成了新的海洋王。此时，她却担心起一件事来。她想到，这一切混乱都是由那个古堡和圆筒引起的，那真是妖邪呀。现在，海洋终于复归太平，而它还在那里存在着，总是让人不安，总有一天还将煽起新的欲念，让人来篡她的位。她便要来摧毁它。

军队来到古堡时，滑稽已坐进船中，并把能量阀打开。圆筒开始聚焦，宇宙的烈火注入深深海底，钻进魔瓶，使热度达到极值，轰然反射到船尾，通过接收器和转换器点燃了氢，聚变装置开始连锁反应。所有人感到身下一震。船尾刹那间发生了连续的大爆炸，这爆炸竟差一点儿炸毁飞船，但最终却是推动它离开了海底。

赶到古堡的女海洋王恰好吃惊地看到这一幕。她眼见所有的水层都被火光照亮，一个奇怪的物体在劈波斩浪冉冉飞升，一束让人不能直视的强光从古堡中直端端射出，向上打在那升腾的东西的尾部，又像用一根缆绳拴住了它，那家伙的屁股上便不断喷吐出一个个白色火球，巨大的声浪使整个海洋仿佛翻了个底朝天。怪物经过的地方，海水沸腾了，气化了，鱼虾的尸体汹涌飞转，化为粉尘。女人心中升起一阵莫名惧怕，她便断然下令炸毁这作邪的古堡。这真是富有远见的决定。她这是在保住海洋不失啊，亦即拯救这世界。古堡炸碎了，圆筒断裂了，立柱也崩塌了。那支持飞船的能量光线，失去源泉，便忽然熄灭。海洋中响起最后一声爆炸，然后寂然无声，只剩水还是那么的热气腾腾，鱼虾的尸体还在纷纷飘降。海底的人以为那巨船马上就要掉落，砸在他们的头上，便惊呼一声做鸟兽散去，末了却没有见到任何的重物坠下，那东西早不知蹿到哪里去了。这一带的海洋后来一直很灼热，生物居住在这里都长不好，皆早早死去。那做妹妹的，受了这场刺激，忽然对做海洋王不感兴趣了。她做的最后一件事，便是解散她的国家，自己到一座海岭下去冥想。那里堆满死难者的尸骨，她便与它们为伴，并从那白森森的骨殖上面，知会到自己以前所做的一切，原来只是距离救赎越来越远。

过了不知多久，海底已成了形销骨立的冥想者的世界，物我之障重新呈现了由内向外瓦解的趋势。这时，有人才在一处海沟中发现了奇怪船只的残骸。有迹象表明它正是早年那艘试图逃离海洋的飞船。它不知去到了哪里，最后撑不住才落下来。也许，是在古堡爆炸的刹那，便不行了；也许，是继续飞升，竟勇猛挣脱水面，真的跃入天空，却终于发现那星星仍是遥不可及，大大超出事先的估计，而这拼凑的船儿又是如此简陋，这才绝望掉下来。但也或许，它最终到达了目的地，在尽情周游了那百万光年外的陌生世界后，在返航的最后瞬间出了故障才坠毁的吧？船中盛了满满一舱骷髅，指手画脚，脸上却没有安逸的神色，而仅仅是恐怖的表情。这让海底的女性冥想者觉得不可思议。她鄙夷地想，这些人到了临死还有什么不能放弃的呢？像我这样多好啊。

## 七、宇宙大水盆

百万年后，有两个精灵，不，两个生命，更准确来说是宇宙大战的两个逃兵，坐着光子飞船，来到这个多水的星球。他们在红色海洋上方飞来飞去。景色之美，使他们惊愕。但洋面上、陆地上、天空中，毫无生命迹象。这真是一个无趣的星球。

然而，海水之下呢？他们简单做了一下测试，结果，发现有生命存在的强烈反应。他们乐了。

“生活在海底的生物，是不是也能制造出宇宙飞船这样的玩意儿呢？”一个家伙忽然心发奇想。

另一个马上说：“那是绝对不可能的。因为，他们永远也看不到天空和星星。在他们的视界中，海洋便是整个的世界，是他们唯一的宇宙。海底的生物，是不可与之谈论宇宙的，那完全是因为生存空间的限制呀。正如对夏天的虫子不可以谈论冰冻，对纸面的蝼蚁不可以谈论三维。”

“不，万物与我为一，在一切生命最隐秘的心灵深处，从大爆炸那天起，便已存在一个统一的宇宙了。生物迟早会发现它，并会去寻找它。这是纯粹心智的问题，而不是知识和视界的问题。”

“不，不可能。缺少了物理手段，心灵只会在环境的牢狱中沉睡。”

“你这是井底之蛙的见识哩。在无穷的宇宙岁月中，任何一个想把自己从苦海中解救出来的物种，最终都会超越他们的极限。”

“我这么对你说吧，对于这海底深渊中的生物而言，即便他们有一天以一种奇妙的方式看到了星星，又如何发明太空站、轨道飞船、光子推动和翘曲旅行这些东西呢？最重要的一点是，他们不会有飞翔的概念。如果没有外力的插手，自我救赎对于他们而言简直就是天方夜谭。”

他们便为此打起赌来。

他们潜入海下，却没有遭遇到预想中的任何像是生命的东西，也没有发现任何可以称作人工建筑物和水下航行器之类的物体。他们只是看到了一些细细的人字形条纹在水波间耀动，仿佛是某种柔软的晶体，从大脑皮层上脱落，却没有蛋白质的表征。它们仅仅是在做美妙的自我展示，仿佛知足常乐，深谙大海的趣味，而海也乐于与它们浑为一体。它们是生命吗？它们似乎对海之外的世界毫无兴趣，从不觊觎和打探。的确，如果这些东西是生命，它们怎么能制造出太空船呢？

但这时，两位宇航员感到了某种呼应，那漂浮物竟能闯入他们的心灵，带来亢奋而混沌的感觉，却也是无所作为的深刻安静，这样一种寻求对话的别致尝试使外星人觉得陌生和恐惧。他们本是陆生生物，早年生活在树上，从星球的裂谷地带慢慢发展起来，日日张望天庭，耐不住寂寞，经过数百万年进化，才张牙舞爪，用飞行器征服了太空，最后到达宇宙的边缘，阅尽天下得失，历经世间成败，却不曾遇到这样柔弱却又充盈的存在。

他们恐惧着成为这海中不明之物的宿主，便飞快撤离了。

回程中，他们看到飞船的四壁布满人字形的条纹，水光闪闪。

这时，他们猜想，那星球的海底有着与宇宙相连接的另一通道吧？或许，这通道便是人字形条纹本身？那些生物是不必造宇宙飞船的，因为他们早打通了物我之障，并不需要离开海洋才能去到所谓的宇宙。宇宙存在于每一滴水中。

这么一想，便见星空中，处处都是人字形条纹闪动，那是数不尽的水滴状“飞船”在飞驰。所有的宇宙大战都平息了。他们忽然发现，自己其实是在一个巨大的红色水盆里航行，四面八方看不到一丝涟漪。

# 我们过去的过去

# 第一章　水栖人

## 一、头等军事机密

水栖人诞生在秋季的一天。这是陆生植物灿烂如火的季节。水栖人却无缘欣赏，因他从诞生那一刻起，便被置于一口封闭的水箱。他在里面游动自如，这一点绝不同于他的制造者，即那千万年生活在陆地上的人们。

科学家通过对几千个基因的编辑和拼接，创造了这神话般的生物。

他的体形比人类要大三分之一。他的手指与足趾间，都有宽厚的粉红色蹼膜粘连，他耳后有一重褐色的鳃晕，他全身没有毛发，腹下有鳍。他的鼻位狭小，仅有两个孔，颇似鲸鱼，那是为偶尔出水时呼吸用的，他还被保留了部分的肺功能。而他的皮肤，则如同海豚般多脂而滑腻。

只是，据说，因为某种有争议的文化和伦理上的考虑，科学家在设计水栖人的过程中，还参照了一定程度的人形，比如，有着其实并不适合在海洋中游泳的四肢。

他的制造者叹道："除了这个，他就跟海兽一样。"

这项耗时十年的技术突破，使科学家们喜极而泣。他们想：这世界有救了！他们的白大褂在气流中忽闪，偶然间微露出襟下草绿色的军衣。

"他还是人吗？"忽然，实验室里传出一个不甚清晰的声音，"确切来讲，是日本人吗？"

空气一下有些凝固。但马上便有人回言：

"胡说什么呀，他当然是人！"

"皮肤黑了些，但还是日本人。"

"不是日本人，又是什么人呢？"

但是，又有人说："可是，我们会是弗兰肯斯坦吗？"

弗兰肯斯坦，是英国作家玛丽·雪莱笔下的人物，他用生物技术手段，造出一个人工生命，但这个不人不鬼的东西最后却以杀人为乐。

"啊，弗兰肯斯坦么！我们造就的难道竟是最终要与人类为敌的有机怪物？听他竟这么说！"

"他竟这么说！哈哈。那可是怀特人的麻烦。我们是谁？"

话音未落，仿佛便有暗郁的气色在实验室中沉降，白大褂上也耀发出不祥的光晕。水箱中游动的水栖人却对此毫不知情。

善良的军人科学家沉默下来，牧师般一齐转眼去凝视这生物，脸上的一片喜色竟无端换作悲悯。过了一阵，才有人说：

"在这大喜之日，不要再说怪话了。他的样子的确不适合做哪位女士的情人，可他却是我们无法更改的未来，一切陆生人的希望所在！"

把话说到这份上的人是少校处长，课题组的负责人。

这时，有人呼叫着冲进来："上面来的贺电！" 这才打破了实验室中的尴尬。

处长宣读了贺电。贺电说，你们创造了科学奇迹，你们赶超了印度和韩国，你们在竞争中为国家赢得了宝贵时间。

这祝词使大家重新欢呼。一段时间以来，举国上下都在搞水栖人，也被称作"超人属"。大部分失败了，只有横滨基地这个成功了。当时是头等军事机密。

## 二、原野般盛开之海

时间过得比想象中更快。这一年，水栖人七岁了。

在一个春日的下午，这小人儿从水箱中爬出来，以有些别扭的姿势，文静地安坐在翠绿的岸边，目不转睛观赏面前的鲜明景物，有时，看得吃吃痴笑。

在他正前方，海面像天空一般打开来，并无遮拦，静谧少风，盛开如当季的原野，又显出一番诗意的凄迷。

水栖人尚不知那便是他将来的归宿，只是无心凝望。

他从基地这一隅看出去，见天边漂浮着十几座高耸云天的清丽山峦，在依附于海面的暖湿气流吹送中，蜗牛般姗然移动。

那不是海市蜃楼，而是钢铁的群山，是修建在海上的峥嵘浮城。城池的中心建筑高达一公里，其上姹紫嫣红，春暖花开，海鸟翔集。

在离水栖人近一些的地方，还有伸露出海面的钛合金圆筒状物体，晶光烁烁，顶部又蘑菇一样绽放，使大海愈像花圃或森林。

那是阳光采集器，通过复杂的反射系统，把天空的光影传输入千米深处的海底城镇，这建筑物无论从何处看都显得魅惑。

四周，巨鲸般的运镁船舶依依游转，潮汐和温差发电厂房高塔林立。而在头顶上方，蓝天白云，密密麻麻的太阳能飞行器盘旋舞动，如万千条乐而忘归的飞鱼。

水栖人看着这人世间的一切，痴痴笑着。

五十米外泊着一艘三栖艇。艇头坐着他的制造者。他们这天没穿军服，而着便装，他们的脸上隐透着似不该有的些许迷惶。

少校处长忽然一招手，水栖人便欢喜地扑通跃入水中。

他开始下潜，做实地水栖生活练习。

海洋是与水箱不同的世界，他刚进入时是有些害怕的。他先在浅水处游动，这里，身肢招摇的海藻如同丰满的舞女，思虑恬静的珊瑚长成肥腴的婴儿。

水栖人平衡着内心对它们的迷恋与恐惧，接着往深处下潜，便看到了更加灿烂的风景。

耀眼的鱼群风暴般袭来，他却不敢招惹它们。这里密集着人工制造的发光细菌，目的是为海底提供照明。连同投放的富氧红藻，使海洋失去了固有的蓝色，每一个波涛都闪耀着惊心动魄的鲜艳赤焰。

海坡上竖立着无数的黑色金属杆柱，那是锡砂自动收集器。海底爬行着一队队搬运矿石的蟹状机器人。水栖人围着它们嬉戏了一会儿，玩累了，便上浮。

他看见了水面的三栖艇。他悄悄接近，猛然把船顶一下。水栖人劲大，船摇晃不止，处长一干人落水了，哇哇乱叫。

这时，水栖人游到岸上坐下，抿嘴微笑，复又一头钻入水中，游过去快速把人一个个救起。

他灵活得就像一头海豚。他的顽皮和善良在这一刹那都显露无遗。

处长湿淋淋的，绷着脸，狼狈地大口喘气，内心却喜悦无比。

这时，水栖人心里一动，面部表情瞬时变得像是僵尸。他鬼使神差掉头去看与大海背离的远处陆景。处长看见，幼小的水栖人的周身在树叶般战栗，眼波中浮动一片阴沉的暮云。

处长也惊讶地看过去，见基地之外，陆地深处，涌起一堆巨大而模糊的轮廓，状若一只奇形的外星昆虫。

那是古老的陆生城。紫雾蒸腾，黑气弥漫，它盘踞着切断了世界的所有通途。

## 三、忧郁与谜

无忧无虑的年代过去了。

十年后的一个盛夏，水栖人坐在岸边，默然观望前方的景物。

他已长成健壮的青年。调皮的神态已从他脸上消逝。此时，他的眼光中，增添了更多的忧郁。

他的制造者不知道这忧郁从何而来，只以为是青春期的生物心中皆悠游着的一层浮云。这方面，水栖人也不能例外。他的生理已属异类，而他的心理却与人类共通。

海上的浮城依旧，而在水栖人眼中，却渐渐成了一层与己无关的背景。

在城池的周围，新近游弋着一队队橙色军舰，它们是激光炮和等离子武器平台，剑拔弩张已透射于红光四溢的海面。天空中不时呼啸着掠过蝗群般的作战飞机，生硬而紧张地飞向不知名的世界尽头。

连水栖人都隐约听到了战争将来的传闻。

连日来，他看到，越来越多的人类从陆地出发，神情肃穆，乘深潜器去到海底，而后又眼泪潸潸返回陆地。但他们中的一些人则没有归来。

这些人是从那座巨型陆生城起程的。水栖人已经从书本和影像上了解到有关城市的许多事情，不禁感受着漫漫长夜将临前的惊惧。

他知道，他们这种水栖人的出现，已是陆生人议论的中心话题。他多次想就此询问处长，却又把话语压在心底。

水栖人越来越内向，这是大家担心的事情。

水栖人感觉到自己与陆生人的不同，却不知悉这里面的深层缘由。他预感到与他们不可避免的冲突，而这与制造者的目的相去甚远。

有一天，基地迎来一群陆生城的访客。一对男女走离大队，不期然与离开水箱四处游荡的水栖人撞个正着。

“啊呀，妖怪！”女的惊叫。

“不，这便是最近我们常常说起的水栖人，陆生人的掘墓人！”男的说。

水栖人正在怀疑自己的耳朵，这时，警报响了，卫兵冲上来，把陆生人带走。水栖人忘不了他们最后的回头一瞥中，神情中那无与伦比的憎恶。

水栖人的忧郁已是无以复加，而他投向陆生城的眼光，更加频繁。对于他来讲，那永远是一个让人不安的谜。

一天夜晚，基地的看管者发现，水栖人不见了。

## 四、陆生城

在没有月光的夜里，水栖人潜了水，从迂回的方向上了岸。

他打开随身携带的防水包，拿出早准备好的物件，化了装。他偷偷走向陆生城。

他顽强地吸入陆地上酸涩多尘的空气，艰难地一步步挪到城市的边缘。这是令他暗暗心惊而向往已久的去处。

陆生城盘根错节，虬曲沉重，看上去已存在了亿万年，而不是书中说的几百年。城池中吐射出繁花般猩红的灯火，歌舞声海潮一样劈头盖脸打来。

在这里，水栖人没有看到战争前夜的迹象。

他头晕眼花，胡乱逡行，循着那靡靡之音，摸到一座重檐之阁的门前。他正探头探脑，门边恭立的侍者说："先生，请。"

深庭里喷发出火一样的音乐，使他心旌飘摇。他难以自持，拖动带蹼的双脚，鸭子般摇摇摆摆走进去。夜深了，心灵都昏晦了，侍者竟没有看出客人的本真面目。

水栖人找个位子坐下。有人送上一杯浅色的液体，他呷了一口，差点呕吐。

几个奇装异服的年轻人，听觉神经铰接音谱末梢，在台子上遥控架子鼓，晃动身体，喊哑嗓子。歌词却都有关战争。他们高唱政府推荐的号召公民入伍的歌谣，以及正规军和民兵营正在流行的曲目。慷慨激昂的音乐中饱含深切的悲恸。

这歌声使水栖人一会儿如陷大雪纷飞的重岭，一会儿又恍若在洋面上方几米处轻快滑翔。他对自己说，大约，这便可称作不虚此夜。

黑暗的角落里坐着几个穿得很少的陆生姑娘，她们困倦骑坐在男人们的大腿上，她们经过生化塑型的娇嫩身躯被粗壮多毛的手臂搂抱。

男人和女人用懒散纷乱而失去焦点的目光，一遍遍抚摸唱歌的人们，在暮色苍茫的曲调中，他们仿佛正在愉快地走近死亡。

这时，有一个苗条的少女，烟气一般飘到水栖人身边，她毫无声息款款坐下的姿仪，使水栖人为陆生人的惊人之美发出沉重的叹息。

"兄弟，我来陪你，好吗？"

少女的柔声使青年男子感怀。她身上散发出陆生植物的香气，像是稻花，又如蔷薇。水栖人初次闻到大陆的这般气息，心醉神迷，口干舌燥，周身的盐分也似要从皮下往外渗涌。

他提醒自己，不，我是水栖人！

"你好年轻。第一次来这里？"女人的声音在漆黑而晶莹的空气中砰砰燃放，这是宽阔的陆地所滋育的千年妖惑之声，却使水栖人迷乱、倾斜、痛楚，生平第一次觉察到，底层的意识正在挣脱重力而飞升。

"是的。"他黯哑回答。

"一眼就看得出来，是第一次来嘛。有我陪你，你放松一些。"

她的乳房像暗礁般结实，她的眼波如海蛇在摆动，她的神态似沉底鱼一样懒倦，这一切阴影般翳动在他的眼前，这一切都与海洋的过分明亮、过分急促或过分缓慢不同。

他的心咚咚跳。陆生的女人，闪电一般，只曾在图片上见过，在书本中出现。

"我们跳舞。"姑娘发出热烈邀请。

"跳舞？！"

他害怕地往回缩。她笑着去执他的手，猛然惊叫一声。这时她看到了他的蹼。所有目光都投向这里。

“他是水栖人！”

音乐划了一个弯，戛然而止。一群人快步走过来。他们捉住他的手，紧张而仔细地查验。他们是第一次见到传说纷纭的水栖人，他们还不敢十分肯定。

“你的身份证呢？”

身份证？水栖人是没有身份证的。

“真的是水栖人啊，那将代替我们这些不中用的、领导未来世界前进的所谓优秀物种。”

“是化了装混进来的。”

“他来这里干什么？”

“是来事先嗅闻陆生人即将死亡的气息吧。”

有人又哼了一句怪异的军歌：“我们且战且死。海与太空皆无存身地。”

“这么说，战争结束后，世界上就真的只有他们了。”

“整死他。水栖人的器官只能支撑他们在陆上待三小时！”

晦涩的军歌又整齐唱响起来：“我们且战且死……”拳脚雨下。昏黄的灯火歪斜着破碎。

水栖人一直在感兴趣地聆听他们说话，此时奇怪地没有反抗，心头回荡着姑娘称呼他的“兄弟”，却对陆生人生出些许可怜，而他们打击他的理由，却使他感到自己也说不清楚的理解。

实际上，仅三分钟，他已接近窒息。神志不清中，他忆起舒适的大海故乡，想到温暖的水箱家园。但就算此时此刻，他也感激着这个大陆之夜。他正在接近苦苦寻找的谜底。

忽然，大门被撞开。一阵骚动和尖叫。冲进来了海军陆战队的士兵。

基地管理者发现水栖人失踪了，便四处寻找。他腋下植有电子示踪器，自动发射出求救的信号。

## 五、国家

“你为什么要去那种地方？”在透明的水箱外面，处长惨无血色的脸庞像从淤泥中挖出的一张假面。

水栖人乖乖躺在水底，知道惹了祸，一句话也不说。

“老实告诉我，你到底有什么心事？”

水栖人更不敢说话。处长乌黑的面孔上，透出冰凉的紫色。水栖人才嗫嚅道：

“我只是想知道，为什么我与你们不同。”

“你们？我们？这又有多大分别？难道就是为了这种愚蠢的念头？”

水栖人又一次心头哆嗦。他说：“其实，我当然知道。这是为了开发海洋。可是，为什么要开发海洋？”

“哦嗬，连你也开始怀疑开发海洋的意义了？这我是明白的。成长心理学有这样的描述，人类的个体，在他生命的青春期，常常是要怀疑伟大的。但伟大终归还是伟大。”

“伟大”这个分量不轻的词汇，一下击倒了水栖人。从他的角度看出去，水箱外的陆生人高不可攀。水栖人的眼底饱含着凄凉。他又感到了控制的强大，这是自小便施加在他身体和精神上的。

于是，他机械背诵起来："因为人类不能永远生活在陆地上。海洋占地球表面的百分之七十一，海洋蕴含着无穷无尽的宝藏。人类要向海洋进军。"

水栖人心想，这陈词滥调。问题的关键在于——

"可是，为什么是我？"

这便是越来越令水栖人困惑的问题。这便是促使他走向陆生城的冲动之源。面对不可侵犯的制造者，他终于忍不住说了出来。

处长的大脑一声轰鸣，里面像有台绞肉机猛然开动。水栖人是人类制造的生物。他怎么可能提出如此具有独立性的问题？

"你怎么想到了这样的问题？你不应该问这样的问题。"他心痛地喃喃。

水栖人被击打过的身体还在隐隐地疼，这痛楚却又传递出一阵阵让他心旷神怡的震颤，使肉身仿佛陷入千万条电鳗的重围。他感激陆生城居民施予的那使他醒来的暴力，对水箱外那张熟悉面孔的反感顿然布满心间。

他平生第一次反诘："我怎么不该问呢？我知道，你们陆生人，每个人都有身份证，我却没有。这的确很可疑。"

处长紫黑的脸色顿时变得灰白。眼前发生的事件，正在脱离实验程序的控制。他不禁瞥了一眼墙上的电视监视器，想起水栖人诞生那天，人们就"弗兰肯斯坦"展开的议论。

"难道，你觉得日子过得不舒心么？"他小心翼翼问，退后一步，手触到了腰上的手枪。

“是的，我的确这么觉得。”水栖人忽然发现自己胆子变大了。“您一直没看出我其实向往着陆地？陆地已积累了千年繁华，海洋却还是一片空白。陆地让人醉生梦死，海洋却凶险不明。为什么陆生人自己不去，却要另外造出一群怪物代替你们去开发海洋呢？”

处长仿佛被这样的问题难住。他第一次认识到，面对的并不是一个机械玩具。他费劲地琢磨词语。

“不，你说的，其实是陆地的堕落啊。”

“那仅仅是你们陆生人的想法啊。你们的俗话说了，饱汉子不知饿汉子饥。”

若在平时，处长会为水栖人这句话而笑出声，但现在，他怎么又笑得出来？他此刻忧虑的，已不仅仅是自己的升迁、前途。

处长困难地清清嗓子，说：

“让我怎么说呢？有件事没有告诉你。你的确跟普通人不一样。你属于国家。”

“国家？国家是什么东西？”

“国家，国家就是每个人无法选择的事实。”

“那您呢？您也属于国家么？”水栖人出人意料问。

“我？”处长仿佛很艰难地思考一阵，才承认：“我大概也属于。”

他想，他和水栖人，都肩负着救赎的重任，然而，最终能够完成这项使命的，还是这长蹼的孩子。这时，他感到一种绝望的悲戚在胸口翻滚，想到，的确，他长大了。是把一切告诉他的时候了。

他听到水栖人说：“这样的话，我们便一样了。”

## 六、大海精灵

处长说，在开发海洋这个漂亮口号的后面，是国家能否在未来生存下去的严重问题。

国家并不抽象，而是像须鲸和海象一样活泛的生命。它的前途，系于水栖人。

水栖人啊，你没有身份证，是因为你的身份在海洋中。你只能暴露在陆上三小时，这不是不幸，而是大幸。你比我们要幸运得多。

怎么说呢？因为陆地就要关闭了。陆上的资源早已耗尽。陆生生物的末日就要来到。陆上世界毁灭在即。

在这末世到来之前，人类中的怀特族占据先机，逃往月球，在上面重组自己的形态，建立起碳铁的基地。现在，他们就要从太空中返回，指挥机器人在五大洲撒布孢子，按照新文明的规则，清理和重建这个星球。

在怀特人重新统治地球的未来岁月中，陆地将关闭一千年，当年留在地球上未走的原住民将悉数死去。

“因此，我们只有抵抗。世界大战就要降临。陆地将变成火海。森林中将充满辐射。天空将形同地狱。我们必须到海洋中去。在那里，我们可以躲开怀特人的致命攻击。只有如此，我们才能完成对自己的救赎。其实，这又有什么了不起呢？这个星球上所有的生命，最初都是从海洋中来的。”

水栖人想到，制造者曾向他展示，人类和其他陆生哺乳动物的胚胎，形状都如同鱼儿。他们幼小的身体上，都曾是有鳃的。但是，他还是不明白，怀特人和其他人类之间，怎么就会产生那样一种水火不容的对立？

“您也去么？您也下海么？”水栖人惊惧地问。

处长说，事实上，陆生人中的少部分已经到海洋中去了。

但是，他们与海洋，不能最大限度地亲近。他们惧怕海水巨大的压力。他们不能自由呼吸。他们不习惯水世界的食物和盐分。海洋实在容不下太多的需要辅助设施才能生存的陆生人。国家也没有足够的资源和时间修建把所有人都接纳下的海底城。

因此，国家制造了水栖人。水栖人，你天生适合在海洋中自然生存。你是海洋中自由的精灵。你担负着承袭陆地文明的重大使命。你将是新兴国家的肺，古老民族的肾，伟大文明的循环系统。你应感到无上光荣。

“与水栖人一起被选中下海生存的部分陆生人，是国家精英中的精英。还有一些像我这样的技术人员，则将在最初的一段时间里，帮助你们适应水中生活。但等我们死去后，水栖人便将是这世界上唯一的人类了。”

“唯一的人类？从月球上回来的怀特人呢？留在陆上的人类呢？”

“在干燥的太空中重组后的怀特人，已经退化为了恐水生物，这恰是我们能在海洋中续存的希望和前提。为使水栖人安然撤退，留在地面的人们将战斗到底。我们在陆地上预设了核火的陷阱，等待怀特人悉数着陆后，大家便要同归于尽。千里江山将寂静无人，亿年荒芜将主宰时空。但国家却因为你们，将在那深淼而宽厚的水体下面弥久常新，直至万世。孩子，你懂我说的吗？”

“我懂了。我们将是陆生人最后的收尸者。”

水栖人听着，明白了那夜暗城市中的陆生人，对水栖人何来的嫉妒与仇恨。

国家抛弃了他们。

他预感到，在那最后一战中，地球人类的一击即溃。

制造者的勇气与激昂，在他看来，显现出可笑的虚伪。

## 七、失败的合作

因此，情况并没有好转。在听了制造者的解释后，水栖人不但没有振作精神，反而陷入了消沉。

在水栖人的档案中，这种情况被记录下来，并作为课题加以研究：海生抑郁症发生的可能性及其对未来海底超人属群落的影响。

现在看来，由于当年对某些基因组合的忽视，第一个水栖人的培育并不十分成功。

经过研究，课题小组还得出了进一步的结论：水栖人抑郁症的发生，从后天成长角度来看，还跟长期孤独生活造成的性压抑有关。

监控表明，水栖人进入了发情期。穿军装的科学家们开始着急。

不久，第二个水栖人被送来。这是千叶水科院研制成功的女性水栖人。在陆生人眼中，这生物完全是丑八怪，却是专为男性水栖人设计的。

女性水栖人的研制，是一个重大攻关项目。国家要在海底长期存在并兴旺发达，就需要水栖人口的大量增加。

女水栖人被投放进男水栖人据为家居的水箱。后者猝不及防，惊诧看见，竟然有一个与自己一样的，不，又有什么地方不一样的怪物，扑哧扑哧溅着水花扑了过来。光头，尖耳，滑溜溜的身体，黑茸茸的鳃裂，乳房的部位平平的——这是为着降低海水阻力而特意做出的设计。她的眼神像鲭鱼一样麻木。

他低低鸣叫两声，急转身避开她，缩到水箱的角落。哀怨之情彻底驱逐了好奇之心。

他是聪明的水生生物，接受过系统的人类教育，懂得人类的社会、人类的情愫，很明白这里面的意味，再一次感到痛苦与无奈的重击。

他深深知道，经过偷潜上陆的那一夜，自己再也不能产生那方面的兴趣。女性水栖人的蹼和鳃，都使他恶心，这正如他对自己这副尊容与生俱来的厌憎。

这时，他眼前却呈现了陆生女人的幻象。在那座城市里，在那个房间里，那款款走来坐在他身边的姑娘，成了此情可待的追忆。她耸立颤动的乳房，她饱含感情的眼波，她桃子一样熟甜的声音，她露珠一般芬芳的气息，从头至尾劈裂了水栖人平静的生活，使他后半生难以安稳。而她却红颜薄命，将在不久的未来，死于陆地兵荒，尸骨无存。

他尖叫起来，在水箱中制造出强烈的次声波，新来的女人吓得猛蹿，一头撞在壁上，晕了过去。

课题组的人们脸色大变冲进来，呆呆看着水世界伊甸园中两个一动不动的滑溜溜光身子。科学家之间爆发了激烈争吵。处长一言不发，转身离开房间。

水栖人瞧着他的背影，恶毒地从心底笑起来。

## 八、的确是大和种

这时，从仙台海洋大学、沼津水生生物研究所等机构，均传来了水栖人配种失败的消息。

所有科研部门都受军方控制。情况很快向战争大本营做了通报。

穿绿色衣服的决策人焦虑地想，这些无父无母的基因重组人，难道连感情也没有吗？他们不能配种，海洋中的新人类如何延续下去呢？他们如何能继承和发展陆地文明呢？这绝不是一个简单的科学问题！

这时，谍报人员发回了印度和韩国水栖人交配成功的情报。

不仅如此，事态还在进一步恶化。

不同性别的水栖人之间互不接触，仙台的实验室中却发生了男性水栖人强奸陆生女科学家的事件。作案的水栖人被保卫人员当场击毙。主管处长自杀。

这是一起震惊系统内的事件。大本营的决策者想，让这样的人担负在海下拯救祖国的重任，怕不行吧。

研究者得出一个结论：由于某种不明的原因（可能跟同轴基因有关），日本水栖人对陆地生活的留恋，明显强于印度和韩国水栖人。

害怕引起社会动荡，这些争执和结论都严格保密。

但时间已经来不及了。不得已，只好勉强尝试让水栖人与他们喜爱的陆生人交配，目的是尽快让他们下到海底，先生存下来再说。

如预料中，交配是成功的，但异种排斥也是存在的。其中一部分妇女，水栖人也好，陆生人也好，根本不能怀孕。

有的倒是怀上并育出了孩子，但那是什么样的后代啊。他们身上出现了退化的迹象。比如，女婴是畸胎，或者，干脆没有蹼和鳃。

“这样不行。出现了退化现象。”横滨实验室的处长悲哀地说。

“怎么能随便用退化这个词呢？”反对他的人说。处长早已被来自各方的指责包围。

“还是搞人工繁殖吧，将来让他们在海底进行克隆也行啊。”

“不，他们是日本人，他们需要最自然、最自由的恋爱与婚育。这是我们伟大文化的一部分，是我们伟大人性的一部分，不管是在陆地上，在太空中，还是在海洋下，都要保持它的完整性。”人们又说。

很快，如大家所料，处长被解职了，被降级成基地收发室的勤杂工。他却不能退役，因为他知道水栖人的太多秘密。但他像那个时代的大多数人一样，无怨无悔，认认真真投入新的工作。

上级任命了新的处长，是曾经在邻近的大陆国家留过学的中校。研制工作加速了。

第二代水栖人，质量有了明显改善。

制造者引进了完善的大陆国家心理学和教育学体系，称作巴甫洛夫体系，这样进行下来，已育化的水栖人对自己的生存状态，从不满意逐渐转向满意。他们对人类的历史和现状，产生了更加符合大本营意愿的认识。

在研制下一代水栖人时，对控制性能力的基因做了成功的重组。新出生的水栖人开始对同类中的异性感兴趣了。在陆生人看来的丑陋，在水栖人眼中，成了至美。

性就是性，其实与情感和理智无关，仅受控于地球生物几十亿年前就已形成的密码程序。水栖人终于实现了人类渴望已久的返璞归真。人类海底历史的初期，繁衍是第一位的。这的确是水栖人的福运。

他们在实验室中产下的后代，虽然长出了蹼，却的确是大和种，这在线粒体上，是可以证明的。军人科学家甚至有意保留了他们的铲形门齿，以便于未来的新闻记者和历史学家慷慨陈词。

日本，有救了。

# 九、海洋的主人

有消息说，战争可能会提前爆发。

因此，加快了水栖人的制造步伐。

全国各大城市都建立了水栖人育化基地。

口号是：把日本带进未来。

横滨模式得到推广。新任处长成了模范，被邀请到各地做巡回指导。

第四代水栖人也试制了出来。这是更先进的水栖人，他们的心脏、骨骼和肌肤抗水压的标准，达到一百二十个大气压。

规模更大的海底城也已完工，移居了许多陆生人下去。不久后，水栖人也要真正开始移民。

现在，他们被带领到海底去参观和实习。

水栖人看到，他们即将与陆生精英共栖的家园，气势恢宏。

那是巨型的水下钛城，一个连着一个，迷宫般绵延几十公里、数百公里甚至上千公里，具有防水下核爆的能力。

城中一应俱全：学校、政府、商场、农田、生活区、原子能工厂、海水淡化装置……海底城依靠提取氢能，可以运转千万年。城池间由快速电梯相连。海底布满磁悬浮隧道。巨大的真空仓库中储存着可供数百万人食用多年的食物。

这是人类的完美杰作，是末日到来时的避难所。海底城的规模超过了最宏伟的海底山脉。发光细菌使水体散射出令人振奋的明亮红色。洄游的鱼群因为这新景观而迷失了熟路。

为建造海底城，巨大的海底山岭被整个炸掉，深不见底的海沟被齐齐填平。新出现的人工建筑物彻底改造了海底原始地貌，使几亿年来大自然的工作变得毫无意义。

城池已被庄严地命名，有的叫东京，有的叫大阪，有的叫札幌，有的叫福冈。更多的发光浮游和底栖生物被投放入海中。那黑暗了亿万年的深渊，被映照得光彻无比，惊心动魄。

但水栖人仍然更多留在陆地上，还有大量事情等待去做，还有许多技艺需要学习，还有不少问题亟待解决。

这些，都要事先在陆地上处理好，因为，一旦到了海下，他们就要逐渐成为主人，自己照顾自己，进行独立的思考和生活。

在陆上，他们进入各种高等院校学习。行政学院、工商学院、科技大学、警察学校、国防大学、艺术学院……他们学习陆地的一切，并掌握在新环境中发展古老文明的诀窍。

他们是未来的主宰。一代一代，他们都将被唤作水栖人。

## 十、死神的脚步

战争终于爆发了。

千年历史的文化名城被氦火球瞬间夷平。万古沧桑的雄伟山峰被高能粒子流凭空削去。河流和湖泊被磁闪蒸发得一干二净。浮在海面的城池和舰船被人工飓风吹得四分五裂。有毒的孢子大雪般从天而降，消灭了广阔的乡村。

亿万人尸横遍野。残余的军队和平民仍在顽强反击太空中来的强敌，在抵抗中，也等待最后的大规模同归于尽。

唯有大洋深处的海底城，也许是因为敌我双方某种心照不宣的默契或者忌惮，一直没有受到攻击。

被解职的老处长仍然留守在基地收发室。基地已经空空荡荡。大部分水栖人被转移走了。

一天，老处长听到哭声。他循声寻去，发现声音来自一口水箱。那里还居住着日本第一个水栖人。

水栖人缓慢而孤独地游着。他的身体呈现了早衰的迹象。这是第一代水栖人不成功的特征。他发出娃娃鱼一般的细微哭声。

老处长记忆中那孩童嬉水的可爱身影，早已化作心底的一片残照。

“你怎么啦？”他悲哀地问。

“我刚才听到了一种可怕的声音，是我从未听见过的！”水栖人不安地回答。

“什么声音？”

“轰隆隆！轰隆隆！然后，是悠长无比、人兽死绝的寂静。”

“你不会是说，连时空也已经熄灭？”

老处长战栗地侧耳去听，却什么也没有听见。但他知道，水栖人的感觉器官，比陆生人更加灵敏。他被植入了海豚的基因，设计成可以用回波定位的。

水栖人听到了死神渐近的脚步声。它穿越黎明时分的惨淡曙光，带着技术时代的铁血腥味，魔女般飘忽而来。

处长说：“那一定是敌人的隐形战机。它们从太空舰上释放，蝗群般来到日本海的上空。它们发射了防区外导弹，估计，也使用了次声波武器。”

“真是可怕的声音。是大毁灭的前奏曲吗？”

“不，绝不是。那恰是我们将取得最后胜利的鼓乐。”

陆生人安慰水栖人，后者才慢慢放松下来，但神情仍是婴孩般无助，如同受到大人鬼故事的无端伤害。

此时，老处长从水栖人老态龙钟的面容上，目见了丑陋和哀怨，但也看到了水栖人与陆生人构成最终和解的可能。

“是否就要让我们到海里去了？”

老处长低下头，装作没有听见。这时，他闻到水箱中发出的臭味，生气地说：

“他们怎么搞的？让我帮你把水换一换吧。”

水栖人感到，身体中的盐分，又要不可抑止溢涌出来。他于是接受了陆生人的好意。

## 十一、诀别

秋天到了，在原该是红叶遍地的山坡上，散布着被激光炮击落的巡航导弹残骸，黑乎乎一摊一摊，葬礼之花般灿然华美。明晰的大气中飘散着清新的尸臭味和硝烟味。

这时，水晶般闪亮的高速公路上驶来了长长的迷彩车队。

这是奇怪的车辆，车身上负载着船棺形状的透明水箱。

它们受到了载有防空导弹和能束武器履带车辆的严密护卫，而它们本身搭载的水箱，是由强化材料处理过的，可以抗御二十三毫米机炮的直接命中。

透过水箱的外罩，可以看见里面游动着奇形的水栖人，他们的脸上，并没有大难来临前的不安表情。

车辆来到富士山的脚下，在头戴钢盔、臂缠红布的陆地军人指挥下，一排排停稳，水栖人便从水箱里蹒跚爬出来。

他们在空地上集合好，根据安排，开始参观。

“富士山是民族的标志。它存在几千年了。请务必记住这山峰的样子。”带队的陆生人中校伤感地说。

水栖人一言不发，笨拙地在富士山的坡道上移动带鳍的身子，用长蹼的手怯怯抚摸光秃秃的山石。

虽然带着相机，但大多数水栖人其实对拍照一点也不感兴趣。

这些奇异的人类默默挤满富士山，这的确是历史上未曾有过的情形。

许多人，久久看着巍峨的山峰发呆。经过生物武器的攻击，周围几千平方公里内的草木尽皆枯死。烈日照耀下，空气中弥漫着干燥的土腥味儿。一个个魔鬼似的旋风不时拔地而起，掀升焰火一样的漫天黄沙，遮掩了年画般的山头。

这是最后的告别。周遭跃动的山峰是涛影，还是烈火？这给水栖人以幽暗短促的印象。

大地此时显得薄弱，一段段沉陷下去。

陆生人哭起来。他们不断捶击山石，有人昏倒在地。

水栖人诧异不解，一些人呼吸困蹇。不久，他们受到了这情绪的感染，也开始抽泣。

只待了一会儿，他们便被催促着回到水箱。长龙似的车队又蛇行在耀眼的公路上。水栖人不能长久暴露在空气中，而敌人的空袭很快又要到来。

许多值得铭记的地方，还应去看一看，但是，时间已不允许。

他们是第四代水栖人。

## 十二、投放

随后，那一天便来临了。

在这个风和日丽的日子里，秋高气爽的天空一如大海，星星点点洒落出鬼魅的寒意。

在秋田军港，五千六百名水栖人，男女各半，排列着整齐的方队，每个方队前飘扬着鲜艳的旗帜，一共五十六面。

他们的领队代表大家宣誓：

“我们一定要永远记得，我们来自陆地。我们将用青春和热血，把那万顷碧波浸染得更加红艳壮美！”

每个水栖人的脖子上，都用白布吊着一个小小的方盒，那里面盛着从富士山采集来的泥土。

陆生人来到现场为水栖人送别。他们默默倾听水栖人致辞，眼含热泪。

水栖人宣誓完毕后，由科学家代表发言，是那个横滨实验室的第二任处长，他已被破格提升为大校。他一字一句大声说：

“请大家再回答我一遍：水栖人都来自哪里？！”

话音刚落，依次从队列中响起气壮山河的声音：

“日本，九州！”

“日本，北海道！”

“日本，本州！”

“日本，四国！”

年轻的大校声音颤抖：“你们要把这些名字，你们故乡的名字，让你们的下一代也记住。而你们的下一代，将告诉下下一代。日本，将在海底永世长存！”

他说这话时，忽然噎住，大声咳嗽起来。

五千六百名水栖人缩紧心，不眨眼注视他。他已被称作日本水栖人之父。

全场安静下来。除了那划空而过的尖厉咳声，就只有旗帜被风猎猎吹动的声音。这是水栖人在陆地最后听到的美妙声音。

两艘登陆舰在一旁锚泊等候。其上也飘扬着国旗和军旗。哗哗作响的旗帜把水面映得愈加红艳，它们也将被水栖人带到水下。

在来这里的途中，水栖人曾悄悄互相打听：我们将在海里生活多久？我们还会返回陆地吗？海下会有战争吗？

不知道……

但到了临下水的时刻，谁也不再想这些问题了。

寂静忽然被打破。人群中有人再也抑制不住，放声大哭。那是一个美丽的陆生妇女，她曾经协助怀过第一代水栖人。一个中年男子也哭了，他曾经贡献出自己的基因片段。

哭声极易传染。很快便号啕一片。

老处长——真正的水栖人之父——闻讯也从横滨赶至秋田。但他被阻止进入警戒区，便远远站在高层建筑的顶部观看。

他没有哭。他看不清楚港口的具体情况，但他知道，队伍中没有他那个水栖人。

随后，水栖人开始鱼贯登船，进入特制的水箱。送别的哭喊这时一下子高涨上去，就像悲愤的海浪要把天空的头颅也给强摁下来。

在一支航母舰队的护航下，登陆舰消失在了迢迢海路的尽头。

此时忽然刮起八级强风，海面红稠稠的浪头滔天盈目，破坏了送别者的视线。但人们仍然久久伫立码头，迷茫看着变幻无穷的水面，挂念船队和它负载的希望，直到夜幕降临，也不忍离去。

这一天，在日本绵长的海岸线上，辟出了十八个上船点，第一批八万名水栖人离开了陆地。

他们被投放下去。入水的一幕精彩绝伦，壮观无比。

此后，每一天，在世界各地，都进行着秘密的投放。播种一般，水栖人没入大洋深处。

## 十三、天空之梦

在北海道的日高山脉中，建立了抗击入侵者的基地。

距地面两百米之下，有一处密室，密室中置放着一口水箱。

日本的第一个水栖人已被转移至此。他被认为是初期实验的废品，而不能投放到海中。

他更加苍老了。第一代水栖人都呈现出迅速衰老的征候。他的皮肤皱缩，蹼膜脱落，鳃裂发绿。他在水箱底部无力躺着，几乎游不动了。

只有老处长陪伴着他。他也迅速老去了，头发全白。

“没有想到，你将与我一起见证陆地的毁灭。”陆生人心情压抑。

“您不是说，这是胜利吗？”

“胜利？”

“您说过，是我们的胜利大逃亡哪！”

“啊，是的，瞧，我老糊涂了。是胜利！我们有救了！”想不到，此时竟是水栖人安慰起陆生人，老处长心头一股暖流上涌。

“瞧您，又该挨上级批评了。”

水栖人故意换了严肃的口气。这把老处长逗乐了。但水栖人随后压低了声音：

“昨晚，我又听到了那可怕的声音。轰隆隆，轰隆隆！感觉上，已到了最后的时刻。”

“进入倒计时了。听说，马上要发起核总攻。陆地上的火山，也要被悉数引发。”

“我想出去看看。”

“出去看看？”

“看看陆地。”

“陆地？”

“啊，是的。”

“让我帮助你。”

水栖人已经完全丧失了离水呼吸的能力。于是，老处长帮助他穿上带有生命维持系统的防护服。

他艰难地设法使他的身躯从水箱中脱离出来。水栖人走不动路了，老处长便找来一架轮椅。

他们一道乘电梯出去。地下掩体的上面，是一个狭窄的山口。这里没有布置哨兵。

这一带尚没有遭到敌军攻击，所以林木保持着完整。在一眼看不到头的静美峰谷中，传出一阵阵松涛的肆意低鸣。冷艳如一把火焰的月色，在绵绵无尽的山头温情泳动，梳理出无与伦比的苍茫澄碧。在夜色的保护伞下，树木和岩石摇身一变成了亿万匹奔马，在毫无保留敞开着的巨大空间里跳跃着逃逸。

两人目瞪口呆看着。就在这时，响起了一声夜鸟的鸣叫，叫声落下后便不知去向，却又惊醒了某处清泉的梦呓，声音好似来自一口爬满古藤的深井，世界因这声音，愈发幽静。

敌我双方的炮击也暂时停息了。陆生人和水栖人共同感到，所有倒悬的、无依的、怀旧的事物，以及整个世界的结构，此时都宝石般一粒粒脱落下来，掉在了一个玉洁冰清的托盘上面。

这正是陆地最后之美。

多么清新的空气！老处长贪婪地猛吸一口。

“可惜我不能呼吸到啊，这陆上的自由气息！”水栖人羡慕地瞥了一眼陆生人。

“我真的很抱歉，孩子。”

“没什么，过去的时日里，从您的身上，我已懂得宿命。”

水栖人感到，到了此时，他才真正与陆生人达成了和解。

时至午夜，月亮愈发透明、圆润和伤感。她就像一位正在最后一次亲吻情人的美丽女郎，把纯净的光芒无吝洒满大地的裸身。而她的男人，天一亮便要披挂出征，战死沙场。

这天空中精彩的一幕吸引了两个痴心的男人。

“我们曾经去过那里。像梦一样。”老处长目不转睛看着幻影般飞升的月面。

“在书上我曾读到这段情节。的确，最早，它不仅仅为怀特人所有。可您知道我最大的梦想吗？我想飞到那里去，而不是去到海底。”

水栖人心想，在当今之世，怀特人怎么就布满了群星，而其他的人类就只能深藏于海底呢？

老处长看到，一些星星，正在月畔可疑地徘徊。敌人的攻击部队正在那里完成最后的集结。月之脸随后开始变黑。

“我们都想回到那里去，孩子。有一天还会的。”他坚定地说。

## 十四、黑色之月

他们睡了一个好觉，做了一串美梦。梦中，天、地、海又弥合在了一起。地球人与怀特人缔结了和平条约。

第二天一早，大本营来了人，要求带走水栖人。

“你们要干什么？”老处长满腹疑虑。

“带他去海洋。那里才是他命定的归宿。”

“撒谎！”

“你说话怎么这样不中听呢？亏你还是老行伍！”

水栖人却好像是高兴地笑了。他朝老处长挤挤眼，扮个怪相，意思是让他放心。

这调皮的神态，使老处长忆起，年少的水栖人，如何恶作剧把三栖船顶翻，又把落水者一一救起。他心头发酸，却也笑了。

“孩子，你就要回家了。”他喃喃说。

水栖人被带走了，他被带入一个密室，暴露在从地面抽进的空气中，窒息而死。他的尸体，很快被泵解成了离子。

第一代、第二代不成功的水栖人都被这样处理掉了。据档案记载，总共有六千六百五十六名水栖人被活活杀死，连同大量的更早期的动物试验品，比如水栖猴、水栖猪、水栖鼠。

制造者们不想让它们落入敌人之手。

这就是战争。

在总攻击开始前，老处长转移到了更深的地下。

这里还聚集着成千上万的陆生平民，有限的海底城容纳不了他们。然而，都知道，地下工事帮助人们存活的可能性是很小的。

老处长奇妙地遇见了二十余年未见面的妻子。因为从事水栖人研制这项高度绝密的工作，他不得不与家人分开。

他从妻子那里得知，他们的一对儿女在这个月份里战死了。

这是残存的陆生植物开始凋零的黑色之月，而在遥远的红色海洋深处，却感受不到气温随季节的变化。

这时，老处长逐渐黯淡下去的记忆之烛映照出一间地下室，室中搁着一口空无一物的透明水箱。

那里，月光照不进来，更没有海风。

# 第二章　红色海洋

## 一、最后的平台

在战争来临的前夕，钻井平台上大部分人已经撤回陆地，只剩下十个男人留守。这是一座一万二千吨的半潜式平台，建造的时代较晚，约为采油 XI 期，属于最后一批，这是因为海石油开采过度，已接近耗竭的尾声。

平台主体高达一百五十米，钻头打在两千五百米深的海底，但恐龙似的庞然大物已经停止运转。此时的海面，风平浪静，船影杳无。留守的人们总是百无聊赖，便喝酒、玩电子游戏、打扑克。他们仿佛被遗忘在世外桃源。战争是遥遥无期之事，虽则其实不然，因为，陆上已来电话，很快就要派拖船把他们连同平台悉数接回。这海上的庞然大物，恐怕也会成为敌军攻击的目标。

最盼望回去的是小张。他刚刚订婚。未婚妻是开采局的陆上接线员。他们的恋爱，说来神奇，是在电话里聊上的。那时小张刚上平台，同事中没有一个女人（平台的历史惯例），待不多久便寂寞难挨。一次，他在无聊中胡乱拨动内线，对面传来的竟是清爽女声。他便说："不管你是谁，咱们聊聊天吧，实在太寂寞了。"他们便你一言我一语。这一聊便是热热乎乎的一年。这其实正是大海对男女心理的奇异催化。

其余的人，如老王、小李、老吴、小陈等，也都盼着回去。他们在陆上有家，他们想念留守的老婆孩子，惦记家养的狗仔猫儿。而且，长年累月在海上，实在太想嗅一嗅陆地的味道了。那里浮荡着男人最原本的气息。

也有不想回去的，那是队长。他老家在浙江宁波，妻子和女儿在五年前的一次海啸中丧生，仅他在南海平台上，得以幸免。此后他便要求到平台做永久性工作，连休假也尽数放弃。他无言守望大海，不离大海，那神情常常颇可玩味。别的人想，队长眼中的海水，是否与常人眼中的不同了呢？

有时，队长会面向大海唱起怪异的谣曲：

"炎帝黄帝呀，率熊罴虎貅之军，吃人无数；殷纣王呀，杀死姬昌长子伯邑考，做成肉羹，送给姬昌吃……"

大家听得莫名其妙。队长唱累了，便停下来，对众人说：

"你们都快些走吧，让我一人留在这里，看守这美丽的家园。"

"若说家园，那远方的陆地，才是我们美丽的家园。而且，你就不害怕炸弹掉下来打中脑袋？"老王说。

"那有什么好怕的？我还想比比谁的脑袋硬哩。"

"别嘴硬。还是跟我们一起撤吧，队长。"小陈说。

"嗨，瞧你们这些不中用的家伙，都是在自己吓唬自己。海洋石油已经停采，这平台叫作无价值目标，谁稀罕浪费炸弹？"

他们听出，队长的语调中透出淡淡伤感，好像在说人已被海抛弃，要不就是人唾弃了海，总之是两不相与。说到底，想回去与不想回去的，其实，均与战争关系不大。这茫茫无际的汪洋总在脑海中导引出千奇百怪的错觉。他们却不知道，这将是一场不寻常的战争，暴露在星球表面的一切，将悉数遭到毁灭。大海仅是一泓暂存的温柔幻象，正如同女人稍纵即逝的青春时光。

他们不禁集体坠入甜蜜回忆的陷阱。在开采的极盛期，海洋上曾布满钻井平台，他们称作“钻岛”，有固定式、船舶式和半潜式，井架刺破湛蓝云天，如陆生城市林立的摩天大楼，每一座的制高点上，均由一面火红的旗帜把守，他们称作海上劳工之魂。现在，视力所及，一座也无，正如陆上伐尽的森林，耗竭的耕地。氤氲大气中，天际又变得寥远寂惶了。而他们这一座上，红旗也在无风之风中下垂，如同男人委顿的器官，受着海洋的嘲讽。

小张和老王知道队长的大脑受过刺激，便不与他多说。他们耐心等待船舶到来，海平线上却连一根桅杆也不显现。打电话回去，那边抱歉说，临战前夕，事态紧急，民船都被海军征用，恐怕还要等上几天，也许，会先派直升机来接人。

他们又开始玩牌、喝酒、打电子游戏，看海豚出没。而海豚的身影也越来越稀少下去。

## 二、怀春少妇般绽放之海

这天傍晚，在上甲板，他们正孩子般玩得高兴，忽然，小张停下来，说：“看那边！”

一起玩的人看去，见辽远的西边海面颇有异样，原来是大片海水泛着耀目红光，却又不是夕阳的映射。他们忙叫来队长和其他人。众人都看得怔住。

“是赤潮吗？”

“像是啊，但这么大的规模，却见所未见。”

棉田一样的海洋开始一层层由内向外绽放，娇赧凄艳地闪动，怀春少妇一般婀娜，任谁见了也要说美不胜收。这的确是不曾见过的奇景。大洋难道也会在日暮时分偷情并进入高潮吗？

只见金光四射之中，水晶般的洋面回旋不休，又仿佛纹丝不动，这真实无比的矛盾景致，逐渐凝结成一幅古典名画，焕发出宗教一般的永恒和庄严。那是河外星系才有的意境。

真是令人惊诧莫名！而围住平台的海水片刻之后又仿佛纷纷退去，正如同宇宙向四面八方膨胀。滚滚而逝的波涛间散发来春雷爆炸般的强烈芬芳，平台上的男人都感到了情欲的泛动。

大家议论纷纷，又看不出究竟，便心怀疑虑地暂时抛开这海，返转去又玩起牌来。吊主！将杀！抠底！只有这套老把戏，才是永远不会随时代而改变的，哪怕远离了陆地。他们长年在海上，见过太多的不寻常之事，便把不寻常，也当作寻常。慢慢地，夜幕哗哗坠落，雄伟星空触手可及。他们回到舱室，接着玩牌，直到凌晨，玩得自己都恶心了。

次日一早，便看见红色愈加浓重，汹涌逼近平台。亮堂堂的海水露出浑浊凶狠之势，颇有些杀气腾腾，像是青春少女的柔软肚腹被剖开，祭神时溢流出大片鲜血，染红了贞洁的自然界，与昨日睡眼惺忪的淡妆少妇又颇有不同。这分明饱含了血光之灾的意味，大伙看得已是心惊胆战。他们始有些郑重其事。

“会不会是哪个鬼日的在搞什么试验呢？”队长骂骂咧咧。他觉得，这不打招呼的怪异，侵犯了他的私人领域——大海。

这一阵，倒是有新闻报道，说陆上有关部门正在海洋上遂行科学研究。不久前，还见过海军的几艘驱逐舰在这一带游弋，试验新式的电磁波武器。还有基因重组的水栖人，也已开始往海下投放。而且，传闻正在建造规模更大的海底城。在水下，科研部门投入发光细菌，把深海照耀得通红透明。平台上的职工开始都不相信，因为这一带的海水，尚是传统而正常的，是蓝莹莹的，悠然而恬淡。但是，海洋上有大动作，这也是确实的。这与即将爆发的世界大战有关系吗？他们远离了陆地文明的中心，不清楚。他们中的大多数，有一年多没有回陆地了。

等他们懒懒睡了午觉起来，发现平台周遭已被红水围个密不透风。放荡的水势喷吐着暗藏威胁的光焰，快一阵慢一阵扑打着六个十五米高的浮筒不锈钢立柱。他们看去，见海面浮动着细小的藻类，呈现出复杂的丝状，漫漫弥布了水面。

“哪里来的怪东西？”队长沉吟。

他们见过狂风恶浪，水怪海妖，但如此规模的赤潮超现实一般的入侵，实是从未遇到过的情形。

这时，整个目力所及的海面，已全部被海藻染红，光焰直冲云霄，在肥软松弛、宽阔欲坠的蓝天下面，蒸腾出让人不敢直视的强烈对比色。而那井架上孤独的一面旗帜，原已不引人注目，此时被衬得凶险无比。刹那间，在这节奏分明的铿锵光色中，白日噩梦开始飞翔。

“不祥的预兆。”老王说。

“一场海洋生态灾难，原因却不明。”小陈说。

他们急忙往大陆打电话，却再打不通了。到了傍晚，远远地，传来隐约的雷声，那不是自然界的雷霆。不久，又有蔽天的战斗机群从头顶掠过，如候鸟飞错季节。队长撇撇嘴角：“仗打响了。”

大概是敌军使用了电离武器，空间性状遭到破坏，通讯卫星也被击毁，无线电联络完全阻断，海底电缆和光缆，必定也毁于一旦。平台与陆地彻底断绝了联系。

“我们怎么办？”小张最是慌张。

“不要紧，他们就是来接我们的。”老吴安慰说。

“我觉得，我们应该赶快主动撤离。”老王提议。

“那，平台谁来看守？这是国家的财产。还是应该等待陆地来的指令。”队长板着脸。

海洋石油开采，以前一直是半军事化管理的。沉浸在往昔回忆中的队长，其感伤之情浓重难化。

“不，必须马上撤离。既然战争爆发了，事态已非同一般，或许，陆地已经顾不上我们了。必须自救。”老王把“自救”二字咬得死死的。他不是平台的负责人，但在一伙人中资格最老，说话有分量。

队长瞥他一眼，却顾不上应答，只去看不期而至的红色藻海，不经意间露出醉迷的神态，竟有些像等来了久未谋面的故人。大家见此俱感惊愕。

这红色海洋的出现，与战争的爆发，具有奇异的巧合。但这究竟是怎么一回事呢？

此处距离大陆八百六十公里。平台上配有一艘备用的大型快艇和八艘无动力救生筏，可以在紧急情况下使用。老王的提议得到了多数人的支持，最后连队长也不好再说什么。他们便做了准备，决定第二天走。

## 三、洋面上的幻影

随着夜的来临，小张的心情越来越紧张，他睡不着觉，便烦躁地走出舱室，来到平常嬉玩的上甲板。夜色诡秘，却有一轮月牙在云缝间无声游移，红色海洋在下方荡妇般粗糙蠕动，怪兽似的周身翻卷出明晃晃的芒刺。小张看清楚了，这不是在反射月光，而是海洋自身的泛光，并把月面映照得猩红。发光的藻类是少见的。它们仿佛是从时空之牢中越狱的死囚。

这时，备料库边一道黑影显现，吓了他一跳。他看见是一个人，也在出神观看夜云下的沧海。那正是队长。

“从来没见过这么美丽的海洋。就要撤离了，真有些依依不舍呢。”队长自言自语。

“只怕是真要出事呢。”小张走到队长身边，小声告诫。

“怎么说出这种话呢，要是我一个人，我是不会走的。为了大家，我做出了让步和牺牲。”

这时，远远又传来沉闷的雷声，以及隐约的阵阵闪光。海面受到声光的振动，整个要暴跳起来。

“战争的确爆发了，我们却在它之外。”

“不过，那算什么呢？海也在它之外。”

忽然间，队长兴奋叫道：

“嗨，我看见她们了！”

“谁？”

“我的老婆、女儿。看，就在那边，在向我招手哩。”他伸直手臂，指向包围了一切的大海。

小张大惊。队长的面孔，在红色海火的映照下，燃起陌生的油光，完全变了形，如同一具被大王乌贼糟蹋过的尸体。小张循他指的方向看去，见除了更猛烈的红光爆发外，海面上什么也没有。只见井架上的旗帜软绵绵下垂。小张小心地后退一步。这时，队长忽然像从短暂的梦中醒转，摆摆手，尴尬笑了一声，踉跄走了回去。小张心知不祥，也快步往舱室走，路上又见另一人，正是小李，也在痴迷观看剧变中的大海，却不知他眼中的，与队长眼中的有些什么不同。小张从他身边经过，叫了他一声，他也浑然不觉。

小张回舱后便赶紧躺在床上，心咚咚跳，听见水下仿佛传来大鱼的吱吱惨叫，却不知其详。

第二天一早，有人发现了小李的尸体，头颅被劈成两半，倒毙在备用快艇边。他的舌头外伸，却断了一截。但朝阳之火还在他脸上荡漾，使人产生错觉：活人也可以以这种方式存在。

小李在死亡之前看到了什么呢？

让大家心里一凉的是，快艇亦被破坏。导航仪、轮机和桨叶都被巨大外力斩断。死者手执水手斧，面孔的左半部毫无表情，右边挂满憾意。昨夜，他是否与爬上平台的敌人做过搏斗呢？可是，敌人在哪里呢？也许，是怀特人的特种部队悄悄光临过吧？在这红藻的掩护下，他们的蛙人潜入领海。平台是其预定攻击目标，还是他们路过时顺带捎上的？

在小李身上，发现了藻丝，却不知怎么弄上的。大家把他的尸体存放进厨房中的冰柜。将来，是要运回大陆的。大家都属于陆地，死了也要回去。这样的意念，此刻，强烈的程度达到极点。但在小张看来，用盛放鱼虾的冰柜来保存尸首，却也容易引发另外的不必要联想。不知道在这平台上还要待多久，万一时间长了，食物吃完，该怎么办？

大伙又把目光投向仅剩的无动力橡皮救生筏。但这红色神秘的藻海却使他们惮畏。战争的声音又在远处迫不及待响起来。海洋又一阵猛烈颤动。人们对其无能为力，却相信陆地不久还是会派船只或直升机来的。也许，就是这一两天的事情。陆上的人们不会抛下他们不管。

余下的九人拿起武器。平台上配备有两支手枪、一支微型冲锋枪。在队长的带领下，他们搜查整个平台，从总控制室到电影院，从邮局到水泥库，却没有发现任何可疑人，或可疑人登临的迹象。

他们再去看海面，见藻层更加浓郁，形成壮观的水华。浩浩荡荡，层层叠叠，如同一支纪律严明的大军。因为过于密集，造成氧气和光照的缺乏，一些藻体已经死去，但另一些，只要有一线机会，便在疯长，真的是前赴后继。透过其迷宫般的层隙，可以看见亿万具鱼虾的腐尸。

一整天，他们又反复与陆地联系，但均告失败。

## 四、恐怖的袭击

晚上，小张忽然醒来，坐起身透过舷窗看去，见队长正在甲板上游走。队长若有所思，双手电击般乱抖。小张吓得闭上眼，赶紧平躺在床上，却如何睡得着，猛然间觉得有什么不对劲，一转头，见一张毫无血色的脸庞布满舷窗，在玻璃上贴得紧紧的，鼻子也压平了，嘴唇也绷紧了。正是死去的小李，他曾经的牌友。活人与死人僵持对视一阵，小李不说话，眼也不眨。小张却撑不住，眨眼工夫，死人便消失了。舷窗被一面红色旗帜覆盖，仅一瞬，旗帜又粉碎成了海面的无数磷光，如草原上大火席卷。他大惊之下，又见夜暗中的藻海变幻不定，波涛明灭，正拼凑出一张张陌生而残缺的人脸，随着谲浪隐约沉浮。有的人，梳着早些年间的发式。他一个人都不认识。海上明明无风，但井架上那面旗帜却僵直舞动起来。

幻影在早晨都消失了。人们起床后，看见一些海藻，附着在浮筒立柱上，水淋淋的，缠丝状地还在往上攀爬，有的已接近下甲板。老王戴上手套，小心采集了一些。从模样上看，它们是平常的藻类。老王把样品带到生物－环境实验室，做成培养基进行研究。

在显微镜下，此藻的个体呈现为单细胞，多数为针状，具备细胞壁，有鞭毛，细胞壁上有刺状突起，如同一只只小铁锚，可附着于坚固物体。一连串细胞构成了纤细的藻丝。该红藻遂行细胞分裂生殖，繁殖率惊人，十分钟内即可一分为二。

“如果令其无限制繁殖，可以在三两天内，覆盖全球所有洋面。还好，养分不足，它们在不断自行淘汰。”老王说。

让人不安的是，在充斥着红藻的水体中，已找不到其他活着的浮游植物和动物。仿佛，它们都被藻类悄然杀死了。这是无法解释的怪异。藻类的活动，给人一种目的感，甚至是有“组织”的。平台上的人因此更加戒备。

这个白天及当晚却无事。

第二天，围坐在一起吃早饭时，人人心情低落。

队长忽然说了一句：“小李是自己劈开自己的。”

“怎么啦？”

“昨夜，我又一人去仔细看了尸体。从那种角度看，只有自己用斧头劈，才能形成那样的创伤。”

“他为什么要这样做？”

“不知道。或许，他真看见了什么足以使他丧失生之希望的东西？”

小张回想那个晚上。小李倚在栏杆边痴痴观望大海的身形，记忆中竟是亭亭玉立的姿势。小张始觉得，小李恐怕是看见了某种幻影，并在这幻影的支配下，把快艇当作偷袭平台的敌人，与之搏斗，最终砍坏轮机，破坏了集体逃生的希望，也摧毁了自己的存活欲求。幻影的确是一种客观存在，他和队长不也都看见了吗？但这与怪藻的出现有什么关系？最让人不敢往下想的，是队长昨夜竟一人偷偷去看冰柜里的尸体。想想队长独自在红色世界的边缘蹑手蹑足走过，这样的情景就不由得让人心惊。

席间，向来多话的老王一反常态沉默不语，也没有吃几口，便提前走掉了。过一会儿，他又慌张返回。大家以为他是来取遗落的东西的，他却朝饭桌直端端走来，空洞的眼神令众人心里发毛。大家还没有完全反应过来，队长已然起身，对来人伸出手，大喝：“停下！”老王便像个小孩子，听话地站在原地，面色苍白，大汗淋漓。大家都不明究竟。队长小心地上前，触摸老王鼻息，知他已死。死人全身冰凉，却能站立不倒。

“他已死去一段时间了。”队长阴沉地说。

大家都变了脸色。与小李一样，在老王的衣袖里，发现了红藻的丝体。在他的房间里，也有这种东西。凡是有水渍的地方，丝体均蔓延开来。老王的尸体也被送进冰柜暂存。

## 五、生物武器

剩下的八人召开紧急会议，讨论面临的形势。这来历不明的红藻是有毒性的，这一点已无疑问，甚至，它还可能致幻。队长怀疑它寄居于人体，能控制人的中枢神经，从而支配人的行为。他进一步猜测，它或许是一种生物武器，由那尚未谋面的强敌密集投布于洋面，覆盖了国家的整个海洋领土，那真是不费一兵一卒。大家七嘴八舌：

“他们深知海洋对我们的重要性。先攻占海洋国土，连同岛屿和浮城，缠住你的作战舰队和运输船只，包围你的海水淡化塔和氢能收集器，封锁你的港口和海峡，最后，大陆便不战而降了。”

“真是可怕的策略，不是地球上的人类能够想得出的。”

“之所以让红色来打头阵，恐怕有着心理战的意味。”

“不知我们的海军是否注意到了这种情况。”

“海军？他们只知道跟金枪鱼干仗！”

“遥远陆地上的祖国，真让人担心哪。”

“担心？你们也真是的。现在哪里还是担心国家的时候？我们自己的生死尚且难料。”老吴忽然怪腔怪调说。他的话引起了共鸣。老王可怕的死相在大家的脑海里又冒出来。

“是呀，如果海面被覆盖了，我们就会被困在这里，出不去，食物也要成为问题。看样子，连钓鱼都不可能。鱼儿都被这怪藻给毒死了。”

“有什么办法制止它们的繁殖呢？”

“藻类的生存，是依靠光合作用和有机质的，虽然，这一带的有机质并不多，但它们却在疯长，真不可思议。说不定，基因也经过了人工重组，使之能最大限度利用海洋中的每一点细微养分。”

“那我们还有救么？”

“救什么？”

“救我们自己呀。”

众人说这话时，一些柔软的藻丝已循着立柱，悄悄攀爬上钢铁的平台。这时，在红藻那里出现了奇怪行径。藻类似乎是具有智性的生物，纷纷朝着关键位置一路疯长而去。它们去计算机房，去发电室，去液压升降器和操纵台，企图占据那些重要场所。

八个人紧急使用灭火器，才打退了藻类不可思议的进攻。他们精疲力竭，因为惊吓而虚脱。发生在眼前的事情难以用常情解释，他们宁愿相信是幻觉。

不幸的是，抵抗中，老吴的手臂被藻丝粘住了。队长和小张急忙对老吴全身做了消毒处理。老吴强笑：“没事。”他被送回舱室休息。但一会儿后，老吴便神色奇怪地出现了。他向队长报告：

“刚才，我看到一个女人。她在绞盘那里唱歌。”

“女人？哪里会有？”

“喏，就在左边的绞盘那里！那好像是我的情人哪。哦哦。她穿着火红的旗袍，别着桃红的发卡。她的手中，攥着我写给她的情书，上面分明还有我的血手印！”

大家张大嘴，不去看绞盘，只紧张盯住老吴。人们仿佛已有了一些心理准备。

老吴年过半百，家庭和美，他从没有对人说过自己的私情。他不是那种张扬的人。小张忽然想到，队长也看到了并不存在的女人！

“你们还不帮我的忙，去把她找回来，这么一副怪样子看着我干吗？我又不是红藻！”

老吴脸上显露出对同事们极度失望的表情，愤恨地朝大家疾步走来。这情形好似死去的老王复活。众人争先恐后往后退。

“站住！”队长再次喝令，举起手枪，指向老吴。

“你胆敢用那玩意儿对着我！你这臭小子这是要干什么？我上平台时你还在吃奶呢。”老吴委屈地嚷嚷，迎着枪口继续往前走。

“我数一二三，你再不站住，我就开枪了！”

老吴一愣，才停下来，呜呜哭泣。他嘟囔道，没想到，在平台上兢兢业业干了三十多年，大家竟这样对待他。难道这是应该的吗？都说海洋事业最无情。他默默做出了多少贡献和牺牲啊。那次强台风，大家都撤离了平台，是他一人坚守岗位。他老婆怀孕时，平台上正是最忙碌的时候，他也没请假。有几次回陆地的指标，都是他主动提出，把机会让给别人。他是老实人。难道，海洋开发者竟是这般结局？太让人寒心了。

他一边说，一边后退，忽然掉头狂奔，跑到甲板边，一头跳入海中。大家惊呼追去，却已来不及。小张第一个跑到平台边，看见下面的红藻成团成簇围聚过来，海蚯蚓般密密缠裹住老吴的身体，迅雷不及掩耳便把他分解了，老吴连惨叫都没有来得及发出，就连骨殖也不剩了。竟还真是一种食肉性植物！这红藻看上去的确具有人工生物的特征。

大家正为老吴的惨死不知如何是好，忽然，又听见一声狂呼：

“你这没有人性的家伙，是你不让我们回到陆地，是你逼死了他！”

转眼看去，见是老赵指着队长大骂。他与老吴是好友，老吴的死使他受到极大刺激。他举着一把菜刀，不顾一切向队长冲过来。大家看到，那菜刀上也粘有藻丝。明显的是，老赵也中毒了。

队长来不及反应，昔日的牌友已一刀砍入手臂，枪掉在甲板。平台上负责安保的小周眼见不妙，蹿上去从后面一把拦腰抱紧老赵。老赵一反手，一刀划开小周的下腹，一搅一拉，带出肠子。小周也疯狂了，宁死不放。发狠的老赵一阵乱斩。队长情急，忍痛拾起枪，走近老赵，对准他的天灵盖连开三枪。老赵立时脑袋开花，脑浆喷了小周一脸。队长扔掉枪，也不顾毒藻，抱住死者身躯，号啕大哭。小周也不行了，半小时后，便咽了气。新死的二人也被送进冰柜。这样，做伴的便有四具尸首了。

现在，平台上还剩五人，被瞬间发生的突变惊吓得不知所措。谁也不敢相信谁，都觉得对方已被红藻控制。于是，各个躲进自己的舱室，以避免致命的接触。

冲锋枪和剩下的一支手枪，就在这时失踪了。

## 六、逃生

第五天夜里，小张正睡着，忽然被外面的吵闹声惊醒。

他小心翼翼走上甲板，看见是老杨和小刘正在橡皮筏边争执。

“你不能这么做！这汪洋大海，是没有人能划过去的！”老杨死死拉住小刘的胳膊。

“你放开我，待在这里，都是个死！”

“藻海更危险，你没见那怪物吃人？”

“有这船体护着，没事。反正，只有闯一闯了。咱们一道去吧？这船能载下我们！”

“难道，你不跟大家商量一下，就这么独自离开平台吗？”

“平台？你还甭提这平台。它把我们害惨了。我看，队长也中毒了，很快就要传染上我们。他是要让我们在平台上给他殉葬的。”

“你不能这样做，太自私了！”

“自私？嘿嘿。我知道，你嘴上说的跟你心里想的不一样哪。这平台上的每个人我可都知道。老杨，别说大话了，跟我一块儿走吧。现在，只有自己才能救自己！”

“你……”

“你让开！”

“不、不行！”

“为什么？”

“因为……我们都走不掉了哇。”

小张躲在一边，瞪圆眼睛看去，见老杨的瞳孔放大得像两盏妖灯，他的一举一动形同千年僵尸。老杨是基于一种死人般的心理，才死活不让小刘走的。是他要小刘给他殉葬啊。两人厮打起来。最后，小刘一拳把老杨打倒。他便急忙去放缆。老杨又伸臂抱住他的腿。小刘狠踹一脚，小张不敢相信自己的眼睛——老杨像一堆柴禾或一座土山，立时散架了，许许多多干燥的肉块肉粒洒落得满地都是，眼珠、耳朵和腰子滚到甲板边，却没有一丝血流出。他好像一个生化人啊。小张明白，老杨其实也早死了，可惜小刘却不曾早些发觉。

这时，响起一串枪声。正要上船的小刘噢了一声，胸部喷溅出大股黑血，一头栽倒。是小陈，冲锋枪口还在冒烟。原来，是他偷走了枪。小陈抢到橡皮筏边，拽开小刘的尸体，放下缆，让船落到水里。他谨慎看了看，见藻海没有动静，毒藻对橡皮筏似乎不感兴趣，没有群狼般围过来。小陈最后用复杂的表情看了一眼夜空中的无言井架，以及上面的单薄旗帜，冷笑一声，便从十五米高处准确跳入筏中。

小张冲到平台边，正要大叫阻止，这时，听到一个低沉的声音："放他去吧。"回头一看，是队长妖魔般的脸孔。

队长面带笑容看着甲板上的死人，慢慢悠悠唱道："炎帝黄帝呀，率熊罴虎貅之军，吃人无数；殷纣王呀，杀死姬昌长子伯邑考，做成肉羹，送给姬昌吃……"

小张惊讶看到，队长一边唱，一边俯下身，把滚落在地的人肉拾起来，一粒粒扔进自己的嘴中。

小陈用力划船，橡皮筏还是太大，在红色海洋中，像一堆外星异物。他划到五十米开外，就怎么也划不动了。藻太稠密，沼泽似的陷住船儿。小陈的脸膛像是擦满婴儿霜，在淋漓的星光下难以置信地一片明净。小张想，小陈从来没有展示过这么媚人的一面啊。只见他仍在垂死挣扎，却连桨都从水中抽不出来。一直就在关注平台男人的海洋，终于捕捉到了它久久钟情的猎物。划船人绝望扔掉桨，俯身在筏边，伸出双手去抚弄藻丝，胳膊已是一片血红。他忽然一抬头，看见了队长和小张。逃跑者脸上露出求救的神色，朝他们嘶哑大叫，这叫声绝不同于人类，而后者只是冷冷观望。

平台上的人和水中的人对视半天，最后，是队长和小张先感到无趣，便离开了舷边。他们在甲板上散了一会儿步，鬼使神差来到一扇门前。

# 七、陈列室的秘密

这是陈列室。他们互相对视一眼，便着魔似的往里走。昏黄光线下，展览着历史档案和照片，述说着这平台光荣的往昔。从前，都是有人从陆上来参观，才带进来看。最近，战事吃紧，没有人来了，房间里积起灰尘。

这个开采局，有着辉煌的历史。作为海洋石油工人，他们是人类进军海洋的先驱。早期，他们开采过中国最大的海上油田，也和外国人在世界各地合作进行过史无前例的钻探。他们的平台也曾在飓风中翻沉，坚守岗位的职工成了海底冤魂。恐怖分子也曾用装满炸药的船只撞击平台，与上面的人同归于尽。但这些都不能阻止人类走向大海，后继者又把更先进的平台竖立在了更深的海底。海洋的皮肤和肉体，被他们无情撕裂和钻透；海洋的血液和脏器，被他们倾力吸干和挖走。这些厉害的男人们，的确是海洋的征服者，而海洋也一度成了他们的驯奴。

小张和队长流连忘返，看得如痴如醉。镜框中闪耀着不同时期的集体照。干部和工人们穿着统一的橘红色服装，这特别的衣着与井架上火焰般飘扬的旗帜互相辉映，背景则是蓝得颇不自然的大海。人们满脸是骄傲的神情。但随着时间推移，骄傲慢慢被漠然代替。这是怎么产生的？是时间孕育的一种自然果实吗？后来的照片，背景已是林立的井架，海则萎缩了，仿佛在被冷落之后走向自闭。干部和工人们的表情，不管是哪一种，亦愈发淹没在了钢铁的阴影之中。唯有身上橘红色的工作服与他们身后的旗帜，一直没有褪色，并且一代代更加鲜艳起来。这正是骇退母兽的颜色。人们的生命，都灿烂地招摇在这血块一样的物件表面，如若刺目的补丁。队长和小张想到，这颜色与眼下围住平台的藻海，是那么的一致，不禁黯然。大概是这久久燃放的色彩刺激了海洋的反击。

“他们中是否有人料想过灾难竟要以这种方式降临在后代的头上呢？”小张问。

“听老人说，并不是没有料到。但做出那样预言的人，都被遣送回陆地，永不准出海。”

“是什么预言呢？有关于藻海的么？”

“大概是的吧。据说，早期石油工人的夜梦中，最经常萦绕的，便是藻的幻觉。那时他们身边没有女人，做梦时便梦到海藻。红藻也好，蓝藻也好，是海洋中最普通却也最顽强的生命，也是最能激发联想的幻影般存在啊。”

“藻这玩意儿，几十亿年前就最先统治了世界，这随后漫长的时代里，它们的形态和结构也丝毫没有变化——就像是一直在耐心而忠贞地等待什么。这样的韧性就跟女人一样。现在，该它们显派了。”

“是啊，它们大概等到了。可是，它们等的是什么呢？这海上只剩男人了。”

队长畏惧地瞧了一眼大海，它的那种红兮兮、娇滴滴，已是很难用常物来比拟。这是小张见到队长第一次对大海显露出排斥的表情。

队长又说：“与藻相比较，男人是太短命的生物。在集体死亡之前，我们终于有幸看到真正的海洋了。瞧，它的波动，根本就不顾及我们的心情——骄傲或漠然。”

小张想，它们并不依赖于我们而存在。这时，他嗅到队长口中散发出的人肉臭味，冷不丁想到什么，说：

“可你不是说过，明明是敌军的生物武器么？自然的藻类并不曾等待。队长，你其实早被感染了。你为什么还能支持到现在？”

小张一边说话，一边握紧口袋里的手枪。那天是他把武器给偷了。

“嘘，别打枪，我老婆和女儿就在附近看着呢。是这漂亮得如同胭脂的红藻把她们招引来的，大概以为她们是同类呢。可别惊吓了她们。”

队长猜知小张在摸枪，得意扬扬笑起来。

小张手一软，放松了枪，转眼看去。墙上挂着许多镜框，照片上采油男人的脸庞和身形正起着变化。小张看见了一大一小两个女人，是浑身被剥掉表皮、鲜血淋漓、鲜红得惨然而夺目的生物，在一座古老而巨大得像是金字塔的钻井平台的井架顶端坐着，手里捏紧旗帜的一角，表情微妙地打量着闯入陈列室的两个男人，像是看透了他们内心的虚弱。

小张一下有些醒悟了，为什么钻岛招工，从来都只招男人。男人的第六感，总是缺乏的。

这时，他想到自己的未婚妻，心中涌起一片惊恐。他眼前出现了另一幅图景：陆地上战火纷飞，血光闪烁，人都炸得肢体分离。不，不是战火，是漫天大雪纷飞的红色藻丝，以及它们的孢子。但是，在废墟中，却有一面同样火红的旗帜在飘舞，藻丝正从旗面上源源不断烟雨般涌出，像是女人的月经。

小张观察着队长，一边控制内心的可怖情绪。手再次握住枪，但掌心已被汗渗满，全身则从外至内凉透。他进而意识到，自己和对方，其实都已是被红藻控制的死人。但这种意识立即被另一种他不能左右的陌生意识抹去。那个猴子一样的意识在他的意识深处窃笑。

队长没有注意到小张的情绪变化，他提议把甲板上小刘的尸体和老杨没被吃完的肉粒也装进冰柜。小张点头说好。他们便忙碌起来，先把尸体塞入尸袋，然后抬到厨房，却发现关得好好的冰柜不知怎么竟敞开着门。早先装入的四具尸体身上密密麻麻爬满一支支小触手似的红藻，尸体成了四座长满灌木和杂草的小山丘。他们面目全非，身上流淌浓水——这正是红藻享用的上好营养质。

这时，天空中响起滚雷。

## 八、寂寞的阴森

雷声就是召唤。两人急忙冲上甲板。晨光还没有升起，巡航导弹刚好飞过这一带的无人海区，尾喷口的红色烈焰照亮漫天乌云的锯齿状轮廓。他们抬头看去，见疾闪而过的光束流星雨一样璀璨，毁灭世界的利器战神般整齐而威武地通过天庭，一支支在红色海洋上投下壮美而短促的影像。他们浑身发热，一二三四高声数着，见总共有四百九十余枚飞过，一直热闹了近一个小时才完结。

这时，他们发现，困在水中的小陈，停止了非人的叫喊，也痴痴仰脖看着幻灭之天，满头满脸的藻丝也遮掩不住欢愉的表情。

次日清晨，红藻又疯狂爬上平台，主人般登堂入室。很快，它们有的经过曝晒而坦然死去，但是，又有不服气的家伙跟着爬上来。它们执着着寻找宽裕的空间。海洋已经太拥挤。队长和小张开始也用灭火器来抵抗，但不久发现没有用处，不过是在自演自娱，受着意识中的意识的捉弄，便大笑着放弃。没过多久，连门窗也被红藻封死。他们活活葬在了一座红色的钢铁大墓中。

过了几天，平台上仅剩小张一人。他身边多了一具尸体。队长是被小张开枪打死的。后者烦他老是唠叨死而复生的老婆、女儿，让他想到自己的未婚妻，不由心生嫉妒。熊熊的欲火烧得小张实在忍不住。这样的念头，恐怕是逐渐冷去的躯体中残存的最顽强的一片对生命的留恋在发生作用吧。两个人都被感染了，但队长竟能坚持到最后一刻也不癫狂，是因为他还念想着自己的女人啊。打死了队长，小张心底的悬念才彻底解除。这时，他兴奋地想："我终于得救了！"

队长缩手缩脚的、猴子一样的尸体，就和衣坐在小张身边。小张觉得已没有必要把他送进厨房冰柜。队长的工作服上面，浓重的色彩正鲜血般一层层融化开来，使狭小的舱室顿时具有了世界的完整性。红藻迟迟也不攻入。小张有时会感到饥饿，便解开队长的衣扣，从他的胸脯上撕下肉来吃。

此时，海中的小陈，已一动不动，宛若一树精雕细刻的珊瑚。灿烂的笑容冻结在脸上，使他的沉静婉美，正如一位未婚少女。他身上的橘红色衣服，成了一面凝固不倒的旗帜，率领同色的海洋向全面胜利进军。

男人之间的问题都解决了。此后，小张每天做的事情，便是对着无人接听的电话一遍又一遍大叫："不管你是谁，咱们聊聊天吧，实在太寂寞了！"那声音的确是阴森，在空无一人的红色海洋上方孤鸟般盘旋。

# 第三章　白天蓝云

## 一、蓬壶州

在乱云飞渡的空中，朴相哲远远看到了大陆上那条著名的大河。

大河在入海口被束成一条狭龙，河水不再是黄色，因为加入了阿尔玛氏添加剂，而变得血红。定时定量灌注的化学物质使大河的泥沙不致沉降，而是源源不断被搬运入大海，成了造陆的天然材料。

虽然，朴相哲目睹这条色彩奇异大河已非一次，但每次见到仍暗暗心惊。

滚滚大河流经的地域，曾经是一处有名的边缘海，而今却是一望无际的青青桑田。滔滔大海已移去东方，也不复是蓝色，除了大河的浸染，还因为满足海下照明的缘故，投放了大量红色发光植物和细菌，看上去，如同淤积的血浆在无边无际缓慢盘旋，又像辽阔的油田着了熊熊大火。

朴相哲的心中滚荡着几缕壮烈，亦间杂一丝悲悯。

直升机秋蝉般吱吱鸣叫着越过大河，又飞了三十分钟，便降落在蓬壶自治州政府大楼三十三层的停机坪上。仅有一人来接朴相哲。直升机的旋翼风刮得那家伙歪歪斜斜。朴相哲猜想，他便是州政府的崔光洙副秘书长了。

“特派员，欢迎，欢迎。”

从大楼上可以看到，昔日繁华无尽的州城已是人去楼空，大街小巷一片岑寂，商城、银行和公司大门无不紧闭。

“一半市民已撤走，另一半上了前线。”面容憔悴的崔副秘书长说。

“嗯。”

“特派员，想不到您这么年轻。我还以为是一个老头子呢。”

“是吗？”朴相哲苦笑。心想，这个时候，还有人这么说话的吗？

州长、副州长也到前线去了。在积满灰尘的办公室里，朴相哲隐约听到了粒子大炮遥远的轰鸣。窗棂似在微颤。他想起以前旅游旺季时，蓬壶州到处人山人海。

朴相哲听取了崔光洙副秘书长的汇报，并阅读相关材料。其实，对于这方面的情况，他早已烂熟于胸。

吃过午饭，由崔副秘书长陪同，朴相哲前往安明镇。

## 二、安明镇

连同司机，一共三人，乘坐“大宇”越野吉普，两个多小时后来到镇中。

安明镇位于朴相哲曾从空中看到的大河入海口的南岸。镇子西南一带是青葱的转基因高产稻田，河渠纵横，半咸湖星罗棋布，如南国风光。这景色使朴相哲感喟，仿佛回到久别的故乡。

朴相哲知道的是，该镇居民青一色全是飘族，这是一种人类－动物细胞融合技术的产物。但从外表上，看不出与普通人的差别。

与州城不同的是，镇上生活一如平常，大街上人群熙来攘往，店铺均开门营业。战争似乎没给这里带来太大影响。居民们好奇地注目着朴相哲乘坐的吉普车驶过。

镇长接待了来客。这人五十岁上下，个头不高，却秤砣般结实，额头上一把浓重的眉毛几乎覆盖整个眼区，表情凶狠而精明。他彬彬有礼，但朴相哲很清楚，这番客气并非发自内心。

崔光洙副秘书长向镇长介绍：

“新世界的朴相哲特派员。”

又向朴相哲介绍：

“安明镇安东亨镇长。”

接下来是两天毫无收益的谈判。

朴相哲处于巨大压力之下。这大概是新世界与安明镇的最后一次谈判了。

“外地人真的都下到了海底？”镇长缓缓吐着烟圈，翘着二郎腿，故作惊奇地问。

“是的，除了士兵，其余人都下海了。蓬壶州也有一多半人去。现在，就等你们。”

“还是不要等了吧。多劳神啊。刚刚建起的海底城容纳不下那么多人。你们还是做些力所能及的事情吧。”

“当然，”朴相哲使劲咽了一口口水，“民主化是时代的大潮，我们尊重每个人、每座城的选择。但是，请考虑这是非常时期。按照统一的计划，你们本应第一批下到海里。”

“但是我们不去你们也没有办法，是吧？”镇长嘴角一撇，笑道。

你们？这个词使朴相哲恼火。他意识到，他面对的究竟是异类，而他们竟是人类自己制造出来的怪物。朴相哲无法洞悉飘族人奇怪的思维结构，也无法将新世界的体系强加给哪怕一个小小的镇长。朴相哲脸涨红了。崔光洙副秘书长担心地看着他。

但这也是朴相哲意料之中的。他来之前，新世界、蓬壶州与安明镇分别举行的谈判，已有六次失败的记录。朴相哲只是在履行程序，以显示新世界对安明镇最后的耐心与大度。这也不过是做给人看的。

“要想救自己，时间不多了。敌我双方都不会对安明镇网开一面。”朴相哲受到了安东亨“拿我们没有办法”这种挑衅性言语的刺激，回话时加入了威胁的口气。对方却一直保持淡淡讥讽的微笑。

朴相哲做了一下深呼吸，把目光移向落地窗。外面绮丽的景色依旧。隐约可见赤色的大河巨蟒般在青翠稻田间时起时伏。那是寻找自由的水路。宽阔的入海口吞吐着漫天水势，奔雷千钧，飞云万重，上逼青天白日。肥沃的田野和丰盈的湖泊一览无余。这些，如同将逝的幻象。

大家都不说话。房间里的各种声音绝无。没有人注意到，安东亨镇长的脸庞上，也显现出了一丝难以察觉的焦虑，但稍纵即逝。

## 三、入海口

吃过晚饭，朴相哲与崔光洙来到大河边。

河堤与海堤交错形成近似直角的形状。反L形的海堤从原河口起筑，经屺姆角、济州、长岛而至云从里，再抵达老铁山，共长两百公里。红色的海堤依靠人工轻质墙沉积大河泥沙而形成。沉积泥沙耗时三年，水泵抽水又花了十年。填海的结果是最终形成了蓬壶州。

海堤宽一千米，高二十米，堤基绿化很好。它其实是大河这长蛇褪掉的旧壳，站在其上往外看，便是波涛汹涌的大海。滚圆的落日像一枚话梅，孤零零在水平线上踯躅不去。海面红光激荡，却无一叶帆影。

这景观也将要消失。临近的平原地带已是一片狼烟烽火。

“连国家也拿他们没办法啊。”崔副秘书长叹道。

“私下里咱们说吧，计划中选择飘族，的确是欠考虑。”朴相哲说，“把他们列为蓬壶州十一个下海部族之一，是考虑到飘族的独特性和代表性。对于其他的族裔，也是按照这个原则来安排的。正在形成中的新世界缺少一个族裔，那是不妥的。好像诺亚方舟，少载了一种生物，则《圣经》就不具备完整性，上帝也便丧失了合法性。”

“但是，新世界对飘族的重视，相较于别的族裔，好像更不一般哩。不到最后关头绝不放弃。”

“你说得不错。因为他们是居住在填海而成的新土地上的居民吧，也是第一种人类－动物细胞融合生物。”

但同样的理由，也为飘族人所坚持。

安明镇在抵制下海的声明中说，蓬壶州既不是陆地，也不是海洋，因此要做例外处理。飘族与普通人类不同，因此，即便蓬壶州其他人都走了，安明镇人也绝不会离开。

——他们并非是要留下来等死。安明镇要派遣使者，代表地球与太空中来的怀特人谈判。因为他们是特殊的人种，便可以超越双方利益，这样，和平协议终可能达成。这是拯救人类的唯一办法。

正是这个，使新世界的人们手足无措。

“代表地球？达成协议？笑话。”

“可不是。笑话。他们真天真。”

海底新世界的特派员与大陆地方政府的留守官员又一齐去看落日、大河和海洋。漫漫海天似在自行融化，连宇宙也整个退行入了万丈红光之中。面对这变异的景象，他们怔住。

崔副秘书长本人是蓬壶人，却完全没有安明镇人的固执己见和理想主义，因为构成他身体的完全是人类基因。他将留在陆地，与不能去到海底的全州军民一道，参加最后的殊死决战，与怀特人同归于尽。而朴相哲则是被选出要下海的，去延续陆生人的生存。

“海洋，真能使我们逃过此劫么？”崔光洙喃喃自语。他的脸膛被海面的光焰映得通红，如同初生婴儿。

朴相哲也是一脸赤色，形若关公。他没有回答，却把更加迷恋的目光投向海河交汇之处。红色的海潮如喷涌的鲜血，无所顾忌地进退于河口，像是难产后大出血的妇女。这时，他看到，在一派灾厄的光影中，在堤下的浅海处，竟有一个戏水的少女，着三点式天蓝色泳衣，衬托出标致的体型。她海豚般昂扬着坚毅的下巴，用尽力气拨动鲜红的海水，仿佛要把全身心的欢愉都挥洒出来。当她站起时，健美的剪影朦胧闪烁在夕阳之中，瀑布般淌过腰际的黑发涂上了一层水彩般的金辉。朴相哲情不自禁“啊”了一声。

在这非常时刻，少女的怡然欢快，打动了远方来的男性谈判者，使后者的糟糕心情顿然转入相对清丽的境界。她是安明镇人吗？朴相哲注意到，极为年轻的女人身边并没有男伴陪泳。

“听说过吗，有人就在这里看到过白天蓝云。”崔副秘书长忽然压低声音。

“就是在这个地方么？那倒有些可能。”朴相哲的神色已不太自然。

## 四、谈判破裂

次日，谈判继续下去。安东亨镇长言语之间已不甚恭敬。他指出，阻止安明镇去与怀特人谈判，完全是出自某些人的私心。有人在兴建海底城和制造水栖人的过程中，捞了不少好处。如果与怀特人谈判成功，人类就不会下海了，这样一来，海下的一切，那巨大的投资，那机关算尽的交易，将血本无归。既得利益者将如何是好？这是问题的关键。

朴相哲的脸又一次涨红。“胡说！”

他批驳了镇长的荒谬。他说，与怀特人是根本不可能谈拢的，他们是一帮强盗！他们从月球回返，就打定了主意要消灭所有地球原住民，再按照他们的理念重建世界。除了迁入海底，人类难逃灾厄。当全球陷入巨大的战争危机时，镇长竟说出这种不负责任的话，实在是亵渎陆生人共同的感情，也将使大家许多年来为救亡图存而付出的艰辛努力付诸东流。

“我们真的是为了你们好。你们的谈判人员会被怀特人杀害的。最后，灾难将降临飘族全体成员的头上。”特派员再一次推心置腹。

“这个，与你们无关。”镇长把虬龙一样的眼睛瞪向天花板。

“不，海底世界，需要你们这一族。那才会是一个完整的大家庭。”

“我们就不一定属于了吧？总之，虽然都是生物工程的产物，但是，长年受着稻作文化熏陶的伟大飘族，从内心和外形上看都是不折不扣的人类，是绝难习惯与不穿衣服、缺少肺脏的恶心水栖人待在一起的。我们知道如何救赎自己。您就不必杞人忧天了。”

还在大陆政府做一般职员时，朴相哲来过蓬壶州三次，但都是私人性质的游历。他每回都能感受到蓬壶州弥漫着一种与外界格格不入的气氛。这块飞地完全是利用大河泥沙填海而成的。游走于蓬壶州境内，外乡人往往不知道自己是在海上，还是在陆地。而该州民众，统统是新移民，不少是细胞融合生命体，缺乏通观思想和整合意识。他们并不认为自己与其他地区的人类是同一群体。仿佛在他们的身体结构中，存在着抵御外界诱惑的特殊物质。一度，这种现象也成了人类学者感兴趣的课题。

“我想知道，你说的话，能代表全体飘族人么？”朴相哲敌意地凝视对面壮硕的男人。

“这是全镇人共同的想法。”安东亨坚定地说。

“知道一意孤行的后果么？”

“你们要怎样？抹掉这个镇子吗？”镇长虎地站起来，拍响桌子。

朴相哲吓了一跳，勉力镇定下来，也想拍桌子，却没有勇气。他犹豫一下，带着颤音说：“不管怎、怎样，我、我们绝不允许你们与怀特人和谈。”

为掩饰紧张，他又补充一句：“战场上出现了投敌行为，你说，会怎样呢？”说完他又觉得这话有些多余的虚张声势。

“这一切我早料到了。你们的利益，促使你们一定要那么做。但请看一看吧，我们的确不属于陆地，也不属于海洋。若说到叛徒，在那里呢。”

安东亨镇长眼喷怒火，一指坐在角落的崔光洙。后者哆嗦一下。镇长仰面朗声大笑，带着属下走出房间。

剩下两个男人瘫软地坐在空空的屋里，掏出手帕擦拭头上的汗珠。

如预料中，谈判无法进行下去。

但安东亨的话，却久久在朴相哲心底轰响不停。这时，大河的咆哮，从窗外又一次虎狼般走了进来。

## 五、白天蓝云

回到下榻的宾馆，朴相哲与海底新世界总部通话，告诉那边，谈判已经破裂。

“真的没有办法了么？”总部似乎有些不满。遥远海底传来的声音竟如此清晰，仿佛近在咫尺，使朴相哲感到某种非现实的恐惧。

“恐怕，只能这样了。”

“能不能再试一试？”

“我已尽力。要他们改变主意的可能性实在很小。”

“如果真到万不得已的地步，我们就要执行计划。”

朴相哲一懔。他眼前出现了穿蓝色游泳衣的青春少女，她仿佛是焚火世界中飞出的一只凤凰。他心叹：玉石俱毁。

“没有替代办法么？”

总部说：“是的，没有替代办法。新的情报说，和谈，是安明镇的幌子。安明镇居民将集体投降怀特人，这样的事情绝不允许发生。新世界很遗憾，却没有选择。不行的话，你就立即撤回来吧。”

在得到明确指示后，朴相哲便行动起来。他安排崔副秘书长和司机先行离开安明镇。他告诉他们，等他的电话，再派车或直升机来接他。他还要待上一两天，做最后的努力。

“我们也一起留下来吧。”崔光洙说。

“不，你们先走。”

“要不，你跟我们一起走吧，连我都嗅到空气中的危险气味了。”

“不，这里的事情还没有处理完。”

还有什么事要处理呢？朴相哲却说不清楚。是继续劝说镇长吗？再谈判一次吗？这似乎成了自欺欺人的借口。有一种令朴相哲难以释怀的情绪，在强迫他留下来，他甚至不希望有人在旁边干扰他。

“那我们就先走了。真对不住。虽然安明镇这么做是在法律框架内的，州政府在这件事上仍然负有不可推卸的责任。”崔副秘书长惭愧地说，“特派员，请多保重。”

朴相哲像看陌生人一样看着崔光洙离去的背影。不知为什么，他对这人产生了一种复杂的心情。

要说起来，这次来安明镇，本身并没有太大意义。飘族人的一言一语，一举一动，都不能按照常理去考量。但在这最后的弥留之际，朴相哲却有些恋恋不舍，这正如他前几次来此的情形一样。安明镇的不可理喻中，蕴含着一种蛊惑人心的诡魅。

或许，是朴相哲也想亲眼看一看传说中的白天蓝云？

喝江水长大的朴相哲，从小向往这填海而成的奇异土地，随着年龄的增长，愈发感到这世界与他的生命有一种前世缘分。以前，他从来不曾想过，著名的大河竟会落得这般的归宿，不变的海洋也会滋生如此的异样。

而这归宿的极致，并不是创造出一个红彤彤的世界，却是在赤水绿野之外，不经意导引出了白天蓝云的奇观。前几次来安明镇，他的确是冲着大自然不可思议的这一面，但那却好像是一个神话。

这神话以前数度被娓娓道来，但是，近年却沉默不再重述。然而，它带给安明镇人的影响，或许是深入内心，使他们更加沉着而固执，却不像对于外地游客那样，仅仅让他们惊叹和好奇一番。

夜里，朴相哲心澜跃起，无法入眠，不禁幽幽回忆起数年前曾登临过的海滨观景台，那是为专门来看白天蓝云的游客们而设立的。他便干脆起身，步出宾馆，来到镇外，行至大河边。他爬上大堤，闻听河水呜咽鸣叫，如同产出死婴的妇女在绝望哭泣。他哆嗦着点燃一支香烟，缓步中夹着快步而行，不一时已到达入海口处，却找不到观景台了。这才记起，那是在河岸的另一侧。这时，他看见海堤上有一座寺庙伫立，细月下颇是窈窕可爱的样子。以前倒不曾发觉。朴相哲甚为诧异。

蓬壶州的一切，是簇新的，与内地历史的联系很少，连文化也直接嫁接于海外。因此，这传统型制的寺庙很是稀罕。

趁着皎洁而可以渡人的月光，朴相哲蹑手蹑足步入空无一人的寺中，见正是一座佛寺。释迦牟尼的镀金像，与内地的相比，并无任何不同。细胞融合体生命为何要在海边建造佛寺呢?

他见佛像前有一束刚刚焚燃的香。朴相哲默默注视一阵，忽觉身后有动静，回头看见山门前的台阶上溢满亮晶晶的水影，那是丰白得无法形容的月光在潺潺泳动。

瞬间，朴相哲觉出了身处其间的这个世界的虚假。他大吃一惊，转身疾步而出，眼前的景色却使他精神抖擞。

黑赤色的大堤之下，雪原似的青翠海滩上跃动着一个苗条人影，如不安宁的夜游小兽。玄色短裤，洁白汗衫，月色与波光在矫健的身形上纷纷叠乱，哗啦啦作响，衬出剪影般的一对逗人乳峰。这卡通般的人体为暗暗泛红的宽阔大海所映衬，十足的性感。

朴相哲重复感到了世界的实在，才放下心来，遂快步走下海堤。他已看出，是昨天游泳的少女。

“嗨！”

“嗨！”

两人打了招呼，都为这不期而遇而笑。

“喂，姑娘，寺中那香，是你焚的吗？”

“喂，朋友，是来自另外世界的人吧。”

她没有回答他的问题，却把安明镇之外的天地称作“另外的世界”，使朴相哲又好气又好笑。这确证了她的飘族身份。却不清楚，她知不知道朴相哲是新世界的人？

“姑娘，我在问那香是不是你焚的哩。”

“另外世界的人哪，这样的问题，对于焚香人来说，又真的有回答的必要么？”姑娘心无杂尘一笑，优美地一扬手，把什么东西扔进了正在轰然上涨的潮水，月光咔嚓一声在浪头上悸动一下。

“你信佛？”

“我们安明镇人，都信佛啊。游客与他全知道。”

“他？”

“便是释迦牟尼。”女孩认真地说。

“我却是第一次知悉。”朴相哲感叹自己的粗心无知，又问：“你怎么一眼看出我是另外世界的人？我与你们竟有那么大的差别，一眼能看出吗？”朴相哲一直认为，从外表上，外地人与蓬壶人，还是看不出差异的。这时，朴相哲的潜意识中，很想否定他与飘族间存在鸿沟。

“当然看不出来，你以为飘族有那么大的本事么？但昨天我见过你，怒气冲冲的，像一只斗败的公鸡，从镇政府大楼出来。有谁要吃掉你么？”姑娘顽皮地眨眨眼。

大概，全镇人都知道他的身份和使命了，朴相哲有些气急败坏。

“你在这里干什么？”他又问女孩。

“捉住它们，放归大海。”

朴相哲看见，许多小鱼小虾被潮头打上岸来，搁浅在沙滩上。姑娘逐一拾起它们，用力抛还宽厚无边、包容万物的大海——朴相哲的新家园。

他心叹，飘族说不定几天后便要灭亡，而这姑娘却在忙着救助与己无关的生命。他愈发觉得这群人无法理喻。

看着少女活力迸射的生命之花在月光四耀的海面上最后盛开，朴相哲强烈感受到人生的幻灭，心情不禁十分紧张。

“有一件事要问你。昨天，我看见你在河口游泳。听人说，那里便是白天蓝云曾经出现的地方，可是，究竟有没有这么一回事呢？”

“你以为我们飘族人是在撒谎么？”姑娘脸色微变。

“坦白地说，我是有些怀疑的。我曾经参加观景团，在海边等待了十天，却什么也没有看到。是为发展旅游业找出的借口吧？”

“那种事情的确发生过。我父亲便亲眼看见过。”

像是捍卫什么，姑娘正色起来，言之凿凿。

“这是安明镇——也是蓬壶州——最大的秘密。有许多通灵者见到过，见得最多的，是那些虔诚的出家人和居士。这颗行星上，只有在安明镇才能与这样的奇观不期而遇啊。那是宇宙向我们打开的一扇窗户。你须搞懂，我们飘族，是与普通人不同的人类。”

朴相哲琢磨她话里的意味，又问她父亲是谁。她说，她便是镇长的女儿。

## 六、新土地

半个世纪前，第一批移民抵达新土地。那时候，这里的土壤中还散发着咸湿的海腥味儿，这里的天空中还存留着海鸟的迁徙路径。人们定居下来，兴建楼宇、街道和厂房，但也有不少人是来采桑、植棉和种田的。这是新农业生机勃勃的地域。一度，蓬壶州出产的农产品可以养活一亿人。

由海上油田转产而来的陆上石油开采，也很快兴旺发达起来。当年人们在抽干边缘海时，在本州区划内预留下五分之一的水面，如今形成了收益丰厚的海产品养殖场。

人口一开始并不多，因为人们难舍内陆故土，或者，他们所称的“真正的陆地”。尤其是，一段时间有报道说，大规模依靠大河泥沙填海造陆，改变了这一带的地理气候，地质和气象灾难会很频繁。所以，这新土地，一开始主要是细胞融合人的乐园。人类中有不少残疾人，因为身体上的缺陷，本是社会的弃儿，后来通过生物工程技术才获得新生。

细胞融合人是新人类，与历史和传统的关联要小许多，开拓的不确定性，并没有予他们太大压力。蓬壶州的每一个县、町、市、镇，最初都是某一种融合人的聚集地。其实，说是融合人，他们也仅仅是嵌入了其他物种基因的某些片断，并没有整个地改变人属。他们看上去，也跟普通人一样，只有刚刚研制成功的水栖人，才可以称得上真正的基因重组人，或“超人属”。

安明镇是新人类最具代表性的聚居地。而安明镇人，也就是飘族，的确在兴建蓬壶州的宏伟过程中，起到了至为关键的作用。如今连蓬壶州的州徽也都以飘族的族徽为基础。

却说有一天下午，安明镇人正在忙碌工作和生活，晴好的天空忽然就变化了。放幻灯一样，唰地一下，白云变蓝了，紧接着，蓝天化作一块白色的大幕布。在这奇妙天界上，蓝色的云彩梦幻般悠游，仿佛一艘艘从天国驶来的航船。整个景象如果说是仙境，没有人不会同意。什么也不放在眼里的大河与大海似乎也惊呆了，刹那间自卑地凝固了它们的波涛。

人们都冲出户外来看这奇景，整个安明镇和蓬壶州沸腾了。电视台赶来拍摄，奇怪的是镜头中却什么也没有留下。那些照相的人们，无一例外获得的竟也是曝光的胶卷。

壮丽景象持续了五分钟。随后几年里，奇观又发生了好几次。科学家从气象学的角度做了一些解释，认为是沧海桑田的变迁，影响了大气运动，在海洋气旋的交互作用下，最后由光折射形成这奇妙的效应，其实是海市蜃楼最为极端的一种。安明镇人却不以为然。

他们认定，蓬壶州所处的地理位置，正好对应着宇宙中某个神秘节点。想一想啊，那奔流了亿万年的大河，那出产了神龟之图的大河，忽然有一天被重新确立了归宿，便必然会激活冥冥中的机关。人们看见的是高维世界的真相。那是永恒存在的瞬时展现。那是佛之天国的暗示。

此后，安明镇便成了全国观光者的目的地。然而，却还没有一个外地的游客，能够幸运目击到那奇景。

所以，现在要让安明镇人离开，他们是难以割舍的。白天蓝云才是他们真实的心动。那恐怕是一种对所谓信念的固守吧。但在整个陆地都要毁灭的情况下，在外地人看来，这又实在是过于迂直。

## 七、镇长的女儿

又待了一天，朴相哲仍然没走。在与那姑娘交谈后，他的心情莫名释然了许多。

整个上午，他都在安明镇的街头闲逛，做出一副普通游客的模样。他挤进喧嚣的人潮，出入热闹的商店，也加入讨价还价的行列，末了却什么东西也没有买。但这样也使他心满意足。

当地人对他还算客客气气，他没有感觉到危险的气氛。

接近中午时，他信步来到中心广场，看到这里人尤其多，正在围观穿工作服的十几个男人就着一个巨大的蓝色气球做测试。

气球上有三个白色大字：和平号。

要在昨天，朴相哲还会笑他们幼稚。但现在，却有了几分理解的心情。这大概是昨夜被那女孩的乐观、慈悲和性感所感染的缘故吧。

正这么想着，就又看见了那女孩。她换了一身蓝色牛仔装，英姿飒爽，像个假小子，娇叱着指挥男人们把一台螺旋桨推进器装入气球下部。

看着她那副严肃认真的样子，看着男人们都乖乖照她的吩咐做事，朴相哲不禁微笑了。

从旁边的人那里打听到，她的确是镇长的女儿，名叫贞子，毕业于外地一所名牌大学的人机科学系，现在镇政府的心理－技术中心任职。而这气球，便是准备用于去与怀特人接洽的。

乘坐热气球去与驾驶核子飞船从太空归来的怀特人谈判！这真的是蓬壶人才具有的浪漫情怀啊。朴相哲渐然情不自禁了。他驻足欣赏贞子从不同角度呈现的妙曼身影，看她像杂技演员一样，摇摇晃晃攀爬上五层楼高的气球，去检查一根根缆绳。在天空中，少女仙子般若舞若蹈，神态却憨厚纯正。朴相哲有些为她担心。她却是一副对安危毫不挂念的样子。

忽然，她一歪脑袋，看见了地面的朴相哲，便对他大方地摆摆手，无邪一笑。

朴相哲心里一酸，目光从这美丽柔嫩的肌体上透过，看到了一具狰狞的白骨。

这样的事情，如果他这个特派员不能触动转机，的确将在几天之后发生。这一刹那他复感到一切均在无常中流转。

“喂！”他忽然有些冲动，朝上面唤了一声。

“干什么？现在想看白天蓝云还早着呢。”

“有时间吗？我想请你吃饭。”

朴相哲不知道自己为什么要发出这样的邀请，心嘣嘣跳。

“另外世界的人哪，那又有什么不可以呢？”少女使劲一甩长发，高高兴兴说，脚下一滑，赶紧抓紧一根缆绳，又对朴相哲吐吐舌头。

傍晚，朴相哲以私人名义，在大河边的一处酒家宴请镇长的女儿。饭馆里人声喧哗，坐满兴高采烈、吆五喝六的食客。而炮声是越来越临近了。贞子准时出现，换上一袭毫无杂质的白色长裙，黑发垂至腰间，微带羞涩，娉婷走向朴相哲，与白日里相比，显现出优雅贤淑的另一面。

因为姑娘吃素，朴相哲点了当地出产的香菁、衍菜、木桃等物。上次来蓬壶州旅游时，这些菜蔬曾给他留下极其美好的印象。

“以后，恐怕再难吃到这样鲜美的陆生食品了。”他暗叹，心情微妙地想，这该不是最后的晚餐吧？

贞子托腮不语，只是目不转睛看着朴相哲，嘴角绽出若有多重含义的一笑。这笑容使朴相哲怦然心动。这是最自然的人类之笑，他在安明镇，已经看得不少，但浮现在美丽少女贞子的脸上，却使人自惭形秽。他也因此戚然，知道了她也是清楚命运的，并不像表面那样不在乎。

“我本以为你会拒绝我的，因为我事实上已是飘族的敌人。”他说。

“我倒不觉得事情有那么严重。至少，你现在还不是敌人。我们不是一见如故吗？”

“你就不怕你父亲？”

“他就对你凶罢。我可是他的宝贝女儿呢。”

女孩子骄傲地一扬头，双手往后分三次使劲拢了拢长发。

然后，他们随意聊起来。他谈这几天来，对大河的感受。他认为，万里大河奔流至此，才充分传达出了古代的意境。他还背诵了两首唐诗。他叹道，如果这一切失去，那将是无可挽回的。他觉得，“无可挽回”这个词，用在此时此地最恰当不过。

她的感觉却有些不同。她说，其实，古人写大河的游记和诗词，相较于描述江水的，数量要少得多，这并非是用一语“不公平”所能了账。这笔账要许多年才能了结呢。欠债的是南方人。而要说到蓬壶州，这里最缺乏的便是古意。所谓古意，是外地游客尤其是南方游客自作多情的怀想，而在本地，更多是一种与新自然相拥而眠的安怡心情。既非孤岛，亦非大陆，这样的世界上，才孕育出了一份安详适意。

朴相哲注意到她用了一个词：新自然。这是与新世界不妥协的存在吗？

“大学毕业后，我本来也想过留在外面，但最终还是回到了镇上。我们出去的人，一般情况下都要回来。除了体内那特殊的基因作怪外，也许真如你们外地客人认为的，还要归结于白天蓝云的吸引力哟。”姑娘说。

“可你们大多数人并没有见过啊。”

“但我们每个人都相信，奇迹迟早还会眷顾安明镇。”

朴相哲这时产生了一种感悟：安明镇人之不愿离去，本与非陆非海的地理特性无关。与其说他们是在期冀重睹奇迹的发生，倒不如说是在寄望这景象后面某种神秘之物吧，这正如复活节岛上的土著，建立了怪异的雕像，让它们面朝大海，一天又一天等待天外使者的重返。

可是，隐藏在现象后面的又是什么呢？

他把这个问题向贞子询问。她略微沉思一下，说：“这也是我久久思考的问题。”这时候的她，又显现出深邃和理性的一面，这使她浑身散发出成熟的妩媚。朴相哲愈发魂不守舍。

“你的父亲也思考过这样的问题么？”

“我想也是吧。父亲最根本的想法是，宏大的海下新世界，与这新生的蓬壶州一样，终归不过是昙花一现。这才是世界的常态。人道和天道，终究是无法和解的，所以，也就无所谓去不去了——这一点，是我猜到的，父亲本人并不曾对任何人说起。”

她说这话时，晴朗的脸庞上浮现了一小片隐约的阴云，右手下意识地飞快拨弄着坠在胸前的一个小小金佛。

朴相哲有些不知所措地沉默下来。他以前竟不知道，这才是安东亨镇长的真实想法。他为安明镇又增添了一分别样的感喟。令他困惑不已的却是：人道究竟在哪里，而天道又何处寻觅？

女孩像是比较害怕这种冷场，连忙找话说：“其实，我早知道你。你是一位杰出的航天专家，如今竟要龟缩到海底，好没出息。”

贞子被自己的话逗得扑哧笑了，红唇之间绽出一排整齐而洁白的小牙齿，玉兰花一样秀气。

“唯有你能说服你父亲。”朴相哲仍然难以从刚才交谈时忽然滋生的一种黯淡情绪中解脱。

“喂，另外世界的朋友，你以为我会替你当差么？”

“不是为我，是为你自己，为你父亲，为飘族。”

“我在这里代父亲谢谢你的好意了。”

“去见怀特人也是死，不下海也是死。你们明明知道这结局，为什么如此固执？”朴相哲感觉到自己的心情正在莫名其妙回归到谈判时的境况，于是努力压制住越燃越烈的无明火。

“难道，一定要完成救赎，才是人生的目的么？”

女孩忽然间语调悲怆，人也局促不安起来，额上渗出珍珠似的汗滴。激动中的朴相哲却仿佛没有注意到，大声地继续说：“你难道就不想与你男朋友永远厮守吗？你们可以成家，生养孩子。那才是做女人的最大幸福！”

“我没有男朋友！别扯这种愚蠢的事了。”姑娘啪地把筷子拍在桌上，变了脸色。从这个动作上，朴相哲看到了她父亲的影子。

朴相哲吓了一跳，不明白姑娘为什么一下变得粗暴。镇长女儿的心思，要比镇长复杂而敏感得多。朴相哲这才隐约觉察到贞子开朗外表下不可告人的苦衷和悲戚，却不敢追问。

但他仅怔了一怔，便索性放开一切，道：“有些事情，我是忍不住要向你说了。我已经成家，但我爱人上个月征召去前线，战死了。我实在不想看到更多的不幸。”

贞子的眼睛瞪大了。

“而你抛下她去到海底？”她问。

“是的。”

“为什么？”

朴相哲惨然一笑：“你去问你父亲吧。这里面的道理，我猜你父亲其实清楚得很，但在口头和行动上，却抗拒着自己内心的真实想法。这世上最可尊敬也最可悲悯的人，是你的父亲哩。”

姑娘吃惊地把眼睛睁得更大，仿佛自尊心受到了深深伤害。

这顿饭，后半段吃得出人意料的艰难，这哪里是朴相哲的初衷？他明白，其实是自己不可理喻的紧张，才把本该轻松的谈话引向了过于严肃的讨论。他一贯不善于在女人面前表现得体，不懂得创作一些自然而诙谐的话题，讨得她们的欢心。

为什么不能营造出他真正渴望的氛围呢？朴相哲的整个前半生，

便是在这样的矛盾和遗憾中度过的。他感到灰溜溜，有些后悔这餐扫兴的宴请。

旁边的餐桌上，安明镇的食客对他们频频侧目。

接下来，他们像是两个亟待填饱肚子的乞丐，匆匆吃完饭。朴相哲把姑娘送到门口，迟疑一下，从随身提包中取出一件八放珊瑚，说是送给她的礼物。

贞子却看也不看。朴相哲有些着急，赶忙又取出另一样东西。那是一块明晃晃的黑色石头。朴相哲说："这东西名叫'尸虺'，是海底的一种奇石，很难得一见的。"

"尸虺"像是感觉到了女人的目光，体内闪射出一道墨绿色光焰，姑娘如若面对热核辐射，身子左右晃晃，抬起一只手企图去挡住眼睛。但她显然被怪石吸引了。她犹豫片刻，便接受了礼物，仿佛有些受宠若惊。这时，她才对朴相哲报以歉意的一笑。

朴相哲隐约觉得，事情仿佛又有了希望。

## 八、最后通牒

回到住处，朴相哲再次与海底新世界总部进行了联系。

总部对他至今还没有撤离表示不安，并通知他，明天就是最后期限，已决定用一场人工海啸覆盖安明镇。时间定在上午十时。

朴相哲大惊，放下电话，拨响镇长女儿的手机。

"就在明天，明天我必须离开安明镇了。"

"谢谢你的奇石！那真是海底的么？看来海中也确有不错的东西

呀。你干吗急着要走呢？不妨再多待两天。我回去后又仔细想了一下你说的，我会把你的好意，向父亲转告。”

“来不及了，我打电话是要告诉你一件事情，他们已决定明天实施毁灭安明镇的行动计划。”

他希望这真实的消息能够通过她转达给安东亨镇长，以促使他在最后的关键时刻重新考虑安明镇的选择。

她愣住，过了半天，才喃喃：“明天？没想到这么快。”

他说：“你不要怨怪我。我一直在努力挽回局面。我已经做了该做的一切。明天，我真的要离开了。”

他多么想说啊：你能跟我一起走么？

她说：“就像做梦一样。”

“什么？”

“明天，梦就要醒来，世界的真相到底如何，就可以看到了吗？”

“你是这样想的吗？明天，你就不能跟我一起走吗？一定要为安明镇殉葬吗？”朴相哲终于鼓起勇气这样对贞子说，声调全变。这时，窗外传来一连串的浩大声音，分不清是大河拍岸的惊涛，还是集束炸弹的爆炸。

那边沉默了。他此时流露出的坦白至诚，必定使对方手足无措，一下不知说什么好了。

“谢谢你。”过了一阵，才传来贞子静若止水的声音。

不容朴相哲多说，姑娘立即放下电话。朴相哲又拨过去，贞子却不再接听。男人把话筒捏握半天，手心一片汗渍。

他在想，这个口信，会引发什么变化呢？

# 九、陆沉的前戏

与贞子通话后，朴相哲便通知了留在州城的崔光洙副秘书长，让他明天一早派直升机来接他回去。

大半夜，他都没睡着觉，生着自己的气，好像这里的灾难，是因他朴相哲而发生的。贞子清纯可爱的模样，在脑海中不断浮现。后来才模模糊糊睡了，梦中，却在与一个矮壮的老男人决斗，争夺一名白衣少女。

一大早，他便爬上宾馆楼顶平台。朴相哲不是来等待直升机的，而是要最后眺望即将陆沉的安明镇。

安明镇仍保持昨日一样的安详。全镇笼罩在一层纱帐般的海雾中，其间传出大河的低吟，却不见河道甩向哪里。这时，朴相哲看到无数炊烟袅袅升起。他为这里竟然会有炊烟而格外惊奇。

不一时，便有卖早点的出来了。赶海的人、下田的人、采油的人也纷纷攘攘起来。街上响起无数汽车的鸣笛。雾开始渐淡。

朴相哲难以相信这竟是安明镇在它生命最后一天呈现出来的真实。他不知道是要可怜这些居民，还是应该钦佩他们。

若说与往日有所不同，那便是大街小巷均张灯结彩，仿佛欢庆盛大节日。

渐渐地人越来越多，大家拥向中心广场。朴相哲忙用望远镜看去。

广场上人潮人海，隐隐传来欢呼声。

巨大的热气球稳稳停在广场上，朴相哲看见，气球下方，人圈中央，站着一人，穿着紧身的黑色飞行服。

从那玲珑而窈窕的身形上，他看出是贞子。她大概是特意化了妆，眉眼和嘴唇勾描得线条鲜明，使男人产生了想亲吻和爱抚它们的冲动。

她这分明是有庄重的出行。

朴相哲的心头咯噔了一下。

太阳这时从雾气最浓处轻轻一挫身子跳了出来，光影像无数小动物一样停落在了女孩安静柔和的双肩，她的身形一下水汽般朦胧起来，但转瞬又清澈透明了，所有的杂质都随着她的一抬手一眨眼，纷纷沉淀了下去。这时的她如同一尊步入人世间的观音。

朴相哲目不转睛眺望着，已然忘我。姑娘像在等待什么，在慷慨赴死的无畏神情后面，有一丝隐隐而深刻的忧伤。这只有朴相哲能看出来。

他便生出无限的同情和怜悯，间杂深深的敬仰与惋惜。

他觉得，自己倘若能够苟且活到未来，安明镇的这一幕，怕是要令他夜夜失眠。

待到太阳已不能用肉眼正视时，安东亨镇长出现了。全场又一片欢呼。

镇长先在女儿的脸庞上轻吻一下，便转身朝向大家，嗓音洪亮地发表了一通讲话，朴相哲却一句也没有听清。这讲话不断被掌声和欢呼声打断，使朴相哲在对镇长的敌意和尊敬后面，增长了一层醋意。

然后，镇民们一个接一个走到人圈中央，挥舞手臂也讲起来。他们慷慨激昂，大概是在做表态什么的。

过了好一会儿，每个人都说完了。朴相哲看看手表：九时二十分。现场安静下来，人们或坐或立，有人不时抬头不安看看天空。

气球却迟迟不升起。还在等待什么呢？但天上什么也没有出现。大雾已然散尽，一片蓝天白云。

镇长脸上略微露出焦灼的神色。

这时，朴相哲的手机响了，传来崔副秘书长的声音：

“直升机还有一刻钟就要到达。”

朴相哲很感动。他原本想，崔光洙在接到他的通知后，恐怕不一定会来了。

但紧跟着崔光洙的声音变得慌张：“满天都是你们新世界的战斗机，封锁了前往安明镇的航线，他们好像不会让我过去。要出什么事吗？”

不祥之感笼罩着朴相哲。他努力保持镇静，说：“你赶紧用无线电告诉他们，你是来接我的。”

过了一会儿，崔副秘书长的声音又传来：“我已经告诉他们，但是，没有得到回答。”

这时，好像受到静电干扰，联系中断了。

又过一阵，朴相哲再次听到崔光洙急促的话语：

“情况好像不对头……啊，不，不！”

朴相哲的手机中响起一声爆炸。然后，就什么都寂静了。他大声呼叫崔光洙的名字，已是再无回音。

朴相哲的心沉了下去。是因为直升机上蓬壶州的州徽招致了战斗机的攻击么？这是他的疏忽。

然而，他随即想到了另一种可能：这不是误会。新世界已没有工夫顾及他这个特派员了。

他看看手表。海啸还有半个小时就要到达。来不及了。

他急忙跑下平台。

朴相哲被一种自己也说不清的情绪驱使着往广场方向疾走，恐惧、逃生、失望、报复，以及作为男人渴望着拥有什么或者证明什么的心理，交织成混乱的一片迷雾。

## 十、飞向天空

广场上，正在举行又一轮仪式。

安明镇的姑娘和小伙跳起盛装的舞蹈。那是傩面舞，人们扮成佛经中的天王形象，也有扮目连尊者的。猛兽狂啸般的电子鼓乐奏得越来越热烈，淹没了大河水声和大海涛声，所谓的人道与天道，散发出不和谐的意味，却无人有心情和时间去扭转这种形势。

一尊释迦牟尼佛像被请了出来，由几个裸露上身的男人抬举，一路颠荡得摇摇摆摆。人们围着佛像秒针一样飞快绕圈行走，不断向佛礼拜、敬香、洒水、献祭。锡白的太阳在头顶闪射出极不稳定的亮光，如一个快要爆炸的氢气球。

安东亨镇长在一旁默默看着，神情愈发忧郁。

他的女儿一言不发，站在气球边，与父亲相隔了十来米的距离。父女俩的目光始终避免接触。

到了九点四十五分，舞蹈结束。全场又一次寂无声息。

镇长张了张口，要说什么，却最终没能说出。他艰难挪动脚步，走到女儿身边，父女俩忽然紧紧拥抱在了一起。姑娘终于流出热泪。镇长的脸却如一面出水的黑石。

足足过了两分钟，像是女儿先推了一把，两人才分开。贞子头也不回大步跨进气球下面悬挂的吊篮。释迦牟尼在一旁从容而优雅地观看。

人群中再次爆发热烈掌声。贞子转过身，朝大家挥挥手，却没有再看一眼垂头不语的父亲。

这时，四个裸着上身的帅气小伙走上前，用快刀麻利地切割系住气球的绳索。随着缆绳一根根嘣嘣裂响，气球稍稍倾斜，就要脱离地面。

但就在最后一根缆绳被割断的刹那，出人意料的事情发生了。一个外地装束的男人从人群中冲出来，闪电般直扑气球，一跃跳进吊篮。

现场乱作一团。安东亨镇长暴怒大叫："谁？你要干什么？！"却被周围人群巨大的声浪淹没。

热气球这时夸张地晃了晃它巨人般的身子，便艰难地拔地而起。

镇民们齐喊："呼嗨！"

朴相哲从吊篮中往下看，见地面的飘族人挥舞着丛丛手臂，又吼又叫，涕泪纵横。那些天王和目连的扮相，显得颇为古怪滑稽。释迦牟尼像也歪斜着倒卧在地上。他以为有人要向气球开枪射击，末了却没有。

## 十一、打开的宇宙之门

泪痕未干的贞子，也被这突变惊呆。她冲朴相哲大叫："你来干什么？"

朴相哲不说话，直勾勾看着她。

女孩不知道如何是好，也不能把朴相哲推出去，便呜呜哭了。气球很快上升到两千公尺的高空。下面的赤水桑田像是脑浆在集成电路板上流动，起伏着梦深时才有的景致。朴相哲心里说，永别了。

此时，云层中出现了一簇簇黑点，在蝇蚊般缓缓游动。朴相哲知道，那是新世界的飞行器。就是它们击落崔光洙副秘书长的。他警惕地注视它们，一边对姑娘说：

“你真的要乘这气球去找怀特人么？”

“你以为我像你一样，是来旅游观光的么？”

“我觉得，你还是跟我去海底新世界比较明智。”

“你冒着危险待到这一刻，就是要我背叛父亲和飘族？”

“我不愿看到飘族从世界上一个不剩地消失。”

“我说了，这是我们自己的选择。”

“这是自私的选择。”

“如果我不跟你去，你这是要劫持我么？”

“说劫持什么的，现在一切都晚了。我是要与你死在一起哩。”

姑娘闻言，暗暗心惊。这时，两人共同看见，新世界的战斗机已经呼啸着逼近，连机身上的三叉戟图标也历历在目。朴相哲心里一动，脸膛上赤潮暴发一般，腾地绽放出一片彤红光芒。他满心满意觉得，在死亡临近的时分，与这勇敢、执拗而美丽的姑娘同在，也可以无悔了。女孩也看清了男人的异样表情，心跳陡然加快。

一道激光束射过。新世界的战斗机在发出警告，要让气球返回。又一道激光束，几乎击中吊篮。

朴相哲眼睛眨也不眨，凝视贞子。这时，他听见下面传来一片闷雷般的声响。

他低头，看见远方的海面出现一道向西推进的水线。

从这样的高度，其实看不清海啸有多么厉害，而仅可见一排整齐细致而缓缓移动的清秀红浪。因此，给人的感觉，这是何等温和的方式啊，如儿童在水盆中嬉戏。但是，很快，近海的建筑物和人工岛被摧毁了。跟着是防波堤的溃灭。大河泥沙堆积而成的堤防，实在是不堪抵御这种级别的人工海啸。七十米高的浪头间不容发涌入安明镇。沿岸的房屋倒塌了。但朴相哲隐约看见，广场上的飘族人并没有逃逸，而是手拉手排成上百列长队，在镇长的率领下，雕塑般迎对这滔天巨浪。

朴相哲再去看贞子，见她却没有观望下方，只咬紧嘴唇，扬起下巴，像要把虚无的天空望穿，直若那不屈的精卫一般。

又一道激光束差不多从贞子耳畔划过，她的长发顿时焕然飞扬。悲痛欲绝的朴相哲一阵冲动，猛然把女孩拥入怀中。

她猝不及防，但马上反应过来，用尽浑身力气挣脱，并紧倚在吊篮边缘，母狼一般恶狠狠盯着他。

他又舞动着乱扑一下，女孩灵巧地躲闪开来。朴相哲便狼狈而知趣地放弃了。

两人都尴尬着不再说话，也不看对方。如果这时是在陆地上，他们会朝相反的方向跑得远远的，但在这小小吊篮中，便这么僵持。

朴相哲绝望而羞辱，只恨没有胆量从吊篮中跳下。

然而，就在这时，令人惊异的事情发生了。头顶上方有光芒一闪，天空哗的一声变成纯净的玉白色，而云彩皆为宝石蓝所涂染。朴相哲和贞子都“呀”地叫出声。这神异的天空紧紧裹挟气球，使包括这一男一女在内的所有景物宛若童话世界。朴相哲心里一动，朝下看去，见浪头来到安明镇广场前，便凝固成一堵高耸入云的水墙。此时，他又哪里知道，这其实并不是浪头的无端停滞，而仅仅是时间在这个环节上呈现了某种相对性呀。他又去看天空，见它正在一点一点打开来，左上方呈现出从没有见过的景象。白色的底版上，裂开一个杯口大的深窟，里面露出一泓平静而遥远的星空。宇宙是白色的，而星星是蓝色的。他不敢相信自己的眼睛。他又看身边的女子，见她的形象变幻不定，走马灯一样，在老妇与少女之间转换。朴相哲满是惊喜和悲恸。这时，他从她惊愕的目光中，知道自己的模样也在急剧变化。但一会儿后，他却心如止水。

他想，佛祖挽救了大家。一切不过如此。宇宙在刹那间显现出了慈悲。

白天蓝云的奇观仅仅持续了两三分钟，世界便恢复了正常。那天国池塘中的星空也隐遁了，仿佛从不曾存在过。

朴相哲看看前方，却已找不到一架新世界的飞机。他又俯瞰大地。安明镇广场上的人群已经不见，唯余一片空地。千万吨级的大浪正在慢镜头般一寸寸砸落。过了很久，空前绝后的水势才抹平了整个安明镇及周遭的田野湖泊。这时便汪洋一片了，像是红墨水泼了个铺天盖地。大河没有做丝毫反抗，便心甘情愿沉没在了鲜艳如春潮勃发的大海中，消遁了它年老的波涛。

安明镇也好，大河也好，如同那天国一样，也似乎本来就不曾存在过。也许，这正是实际的情况吧。

朴相哲和贞子在空中默默注视这一切，心中的紧张和敌意逐渐消散。

“还要去谈判么？”过了好一阵，他温柔地注视她的眼睛，试探着问了一句。

她不言，泪流满面。

又一会儿，她才说：

“你还要回大海么？”

“我跟着你。”

听了朴相哲的话，女孩从怀里取出那块叫作“尸魑”的石头，微微蹙眉，凝神看看，又瞅了一眼朴相哲，就把它扔出吊篮。石头刚掉下去就像被黑洞吞噬，连个影子也看不见了。气球下方一片红浪滔滔。高空中气流并不颠簸，他们悠然前行，感觉上却似乎是在往陆地方向飞。他们没有遭遇怀特人的飞行器。怀特人仿佛从不曾来到地球。黑夜降临。他们困倦已极，便蜷缩在各自的角落，在雄伟的星光下睡去。半夜，星星在蔌蔌作响。朴相哲被这声音吵醒，睁眼看见灿灿夜云下女孩的睡相纯洁可爱，一条玉带般的银河悄无声息飘过她青瓷般的脸畔，他却不敢再有丝毫冒犯之心。

第二天早上，下面仍是无际汪洋。又过一天，赤水才开始退去。地面露出一些绿色的树枝。

“我们降落吧。”贞子说，“我有些饿了。”

他们的确远离了大海。而陆地仅是一望无际的沼泽。铅一般的天空始终灰蒙蒙低垂。看不见一个活人，也看不见一具尸体。

在降落的过程中，贞子又开始无休止哭泣。

他们平安坠地之后，这才注意到，天上有两个太阳。植物并不是料想中的橄榄枝，而是一种以前没有见过的、枝头闪耀绿色荧光的针叶树。他们还看见一头奇异的长角动物疾跑而过，状如佛经故事中的夜叉。

漫无目的走了一阵，忽然，女孩一下趴在地上，侧耳倾听。然后，弹簧般蹦起来，大声欢呼：

“我听见了，父亲他们还活着！我早知道，宇宙不会抛弃我们的！我们——得救了！”

朴相哲默默看着这意乱情迷的女孩，心境中交叠着明暗错杂的大片光影。那是碰撞中的无数世界因毁灭而新生时形成的尘晕。

这时，云层上有一些紫色光焰在小妖般轻轻跳跃。借着这陌生的亮光，两人看见，不远的山脚下有一座孤零零的寺庙。

她在前，他在后，朝这新世界走去。

# 第四章　岸外

## 一、死亡

小沪的弟弟在天亮前死了。这是两天中船上死掉的第五个孩子。小沪透过大雨如注的无数晨星的光线看见，死人的纤小身体正在飞快变黑，薄薄的皮肤上浮出一串串珍珠似的白色水泡，肌肉几个时辰就萎缩得像鱼干了。妈妈守在一旁，眼泪已经哭尽。

自从海洋变成红色的以后，一种怪病便开始在船民的群落中流行。孩子们因为抵抗力差，成了第一批受害者。船医倾尽全力也束手无策。他们仅仅在死者的神经系统中检测到了一种不见记录的孢子虫。

小沪恐惧而伤心，觉得天空和大海都在昏晦着倾斜。弟弟活着时，小沪常常和他一起玩耍，那曾是多么快活的时日。而现在，十三岁的小沪也担心着这无常的灾祸或会很快降临到自己头上。

疾病是一大现实威胁，而饥荒也成了严重问题。渔船已有半个多月没有追踪到大鱼群。冷藏舱的备用食物已被动用，以解决全船四百多人的吃饭问题。冷藏舱有二十六间，设计储鱼能力五千吨，但实际保有量已经下降到极限。

说也奇怪，海洋变红之后，战争爆发以来，水中的鱼虾便一天天稀少了。

船儿垂头丧气地驶离传统渔场，规避进太平洋南部的一处狭小海域。原先常去的海区，都不能去了。那些地方，已经被怀特人辟为与陆生人生死决斗的战场。

长相奇怪的怀特人据说是从月球上面返回的，但对于更多的情况，长期生活在大洋上的船民们并不清楚。偶尔，也能看到怀特人的菱形飞行器从天际嗖嗖掠过，但水手们目前还不十分害怕，因为知道它们暂时还顾不上理睬渔船。怀特人正忙着清除来自大陆的残余抵抗力量，另外，他们似乎对一切湿润的事物有着一种天然畏惧。

太阳升起时，大人们按照海上的风俗，把死去的孩子用白布包裹起来，扑通一声扔进红得让人发昏的海里。大海一眨眼间变成了令船民们感到分外陌生的世界，这在历史上还是第一次。

这时，船长瘦削的身影出现在甲板上。他面色阴沉地注视小沪的妈妈。她是他诸多女人中的一个。忽然，明净的海平线上静悄悄冒出几只船桅，却不知道属于哪个家族。

## 二、“富海”

小沪出生在“富海”号上，他从来没有见过陆地。他的全部人生是与海洋联系在一起的。

“富海”号是一艘大型渔船，已经在海上航行了近半个世纪。这个家伙全长一百八十八米，宽二十六米，吃水六米，排水量一万四千吨——但还不是人类建造的最大渔船。

海上社区是一种奇妙的存在。一切有序而严谨。工作区和生活区有规律地布置在前舱的二、三、四号甲板，复杂的指挥中心占据了三层楼的五个舱室，导航室则位于宽阔的船桥前端靠右舷的地方，驾驶舱后端四分之一的位置安排着船长室。

在船上，饮食的重要性不容忽视。厨房和餐厅紧挨第三储藏室，特级厨师在这里烹饪世界上最美味的各种海鲜。船民们的主食是鱼类和海藻，他们从来没有见过其他肉食。甲板下层有一座拥有十五张病床的医院，除了门诊室和手术室，还有一个牙科治疗室、一个 X 射线室和一个化验室。学校、图书馆、娱乐中心、托儿所、修理厂、禁闭室以及神庙，虽然都只能称作袖珍型，也都一样不缺。

“富海”号上的船民属于同一个家族。每个男性船民都配备有专门的住舱，女船民则与孩子们生活在一起。男人们通过“窜舱”的方式，与女人来往。生出来的孩子，不认得父亲。为避免近亲繁殖，不同家族的船只也定期在海面上实行性的交换。男孩子长到一定年龄后，便要离开母亲，被分配一个专门住舱，这样他就要成为一名见习水手，参加繁忙的船务活动。由于资源的关系，控制人口是船上的一项自觉行为。

渔船实行半军事化管理，除了高级船员，普通船民的用餐、洗浴、如厕和娱乐都在公共设施中进行。不定期的培训以及经常举行的宗教活动和水手大会，也都为着培养大家的集体观念和服从意识。船上不发薪水，人们过着各尽所能、各取所需的生活，只是在最近资源减少后，才在配给制度方面进行了一些调整。

为适应长期的海上漂流生活，“富海”号被设计成一艘多种作业渔船，即可以从事一种以上的捕捞作业。它能实行拖围流钓兼作，这样以适应渔业资源季节性的变化，最大限度满足船民的需求。渔船采用了历史悠久的双甲板型式，宽阔的上甲板尾部和两舷用作大型围网或尾拖作业，也可用作放流、放钓，而首部二层甲板有着较大的面积，用以布置起流和起钓等机械装备。这种安排既解决了尾部上浪，又达到了首部遮蔽风浪的目的，而且由于二层甲板距水面较低，减少了船首运动对网具的影响。

与同类型船一样，“富海”号还拥有一个用来减少纵摇和阻力的流线型球鼻首，这可以使船在前进时推开较少的水并且使经过整流的水流流向变螺距螺旋桨，从而改进总体性能和减少能量消耗。当初建造这艘船的时候，采用了许多先进工艺。船体是铝合金的，仅在部分位置使用玻璃钢。动力装置是一台二十六兆瓦的海水氢动力轮机，通过两个减速齿轮箱与推进轴相连，双轴推进的总功率可达五十二兆瓦。主机的剩余功率还可以供给发电机、拖网绞机、制冷机和海水淡化器使用。

“富海”这个名字，据说是一位有着深厚历史修养的人给取的。那原本是二十世纪初期中国从日本引进的一艘手操网渔轮的名字，代表了中国机动船渔业的起始。但如今的“富海”号已经老朽，正在艰难度过自己的暮年。而它所印证的海洋，也已名不副实。这便是小沪这一代孩子要面对的现实。

## 三、天妃娘娘

吃早饭前，船上举行了祭祀天妃娘娘的仪式。这项活动近来也疏于举行了。疾病和饥饿使水手们倦怠懒散。但也正是疾病和饥饿，使船民重新忆起天妃娘娘，忧虑这一切灾厄是缘于她的惩罚。

天妃娘娘是一尊高聚物塑像，安坐在船桥上的一个特别舱室里，那便成了船上的神庙。小沪以前多次参拜过天妃娘娘，见她虽为女人，却仪表堂堂，颜容尊贵。这好看的女神仙头戴珠冠，身披绯衣，脚踏云履，手按龙形凤辇，前拥白马将，后有千里眼之神、顺风耳之将、青衣童子、侍从判官等一干人簇护，可以说是威风八面。

全船四百多人，除了生病的，不分老少，排队逐次走进作为神庙的舱室，把鱼干、藻酒、香炷供奉在娘娘面前，并作揖下跪。这里面，小沪最熟悉的人，除了母亲，还有着好些个同母异父的兄弟姐妹。

这是船上最隆重的仪式。船长、大副、二副、三副、渔捞长、轮机长、大管轮、二管轮、三管轮、报务长也都来了。这时，船儿便暂时处于自动驾驶仪的控制下。

排着长龙的人们一边走，一边口里念念有词："英烈天妃，善庆明时；游行三界，遍察灵祇……"

小沪在队伍中一步步挪动，却走神了。他的目光又一次投向刚刚吞噬掉弟弟尸体的红色海洋，想着那便是天妃娘娘的家园，人不禁发呆。这时，头上挨了一下。

"找死啊，专心一点！"

是母亲在呵斥。于是，他才跟着大人们念叨："……施人者爱，谋人者追；一心归仰，万物咸熙。"他却不明白这些话是什么意思，以及大家为什么要对一个女人这样虔诚。

在祈祷过程中，天妃娘娘一直安稳端坐，微笑着沉默不语。水手们相信她已经听进了大家的祈愿。仪式草草结束。人们重新打起精神。这时，船上那架破旧的直升机摇摇晃晃起飞了，前去寻找鱼群。

也许是天妃娘娘真的显灵了吧，中午时分，无线电从空中传来好消息。

七度海域发现有大群鱼类活动！

大人们的脸膛上泛出兴奋的光彩。船长下达全速前进的命令。“富海”号很快加速到二十二节。这时，水手们站在两舷看去，见还有一些渔船也在急急往同一个方向赶路。

早年间，侦测鱼群，除了动用直升机，更多还要依靠安装在绕两极轨道运行的人造卫星上的专门观察仪器。该仪器用六个可视的和两个近红外成像频道做大范围观察。这种观察甚至能鉴别包含在浮游植物细胞中的叶绿素水平。置放在船长驾驶室里的一台计算机通过运行特种软件来显示探鱼图。

通常，一幅探鱼图可以覆盖十八度纬度乘以十八度经度的范围，或大约四百万平方公里的海面，并向船长提供精确海图，显示周围状况的全景。这使船长可以决定在哪里布置渔具和诱鱼装置。

但是好日子已一去不复返。不要说观鱼卫星，就连导航卫星、气象卫星和通信卫星，在怀特人的飞船进入地球轨道时，都全部被摧毁了。全球定位系统、劳兰台组、奥米伽台组等成了无意义的词汇。只能依靠磁罗经、电罗经和雷达做导航工具，奔赴所剩无几的渔场。

# 四、争夺

船开了整整一天，终于驶入七度海域。刚一到达，大家的心便凉了。只见这一带的海面上，密密麻麻都是渔船。从飘扬的旗帜上看，分属几十个家族。

连小沪也十分吃惊。自打出生以来，他还从来没有见过如此多的渔船聚集在一起呢。大海怎么可能养活这么多人呢？

迟到的船只，急急往核心区域钻，要去争抢下网的最佳位置。但是，很快，跑在前面的几艘渔船停下来。这是因为受到了别的船只阻拦。原来，是早已占据有利地形、正在大肆捕捞的那些家伙，不许后来者进入。

“容纳不下了，你们请回吧。”

“好不容易才赶到，凭什么嘛。”

“总有个先来后到吧。”

“这可不行，海洋是大家的，谁都有份。”

“兄弟，好话不听，可不要怪我们。”

“这话应该是我们说哩。”

说罢，被阻拦的船只开足马力，硬要往里冲，而挡道的船，死活也不让路。

轰隆一声，坚硬的船体碰撞在一起，一艘船的船头撕裂了另一艘船的船身。立时便进水了，船儿歪斜着迅速下沉。水手们哇哇乱叫，跳进海里。

趁这乱劲，“富海”号才从一边绕过去。水手们发现，他们几乎是在无数船只组成的迷宫中穿插迂回。

附近，响起激烈的枪声。那是几条船为争夺捕捞点，发生了冲突。海面上不断传来水手被击中时发出的哀号。

顾不得那么多了。小沪看见，本船的拖网作业开始了。“富海”号是一艘全功能渔船，可以同时实行横桁拖网、舷拖网、尾拖网和双支架拖网等多种作业。此时，渔船稳住航向，在慢速前进的同时，将网具放入水中。罗网张开，又投放出网板。为防止网板在水底倾倒，在松放曳纲的过程中采取了时放时停的方法，曳纲放出的长度约为渔场水深的四至六倍。捕鱼声呐和网位仪也在紧张工作。

这时，渔船的速度下降到三四节。由于捕捞现场一片混乱不堪，不知道还会发生什么事情，“富海”号的作业因此是在极其匆忙中进行的，还不到一小时，便起网了。此时，渔船微速前进，巨大的卷扬机欢快鸣叫，依次绞收曳纲、网板和手纲，最后绞起拖网网袖，起重吊杆则顺次起吊网囊。

一名赤裸上身的男水手上前将网袋的开口绳子拉掉，渔获便哗啦一声铺满后甲板，最多的是鲳鱼，还有鳕鱼、箭鱼、黄鱼、马鲛和鳓鱼，只是不见金枪鱼。大的足有十几斤，梭子蟹也在乱爬。很久没有见着这么多鱼了，人们笑得合不拢嘴。

然而，很快，笑容便凝固了。原来，不少鱼的下颚部严重溃烂，腹部的皮肤和臀鳍多有擦伤，胸鳍部位发红。死鱼张着嘴巴，尸体僵直。许多鱼儿的形态发生了变异，人们不再能识别出它们的品种和类别。

鱼类也许可以承受孤立的环境压力，却难以抵御由于水质恶化和海洋变异导致的慢性伤害。毫无疑问，红色海洋正在给水生生物带来一场劫难，而这显然不是人们可以事先提防的常规灾祸，比如赤潮。

“富海”号的水手虽然经验丰富，也无法对此做出预判和解释。

估计有一半以上的鱼，并非船民们需要的——渔业界称之为“垃圾”。这些不能利用的尸体，不得不丢弃在海中。辛苦的劳作白费了。

小沪听见，船长在气急败坏咒骂：“这该死的红色海洋！”不过，好在还有一部分鱼儿可以加工食用。

## 五、海盗

忽然，外围的一圈船只骚动起来，有的船上响起一长两短的尖锐鸣笛，惊惶而刺耳。

“是海盗。海盗来了！”“富海”号船长脸色骤变。

围聚在一起的渔船无头苍蝇似的一哄而散，但仍有一些刚才没有机会进入渔场的船只，看到出现空隙，便不顾一切闯进来。他们要赶在海盗逼近前，捞上几网。

“不要命哪！”

“简直疯了！”

“也是可以理解的啊。”

小沪听见，大人们在惊呼和哀叹。在十三岁小孩的内心，忽然滋生了一种强烈的生不逢时感。

海盗船出现在人们视野里。一共有五艘。它们开进的姿态像是格外小心翼翼。很快，它们的队形分散开来，单船突入渔船的行列，开始放肆追逐瞄上的目标。海面上闷响数声，升起几簇烟火。几艘正在捕捞的渔船被海盗的炮火击中。

“富海”号一边匆匆收网，一边夹杂在船群中疾速逃离。但是意想不到的事情发生了。在即将收起最后一网时，一部分网钻到船底下，绕上螺旋桨。“富海”号顿时失去了一半动力。

这时，站在后甲板的小沪回头看去，吓了一大跳。一艘暗灰色的大船就紧紧跟在后面。

海盗船是一艘年代久远的旧式驱逐舰，利用日本海上自卫队退役多年的“村雨级”改装而成，正歪歪斜斜驶来，虽然是过时的舰只，速度仍然快过渔船。

很快，海盗船就在“富海”号的左舷平行，都看得清军舰甲板上的导弹垂直发射装置和七十六毫米炮了。虽然，导弹早已断掉供应，发射筒成了摆设，但火炮仍然可以使用。油漆剥落、锈迹斑斑的舰桥上面，海盗的身影不停晃动。

“抄家伙！”小沪听见，船长通过扩音器，厉声下达命令。

为应付紧急事件，“富海”号上也配备有轻武器。男人们急忙拿起冲锋枪，守候在船舷。妇女和小孩则躲入舱内。

海盗船慢慢朝着渔船靠近。现在看得更清楚了，几十个海盗戴着眼罩，手持突击步枪和火箭筒，笑嘻嘻站在舷边，看样子，根本没有把“富海”号放在眼里。

渔船船长一声令下，舷边便吐出一道道火舌。子弹纷纷打在军舰的钢铁舰桥上，四射出生动有趣的火花。海盗们对这场面却像是见惯不惊，跳着脚舞蹈一般闪来闪去。

忽然，军舰上的两座密集阵速射炮开始鸣叫。“富海”号上层建筑的一角发生了连续爆炸。十几具人体在众人的惊呼声中翻着跟斗飞进大海，溅出血红水花。抵抗的枪声迅速寥落下去。

海盗船终于靠拢了渔船。海盗们摩拳擦掌准备跳帮。“富海”号上又有两名水手奋不顾身抄起消防水龙头，站在舷边，向那军舰喷去。强劲的水流把一些跃跃欲试的海盗冲倒在甲板上。

但是，这两名勇敢的男人——“富海”号上的轮机手和舵工，立即便被驱逐舰上射来的子弹打倒了。

“放下武器，否则将击毁渔船！”海盗船上的扩音喇叭在哇哇吼叫。

大家把目光投向船长，期待他下达新的命令。但船长面色惨白。他首先扔掉了手中的枪。

这样一来，水手们都失掉斗志，也纷纷放下武器。在海洋上，船长的意志也便是大家的意志。

海盗们一个个身手矫健地跳过来，体现出一种藐视一切的精神。小沪从舱门的缝隙间偷眼看去，见他们都是身体结实、肌肤紧凑的年轻男性黄种人。小沪在惧怕中也不禁感到一阵亢奋。

持枪的海盗来到渔船，傲慢地走来走去，用日语、泰语和菲律宾语大声喝骂，用绳索把“富海”号上的男人拴在一起，统统赶到后甲板。不一会儿，女人和小孩也被“请”了出来。

海盗们命令女人和孩子把淡水、鱼干、鱼油、海藻等物资搬运到军舰上。刚刚打上来的鲜鱼，也毫不留情被掠夺走了。

忙了三个时辰，这项工作才做完。这时，像是海盗头目的家伙，从人群中拉出一个少女——那正是小沪的一个姐姐。海盗头目剥掉她的裙子。初次见到女人裸体，小沪一阵目眩。

这时，“富海”号的一个男水手发出一声狂怒大叫，竟挣断绳索，向海盗头目扑过去。他是小沪的一个哥哥。但他刚刚跃起在半空中，便被一名海盗挥起一刀砍掉脑袋，身子像一条大鱼似的栽倒在甲板上，扑腾几下，就一动不动了。船民们看着敢怒不敢言。

小沪目不转睛直视那血淋淋的人头，却奇怪地不怎么感到害怕，只是像在看一件从未见过的稀奇玩具。

当着众人，海盗头目把小沪的姐姐强暴了。然后，他一挥手，其余海盗一哄而上，每人拉出一个女人，其中，也有小沪的妈妈，她已经昏过去。

发泄完兽欲，心满意足的海盗们便准备离开。临行前，还朝大家笑着招了招手。

海盗走了。大家松了一口气。船长有气无力说："还好，海盗没有杀死更多的人，这已经不错了。女人们，快把衣服穿上吧。男人们，各就各位，清理好那该死的渔网，准备开船。"

大家一言不发，拾掇了尸体，回到各自的岗位。海盗船这时已经开出很远。忽然，小沪的大脑中涌出一种通常只有孩子才会有的预感。他恐惧地疾跑回舱室，一头钻入妈妈怀中。

"富海"号还没有起动，便有人看到海盗船的前甲板有亮光一闪，原来，是主炮开火了。渔船左舷的水面升起一股冲天水柱。紧跟着，又一颗炮弹掉下来，落在人堆里，轰隆一声炸开来。然后又是两颗，分别命中直升机库和储氢舱。

像"富海"号这样的大船，几颗炮弹也炸它不沉。但它已在大海上行驶了半个世纪，船体虽经多次维修，也不能阻止结构老化，再加上炮弹引起液氢燃料爆炸，庞大的船体整个被炸裂，很快开始下沉。全船人都在惊呼、惨叫和痛哭。

慌乱中，妈妈把救生衣给小沪穿上。这时，海水已经漫上甲板。

小沪掉入水中，被浪头打远了。他眼睁睁看着火光熊熊的渔船把尾巴翘起来，大头朝下往水底钻去。“富海”号永远消失了。

小沪昏沉沉漂流着。不久，天黑了。小沪抬眼望去，便看见无垠的星空很低地铺在头顶上方，竟是那样的璀璨。红色海洋闪烁着撼人心魄的光芒，像一张耀眼的波斯大毯在抖动起伏，小沪仿佛置身于一颗陌生的、完全由水构成的星球。天上还有一些星星在轻快飘动。那大概便是怀特人的飞行器吧。传说他们比海盗更加恐怖。但小沪此时却没有这样的感受，只是觉得一切美不胜收。

不知过了多久，他又听见了船儿的汽笛声。他被救起的时候，已经丧失了知觉。

## 六、“凤江”

救小沪的船，名叫“凤江”号，是一艘由拖网捕虾船改造成的多种作业船，在渔业鼎盛的时期，该船曾与“富海”号、“贵海”号等船舶组成了一个渔工贸联合体，在大洋上风光一时。

“凤江”号船长一百四十八米，宽十九米，吃水五点三米，排水量八千八百吨。同“富海”号一样，也是一座小规模的自给型海上城市。现在，全船有船民三百多人，大部分属于同一个家族。

小沪在这艘船上居留下来，疗治身心的伤害。船上还收留了不少像他一样的落难者，里面却没有小沪认识的人。

不久，小沪可以自由活动了。他刚开始还想念母亲、兄妹和“富海”号上的水手，但过了一阵，便不再想了。在如今的海洋上，死亡已是一种见惯不惊的结局。大人小孩都习以为常。只是，此时的小沪，感到格外孤独。

在“凤江”号上，一切程序都跟“富海”号大同小异。小沪随着它，又开始了海上生活的新旅程。然而，大鱼群却仍然难以遇上。

与“富海”号一样，“凤江”号也是高度自动化的，捕鱼、清洗、称重、分类加工、输送、包装冷冻都由计算机控制，形成封闭流水作业。船上装备有先进的鱼肉采取机，适用于去头、去鳞、去内脏的海鱼采肉，并将鱼肉和鱼骨、鱼皮等分离。它每小时生产一千五百公斤鱼肉。鱼丸成型机的作用是制作出规格不同、大小均匀、圆度要求较高的鱼丸。鱼肉精滤机则可以将采取的鱼肉中的筋、骨、刺等杂质滤去，以提高鱼糜制品的质量。海水制冰机，则以海水为原料，也以海水作为冷却介质，进行快速制冰，满足渔品保鲜的要求。

鱼，是船民们的基本食物。在大海上，一切自给自足。每一艘船，便是一个封闭社会。人在船上出生、长大，一直到老死。这里面见过陆地的，仅仅是少数人。但这种生活，今后怕是难以为继。

是啊，如今，流水线冷清了，鱼类已成奢侈品。一路上，“凤江”号不断遇上落难的渔民，刚开始还积极救助，到后来，也顾不过来。也是的，救上来了，拿什么给他们吃呀，自己还在挨饿呢。

一天晚上，小沪忽然惊醒。他觉得船在上下直跳，而并非横摇。他急忙凑到舱口，朝外看去，只见一排排巨浪压过来，附近的一条船，一会儿在头顶上，一会儿又被巨浪吞没，甲板上不知是雨还是浪花，以前从没有遇到过这么恶劣的海况。船员们说这风足有十一级。

这时，小沪真切体会到了濒临死亡的感觉，但又没有任何办法可以抗争。他觉得反正没有了希望，就又躺在床上，被动等待命运的裁决。不知过了多久，风终于小下来，小沪庆幸自己还活着。

就这样，又挨过一些时日。拖网、围网和张网都难以捕到鱼。人们又开始钓鱼。这是沿用了多少万年的老法子。只是，钓竿如今是用玻璃纤维和合成树脂制作的，钓线则是锦纶单丝，其直径不到一毫米。装绕线轮的钓线长度可达五十米。另一种不用钓竿的方式，是延绳钓，通常是在早上放钓，在白天和晚上收回，大部分延绳钓线在黎明时放下，其中有百分之二十五是在太阳升起后放下的。

然而，收获却十分稀薄。海鸟倒是捕获了一些。这些同样饥饿的倒霉飞禽被水中的饵料吸引住了。

偶尔也有惊喜的时刻。一天傍晚，甲板上忽然响起少有的欢呼声。有人大叫："捕着鲨鱼了！"小沪忙跑出去看，但是鲨鱼还没被拉上来。大家忙碌了很长一段时间，才将鲨鱼拉到船边，但是因为太大，在临时加固吊杆之后，才把这个家伙拽上甲板。

鲨鱼足有六米多长，五吨多重，占据了后甲板的大片位置。现在它已经没有了在水里的威风，眼睛乏力地一翻一翻，皮肤无助地翕动，因为它是软骨鱼，所以出水之后就没有了力气。小沪俯下身，大着胆子摸摸它的皮肤。看上去很光滑的皮肤，竟然像水泥墙一样非常粗糙。但他这回没有看到鲨鱼的牙齿。

已经很久没有遇上鲨鱼了，所以大家都像见着新奇事物一样兴奋不已。鲨鱼成了当天的美餐。

## 七、历史

在一个风平浪静的夜里，"凤江"号下了双锚，小沪与全船所有孩子一起，坐在教室，听一位老人讲课。

学校很久没有开课了。这堂课的内容有些不一样。

是由船上年龄最大的男人讲述船民社会的由来。这种事情，通常要留到等孩子们稍大一些的时候再讲，但是，如今，海洋发生了变异，等不及了。

小沪才第一次知道，原来，他们的先辈过去都是生活在陆上的，那时，海洋上涌动着盛大鱼汛，人们总是兴高采烈忙着出海。

然而，慢慢地，出海的天数，越来越少。

那是因为海洋中的鱼少了，而这是捕捞过度的结果，同时，海区受到严重污染，赤潮时时作孽。国家开始实行休渔制度。每年伏季，连续四个月，渔民们都待在岸上，不能出海。

但休渔也不能挽回渔业资源减少的颓势。大陆附近几个边缘海一年的海产品出产量，远远赶不上捕捞量的增长。每当休渔期结束，大批渔船抢着出海的那股疯狂劲儿，把赶到现场采访的新闻记者都吓坏了。

当时，人类的捕鱼手段已十分先进。地理信息系统（GIS）、遥感信息处理系统（RS）和全球卫星定位系统（GPS）等都被广泛地应用于渔业生产、科研和管理。气象、海况和渔况预报，鱼群探测，渔船导航以及海上生产作业，都成了高科技装备大显身手的场合，捕捞效率大大提高。但是，对于亿万年来过惯一成不变生活的海洋生物来说，却意味着前所未有的灾难。

近海的鱼都被捕完，在这种情况下，大马力船到外海捕鱼便成了常事。也就是说，要进入公海或者别国海域争抢资源。这样一来，国际渔事纠纷频繁发生，结果是，不少渔民被对方国家抓走。

事态越来越严重，国家之间便签订协议，对进入各自海域的渔船数量进行限制。

捕鱼于是更加困难了。渔民们分成两拨。一部分上岸后从事水产养殖业，或干脆做起与渔业完全无关的事情，比如种地和建筑。另一部分则驾船去到更远的海区——最远的抵达七千海里外的马绍尔群岛，不少人置国际渔业组织的禁令于不顾，冒死进行偷捕。

天长日久，这些去到远洋的渔民，慢慢习惯了长年流浪海上的生活。他们的渔船也越造越大，最后出现了“富海”号这样的家族型船舶。他们便以船为家，漂泊不归，疏离了与大陆的联系。其中一些人则变成了海盗。

原来，那击毁“富海”号的暴徒，早先也跟大家一样是渔民呀。小沪黯然想，自己有一天会不会也成为海盗呢？

讲课的老人，属于第一批下海生活的人。他似乎仍在缅怀旧时光景。

“海洋养成了我们强悍的性格。这世界上，最无畏的人类，其实是渔民呀，可是，我们却再也不被陆地上的居民所了解。”老人说着，眼眶好像湿润了。

小沪却悲哀地想，现在，怀特人来了，海洋变红了，渔民像死鱼一样，就要成为垃圾。

“你们无论谁活下去，一定要记住我们船民的历史啊！”老人的声音一下尖了上去，歇斯底里，有些像个女人。在座的孩子们都面无表情，咬紧嘴唇不敢发出声音。

## 八、水栖人

小沪在“凤江”号上结识了一个新伙伴，名叫小浦，比小沪大一岁。他也是在一次海盗袭击中幸存下来的。他那个家族的渔船名叫“明珠”号，一年前沉没在了海底。

两个孩子常常趴在舷边，整天看着波涛起伏的大洋，想象那已成了海底渔礁的大船。他们发现，水层之下有时会爆发出一种神秘的金色闪光。小浦便说：

“你知道吗，这下面也有人居住呢。”

“你说海底有人吗？”小沪还是第一次听说这种事情。

“是的。‘明珠’号船长就是这么讲的。他在海洋变红前去过陆地，那时，陆生人正筹谋要到海洋下面去生活呢。他们修建了巨大的海底城，你都想象不到那有多大。”

“啊呀，有这样的事啊。陆生人真了不起。”自从那天听了老人的讲课后，小沪便对陆生人的生活感到神往。

“船长还说，有空要带我下海去看一看。可惜，他被海盗打死了。”

“真有这样的事情的话，我也想下去看一看。”

“那我们一块儿下去吧。”

“可是，怎么去呢？”

“光这么游着肯定不行，要穿潜水服。”

“怕不可以吧，大人们知道了会骂的。”

海洋变红后，渔船便严禁人们随便下海了。但好奇的孩子却跃跃欲试。

“不怕，我们偷偷的。”

就这样商定了。一段时间以来，船上的秩序和纪律已然废弛，偷一两件潜水服还是很容易的。

在一个伸手不见五指的黑夜，小沪和小浦穿上潜水服，攀着船帮下了海。

他们一直下潜到五十米深处。借助头盔照明灯，他们看到了成批死去的鱼儿、贝类和海藻，却没有见到什么海底城。

他们想，这是潜得还不够深的缘故吧。渔船上备有潜水钟，可以深入数千米的海沟，但孩子们却不懂得如何操作。

他们后来又多次下去。哪怕见不到海底城，遇上出来串门的水栖人也好呀。但是，除了无以尽数的死亡海洋生物，仍然什么也没有看到。

终于有一次，他们刚刚浮出海面，便看到大人们驾着小艇着急找了来。

他们被狠狠训斥一顿，潜水服也被没收，锁了起来。

## 九、禁忌的话题

孩子们擅自下海的事情，引起了大人们的不安。他们困惑地议论这起事件。

“难道，连他们也知道了吗？”

“水栖人的事儿，怕是瞒不住的吧。”

“可是，有必要告诉孩子们这个吗？”

“还是不要吧，连我们也不能确切知道陆生人是否真的下去了呢。”

“我们为什么不自己下去看一看呢？”

“那是陆生人的事情，与我们无关。我们早已断绝了与他们的往来。”

“但是，也许，今后某一天，我们说不定也要下到海底去生活呢。

海面的情形越来越糟糕了。”

“太晚了。他们不会接纳我们的。”

“但是，孩子们呢？想一想他们的未来吧。”

这样的讨论，照例没有结果。大人们虽然也想把自己知道的一星半点有关水栖人的事情告诉孩子，却不知从何说起。

那是一个神秘的世界。长期脱离大陆而终年航行在海上的水手们，心头萦荡着自己也说不清楚的顾忌和惮畏。

然而，既然同处一个大洋，与水栖人世界的交错，却不能说想避开便避开。

有一天，又远远看见了怀特人的飞行器。那菱形的家伙，从云层中嗖的一声钻出来，这回，直接扑向渔船。这样的事情，以前还没有过。

像见了海盗，聚在一起的船只又四散开来，各自逃避。

但哪里跑得过飞行器呢？那家伙玩似的追过来，悬停在“凤江”号上层建筑的上方。大人们变了脸色，小孩子却没有那么惧怕。小沪好奇地看见，金属飞行器的下部有一个不太大的圆形开口，一眨一眨闪射鬼绿色的火苗。其上部则有一排椭圆形舷窗，里面透出金黄色的光亮。

“这回怕是完了。”小浦带着哭音说。

连小沪也听说过，怀特人比海盗更厉害。他们的飞行器会发射一种致命光束，瞬间便能融化陆生人暴露在地面的城市。

“凤江”号干脆停下不行驶了。海面静悄悄的。其余船只在附近紧张观望。

忽然，菱形飞行器下部的那个圆口爆发出一片红色火花，一道让人眼睛也睁不开的白色光束斜刺下来，大家一片惊呼，转身往船舱逃去。但那道强光并没有命中船体，而是落在距离船舷几十米外的洋面。海水顿时沸腾起来，飞升出大片红色蒸汽。

这时，小沪目瞪口呆，看见裂开的海面呼地跃出一个乌黑发亮的金属硬壳，它正在着急往上浮。那是一艘人们从未见过的奇怪大船，却完全没有舰桥一类上层建筑，身子整个是浑圆的，上面分布着一些瘤状金属突起，头部略呈矩形，样子倒有些像抹香鲸。有人注意到，船身一侧画有一个红色三叉戟符号。

“那便是传说中的海底城的标志呀！”小浦兴奋地叫出声。大人们紧张地侧目看那孩子，像是嗔怪他怎么竟说了出来。小沪背上淌出一溜冷汗。

那大鲸似的船儿仿佛受了重伤，拼命逃逸，却怎么也走不快。菱形飞行器不紧不慢浮游在它上方，隔一会儿便向它射出一道强烈光束，使它的外壳冒出浓烟烈火。然而，那从水下升起的家伙却似乎不甘心失败，在它的球状首部，忽然也向上喷出一道白色光束，竟差点击中飞行器。这样一来，飞行器便更加凶狠地做出还击。

黑色硬壳猛然间爆炸了，残体四分五裂，礼花一样向空中和海面迸发，有些金属碎片飞落在“凤江”号甲板上，还兀自嗤嗤冒着烟火。菱形飞行器停止射击，盘旋着低飞而下，默默观察一阵，便掉转头迅速飞走了。

大海恢复了平静，海面上漂浮着大片残骸和油迹。忽然，小沪看见，就在这残骸与油迹之间，挣扎着一个人形的东西，朝着与“凤江”号相反的方向缓慢游走。

“水栖人！”又是小浦，发出让人心悸的叫声。

“凤江”号的侧舷放下一艘机动小艇，四名水手驾着它，向那游泳的生物追去。很快便接近了，一个水手站在船头，抄起一张渔网，朝水中扑腾的家伙撒去，立时把他罩住。几个人合力把网拉上艇来。

那果真是一个奇形怪状的生物，他在网中恐惧而紧张地直视水手。他手里攥着一把锋利的匕首，三下两下便割开渔网。这怪人嗷嗷叫着朝水手扑来。猝不及防，一个船民被捅伤，另一人也被打落水中。

说时迟，那时快，一个水手飞快掷出一把鱼叉，穿透那怪物的胸膛，把他钉在船帮上。

浑身是血、内脏外露的水栖人被带回来，啪的一声扔在“凤江”号的主甲板上，船民们争先恐后围过去。小沪胆战心惊凑前去看，见那怪物的体型比人还要大一些，尖脑袋光秃秃，浑身不长毛发，耳朵后面有一个鳃似的褐色薄膜。水栖人死了，还一直用悲哀的眼神注视着漂浮在水中的黑船残片。

这时，有个水手走上前，嚓嚓两刀，剁掉了水栖人的两只手掌。

小沪清楚看到，死人的手，长得十分奇怪，指缝间粘连着厚厚的一层棕色蹼膜。

“得把这家伙身上的皮也剥下来。”

船长烦躁地发话，把大家吓了一跳。

## 十、鱼与人

“不知道，他死的时候，痛不痛啊。”小浦对小沪说。

事件发生三天了，两个孩子仍在回忆那朝思暮想却难得一见的水栖人。这回，终于亲眼见到，他却死了。

"他是水栖人，一定不会怕疼的。"小沪满脸钦羡的表情。

"可是，仔细想想也不对呀，那天他死的时候，分明也扭缩了。我猜想他的神经组织跟我们的也很相似吧。"小浦是一副吃不准的模样。

"啊，你说的大概也不错吧。我想起来了，就像鱼从水中捉出，在网里或在甲板上翻跳着一直至死，也显示了痛苦。但是鱼不能发出我们可以听得出的哭喊凄叫。"小沪终于把很久以来一直匿藏心中的想法，向好朋友说了出来。

"鱼类的死亡一定更为痛苦、更为绵长吧，因为都是捞上船来，任它们慢慢去死。"

"由于鱼鳃只能从水中吸取氧气而不能从空气中吸取，因此离开水的鱼不能呼吸。鱼可能是因窒息而慢慢憋死的，如果是深海鱼，被拖回渔船，则可能是因失压而痛苦死亡。"

这样的话语，似乎不应该是渔民说的。但小沪小浦这一代人，却与他们的前辈有了显著不同。

"水栖人也是这样的吗？他好像有鳃哩。"小浦道。

"不过，他似乎在上船前便被鱼叉捅死了，恐怕并没有经历那样的痛苦折磨吧？"小沪说。

"不管怎样，遗憾的是，不能下到海底与他们打交道呀。我们是以捕捉和杀害海洋动物为生的，自然地，心中便对水中的生命存在畏惧，不管它们是人还是鱼。"早熟的小浦像个大人似的连声叹息。

那水栖人被杀死后，就被厨师做成一道菜来给大家吃了。显然，他是被当作与黄鱼或者带鱼同样的海洋生物来对待的。而在小沪和小浦看来，这正是连水手们自己也意识不到的畏惧之心的流露。由于肉量有限，每人仅仅分到了一小匙尝鲜。小沪和小浦因为有过下海寻找水栖人的经历，不敢吃那肉。

“为了鱼也为了人，我们应当不再吃鱼。”小沪迟疑一下说。

“听大人讲，我们已经够好的了。我们吃鱼，但已经决定不再吃其他动物的肉。这一点与陆生人绝对不同。”小浦语气坚定。

“那既不吃其他动物的肉，又不吃鱼肉的人，是什么样的人呢？”

“是呀，生活在大海底部的水栖人，又吃什么呢？”

小沪想，不会吃我们掉到海中的尸体吧？又想起“富海”号沉没的一刹那。人们在鲜艳的波涛间挣扎着大声惨叫，其中，便有妈妈。妈妈的身体，此时已被鱼儿或者水栖人吃掉了吧？

看着红色海洋，孩子们的眼神中隐伏着迷离的荫翳。

## 十一、上岸

一天，“凤江”号又返回了一处它曾经捕过鱼的海域。水手们看到海面上漂荡着一串串白色塑料浮标，是以前没有见过的。

捞起来一看，见上面画着奇怪的符号和图形：星星和波纹，中间嵌着一个满月。水手们纷纷说：

“是怀特人的东西。”

“真可怕，他们的触角已经深入这里了。”

“看样子，他们很快便要在这一带的海洋上建立基地。”

“是为了对付下到海底的陆生人吗？不是说，怀特人是恐水生物吗？”

“难说啊。总之，今后，我们不能再在这里捕鱼了。”

“慢慢地，渔场会一个都不剩啊。我们该怎么办？”

“这一点，几年前便已预料到了。那时候，怀特人打前哨的侦察飞船还刚刚出现在天空中哩。”

于是，就到了需要做出最后决定的时刻。

大人们又开起冗长的会议。然后，渔船的航向便改变了。

这是多少年来，“凤江”号第一次贴近海岸航行。水手们怀着惊惧之心，看到了久违的或者从未见过的陆地。陆地已渺无人烟，一片荒寂。有时，船儿经过的岸边，残存着一些规模不小的海上工程，看样子是制氢车间或潮汐发电站，但都毁坏得不成样子了。偶尔还能见到岸基高炮和导弹阵地，已是一块块分崩离析的黑炭。在低矮的山头上，散落着飞机残骸，锈迹斑斑，机身上隐约浮现五角星或红太阳的标志，显示着当初战区的归属。

陆地经历了比海洋更大的变化。而陆生人看来是死绝了。

“不妨派一些人上岸看看吧，我们不能下到海底去生活，但也许，有一天是可以返回陆地的。”船长提议。

“是像肺鱼那样登陆吗？”大副有些兴奋。

“还不好说。陆地文明跟海洋文明是完全不一样的。所以，不能让全船人冒险上岸，只能派一小部分人先去，看看情况再说吧。”

于是，开始征集志愿者。小沪和小浦报了名。他们被选中了。到了这个时候，已经没有谁再把他们视为需要特殊照顾的孩子。

登陆的人们携带武器、干粮和水，在一个河口上岸。初次见到河流，目睹那与海洋颜色不尽相同的奇异水体，小沪和小浦心头一阵发涩，不知说什么好。

他们眼含热泪，久久挥手，告别了相依为命的“凤江”号。这时，小沪想到，“凤江”这个名字，也许，便暗示着它本来就与陆上的河流有着深刻渊源吧。

船长说，“凤江”号不会走远的，它仍将沿海岸线航行，随时准备把登陆者接回来。

第一批重返陆地的水手一共有二十四人。他们沿着河岸往上游走，慢慢地，骨髓中已然浸透这世界的苍凉。

四野无人，除了风儿偶尔吹过，到处一片寂静。不见有任何植物和动物存在过的痕迹。大地呈红黑色，像是从里到外被岩浆烤焦。这种颜色，常常使水手们忍不住要拿红色海洋做对比。不时能见到深陷的圆坑和掀翻的泥土。那似乎是某种猛烈爆炸形成的。在巨坑边，水手们见着了零星的动物骨头和金属残片，都没有完整形状。

这样的景色一直持续着，根本不可能期望会有什么变化。

下午，他们来到一座成了废墟的城市附近。城市十分庞大，绵延着向天边铺展开去，却已是一堆瓦砾。城市的边缘倒是有几座孤零零的高楼，还没有完全塌掉，但也仅剩支离破碎的钢筋骨架，单薄而寂寞地刺立在虚空中。水手们没有闻到硝烟或尸臭。战争仿佛结束很久了。

在废墟间，他们又发现了白骨，颇为零乱。他们胆战心惊绕过去，不敢正眼看，均默不作声。

忽然，有人叫起来。原来，一个坍塌的门洞前，跌落着一面烧得仅剩半截的金属牌子，上面残缺不全写着他们认识的几个方块字，是“水栖……所”。

他们走进门洞，又看见了白骨。这回，要完整一些，是模样颇为奇异的骨架，比人类的要大，胸骨和骨盆的结构也不一样。这使小沪想到那个死在“凤江”号甲板上的水栖人。

小沪猜测，这个地方，大约便是制造那成为船民腹中肉的水下怪物的加工厂。这样的作坊，当时一定遍布大陆。

这时，有人顺着钢筋，爬到一座残楼的高处。他兴奋地挥手大叫，招呼别人也上来看。

小沪和小浦好奇地爬上去，他们看见了一样陌生东西，那是在城市的外围，横贯着一道宽厚而崎岖的大墙。原来，是高耸的山峦。青色的峰谷间升起漠漠紫烟，大陆的景观犹如仙境。

见惯了平展的海面的人们都爬上来，眺望巍峨群山，情不自禁啧啧赞叹。

吸引人们目光的，还有山腰一座座小巧的白色蘑菇状城堡，像是用某种特别的材料建造的。它们星星点点洒落在峰谷间，分外美观。

“那便是怀特人的基地呀。”有懂得的人说。

“像是女人的乳头。”有人嬉笑。

“别乱说，那里面可是住着杀死所有陆生人的残忍凶手啊。”另一人正色道。

这样一讲，大家才有些害怕。但景色本身仍然使船民们迷恋。他们久久凝视，不舍离去。

小沪心中荡漾起一种魅惑的感觉。他心驰神往想着，竟有四个不同的世界在变化的时空中此消彼长，分别是月球怀特人、地球陆生原住民、海底水栖人以及船民的世界。它们的存亡，仿佛喻示着宇宙中的一种恒常道理，这却是小沪一时说不明白的。

过了很久，水手们才依依不舍从楼顶爬下来，俱感体力不支。大概是还不习惯长时间待在陆地上吧。

“回去吧。”有人说，“没有太大意思，陆地一片荒芜，没有我们的存身之地。”

“可是，就这样两手空空回到船上么？”

“那还能怎样呢？有生气的地方，都被怀特人占据了。我们什么也捞不着。”

“不，有好多东西，我们还没有看到呢。说不定，就在这陆地的某一处，会有我们将来的栖身地。”一个名叫阿力的男孩子说。他比小沪和小浦要大几岁。

阿力也是从别的沉船上被救济到“凤江”号上的。之前，小沪和小浦曾见阿力独自一人站在甲板，面朝大海哼唱着一首奇怪的曲子：

“炎帝黄帝呀，率熊罴虎貅之军，吃人无数；殷纣王呀，杀死姬昌长子伯邑考，做成肉羹，送给姬昌吃……”

他们都不明白这是什么意思。也许是阿力妈妈教他的吧？

## 十二、夜中的火光

走累的船民们并没有马上回去，而是在城市的残垣断壁间歇息下来。不久，夜晚来临。大陆的一颗落日，在巨兽般的山谷间以之字形孤独行走，给大家留下神秘而怪僻的印象。很快，气温下降了。

小沪是第一次在陆地过夜，浑身上下有一种不对劲的感觉。他与小浦互相挤靠，这样才暖和一些。他们都睡不着。

忽然，一堆瓦砾中响起吱吱的怪声。小沪毛发直竖。他看到几星绿色的亮光。那是某种动物的眼睛。这是小沪在陆地第一次见到动物。原来，战争并没有把所有生命消灭干净。

呼哧一声，一个巴掌大的小家伙从他跟前跑过，小沪隐约看见，那东西长着尖尖的嘴唇，拖着长长的尾巴。

“是老鼠吧？”

有知道的人这么说。老鼠跑走后，一切又悄静了。小沪想，什么是老鼠呢？

过了一会儿，又传来鬼鬼祟祟的声音。这回，是距船民们栖身的废墟十几米外发出的动静。大伙屏住呼吸。有几个胆大的耐不住，爬上墙头偷看。

他们看到，大地裂开来几个深不见底的窟窿，一些矫健的身影正从里面鱼贯爬出，是一个个荷枪实弹、蒙着眼罩的人。乍一看，真像是海盗。

其实，并不是海盗，而是幸存的陆生人。

船民们终于见到大陆上人类的活动，不禁一阵激动，十分想与他们打个招呼，最后却胆怯起来。

早就听说，有些陆生人拒绝下到海里，坚决留在陆地，与从月球上来的怀特人，展开了持久的游击战。

这群藏身地下的陆生人，大概有一百多个。他们猫着腰，一声不吭向着大山走去。怀特人的群堡就在那里。

船民们敬畏地目送他们。

到了半夜，水手们听见，山上响起爆炸声和枪声。他们心跳着看去，见那里火光大作。

山头的警报器一片鬼哭狼嚎，探照灯把四野照得雪亮。大群的菱形飞行器就像是火烧羽翅的蜻蜓，从山脊上嗖嗖嗖疾速升入天空，并向地面凌乱地倾泻出千万道致命光束。一时间，夜色显现出超新星爆发般的灿烂夺目。船民们都看呆了。

交战的声音很快达到高潮。但仅仅持续一小会儿，便沉寂了下去。

探照灯却更加明亮。小沪看见，怀特人的菱形飞行器逐次飞离山头，枯叶一样朝着船民们的藏身之处飘荡过来，很快，便来到城市废墟的上方，把探照灯光投向地面，仔细搜寻着什么。船民们吓得龟缩在墙角，一动不敢动。

忽然，从一座楼房的废墟中，射出一道长长的白色火舌，准确击中一架飞行器，令它发生了凌空爆炸，燃烧的碎片四散洒落。其余的飞行器只是愣了片刻，便朝那射击的地方蜂拥而去，进行疯狂的报复。死光又如雨般落下来，地面发出人类的惨叫，很快，便没有了任何声息。

小沪在心里为陆生人默哀。不久，又听见了机械在地面爬动的声音。船民们扒在墙角看去，见一些闪闪发光的金属车辆正朝这边驶来。这是一些奇怪的机器巨兽，有的依靠钢铁的履带在运动，有的竟能腾跃离地，飞越障碍物，似乎下面托着一个空气垫。见惯了渔船，初次遭遇这种气势汹汹的陆地承载工具，小沪心惊肉跳。

车辆上搭乘着一些人形生物，每个人的肩上都背着一个长方形囊袋。这囊袋有时会向下方喷射出一股绿色的气流，这时，士兵便跃升在空中，像鸟儿一样飞行。怀特人长得十分纤细和高挑，的确是低重力环境下成长起来的生物。

这奇异的一幕，看得小沪目瞪口呆。他听见怀特人在说话，但他一句也听不懂。

“说的什么？”小沪问边上人。

“不知道。”小浦难为情地回答。

“不知道！”小沪重复一遍，感到十分阴森。

“不要说话！”叫阿力的大男孩狠狠瞪了小沪和小浦一眼。

但是，怀特人已然通过先进的侦测仪器，从半空中发现了他们。飞行器和飞人朝着船民们藏身的废墟，天罗地网般慢吞吞下降，这使小沪想到“富海”号围捕金枪鱼的场面。

“快跑！”阿力第一个大喊。

水手们站起身来便飞奔。这时，已经有飞翔的怀特人降落在他们的前方，试图挡住去路，但他们似乎还不太适应在陆地上活动，速度很慢，因此船民们见状便改变方向逃走。更多的怀特人继续在天上飞行着追击，手中的武器密集发射出死亡光束。小沪听见身边有人沉闷地叫喊一声，扑通倒下。随后又有一人栽倒在地。这令他十分害怕。

“往海边跑！”有人这样喊叫。

大队人马往那边去了。小沪跟着跑了两步，被石头绊倒在地，心里着急，半天爬不起来。这时，他听到头顶上方一片嘟嘟的繁音，是成群结队的怀特人天神一样正在飞越。他吓得赶忙把头埋进土里。

过了一会儿，他才探出头，看到怀特人追击船民们远去，已没了踪影，仅在空中残留着一小片淡绿色的荧光。那些奇怪的车辆的声音也听不到了。小沪仍不敢起身，心口扑扑跳着等了半天，怀特人也没有返回。

这时，他看见不远处的一块岩石边，露出了半张面孔。是小浦。

他们交换一个眼色。小浦朝小沪爬来。他们不约而同站起，朝着与海岸相反的方向跑去，不久，进入一道山谷。

这时，海边传来密集的枪声，很快又稀疏了。他们隐约听到惨叫声。再后来，枪声和惨叫声都停止了。

小沪和小浦面面相觑，说不出话。他们继续往山中行进。

不久，他们遇到阿力。阿力是从岸边逃回来的。他哭泣着说，大人们都被射杀了。

## 十三、帐篷

三个孩子不敢去到海边，便往陆地更深处走去。

清晨时分，他们爬上一道山梁。朝霞万丈，陆地上的日出，把他们震慑得浑身瑟瑟发抖。这时，他们远远看到山腰上怀特人的堡垒，许多已是一片废墟。这一定是昨夜陆生人游击队干的。山坡上还散落着几十具陆生人残缺不全的尸体。

他们感到饥饿难挨。一天没有吃东西了。鱼干带在大人身上，而大人都死了。

陆地光秃秃的。植物几乎被焚光，动物更是绝无。就算有植物和动物，他们也因为不太明白那究竟是什么，而不敢随便乱吃。

他们精疲力竭走着，漫无目的。这段时间里，他们没有遇上陆生人或者怀特人。

有一阵，死亡的沉重一直隐隐压在小沪心头。这时，他多么想嗅一嗅渔船甲板上那浓郁的海盐气味啊。

跌跌撞撞往前走，转过一个山角，忽然看见几十米开外有一处人工建构。孩子们急忙躲在岩石后面。

偷偷看过去，见那是一顶白色帐篷，帆布做的篷面上印着怀特人的奇怪文字。帐篷里飘出一股香气。三人嗅嗅鼻子，眼睛冒出亮光。

“里面一定有吃的。”阿力说。

“可那儿有怀特人啊。”小沪说。

“就看你敢不敢了。我猜最多只有一个怀特人。”

“我可不敢。”小浦说。

“那就杀了你，先吃掉你。”阿力眼冒凶光。

“那，你说怎么办呢？”

“人都逼到这份上了，还能怎么办呢？陆生人能做到，我们也能做到。最多不过一死。我们这样下去，会饿死的。”

“那好吧，我们听你的。”小沪和小浦怯怯说。

阿力身上还有一支手枪。小沪和小浦则从地上拾起石头，紧攥在手里。三人朝着帐篷小心翼翼走去。一时间，小沪觉得像在做梦，腿肚子也开始抽搐。

好不容易才挨到帐篷边上，三个人停住。小沪听见阿力的牙床在咔嚓打架。这时，帆布门掀开，走出一个比小沪的个头高一倍以上的男人，裸露在衣服外面的脸部和肢体都是白白的。他一眼看到三个孩子，就像见了妖怪一样大叫起来。

阿力在惊慌中开了一枪，这么近，竟没有击中怀特人。那高大的家伙继续惊叫，笨拙地扑上来，一下就把阿力按倒了。阿力“哎哟”一声，枪也脱手。

两人在地上打滚。阿力渐渐不支。他绝望地朝小沪和小浦喊：“你们砸他呀！”

小沪和小浦把石头举过头顶，却不敢往下砸。这时，帐篷里又有动静。原来，不止一个怀特人。里面的人听见喧哗，似乎要冲出来。

小沪知道不能再等待，于是闭着眼，砸下石头。怀特人哼了一声，从阿力身上跌开。小浦的石头也砸了下去。

阿力敏捷地翻身站起，飞快拾起手枪，气急败坏地抵着怀特男人的太阳穴扣动扳机。喷出来的鲜血溅了阿力一脸。怀特人的血原来也是红的。

这时，帐篷门又掀开了，走出来一个金发少妇和一个七八岁的女孩，看着眼前的情形，都怔住了。女人立即明白了是怎么一回事，伏下身，抱着男人的尸体恸哭。那小女孩站在一边直抹眼泪。

看样子，是怀特人的一家三口啊。

三个男孩手足无措看着，不知如何是好。少妇和女孩只顾自己难过，像是忘记了杀人凶手就在身边。

忽然，小沪看到，阿力的眼神变得十分怪异起来。他的样子，活像那天登上“富海”号的海盗头目。小沪心头哆嗦一下。

阿力周身乱颤，他胡乱抹了一把脸上的鲜血，试探着朝前迈了两步，忽然伸出手，把怀特人妇女从男人尸体上拽开。女人挣扎两下，却没有摆脱阿力的控制。她不断地口中念念有词，仿佛是向阿力求饶。阿力只是狞笑，又用左手去解她的衣服。女人野兽般低低咆哮一声，扭头猛咬阿力的手臂，阿力痛得哇哇叫，右手挥舞枪柄，打在女人头上，把她击昏了。这时，旁边的女孩尖叫起来：“妈咪！”

阿力很快脱掉了女人和自己的衣裤。小沪想，咱们可不是海盗啊，却畏惧着不敢说话。

小沪和小浦眼睁睁看着阿力强暴怀特人妇女。女人比阿力还高出一头，小沪觉得，他们是如此的不般配。

很快，小浦的呼吸也变得急促，他的眼神也变得和阿力一样。他的目光慢慢转向站在一边哇哇大哭的小女孩。小沪在心里叫：“不要啊！”

## 十四、四时歌舞走儿童

三个人把男人、女人和孩子的尸体留在外面，自己钻进帐篷。但他们没有找到食物。在外面闻到的那股香气，是从一个玻璃瓶里冒出来的，那里面装的其实是船民们从未听说过的化妆品。

他们环顾帐篷内的布置。有三个睡袋和几个背包，还有一些衣物及日常用具。这个家庭似乎是出来游玩的。他们实在是太大意了。

阿力把一个背包倒空，里面散落出一堆吃光的塑料食品袋，还有地图、书籍和照片。照片拍的全是月球风光，这一家三口依偎一起，摆出各种好玩的姿势，大人和孩子甜甜笑着。

阿力伸出右手食指，用力对着照片指指点点，看样子是想说什么，却噎住说不出来。

小沪想，他们干吗一定要来地球呢？

孩子们实在饿坏了，便把那三具尸体拖进来，分分拆拆，支起一个锅，煮着吃了。

阿力一边吃，一边敲着勺子唱道："炎帝黄帝呀，率熊罴虎貅之军，吃人无数；殷纣王呀，杀死姬昌长子伯邑考，做成肉羹，送给姬昌吃……"

小沪觉得，人肉很是好吃，一点不比鱼肉的味道差啊。

所谓除了鱼肉，不再吃别的动物的肉，不过是在渔船那样的封闭环境中产生的天真想法吧。

"不应该杀死她们——我是说那两个女人。让她们给我们生孩子不也是可以的吗？"小浦像是忽然起了什么灵感，停下咀嚼，遗憾地说。这真不像十四岁孩子能说出的话。

他后悔似的，把口中人肉噗地吐出来。那没有嚼烂的肉块在地上使劲跳动，仿佛死者的鬼魂附在了上面。

“我们与怀特人的孩子？”小沪不解地问。

“不可思议！”阿力大笑，又接着吃。他香喷喷地吃完肉，又把汤喝了。然后他乐呵呵地大声吟唱：

“民国十八年大旱呀，舅舅锅里煮外甥，女人锅里煮女婿！”

小沪却陷入沉思。

晚上，他们钻进怀特人留下的睡袋，在帐篷中过夜。怀特人残留的体息带着大型哺乳动物特有的恶臭，弄得小沪好几次爬出去呕吐，但睡眠的总体质量却比在城市废墟中要好得多，甚至，比在船上还要好一些。他们没有感觉到丝毫风浪的摇撼，忘记了所有的危险，到后半夜，都睡得死沉死沉。

第二天一早，太阳照常升起。小船民的头上和肩上洒满碎叶似的金光，他们又一次震惊于陆地景观的雄浑。

现在，他们已占据了怀特人的一个帐篷，但这仅仅是后者无数的居住点中的一个。那么，今后，该怎么办呢？

他们站在山巅，朝着波涛起伏的陆地纵目望去。他们吃惊地发现，陆地似乎比海洋还要辽阔。但这时，他们已经不像刚登陆时那样害怕了。

生死决战，还是和平共处？这是孩子们面临的新问题。

小沪想起“凤江”号上那位老人的话。他说，渔民，是最强悍而无畏的人类。

开创陆地的新历史，说不定，就需要这样的人吧。

只要开了个头，其余的便好办了。

这时，小沪强烈感到需要女人。他的心底像日出一样，轰的一声涌现了赞颂天妃娘娘功德的古老诗句：

平生不厌混巫媪，已死犹能效国功。

万户牲醪无水旱，四时歌舞走儿童。

# 第五章　海下的山峦

## 一、阿玛与阿密

在已失去记录的那个年代，宏伟的高原重新沉没入海中。红色的洋面像一块大布舒展蠕动，谁也看不出其下竟埋葬着本星球的最高峰。

蛇颈龙成了这里的主人。它们群起出没，嬉水长歌。

高原人的后代也繁衍下来，是这陆地世界仅存的人们，分布在几个岛屿上居住。他们已人丁稀少，由早先的牧民演化为渔民。男人们承担起出海捕鱼的重任，而把女人留在家中。但他们的男孩，是要随船而行的。这是此间的习俗。

在这座叫作“昌都”的岛屿上，有一个小小的渔村，村里有一个孩子，名叫阿密，这年十二岁。他父母早亡，与姐姐阿玛同住，他亦是小船民中的一员。

一天半夜，阿密忽发高烧，昏迷不醒。这怪病来得沉重，次日，他不能随船出发了。

两天两夜，他都没有醒来。阿玛用了各种救治办法，也不能收到一点功效。这可急煞做姐姐的。

“听说，这种情况，是必须向神灵求祈的。”阿玛这样想。

她便背起阿密，出得家门，气喘吁吁走了许多道路，来到此间唯一的海神庙。

这虽是一座不大且简陋的庙宇，却有许多人访问，或祈祷妻子早生小孩，或祝愿丈夫平安归来。

海神是一个黝黑的中年人形象，用珊瑚、卵石和泥土塑成，戴着金色的鸡冠帽，神秘的微笑斜挂在嘴角，像是随时要抖落下来。

阿玛跪下祈祷，请求海神救弟弟一命。

她做完这些，转眼看弟弟，见他仍痛苦地闭着眼睛，便背着他走出庙门。

这时，她看见庙前的空地上围聚着人群。刚才还没有他们呢。她好奇地凑上去。

人们围着一个长相和打扮奇异的男人，听他兴奋地说个不停。

## 二、外星人

阿玛看见，这个人的脑袋整个罩在一顶球形的透明帽子里面，身着打鱼人从未见过的闪光连裤服，正讲得眉飞色舞。

阿玛慢慢听明白了，这是一个外星人！他的飞船经过地球附近时，发生机械故障，便临时降落在这里。等检修好后，他还是要离去的。

她以前没有见过外星人，不禁多看了几眼。她只听说很早以前，地球上的怀特人移民去了宇宙空间。现在满天的星星上面，都居住着怀特人的移民——此即外星人。但是，他们是极少回来的。

最为惊人的是外星人所讲的内容。他说，这一带本来屹立着地球上最高的山峰，后来地壳变动，才成了汪洋大海！

他还说，这里曾耸峙着宏伟的宫殿，居住着高贵的神王。庙宇不是现在这种样子，里面供奉着极乐世界的尊者，而不是海神。海神，算什么呀。

大家听得瞠目结舌，露出难以置信的神情。年轻人笑起来。老人直摇头。阿玛自然也表示怀疑。

她忧心弟弟的病情，正准备离去，却感到背上的人儿在动。侧头一看，见阿密竟清醒过来，活泼泼转动黑眼珠，出神打量外星人。

阿密似乎对外星人的话语特别感兴趣，全神贯注侧耳聆听。那奇异的宇航员也深深看了这孩子一眼。

看阿密的模样，病情似已有所好转。阿玛心中一喜，便背着他离开了，阿密却恋恋不舍地频频回头。

不久，弟弟果真痊愈了。阿玛把这归于求神的结果，却又感到有些离奇。外星人的一幕，是一个意外的插曲。

## 三、家在大海

此后，阿密却发生了很大变化。

他死活也不跟大人们出海。任姐姐劝说，任叔叔威胁，也哭喊着要待在陆上。

他看那海洋的目光中，竟夹杂着少年人不该有的复杂神情。这让人叹息。最后，人们无奈，只好把他留在家中。

孩子这才平静下来。从此，每天一大早，他便坐在海边发呆。直到姐姐叫他吃饭，才回到家。也不知他在想些什么。

“这样下去，这孩子要成废物的。”村里人不安地念叨。

阿玛很是着急，以为这是高烧的后遗症。但阿密虽不愿出海，思维却仍然敏捷，行为也并不笨拙，不像有病。

“或者，是因为那天听到外星人说了什么吗？”她忽然想到，一直便有传说，外星球的怀特人是会施行魔法的。

她问弟弟，是否听了外星人的话，才不想出海的。

阿密竟然使劲点起头来。姐姐惊讶看见，弟弟眼中一片晶莹。偶然路过的外星人，说了一番神神道道的话，居然使弟弟这样了，这并非好兆头。

“那不是我们能去思想的。”她说，“连大人们都不曾有人想过。你想这些，对自己没有好处。”

“我从没有见过山峰。山峰，是什么样子呢？”阿密仰着脸，看着了无一物的海天，茫然发问。

“我也没有见过。这跟我们的生活没有关系。所以，想也无益。弟弟，咱们回家罢。”

“我们的家在那里。”阿密指了指大海。

火红的大海正在阳光下极其缓慢地翻卷。海面光焰灿烂，映亮半个天空。蛇颈龙的歌声震耳欲聋。海平线虚实不定，似有若无。千万朵彩云从头顶上方飞流而过。目光所及，空无一人，看不见庞大的船队。男人们已远在天边。阿玛忽感孤立无援，觉得那海水真的深浅莫测。

忽然，大海幻化成一座座山峰，朝姐弟俩压下来。

姐姐很是害怕，急忙一把捉住弟弟的手，拉着他飞快跑回家中。

次日，她再次去到神庙，用心祈求海神，请他帮忙消除外星人施在弟弟身上的魔法。

但这一回却不再管用。阿密越来越沉湎于他的幻觉。

这天，他来到大海边，眺望水天之际，他面部的表情，如同往日一样惮畏，心里其实却很欢喜。他感受到自己与那水世界的神秘联系。

两头蛇颈龙游到岸边，好奇地朝孩子张望。阿密道：

“蛇颈龙啊，你能帮我的忙吗？”

蛇颈龙歪着头，静静看他。

“带我到深海中去吧，去看一看那山峰和神宫的样子！拜托了，只有你们能办到。我们人类的木船，仅仅可以航行在海洋的表面！”

蛇颈龙不言语，喷了一声鼻子，掉转头，呼啦一声潜入海中。

阿密虽然不再出海，但每次渔船回来，他都要细心检查网罟，看捞上了什么东西。

一次，果真在鱼虾堆中发现一样异物。

是一把银色小壶，长着一个玲珑小嘴，上面刻画着曲曲拐拐的文字。

又一次，捡出一个铜轮，一拨弄，竟骨碌碌转个不停。

其实，这些物件，渔民们也经常发现，但都认为是无用之物，随手又扔回海中。阿密却悉心搜集起来。

这天，他又来到岸边，等待渔船归来。

渔船尚无只帆片影，却看见蛇颈龙伏在海滩，似在等他。

蛇颈龙的身边，搁着一样水淋淋的东西。阿密走近，见是一把铜号。他拾起来，凑到嘴边，输送气息，铜号竟呜咽低鸣。

合着号声，蛇颈龙神情欢愉，婉转吟唱。

此后，蛇颈龙每次都要从深海叼回一些宝贝。

两年过去，阿密已搜集了不少海底的稀罕之物，包括奇形怪状的风铃，精致无比的钟铎，还有光泽依旧的念珠。

有一次，蛇颈龙叼回的是一块颇不寻常的黑色怪石，石面上似嵌有一双仿佛是人类的眼睛，被海水浸泡太久，已是黯然无色。

阿密对这石头尤为珍惜。

阿玛却越来越心惊，多次劝说阿密，要他把这些古怪玩意儿扔掉，最后却又拗不过这孩子。

“弟弟脑子有病了，真是可怜。让他自个儿找点乐子吧。”末了，她只能这么想。

还好，父母双亡的姐弟总是受着船队的接济，生活尚不成问题。

但以后呢？阿密长大成人之后呢？他总不能靠这些不能吃不能用的东西养活自己吧。姐姐陷入忧虑。

阿密却丝毫不为自己的未来着想，他只是期盼，星际间还会有怀特人回返。他要向他们亲口询问，那曾经存在的世界，到底是怎么一回事。

一夜一夜，他怅望海洋上空密匝如林的繁星。只有那远在天涯的人们，才知道高原人真实的过去。

但自从那外星人偶然降临之后，却再没有人来。

地球，是被遗忘的角落。小小的阿密，感受到被抛弃的自卑，他的父辈们却浑然不觉。

## 四、阿密之死

又过了一年。阿密十五岁了。

姐姐终于要出嫁了，临行前，放心不下弟弟，含泪对他说：

“弟弟，跟我走吧。我说好了，你到新家去住。他们也可怜你，愿意接纳你。”

阿密把头摇得拨浪鼓似的。他倔强地把头扭向大海。

阿玛的未婚夫也来劝说。他深爱阿密的姐姐，也便心疼这个异样的孩子。

“跟你姐去吧，看你，又不能自理。”

阿密只是固执摇头。

百般劝说无奈，大人也有些烦了，最后，姐姐只好说：“那么，你要学会照顾好自己。我会常回来看你的。”

阿玛抹着眼泪走了，到另一个岛上去生活。

而她也履行自己的诺言，很快就回来了，带来许多吃穿用品，但眼前的情形使她大吃一惊。旧屋里的家具大都被弟弟扔了出去，那些来自深海的物件，原来凌乱堆在角落，现在全部整齐摆放在最显眼的位置。阿密已把家改造成一间陈列室。

“姐姐，我还需要一些架子，有格子的那种，这样，我就可以为它们分门别类了！”

阿密神采飞扬地嚷嚷。

阿玛心里一阵难受和感动，便点头答应了弟弟的请求，回去后，真的做了一些架子送过来。阿密高兴坏了。

“姐姐，物品越来越多，这一个屋子不够用，能不能再搭建几间呀？”

阿玛闻言，可怜弟弟，回去跟自家男人一说，善良的他一口答应。夫妇俩雇请了一些人来施工。阿玛不明白，自己怎会这样纵容弟弟的妄想。

难道，她也不知不觉中了那外星球来的怀特人的魔法？

新屋建成了。可以摆放更多的东西。阿密每天更是忙个不停。

阿玛每次回来探望弟弟，都会发现新的情况。最大的变化，是阿密用卵石和沙土建造了许多精致的模型。

他兴奋指着它们，一一向姐姐介绍："这是神山，这是神宫，这是神水流经的渠道！山脚是村庄和城市，人们种植作物和饲养动物，而不捕鱼。"

阿玛吃惊不小，也为弟弟感到骄傲，因为那些东西的确做得惟妙惟肖，甚至堪称巧夺天工。

阿密说，所有作品都源出他的想象。有的则是梦到的。他的梦很离奇。

他梦见人死后，变成鱼，鱼又变成蛇颈龙，蛇颈龙变成什么呢？再变回人。如此，世间的一切，便这样永恒轮回，完成自我的救赎。

他还梦到，很多人排队来参观他搜集的物品。他便卖起门票，以此收入养活自己。这说得连姐姐也笑了。

但实际上，没有人来。人们要忙着打鱼。唯一的观众，便是姐姐。但阿密已很满足。

有一天，天气预报说有飓风。人们都早早撤往安全地带。只有阿密痴痴端坐房中，神情镇定。

姐姐听到消息，着急地朝弟弟的住处赶来。不料飓风提前到达。她虽然心急火燎，却被阻在另外的岛上。

等风势小下去，已是两天后的事情。

阿玛终于赶到“昌都”，她看到的是，弟弟的居所，他的陈列室，已夷为平地。

“阿密！你在哪里？！”她哭喊着寻找。但是没有回音。

大海疲惫地喘息，无数的泡沫人眼般明灭不定。蛇颈龙一头都不见了。

阿玛声嘶力竭的声音在赤浪滔天的海面翻飞。

## 五、海下的山峦

过了一年，天空中出现密密麻麻的飞船，连太阳的光线也被完全遮蔽，白昼犹如黑夜。

居住在外星球的怀特人蜂拥而至，前来考察人类最伟大的发源地。

大规模、高科技的水下考古开始实施。怀特人发掘出无以尽数的文物古迹，并真的发现，海底竟有一座极高的山峰，一片宽广的高原。暴露出的事实，使整个宇宙震惊！

随后，一个又一个研究中心设立，一条又一条旅游线路开辟。

高原人放弃打鱼，从事起利润丰厚的旅游业。他们依靠外星人，或者，他们自己的远古遗产，一夜间发了财。

人们在庙宇中废弃海神，转而竖起怀特人的偶像。高原人说，是外星来的天神，拯救了这个无望的世界。

在海边，也建立了庞大的博物馆，陈列文物，以及遗址的复原模型，竟与阿密梦境中的如出一辙。

但没有谁想起那个痴痴的孩子，直到有一天，海边飞来石一般出现了一座他的塑像，亦不知是用什么材料建的。

“这是谁呀？”外星人和高原人都惊疑发问。

每天，夕阳西下时，便有一个女人，来到塑像前，默默祈祷，任海风吹拂她黑黑的长发。明月升起，她仍不走，这时，几千头蛇颈龙齐聚岸边，引吭高歌，如诉如泣。

但是，有一天，塑像却奇怪地消失了。

有人看见，在那个风和日丽的下午，它从基座处忽然断裂，竟自动移行，一寸寸滑到岸边，最后歪歪斜斜依靠自身的重力，一头栽入海中。

这真是一件神异之事！

那个女人，从此再也见不着了。

红色的洋面像一块大布舒展蠕动。巨大的山峦，就在这浩渺的水体下起伏。

# 我们的未来

# 第一章　天下之水

## 一、孤独的水路行者

天下之多者，水也。

——生长于北方的郦道元，一天发出了这样的感喟。

在他生活的那个时代，较之今天，北方要水草丰盈得多。然而，人类真正了解到水之浩大，还是在郦氏死去一千多年后的事情。精确的科学考察表明，以海洋为主体的水域占据了地球表面积的百分之七十一——恰好与人体中水分含量的比例一致。

那么，由此推之，世界本身，是否便是一种有机体呢？这却是一件需要长久考察和求证的有趣事情。

不管怎么说，对于以陆地为大本营的中国，能够在那时便说出“天下之多者，水也”的人，大概是凤毛麟角吧。

然而，《水经注》中，对于海洋，却又是很少提及的。举凡遇到海一类的主题，注文基本就戛然而止。间或提到，也是一笔带过，比如“西南至安市入海”“浙江又东注入海”之类。

这大约是因为，海在当时已被视为世界的边缘。

郦道元所处的南北朝，是一个战火连绵、国土分裂的时代。但他笔下的水流，包括河湖溪瀑井泉等，却在大地上无拘倾注奔涌，突破了交战各方人为划定的分界。

在破碎的山河上，郦道元使用统一的西汉王朝版图来描绘他的水世界，这连郦道元自己也不知道是为了什么。有时，他只是隐约觉得，他不过是在借此挽救某种东西，而这种挽救，最终恐怕又是一种徒劳。

但就算是徒劳吧，又要行知其不可为而为之的事情。这样做，就算是尽到男人的本分了吗？

因此，他十分希望能够弄清楚人这一生的意义，因为他深知自己对于水的执着，已是一个不可能被常人猜透的谜团。他了解那么多的水，而对自己的心灵呢？

身为尚书郎，在陪同北魏孝文帝巡游时，每当途中歇息，郦道元便偷偷躲到一旁，慢慢捋起自己的衣袖，久久凝视铜黄色手臂上铁青色脉搏的清晰贲张，这时，内心就会泛涌起亲昵的冲动。

他也曾路见无数死于兵乱的普通人，看到他们密织翻卷于皮肤之外的蛛网般血管，那里跳跃着尚未完全气绝似的怦怦脉象，并沸腾着从此再也不能起到营养作用的体液。大地上的水，与人体中的水，比例到底有没有不同呢？它们能否达成无隙交合？此时，他困惑了。

但刚愎自用的帝王是不会这样去认识世界的，那些枕戈待旦的将军们，以及忙于宫廷倾轧的大臣们，也同样不能。郦道元便成了水路上孤独的行者。

就是在这样的时刻，他忽然有一天梦到了红色的水。

他初以为是无处不在的鲜血流成的河——这每每使他尝试拼绘完整而纯正的水图的努力化为乌有。但即刻他发现不是。

那耀目的色彩，几乎丧失了水的本相，而如同霞云或雷电，只君临了一刹那，却使他大叫醒来，痴疑长坐。

星光如水一样源源流下，注入他宽大而柔和的衣领，凉飕飕顺着坚直的脊柱往下淌。

他醒后便回忆到，那红色之水的背景，是无边无际的暗色物质，在厚重无声蠕动，使人感到压抑憋闷。

但是，这便是对水的真实回忆吗？——世上大概是无这样的水的，因此，或者，梦是对尚未纳入郦道元视野的某种水的预示？

几天来，他都反复梦到这个场景。红色的水势越来越浩大，直到有一天，天下的水，都变成了红色。

看上去，像是在用一种水统驭万种水啊。

梦中之水，便成了一种意淫。

这时，郦道元忽然产生了去黄河孟门瀑布看看的冲动。他以为，大概只有那里的崩浪万寻、悬流千丈，才能一鼓荡平心中似不该有的疑虑，也可满足那久蓄的亢奋与饥渴。

但就在前去的路途上，他认识到了自己更隐秘的意识，那是在担心，红色的水是首先从那里发源出来的吧。但是，为什么是这样的担心呢？为什么是黄河孟门呢？黄色并非红色的补色。

不管怎么说，内心充满对红色水流的迷恋与恐惧，郦道元来到孟门。这大约是孝文帝太和二十一年（西历四百九十七年）的事情，郦道元三十二岁。

## 二、“堪影”

在孟门，郦道元很失望，他并没有看到预想中的红色瀑布。但黄河之水修行魔女般乱发飞舞的景致，又似乎暗示着各式水之存在的可能，其中也包括郦道元尚不知道的水。

这时，郦道元心灵有所感应，忽然回头，见距孟门瀑布百米开外有片青郁竹林，却是怪异之事。在他的知识体系中，应该是往南一些的地方才有这种植物吧。那么，这大概是一种品质殊异的竹了。

秀气的青竹与狂暴的黄河，形成强烈的映衬关系。

这一片清湍如水的翠色，不禁惹得郦道元满心喜悦，遂缘竹而去。竹林中曲径通幽，光影叠乱，巉岩参差。不一时，竟听到潺潺水声，没有黄河的粗犷暴烈，却像是小女子轻歌低吟。郦道元愈发欢欣。

水声时大时小，忽远忽近，似是一条洁净小溪，在漆黑光滑的山石岩壁间一路跑跳。郦道元干脆安下心来，亦步亦趋与它捉起迷藏。时左时右，忽前忽后，其乐无穷。

忽然水声大作，分明已到近前。然而缓步前往，水声又小了下去。刹那间眼前一亮，并无溪流奔行，却是人脸般大小的一泓水潭，其色竟是赭红的！四面修竹环绕，风息云止，却见水面涨落不定，如有大鱼在其下翻腾鼓噪。

疑惑之间，又见竹影摇曳之中隐现一座草庐，柴扉虚掩。推门而入，见一老人酣睡于竹席上。此时，外间水声又骤然大作。

郦道元垂手竦立。不久，卧睡之人醒来，见有客临，延坐奉茶。细观此人，眉坠于肩，手长过膝。郦道元知是隐士，肃然起敬。

茶水却碧绿清冽，不见一丝红色。由此可知不是那潭中之水所沏。

此时，门外水声又哗然一片。

郦道元道：“我观之，此处并无鲜活水源，外间不过一潭死水尔，本该静谧无声，缘何流沫山腾，作此巨鸣？”

老者正色道：“客人有所不知，此非凡水，乃是一方生灵。”

郦道元大惊。老者复引客至潭边。

却见那水，已趋安静，发出喃喃细声，似与老者轻语。郦道元击掌称奇。

“此等怪物，其质与水无异，其形随物化成，唤作‘堪影’。”老者道。

“如何却栖身于此？”

“三年前一个晦夜，孟门雷雨交集。清晨，寒舍前便多了此潭红水。我始不觉有异，后渐知其非凡水。”

老者说罢，又轻唤数声，那水又作翻腾状，而水声竟可变化，如雄狮、健男；又如妇人、幼蝉。郦道元试作声呼之，水却置之不理，又似有嗔羞状，若闺中少女初见陌生男人。

郦道元语告老者，自己近来夜夜梦见红色之水，于是不辞远道前来访察。老者不禁叹喟。

郦道元复观此水，见其通体透明，不含杂质，清洁澄深，漏石分沙，又仿佛有漆胶的质感。他恍若置身梦中。伸手略试水面，竟被一股少妇肌肤般的温润所袭，手继续往里走，却黏黏陷住，急拔而出。水哧然一声，亦似作笑。

两人回到室中。老者称，日久已能辨知水声，如此便常与堪影交谈，了解到其传奇身世。

堪影告诉老者，它已忘记自己所来何朝何代，甚至，亦不知是来自过去或未来。

它只记得，祖上是与人类无异的生物，生活在陆地上。后来发生了世界大战，陆地生态体系悉遭毁灭，全族才将自身改造为适宜水生的形态，下到水中避难。

最初，仍接近于人类模样，但在千万年中几经演化，终于抛弃旧有的形体，把生命寄寓于水——世界即我，我即世界，以为如此便会永生。

然而，某一天，新的灾难不期而至，其族不得不离开水世界，迁徙向一个陌生空间。

可是，不幸的事情发生了，不知是哪个环节出了差错，却在路途中阴差阳错被抛遗到这个世界，未能抵达其目的地。

“它曾经寄生并又与之相融的水世界到底在哪里呢？”郦道元道。

“那便是海洋啊。”

“那么，是整个海洋的大迁徙了！”郦道元看着小小水潭，怔住了。

“是的，海洋即是堪影，堪影即是海洋。”老者黯然说，“它救赎自己的努力，终于是失败了。”

郦道元对海洋所知不多，此时却万丈心潮轰然涨落。他无法想象那浩渺大海，与这浅薄水潭，竟是同一物。而海之蓝色，又是何时化作红色的呢？——如堪影所说，到底是在过去，还是在未来？他深深糊涂了。可以肯定的却是，海洋眼下仍在远处一无所知地起伏，如同郦道元从未踏足南方，海洋又何曾来到此地了呢？

“它是多么可怜的生灵啊。在这里，还能生存多久呢？”

“恐怕，时日不多了吧。”

“如果把它重新置于一处活水中呢？”说这话时，郦道元眼前出现了孟门的黄河大水，正鼓足劲头向它自己也不曾见过的大海奔流。回想自己前半生与水打交道的经历，郦道元是多么希望能够救助堪影啊。

“那样的话，这生命会迅速扩散，成为新的海洋。这是它化育自己的方式。天下的水将成为红色。它即是一，一即是众。”老者微微蹙眉。

“那么……”

“那么，我们的世界将成为水的世界，而这个世界上便不再有我们习称的水了。”

闻此言，郦道元不知说什么好。

是夜，郦道元宿于隐者的茅屋。三更时分，他醒来，听见外面传来呜咽之声。难以想象，有一种生命，有一个世界，竟由水来结构而成。他不禁思忖，当初，那异类是否不小心自己毁了自己呢？

呜咽声越来越大。堪影在哭泣吗？

或者，它在呼唤同类——天下之水？但郦道元深知，那些水却是没有灵魂的。

他不禁对此水曾筹谋转移的目的地产生好奇。它在哪里呢？所谓海洋之外的新的逃逸空间，恐怕是不好想象的。

大概是习以为常了，那老者却没有被水声吵醒，鼾声大作，不知做着什么梦。郦道元心烦意乱，披衣走出茅屋。

黑暗的世界里弥漫着恐怖的氛围，这是连夜行的妖怪都不敢出门的时刻。夜色至浓处，天庭上有一处暗红的星云狰狞。这遥远太空中的神秘花环，从来没有如此地低垂迫近，直若要坠落头顶。郦道元觉得它像是一摊溅开的血渍。他全身一震。在那后面，幽暗浮动着一种他从来没有认真想过的东西。他难以形容是什么，而它也的确超越了他生而为人的感悟力。没有比这更让人绝望的事情了。

堪影的呜咽更加悲戚。水面虎虎跃起，形成一根三尺高的柱头，似要与那不可名状的世界亲近，但相距却实在太过遥远。最后，水柱垂头丧气放弃了努力，落下来卧伏不动。

郦道元感到，说是空间吧，却分明是空间以外的存在，拥有超越一切的力量和简单至极的结构，看不到也摸不着，乃至想象力也给幽禁了。它是水呢？还是非水？这种别扭至极的体验，第一次侵入他早已定型的人生，导引出变化的可能。他想，面对这样的无以用言语表述的存在，水也好，人也好，又怎么能够如此容易地救赎自己呢？

一种刻骨铭心的无由之痛，使他欲放声大哭。此时，却感到水潭如一只眼睛在惊讶而怯怯注视。他便羞惭地控制住自己的感情。

然而，对于海洋来说，超越空间的“空间”，究竟意味着什么？而身为一团水流的生灵，又是如何发现这奇妙的存在的呢？如果它真的去到了那里，又将以什么样的形态生存下去？恐怕，就不再是水了。

世间之一切，本是无固有形态的。

此时，郦道元忽然意识到此水与自己的关系，内心不禁涌出一阵极大恐惧。他感到自己的思想和形体已快化作一注清水。

他僵然伫立，束手无策，直到霞光来临，一切才噩梦般成了过去。

而那水却不动弹了，红色中透射出一层灰翳。他慌张地用手拨弄，感到它正在凝结、冰冷、塌陷。

“死了。”他一惊，转头看茅舍，见它也在一片灰色的迷雾中慢慢隐遁。

他扑过去，双手推那扇就要退行入虚无的寡薄竹门，却触了一个空。这无底的空直扑入郦道元的胸怀，使他感到锥心剧痛。他看到面前除了一堆青色山石，什么都不是。

回首望去，天空中颤动着一个陌生的银色圆点，伸手难及，在浮肿苍白的太阳附近，局促地明灭一下，便消失了。

刹那间，他感到了许多个世界的存在。而他所在的这一个，不一定便是最真实的。

过了很久，郦道元恹恹离去。他看到黄河仍在奔涌，才松了一口气。但那水流却与他的心灵发生了强烈共振。

## 三、无路可逃

返回洛阳，郦道元把这一段经历，写入了《水经注》。

此后，他更加勤奋而认真地记录世上各种水的情况，为它们留档备案，仿佛是担心它们有朝一日会悉数遁去。

但直到很久以后，他都不愿去到海边。对海的记载，也颇为潦草，后世的研究者说，这不符合他严谨的学者个性。

孝昌三年（西历五百二十七年），雍州刺史萧宝夤的反状暴露，朝廷命郦道元为关右大使，深入险境与叛将谈判。这道授命其实是郦道元的政敌们设计的阴谋，欲借叛将之手置他于死地。

对此，郦道元是非常清楚的，但他仍慨然而去，心中想着的是那一潭曾经阅尽沧桑却终究无路可逃的红水。

连水也无路可逃之处，那究竟是一种什么样的境地呢？

水啊，你这形成世界的关键元素，你这无坚不摧的至柔之物，竟也走入了这样的结局，这大约便是“天下之多”更深的一层含意吧。地理学家此时的心情，已是无法用言语来形容。

结果，郦道元终于在阴盘驿亭（今陕西临潼附近）蒙难。他的血液从尸身上泉涌而出，渗入泥土，汇入万千条水流，最后去到了他不曾涉足的大海。

仿佛是生克关系中的命定，在不久后洛阳的一场兵火中，《水经注》的数卷文献竟不幸被烧掉。后世的人们不知道郦道元究竟还曾记录了什么。

现在，人们只能从幸存下来的残文中，读到郦道元关于孟门瀑布的描述。遗书一般，他仅用一百三十一字，便将其水流冲交、素气云浮之景观，作成千古绝唱，使后人扼腕叹息。

孟门瀑布，即今壶口瀑布。据考证，其位置距当年郦道元造访之地，已北移了五千余公尺。

西元第三个千年到来前的最后一个春夏之交，壶口瀑布浑黄的水流忽然变得碧绿澄清。据在黄河岸边生活了大半辈子的人讲，这种情形，还是第一次见到。而水流今后还将变为什么颜色，却没有一个人说得上来。但壶口瀑布将在百年后消失的消息，却是由此间最权威的新闻机构发布的。

# 第二章　武夷梦

## 一、幼溪草庐

明万历十一年（西历一五八三年），兵部右侍郎佥都御史陈省辞官入武夷，在五曲云窝大兴土木，“极亭台之胜”，构筑“幼溪草庐”。

陈省，嘉靖己未年（西历一五五九年）进士，字孔震，福建长乐人。曾为御史，弹劾不避权贵。有一年世宗欲南巡，命工部张守直、太监袁享等往督工，并随心所欲摹画出宫殿草图，要其建筑，计费甚巨，国不堪此重负，而大臣们都无法阻止。后来由于陈省上书力谏陈述利害，世宗才打消此念。陈省因而有“一言回天”之誉。

万历十一年，宰相张居正殁，因继承者与居正不合，而陈省又为居正所重用者，陈遂归道武夷。这本是中国官场之常情。

陈省入武夷后，选中九曲溪畔的云窝，建筑隐居之所，因自号幼溪，故名“幼溪草庐”，一意以闲赋诗酒为乐事。

云窝为武夷山风光最为集萃之地。此地尚有朱熹所建著名的紫阳书院。为表达对朱子的仰慕之情，也为弘扬理学，陈省出资赞助，将衰颓的紫阳书院修葺一新，颇得四方学士文人称誉。

政治上失势的陈省，至此方感到慰藉，以为即便偏居乡野一隅，也有机会挽救中落的道统。

## 二、奇异的访客

自修建幼溪草庐之后，陈省亦常在云窝一处石洞中构室读书，研修《易经》。他将此石洞命名为“研易台”。从此处，可见九曲溪蜿蜒流下，万壑千岩，朝云暮雨，为朱熹当年泛舟并吟诵棹歌之处。

九曲溪汇入了哪条江河呢？陈省不知。但它最终要归于大海是无疑的。

陈省在研易台，也时常见竹筏在深涧中出没。他诧异，此地竟有竹筏联翩如此。但初时，陈省并没有多加在意。

后来看到，竹筏上整齐坐着奇装异服之人，每舟六至八位，皆身着古怪的红色马夹。俄顷，又烟云一样逸去远方。陈省以为是仙人。

竹筏流逝之后，碧绿清澄的九曲溪，竟暗暗泛出与那马夹同色的涡流，看久了便若鲜血。陈省暗自心惊。

一日，陈省来到溪边，忽见一人徘徊不止，也穿红色马夹。询问之下，竟是乘坐竹筏之人，上岸后迷了路，而竹筏已然离去。

陈省和迷途者均对对方的着装和言语感到好奇。

此时，陌生人身后的溪水，已是一派红光笼罩，说不清是血光之灾，抑或吉瑞之象。

迷路的士子说，他是前来寻找朱熹的世界的。

“人们来到武夷，皆为游山玩水，除了我，就没有谁来寻访朱子遗址。可见人心之不古，世道之堕落。”

游山玩水？

人心不古，世道堕落？

没有人寻访朱子遗址？

陈省闻言，十分讶异，于是带他前去紫阳书院。此时，他对自己充满信心。

## 三、危险的外部世界

一路上，客人对陈省说，他是从京城来武夷的，他要出来透透气。

“你感到憋闷？”陈省诧道。

“是的。那海底深渊一样的世界，把我憋坏了！”

“京城，是像海底深渊么？”

“难道不是吗？已经无法呼吸！”

“阁下这身衣服颇为奇异。”

“这是救生衣。”

“救生？世上发生了何种灾厄？”

陈省离开京城多年，长期在武夷幽居，对外界事情一无所知。

“是啊，你问得好，世上发生了何种灾厄……这可不能随便说呀。谁也不愿穿这个，但只能这样了。没有谁能保护你，得自己想办法逃生呢。连这个也要争抢呢。吱，吱，警报响起来！救命，救命！”

客人深陷绝望地说着，脸上布满九重地狱般的荫翳。

他补充道，最近发生了海难，船沉了，一次死掉许多人。可得小心啊。

多么不安全的世界啊。陈省心忖，幸亏我及时归隐了武夷。他不禁对来客产生了深深的同情。他想，好在，这人也脱险了。

虽然是与海为邻的福建人，但海洋的究竟，是陈省不十分了解的。而海难那样的事情，其凶险的状况，到底又是如何呢？

由于客人提到了海，陈省感到莫名困惑。世界似在变化。但好在，紫阳书院已经顺利重建了。

这时，又有一队竹筏从身边悠然漂过。水面再一次漾出层层红浪。

“这红色的水究竟是怎么回事呢？”陈省自语，又若向来人询问。

“是绿色的呀。”

“但我看上去，明明是红色的。”

“污染吗？不会，不会……那是城里才有的。长满铁锈的水，流淌污血的水，不能饮用的水。这里可是武夷呀，联合国教科文组织冠名的双遗产地！你有眼疾了吧？”

对客人的话，陈省似懂非懂。他平生第一次感到知识不够用，只好心虚地讪讪说：

“肯定是你这样的人带来的。我猜想你来自一个红色的世界。”

“你是说火星？不……这太荒唐了！火星的运河，怎么能够渡过空间而救济地球呢？噢，你是说那场大洪水么？是世纪末的事了。死了许多人，没有诺亚方舟……但现在我们正处于缺水期。”客人直勾勾看着陈省，紧张而抱歉地说。

“导游啊，他们说你是虚拟的，但我觉得你跟真人一模一样！”他加了一句，终于哇的一声哭了。

## 四、紫阳书院

话不投机，二人一路再无语，来到紫阳书院，却见仅余两排残垣断壁。

陈省大惊，因为，紫阳书院的确是最近才经他之手修复的。

其缘由，亦是一位士子的来访。这位客人游云窝后又谒紫阳书院，在壁间题诗云：

> 紫阳书院对清波，硬壁残碑半女萝。
> 颇爱隔邻亭榭胜，画栏朱拱是云窝。

陈省见之而笑道：“是其启我乎？”遂下定决心重建紫阳书院。

但似乎一夜之间，这精舍再度倾圮了，所有努力付诸东流。废墟间蒿草丛生，长得有一人多高，而后面的隐屏峰兀自青翠葱茏。

高空的风云都已停息，潜行的时间也趋于凝固。

陈省欲哭无泪。

来客终于见到朝思暮想的朱子故居，挂满眼泪的脸上露出笑容。他驻足观赏，感慨着拍下照片。他手中闪闪发光的怪异金属器物，以及他魔术师般的不寻常举止，却再也引不起陈省的兴趣。

而他的火红马夹，在灰白的遗址前，从形状到色调都刺目不堪，破坏了世界固有的平衡与和谐。

“逝者如斯，这才是我梦中的良辰美景啊。”来客像是终于得到满足。这真是不可理喻的心智。陈省不禁滋生了微微的厌恶之心。

至此，他才绝望感应到，武夷之外的世界大概真的已经崩溃了。

这时，却又有一股逆反的情绪升腾而出，陈省脑海中浮起另一个念头。他冲动地想告诉客人，不，失去的尚可追回，只要机会来了，紫阳书院还能再次重建。

但是，重建者还会是他陈省么？

想着客人刚才奇怪地呼他为“导游”，陈省一下对自己的身份和能力发生了疑虑。

## 五、皓首穷经也无奈

送别客人，陈省回到研易台，久久注视迷幻的九曲溪，见溪水又恢复了碧绿澄清，才放下心来。

是世界真的变了吗？还是我看世界的眼光变了呢？他想。

这一切，自以为生活在中世纪的陈省是永远无法厘清的。

他只是因为一些奇怪的人们闯入他平静的生活，而有一些不悦。

他们的话语和做派，与这个世界格格不入，但，或者，可不可以说，是他们改变了这个本无变化的世界呢？

这青山绿水之间，红色，在过去的亿万年中都不是主色调。

因此，也许要接受现实了。

心态也要慢慢调整过来——虽然很难，但一定要去做。

名为研易台的山洞，夹于两石之间，茂树蓊翳，微风从洞中涌出，气流凛冽，六月无暑。背有巨石如屏，石傍有罅，累登而上，陈省接以木梯。石顶架小阁，深一丈五尺，广狭如石。后设门，前为槛。一共十三年时间，陈省便在这里研读《易经》。

有访客对陈省说："在如此幽静的地方，蓁莽崎岖，混混冥冥，凿石架木，上下纵横，先生在这里相阴度阳，玩辞明占，观日月出入、云物往来，看鱼鸟上下、溪流消长，醉咏啸歌，动止不居，看来已经得到易的精华了！"

在遭遇穿红马夹的陌生人后，陈省对这样的结论坚决否认。

皓首穷经只是多样选择中的一种。从历史的角度来看，陈省也仅仅是一个不自知的演员。他的所作所为，就像九曲溪上无家可归的缕缕白云一样，随时会被高谷深涧中的无常风吹散。

远在京城的皇帝，以及陈省的政敌们，是不可能知道这些的了。

## 六、武夷梦

又一日，陈省下得研易台，信步来到紫阳书院处。却见仁智堂、隐求室、止宿寮、观善斋、寒栖馆、晚对亭等一应俱全，实为华堂巨构，又哪里是残垣断壁！

果然，有人在不知不觉中重建了紫阳书院！

舍外平冈长阜，苍藤茂木，按衍迤靡，胶葛蒙翳，使人心目旷然以舒，窈然以深。

陈省以为自己是在梦中。

缓缓转到门口，却见青青草地上躺有一具尸首，身着红马夹，遍体水淋淋，肿胀不堪，面容腐烂。正是那天上岸的迷途者。

他又一次大惊失色。

他忆起那人曾提到海难与洪水。可怜，他原来并没有逃脱啊。连救生衣也救他不得。

但他与紫阳书院究竟有什么关系呢?

身后又有响动。陈省紧张地转头看去，见又是一行行竹筏溯溪而上，上面整齐端坐的，是一具具微笑的赤衣死尸。

大概，真的是来自海洋吧。这些人可是海难中的不幸者么?

但海洋可是红色的么?

陈省这才意识到，他与那些不速之客，是两个世界的人。但他们在这个节点上遭遇了。

陈省需要用一生来思考这一切，思考世界的本质。

抱着这种理念，他又回到研易台。

红色也好，绿色也罢;活人也好，死人也罢，权且由它们去吧。

把这些，当作一场梦罢。

在随后的梦中，他见到朱熹，并觉察出理学大师的不安。朱熹忧虑地告诉陈省，他的后代子孙，已经极度衰微。

陈省在梦中思忖，可能，朱熹本人就是一个梦中梦。

而九曲溪，是死鬼朱熹手拎的一根红色勾命索。

# 第三章　郑和的隐士们

## 一、决定

宣德五年，三宝太监郑和再次统领舟师前往西域，金陵人林观作为舍人，是随行者中的一员。船队从江苏太仓出发，由东海而入南海，经爪哇、古里、柯枝等番国，到达忽鲁谟斯及阿丹国，又循大洋西去，停靠木骨都束，最后直抵卜剌哇。此即今谓东非之地域。

的确是距离大明帝国相当遥远的地方了，并且很可能便是此行的终点。十五世纪的这般远航，至此已让人感喟。林观看到，他乡风物迥异中土，人民习俗另有讲究。当地王侯们对大明使臣的到来皆感恩不尽，争相向三宝太监进献花福鹿、狮子、千里骆驼和驼鸡，这些或可以称作沉沙栖陆之伟宝、藏山隐海的灵物。

中国水手在此间盘桓一月有余，与当地人相处甚洽，日久却也不免心中泛起思乡情意。彼邦国王当即表明，愿遣王男、王叔或王弟，齐奉金叶表文随船队到中国朝贡。

然而，三宝太监郑和却一反常态，迟迟不下达返程的命令。

连日来，每天清晨，林观都看见郑和伫立于宝船船头，面向霞光如炬的正南方向，流露出若有所思的奇妙神情。这种情况，是以前没有过的。林观不免暗自心惊。

这已是郑和第七次下西洋。三宝太监年逾花甲，华发丛生，早年间红白鲜嫩、清秀动人的婴儿脸庞，已被刀子般的海风吹得支离零乱、黑不溜秋。林观忽然觉得，该不会有什么不寻常的事情将要发生吧。

郑和这么沉思了三天，便把副使王景弘、李兴及都指挥朱真、王衡等召集起来，开了一个会。林观作为舍人，负责了会议记录。

在这个会上，林观清楚记得，郑和说了一句话："我已做出决定，船队将继续向南航行。"

在这远离中国本土的地方，三宝太监说这句话时，仿佛很兴奋，又仿佛很艰难。

向南航行，向人们从不知晓的世界航行！这确是出人意料的决定。命令很快通过旗语下达各船。虽然百分之九十的人都渴望早日返乡，却没有谁敢面对郑和说个不字。一切从大局出发，在迅速补充淡水和食物之后，由阴阳师金碧峰择定吉日，庞大的舟师便浩荡开拔了。

## 二、新世界

记得启碇之日是一个大好晴天，林观站在船头看见，二百一十二艘各型船舶帆樯如林，遮天蔽日，齐齐出港的盛大场面足可以感天地泣鬼神。

仔细记叙下来是这样的：船队呈首雁形，数十艘战船走在最前列，各长十八丈，宽六丈八尺，五桅，抗浪性能良好，速度极快，可以迅速编队作战；马船紧随其后，也有数十艘，各长三十七丈，宽十五丈，满载军需物资，供士兵乘坐，并载不少马匹，以备发生战事时组织起骑兵；马船后面是一溜粮船和水船，如鸟翅斜曳，途中所需各种补给都装于其上；而后又是十几艘大型战船，称作坐船，各长二十四丈，宽九丈八尺，团团护卫着郑和的帅字号宝船；作为旗舰的宝船长四十四丈，宽十八丈，是其时太阳系中最庞大的运输工具；再后面又是六十余艘其余宝船；大队的宝船后面，又有几十艘战船和马船护航。船队首尾几十里，星座一般布满水面，又如同巍峨的海上长城。

惊闻讯息的卜剌哇国王率领王后王妃紧急赶到海滩，含泪送别。眼前这气壮山河的一幕，想必将使他们铭记终身。五百年后，非洲沿袭了与中国的友好传统，此是后话。同样的是，行船之恢宏，也在林观等天涯游子的心中，激荡起对大明帝国的无限自豪与挚爱之情。

继续往南航行，船队便进入陌生的水域。海洋忽然呈现出前所未有的景象，船队真的来到一个簇新的世界。只见鲸波接天，浩渺无涯；或烟雾溟蒙，或风浪崔嵬。海洋之状，变态无时，而船队雪帆高张，昼夜星驰，涉彼狂澜，若履通衢。

海洋难道不是跟宇宙一样的吗？有时，看着波涛起伏而深邃莫测的大洋，林观脑海中不禁泛涌起这样的思绪。由此进一步产生的联想是，海底又是何样的奥妙世界？如果有一天人也能像鱼儿一般下到海底去生活，不知又该是什么样的情形！这种想法，最后连林观自己都忍不住好笑起来——海底当然是无法下去的，除非是仙人。脱离现实的观念未免让人感到害怕。

却见洋面渐显宽阔，直至无际，与天空完全粘连在一起，铺展出整个宇宙的略图。太阳飞快划着弧线，流星不断坠入海中。若有磁场摄动，或遇重力陷阱，船速好像也慢下来。灰色的时间和褐色的空间保持着生死情人般的默契，尤其是时间，仿佛已经在空间的宠爱下停止流逝。但它并没有死。它力挺着一种玄妙的活。这里面隐藏着或可称作绝对的东西。

绝对啊，林观想。大明江山，也当如此罢，它必将永固不易。这正是贯穿三宝太监七下西洋的主题。

林观本人出身金陵富家，从小走的是读书做官的正路子，他在家乡，以前仅见过江河湖泊、港汊沟渠，偶然有机会随郑和出海，才知道竟有这么广大而异状的世界存在，不禁暗自心惊。他也才真正明白了，为什么人们一定会说，中国居于天下的中心。

然而，现时的船队却在郑和的一道命令之下，一程程驶向世界的边缘。这使得林观有时也心怀忐忑。

船队的目的地到底在哪里呢？再往南走，是凶还是福？大明帝国的神圣光环，真的能够耀及天涯海角吗？以前不变的东西今后会否变掉？这是林观心头偶尔泛起的疑问。每当这样的疑问出现，他便迅速把它们打消。

随着航线延伸，渐渐连夜空也不甚熟悉起来，传统的牵星过洋术无法有效实施。而新海区的里程、方位、风云、气候、潮汐、海流、水道、沙线、沉礁、泥底、石底、水深、水浅方面的重要数据均不见载于海道针经。好在，船员中有世界上最优秀的阴阳师金碧峰，他不断作法以避险情，所以，除了两艘二八橹触礁沉没，大船队平安无事。

充满危险的难挨黑夜一旦过去，小鸟展翅般的清晨便准时来临。

樱桃一样的红日涌出沸涨不堪的宝石蓝海面，影影绰绰的船队出没于箭头般攒射的亿万道金光之中，这时，人们重新感到心胸开阔，对盛世明君发出由衷赞叹。林观再复踏实下来，伫立船头，高声吟哦：

维江之渎，维忠之族。

用殄鲸鲵，誓清海屋。

旌旗蔽空，舳舻相逐。

烁彼精忠，所在我福。

忽然，却感到脊背仿佛浇上一注冷水。林观回头，见身材魁梧的郑和从舰楼上探出卵石般的青色头颅，浮在半空中漠然久久注视他。三宝太监那陌生人一般的忧郁神情，使林观仿佛白日见鬼，打了一个寒噤。

## 三、拐点

越往南行，便逐渐感到气温升高。海水几近沸腾，炙热的太阳把皮肤烧烤得卷曲起来，随后便一把把脱落，露出其下鲑鱼一样的猩红脂肪。坏血病开始袭击水手。医士忙着把随船携带的中草药取出，配好后煎汤给大家饮服。但船上已然出现死者。

林观又一次感到焦虑厌倦。探索新世界的艰难是他不曾料到的。船队在大海中显得更为孤独。但慢慢地，天气又凉爽下来。季节似在发生变化。不知不觉，三个月过去。

一日，林观看到船队右侧出现一处巨大的岬脚，仿佛一颗星球忽然从星系的某条旋臂上叛逃而出。海岸到这里便不再往南延伸，而是向西拐了一个弯，再朝北回转过去。

这种情况还是第一次遇到。这时林观忽然产生一种感觉，就是船队似乎终于来到世界的尽头，预感中要发生的事情即将实际发生。这么想时，两万七千名水手齐齐一声呐喊，犹如在海天之际扯响几百个巨雷，天空顿然煞白不堪，像张死人的脸，四面八方先是跳神般排开巨浪，而后滚出状若蛟龙的苍色大雾。十几米外的邻船，立时看不见。各船只好用击鼓来联系，但鼓点密集响了一阵便委顿下去，听起来气若游丝。

宝船上的人们异常恐惧，担心船队被另一世界的罡风吹散。这时，最好的水手都丧失了航行的可靠感觉，连金碧峰大师也目瞪口呆。

面对天文地理上的突兀转折，作为帝国象征的庞大船队踌躇不前，似乎就要瞬间覆灭。副使们担心地对郑和说："是否还要继续前行？"林观听见，众人的声音已近于失真。

往常，遇上这样的险情，三宝太监总会笑道：海上风波，此乃常事。不经历风浪，哪能见陆地？没有帝国舟师闯不过去的险阻！但这回，他只是幽幽说了一句：

"海上本没有路，走的人多了，也便成了路。"

是的，就是这几句话，林观当时正站在郑和身边，所以绝对没有听错。他记得郑和这么说时，脸上呈现出罕有的痛苦表情。郑和就像是一个深陷牢狱的叛逆思想家。

林观把这几句话做了完整记录，写入航行日记。至今林观都觉得这不像是三宝太监的惯常言语。不过，他不好意思把这异样的想法告诉别人。他只是又回忆起那天早上郑和寒冷的而不似他本人的目光。

某种虫蚀般的畸变在不知不觉中出现了，林观不安地想。但这种变化将扩大到什么范围呢？

归根结底，郑和究竟在做一次什么样的航行，而船队到底又航行到了什么地方呢？它是否正在脱离帝国的控制？

面对仿佛已经不是海面的海面，林观突发奇想：这大概真的是三宝太监的一次思想之旅啊，或者说，是三宝太监在他的思想中旅行。脑海中的波涛，竟是何等汹涌！每一个想法的激荡，都化作一片虚空。这纯粹由思维所营造出来的彼岸，目前还杳无影踪。

此时，林观真想化作一只飞虫，钻进郑和那火蛇腾飞的蜂巢大脑里去！

这是他第一次对七下西洋的真实性产生怀疑。但别人心中是否也有同样的疑问，他却并不知情。

就在这时，传来了郑和坚定的声音："点灯！"

主桅上挂起一盏日晷般的红色灯笼，刹那间挑破浓雾。随后，各船也照样施行。一时间，林观看到，前后左右浮动起无数亮点，船队直若在群星之间航行！水手们齐声大喝，船儿振奋如陆上骏马，首尾相连昂首奋进，闪电般绕过风浪大作的岬脚。回头望去，洋面竟玻璃一样透明清晰，海空了无一物，千里风光在望，却哪里有狂涛和浓雾。

郑和从舱室探出头，脸色像害了一场大病。他眺望那渐渐远去的岬脚，喃喃自语：

"好望角。"

"好望角？"副使李兴诧道。

"是的，好望角。"郑和目不转睛，一直看着那岬脚消逝。

一个闻所未闻的名字。但大家沉默一会儿，都用吟唱昆曲般的长声同声吆喝：

“好望角！”

“它就叫好望角。”

“不错，好望角。”

“我们过了好望角。”

这大约就是世界的拐点啊，林观想。

这时他吃惊看见，郑和眼中泪花一转。他似乎不愿被人注目，连忙掉转头去，回到船舱中。

## 四、秘密使命

若有神助，船队驶过惊涛骇浪的好望角。新的旅程这才真正展开。

在过了好望角的当晚，郑和下令休整。查点表明，仅有两艘粮船和一艘马船在经过好望角时失踪。船队在距岸不远处落篷下锚，水手们举行了盛大狂欢。大家摆酒设宴，沿途各国贡奉上船的女人都分配给了男人。这是难得的销魂时刻。

狂欢持续到下半夜，才逐渐散去。

然而，帅字号船上的正使府中却灯火通明，当官的都没有休息。

林观清楚记得，就是在这个闪耀着异域红星的夜里，和风轻送，郑和再次召开高层会议。

其时，困乏的船儿卧泊在幽静的水里，一尊尊如同沉睡的巨鲸。旧世界的风暴远匿，耳畔只有孩童絮语般的涛声。

三宝太监向大家述说了一个惊人秘密。林观做记录的手，不禁频频抖动。

郑和说："你们还记不记得第一次下西洋时那个深夜造访的阿刺必人？"

大家一懔，均沉浸在往事回忆中。那是二十八年前即永乐三年发生在满剌加的事情。郑和提及的那个阿刺必人，在一天深夜忽然现身于海，在纱影般的月光下，他朦胧着身形，驾一叶独木扁舟，自称与三宝太监祖上有亲，要求谒见郑和。

郑和本名马三保，实非汉族之裔，原是穆罕默德三十六世孙，其二十一世祖布哈剌国王所非尔，于宋神宗熙宁三年庚戌抵京，封本部总管，后加封宁彝国公。此后这个回族人的家族就留在中国，传宗接代，繁衍生息。

马三保出生于洪武四年，家在云南大山中，远离大海，但其父和祖父曾远渡重洋去到祖先的故土朝圣。他出生时，元朝已土崩瓦解。他十岁时，明朝皇帝朱元璋决定向云南发起进攻。六万人死于这场战争。被俘的男孩遭到阉割，被送至京城当宦官。马三保则被派到皇帝跟一名妃子生的年轻皇子燕王朱棣那里当差。从十五岁起，他追随朱棣征战。二十岁时，当年的宦官已成将军。他因战功而被朱棣赐姓郑。

后来燕王做了皇帝。明成祖对郑和十分信任，任命他为内宫监太监，授予大权，又把下西洋的重任交给他来执行。

就是这样一个西域回族人的后代，如今代表中国，统驭世界上最大的一支舰队，展开环球航行，这本身堪称传奇。

因此，传令兵不敢怠慢，连忙禀报。郑和即刻召见了那人。

他是一个大胡子阿刺必人。郑和与他叙谈一夜，所言内容，当时不曾透露。那人一早便悄悄离开了。事过很久，大家都淡忘了这个神秘人物。

直到此时，三宝太监才向随行众人披露内中详情。他说：“他名叫马赛义，确是我们家族的远亲。洪武十三年，其父经商到达南京，皇帝邀他到宫中住了三月，盛情款待。老人家回国后念念不忘大明君恩，去世前嘱咐儿子，一定要予以报答。那天晚上，马赛义是按照死者的遗嘱，前来向我禀报一件事关国运的机密。”

此时，郑和的声调已压得甚低，他的脸膛在烛光下阴阳不定，忽尔显现难以卒睹的老态，转瞬又变为婴孩般的天真，使诡异无比的感觉在大家心头来回滚涌。林观想，变化毕竟来到了。

郑和说，马赛义的父亲曾遇到一个西方奇人，自号也速，称能预言未来。也速说，某一天，东方将出现一片红色海洋。其时，一支来自神秘世界的舰队将抵达中华帝国，该舰队是那么的强大有力，连大明王朝的威武舟师也不能阻挡它们。当那天来临时，五千年的伟大文明必将倾圮。

林观身子一晃，手中的笔差点掉下来。他听见郑和说：

“马赛义明确说，事件的发生，或在四百年后，或就在明日。”三宝太监面色凝重，“至于为什么会出现红色海洋？来客没有解释。但据我推测，那当是血光之灾的喻示。不管你们怎样想，我认为，他所言不虚。”

马赛义紧接着告诉郑和，此难只有一个解法，那就是必须去西方寻找一位隐士。这位隐士，将在中国发生事变时，率领一支勤王军前来力挽狂澜。

“不管你们相信与否，中国的未来，当系于西洋。”三宝太监神情微妙，“这便成了我反复劝说皇帝继续派遣使者远涉重洋前往诸番的真实原因。”

听了郑和的话，大家默然不语。难以想象，当郑和舰队远在海外时，国内会发生一场翻天覆地之变，江山社稷，竟会顷刻幻灭！神秘世界的舰队，难道竟真能战胜大明帝国的无敌舟师？而七下西洋的目的，竟与以前了解的，有那么大的不同！一直以来，人们认为，三宝太监之旅是为了向世界展示皇帝之威仪，宣教化于海外诸番国，导以礼仪，变其夷习，然后顺便寻找一下或许逃亡海外的建文帝。现在才终于明白，却是要救帝国于危难。能够预言未来的奇人也速，他的真实身份又是什么？他为什么会透露这样一件事呢？

做记录的手抖得更加厉害，林观只好搁下毛笔，努力让自己镇静一些。他怯然觑视郑和，竟感受到一种魔法般的滑稽。四周的涛声暧昧起来，未来开始变得不确定。

“那么，我们此番南行，便是去寻找那位隐士的？”李兴面无表情问。

“是的。前几次实际上也是，只是因为担心引起不必要的议论，我暂时没有向诸位通报。然而，我们至今没有找到他，大概是航行得不够远的缘故吧。我已年迈，时不我待，这大概是我最后一次下西洋了。所以，是把一切向大家说明的时候了。我们必须航行到更辽远的海域。”

“那么，那位隐士有什么特点呢？”王景弘皱眉问。

“跟我们一样，也是一位向海而生之人！”

见大家疑虑尚存，三宝太监从柜中取出一个白玉盒子，将它缓缓打开，从中捧出一个婴儿脑袋大小的圆球。

## 五、神奇海图

“这乃是回族人马赛义赠予我的。这本是那西方异人也速留给他父亲的信物。你们看一看便可知道，世上的确存有神机，因此，预言也不敢不信。”郑和郑重其事说。

大家凑上去看，便被那东西慑住。圆球漆黑而不透亮，从表面什么也看不出来。但郑和用手轻轻一触，它便倏然通体放光，球面上透彻显示出清晰的海陆布局。原来，竟是一幅画在球体上的海图！之前，中国人还没有见过任何一种地图是以三维方式呈现的。乍看上去，它与郑和船队长期使用的纸质平面海图并无大的不同，但细看之下，却知很有差异。

首先，绘图方式就完全两样，此图描绘的陆地与海洋，形状要具体得多，就连一些最小的细节，也绘得一清二楚，而不像国内习见的海图只是画个粗略轮廓。船队经过的那些国家，图上也一一标出，但不少国名的叫法，却与大家习惯的不同，特别是在离开卜剌哇向南航行之后，地名就更为怪异，有的名称，大家连发音都不会。这图绘在这么一个球体上，颇不寻常，摸上去如陶瓷，又比陶瓷轻薄，像是某种不知名的金属，莹白又宛如水晶，手掌抚于其上，感觉到球体似在微微颤动，如有虫蚁循球胆内壁爬行，球囊中仿佛藏有机芯。这东西一看便知不是这个世界之物。

更奇异的还在以下一点。海图上明白无误显示了船队已然航行过的地方，然而，尚未去到之处竟是一片空白。这样的空白处，主要集中在海图的西半球，占据全图二分之一左右的地域。隐士便藏身于此吗？这海图还显示出，至少就目前来看，中国并不居于世界的中心！

图上最后的一个地标，便是船队刚刚经过的“好望角”。的确，在图上，看到了这个用既非小篆亦非行书写出的地名。总之，海图给人的感觉，是一个远未完成的作品，它尚处于不断的绘制之中，只是，是谁在做这件工作呢？另外，从海图上可以清楚看到，离开卜剌哇后，船队一直在沿着一个叫作“阿非利加”的大陆之东岸南行，现在，折返来到该大陆的西面，正在向北前进。好望角，的确是转折的要点。

“一路上，我仔细观察了这图的生成。像这好望角，图面上昨天还没有，但是，随着我们航线的延伸，竟自动在球体上显示出来。否则，我哪知好望角的名字？好像虚空中有一只看不见的手在描画。这事闻所未闻，正应了一句话：地图使过去和未来显形。”郑和说着莫名其妙的话，眉头一忽儿皱拢，一忽儿松开，仿佛来到人生抉择的重大关头。

海图竟然显示了如此广大的未知地域，这才真正让人兴奋而害怕。林观想，也许，正是这个原因，才促使三宝太监做出决断，无论前途是多么的不确定，也要将航行进行到底吧？等大功告成，隐士浮出，海图就将全然尽显，那时，中国终究还将居于世界中心。

林观宁愿相信，包括寻找隐士，这才是航行所要求证的唯一事情。

自然地，任何一种地图本身都不会成长和发展，这是人所共知的常理。因此，对于这种随现实演进并会自动发出荧光的三维怪图，习惯了二维世界的大明水手均感阴风惨惨，毛骨悚然，并不认为是神助，而觉得与妖术有关，却又不敢当着郑和说破。就林观而言，一时间，他还难以搞清这样一种关系：世界是因图而存在，还是正好相反。他第一次去思考一种可能：船队七下西洋，原本受着平行世界中神秘力量的支使，而与皇帝的圣旨以及郑和的意志统统无关。这种想法把他吓了一跳。

这一夜，看过海图的人都没有睡好觉。

然而，到了次日，奇怪的是，大部分人却恢复了神清气爽，像在睡梦中被置换了一副脑子和身躯。

历史已翻过一页。

船队有了新的使命。不再是向沿途的土人赠送几匹绸缎几两白银，不再是捎带几个亲王回国朝贡，也不再是捕获几头珍稀动物让皇帝看个开心。航行有了更重要的目的。经过一夜辗转反侧，大家只能接受现实。林观想，这究竟是缘于中国人惯于服从的禀性，还是变化造成的必然结果呢？

此时船队昂扬驶向北方。天高云淡，风平浪静，然而，阿非利加大陆却荒凉晦暗，阴森莫测，环形山群涌而出，一如地外星球景色。岸势时而高峻，时而平缓，怪树飞峙，异兽盘踞。绿色瀑布当空飞泻，黑色云彩接地奔驰。土质虽极肥沃，却无开垦痕迹。

在如此蛮荒之地，哪里又有期待中的勤王者呢？

整个舰队，笼罩在郁闷气氛中。

直到这时，林观才意识到，郑和要下定远航的决心，是多么的不容易！

## 六、奇人异事

就这样，船队向北日夜兼程，水手们盼望早一天到达勤王者的乐土。又经过一段时间的孤寂航行，一天，终于见到人迹。忽然现身的人们，驾驭着状若滑犁的独木舟，春耕一般在水田似的洋面自由穿行。

居然，这里也有人类啊！

难道，这便是预言中的向海而生之人吗？林观心中充满期待。

远远看见，这些异域之人与在阿非利加东岸所见一样，也生得一团漆黑，形体高大，孔武有力，除了武器和船只太差劲以外，却有了几分隐士的气象。

郑和知道，他们是布莱克人，却与卜剌哇等国的同种人不同，看上去肌肉更加发达，爆发力更强。他便不敢怠慢，派出战船，包抄过去。然而，布莱克人却灵巧逃脱，并海燕一般向陆岸疾驰。远道而来的大明水手紧逐不舍，这时看到岸上骤然冒出更多人，见了黄皮肤黑眼睛的中国人，便吹响叶笛，在沙滩上站成高粱般的一队。

朱真指挥使把船只分成五路纵队，在不同地点强行登陆，包围了他们。这时，中国人发现，这里的布莱克人并不想战斗，只是害羞地注视远方来客。这些人一丝不挂，使文明的中国人感到难堪。言语不通，土著们只是友好微笑着，把手上和脖子上戴的贝制饰物——看上去像是他们最珍贵的财富——赠予登陆者。

然后，他们兴奋地引领中国人到一个地方。那里耸立着几十尊两三人高的石像，齐齐面朝大海，若有所盼，若有所思。布莱克人比画着大声嚷嚷，指指中国人，又指指石像，最后一齐跪下，冲大明水手膜拜，好像这些黄种人是外太空来的神使。

大家急忙仔细观察那石像，发现其形象与布莱克人颇有不同，难道，这便是神秘世界的隐士？不知怎么搞的，倒有些像中国人，其中一位老者，竟仿佛与郑和是从一个模子里浇出来的。

就在大家暗暗惊诧之际，忽然听见一个军士大叫一声，半截身子消失在空中，而整个人像被一只看不见的手抓去，很快隐没了。这时布莱克人的脸上纷纷露出诡笑。大明水手们心下害怕，发一声喊，撒腿便跑，撤回大船。船队立即启航，驶离这个闹鬼的地域。郑和听了汇报，一言不发。

仅仅是闹鬼吗？如果是的话，则此地的鬼似也与中国的不同。

《山海经》的真实性有待进一步考证。

大家努力忘掉这桩异事。船队继续北行。不久，又发现船只。是一艘漂浮的小船，上面像是有人。渐渐近了，才看清楚，船头伫立的，是一个死去的年轻女人。不，不是站着，而是被一根尖木钉在船上，木杆固定于甲板，从女人肛门插入，穿过肚腹，从口中刺出。死人面目狰狞，显然死前受了极大痛苦。看那人的模样，竟是中国人！

前方发生了什么事呢？

郑和要求保持一级戒备。船队在惊疑中继续开进。不久，便发现一行三十六艘的大型楼船，在洋面上威风八面巡游，气势汹汹阻挡了郑和船队的航路。一路上，还没有见过这样大型的船只，这样的肆意妄为，这样的不讲道理，不禁令人想到，这或许正是不可一世的勤王之师？正思忖着，却见打头那艘大船上火光闪闪，雷声隆隆，竟冲大明船队连发数炮。猝不及防，一艘马船被打中，燃起火苗。

敌人竟也使用火药！朱真指挥使急忙组织还击。经过一场激烈海战，终于击溃对手，俘获其首领。郑和方面也有五艘战舰丧失续航能力。这是前所未有的损失。

很快便搞清楚了，遭遇的是一群海盗。而这盗贼的首领，竟是广东番禺人陈永。他是怎么来到如此遥远的海域的？他怎么能够组织起这样庞大的舰队？他凭靠什么在阿非利加大陆西海岸的新世界生活？

这些大大超出郑和料想。三宝太监说，向未知世界行，但是，这边却早早有了中国人，盘踞在异域海区，经营庞杂而全新的事业。这究竟是怎么一回事?

郑和对被活捉的海盗头目陈永说:“以前我也遇到过海盗，都是乌合之众，没见过像你这样嚣张的。”

那家伙头缠一条醒目的红布，不服气地别转头，像守望自己的家园一样，笑嘻嘻眯缝眼睛，去看蔚蓝色的大海。那水势的确与中国的近海不同。

郑和又说:“盗亦有道。说实话，你们是不是那未来的勤王人?”

陈永嗤道:“你想错啦。我们恨死了大明，才逃得如此之远的。”

“大明对你们怎么啦?”

“大明对我们怎么啦?难道你不知道么，四海已全是逃难而出的中国人，都像我一样，成了大明的叛逆者。你所维系的江山，离垮掉没有多少时间啦。”

郑和眉心一跳，想到三十年前发生的那场全国剧变，想到下落不明的建文帝，想到成祖刀下的血流成河。但郑和毕竟是郑和，他不动声色说:“就你所知，海外有多少中国人?”

陈永说了一个数目，令众人大吃一惊，因为全国的户籍数加在一起，还没有这么多。

海盗说的这种情况，林观以前并不知道。

他想，难道，在中国之外，还有另一个中国?哪个中国，才居于世界中心?多么让人羞耻啊，多么让人愤怒啊，这怎能允许!热血冲进林观的脑子，他恨不得把海盗撕个粉碎。但总之有一点是清楚的:国内正歌舞升平，海外却危机四伏。远在深宫中的皇帝，对此一无所知。或许，这正证明了郑和七下西洋、前往西方寻找隐士的必要性。

三宝太监下令把海盗统统砍头。头砍下来，一个个还狂喷血沫，便被抛进海里，水手们就像要急着扔掉某种烫手之物。一串串人头在波涛间起伏，比演木偶戏还要灵动逼真。鲨鱼的尖鳍已在不远处起伏。忽然，一个浪头打来，海盗头目陈永的三角形脑袋，唰地跃入半空，牛眼般的双目哗啦圆睁开来，光焰炯炯直射几丈外的宝船。郑和面色骤变，疾速往边上闪身避开，两个水手却被这目光霎地击中，像被勾命索套住，骇人大叫一声，身不由己从甲板跌入水中。

郑和紧紧闭上眼睛。

过了半天，三宝太监才缓缓对大家说："财富取之于海，危险亦来自于海。陈永刚才说的话，你们看到的事，回国后不许传述。"

海盗留下一块叫作"尸魋"的黑色石头。郑和把它收进舱中。

恐慌好不容易才平息下来。由金碧峰主持，众水手面对天妃娘娘做了一番祷告，船队又继续北行。

不久，驶入一片赤红的海域，却不是海盗鲜血染成。众人不约而同想到那个关于红色海洋的预言。就在这时，船上的左撇子水手，忽然觉得手不听使唤了，亟须改用右手；而惯使右手的人，一下子觉得左手更好用。让人害怕的事情还有：许多人说，感到心脏似乎在右胸腔里跳动！在这样的恐怖气氛中，船队驶了一天一夜，才驶出这片红色的不祥之海，大家的身体才恢复正常。然而，却有几十人害了疯病，称在睡梦中被带入一个赤潮弥漫的广场，在那里被臂戴红色袖标的神灵开胸剖腹！

## 七、三桅船和番人

以上便是郑和船队在寻找隐士途中遭遇的奇人异事，其详情可见林观的航海记录。对于自己记下的，究竟是真实，还是梦境，林观时常也难以判定。他只是认识到，在陌生的大洋上，水手们与闻所未闻的异端狭路相逢，已是无法逃匿和躲避。如果仅仅待在太平盛世的国内，又怎能知晓外部世界竟如此凶险呢？所以虽然艰难困苦，却也形成极其重要的人生体验，历史的财富也便在这样的过程中逐渐累积。

不觉间，一年过去，仍没有找到期盼中的隐士。在这节骨眼上，三宝太监病倒了。他发起高烧，不吃不喝，状况使人忧虑。

林观揣度，这看似身体的疾患，实则与精神压力有关。七下西洋积聚的焦虑一下集中爆发出来。是的，没有人知道，郑和究竟承受了多大心理负荷，长期也没有人替他分担。这么多年，人们看到的，只是他威风凛然、光彩夺目的一面，眼见的是一个沐尽皇恩、恪尽职守的航海英雄。船队来到时，沿途所有国家都向他膜拜进贡，因为知道他代表着世界上最强盛的帝国。但在远离大明王朝的海域，他实际上是那么的无助而孤独。许多事情都可以猖狂侵袭和褫夺他，就连在他去世之后，他还要蒙受后代子孙的批评：这人为什么不去发现新大陆呢？林观不禁发自内心同情着三宝太监。

船队减慢航速。寻找勤王者的目标似乎变得遥遥无期，而船队可能遭遇的危险，却近在咫尺。副使王景弘于是提出，为了三宝太监的身体健康和船队的安全，应考虑返航。这个提议得到许多人的支持。两万七千名水手已经精疲力竭，思家之情也愈发浓重。除了朝廷栋梁之臣，普通人谁能真的顾虑国家会否在明天倾覆呢？

“如果当初在卜剌哇便打回头，就不会遇到那些可怕的事情了。说到底，隐士只跟皇帝有关，与我们又有什么牵扯呢？我们原本不过是种田打鱼人，换了谁当皇帝也不过还是种田打鱼。”这是不少人的真实想法。

这时，只有那来历不明的奇怪海图仍在不懈地自行添加内容。一个岛屿也好，一段海岸也罢，昨天还没有，今天就出现了，在船队中制造出悬念，形成对郑和信念的支撑。这球体像是一个生命，一天天成长，变得丰满，而随之消逝的，却是两万七千人的生命。随着时间被空间置换，不少人已视这球体为妖邪异物。它主宰航行的欲望，分明比水手们返乡的意愿更加强烈。因为它是放置在郑和舱室中的，许多人便想，三宝太监大概是被它控制了吧？

又一次，王景弘当面向郑和提出返航的请求。郑和沉默不语。王景弘劝说：“我国三十年前既已完成统一，最近又实现了宏伟的迁都，难道就一定要在海外寻找隐士吗？江山是妥妥的，谁敢颠覆？就算有人图谋不轨，也必定难以得逞。因为，在国内，也有着许多英雄人物哩，只是他们每每从大家眼皮下走过，却不能被认出。”

郑和才缓缓发言：“你说的正是实情。在国内，我们不可能认出他们。在那种环境下啊——你是知道的，他们注定一生只能做木匠、泥瓦工和柴夫。大难来时，他们或更愿加入叛逆。所以，才要去海外寻找。”

王景弘愣住，无话可说。

船队继续北上。一天，忽然传来战船的报告，说前方发现新的岛屿。听到这个消息，郑和生生从病榻上支起身子，大呼要亲眼去看视。人们手忙脚乱扶他来到上甲板。这里有四层楼高。视茫茫，发苍苍，伫立在十丈鹅黄帅旗下，三宝太监手搭凉棚远远望去，却什么也没有看清。他枯木般迎风站了半天，两眼却射出近来少有的灼灼亮光。一会儿后，他佝偻着回到舱室，查看海图，见球面上正显示出“马德拉群岛”的文字和图形。

“不过是几个破岛。”王景弘有些气急败坏。

郑和摇摇头，身体电击般颤抖，眼光已然明亮得犹如氢火。他屏住呼吸说：“我们已经进入怀特人的领域。”

这时，海图配合三宝太监的眼神，猛烈闪烁一下，仿佛照遍整个世界。王景弘“咦”地怪叫一声。

传来的消息是：先遣船在马德拉群岛附近，发现了一支奇异船队。那船队不大，共由九艘组成，是一种前所未见的三桅船，大小仅有郑和宝船的十分之一，却行驶自如，显示出驾船者技艺高超、经验丰富。船的型制工艺看上去虽然落后，却是真真切切的实用海船。

郑和来了精神，下令加速追赶。厌倦的众水手也难得地兴奋起来。十八艘马船和战船很快截住了那些三桅船。

三桅船大概是第一次遭遇强敌，一时有些阵脚不稳，却不惊惶逃逸，也没开炮抗击。这样的临危不惧，使大明使者也深感佩服。不一会儿，朱真便率马船靠了帮，很快，把一群俘虏带回宝船。

林观惊讶看到，这是一些长相奇特的番人，但与阿刺必人或者卜剌哇人有所不同，也绝非自称“另一个中国”的海盗。蓝眼珠，白皮肤，高鼻子，有些可笑；头戴褐色平顶帽，足蹬乌黑长统靴，简直是一群滑稽小丑。他们见了中国人，却不卑躬屈膝，也不傲慢无礼，倒好像是拥有几分自尊，面部的谲怪表情似乎在说：我们也是向海而生之人。

迥异于中国的太阳这时从云缝中钻出身子，西方的海浪在四周闪耀奇形金光。看着这些番邦陌生人，郑和脸上绽出孩子般的无邪笑容。

这是许久以来，林观第一次看到他如此高兴。

林观想，难道，这些人就是预言中的隐士勤王者么？但怎么如此猥琐。

番人中一位船长模样的人对郑和说，他们是葡萄牙人，属于怀特人的一支，其国号即为葡萄牙，马德拉群岛是其属地，而国家的本土，在附近的名叫欧罗巴的大陆上。葡国有一位尊贵的亲王，他前些日子做了一个怪梦，梦中有神人告诉他，不久后有东方舰队莅临，带来福运。亲王醒后便派人在群岛上建立基地，恭迎远道而来的使者。

“你说什么？他知道我们到来？”郑和几乎跳起来。

“是的。葡萄牙国的亲王，正在望眼欲穿等待你们。”

“奇迹终于出现了！”郑和一声尖叫，扬手把一个青瓷茶杯扔进海中，“那么，请立即带我们去见他吧。”

在经过漫长的海上航行后，郑和终于做出登陆的决定。林观想，这是不是他一生中最重大的一个决定呢？他觉得，三宝太监等不及了。

这时，郑和已转身返回舱中查看海图去了。

看着他佝偻的背影，林观的双眼不禁潮湿。

## 八、发现欧洲

海图上的最新显示，证实葡萄牙人所言不虚。三宝太监命令三桅船在前方引路，大明帝国的宝船队紧随其后，乘风破浪向那叫作欧罗巴的新大陆挺进。又航行三天，便在一处平整的海滩靠岸。

此地名叫萨格里什，仅是一个荒僻渔村，而非料想中城堡巍峨的勤王军基地。众人有些失望。

没有想到的却是，三宝太监庞大船队的到来，在村子中引起轰动，一时番歌动地，鸟语震天，男女老少均奔往腾跃，齐齐拥上海滩，啧啧有声观看“上帝派来的从未见过的巨大活动房屋”。

看上去，村民比较贫困，大概连温饱线还没有过吧，却个个兴高采烈。林观不禁想到，这就是所谓的幸福感哪，它与财富并无太大关系。这令他反思中国的现实。不过，五千年文明毕竟不同，伟大只有通过比较才能彰显。真个是洗天兵于海峤，张万里之神威。帝国怎么可能被颠覆呢？他不禁淌下热泪。

郑和派出一支千人先遣队，由朱真率领，纪律严明地上了岸。大明将士受到空前热烈的欢迎。官兵们的服饰、兵器、肤色乃至走路的姿势都受到村民交口称赞。大家在岸上总共待了两个时辰，朱真找到了村民的头儿，把他带回宝船，引领到郑和面前。

这是一个神色腼腆但浑身肮脏的年轻人，穿着一件仿佛十几年未换的粗毛长衣，脸像打生下来就没有洗过，但眉宇间颇有些英姿，总之，倒真有几分隐士的模样。他目不转睛瞧着中国人，只顾着微笑。郑和认真打量他，半天没有言语。

“我知道变化终归要来，这一切早在我的预见之中。”这异邦人喃喃说，不时好奇地瞥一眼宝船甲板上雄赳赳的大铜炮、碗口铳和铁嘴火鹞。

“这，便是我们的亨利亲王。”衣衫褴褛的葡萄牙水手麻雀般叽叽喳喳指着那年轻人说。

听完通事的翻译，郑和向前倾倾身子，和蔼可亲地向隐士模样的年轻人问道：

“你叫什么名字？”

“亨利，亨利亲王。”

“那便是你的船队么？”郑和指了指侏儒般可怜地挤在宝船之间的葡萄牙舢板。

“让你见笑了，是的。”

“据说你在睡梦中预知了我们的到来？”

“不好意思，正是。”

这时，林观看见三宝太监的眼睛有些湿润，脸上的几块老年斑也熠熠生辉起来。他不禁为他担心，而王景弘的表情也显露出同样的忧虑。林观看到，葡萄牙人的三桅船夹在大明帝国的巨艟之间，可笑地小猪一样摇摆，像马上就要散架。而那些尚未开化的葡萄牙渔民，歪歪斜斜站在海滩上，露出傻乎乎、脏兮兮的笑容，口水一挂挂往下淌。不敢想象怀特人就是这种样子。难道，这就是未来的勤王者吗？林观一时有些怀疑，在伟大理想和急迫心情的双重压力下，在长途的海上颠沛后，在重病未愈时，郑和的大脑中是否产生了病理幻觉？

郑和急切问那自称亨利亲王的人：“你知道我们一直在寻找你们吗？”

年轻的藩王眨眨绿眼，说：“怎么不知道呢？最近以来，我老做一个相同内容的怪梦。我梦见一支来自东方的舰队，前来拯救我那可怜的国家。哦，总算盼来了。”

“你的国家究竟遇到了什么困难？你可以尽管向我说。我是全权代表大明皇帝的。”

郑和显露出悲天悯人的神情。他没有向对方提起，大明帝国其实也面临严重危机，而这正是他七下西洋的动机。看来，他并没有糊涂啊。林观才稍松一口气。

“是这样的，船长大人，如你所知，这个渔村唤作萨格里什。一天，一位自称上帝的神人忽然通过梦境向我发出喻示，命令我放弃葡京王宫中的舒适生活，来这里研究海洋学。上帝的原话是，东方的神秘舰队不久就要驶来，要把最先进的文明向西方传播。上帝说，亨利呀，你要去寻找那向南的新航路，前去迎接他们。这与我的愿望不谋而合。其实，我从小就希望了解加那利群岛和博哈多尔角南面的情况，与可能居住在那里的基督教徒们进行贸易，查清穆罕默德统治的范围，寻找一位基督教国王帮助我反对异教徒，传播神的信仰……然后找到几内亚。可是，在这个愚昧落后的国家，没有人理解我的想法。大家认为，根本不存在我说的那些人和事，不存在新航路，更不存在东方大陆，因为，葡萄牙便是世界的中心！王宫里的那些人认为航海探险毫无意义，不会有任何收益。寻找新世界是一件荒谬绝顶的事情！我是知其不可为而为之啊。但如果你再不到达，我可能也坚持不了多久了。”亨利亲王仰望郑和，泪花闪烁。

“可怜的亲王，伟大的好奇心，知其不可为而为之，说得多好呀。”三宝太监的热泪终于掉下来。他说：“我们拥有一份对海洋的同等真诚。现在，我们既已来到，你再不必多虑了。”

“是的，这让人艳羡的舰队，将向那些鼠目寸光的人们现身说法，证明走向海洋的必要性，证明天底下还有真正的强国存在，证明葡萄牙并不是世界的中心。请你赶快启程到我们的都城里斯本去吧！”

郑和大为感动，当即答应了亨利亲王的请求，并亲切地挽着他的手，带他参观大明帝国的整支舰队。看了宝船、坐船，又看战船、马船，再看粮船、水船，亲王震撼不已，几乎眩晕。

随后，为了礼尚往来，亲王也引领郑和参观萨格里什渔村。在这里中国人看到了一些原始的航海器具。凭借如此简陋的横标器和象限仪，连航行到好望角都没有可能。中国人还强打精神参观了一座寺庙。亨利介绍，该庙是为祭拜上帝而建的，葡萄牙国的纪年方法，也是根据与上帝有关的某个事件确定的，迄今已记录到一千四百三十五年。中国人心里清楚，当前唯一真实的时间其实是宣德十年，因此觉得这里的一切真是可笑，但为了礼貌，都绷着脸不笑出声。

林观心想，上帝不就是给亨利托梦的那个神人吗？这真是奇异的巧合。

就在这摇摇欲坠的寺庙中，郑和看到了也速，一个钉在十字架上的裸体怀特男子。这只是他的木头塑像。郑和之前还不曾见过裸体男人，顿时头晕，脸唰地一下红了。他明白这里的一切跟一种奇异的宗教有关。他想到了自己的信仰。多少年来，他一直按照天方风俗来约束自己，但在众人看来，他又是一位诚心礼佛的居士。在七下西洋途中，他对不同地区的天方教和释迦教有了更多认识，心中便逐渐浮起一个问题：如果有朝一日这两种宗教不可以同时信仰，我到底该选择哪一种呢？现在，意外看到也速，郑和愈加心事重重。所谓的未来的冲突，便会由于这样的艰难选择而产生吧？而那便也是红色海洋的起因么？他不敢深思，因为，他归根结底是一名太监，这才是他在也速塑像面前脸红的真正原因。

林观猜测，郑和一定在想，没有时间了，不要再起疑，赶快认定亨利亲王就是此行要找的隐士吧！

“那个阿刺必人说，所有的事，都是也速告诉他的。”郑和回头，一字一句对王景弘说，又冲他指了指十字架上的男人。

“也速是上帝的儿子，他来自宇宙深处。”亨利以为郑和很感兴趣，急忙补充道，“我们都相信众神之车！”

至此，连林观也打消对隐士的怀疑了。只有王景弘不相信。他想，彼也速不一定便是此也速。按照寺庙中的记录，这个也速早在一千多年前就仙逝了，他又怎么能与阿剌必人相遇呢？他又怎么能把那古怪的海图交予回族人马赛义的父亲呢？这一切十分混乱，而且越来越乱。但王景弘不敢当着郑和把怀疑说出来。

亨利亲王延请大明水手驻留渔村，帮助他设计优质船舶，传授先进航海技术，建立现代化航海基地。这样的恳求正中郑和心意。三宝太监爽快答应了他，同时，也准备动身前往里斯本会见葡萄牙国王，希望进一步得到他的支持。林观想，郑和一定会在那儿正式向国王提出勤王的请求，如此才能师出有名。

郑和在做一件全中国的人们要到很多年以后才能理解的事情。林观至此对三宝太监有了更深的认识和敬佩。他逢人便说：“神人赠予他那尊海图，事情已不能按常识来看待。世界之大，竟使我们无法想象。世界之奇，也非我们能够理喻。”

## 九、葡京

又过了几日，郑和等不及，便分出一支舰队，带领部分人马，从萨格里什启程，前往葡萄牙国都里斯本。船队仍循海路而行，不久来到目的地。只见岸边起伏的山头上散布着矮小的白色房屋，一些破碎的石板路弯弯曲曲，海湾中停泊了一些带望楼的三桅船。这是一座按当地标准来说堪称繁华的城市，但比起金陵或杭州，它不过是一个鄙陋乡村。衣衫褴褛的市民们看到船队自天而降，非常震惊，像萨格里什人一样以为是“神派来的使者”。郑和兴奋地期待在这里与杜阿尔特国王会见，探讨那个四百年后将要出现的紧要问题。

没想到事情进展得并不顺利。原来，葡国老国王若昂一世两年前已经去世，继任的杜阿尔特国王年轻气盛，目中无人，端着架子，不愿接见郑和。思想顽固的他拒绝相信，世界上竟有一支庞大的舰队，越过星空一样的重洋来到他的国度。

国王的倨傲令大明水手十分讶异。一路上，还没有哪个国家是这样对待他们的。朱真一怒之下，便要发炮攻城，却被郑和制止。沿途既已历经这么多磨难，这点困厄又算什么呢？从战火中走来的郑和从不认为武力可以根本解决问题，和平共处才是最高原则。不妨试一试别的办法。郑和作为资深太监，深谙其中奥妙。他遂派吴忠去买通国王的手下。

经亨利疏通，吴忠见到了太后宠爱的两位大臣。他向他们赠送贵重礼物，计有：赤金锭二十对，银锭二百对，金币二千钱，银币一万钱，钱十万贯，铜钱十万贯，金佛像一尊，银佛像十尊，各色香炉五十只，各色宝瓶五十只，蓝花细瓷一百件，各种粗瓷三百件，上等绸绢一百匹，各色布一千匹，另有麝香、漆器、烧绿珍珠、真金川扇和白银荷杯等。吴忠请大臣把部分珍品转赠太后。

的确是重礼啊，随便拿出一件，就可以立即使一位葡国贫民富甲天下。这一招果然产生了实际效果。大臣和太后在假意推辞一番后收下礼物。随后他们向国王进言，劝他出宫亲眼看看宝船。国王是受着大臣和太后影响的，这一幕亦好似中国的情形。他终于步出那座蚁堡似的封闭深宫，来到港口参观郑和的舰队，这才信服，目瞪口呆。

“若不是亲眼见到，朕一定会以为是一场噩梦。”杜阿尔特国王紧张盯着郑和女人般光溜溜的下巴，两腿不住筛糠，“如此的坚船利炮，是来做什么的呢？吾国危在旦夕！”

“吾王，他们是为着和平与通商而来的。”亨利亲王不乐意地说。

“啊，是吗？我好像已经很久没有听说过和平与通商了。世上哪有这等好事？都是因为讨厌的摩尔人。”

收受了礼物的大臣进言：“这是多么美妙的消息呀，和平与通商！中国人要不是为了这个目的，怎会不远万里来到我们这里？要知道，他们可是中国人啊，一个传说中伟大的东方民族！”

郑和强忍病痛，向国王宣读了皇帝的诏书，又描述了中国的博大，它的物产丰饶，它的人民幸福，当然了，最重要的是，皇帝的圣明，他的仁者爱人，他海纳百川的胸襟。

郑和一字一顿说着，心里焦急地念想红色海洋，头上淌下黄豆大的汗珠。林观在一旁看见，心悬到嗓子眼。而王景弘则抄着手，表情微妙。

国王听了一会儿，不解地嘟囔：

“我以前的确不知道，在葡萄牙以外，还有别的世界。”

“有一个叫马可·波罗的人……”李兴小声说。

“什么马可·波罗……”国王皱起眉头。

一个大臣说：“哦，我听说过此人，他是我们邻国意大利的一位公民。他说他去过一个遥远的东方世界，似乎那正是中国，但该国的一切，据他讲来，形同地狱。”

“这绝非实情！”郑和吃惊并愤怒了。

“的确如此！”那个大臣不怀好意道。

“这是在妖魔化中国！”郑和把声音提高八度，脸涨得通红。

林观不曾听闻这般话语，吓了一跳，不安地想，大概是送礼时，把这个大臣疏忽了。

场面变得有些尴尬。郑和与亨利暗暗攥紧拳头。杜阿尔特国王愈发疑虑丛生。国王身后一排士兵举起火铳。郑和宝船上的大炮也疾疾转动，对准岸上的建筑。

剑拔弩张之际，林观心急如焚，他感慨，文明间的鸿沟竟是如此深不可越，难道双方一旦相遇就必然发生冲突？那钉在十字架上的血淋淋也速像，不就预示了这种不祥结局么？因此，大明帝国是否真要寄望西方隐士的帮助呢？难道，不正是西方世界才需中华文明的扶佐么？大明帝国就不能为这个混乱落后的世界建立一个统一的新秩序吗？如此中国与葡国将共享和平、繁荣和进步。

但三宝太监显然没有往这方面考虑。过了好一阵，经双方臣僚劝阻，国王与郑和才把敌对情绪略微克制住。郑和擦了一把额上汗水，吃力地说：“尽管如此，我仍然希望与你们结成联盟……”

这时，王景弘微微一点头，侍立在旁的阴阳师金碧峰疾步上前，手端一碗中药，柔声而坚决地对郑和说：“大人，时辰已到，你该服药了。”郑和狠狠盯了金碧峰一眼，当着大惑不解的杜阿尔特国王，不得不把这碗黑色汤剂咕噜噜灌进咽喉。这似乎让他很没面子。

王景弘便趁机上前一步，对杜阿尔特国王作揖说：“吾国正使路上偶染微恙，礼数不周，还望见谅。”

惊魂未定的国王说：“既然如此，那便请郑爱卿先好好休息。”说罢赶紧转身离去。

郑和还想说点什么，但药剂里含有麻醉成分，使他神志不清。王景弘使个眼色，金碧峰便将郑和扶走。

郑和边走边回头，嘴里含糊道：“海上本没有路……”

回到宝船，王景弘下令立即启碇返航。大家像逃离鸿门宴一样，仓皇离开里斯本。回到萨格里什，在与大型重装船队会合后，众人才舒了一口气，复感到安全。

林观默默观察着这一切，涌上心头的，是七次航行中最为深切的哀恸与无奈。

他意识到，这里面藏有深深的不妥，但不妥在哪里，他却说不出来。

作为舍人，林观不知道该如何记录下这些。

想到万里之外的中国，他嘤嘤地哭出声来。

一边哭，他一边想，自己的世界观大概正在发生改变吧。比方说，历史到底取决于什么呢？林观现在觉得，历史大概取决于一个人的理念，或者，取决于一个人手中的笔。你把事情想出来和写出来，历史便发生了。这就是宇宙的基本法则。像那神秘海图一样，历史是自动在脑海中生成的。思想决定实在。

## 十、秘约

郑和很快清醒过来。他为未能抓住时机在里斯本与杜阿尔特国王签订勤王协定而懊悔不已，但他已经记不清当时确切发生了什么，只是责怪王景弘“贪杯误事”。王景弘亦不辩解。

三宝太监着急地准备再次前往里斯本，但在这时，他的病情忽然加重，他连走出船舱都十分艰难。

船队中支持王景弘的人渐渐增多。连普通水手也开始怀疑葡萄牙作为勤王基地的合法性。那个自称亨利王子的人会不会是骗子呢？大明帝国又怎么会遭遇厄难呢？大家担心，这样没完没了折腾下去，七下西洋的丰功伟绩将毁于一旦，郑和也会晚节不保。

只有林观等少数人仍然相信郑和是正确的。在与林观有着相同想法的人当中，还有一个名叫梁然的千户。两人因此成了好友。

梁然对林观说："不知为什么，我时常觉得，郑和做的这件事，哪怕失败了，也十分了不起。"

林观说："你说得正是。历史将记住的，必是三宝太监，而不是你我，不是王景弘。能在人所不知的世界另一端为大明江山未雨绸缪的人，怕是不多。"

梁然说："让我敬重的，是他知其不可为而为之的精神境界。"

林观说："还有那种对待危机的实事求是态度。"

他们觉得，郑和虽身为太监，却是一个真正的男人。

虽然未能与国王签约，也无法再去里斯本，但这阻止不了郑和实施他的计划。很多事他也记不得了，却仍然牢记自己是皇帝任命的七下西洋的正使。人们就算再有异议，也不能不听从他的命令。郑和决定，先从能做到的入手。于是，帮助亨利亲王建设航海研究所和天文台的工作开始了。就在萨格里什，大明水手为亨利亲王设计制造世界一流的远洋战舰，以备将来勤王之需。这些船只应用了大明航海工业的先进技术，比如合理设定长宽比以处理船舶的抗沉性和稳定性，采用榫接、铁钉加固、填塞黏合物等方法来保证船的坚固性和水密性，增加船底和甲板的厚度以确保船体的强度，同时引入"风驶八面"御风技术和"二十四向"罗盘技术来为船只提供动力并明确方向。这使得庞大的舰队能够在辽阔而无参照物的大洋上持续航行。

这是宣德十年秋的事情。其时，欧罗巴的田园风光绮丽无比，而萨格里什渔村犹如世外桃源，使来自中国江南的军人们觉出幽玄意趣。林观记得，就在一个晴朗如同白昼的美丽夜晚，郑和拖着病躯，与亨利亲王爬上尚未完工的天文台，一起仰观灿烂庄严的星象。他们共同为宇宙的不可名状而激动不已，感知到心灵的息息相通。这两位航海家心想，星空便是一处更加浩瀚的海域，他们终有一天，是要往那里远航的，这是迟早的事情，是人类不可回避的终极使命。现在，他们做的一切，其实都是在为那次伟大航行做准备。这时，他们肤色各异的脸膛上，洋溢起一层毫无分别的玫瑰色光晕，这是人类这种智性生物独具的元神出窍表征，是数百万年艰苦进化打下的基因烙印。从侧影看，他们宛如兄弟。难道，这不就是中国与欧洲结盟的真正意义吗？这也正是它们在五百年后再次去做的事情。有一事为证：在萨格里什，郑和与亨利从来没有谈起他们崇信的不同教义，却的确探讨了“道”这种东西，这或可称作“萨格里什共识”。

林观猜测，正是在这样的夜晚里，郑和告诉了亨利亲王有关红色海洋的事情。

他进而想：那是一个将要发生在未来的结果，却决定了今天这次航行的起因。

其实，林观当时并没有在场，但他想象得出，在听了郑和的话后，亨利的神情变得无比严肃。

“天哪，红色海洋！我也知道这样的预言。”亲王使劲眨眼，大声对三宝太监说。

亨利说，在欧罗巴，一直便有民间传说，预言红色海洋将在东方出现，引发天下大乱，又走向天下大治，单极世界被颠覆之后，将诞生数个平行宇宙。

“它是一种精深的未来学，也是可以亲眼目睹的实情。我一直就想投身到那场伟大的变革中。”亨利认真地说。

郑和苦笑：“没有你说的那么精彩。鄙国将在那时陷入万劫不复。我们需要你们的救助。”

亨利不相信地使劲摇头：“三宝太监，你开玩笑。那一定是贵国历史上最荣耀的时刻。因为你们的崛起，全世界都要致敬的，要把贵国的国号写在史书最前页。我不明白，东方人为什么总是过分谦虚。”

“不，不是这样的。我相信你说得不错，但我说的也是一种现实的可能。看多了大海的变幻，才知道世间一切都是泡沫。那些自信掌控了历史的人，最后往往落得个可悲结局。”

郑和说完这话，便被一泡口水噎住不能再说。他喉头的括约肌已经衰老。他于是仰头深情注视太空，顺便让口水可以从气管里滑出。这时，一颗陨石轰的一声落下来，把海面砸开一个大窟窿，世界为之一哆嗦。郑和脸色大变，也许是想到恐龙，他抽搐着闭上眼睛。

后来，王景弘便散布说，以上是郑和为了蛊惑大家而编造的谎言。三宝太监已被虚荣心和焦虑感吞没，疾病导致的高烧则蚀坏了他退化的神经。郑和觉得来日无多，因此要尽快完成他的人生使命——找到勤王的隐士，而这在头脑正常的人们看来完全不切实际。大明江山真的会被颠覆吗？这怎么可能呢！连街头说书人都不敢杜撰这样的故事。郑和为什么一定要坚持这么做呢？难道这才是真正的忠心？但除了那幅海图，他还能用什么来证明这件事的合理性呢？王景弘甚至对大家说，海图也不能真的说明什么。那圆球可能是郑和找工匠事先铸好，用来唬人的。那些地形和符号，恐怕是郑和一个人偷偷躲在船舱里画出来的。船队每行一程，他便画上一处，并为其起上奇怪的名字，比如“好望角”“葡萄牙”“欧罗巴”，以让大家觉得这是神示。这不过是他最后的沽名钓誉，为的是回国后好向皇帝请赏邀功。身有残疾的男人，产生这样的想法和行为，也在情理之中。总之，美好的未来本是谎言的集大成。

林观对王景弘的推理十分反感。他认为，那海图就算是郑和偷画的吧，但他为什么一定要这样画呢？这总有他的道理。须知，任何的“沽名钓誉”，都将使郑和承受身败名裂的风险——搞不好会被皇帝杀头。别说残疾男人了，就算是正常人，能够取得像郑和这般成就的都寥寥无几。三宝太监难道还需要做更多的事来邀功吗？不，七下西洋本身足够了，他并不需要用任何其他的来证明自己。他做的这些，包括在葡京受辱，正反映出他置之度外的其实是他自己啊，这需要多大的勇气和定力，其后必有重大苦衷！

这么一想，林观便发自内心对郑和更加钦佩起来。

此后很长一段时间，林观便独自追怀郑和与亨利相会的神奇夜晚，想象当时发生的事情——

流星过去后，郑和的眼睛睁开来。他听见亨利亲王娓娓说：

“既然是一种十分现实的可能，那么，我就相信它吧，正如我相信你，因为我觉得你是一个诚实的人。”

两个男人紧紧拥抱。三宝太监咳嗽着吃吃痴笑。

事情便成了这样。在那个月色殷红、星光如血的夜里，病重的郑和迫不及待向亨利吐露了未来的机密，并与后者签下一个秘约。

这合同上写道，当中国发生危难，葡国将派出舰队勤王。在此之前，郑和舰队驻留萨格里什，帮助亨利建造可以远航到东方的巨艟。

亲王在协议上按下手印，指天发誓，他将保证葡国船只成为第一支到达中国的舰队。

“错了，错了，你们将是第二支到达中国的舰队呀。”郑和却大皱眉头，对着满脸通红的亲王喊叫。

“为什么呢？”

“根据预言推理，第一支到达中国的，应当是那支神秘世界的舰队。只有在它出现后，海洋才将变为红色，你才会获得勤王之名，有资格出征。要记住，你是第二支！这正是我们前来帮助你的目的。勤王者的本意，就是按兵不动，听命而出，而不允许在危机发生之前就过早踏上征程，否则，那就不是勤王了，而是起兵篡弑。你明白这里的玄机吗？总之，你不能第一个进入中国，那块土地的巨大诱惑，是你不能抵御的。作为外国人，你必生异心。然而，一旦你击败了神秘世界的舰队，则不一样了。你便是自家人了。你要什么，大明皇帝都能给予你。说到底，这也是一个面子问题。”

“面子问题？我不懂啊。”亨利困惑地说，“另外，为什么贵国不能依靠自己的力量击败那来自神秘世界的舰队呢？自打我看了你乘坐的宝船，心里便有这个疑问。”

“因为，我回去后，三宝太监的舰队就要被永远解散喽。中国将不再拥有真正意义上的海军。”郑和像被击中要害，身子摇晃一下，羞惭地喃喃。

## 十一、时空悖论

秘约签订之后，亨利亲王又提出一个新的问题。

“一旦贵国发生事变，消息传到萨格里什，必定要一年半载，而我的舰队到达贵国，又要一年半载，那岂不是来不及了么？”

这是人们以前没有细想的问题，涉及相对论的艰深。大明帝国的水手顿然愣住。这种悖论，在郑和舰队西行途中，还没有人考虑，就是稍微想一想都十分可笑。连林观亦知晓，七下西洋，不是以时空为前提的。因此，这是一个玄妙而全新的问题，后来认识起来，好像它触及了世间万物的根本，其性质完全超出一个农耕民族的想象力。

在七下西洋结束后，在郑和与亨利故去后，欧洲大陆出现了牛顿、爱因斯坦等人，最终才解决了这个问题，这是后话。五百年后，中国人返回欧洲，重新向老朋友学习。

而在当时，在亨利提出这个问题时，那些对郑和有意见的副使和将军们都等着看三宝太监的笑话。林观的心再一次悬了起来。

却见郑和镇定自若，仿佛早有思想准备。他朗声道：“询问地理上的距离是没有意义的。一旦圣旨下达，一切关山重隘都会成为泡影。距离不过是人们思想的投射，就像月光把人影照在地上一样。随着月色和我们的移动，影子可长可短，甚至消失。时空不过是头脑构想的产物，过去与未来，东方和西方，有时表现为语言或者文字的形式。但归根到底，它们都是虚无的。亲王你的问题，也就是一个伪问题。”

郑和的玄奥话语，众人闻所未闻，像挨了当头棒喝。由于谁也没有真正听懂，包括王景弘在内无一人敢站出来反驳。一个崭新的世界却哗的一声在众人面前大大方方展开了。它是那么的难以考量，不能去摸，不能去看，却又无比真实。人们觉得，他们相较郑和，不在一个层级。大家肃然起敬。这时，三宝太监因生病而委顿的形象又重新高大起来。

为了进一步证明宇宙能被理解，而物质的障碍亦可瞬间跨越，郑和便向亨利呈示那神奇的球状海图。这是亨利第一次见这宝物。郑和指点着让亨利看，本来不存在的世界如何在球面上自动生成。而这一切，不正来源于郑和的一念吗？三宝太监说："继续航行。"于是，天下第一的船队便向南航行，绕过好望角，再朝北驶去，本来隐匿不见的西方大陆随之徐徐展现，支离破碎的世界慢慢拼合成一个完美整体。

"我还是不明白。"亨利像一个费劲的儿童，用食指使劲挖鼻孔。

"你会明白的，亨利爱侄。奇迹随时随地会发生，而不管是哪位造物主的安排——无论他是上帝、佛陀，还是真主。"

郑和说罢，把圆球收回盒子。

"请允许我再看一眼海图吧，我还没来得及看清它呢。"亨利央告。

"不必了。等着看现实吧。"

"但会不会真的等到四百年后呢？我可活不了那么久啊。"

亨利的眼圈红了。郑和的眉头耸动一下。

四百年后？为什么是四百年呢？林观却想，这时限太漫长也太短促。说不定，郑和说的四百年，也就是四天？但也可能真是四百年？亨利只是一个播种者，他被郑和点石成金，启动了新的历史，而亨利的后代才是真正的勤王者？但怎么能保证四百年后的怀特人不变信念呢？

林观疑惑起来。唯一所愿，四百年后的大明江山依然固若金汤。

总之，如同看不清三宝太监深奥的思想一样，林观看不到四百年后的历史进程。他只能一步步更加坚实地走上郑和的思想轨迹。

但是，梁然却是一个例外。有一天，他说，他看到了未来。

他悄悄告诉林观，那天半夜，他起来解溲，在船舷看见海平线上出现了恐怖的幻象。大明的都城北京燃起熊熊火焰，篡位的军队正在攻入赫赫皇宫，他们是谁呢？

第一种可能是蒙古人，就是那些迫使成祖不得不北上迁都的马背豪杰。

第二种可能是复辟的建文帝，这帝位本是他的。

第三种可能便是那来自未知神秘世界的人。可是，他们究竟是谁？

总之，梁然看见，皇帝匆匆逃出紫禁城，身边并没有郑和。但在路途中，皇帝遇上一队奇异的骑兵。他们金发碧眼，肤色白皙，从天而降，把皇帝带到海边。

啊，那真的是红通通的海洋！是人血浸染过的海洋！波涛打过来无数烂布似的尸体，层层叠叠，浩浩荡荡，连鱼儿都透不过气，一条条在水下活活憋死。赤水边稳稳停靠着山岳一样的方舟，被尸堆高高托起，不知道它们以什么魔法竟在刹那间穿越了神秘时空，从遥远的欧罗巴，不，从遥远的星辰，从也速居住的天庭，神气十足降临中国。一个酷似亨利亲王的高个儿怀特人站在第一艘船的舰楼上无言冷笑，他头顶上方呼啦啦飘扬着一面布满星宿和条纹的绚丽大旗。皇帝刚一上船，舰队便起锚了。这时才发现那船儿竟是钢铁铸就，大烟囱呼噜噜直冒黑烟，螺旋桨突突搅起泡沫，把水面弄开锅。船上并没有三宝太监，但船队却沿着郑和航行过的路线一路驶去，远涉重洋来到一个叫萨格里什，或者叫里斯本，要不就叫马德里、叫罗马、叫伦敦、叫纽约……的地方，在那里，巨兽般的城池被亿万星光照耀得雪白，大地上奔跑着渺无尽头的金属蚁队，天空中飞翔着数不清的钢铁鸟儿，中国的皇帝在此建立起流亡政府。

梁然说："这如同宋朝的临安，但又不是一码事。这如同建文帝在占城搭建的临时居所，但也不是一码事。总之，历史以另一种方式得到延续。我看见后十分兴奋，心里又不知怎么的堵得慌。这就是勤王吗？"

林观默然良久。

## 十二、未知世界

另一个感到不安的人是副使李兴。他考虑的问题要复杂得多。他脑海中时常划过隐隐的不妥，觉得三宝太监在什么地方恐怕出了疏漏。或者，是郑和故意置之不顾呢？

他猜测，葡萄牙及其附近国家，所组成的巨大实体，也就是那个叫作欧罗巴的大陆，其规模和潜力恐怕超出了大明水手的估计。

然而，由于郑和已然认定亨利的隐士身份，并且连秘约都签了，大家要做的唯一事情便是在萨格里什逗留下来，建立据点。这样一来，七下西洋的航线就失去了向更远之处延伸的可能。

结果便是，那神奇的海图，好像养分的输送被切断了，它于是休眠了，生长停止了，球面也不发光了。随着它的信息传输和认识功能的丧失，海图不再源源不断模拟新大陆的状貌风物，这样一来，大明帝国的水手们对欧罗巴的详情，以及存在其他大陆的可能性，也就一无所知起来。

事实就是这样。未知世界与已知世界的基本格局，在葡萄牙被郑和舰队发现后，便走向了固定和停滞。海图将不能完成它对世界的整体性建构。

有时，看着图面上那些白茫茫的空地，李兴不禁想，万一在别的地方还存在比亨利更合适的勤王者呢？这在理论上并不能被排除。

怀着这样的疑虑，终于，李兴鼓起勇气，向郑和进言：

“古书说，天下分为四大部洲。现已证明，中国与葡国各居其一。加上阿非利加，我们已在三个大洲上留下足迹，却还有一洲未去。”

“这我是知道的。”郑和眼皮也不抬。

“因此，仅仅把葡萄牙视为世界的边缘和终极，那不是很危险吗？”

“世上有什么事情，完全不存在危险吗？”

“可是，我们都记得，当初是你说，要遍访未知世界的。”

郑和不语，他费劲地思考什么。过了一阵，他的身子晃了晃，从病榻上勉强坐起。他又一次捧出那尊宝图，认认真真看了许久。海图上的确还有一大片空白，占据了图幅大约三分之一的位置。它已比船队绕行好望角时的二分之一缩小了许多，但这个区域就其绝对值来看仍然很大。

但郑和很快就厌倦地把海图放在了一边，仿佛故意对它视而不见。他恹恹对李兴说：“我累了，你回去吧。”

李兴脸色难看，想说什么，却没有说出来，便转身离去了。

然而，两天后的一个夜晚，郑和却单独召见林观，对他说：

“李兴前天来找过我，说了一些耐人寻味的话。”

郑和把李兴说的复述一遍，要求林观做出评论。

林观感到问题很重大，斟酌话语，却不得要领。

郑和其实并不想让林观回答，他说：“李兴说得对。我比你们更清楚这一切是怎么回事啊。我每天要对着这海图上的空白处研究上一个时辰。这是我的一块心病。然而，若要继续航行，那将不是一年半载能完成的使命。而我作为三宝太监的日子屈指可数了。”

“那么，可不可以像以前那样，派遣几支分舰队前去探索呢？”

“问题在于，谁能率领这些舰队呢？本来，在离开卜剌哇后，关于南下探索好望角，我就考虑过是否由分舰队去完成。但后来我觉得这样不妥，还是由我亲自带领整个舰队去实施比较好。你看，是这样的，我们连声招呼也不打便闯入的这个新世界，已经与我们熟知的旧世界完全不同。你看看海图上的那些奇异的地名就可以想象到！我国的史书中，从来没有记载过这些国家、这些大陆、这些人类、这些动物。还不谈那些幻影、死人、红水和海盗！这其实是令人不安的发现，而不是激动人心的发现。因此，未知的世界、未知的大洲和未知的国度，将更加险恶难测。在你们中间，在我见过的中国人中间，我还没有发现能够胜任这探索重任的人哩。”

啊，三宝太监竟持这么悲观的想法吗？他除了信任自己，对别人已不再信任？林观重重叹了一口气，更加专注地凝视郑和。

郑和苦笑着指着海图的空白处说：“当思维因为身体的缘故而衰退时，我们已无法用时间去换得空间。新大陆如果存在的话，那它注定将由别人发现。事实上，我们迄今做的一切事情，本来已是不能够去做的——但我们却超出计划去做了。我们业已修改了历史，这已然十分骇异。不能彻底完成它，这十分遗憾，却也没有办法，非人力所能为。哈，哈，这大概是上天要与中国人作对罢。”

三宝太监说这番话时，用左手五个手指吱吱把玩着海盗陈永留下的那块叫作“尸虺”的黑石。林观未能完全听懂郑和所言，只觉得自己赤裸裸暴露在了一个深刻而无奈的思想面前，并像一块腊肉似的被它的热气熏得暖烘烘的。这时，他仿佛看到了另一个郑和。在林观的心头，滚来荡去的还是那句话：知其不可为而为之。

多少年后，林观才真正触及了三宝太监思想冰山的一角。但那是后话了。

而在当时，他只是从郑和身上听到了海水的啸声。所谓的海洋，其实便是一个人吧。

林观于是按照如下逻辑推想：郑和怎么可能把这样一支舰队交给王景弘或者李兴呢？病重的他若有不测，一支没有了三宝太监担任指挥官的庞大舰队滞留海外，并自由航行，会产生什么样的难测后果呢？两万七千名中国人，心怀叵测，各有企图，不由郑和不忧虑！郑和必定在想，舰队一旦失控，就终会堕化成那来自神秘世界的毁灭力量吧！

颠覆大明江山的，将是帝国自己的水手啊。

于是，郑和便将宝船停驻在了葡萄牙，转而把重任托付给了他有生之年遇上的第一个或许可以信赖的外国人。

林观自认为读懂了郑和的心思，便对他说："我懂你的意思了。正是这样的。如果有两个人放在面前让我选择，一个是王景弘，或者李兴也行；另一个是亨利，我赌谁呢？我当然赌亨利。为什么？因为王景弘或李兴是中国人。我明白一个最基本的道理，那就是，中国人是永远不可尽信的。"

多年的官宦生涯，也使林观悲观地这么看待问题。也有可能，郑和或许并不真的认为亨利便是最理想的勤王者吧。但他亲眼看到亨利是如此痴迷星空——那终极的大海，于是，他感动了，他看到了未来的希望。既然三宝太监本人不能亲率船队走得更远，那就在欧罗巴赌一把吧。兴许——有一种直觉在告诉郑和——亨利的后代会比中国人更有出息，青出于蓝，他们是更称职的航海者。

林观这么想着，自己也倍感凄凉，不知说什么好，便又安慰郑和：“其实这也不能称作赌注。按照大明帝国的实力，我们把宝押在谁的身上，谁就会是最后的赢家。换句话说，是我们创造了作为勤王者的亨利呀。历史不管怎样演变，归根结底还是由我们决定的。”

郑和听了，不点头也不摇头，只哏哏轻笑起来，像一只猫头鹰。他把更加深情的目光投向万顷海面升腾而出的灿烂群星，这时，三宝太监手中的“尸虺”闪现了一道墨绿亮光，这光焰呼的一声向着遥远的河外星系射去。忽然，林观觉得，郑和的样子很像一个怀特人。他猜不透，三宝太监的祖先为什么不在西方安居，却要万里迢迢来到中国。这里并不是很适合他们啊。

林观想，郑和单独找他谈话，大约是想让他把这一切准确记录下来，以备来日之验。但林观却失去了下笔所需的心力。

## 十三、返航

一个月后，三宝太监病危，不断陷入阵发性昏迷。在有一次醒来时，他吃力地对王景弘说：“是回去的时候了。”

终要返航了！王景弘阴晦的脸上展现出一片晴朗。水手们躁动起来。

在又一次苏醒时，郑和又吩咐，留下两千名将士帮助亨利亲王建造船舶，其余人统统返回中国。

对此，林观不知是喜悦，还是悲戚。

此时，大家离开故国业已六年。回程命令一旦下达，舰队顿时陷入一片混乱。没有几个人愿意留在欧洲。为制订一份“公平”的去留名单，水手中出现了一百多个派别，他们不断打着群架。最后，名单确定下来。没有后台的人，得罪过上司的人，打架打输了的人，被写入了留守者行列。这个结果，想必不尽符合郑和的意愿。郑和希望最优秀的士兵留下来。但是，三宝太监此时已不能视事，日常事务由王景弘主持，而王景弘只想把忠于他的士兵带回国。好在，也有志愿者，比如林观和梁然。良心告诉他们，男人是应该对未来负责的，而不能让事情中途而废。

不能不说，这正是郑和的人格，这几年来在潜移默化中对他们的影响吧。

知其不可为而为之！一个人能有如此胸怀，也就能称为男人了。林观和梁然在毅然做出留下的决定时，是这么想的。

临行前，郑和又一次醒来。他的话或可视作遗嘱：勤王军绝不可以作为第一支舰队抵达中国；他们必须在接到皇帝的圣旨后才能启航。

船队返航那天，林观和梁然胸怀着两颗没落的赤诚之心，来到海滩十里相送，而亨利亲王也带领仪仗队前来辞行。看着大船一艘艘有序驶离港口，如同当年离开太仓，林观深深认识到，这是郑和最后做的一件了不起的事情。三宝太监在用他生命的最后余力，要把这支世界上最强大的舰队原封不动带回中国——是的，原封不动，像它出发时那样完整，不为大明帝国留下任何后患。

郑和的周密和无私，让林观再一次潸然泪下。

船队渐渐远去。伫立在遥远而陌生的土地上，想到此生也许将不能返回故土，为父母尽孝心，林观的眼泪流得更凶。然而，念及肩负的神圣使命，他又觉无悔。但就在这时，耳边响起一个阴阳怪气的声音：

“留下来也许不是一件坏事。”

原来是李兴。他是由于与王景弘争夺领导权，而从回国名单上被刷下来的。

“是呀，我也这么认为。理想总要有人去把它变为现实。郑和本人的身体不允许了，就由我们来完成他未竟的事业吧。”这是林观的心里话。

“不，我是说，我们早已不与他同行了。”

“你这是什么意思啊？”

“我怀疑他不是三宝太监。”李兴凑近林观耳边。

“喂，你没有问题吧？”梁然走过来大喝。

李兴收敛笑容，阴郁地说：

“真的，这第七次航海，据以前跟随过他的人说，三宝太监的举止，他的言谈，都跟前几次不太一样。你们有没有觉出这里面的蹊跷？”

“这怎么可能！”

“不知道为什么，我就是这么在想。什么阿刺必人，什么隐士，都是三宝太监幻想出来的虚拟生物。他整年整月沉浸在了可怕的幻想中！他一定是妖邪附身了。我早听说过有一种红海水妖，其名就叫尸魈，眼睛中没有瞳仁，腹腔中满是毒汁，是可以在吃掉人后，寄居在死人身上，支配他的思想和行为。还记得海盗陈永手中的那块黑色石头吧？”

“你是说三宝太监早已死去，而我们这一番辛劳都不过是妖孽作祟？”

“是的。尸魈制造的噩梦幻觉。”

“你怎么会有这样卑鄙的想法？”

“这样的想法还是好的呢。甚至，我进一步想，那些葡萄牙人说的可能是对的。大明帝国搞不好真是地狱呢，我们便是生活在地狱中的饿鬼哪，以前却被欺骗了而不知道。好生让人害怕而又亢奋！”

林观和梁然一阵毛骨悚然。他们想制止李兴继续往下说。

“李兴，你不要这么说了。他的确是三宝太监郑和。”林观呵斥，“除了他，谁能统辖这样的无敌舰队呢？妖邪是近不了他身的。而中国，它还好好地、伟大地存在着，并要直至永远。就算未来会遭遇不测，不是还有我们在这里训练勤王军吗？”

这时，他们一齐看去，见庞大的郑和舰队正百足蜈蚣般拐了一个大弯，浩浩荡荡驶出了港口。在宝船的上甲板，阴阳师金碧峰披头仗剑，正在作法，以保持水路畅通。郑和又昂首挺胸出现在了舰楼，身体状况仿佛已经完全恢复。他身披大麾，头戴金冠，威仪赫赫，如若天神。各船听从他的指令，乘风破浪，齐头并进。在这无与伦比的船队面前，留在岸上的人们共同感到了生命的卑微。

林观、梁然与李兴不约而同“啊”了一声，下意识站成了立正姿势。

这是他们最后一次看到现实中的郑和。

忽然太白昼见，三星摇动，暴雨毫无预兆袭来了，又骤然停息。天庭唰的一声抛出一道蟒蛇般的彩虹，霸气十足横跨了整个大洋。而郑和船队早已在视野中消失得干干净净，仿佛从来不曾到过这里。

它怎么可能走得那么快呢？

三人面面相觑，使劲跺跺脚下的土地，感到了它的无比坚实。

林观知道的是，按照郑和的命令，船队将在返航途中，销毁有关记录。因此，没有人知道郑和曾经到达过欧洲。

这可以理解为，一切是为了保证勤王的秘密性和突然性。

总之，三宝太监就这样离开了。林观心意低迷，怏怏回到自己的住所，木然看到，桌上摆放着一样东西。那是郑和临行前特意留下交他保存的——神奇的球状海图。这是郑和与林观之间的秘密。郑和说，他已不再向陌生海域行驶，因此，留它在船上也是无用。不过，今后勤王时或会用得上的。可是，万不得已，除了亨利，不能示以别人。

林观想，这海图离开了三宝太监，还会有什么用呢？

人类历史上伟大的七下西洋就此划上了句号。

## 十四、未竟的事业

留在萨格里什的中国人，按照郑和的部署，继续援建亨利亲王的海军。李兴担任了工程总指挥。开始时，工作还开展得热火朝天。但随着时间推移，许多人便懈怠了。

这种情况的出现，在林观看来，是因为郑和不在了的缘故啊。至此，他再一次体会到了中国人的不可尽信。

当舰队建造到一半时，抱怨不休的李兴下达了停工令。“太累了，太苦了！”李兴说。他撺掇亨利亲王，要他率领这支半拉子舰队出海兜风，并美其名曰试航。“咱们也玩玩吧！”李兴说。亨利对此并不十分情愿，说应该等到把船全部造好再说。但李兴却用中方的强势来压他，坚持一定要出海看看。亨利不敢得罪郑和的属下，只好由他。

这事让林观感到痛心和丢脸。他便与梁然前去劝阻李兴，但是，李兴却有自己的计谋。他设法让其他水手相信，他有一天是会带他们返回中国的，因此赢得了民意。林观和梁然成了孤立的少数派。

李兴带上已造好的六十余艘船出海，打的还是郑和的旗号。

李兴舰队先在近海观光，然后便按捺不住往南去了。不久，发现了一处群岛，称作加那利群岛。李兴登岛后打败了当地居民关切人，把这个群岛作为礼物送给亲王。

亨利对李兴的好感大增。此后，亲王上天文台的次数越来越少，他更加关心李兴能够给他带回什么样的宝贝。李兴也便获得了继续航行的授权。不久，又发现了亚速尔群岛和佛得角群岛。李兴代表葡萄牙宣布了对它们的拥有权，并在岛上建立起物资供应基地。

随后，李兴又成功绕过博哈多尔角，为亨利带回价值不菲的海豹皮。博哈多尔角是亲王慕名已久的地方，早年间他曾派出多艘船舶前往探险，却没有一艘返回。这下，亲王高兴坏了。李兴哄他说，这些都可以称作勤王的前戏和练习。

大约在郑和舰队离开萨格里什八年之后，李兴又一次向博哈多尔角进发，这次，除了海豹皮，他还带回更珍贵的礼物——二百三十五名奴隶。这是随后几百年里欧洲船只贩运的几百万非洲黑奴中的第一批。

李兴的船队紧接着驶过布朗角和佛得角。李兴与当地土著热火朝天大搞易货贸易。土著们用奴隶、黄金、象牙和香料跟李兴交换绢缎、丝绸、铜钱和瓷器。除了向亨利进贡，李兴也留下大批奴隶和物品供自己享用。几年下来，他成了萨格里什最大的庄园主。

有时，李兴也遭遇了土著们的抵抗。他便凭借大炮、火铳和郑和的名头，把当地人杀得一个不留。

在林观看来，李兴发生了很大变化。不，不仅是李兴的一些观念，而是他的整个人，包括他的长相，都与刚出海时不同起来。比如说他的脸型，竟慢慢有些像那个被杀头的广东海盗陈永了。难道留在萨格里什的这些人真的是鬼魂么？林观再次想起郑和对他百年之后的担忧。

然而，李兴却终于没有敢于绕过好望角向东航行。他内心惧怕着三宝太监。有一次，李兴几乎就要接近好望角了，不料这时却忽然狂风大作，恶浪滔天，猛然间，水手们吃惊地看见天际出现一个鬼魂，在滚滚乌云中忧郁游移。有人辨认出那正是郑和！鬼魂般出没无常的李兴，却害怕另一个更厉害的鬼魂。他立时脸色大变，急急下令返航。不幸的是，这次亨利亲王恰好也在船上，他受到严重惊吓，得了一场大病，从此再不能出海。

因此，在亲王波澜壮阔的一生中，他仅有四次航海经历。此种情况的出现，使他勤王的可能性遭到彻底毁灭。这个结果，郑和是否预料到了呢？林观急哭了。他想，是李兴毁了亨利。赌注已然落空。

在好望角附近发现郑和鬼魂的消息传到萨格里什时，林观感到非常悲哀。他产生了一种真切预感，那就是，也许，三宝太监确已辞世，所以，才会显灵吧。

鬼魂出现的一个效应是，此后再没有人胆敢沿着南方航线走得太远。随着时间推移，南方航线被视为一个地理和心理的禁区。虽然无法实施勤王行动了，但这便彻底断绝了对中国的可能威胁吧？从这个意义上讲，不也是郑和赌赢了吗？

不管怎么说，亨利还是成了葡萄牙的民族英雄，而中华文化也在该国风行一时。两国水手一边背诵《论语》和《中庸》，一边贩运并屠杀奴隶。每次船队一回港，兴高采烈的李兴便携亨利奔赴里斯本，在王宫举行盛大宴饮，喝得烂醉，又与王后和公主通宵达旦厮混。这时的葡萄牙国王已是阿方索，他成了这些仪式的热心主持人。

已经跟鬼魂差不多的李兴，大概是想通过荒淫无度的生活忘掉不能归去的故国吧——他认定的地狱，所有鬼怪的家园。林观有时这样去想，深深体会到同僚心中的哀伤，但紧接着又产生厌恶。而林观和梁然到后来连自己也不可避免成了这醉生梦死图幅中的点缀。每当大醉醒来，他们便在心底向郑和默默告罪。

上述盛大场面的最终衰落，却又不是因为林观和梁然的忏悔，而是由于不久后传来一个令人震惊的消息。

口信是从地中海那边辗转捎来的，说是三宝太监确已在返程途中去世。他的遗体，没有运回中国，而由王景弘就地葬在爪哇。爪哇距中国不远了。

郑和临死前，是否知道发生在萨格里什的变故呢？

口信中讲，郑和是在宣德八年六月病逝在古里的。

“这绝不可能！”林观和梁然大叫。

如果记忆无误的话，宣德八年六月，那正是郑和船队绕过好望角、沿西非海岸北行的日子。那天的恶风晦雾，至今历历在目。

林观派人再三核实消息来源。没错，几方面的情报都说，三宝太监的确死于宣德八年六月。距今，已有十二年。

而水手们清楚记得，郑和是在宣德十一年的春天才离开葡萄牙回国的。

他们不知晓的却是，宣宗皇帝已在宣德十年去世，英宗即位，所谓的宣德十一年实应是正统元年。

一切的逻辑都混乱了，谁也无法理清。没有比这更恐怖的。林观率先号啕大哭，然后是梁然。哭完后两人呆呆仰望天空，觉得它怎么那么奇怪呀，高远得连尽头也没有，就像一个镂空的木头大脑。李兴也在一边软绵绵地虫子般勾着脖子，像在与自己无声对话。这时，林观又记起郑和离开那天，李兴说的那番言语。

李兴说，郑和是妖魔附身了。

郑和到底是谁？

妖魔又是什么？

“如果是那样的话，我们又是何人呢？”林观浑身上下像结了冰，本不想这么说，但最后还是忍不住问李兴。

“是啊，我们没头没脑来到这世上，究竟要做什么呢？”李兴呛出一声残忍的冷笑。

这时，海平线上皮影般霍然冒出一支巨大的幽灵舰队，钢打铁铸的船体刀枪不入，舰桥上飘扬着刺眼的红色旗帜。他们三人的身影投射在碎米似的波涛上，的确活活像三个具有分形结构的鬼怪。

世界要出大乱子的预感浮现于心，林观陷入空前迷乱，正如水手在浓雾中丧失方向。剩下来唯一要做的事，便是封锁郑和去世的消息，尤其对亨利。但亲王最后还是知道了。他大哭一场，却拒绝相信。到了这时，中华文化在当地的声望便慢慢低落了下去。

## 十五、哥伦布危机

郑和既已故去，八下西洋也便成了泡影。至于明朝皇帝的勤王圣旨，却更加遥遥无期起来。照这样下去，勤王军看样子永不能启程了。

不过，半拉子的葡萄牙舰队，由于引进了中国的先进技术，此时成了西半球的霸主，称雄于海上。它虽然不再敢向好望角行驶，却神气十足在北大西洋游弋，阻止别国的舰队闯入其势力范围。周边一些国王虽也梦想打通向南的航道，却因为葡萄牙人控制了海权，而不敢向传说中的好望角以及更遥远的东方进发。

林观这才意识到，萨格里什成了防卫大明帝国的第一道关隘。这意味着，万里长城已向海洋延伸，穿越重重波浪，终于筑到欧洲。葡萄牙人不仅封锁了别国，也封锁了自己。三宝太监的一切预谋，无不藏有深意。

又过了一些年，亨利故去了。作为郑和亲自选定的隐士，他终于没有等到勤王那一天的到来，这使林观十分失望，觉得历史开了一个天大的玩笑。滞留在萨格里什的中国人，也一个个老死了，最后仅剩不到百人。老头儿们蓄养着成群的黑奴，深居简出，依靠早年的丰裕积蓄，过着奢侈而舒适的生活，差不多忘记了自己大明海军的身份。早年间七下西洋的伟业，便成了催眠孙儿时约定俗成的传奇。

对了，一些人已与当地人通婚，并生育出混血孩子。这些孩子既说汉话，也讲葡语。总之，大家都安于现状，不再去想什么勤王之事。

时光如飞，阿方索国王也去世了，他的儿子若昂王子继位。正如一切新新人类，年轻的国王对郑和的事迹所知寥寥，也不感兴趣。到了这时，因为东西方交流的断绝，曾经流行一时的中华文化与习俗，在当地已然无人遵从。上帝被请回寺庙以取代孔子，茶叶吃尽便开始喝咖啡，青瓷摔坏了就换银器，而知道亨利与郑和秘约的人已是屈指可数，只有少数老人还模糊记得曾有一支来自东方的庞大舰队，短暂访问过里斯本，年轻人则认定那是天方夜谭，呦呦嘲笑这帮一唠叨便流口水的老家伙。

居留海外的林观以为世界便会这样下去。然而，变化却在不知不觉中来临。

林观主观时间中的宣德五十八年，或者中国真实历史中的明成化十九年，或者萨格里什当地历法的一四八三年，也就是林观七十五岁那一年，发生了一件大事。是年，若昂二世忽然召见了一位神秘人物。

正如当年阿剌必人向郑和奉献珍贵圆球一样，这个不速之客也向葡国国王贡呈了一张奇异海图。

这张海图，据知情人说，相比郑和的那幅，有着很大的差异。

比如，在郑和的海图上，凡船队未去到的地方，都示以空白，而在这张新图上，却统统标注出来，连一个很小的岛屿也没有遗漏，好像制图的那个家伙什么地方都去过了似的。虽然不知道准确度究竟有多高，但足以说明这是一张设计观念完全不同、并已经彻底完成了的海图。它是一张真正的世界全图，显示出所有国家的形状，包括葡萄牙周边和远方的国家，尤其是葡萄牙向西的情况——那边竟是一片汪洋大海，海洋的尽头，便是中国——它仍然不是世界的中心！而郑和的海图，在描述到欧洲以西的情况时，便出现了空白和断裂。因此，这张新海图清楚地表明，世界是环形的，或者说，是有限无边的，所有陆地都由几个不同的海洋一气通连，只需要一艘船，便可以经由不同航线去到任何想去的目的地，也就是说，向西也可以直航中国！

不用说，新海图散发出一股挑战郑和海图的强烈气息。它们似乎属于不同的世界体系，其所建构的历史，因此也不相同。

献图的神秘人物年约三十二三岁，来自距葡萄牙不远的意大利国，那是怀特人的一个分支部落建立的国家，也就是郑和舰队不及访问的未知世界之一。半个世纪前的担心终于成了现实。来客向若昂二世国王提议，由他率领一支舰队，按照海图显示的路径，从西方航行到中国，这样，就可以打破“海上长城”在东方的封锁。

“你为什么老是提到中国？”若昂二世局促不安地看着客人。

“我读过马可·波罗写的中国旅行记。与流行的版本不同，在这本用印度文写作的著作中，我这位同乡把中国描述成一片天堂乐土，而不是我们怀特人通常以为的地狱。那里，屋顶是用黄金做的，墙壁是用白银砌的，百姓家中的粮食堆积得宛若小山，皇帝是诗人，大臣是哲学家。总之，那的确是一个值得一去的地方。”

“哦。”若昂二世这时才模糊记起关于早年间中国文化曾流行于世的传说，也想到王宫中仍深藏着一些据说来自东方的宝物，甚至，他还隐约回想起郑和这个名字。看来，这些都是真的。他有些坐立不安。

意大利人看到国王犹豫，便继续说，一旦去了中国，就可以弄到无数的黄金、珠宝和丝绸，获取最先进的火炮、罗盘和印刷技术，使国家崛起，变得强大而富裕，打败摩尔人，征服耶路撒冷，使基督教传遍环球每一个角落，这样一来，上帝偏爱的生产方式，就将主宰这个世界。

“是这样吗？基督教，这才是我真正关心的！”若昂二世有些感兴趣了，又俯下身仔细看了看那张海图，“不过，中国人也信奉上帝么？”

国王没有想到他在不经意间提出了一个重大问题。敏感的意大利人立即觉察出这个问题的尖锐性，于是说：

“我想，是的。虽然具体情况尚不得知，但这不打紧。环球航行将证明一切，给出一个圆满的答案。尊敬的陛下，是这样的。你看，地球是一个圆。我已做了仔细的计算，驾船一直往西去，大概行进两千四百海里，便可以到达那让人垂涎的神奇国度。陛下只要给我一支舰队，我就能为陛下带回一生也享用不完的财富，而我只需要十分之一的战利品。”

“可是，哪里有这样的舰队呢？”

“贵国就有现成的呀，我已调查清楚了。”

“你叫什么名字？”

“哥伦布。”

名叫哥伦布的年轻意大利人说的，便是萨格里什的那支由中国人帮忙打造的舰队。他称那是他见过的最好的海上力量，它一直担当着堵截诸国舰队也阻止自身东去的任务，但现在却是唯一有能力向西越过重洋抵达中国、并打败当地万一出现的抵抗力量的舰队。它不应该老是在欧洲周边打转。时代变了，国王变了，使命也要有变。对此哥伦布已经观察和思考了很久。老一辈人不懂得发挥舰队的巨大威力。现在，是由具备开拓精神和全球观念的年轻人来驾驭它的时候了。向西才是捷径，新人不走老路。

“我有点明白你说的了。”若昂二世沉吟，眼中流淌出欲望的光焰。他的年龄比哥伦布要小四五岁。

国王没有见过郑和的海图，所以哥伦布的海图把他迷惑住了。海图是利益的体现，它千钧潮涌而又变幻无穷的力道，使政治和生活拼接出新的可能。

这件事很快从王宫中漏出风声，并传到萨格里什。

## 十六、中国人的干预

林观的第一反应是震惊。竟然还有一条新航路可以到达中国，林观使劲回忆，却什么也记不起。他取出郑和海图仔细看了一遍，根本没有找到哥伦布说的那条航路。向西只是一片空白。

林观苦涩地想，终于，预言中的大明危机出现了，有一支舰队将要驶向中国，它的目的是去掠夺！这便是红色海洋的隐喻么？然而，值此关键时刻，亨利作为勤王的隐士，已经魂归天堂；而萨格里什作为捍卫大明江山的第一道关隘，将因为新航路的开辟而失效。长城改变了性质。

当然，最让人难以接受的还是，这支将为中国带去灾难的舰队，竟是郑和以勤王的名义亲手缔造的。现在，它将被移交给一个名叫哥伦布的强盗。

林观认为，这里面有某个关键环节，没有被三宝太监预见到——或者，那个阿剌必人忘了告诉他？——或者故意不告诉他？

崇信天方教的阿剌必人是否已与上帝系统的也速达成默契，这一点，林观无从得知。他直觉到这不太可能，而且，世界将在未来毁灭于这两个系统的冲突。

只是事情实在太过紧迫，什么都来不及多想。林观急忙找到李兴，向他讲述了自己的担忧。李兴却只是嘿嘿傻笑。他脑子感染了三尸虫，没法理解林观说的话。

林观沉默下来，恐惧地看着面前这位同胞。

这天晚上，林观做起怪梦。他梦见郑和浑身是血出现在窗外，张口要说什么，却没有说出。林观一身大汗醒来，看见一只青玉般的老鼠从窗台上哧溜一声跑过，外面水蜜桃似的月色雪白得像郑和离去的那个春天一样鲜艳欲滴。

“我昨夜梦见三宝太监了。”第二天一早，林观又去找李兴。

“真怪，我也见着他了！”李兴激动地说。奇怪的是，他的病仿佛一夜间好了。

“哎呀，这可太棒了！”

“他对你说什么了？”

“他什么也没有说，但是他好像很着急。”

“他却对我说了。他说，你们要赶快想办法阻止哥伦布啊！”

“是吗？这就对了，三宝太监又来指引我们了！”

“是的，我们也许能够不服从人间的命令，但绝不可以违背鬼魂的意志。”

“不，这不是鬼魂呢。他一定是三宝太监本人。”

五十年后，郑和并没有忘记大家，终于在关键时刻来找部下了。林观兴奋难抑。这时的李兴，跳着脚蠢蠢欲动，也变得可爱起来。事不宜迟，两人又找梁然商议。最后，他们决定立即动用早年间建立的一切关系，请出他们认识的所有巧舌如簧之士，向国王若昂二世进言，说哥伦布是一个骗子，净吹牛皮说假话。另外，从科学上讲，向西航行是说不通的，哥伦布的计算有误。两千四百海里？开什么玩笑！那张海图勾画的是一个充满谬误的幻觉世界。为了证明这一点，林观毅然决定把郑和的海图进献给国王。这的确是到了万不得已的时刻。

不同的海图放在一起比较，球形的海图上显示出一条极其清晰的向南航线，一条经过七次实践检验而成了真理的航线。它逶迤着通向遥远的东方世界，那一串串珍珠似的地名确凿无误，无言述说着哥伦布向西航行的虚妄。好望角不再是传说中的事物，而是真实无比的地理存在。中华帝国的具体情况，则当然比哥伦布描述的更为详尽和真实。郑和海图那闪耀不休的奇异光华，不可思议的超念质地和非凡形状，以及球体表面蚁游般的微微颤动，使若昂二世彻底慑服了。

“不看不知道，一看吓一跳。这才是真正伟大的海图哩！”他叹道。

“这宝物以前只有亨利见过。”林观说。

“为什么他不早些让朕知道呢？孤僻的怪人。”

“真理是要到最后一刻才站出来发言的。”

“你是谁？怎么长得这种奇异样子？”

“中国人，随三宝太监郑和七下西洋的中国人。”

“原来，传说中的事情竟是真的呀。但是，你们到底信奉什么宗教呢？”

梁然正要回答，林观一把将他拉开，大声说：“道，可道，非常道。”

若昂二世的脸一下红了。他知道自己受了哥伦布的欺骗，不好意思再往下问。神秘的郑和海图以及中国人的忽然出现，与其说反映的是一个必须正视的现实，不如说体现了一种博大精深的文化。十五世纪的西方很难拒绝它。

若昂二世于是驱走了哥伦布。哥伦布灰溜溜离境而去。

中国人为这个结果而雀跃欢呼，设宴大吃大喝了一顿。

然而，事情并未结束。不久，又传来新的消息，说哥伦布离开葡萄牙后，很不甘心，又去到西班牙，在那里说服了西国女王伊莎贝拉，获得了她的支持。女王要给他一支舰队，让他统率向西航行，前往中华帝国。

林观再度不安起来。危机固执地要实现它的价值，不能被任何努力消除，就像是命定的天意。当初在葡萄牙停下，注定要付出高昂代价。而西方世界生出的变化，大大超出先前的预料。

有时，林观甚至觉得，哥伦布或许才是当年应该去寻找的真正隐士。这个意大利人在青年时代大概正像亨利亲王一样，梦想着东方舰队的到来，却终于等得失望。他的心目中，兴许也曾埋藏勤王的强烈冲动，但是，却没有得到应有的回馈和尊重。物极必反，现在，良好的愿望正在走向它的反面，要成为大祸临头的根由。

然而，紧跟着，又发生了另一件没料到的事。一四八七年，哥伦布准备航海的消息传到葡萄牙后，若昂二世也急了。他仍然念念不忘东方的财富。他下达命令，指派迪亚士带领葡萄牙舰队向南航行，按照神奇的郑和海图的指引，向南绕过好望角，前往东方，目标跟哥伦布的一样，也是中华帝国，只是航路不同。

“迪亚士，你要用好中国的老水手，与哥伦布竞赛一下，看谁先拿到那些宝物！”若昂说，“有一种叫‘道’的东西，千万不要遗漏啊。”

这样，就将有两支舰队驶往中国。一支向东，一支向西。它们使历史箭头射去的方向，变得扑朔迷离。

## 十七、迪亚士之变

这个消息传到萨格里什中国村时，郑和的老水手们先是陷入一片古怪的静谧，随后就都哭了。

“迪亚士，没有听说过这个人啊。”

“我知道，他的爸爸和爷爷都在亨利亲王手下当过差，坐过我们的船出海。”

“难怪指派他呀，也是有背景的。”

“哥伦布换成迪亚士，又有什么两样呢？”

“他要去抢宝物哩！”

“而他还是要用我们的船，用我们的人！”

“他的年龄跟哥伦布一样大，而我们都老朽了。”

“可怜啊，没有想到，到头来，我们竟要成为大明的罪人。真是白活了一辈子。”

“不，这或许意味着勤王的开始呢。”李兴忽然说。

“勤哪门子王，迪亚士是去我们的故乡做强盗啊。我们也要为虎作伥。”

“换一个角度想一想，说不定，迪亚士才是亨利的真正继承人呢？”

“什么意思呢？”

“他有可能是隐士嘛！”

“李兴说得对。哦，我明白历史的安排了。”终于有人附和。

“迪亚士表面上是去抢夺宝物，但是，实际上却是去阻止哥伦布的舰队的。郑和说了，第二支舰队，就是勤王军的舰队！迪亚士，不就是这第二嘛。这中间埋伏着神机妙算。我们也可以搭这勤王船归国了。”李兴说得唾沫横飞。

“我离开中国时，儿子才一岁呀，回去后，他还会认我这个白胡子糟老头儿么？”

“可是，我们这些行将就木的几十人，还能航海打仗么？”

“你又忘了。总体而言，是迪亚士去打仗呀，他才是勤王的统帅！”

“是呀，一定是的！”

在一片笃定的欢腾中，忽然冒出一个冷冷的声音。是林观发出了不谐言论。他在一边听了半天，才说：“可是，你们接到皇上的圣旨了么？”

林观一语既出，全场才死一般沉寂下来，大家像看怪物一样看着他。

林观没有理睬众人的目光，继续按自己的思路说：“郑和交代了，我们必须等圣旨到达后，才能开始勤王的行动。没有皇上的旨意，一切便都不可能是真实的。谁能打包票迪亚士就是第二？万一迪亚士的速度更快，跑到哥伦布的前面，先期到达中国呢？可怕的第一支舰队啊！而且，五十多年过去了，中国的变化也一定很大，皇帝和大臣还会认为我们是回来勤王的么？谁又能保证我们在踏上这块土地时不生异心呢？等等皇上的圣旨也不迟嘛，我们的舰队，将以思想的速度……”

林观还没有说完，便被李兴打断：“你也老了，你也疯了。跨越关山的圣旨？你真的相信它会到来？还有虫子打的洞，你也相信它真的存在？那不过是郑和的病中呓语。何况，郑和已经死了，那个与我们一道航行至此的人大概并不是郑和本人吧？而且，你倒是算一算，我们的舰队总共花了多少时间才抵达的葡萄牙？五十几年的瞒和骗，你也相信了。”

这时，李兴似乎重新被三尸虫控制住。他神情恍惚，口吐白沫。

林观听李兴这么说，也有些不踏实起来，忙掰着指头算了算日子，却怎么也算不清楚。他一阵心慌，顿然语塞。但这时听见梁然语气坚决地说：“不，郑和便是郑和本人，他不是幻影。他说了，要等待圣旨，那便会有圣旨的。”

李兴说：“哪里会有圣旨呢？这么多年没看到中国的船队了。国家早把我们忘了。”

梁然说：“你这样说是对皇上的不忠，也是对三宝太监的不敬！”

李兴委屈大叫：“就是忘了，就是忘了嘛！若还想看到中国是什么样子，完全要靠自己了，如今，是不能指望那边的了。”

其余的老头儿这时也都跟着李兴闹嚷：“对呀，对呀，我们在这里苦了这么多年，也该回去享晚福了。为什么当年就该是我们留下呢？多么的不公平啊。这个根本的问题以前毕竟没有谁认真想过呀。”

是啊，为什么当年就该是这一群人留下呢？这个问题其实不难回答，但正当林观张口欲辩时，却感到压力重重。

有什么不能说出来的呢？这无疑是一件让林观深感意外和痛苦的事情。他只是直觉到迪亚士的航行有某种不妥，但不妥之处到底在什么地方，却说不清楚。经过这么多年，他的大脑也退化了，仿佛不再受主观意志的支配。大概，真是老了。年轻时做的事也许果然是一时冲动吧。

这时，林观心头不禁一颤，忽然仿佛看到祖坟上的青松翠柏，看到江南故里的小桥流水，还有年轻时喜欢过却最终没能明媒正娶的俏丽女子。人的一生就这么忽闪过去了。他应该把失去的全都夺回来，不，还要得到更多。

在这关键时刻，连林观也对郑和的嘱托产生了动摇。他觉得，如何勤王，谁去勤王，甚至勤不勤王，已经不是一个要紧的问题。

这多少年前七下西洋航行日志的记录者，便尴尬地在大家的哄笑声中退到一边。梁然见状也不说话了。

三天后，迪亚士果真来到萨格里什。他是来查看舰队状况的，并按照国王的旨意，要从这群中国老头子中挑选一些人担当领航员。大家争相报名。

迪亚士给林观的印象很不好，那是一个粗鲁的下三烂水手。他号称出身“航海世家”，却只会说空话大话。

但林观最后也加入到从众的潮流，报名参加了迪亚士的舰队。画完押后，他心头十分酸楚。

林观郁郁不乐回到家中，四壁空空。在中国人里面，他是少数几个一直保持独身的人之一，也没有蓄养家奴。

他坐在屋中喝起闷酒，直到天黑下来。他想睡觉，却头疼睡不着，干脆走出去，这时看见山上的天文台。他便攀爬而上，见它已是一片废墟。这时，满天星斗格外明亮，罗网一般张布下来，像是密密麻麻的神经元。林观对着星象研究半天，果然看到东方血光之灾的征兆。

此时，一片不期而至的楔状夜云低垂，不知不觉遮掩了大部分的星星。林观以为郑和的鬼魂就要出现，但是，终究没有。

看来，连他也默许了。

林观觉得有什么弥足珍贵的东西正从心底往外一点点溢泄而去，使他周身的经络循环丧失营养液的支持，成了干旱田地上的丑陋裂纹。他四肢张开伏在地上，失声哇哇痛哭。哭了好一阵，才停歇下来，这时发现废墟的角落里有几星微弱光亮。他好奇凑过去，先看见一块亮晶晶的石头，竟是海盗陈永留下来的“尸虺”。石头边上，有一个圆球在闪闪发光，定睛看去，它可不就是那尊宝图嘛，不知怎么的竟从王宫里逃回来了！不，或许，这是以前不知道的一个副本吧？三宝太监早早料想到了今日之变，就预留了这一手。不，还是它自己跑回来的吧？这金属圆球的机巧和灵性，是它所固有的，是生活在这个世界的人们无法猜想和理喻的。它或许就是一个有智慧、有魂魄的奇异生命，享有在时间和空间中自由移动的无限可能。

林观把它取过来，吓了一跳。他发现这球状的海图很像一副人脑。他回忆起来，他曾经臆想过，郑和的全部航行，都是发生在三宝太监风暴激荡的大脑之中！海洋的波函数，是因为郑和的航行，才坍塌下来的。一旦受了这种念头的催迫，再来细观，林观见海图已不是原先的模样，空白处尽然消失，未知世界不复存在，如同哥伦布海图，东方和西方的所有海陆位置都一处不落标注出来。海图开始了自主进化！它嗡嗡作响，对着林观轻言细语一般，展示出一种立体感很强的投影，啊呀，这世界的确是连成一体的，海环绕着陆，陆镶嵌于海，从哪个方向都能走通，这一点正与哥伦布的海图无异！只有一点不同——从欧洲往西看，大洋中竟出现了一块从未听说过的大陆，安安稳稳平躺在航线上。这是哥伦布海图上没有的景致。林观忽然意识到，如果郑和海图是正版的话，径直向西航行，哥伦布则必将被这块陌生的大陆所阻，根本到达不了中国！

这样一来，自然，迪亚士舰队便会成为第一支到达中国的舰队。

## 十八、郑和的鬼魂

神奇的海图为何要在这时出现并做出启示，已不得而知。总之，新的发现使林观大为震惊。忽然，他又听见老鼠在山石间吱吱叫唤，便看到坡下有青色异物一闪。他急忙离开天文台，下得山来，见一个人影正朝海滩疾走。从背影看，那仿佛正是三宝太监！林观想，原来，是他前来指点迷津的哇。郑和使死去的海图复活过来，并发生“进化”。

林观拔腿便追，年老了却跑不动，不断绊跤。前面那人飘忽如鹤，一下把他甩下，倏然隐没在重重海雾之中。这时，林观听到半空中隐隐传来歌声：“五更起来鸡报晓，请卜娘妈来梳妆。梳了真妆缚了髻，梳了倒髻成琉璃……弟子一心专拜请，湄州娘妈降临来。”

林观怔怔站了半天，任星光把自己浇得浑身发紧，满面是泪。一股热流却在胸腑处激荡跳跃。他感到自己正从可怕的长年沉睡中苏醒，附身的妖邪悉数离体而去，排着队在沙滩上做出可笑的投降姿势，其中一个是李兴。

在海潮澎湃的拍岸声中，林观记起肩负的责任，并为自己在这段时间里的动摇而感到惭愧。他急忙去找李兴。这时，头顶的神秘夜云已经消散，纯洁的星光又连成灿烂一片。

“有件急事，必须马上向你说！”林观敲开了李兴那嵌满裸体女人浮雕的豪宅大门。

“什么事嘛，马上就要回国了，觉也不让人睡好。”李兴披上衣服，骂骂咧咧来到门口，冲着林观不高兴地说。在他身后，他的葡人妻妾，以及儿子、儿媳和孙子、孙女都醒了，一齐用讨厌的目光盯着不速之客。

林观把李兴拉到门外，小声说：

“是这样的，哥伦布他到达不了中国！”

他把海图显示的情况简略向李兴做了说明。李兴皱眉听完，道：“你的意思究竟是什么呢？”

“如果我们在这种情况下出发，便要确定成为第一支抵达中国的舰队了，你当然知道这意味着什么！”

“原来是这么一回事呀。那又有什么了不起嘛。你回去吧，我还要睡觉哩。”

“你真是老糊涂了。郑和说了，我们不应该成为第一支抵达中国的舰队，只有第二支舰队才能被称作勤王军！我们这是在起兵篡位呀，会出大乱子的啊。因此，我们要立即阻止迪亚士的航行！”

“太夸张了。有我们这帮老家伙在船上把舵呢，怎么会出乱子？”

“不，我们都不懂得历史的机关。一切都很奇怪，却是命中注定。”

“如果是历史这破烂玩意儿开的一个玩笑，我们瞎掺和又有什么用呢？何况，对于即将走入坟墓的老头子来说，关系怕是不大了吧？只要跟着迪亚士回国就行，其余的事我可管不着。总之，我对你说的话提不起兴趣。讨厌的老伙计，你还是快走吧。”

李兴推搡了林观两下，自己则像见了犷兽一样飞快退回房间，把门砰的关上。林观听见李兴的妻妾用当地土话不满地嘟哝几声。他在露天中站了一阵，身上冷得像有许多蛆虫在爬。这时，林观想到梁然，便赶快去找他。

梁然是除林观之外唯一公开反对回国的人。他听了林观说的情况，十分吃惊。

“要阻止这种事情的发生，得首先对付李兴。老水手都听他的。”梁然说。

“如果他不听我们的劝说怎么办？”

“那就顾不得许多了！”梁然斩钉截铁说。

与林观这种文人不同，梁然是位军官，手里有过十几条人命。林观看着梁然杀气腾腾的样子，感到这个决心很难下。虽然，李兴令人讨厌，但毕竟共事几十年了。说起来，都是三宝太监手下的人啊。但想到大明江山危在旦夕，想到李兴其实也已妖邪附身，林观最终还是拿定了主意。

第二天中午，梁然请李兴来喝酒，席间，把他毒死了。

李兴这年八十岁。好半天，林观仍然难以从惊愕中恢复过来。梁然却表现得十分镇定。他把其他老人召集过来。看见李兴的尸体，大家都吓坏了。

梁然说：“这个人妖邪附身，他要做大明的叛臣。他急着回国去，实际上是要发起一场兵变。他这么老了，怎么还敢觊觎皇帝的宝座呢？我们只好把他处决了。”说罢，他捣鼓一下林观。林观犹豫一下，颤巍巍站到一个木头小板凳上。

他看看下面的人，一片白发很是壮观，每个人的眼神都是空荡荡的。林观知道他负有唤醒众人的责任。他便清清嗓子吐出一口绿痰，发力说道：“不知道大家是否还记得三宝太监最后的嘱咐，记得他要我们留在这里干什么？不知道大家是否还记得我们五十年前的伟大使命？我们是为着勤王而存在的。一个人的价值，应该体现在为理想而奋斗、为国家而献身、为未来做贡献这样一些大事上面。当年，三宝太监并不知道他能否改变历史，但他勇敢地去做了，这叫作知其不可为而为之。这证明他是真英雄。这正是我们要向郑和学习的。”

林观流沫四溢讲着，觉得话语苍白无力，也没有反映出郑和真正的伟大。他想说出一些更深刻、更能打动人的话，却找不到好的诉求点。不过，效果总的来讲还算不错。老头儿们刚开始还闹闹嚷嚷，惶惶惝惝，随着林观的演讲，逐渐安静平定了，一些人自责地低下头，最后，又一齐抬头，用“对”“是这样的”“原来如此”的目光感激地瞅着林观。

林观最后说：“我认为，从最起码的层次上说，知其不可为而为之，这便是生为男人的意义。这超越了身体的残疾。”这话在人群中引起一片共鸣，有的人脸红了。

梁然站在一旁指着李兴的尸体说：“他的下场，大家都看到了。”

李兴平时是靠凶狠霸道控制大家的，众人敢怒不敢言，现在，他死了，人们转过来要顾忌梁然这位武夫。

“你怎么说，我们就怎么办吧。”一个老头儿说，“我昨夜梦见了郑和的鬼魂。他要我们挽救这堕落的世界。”

这时，林观看到一些小人般的黑影正从大家的脖颈后面纷纷冒出来，黯然失神离开了现场。他便把海图的最新变异、把哥伦布不可能航行到中国的事情说了一遍，并宣布要阻止迪亚士出航。他这么一说，大家都表示理解，纷称要听从林观和梁然的命令。林观十分感动，想到，到底是郑和的老部下啊。

行动宜快不宜迟。梁然便打发众人回到家中，收拾东西，并让他们告诉家人，于次日一早在海滩集合等待。老水手们很快把这一切安排妥当了。然后，大家又群聚一起，喝了一夜酒，唱了一夜歌。凌晨，带上兵器，便出发了。

## 十九、红色海洋

此时，天尚未亮。启明星映照着大伙的苍苍白发，悲壮得像要上战场。老人们只觉得一股慨然之气在胸臆间久久回荡，仿佛要喷薄而出，直冲霄汉。他们曾经是官校、旗军、舵工、火长、班碇手……现在找回了年轻时的豪迈情怀。

大家蹒跚来到海滩，记得那正是郑和当年登陆之处。另一片黑压压的人群已在滩头集合好，携着行李，秩序井然，正是家属和黑奴。他们被告知，这次真要“海归”了。梁然找到守船的葡萄牙士兵，要求登船。

“迪亚士说了，得等他来哩。”一个士兵犹豫着说。

“我们是他聘请的导航员，说好今天要试航，你快让我们上船吧！”

见是熟识的中国人，葡萄牙士兵也没有多问，便应允放行。林观让家属中的健男以及奴隶担任舵工和桨手，而郑和的老部下们，则平均分配到每艘船上做船长和副船长。

晨光初露，一切准备就绪。林观站在宝船舰楼，模仿郑和，拉直嗓子发出一声颤然的命令，惊飞了一群营养不良的水鸟，舰队便启程了。

看着船只一艘接一艘驶出港口，林观潸然泪下。五十年过去，而今，人们仿佛又回到了郑和的时代。

他想，迪亚士找不到船，急得不知要怎样跳脚呢！三宝太监苦苦寻觅的勤王隐士，现在才终于浮出水面。

他们不是别人，正是中国人自己！

这群行将就木的黄皮肤黑眼珠糟老头子，成了改变历史的主力。

谁曾想到会是这样呢？

林观不禁记起郑和说过，中国人不可尽信，现在，他却有了另一种信念。他认为，中国人也是可以救赎自己的。

船队徐徐离开萨格里什。看着这块十分熟悉的土地慢慢从视界中消失，大家哭成一片。这么多年，他们已把这里当作第二家园。

林观默念：欧罗巴，再见了。

按照计划，也是根据郑和的遗命，在没有接到皇帝圣旨的情况下，船队不可以真的向中国进发，以免误成为大明江山的颠覆者。

船队不能回中国，便无头苍蝇似的在公海上航行，它唯一的作用，是重新成了一道海上屏障。任何向南的异邦舰队，将无法形成对它的逾越。但林观不让舰队靠近葡萄牙人的岛屿。它们是李兴早年间征服的，如今，上面驻扎了葡国军队。他们只是登上几个无人荒岛，补充淡水和食物。随后匆匆离开。

海洋仍然如同五十年前那样广淼而开阔、浩瀚而周遍、兼蓄而包藏、空虚而充实，好像什么变化也不曾发生，变化的仅仅是这些在时间长河中微不足道的人们。林观看着熟悉的海水，心中涌起复杂的巨澜。他想，这便是“道”吧？这时，他十分害怕再次驶入红色的海域，后者却根本没有出现。遍布大洋的海盗，也早被李兴剿尽了。世界从来不曾这样平和安然。只是，有时，白浪滔天，风暴袭来，家属们没有经历过如此骇人的场面，呕吐不止，躲进底舱。连郑和的老水手也有晕船的，但大伙心中却漾起浓浓的喜悦。这些年来，他们其实一直念想着向海而生啊。

有一次，他们看到海平线上浮现了一支幽灵舰队，仔细看去，大吃一惊，竟如郑和七下西洋的舰队。总共有两百多艘啊，最大的那艘必是宝船，甚至，隐约看得见舰桥上的大明旗帜呢。这幻影的出现使每个老人怦然心动，痴迷不已。林观下令船队跟随幻影而行，却总也追它不上。他们仿佛驶入魔鬼海域。跟行许久，傍晚，那舰队忽然消失。

这时，林观心底浮起一层黯然的预感：郑和在召唤大家了。

航行将近一个月，粮食快要吃光，淡水也将耗尽。家眷和黑奴们很担忧，问什么时候能到达中国。尤其是出生在葡萄牙的混血小孩，更是渴望早一天踏上那传奇的国度，见到长城与龙。梁然便撒谎安慰他们：“很快了，已经看到夷洲了。”

又航行一段时间，疫病开始流行。船上缺少有经验的医士，不断有人死去，尸体被随手抛进大海，引来一群群鲨鱼。

老水手们毕竟很长时间没有航海了，面对这种情况，感到难过，却束手无策。

又过了几天，林观把所有老水手召集到宝船上，举行全体会议。

他拿出那尊郑和海图——他已在心中称之为“郑和大脑”，让大家看清一个事实。海图此时又发生了很大变异。图上，向南的航线处，是一片黑暗。郑和走过的航线，在一条条飞快消失。而大家曾经造访的那些陆地国家，比如卜剌哇、木骨都束等等，也渐渐黯淡了它们的光色，不再有接纳船队靠岸的迹象。

他们又去找中国，竟发现那地方整个是一片空白。

然而，那块横亘在大洋西边的陆地，那块哥伦布要去的大陆，却越发逼真地熠熠生辉了。

林观心底爆发出一片毕生未有的毛骨悚然。

他预感到四百年后的另一种不祥。

他们是否应该往那块大陆航去呢？但他们太老了。

绝望的气氛笼罩全船。老水手们隐约知道了结局，陷入恐怖的沉默。后来，还是梁然憋不住先说出来：

“我们再也回不去了。”

梁然此语一出，便有人嘤嘤哭泣。很快，大家哭成一团。

“不要哭，哭也没有办法！我们本来也没有打算回去嘛。”林观烦躁大叫。他让大家按事先计划，各回各船，先安排好家人。这样做虽属无奈，也的确是众人早前的约定，为的就是这个结局。

于是，所有家眷及黑奴，被集中到二十八艘大船上。那些船只，看上去倒像是逃逸的救生船呢。

“是让我们去中国么？”一个七岁男孩天真发问。

“是呀，这些船上集中了剩下的水和食物，你们就可以快些到中国了。”他的祖父沙哑着嗓子对他说。

“你们呢？”

“等你们到达后，就可以请求中国皇帝派大船来接我们这些老头子喽！”

离别的话说了一箩又一箩。二十八艘满载的船儿终于驶离主力舰队。看着它们曳出的滚滚航迹，林观的眼睛湿润了。

那船队没驶多远，便发生了大爆炸。梁然已派人在船上安装炸药。这时，时间的速度忽然缓慢下来。林观眺望胳膊和大腿漫天飞舞，久久也不落下，在心迷意乱中，仿佛观赏故乡经久不散的节日礼花。

海水是从二十八个地方开始变红的，然后，这鲜艳的花蕾绽放开来，慢慢向外浸染，渐渐扩大并连成一片，视界内的海水不一会儿就全部红透了，绚烂得像深秋季节漫山遍野的红叶。

奇怪地没有听见一声惨叫。四面八方完全沉寂下来。现在，只剩下郑和当年带来的老水手了，每艘船上有两三位不等。林观和梁然站在船楼，像看自己的孩子一样，默默注视这红色海洋，又如同观察宇宙简洁的开端，沉浸入无可比拟的美妙意境。

这时，他们方觉得无愧郑和。两人朝东方叩拜三次，便向各船打出旗语。

看到旗语，老水手们纷纷行动起来。先是从最东边的一只马船上，升腾起让人心悸的火光，然后，逐次地，烈焰像传染一般向各船蔓延，剩下的三十几艘船都烧着了。最后，林观和梁然朝宝船扔出手中的火把。轰的一声，大船便被轻松点燃。借助火焰的照明，林观先从舱里取出“尸廼”，把它抛到海里，又恭敬请出“郑和大脑”，慢慢转动看了一遍，见它完全变黑了，上面什么也不再显示，包括哥伦布要去的大陆。他哆嗦着用火去点，却点它不着，他用食指和拇指弹它一下，便把它扔进大海。金属球形物入水时，在浪头上嗡嗡挣扎着跳跃五六下，闪射出几道寒意彻骨的电磁光，然后哀鸣一声，发生爆炸，很大一圈海水被汽化。

火光熊熊，海洋远远近近，已无处不是红色。

林观说：“知其不可为而为之，我们尽力了。”

梁然说：“四百年后，如果每个中国人都能这样，我们便可以放心了。”

说罢，梁然拔剑自杀了。

这时，在红色的波涛间，上千只蓝色海豚跃上天空，水层中依稀浮现了郑和苍白的面孔。郑和满脸是泪。林观一眼看到郑和，脸色唰的蜡黄下来。

他想，郑和到底是谁呢？

他正要当面询问郑和，却被烈火煽起的一股旋风扑哧一声刮进大西洋，都没来得及挣扎一下，便被一个旋涡吞没。

三宝太监的最后一支舰队，就这样终结了。

## 二十、中国

在那场海难中逃生的，仅有一名葡萄牙籍水手。

他名叫达·伽马，时年十七岁。

他被炸飞起来，抛入水中。海洋被大流产一般的鲜血染得红亮而透彻，人置身其中，就如同婴孩在子宫中嬉水。达·伽马在这好玩至极的赤潮中像海蜥一样奋力游泳，不知过了多长时间，终于被一艘路过的商船救起。这时他已经完全昏了头，害上严重的遗忘症，逢人便说，他遭遇了一群头缠红布的黑眼睛黄皮肤海盗的袭击。

但此后总有一种东西在他头脑中嗡嗡作响，召唤他东方之旅的梦想。

在反复不尽的梦寐中，他遇到一个自称郑和的中国太监，着急要与他续签勤王的契约。

西历一四九七年即明弘治十年，达·伽马的船队绕过好望角。

这正是当年郑和舰队的来路。

之后他继续东去，不舍昼夜，于次年抵达印度。此时，距郑和离开人世已有六十四年。达·伽马没有找到郑和。他最终未能续约。

葡萄牙人在澳门建立起据点，是一五五三年即明嘉靖三十二年的事情。

这是西方世界第一支抵达中国的舰队。

怀特人由此开启了新的历史。

# 初版后记：正宗的海

二〇〇二年，在见到那片奇异的海之前，我几乎放弃了这本书。我大概在一九九八年左右开始写它，当时仅是一些片断的故事。那时只是逞强，试图去窥察一种更宏大而自己无法把握的东西。我是在长江边长大的。第一次见到大海已经是一九九二年的事了。我对海洋的感觉，更多的只是恐惧。

实际上，写了《深渊》便写不下去了。但是，有朋友看了后，认为应该继续写下去。于是又继续。其实心中很反对。就是这样矛盾的人，对勉强的事情又努力去做。至于海洋到底是什么呢？说不出一个所以然。那时大概是二〇〇〇年。

断断续续写到二〇〇一年，写了大约二十多万字，试着把一些章节（其实是一些各自独立的小故事）寄给《科幻世界》，都陆续发表了，包括《深渊》《海下的山峦》《水栖人》《红色海洋》《天下之水》，其中，《深渊》获得了银河奖，《天下之水》获得了银河奖读者提名奖。

那时，才想到用《红色海洋》给这些故事做一个整体的书名。但很快，我就不知为什么忽然提不起劲了，没有兴趣了，也不想再完善它，把它放到了一边。

但是，在二〇〇二年，在一个偶然而又好像是必然的机会里，我在旅行途中，见到了一片新的大海。朋友说："这就是正宗的海。"我深以为然。平生第一次，心里产生了真正要去了解一个大海的强烈冲动。

尤其是，它浸透在每一朵浪花中的悲观。不知道明天会怎样。那种时时面对死亡、无法挽救自己、沉入深渊底部一般的深切哀恸。总之，是一种心心相印的东西。

那时，我一个人坐在海边，久久看这样的海，想着余下的人生该怎么办的问题。总之，那段时间里，这忽如其来的海便莫名其妙地吞噬了我。说吞噬一点也不为过，虽然那海自己也许并不觉得。

没有想到，海洋也会带来这样的喜悦与痛苦。曾经沧海难为水，到了这个时候，才知道是比写作更不轻松的一件事情，也对什么是科幻，以及科幻应该怎么写，有了新的认识。

几年来一直流浪于心外的《红色海洋》，至此才仿佛有了归宿。

我其实也算是与海有缘了。

第一次见到海是在越南。后来又经历过不少的海，都游戏而过，都无所谓。甚至，还在珠峰脚下采集到了来自远古深海的贝类化石，也不过如此。但这一次却被巨大的旋涡吸到了底。

但为什么是这一片海呢？

与正宗的海接近了那么一刹那，又分开了。海成为了记忆。

到了二〇〇三年，才重新回过头来思考《红色海洋》与我的缘分，闲下来时，便做一些修改和补充。《红色海洋》慢慢长成了一头记忆的反刍动物，却永远找寻不到它应该具备的本真了。这是遗憾终身的事情。

如果现在从头再写一遍《红色海洋》，也许就大不一样了吧？

但谁能给我一台时间机器呢？

二○○三年夏天，来自北方的海潮把我推至了东海之滨的上海。在这里，承蒙上海科普出版社的好意，尤其是感谢李重民先生的支持，《红色海洋》得以出版。

这便是宿命吧？

韩　松

二○○四年七月八日

# 再版后记：二十年乘二的海

这些年来，不少人找我索要这本书，但它只在孔夫子旧书网上才有了。

当时它只是默默出版，没有宣传。更没有想到的是，后来还有人找来，要把它拍成电影。

这次再版，承蒙了尚红科先生和江苏凤凰文艺出版社的厚爱，还有未来事务管理局的支持。

《红色海洋》是二〇〇四年出版的。那年十二月的一天，我从北京飞到上海，直接去了中山北路的上海科学普及出版社，在李重民先生的办公室里，满怀喜悦拿到样书。然后当天晚上，我从浦东机场去了巴西。

我于一九八二年开始写科幻，在此之前，已出过两部长篇，分别是《让我们一起寻找外星人》和《二〇六六年之西行漫记》（又名《火星照耀美国》）。《红色海洋》是第三部。

这部书，最早的起因，是孙少伯先生的邀约。他是我国著名科幻编辑家和出版家，是海洋出版社前社长，策划推出过很多厉害的科幻书，比如《科幻海洋》《科学神话》《魔鬼三角与UFO》《中国科幻小说大全》等。值得一提的是，他是海军出身。他在二〇一四年去世，享年八十三岁。

大概是一九九八年左右，他建议我写一部关于海洋的小说。这样便有了《水栖人》。这成了《红色海洋》的第一章。他看后鼓励我继续写下去。于是，陆陆续续有了后面的章节。没有孙老师，便没有《红色海洋》。

所以，从开始写它，到如今再版，整整二十年过去了。

这些年，我会经常想到那片“正宗的海”。现在，这却要用二十年乘二的时间去想了。

但是，由于一些不太清楚的原因，海洋出版社最后拒绝了这部书的出版。在阿来、姚海军的支持下，它的一些章节得以在《科幻世界》上发表。不过很长时间也没有人提出要把它整体出版。

大概是二〇〇三年的上半年，有一天，上海科学普及出版社的编辑李重民把电话打到我家，说希望出版我的书，问有没有新作品。当时我并不认识他，只听说过这个名字。他本人热爱科幻，还是日本文学翻译家。

我就把这部《红色海洋》给了他。

李重民是位极其认真而专业的编辑。这部书，按流程，还交给了另外的文学编辑校阅，那位编辑把我书中一个章节的题目“白天蓝云”改为“蓝天白云”，到了李重民这里，又给改了回来。

经过李重民的不懈努力，书稿终于通过审核。这是一个很不容易的过程。

与《红色海洋》一起出版的，还有王晋康的《善恶女神》、刘慈欣的《带上她的眼睛》、星河的《时空死结》，被结集为“中国当代科幻名作”。

李重民是一位地道的上海人，率性而仗义。他早年曾在黑龙江插队当知青。他常给我讲当时的故事，很是惊心动魄。他现在已经退休。我去到上海，便与他一起喝酒，无话不谈。

韩　松

二〇一八年四月二十八日